GOLDMANN

Buch

Neville Aysgarth, ein Tuchhändlerssohn aus Yorkshire, ist mit seinen dreiundvierzig Jahren auf der Hierarchie-Leiter der anglikanischen Kirche schon weit nach oben geklettert. Er hat eine »perfekte« Frau, fünf »perfekte« Kinder und scheint das Leben »perfekt« im Griff zu haben. Jedenfalls glaubt er das, bis er eines Abends auf einer Dinnerparty im Bischofspalast eine junge Frau kennenlernt.

Sie ist klug, anregend, reich und, wie Neville fürchtet, unerreichbar für ihn. Sie wird zur Versuchung seines Lebens, denn zu seinem großen Erschrecken fühlt er am Morgen nach dieser Nacht, in der es fast zum Ehebruch gekommen wäre, nicht einmal Reue. Plötzlich ist alles, was einmal war, in Frage gestellt. Bald schon wird in der Gemeinde hinter vorgehaltener Hand über die heimlichen Sehnsüchte des Geistlichen getuschelt. Aber dennoch will Neville die schöne Dido nicht aufgeben.

Als seine Frau an einer Lungenentzündung stirbt, kann er Dido endlich offen umwerben. Zwei Jahre lebt er in einer Traumwelt heftigster Gefühle und Phantasien, dann willigt Dido in die Ehe ein. Doch in der Hochzeitsnacht findet Nevilles Traum ein jähes Ende. An dieser Krise entzündet sich ein Fegefeuer der Selbstfindung. Zwei ältere Geistliche, denen er zunächst mißtraut, konfrontieren ihn Schritt für Schritt mit seinen Ängsten und verdrängten Verfehlungen. Neville wird lernen müssen, sein Leben zwischen Traum und Wirklichkeit neu zu bestimmen.

Autorin

Susan Howatch, 1940 in der englischen Grafschaft Surrey geboren, studierte in London Rechtswissenschaft und arbeitete dann in New York als Sekretärin, bis sie sich nur noch dem Schreiben widmete. Seit ihrer Rückkehr nach England lebt sie in Salisbury. Außer dem vorliegenden Band sind von ihr als Goldmann-Taschenbücher erschienen die Romane »Blendende Bilder« (9735), »Gefährliche Visionen« (41057), »Die Reichen sind anders« (41355), »Die Sünden der Väter« (6606) und »Der Zauber von Oxmoon« (9123).

SUSAN HOWATCH

Die Versuchung

ROMAN

Aus dem Englischen
von Hermann Stiehl

GOLDMANN VERLAG

Ungekürzte Ausgabe

Titel der 1989 erschienenen Originalausgabe: Ultimate Prizes
Originalverlage: William Collins & Co. Ltd., London,
und Alfred A. Knopf, New York

Umwelthinweis:
Alle bedruckten Materialien dieses Taschenbuches
sind chlorfrei und umweltschonend.

Der Goldmann Verlag
ist ein Unternehmen der Verlagsgruppe Bertelsmann

Umschlagentwurf: Design Team München
Umschlagfoto: Schiller/Artothek, Peißenberg
Druck: Elsnerdruck, Berlin
Verlagsnummer: 42360
MV · Herstellung: Sebastian Strohmaier
Made in Germany
ISBN 3-442-42360-0

1 3 5 7 9 10 8 6 4 2

Inhalt

ERSTER TEIL

Krise

«Weil sie nicht zur Integration fähig sind, scheitern Menschen nur zu oft, indem sie – entweder körperlich oder seelisch – unter dem Konflikt zusammenbrechen oder jedes echte Verlangen nach einer effektiven Synthese aufgeben.»

CHARLES E. RAVEN
Regius-Professor für Theologie,
Cambridge, 1932–1950
in *The Creator Spirit*

I

«Mancher von uns hat einen harten Kampf zu führen, um seine Leidenschaften zu beherrschen.»

CHARLES E. RAVEN
in *The Creator Spirit*

1

Was mich am meisten bestürzte an jenem Morgen, nachdem ich um ein Haar Ehebruch begangen hätte, war die Tatsache, daß ich kaum überrascht war. Ich war von Scham überwältigt, von Reue zerfressen und vor Angst wie von Sinnen, aber eine ehrliche Verblüffung wollte sich nicht einstellen. Mein Leben glich schon seit einiger Zeit einem Wollknäuel in den Krallen eines spielenden Kätzchens; die Fäden waren nun auseinandergezogen, und jetzt begann offenbar das unausbleibliche heillose Durcheinander.

Wie wir alle wissen, ist Ehebruch keineswegs etwas Ungewöhnliches, schon gar nicht im Frühling und unter Menschen in der Blüte ihrer Jahre, doch in meinem Fall hat er den Nachteil, daß er mich für meinen Beruf untauglich macht; wenn ein Geistlicher Ehebruch begeht, erfährt er eine moralische Schwächung, die einen weiteren Dienst ausschließt. Selbst in jenem Frühjahr 1945, als die gesamte Bevölkerung Englands das Kriegsende in korybantischer Kopulation feierte, wurde von Geistlichen noch immer erwartet, daß sie die Gedanken auf Gott und die Augen auf die eigene Ehefrau gerichtet hielten. Und warum auch nicht! Meiner Meinung nach ist solches Verhalten das mindeste, was die Kirche von England von ihren Amtsträgern erwarten kann. Jeder weiß, daß die besten Geistlichen alle in häuslicher Glückseligkeit leben und in ihrem ganzen Leben nie von einer ehebrecherischen Anwandlung in Versuchung gebracht wurden.

Ich war einer dieser besten Geistlichen. Ich war dreiundvierzig Jahre alt und in der Kirchenhierarchie bereits zu einem Rang aufgestiegen, den gewöhnlich Männer in den Fünfzigern oder Sechzigern bekleideten. «Was ist das, ein Archidiakon?» hatten meine Deutschen in ihrem Gefangenenlager von Starbury Plain gefragt, und als ich ihnen darauf erklärte, daß die Diözese Starbridge in zwei Archidiakonate aufgeteilt war, hatte einer der in die Gruppe C (unverbesserliche Nazis) eingestuften Leute recht beeindruckt ausgerufen: «Ah, da sind Sie so etwas wie der Gauleiter des Bischofs!» Ich war gewiß nichts dergleichen, doch daß ich eine Person von Macht und Einfluß war, hatte er ganz richtig erkannt. Ich war, wie mein Onkel Willoughby gesagt hätte, «vorangekommen» und hatte es in meinem erwählten Beruf «weit gebracht», mit dem Ergebnis, daß jegliche moralische Verfehlung jetzt völlig ausgeschlossen war.

Ich dachte darüber nach. «Darum, wer meint, er stehe, mag zusehen, daß er nicht falle», hatte Paulus an die Korinther geschrieben, und an dem Morgen nach meiner fatalen Entgleisung waren diese Worte von einer ganz neuen und bedrohlichen Aktualität.

Ich wußte, was ich zu tun hatte: Ich mußte bereuen (was ich tat, mit jeder Faser meines Wesens), um Vergebung bitten (die angesichts meiner echten Reue gewährt werden würde) und dann weiterhin der erstklassige Archidiakon sein, der ich zweifellos war. Doch als ich auf die Knie sank, stellte ich fest, daß das alte Rezept versagte. Meine Reue, obschon aufrichtig, war seltsam verschwommen und letztlich unwirksam. Ich verstand nicht, wie ich in eine solche Lage geraten war, und wie konnte ich, bevor ich das nicht wußte, versprechen, daß sich ein so erschreckendes Verhalten nicht wiederholen würde?

Ich blieb auf den Knien liegen, ohne freilich Gott mit dem langatmigen Gewäsch eines wirrköpfigen Mystikers zu behelligen; stattdessen versuchte ich mich auf die geistige Kraft Christi zu konzentrieren, während ich um Erleuchtung rang, und allmählich fühlte ich mich stark genug, einer höchst unangenehmen Wahrheit ins Gesicht zu sehen: Meine innere Verwirrung hatte ihre Wurzeln in jenem Abend vor drei Jahren, im Mai 1942, an dem ich Miss Diana Dorothea Tallent kennengelernt hatte.

Nicht ohne Schaudern begann ich mich jener verführerischen Begegnung mit Dido zu erinnern.

2

Die schicksalhafte Abendgesellschaft damals hatte mein Bischof, Dr. Ernest Ottershaw, in seinem bischöflichen Palais in Starbridge gegeben. Das läßt eine Großartigkeit vermuten, die in jenem Stadium des Krieges leider kaum mehr als Erinnerung war. Vergangen waren die üppigen, kultivierten Dinnerpartys der Amtszeit von Dr. Alex Jardine vor dem Krieg. Die Gastlichkeit, mit der Dr. Ottershaw, Alex' Nachfolger im Amt seit 1937, aufwarten konnte, hatte der Krieg mit seinen Verknappungen, auch, was das Personal betraf, systematisch jeden Glanzes beraubt.

Beide Seitenflügel des Palais waren jetzt geschlossen. Im Hauptgebäude wurden die Ottershaws nur noch von dem Butler Shipton, einem berühmten Relikt aus alten Zeiten, und zwei älteren Hausmädchen umsorgt, die offenbar mehr aus Barmherzigkeit als um des Nutzens willen weiterbeschäftigt wurden. Man munkelte, Mrs. Ottershaw habe gelernt, ein Ei zu kochen, das sie nun Sonntag abends ihrem Gatten vorsetzen konnte, wenn die Dienstboten ihre geschwollenen Beine ausruhten – ja, es hieß sogar, sie sei bemüht, sich in kulinarischen Dingen noch weiter vorzuwagen, aber Shipton weigere sich, solch ehrgeizige Bestrebungen zu unterstützen. Er hatte sich noch nicht ganz von des Bischofs Versuch erholt, Autofahren zu lernen, nachdem der Chauffeur eingezogen worden war – wir alle waren noch nicht so recht über diesen gutgemeinten bischöflichen Einfall hinweg, der einen der Torpfosten des Palais das aufrechte Dasein gekostet hatte –, und Shipton, erzkonservativ eingestellt, war der festen Ansicht, daß Bischöfe und ihre Gemahlinnen sich nicht mit Dingen befassen dürften, die unter ihrem Stand waren.

Der Himmel allein weiß, wer das Essen an jenem Abend zubereitet hatte, als ich Dido begegnete, aber es war durchaus der jüngst erlassenen Verordnung angepaßt, die besagte, daß kein Restaurant für eine Mahlzeit mehr als fünf Shilling verlangen oder mehr als drei

Gänge servieren dürfe. Es wurde immer strenger rationiert; in dem dunklen, geheimnisvollen Eintopf, der aus der bischöflichen Küche auftauchte, konnte man gelegentlich einsame Fleischbröckchen neben den Kartoffeln und Karotten dahintreiben sehen. Die Nachspeise bestand aus eingemachten Pflaumen, überzogen mit einer Sauce, die Mrs. Ottershaw als Vanillecreme auszugeben versuchte. Es sei sogar ein echtes Ei darin, verkündete sie – eine Enthüllung, bei der ich mich fragte, ob der Bischof in dieser Woche auf seinen Sonntagabendgenuß verzichtet hatte. Glücklicherweise wurde die Mahlzeit aufgebessert durch einen Rotwein, den einer der Gäste mitgebracht hatte, der Earl of Starmouth, der im Ruf eines wohlwollenden Gönners der Geistlichkeit stand.

Lord und Lady Starmouth waren die vornehmsten Gäste an diesem Abend, aber sie waren nicht die Ehrengäste. Das Essen wurde für Dr. Ottershaws Vorgänger gegeben, meinen Mentor Alex Jardine, der seit seinem vorzeitigen Ausscheiden aus dem Amt 1937 in der Nähe von Oxford lebte und jetzt zu Besuch in Starbridge weilte, um hier die Akten über seine Amtszeit einzusehen: Er schrieb an seinen Memoiren. Alex war dem Rotwein sehr und Dr. Ottershaw nur mit Maßen zugetan, weshalb ich vermutete, daß der Earl den legendären St. Estèphe nicht nur aus christlicher Nächstenliebe spendiert hatte, sondern auch in dem Wunsch, einen halbwegs harmonischen Ablauf der Abendgesellschaft sicherzustellen.

Die anderen Gäste waren der Dekan und seine Gemahlin, die fast so alt waren wie die Ottershaws, aber nicht halb so liebenswert, ihr Nachbar in der Domfreiheit, General Calthrop-Ponsonby, der von nichts anderem als vom Burenkrieg reden konnte, die unverheiratete Tochter der Ottershaws, Charlotte, die jetzt in der Basis Starmouth als Marinehelferin tätig war, und Charlottes neue Freundin Miss Dido Tallent, einst Debütantin des Jahres und Liebling der Gesellschaftsklatschkolumnisten. Zwischen all den Relikten des neunzehnten Jahrhunderts strahlte sie eine solche Vitalität aus, daß ich sofort an einen Diamanten denken mußte, der verführerisch inmitten einer Reihe matter Perlen aufglitzert.

Wie Charlotte, diente auch Miss Tallent als Helferin bei der Marine. Sie war zierlich und äußerst lebhaft und hatte funkelnde Augen. Ihr dunkles Haar fiel in makellosen Wellen, die flotte Uniform betonte aufs dramatischste die Schlankheit ihrer Taille, und die scharlachrot geschminkten Lippen hoben das Weiß der Zähne hervor. Sie hatte einen kleinen Busen, aber das störte mich nicht. Ich gehöre nicht zu den Männern, die von den Symbolen der Mutterschaft besessen sind. Mir kommt es auf die Beine an. Natürlich konnte ich Miss Tallents Beine nicht von oben bis unten sehen, doch ein Blick auf ihre Fesseln beschwor in meiner Phantasie sofort das Bild von straffen, weißen Schenkeln herauf. Diese Vorstellung faszinierte mich sogar so sehr, daß ich nicht richtig hinhörte, als Charlotte Ottershaw uns miteinander bekannt machte und ich mir ihren Namen wiederholen lassen mußte.

«Haben Sie noch nie von mir gehört?» rief Miss Tallent verblüfft aus. «Was für ein behütetes Leben müssen Sie führen!»

«Archidiakone führen nie ein behütetes Leben!» belehrte Charlotte sie. «Dieser hier reist ständig im Norden und Westen der Diözese herum und klopft jedem Pfarrer auf die Finger, der sich nicht anständig aufführt.»

«Und was passiert im Süden und im Osten?»

«Nicht viel. Der andere Archidiakon spielt lieber Krocket.»

«Was ist an Krocket denn Schlimmes? Ich liebe alle Spiele», sagte Miss Tallent und sah mich aus ihren unverschämt hellen Augen an.

Ich räusperte mich und fragte mich, warum ich plötzlich an nichts anderes als an Sex denken konnte. Wer war dieses phantastische Wesen? Ja, ich hatte von ihr gehört, aber mein Wissen war sehr lückenhaft, da ich nie Boulevardzeitungen las, außer wenn der Küster zufällig seinen *Daily Express* auf der Bank im Kirchhof liegengelassen hatte; wie alle braven Geistlichen beschränkte ich mich bei meinen Ausflügen in die Welt des säkularen Journalismus auf die *Times*. Durch den *Express* des Küsters und die bunten Zeitschriften, mit deren Lektüre ich im Wartezimmer des Zahnarztes meine nervöse Anspannung zu betäuben versuchte, wußte ich immerhin, daß Miss Tallent sich in den besten Kreisen der Gesellschaft bewegte, obwohl ihr Vater, ein Schotte, zwar Millionär, aber doch ein Selfmademan war. Natürlich hatte ich sie längst als ein frivoles Geschöpf abgetan, dem ich nie begegnen würde, und nun war sie hier in diesem bischöflichen Salon – im Salon *meines* Bischofs – und warf mir provozierende Blicke zu. Wäre mir einer von Orson Welles' Invasoren vom Mars gegenübergetreten, ich hätte kaum verwirrter sein können.

«Dido, wie kannst du sagen, du liebst alle Spiele?» begehrte Charlotte auf, mit der ganzen Unschuld, die sich für die Tochter eines Bischofs ziemte. «Erst neulich hast du behauptet, Krocket –»

«Oh, lassen wir doch die englischen Unarten beiseite! Aber was hast du gesagt – wie heißt dieser bemerkenswerte geistliche Herr?»

«Neville Aysgarth.»

«Neville! Wie schrecklich – oh, entschuldigen Sie! Aber Mr. Chamberlain hat diesen Namen für alle Zeit ruiniert. Sie sollten Stephen heißen, Archidiakon, nach dem christlichen Märtyrer. Das ruft so edle, ernsthafte, bedeutende Vorstellungen wach und ich sehe genau, daß auch Sie edel, ernsthaft und bedeutend sind – Sie erröten ja bei der bloßen Erwähnung eines so frivolen Sports wie Krocket ... oh, da ist der aufregende Bischof Jardine – mach mich mit ihm bekannt, Char, schnell, schnell! Ach, ich habe eine Leidenschaft für so kämpferische Kleriker ...»

Sie schwebte davon. Nach einer Weile erst kam mir zum Bewußtsein, daß Shipton mir ein Glas Sherry hinhielt, und ich mußte an mich halten, um es nicht in einem Zug hinunterzukippen. Bilder von weißen Schenkeln und Krocketbällen jagten sich in meiner Vorstellung, bis mich der Dekan mit Beschlag belegte, um mir von seinem neuesten Alptraum zu erzählen, der möglichen Zerstörung des Doms von Starbridge. Die Deutschen hatten kürzlich die Bombardierung aller berühmten englischen Städte angekündigt, die im Baedeker mit drei Sternen vermerkt waren, und obwohl der Baedeker in Wirklichkeit nie mehr als zwei Sterne verlieh, glaubte wegen dieser kleinen Ungenauigkeit doch niemand, daß die Nazis spaßten. Drei schwere Angriffe auf Exeter hatten die Kathedrale dort beschädigt, wenn auch nicht zerstört; Starbridge, nicht so sehr weit östlich von Exeter gelegen, bot sich jetzt als nächstes Ziel an.

«Irgendwelche guten Bücher gelesen in der letzten Zeit?» fragte ich, als er Luft holte. Der bloße Gedanke an eine Bombardierung des Doms war so grauenhaft, daß ich nicht davon reden wollte. Der

Dekan mochte es vorziehen, seine Ängste zu neutralisieren, indem er das Unsagbare aussprach; ich sagte mir lieber, daß es wenig nützte, sich um etwas zu sorgen, was vielleicht nie eintreffen würde.

«Bücher? Ach ja, interessant, daß Sie mich das fragen . . .» Endlich von seinem Dom abgelenkt, begann der Dekan über die Krisentheologie zu reden, die zur Zeit aufs bedrohlichste in den Köpfen der englischen Geistlichen herumspukte, doch ich hörte bald nicht mehr zu. Mir war nicht entgangen, daß Miss Tallent heftig mit meinem Mentor flirtete, was Alex sehr zu genießen schien. Seine Gattin Carrie hatte ihn nicht nach Starbridge begleitet, und Alex, ein jugendlicher Mittsechziger, war seit jeher ein Meister in der Kunst der *amitié amoureuse*, jener vor dem Ersten Weltkrieg gepflegten Beziehung zwischen den Geschlechtern, die eine enge Freundschaft erlaubte, während Sex tabu blieb. Ich fand dieses Konzept köstlich erotisch und bedauerte nur, daß bei dem veränderten moralischen Klima derzeit jeder Versuch, eine solche Beziehung herzustellen, wahrscheinlich zu Mißverständnissen führen würde. Die einzigen Männer, die heutzutage dieses Risiko eingehen konnten, waren Männer wie Alex – ein im Ruhestand lebender Bischof weit über Sechzig, dem einfach niemand eine Ungehörigkeit zutrauen würde. An jenem Abend im Jahre 1942 war ich gerade erst vierzig, und jeder Flirt, auch der unschuldigste, war undenkbar.

«Ach, Neville», sagte meine Gastgeberin Mrs. Ottershaw, eine wuchtige Erscheinung in moosfarbenem Samt, «würden Sie Miss Tallent zu Tisch führen, ehe Dr. Jardine sie davonschleppt und Lady Starmouth enttäuscht ist?»

Das war eine sehr kluge Aufforderung. Lady Starmouth, die wie fünfundvierzig aussah, wahrscheinlich aber auf die Sechzig zuging, war Alex' vertrauteste platonische Freundin. Sie beobachtete Miss Tallents herausforderndes Benehmen mit einem nachsichtigen Lächeln, das sehr bald etwas Starres bekam, aber möglicherweise kämpfte sie auch nur gegen den Schlaf an, während sich General Calthrop-Ponsonby über die Belagerung von Mafeking ausließ.

«Warum ist Bischof Jardine so früh in den Ruhestand getreten?» fragte mich Miss Tallent, während wir gemeinsam dem Speisezimmer zustrebten. Als ich ihr sagte, leichte Herzbeschwerden zwängen

Alex, ein ruhiges Leben zu führen, meinte sie belustigt: «Wie langweilig für ihn! Sicher hat seine Frau alle Mühe, ihn bei Laune zu halten – oder ist sie dazu schon zu alt?»

«Nun, Mrs. Jardine ist nicht mehr so jung, wie sie einmal war, aber –»

«Die Ärmste!» sagte Miss Tallent mit Gefühl. «Es muß schlimm sein, wenn man alt ist.» Bei diesen Worten entdeckte ich den Ursprung ihres Charmes. Sie redete ungekunstelt, sagte genau das, was sie dachte. Das Mitgefühl, mit dem sie von Carrie Jardine sprach, war echt. In der artifiziellen Welt der High-Society mußte diese Aufrichtigkeit, verbunden mit ihrer Vitalität, so erfrischend wirken, daß kaum jemand bemerkte, daß sie alles andere als hübsch war. Sie hatte nicht nur unregelmäßige Gesichtszüge, sondern auch eine weiße Narbe an einer Stirnseite, und ihre Nase sah aus, als wäre sie mehr als einmal gebrochen; nach dem ersten Gang war ich überzeugt, noch nie in meinem Leben eine so reizlose junge Frau gesehen zu haben.

«Sie fragen sich gewiß, wie ich zu meiner gebrochenen Nase und dieser faszinierenden Narbe gekommen bin», sagte sie und wandte sich mitten im Eintopfgang in einem Anfall von Langeweile von ihrem anderen Tischherrn, dem Earl of Starmouth, ab. «Ich bin von einem Pferd gefallen. Ich bin sogar von vielen Pferden gefallen. Ich lebe gern gefährlich.»

«Ich auch», sagte der züchtige Archidiakon in seiner keuschen Archidiakonstracht. «Deshalb bin ich Geistlicher geworden. Charles Raven hat einmal geschrieben: ‹Zur Religion gehören Abenteuer, Lust auf Neues und Spaß am gefährlichen Leben.›»

Das gefiel ihr. «Wer ist Charles Raven?»

«Einer der größten Männer der Kirche von England.»

«Singen Sie wieder ein Loblied auf mich, Neville?» rief Alex von der anderen Seite der Tafel herüber.

«Sie sind wirklich schlimm!» sagte Lady Starmouth. «Sie haben doch den Namen Raven genauso deutlich gehört wie ich!»

«Der größte Mann in der Kirche ist heute wohl William Temple», sagte Dr. Ottershaw, auf den neuen Erzbischof von Canterbury anspielend, der in der Tat seit Jahrzehnten das Leben der Kirche beherrschte.

«Temple ist ein bemerkenswerter Mann», sagte Alex, «aber ich mißtraue seiner Politik, ich mißtraue seiner Philosophie, und ich mißtraue seinem Urteilsvermögen.»

«Soviel zum Erzbischof!» sagte Lady Starmouth, als Dr. Ottershaw ein bestürztes Gesicht machte. «Und jetzt lassen Sie mal hören, wie Sie Professor Raven erledigen!»

Alex ging sofort auf die Herausforderung ein. «Wie kann man einen Kirchenmann ernst nehmen, der für die Ordination von Frauen eintritt?»

«Mein lieber Alex!» protestierte ich. «Sie können Raven doch nicht wegen einer harmlosen Spinnerei abschreiben!»

«Na schön, dann schreibe ich ihn eben wegen einer weniger harmlosen Spinnerei ab! Wie kann man einen Kirchenmann ernst nehmen, der in diesem Jahr des Heils 1942 noch immer Pazifist ist?»

«Aber mit seinem Pazifismus beweist er doch gewiß Zivilcourage», sagte der Dekan, der sich nicht enthalten konnte, in die Debatte einzugreifen, «und große Zivilcourage sollte man immer ernst nehmen. So mag von uns hier keiner Bischof Bell beipflichten, wenn er die Regierung kritisiert, aber seine Zivilcourage ist doch sicher –»

«Oh, wir wissen alle, daß George Bell seit Jahren eine Schwäche für die Deutschen hat», sagte Alex, «aber das würde ich nicht Zivilcourage nennen, sondern starrköpfige Dummheit.»

«Der Ansicht bin ich zwar auch», sagte Lord Starmouth, «aber andererseits ist an Bells Aufrichtigkeit nicht zu zweifeln. Was meinen Sie, Archidiakon?»

Ich nahm zu meinem neutralsten Ton Zuflucht, dem des kirchlichen Diplomaten, der Wert darauf legt, in einflußreicher Gesellschaft nicht ins Fettnäpfchen zu treten, und erwiderte: «Dr. Bell ist eine umstrittene Persönlichkeit, und es kann kaum überraschen, daß über seine Ansichten heftig debattiert wird.»

«Also ich bete den Bischof von Chichester an!» sagte Dido, die offenbar beweisen wollte, daß sie, wenn sie auch von Raven noch nichts gehört hatte, doch sehr wohl wußte, wer Bell war.

«Haben Sie ihn predigen hören?» fragte ich sofort, in der Hoffnung, auf ein Interesse am Kirchgang zu stoßen.

«Nein, ich habe ihn vor einiger Zeit im Oberhaus über das Internierungslager auf der Isle of Man sprechen hören – kein Wunder, daß es heißt, Bell bringe Mr. Churchill auf die Palme! Es ist fast genauso wie bei Heinrich dem Zweiten und Beckett, finden Sie nicht?»

«Hoffen wir, daß Dr. Bell nicht als Leiche in seinem Dom endet.»

Die Erwähnung des Internierungslagers löste eine Diskussion über das geplante Kriegsgefangenenlager Starbury Plain aus, und erst einige Minuten später konnte ich mein privates Gespräch mit Miss Tallent fortsetzen.

«Sind Sie Mitglied der Kirche von England?» fragte ich. Ihr schottischer Vater konnte schließlich Presbyterianer gewesen sein.

«Aber natürlich! Mein Vater legte als Selfmademan großen Wert darauf, daß seine Töchter all die gesellschaftlichen Vorteile genießen konnten, die ihm versagt geblieben waren!»

«Wie schön für Sie – und als Ort, an dem sich ein erfolgreiches Mädchen der Gesellschaft sehen lassen sollte, rangiert die Kirche da über oder unter Henley, Ascot und Wimbledon?»

Sie lachte. «Ich habe Sie schockiert, nicht wahr?»

«Nein, zum Glück habe ich Humor. Gehen Sie überhaupt je in die Kirche?»

«Wie können Sie annehmen, ich wäre ein Heide! Natürlich gehe ich in die Kirche – ich *liebe* die Kirche – ich gehe alle Weihnachten hin und versäume dazwischen auch keine der wichtigen Trauungen und Taufen.»

Mir fiel sofort auf, was sie ausgelassen hatte. «Und was ist mit den Beerdigungen?»

Ihre Lebhaftigkeit erlosch. Ihr keckes, kleines Gesicht verschloß sich. Nach einer Pause sagte sie in ausdruckslosem Ton: «Die letzte Beerdigung, der ich beigewohnt habe, war die meiner Lieblingsschwester. Sie starb 1939. Damals habe ich mir geschworen, daß ich zu keinem Begräbnis mehr gehen würde.»

Sie wartete offenbar darauf, daß ich irgendeine banale religiöse Bemerkung machte, aber als ich schwieg, sagte sie mit etwas bebender Stimme: «Sie ist im Kindbett gestorben. Auch das Baby starb. Mir war danach, als hätte mich jemand in Stücke geschlagen. Ich bin noch immer dabei, mich wieder zusammenzuflicken.»

«Das ist leichter gesagt als getan.»

«O ja, manchmal glaube ich, ich schaffe es nie. Zuerst dachte ich, der Krieg würde sich auf seine schreckliche Art als Segen erweisen und meinem Leben einen Sinn geben – ich sah mich schon als edle Heldin, die ihr bequemes Leben opfert, um der Marine zu helfen und Hitler zu bekämpfen –, aber das war eine sehr törichte Vorstellung. Niemand erwartet Heldenmut von mir. Ich bin nur Fahrerin bei der Marinebasis. Ich habe ein wunderbares Gesellschaftsleben, jede Menge Bekannte – und jeden Tag gerate ich von neuem in Verzweiflung, weil das Leben so sinnlos und unheroisch ist.»

«Heroismus gibt es in mannigfacher Form. Ihrer liegt vielleicht in der Tatsache, daß Sie weiterkämpfen, Tag für Tag, auch wenn Sie sich dabei langweilen und elend fühlen. Ich glaube, Sie sind sehr mutig, und ich glaube auch, daß Sie schließlich zu einem lohnenderen Leben finden werden, wenn Sie den Kampf nicht aufgeben.»

Sie starrte mich an. Ihre leuchtenden Augen hatten sich verschleiert und ließen eine Vielzahl unerforschter Schichten unter der Schlichtheit und Offenheit ihrer Redeweise vermuten. Am Ende brachte sie nur heraus: «Ich wünschte, ich wäre Ihnen nach Lauras Tod begegnet.»

Ich erkannte den versteckten Hilferuf. «Sie müssen mir von Laura erzählen», sagte ich sofort; doch da wurden wir von Alex unterbrochen, der Miss Tallent wieder in die allgemeine Gesprächsrunde einbezogen wissen wollte, und sie hatte keine Gelegenheit mehr, sich mir anzuvertrauen.

Schließlich waren die gedünsteten Pflaumen und die absonderliche Vanillecreme entweder verzehrt oder verschmäht, die Damen zogen sich zurück, und die Herren, mit Ausnahme von General Calthrop-Ponsonby, den der legendäre St. Estèphe barmherzigerweise in benommenes Schweigen versetzt hatte, begannen zwanglos über Tagesereignisse zu reden. Ich fürchtete schon, der Dekan werde wieder auf die Baedeker-Angriffe zu sprechen kommen, aber er schien eher unsere frühere theologische Diskussion weiterführen zu wollen. Ich fragte mich, ob ich den Bischof warnen und ihm sagen sollte, daß der Dekan einen gefährlichen Hang zur Neuorthodoxie zu entwickeln schien. Nach meiner Erfahrung bedeutete Bekehrung zur Krisentheologie oder schon zu moderateren Formen des neuorthodoxen Denkens zwangsläufig Drohungen mit Feuer und Schwefel von der Kanzel herab und viel peinliches Gerede von Sünde – so gar nicht der klerikale Ton, den die Besucher der Gottesdienste im Dom erwarten.

«. . . natürlich wandelt Niebuhr Barths Theologie in wichtigen Punkten ab . . . Wenn Hoskyns noch lebte . . .»

Gegen meine sonstige Gewohnheit, mir nur ein Glas Portwein zu genehmigen, griff ich nach der Karaffe, um meinen Ärger zu ertränken.

Als der Bischof schließlich seine Schäfchen in den Salon hinüberführte, hatte der Dekan mit seinem Enthusiasmus mir gründlich die Laune verdorben, doch sobald ich die Schwelle überschritt, regten sich meine Lebensgeister wieder. Miss Tallent stürzte auf mich zu, und mein Puls begann sich jäh zu beschleunigen. Ich spürte einen verwegenen Drang, etwas zu riskieren.

«Würden Sie mich für sehr verrucht halten», sagte dieses gefährliche Wesen, dem ich, wie ich wohl wußte, hätte aus dem Weg gehen sollen, «wenn ich Sie zu einem Spaziergang durch den Garten bis zum Fluß hinunter einlade? Ich habe das Gefühl, ich brauche eine schöne Erinnerung, die mich den nächsten Luftangriff auf Starmouth überstehen läßt.»

«Eine blendende Idee!» sagte ich. «Entführen Sie mich, ehe der Dekan erneut dazu ansetzt, mich zur Krisentheologie zu bekehren!»

Hätte es für einen pflichtbewußten Archidiakon eine noch unpassendere Erwiderung geben können?

«Was ist Krisentheologie?» fragte Miss Tallent, während wir vorsichtig auf die Terrasse hinausschlüpften. «Das klingt so aufregend!»

«Sehe ich so aufgeregt aus?»

«Nein, Sie sehen wunderbar abgeklärt und ernst aus – ich dachte sogar gerade eben im Salon, wie herrlich es ist, einem Mann zu begegnen, der nicht einfach widerwärtig ist. Im Vertrauen gesagt, lieber Archidiakon: daß ich nicht verheiratet bin, liegt hauptsächlich daran, daß die Männer im allgemeinen so schrecklich widerwärtig zu den Frauen sind . . .»

Wir hatten inzwischen die Terrasse hinter uns gelassen und schritten über den ungepflegten Rasen auf den Fluß zu, der jenseits der

Weiden glitzerte. Das Mondlicht war sehr hell. Ich dachte an die Baedeker-Angriffe, und für den Bruchteil einer Sekunde betete ich um Gnade für Starbridge, über das vielleicht das Todesurteil gesprochen war wegen seiner Schönheit, wegen der Sünde, in einem berühmten Reiseführer mit zwei Sternen vermerkt zu sein.

«... und es würde mir auch nichts ausmachen, ledig zu bleiben, aber natürlich muß eine Frau verheiratet sein, wenn sie es im Leben zu etwas bringen will, und ich *brenne* darauf, es zu etwas zu bringen. Was soll ich also machen? Ich bin jetzt siebenundzwanzig. Ich muß etwas tun, sonst ende ich noch als alte Jungfer, und alte Jungfer und Erfolg im Leben, das ist ein Widerspruch in sich. Ich hatte einmal daran gedacht, es als Nonne zu versuchen, aber die halten so ausgefallene Arbeitsstunden ein, und ich weiß nicht, wie ich ohne meine seidene Unterwäsche auskommen sollte –»

«Ich gebe zu, es sieht tatsächlich so aus, als wären Sie nicht unbedingt zu einem zölibatären Leben hinter Klostermauern berufen» – irgendwie gelang es mir, mich nicht länger bei der Vorstellung von Miss Tallent in seidener Unterwäsche aufzuhalten – «aber viele Frauen sind zur Ehelosigkeit in der Welt berufen und vermögen durchaus ein glückliches, erfolgreiches, produktives Leben zu führen. Die große Frage ist hier nicht: Wie wird die Gesellschaft mich beurteilen, wenn ich nicht heirate, sondern: Welches Leben soll ich nach Gottes Willen führen?»

«Nun, so weit ich das erkennen kann, will Gott nur, daß ich in Starmouth und Umgebung herumbummle und die Zudringlichkeiten betrunkener Matrosen abwehre.»

«Schön, dann tun Sie das auch weiterhin, und eines Tages wird Ihnen bestimmt Ihr Weg gezeigt werden.»

«Aber *liebster* Archidiakon –»

«Trotz der betrunkenen Matrosen begreife ich nicht ganz, weshalb Sie so überzeugt sind, die meisten Männer seien ekelhaft zu Frauen.»

«Nun, es ist all dieses Betätscheln und Befummeln, nicht wahr, weil die meisten Männer an nichts anderes denken können als an Sex, Sex und noch einmal Sex. Und das verdirbt alles, von hinten bis vorne, und manchmal finde ich das so traurig, daß ich heulen könnte. Aber ich will Ihnen eines sagen, bester Archidiakon: Wenn ich je heirate, dann einen hochherzigen Menschen, der mich nicht nur ansieht und denkt: ‹Was für hübsche Beine!› Für einen anderen als einen hochherzigen Mann könnte ich mich niemals entscheiden, das ist völlig undenkbar!»

«Wenn ein Mann Sie liebt, sieht er viel mehr als Ihre Beine. Das heißt – um Gottes willen, was sage ich da –»

«Aber wie soll ich wissen, ob ein Mann mich liebt, Stephen? Sie haben doch nichts dagegen, daß ich Sie Stephen nenne, nicht wahr, es ist ein so schöner, reiner, edler, hochherziger Name –»

«Miss Tallent, ich sage das nicht gern, aber ich fürchte, ein hochherziger Mann würde Sie zu Tode langweilen. Denken Sie nur an den Tugendbold Arabin in *Barchester Towers*! Alle sind sich einig, daß das der langweiligste Held der gesamten viktorianischen Literatur ist.»

«Aber wenn es darum geht, sich zu entscheiden zwischen einem, der hochherzig ist und einem, der sexbesessen ist –»

«Warum nehmen Sie nicht einen, der hochherzig *und* sexbesessen ist?»

«Gott, was für eine faszinierende Vorstellung! Aber gibt's denn solche Männer?»

«Die Spezies Mensch ist unendlich vielgestaltig.» Ich blickte mich nach dem Haus um. «Nun, jetzt, da wir den Garten im Mondschein gesehen haben, sollten wir vielleicht –»

«Aber ich will doch zum Fluß hinuntergehen! Ich will auf dieser Bank unter den Weiden sitzen und mit Ihnen ein hinreißendes Gespräch über die Helden der viktorianischen Literatur führen!»

Ich blickte auf den üppig wuchernden Garten, der im bleichen Mondlicht aufschimmerte. Ich blickte auf die Weiden, die vor dem Nachthimmel leise schwankten. Ich blickte auf das glitzernde Wasser des fernen Flusses. Ich blickte in das Land zahlloser Märchen, in denen der Held durch die beiläufige Bewegung eines Zauberstabs von einem Frosch in einen Prinzen verwandelt wird, und ich sagte: «Na gut. Aber nur fünf Minuten.»

Wie ich ihr bereits gestanden hatte, lebte ich gern gefährlich.

3

Der Fluß zog sich in einer Schleife um Starbridge herum und trennte die Innenstadt von den Vororten, doch an der Stelle, wo das Wasser am Dom vorüberglitt, waren auf dem jenseitigen Ufer keine Häuser, sondern nur Auwiesen, Gehölze und Ackerland. Die Bautätigkeit in der Zeit zwischen den Kriegen hatte auf der anderen Seite der Stadt stattgefunden, wo kein Fluß war und keine teuren Brücken benötigt wurden. Die Auwiesen und Felder gehörten zum Besitz des Dekans und des Kapitels und waren an den benachbarten Landwirt verpachtet; sie legten gewissermaßen ein stummes Zeugnis davon ab, daß Starbridge wohl Kreishauptstadt, aber kein nach allen Seiten auswucherndes Industriezentrum war.

«Zu Bischof Jardines Zeit war das ein herrlicher Garten», sagte ich, als wir uns auf die alte Bank an der Uferböschung setzten. «Aber als die Gärtner eingezogen wurden, blieb Dr. Ottershaw nichts anderes übrig, als sich mit der Wildnis abzufinden.»

«Aber das ist doch viel aufregender! Ich glaube, der Garten in Tennysons ‹Maud› könnte eine Wildnis gewesen sein, ganz verschlungen und dampfend und exotisch –»

«Ich hätte nicht gedacht, daß sich eine moderne junge Frau wie Sie für viktorianische Literatur interessiert.»

«Das war das einzige, wovon unsere dumme Gouvernante eine Ahnung hatte.»

«Dann haben Sie nie die Schule besucht?»

«Nein, dann wäre ich bestimmt davongelaufen und hätte meine frivole Karriere in der Gesellschaft schon viel früher begonnen – mit dem Ergebnis, daß ich jetzt bereits ausgebrannt wäre. Ja, wenn ich die Heldin eines viktorianischen Romans gewesen wäre –»

«Oh, dann wären Sie inzwischen zweifellos an Lungenschwindsucht gestorben», sagte ich. Sie mußte lachen, und wir begannen von den Heldinnen in der Literatur zu sprechen, die sich über die Konventionen der Gesellschaft hinweggesetzt und dafür teuer bezahlt hatten.

Das Gespräch glitt dahin wie der Fluß, der schimmerte, blinkte, glitzerte und seine Lichter unter der leuchtenden weißen Mondscheibe zu einer hypnotischen Einheit zusammenfließen ließ. Auch die

Zeit glitt dahin, die Zeit, die wir im bischöflichen Salon hätten verbringen sollen, und alle paar Minuten sagte ich mir, daß wir lieber ins Haus zurückkehren sollten. Das Märchen, in dem ich mich bewegte, war jetzt klarer umrissen; meine Rolle, das sah ich nun deutlich, war die eines männlichen Aschenputtels, und wenn die Uhr zwölf schlug, mußte meine Prinzessin fliehen. Aber bis dahin wollte ich nicht an diese unvermeidlichen mitternächtlichen Glockenschläge denken. Ich dachte statt dessen daran, wie erstaunlich es war, daß ich, in meiner stillen Domstadt vergraben, ein funkenblitzendes Zwiegespräch mit einer jungen Dame der Gesellschaft führte, und hinter meinem Erstaunen versteckte sich die lächerliche Befriedigung, daß ich, Norman Neville Aysgarth, Sohn eines Textilhändlers aus Yorkshire, mich im Garten eines Palais mit einer Millionärstochter unterhielt, die mit dem vormaligen Prince of Wales getanzt hatte. Ich war stets bemüht, nicht in die snobistische Geisteshaltung des sozialen Aufsteigers zu verfallen, und natürlich wußte ich, daß ein guter Geistlicher über solch niedrige weltliche Gedanken erhaben sein sollte, aber die Nacht war so schön, und Miss Tallent war so amüsant, und ich war schließlich nur ein Mensch.

Die metaphorische Mitternacht kam so schnell, daß ich zusammenfuhr. Vom Haus drang plötzlich Charlotte Ottershaws Stimme herüber: «Dido! Was hast du mit Neville gemacht?», und ich sah, daß mein Märchen zu Ende ging.

«Ich habe ihn verführt!» rief Miss Tallent zurück, und zu mir gewandt setzte sie ärgerlich hinzu: «Wie dumm! Jetzt müssen wir wieder zurück in den Salon.»

«Und ich muß mich auf den Heimweg machen.» Im Geiste hörte ich Aschenputtels Uhr gnadenlos die Stunde schlagen.

«Ach ja? Schon? Aber warum?»

Der Augenblick war gekommen. Nach ihrer unvergeßlichen Ballnacht fand Aschenputtel sich in ihren alten Lumpen wieder. «Miss Tallent», sagte ich, «es tut mir leid, ich hätte Ihnen das früher sagen sollen, aber es steht mir heutzutage kaum zu, mit charmanten jungen Damen lange Abende zu verbringen. Im Pfarrhaus wartet meine Frau auf mich. Wir sind seit sechzehn Jahren verheiratet und haben fünf Kinder.»

Einen Augenblick lang starrte sie mich stumm an. Dann rief sie mit einem Seufzer der Erleichterung aus: «Gott sei Dank! Dann brauche ich mir nie Sorgen zu machen, daß Sie über mich herfallen, nicht wahr! Was kann es schließlich Ungefährlicheres geben als einen verheirateten Geistlichen mit fünf Kindern?»

«Ja, in der Tat!» sagte ich und lächelte sie an, und in diesem Augenblick wurde mir bewußt, was für ein verlockendes Ziel sie war, so klug, so anregend, so attraktiv, so reich, so berühmt und – reizvollstes Element – so gänzlich unerreichbar. Die vertraute starke Erregung erfaßte mich wie stets beim Anblick eines Preises, der darauf wartet, errungen zu werden. Doch dann riß ich mich zusammen. Diese Trophäe zumindest würde nie den Weg in meine Sammlung finden. Eine andere vernünftige Schlußfolgerung gab es nicht. Mit meiner höflichsten Stimme sagte ich: «Es war mir ein großes Vergnügen, Sie kennenzulernen, Miss Tallent. Ich glaube nicht, daß sich unsere Wege noch einmal kreuzen werden, aber ich werde jedenfalls darum beten, daß Sie das Glück finden, das Sie verdienen.»

«Aber was reden Sie da!» Sie war entgeistert. «Ist es nicht ganz offenkundig, daß sich unsere Wege schon auf wunderbare Weise verschlungen haben? Als Sie mir beim Essen sagten, ich sei eine Heldin, da wußte ich sofort, daß Gott Sie mir geschickt hat! Ich will ein sinnvolles neues Leben beginnen: Ich will gut sein, ich will klug sein, ich will *Christ* sein. Da können Sie nicht einfach sagen: ‹Ich glaube nicht, daß sich unsere Wege noch einmal kreuzen werden› und in die Nacht hinein verschwinden! Ich weiß natürlich, daß Sie ein vielbeschäftigter Mann sind, und ich würde Ihnen auch nicht viel Zeit wegnehmen, aber wenn Sie mir nur gelegentlich ein kleines geistliches Wort schreiben könnten –»

«Aber meine liebe Miss Tallent –»

«Sehen Sie, ich habe das Gefühl, ich bin in meinem Leben an einem Punkt angelangt, an dem ich einfach einen geistlichen Berater brauche. Sie können mir schreiben und mir Gott näher bringen – oh, und Sie müssen mir alles über diesen Professor Raven und über Bischof Bell und Erzbischof Temple erzählen und alle die wirklich wichtigen Leute, von denen ich etwas wissen müßte – und da wir gerade von wichtigen Leuten sprechen, ich würde schrecklich gern Ihre Gattin kennenlernen. Darf ich morgen im Pfarrhaus vorbeikommen?»

Ich räusperte mich. «Wie freundlich von Ihnen, daran zu denken, aber leider fühlt sich meine Frau zur Zeit nicht ganz wohl. Deshalb hat sie mich auch heute abend nicht begleitet.»

«So ein Jammer! Aber vielleicht wenn ich das nächste Mal in Starbridge bin –»

«Ich bin sicher, sie wird entzückt sein, Sie kennenzulernen», sagte ich, die Diplomatie in Person, aber ich wußte schon jetzt, daß Grace für Miss Dido Tallent nicht viel übrig haben würde.

4

Zweifellos ist es mir jetzt gelungen, mich als einen sexbesessenen, alkoholsüchtigen, nur den weltlichen Dingen zugewandten Geistlichen hinzustellen, der schleunigst aus dem Priesteramt entfernt werden sollte. Man läuft immer Gefahr, einen falschen Eindruck zu erwecken, wenn man aus den reinsten Motiven heraus – Aufrichtigkeit und Demut – ein «ungeschminktes» Bild von sich zu zeichnen versucht – die schlechten Eigenschaften drängen sich unweigerlich in den Vordergrund. Es sei mir gestattet, dieses Bild zurechtzurücken.

Zunächst wage ich zu bezweifeln, daß Sex für mich eine größere Rolle spielt als für den Durchschnittsmann. Ich gebe zu, daß dieser sagenumwobene «Mann auf der Straße» wahrscheinlich zuviel Zeit mit Gedanken an Sex verbringt, aber worauf ich hier hinaus will, ist dies: Ich glaube nicht, daß ich in irgendeiner Weise nicht normal bin, wenn ich mir beim Anblick einer attraktiven Frau ihre weißen Schenkel vorstelle. Auch müssen diese harmlosen Phantasien nicht auf eine Neigung zu unmoralischem Verhalten hindeuten. In einer Familie von eifrigen Kirchgängern aufgewachsen, bekam ich schon früh im Leben eingebläut, welches Schicksal den Sünder erwartete, und in dem ängstlichen Bestreben, diese schrecklichen Strafen zu vermeiden, erwarb ich später eine große Selbstbeherrschung in sexueller Hinsicht. Als junger Mann war ich ernsthaft, idealistisch und keusch (mehr oder weniger – man kann wirklich nicht erwarten, daß heranwachsende Jungen nicht masturbieren). Grace war meine erste und in der Tat meine einzige Frau – abgesehen von einem unglückseligen Fehltritt während meiner Studentenzeit in Oxford. Große Verlegenheit hindert mich daran, ausführlicher auf diesen Vorfall einzugehen, und so sei hier nur gesagt, daß er auf meine erste Begegnung mit dem Champagner folgte und daß es sich bei dem Mädchen um eine Verkäuferin bei Woolworth handelte. Noch heute überfällt mich die Scham, wenn ich eine Woolworthfiliale betrete.

Meine moralischen Ansichten könnten heute sogar als altmodisch gelten. Ich halte Unzucht für eine Erniedrigung der Frauen, denen ihres einmaligen Beitrags zur Menschheit als Ehefrauen und Mütter wegen schließlich größte Ehrerbietung gebührt. Ehebruch ist für mich nicht nur eine sittliche Verfehlung, sondern ein Verbrechen, das gegen geheiligte Versprechen verstößt, Vertrauen zerstört, die Liebe vergiftet und das Leben nicht nur der Schuldigen, sondern auch der Unschuldigen beeinträchtigt. Sex ist wie Dynamit. Am rechten Ort und zur rechten Zeit eingesetzt, kann er durchaus nützlich sein, aber ohne Beachtung der angemessenen Regeln kommt es unweigerlich zu einer katastrophalen Explosion. Jene Menschen, die sich der geschlechtlichen Betätigung mit der Beiläufigkeit hingeben, mit der sie zwei Cocktails kippen, sind immer auch diejenigen, die es lustig finden, in einer Pulverfabrik mit Streichhölzern zu spielen. Als Geistlicher würde ich mich eines höchst unchristlichen Mangels an Barmherzigkeit schuldig machen, wenn ich herumliefe und allen diesen Narren ein «Dummkopf!» ins Gesicht riefe, aber es fällt mir doch manchmal schwer, solch gedankenlosen Fehltritten – als Modernist mache ich von dem viktorianischen Wort «Sünde» keinen Gebrauch – mit dem nötigen Mitgefühl zu begegnen.

Meine strenge Einstellung zur sexuellen Zügellosigkeit erstreckt sich auch auf den anderen Zeitvertreib der Menschen, der so großes Unheil anrichtet: den Alkohol. Die Methodisten meiner Kindheit pflegten dagegen mit der gleichen Verve zu Felde zu ziehen wie gegen die Unzucht, so daß es kaum überraschen konnte, daß ich mich zu einem höchst enthaltsamen jungen Mann entwickelte. Die katastrophale Einführung in die Freuden des Champagners damals in Oxford war in der Tat ein solcher Schock für mich, daß ich keinen Tropfen Alkohol mehr anrührte bis zu dem Tag, an dem ich Onkel Willoughby sagte, daß ich Geistlicher werden wollte, doch im Gegensatz zu dem, was die Prediger immer behauptet hatten, überantwortete mich dieser unschuldige Schluck Whisky keineswegs dem Verderben. Ich war viel zu arm, um mir regelmäßig Whisky leisten zu können, und sobald ich Geistlicher wurde, wußte ich zudem, daß ich mit dem Trinken vorsichtig sein mußte. Gute Geistliche nahmen nie scharfe Getränke zu sich. Selbst als sich mein Geschmack mit der Zeit verfeinerte, machte ich es mir zur Regel, nur mit Maßen zu trinken, und wenn ich auch an dem Abend meiner Begegnung mit Dido gegen diese Regel verstieß, indem ich ein zusätzliches Glas Portwein hinunterstürzte, so war dies doch ein außergewöhnlicher und kein alltäglicher Lapsus.

Ich trinke nie zweimal an einem Tag. Zugegeben, ich rauche, aber nie in der Öffentlichkeit und nur im Schlafzimmer, gewöhnlich nach dem Geschlechtsverkehr. Ich esse gern, aber nur gesunde Nahrung wie Rinderbraten und Yorkshire Pudding. Ich wurde in der Meinung erzogen, daß so frivole Süßigkeiten wie Schokolade nur die Sünde der Gefräßigkeit fördern und eine unverzeihliche Extravaganz darstellen. Erst als ich als junger Mann Grace den Hof machte, brachte ich schließlich den Mut – und das Geld – auf, mich gegen solche Strenge aufzulehnen. Ich ging mit Grace ins Kino und kaufte eine Schachtel Bonbons. Ich erinnere mich noch des schuldbewußten Kitzels, den ich empfand, als ich mir, den Blick auf die vor Sinnlichkeit triefende Clara Bow gerichtet, ein Stück köstlicher Pfefferminzschokolade in den Mund schob.

Jetzt habe ich zweifellos dafür gesorgt, daß man mich zwar nicht für einen Lebemann hält, der seines Amtes enthoben werden sollte, wohl aber für einen Tugendbold, der einen Tritt in den Hintern verdient hat. Wie schwer es ist, bei einem Selbstporträt das Gleichgewicht zu wahren! Es sei deshalb betont, daß ich mich nach Kräften bemühe, kein Pedant zu sein. Christus kam auf diese Welt, um einer von uns zu sein, nicht um abseits zu stehen und über unser Treiben die Nase zu rümpfen, und als liberaler Protestant, der fest daran glaubt, daß Christus der Mittelpunkt allen Seins ist, kann ich schwerlich das

Beispiel ignorieren, das er uns gegeben hat. Ganz gewiß komme ich mir trotz meiner strengen Moralanschauungen nie moralisch überlegen vor. Wie könnte ich das, wenn ich jedesmal beim Anblick einer Woolworthfiliale daran denken muß, daß ich zu einem Fehltritt genauso fähig bin wie jeder andere? Außerdem betrachte ich mich, obwohl ich feste moralische Maßstäbe anlege, nicht als puritanisch, und wer mich für einen etwas zu nüchternen Menschen hält, hat offenbar keine Ahnung von wirklicher Sittenstrenge.

Ein wahrhaft sittenstrenger Mensch, das weiß jeder, der unter religiösen Nonkonformisten aufgewachsen ist, lehnt nicht nur außerehelichen Geschlechtsverkehr, Schokolade und Alkohol ab, sondern auch Theater, Kino, Rundfunk, Kartenspiel und das Lesen von Romanen. Ich habe nicht genügend Zeit und Geld, um heute oft ins Kino oder ins Theater zu gehen, aber ich spiele gern Karten mit meinen Kindern, und ich versäume keine Folge von Thommy Handleys genialer Hörfunkserie. Ich lese zur Entspannung auch gern Romane. Nicht gerade Artikel über Sex in den *News of the World* – das hieße, sich mit schamlosem Schund abgeben. Aber in den Büchern von D. H. Lawrence lese ich sehr wohl über Sex; das – in aller Bescheidenheit – nenne ich Schritt halten mit der modernen Literatur.

Grace hatte früher auch gern gelesen, doch im Jahre 1942 hatte sie als Ehefrau eines Archidiakons und Mutter von fünf Kindern kaum noch die Zeit, ein Buch aufzuschlagen. An dieser Stelle muß ich eins unmißverständlich hervorheben: Grace war die wunderbarste Frau der Welt und die beste Gattin, die ein Geistlicher sich vorstellen konnte, und ich betete sie an. Ich möchte darüber keinen Zweifel aufkommen lassen. Sechzehn Jahre lang hatten wir das vollkommenste Eheleben genossen, ohne daß auch nur eine einzige Wolke den Ehehimmel getrübt hätte. Nun ja, kleine Wölkchen tauchten schon einmal auf, verzogen sich aber meistens rasch wieder. Selbst die vollkommensten Ehen haben gelegentlich ihre kleinen Wölkchen. Man lebt ja schließlich im richtigen Leben und nicht zwischen den Seiten eines Liebesromans.

Krönung meiner vollkommenen Ehe, wie die Zuckerschrift auf einem Lebkuchenherz, waren unsere vollkommenen Kinder. Ich weiß, daß man als Vater oder Mutter zu Vorurteilen neigt, aber auch

Außenstehende lobten immer wieder die Schönheit, die guten Manieren, die hohe Intelligenz und den bemerkenswerten Liebreiz meines Nachwuchses, so daß mein Stolz nicht völlig aus der Luft gegriffen sein kann. Ich brauche nicht zu sagen, wie sehr es mich befriedigte, daß es mir gelungen war, zwei der höchsten Güter des Lebens zu erringen: eine vollkommene Ehe und eine vollkommene Familie.

Jetzt höre ich mich wohl selbstgefällig an und eines weiteren Tritts in den Hintern wert, deshalb will ich ehrlicherweise hinzufügen, daß mein Familienleben durchaus seine Höhen und Tiefen hatte. Die Probleme schienen aber nie unüberwindbar und die Kinder nie unerträglich. Mein Liebling war Primrose, die ich für eine kleine Schönheit hielt, obwohl ich weiß, daß Männer ihre Töchter immer durch eine rosarote Brille sehen, vor allem dann, wenn es sich um die einzige Tochter handelt. Grace und ich hatten sie so genannt in Erinnerung an unsere Primel, die erste Blume, die ich Grace vor vielen Jahren in St. Leonards-on-Sea geschenkt hatte, einem vornehmen Badeort an der Küste von Sussex, wo meine Mutter in Gesellschaft meiner Schwester Emily ihre Witwenjahre verbracht hatte. Mein Bruder Willy und ich hatten nie in St. Leonards gewohnt; wir waren nach London aufs Internat geschickt worden. Dreimal im Jahr jedoch, an Weihnachten, Ostern und im Sommer, gab uns Onkel Willoughby das Geld für die Fahrkarte nach Sussex, und während eines dieser Ferienaufenthalte an der See hatte ich Grace kennengelernt, die dort Verwandte besuchte. Ich war siebzehn, sie zwei Jahre jünger. Als ich ihr die Primel gab, hob sie sie auf, preßte und rahmte sie und schenkte sie mir schließlich sieben Jahre später in unserer Hochzeitsnacht. Das Erinnerungsstück hing noch jetzt über unserem Ehebett. Angesichts solch hemmungsloser, wenn auch nicht ungewöhnlicher Sentimentalität konnte es nicht überraschen, daß wir unsere erste Tochter Primrose nennen wollten, und nach der Ankunft von Christian, Norman und James hatte Primrose ihren triumphalen Einzug in die Welt gehalten. Unsere vollkommene Familie war damit komplett. Jetzt brauchte ich mir nur noch zu überlegen, wie ich die Public-School-Ausbildung von drei Söhnen bezahlen sollte.

Da tauchte eines jener kleinen Wölkchen am sonnenhellen Ehehimmel auf, und im Gegensatz zu den früheren kleinen Wölkchen verzog es sich nicht gleich wieder. Grace und ich entdeckten betroffen, daß Primrose doch nicht die Vervollständigung unserer vollkommenen Familie gewesen war, und im Jahre 1941 traf Alexander (so genannt nach meinem Mentor Jardine) im Pfarrhaus ein.

Als ich mich schließlich in den Willen Gottes gefügt hatte, wie dies einem guten Geistlichen ansteht, beschloß ich, mit der Empfängnisverhütung strenger zu verfahren. Dieses Thema, das brauche ich nicht erst hervorzuheben, ist eines der heikelsten, mit denen es ein Geistlicher je zu tun bekommt. Nach meiner Erfahrung praktizieren alle verheirateten Kleriker Empfängnisverhütung, selbst die Bischöfe, aber keiner will dergleichen zugeben, weil die Kirche sich nicht von der alten Ansicht lösen kann, daß eine Beeinflussung der Fortpflanzung etwas Böses sei. Die letzte Lambeth-Konferenz hatte an dieser negativen Einstellung kaum etwas geändert, und bei den Debatten über das Eheleben war viel Heuchelei im Spiel. Am heftigsten sprachen sich immer die Junggesellen unter den Bischöfen gegen die Sünde der Empfängnisverhütung aus. Die verheirateten Bischöfe mit ihren ordentlichen kleinen Familien von zwei oder drei Kindern versanken dagegen in beredtes Schweigen.

Zu dem Glauben erzogen, daß Gott denen hilft, die sich selbst helfen, hatte ich mich nie lang mit diesem Problem herumgequält; mir war immer klar gewesen, daß ich und nicht Gott für die Gesundheit meiner Frau verantwortlich war, und so beschäftigte mich weniger das «Ob» der Empfängnisverhütung als das «Wie». «Kondome» mag es seit Ende des Ersten Weltkriegs fast überall zu kaufen geben, aber ein Geistlicher kann sich schlecht dabei erwischen lassen. Ebensowenig kann er sich an seinen Hausarzt wenden, den es höchstwahrscheinlich schockieren würde, zu erfahren, wie die Kirche in der Praxis mit ihren offiziell vertretenen Ansichten umgeht.

Ich wußte vom ersten Tag unserer Ehe an, daß die Verantwortung für die Regelung des Kindersegens bei mir lag; es war undenkbar, daß Grace sich mit einem Wissen beschmutzte, das nur gefallene Frauen besitzen sollten, und nach Christians Geburt faßte ich den vernünftigen Entschluß, mich über die alte religiöse Mißbilligung des Coitus interruptus hinwegzusetzen. Diese Form der Empfängnisverhütung genießt einen zweifelhaften Ruf, aber wenn man sie als eine Zucht betrachtet, die der Selbstbeherrschung förderlich ist und dadurch zu einer Leistungssteigerung führt, sind die offenkundigen Nachteile bald keineswegs mehr unerträglich.

Ich gestehe, ich habe diese Zucht nicht immer geübt. Das wäre zuviel verlangt gewesen, selbst für einen Mann, der Herausforderungen liebt, aber Graces monatlicher Zyklus war so regelmäßig, daß sich leicht ermessen ließ, wann besondere Vorsicht am Platze war. Nach Christians Geburt 1927 kamen Norman im Jahre 1930, James 1933 und Primrose 1937. Keine Übung in Familienplanung hätte erfolgreicher verlaufen können, und deshalb war Alexanders Entstehung auch ein solcher Schock für uns. Keines der anderen Kinder hatte sein Leben als Zufallsprodukt begonnen.

Nachdem er geboren war, riß ich mich zusammen, zog die notwendigen Konsequenzen und fuhr einmal im Monat in bürgerlicher Kleidung nach Starmouth, um dort anonym Kondome zu kaufen. Mir waren diese Expeditionen ein Greuel, weil sie sich für einen Archidiakon so gar nicht schickten, aber ich betrachtete dennoch meine Handlungsweise nicht als moralisch verwerflich und zweifelte auch nicht daran, daß Christus, der die Ehe so hochgehalten hatte, mir diese Machenschaften zum Schutz der Gesundheit meiner Frau, zur Bewahrung meines inneren Gleichgewichts und Förderung meines glücklichen Familienlebens vergeben würde.

Doch diesmal hatte unser glückliches Familienleben mehr als nur ein klein wenig gelitten, und verhinderte die jetzt streng geübte Verhütung auch weitere Beeinträchtigungen, so wurde mir doch bald bewußt, daß der eingetretene Schaden sich nicht so leicht reparieren ließ, wie ich gehofft hatte. Im Mai 1942, als ich Dido begegnete, machte ich mir bereits ernste Sorgen um Grace, die mit den Anforderungen des Pfarrhaushalts nicht mehr fertig zu werden schien.

Das Leben einer Pfarrersfrau ist nicht leicht. Gemeindemitglieder stellen fortwährend Ansprüche an ihre Zeit. Die gesellschaftlichen Verpflichtungen vervielfältigen sich. Ihr Mann bedarf der Unterstützung in sichtbarer wie unsichtbarer Weise. Selbst in einer friedlichen Landgemeinde kann diese Verantwortung zur Last werden, aber wir lebten nicht mehr auf dem Land. Das Archidiakonat von Starbridge war mit der Pfründe von St. Martin's-in-Cripplegate verknüpft, einer berühmten alten Kirche im Herzen der Stadt, und ich war zudem Honorarkanonikus des Doms. Ich kannte jeden, der in dieser Stadt Rang und Namen hatte, und als meine Frau mußte Grace diese Leute auch kennen. Grace stand gesellschaftlich eine Stufe über mir; ihr Vater war Anwalt in Manchester gewesen, aber Menschen aus dem Norden werden durch Leute aus dem Süden leicht eingeschüchtert, und Starbridge, das reiche, südliche Starbridge, war nicht die Stadt, in der Grace sich leicht zu Hause fühlen konnte.

Alex hatte mich 1937 zum Archidiakon ernannt, kurz vor Primroses Geburt. Christian besuchte bereits die Internatsschule, aber Norman und James waren noch zu Hause. Zwei lebhafte kleine Jungen, ein neugeborenes Baby, ein großes altmodisches Pfarrhaus, eine unvertraute Umgebung, eine Schar von unbekannten Gemeindemitgliedern und ständig wachsende gesellschaftliche Verpflichtungen hatten bewirkt, daß Grace allmählich in einen Zustand der Erschöpfung und Resignation sank. Alexanders Ankunft war der Tropfen, der das Faß schließlich zum Überlaufen brachte.

Ich sann auf Abhilfe – vergeblich. Ich schlug eine Haushaltshilfe vor, aber Grace fand es schon ermüdend, mit der Putzfrau zurechtzukommen, die wochentags jeden Morgen ins Haus kam. Ich wollte ein richtiges festes Kindermädchen einstellen statt des Mädchens, das nachmittags mit den Kindern spazierenging, aber Grace, der hingebungsvollsten Mutter, die man sich vorstellen konnte, war der Gedanke, daß eine andere Frau sie im Kinderzimmer ersetzen sollte, unerträglich. Ich sagte ihr, sie solle sich nicht aufregen, wenn es im Haus ein wenig staubig oder unaufgeräumt aussehe, doch Grace war eine Perfektionistin und konnte es nicht ertragen, in einem Haus zu leben, in dem nicht alles tadellos sauber war. So dauerte ihr Zustand resignierter Erschöpfung fort und verschlimmerte sich sogar noch, als sie sich außerstande sah, den eigenen hohen Maßstäben gerecht zu werden. An dem Abend, als der Bischof seine Einladung gab, war sie zu bedrückt gewesen, um mitzukommen.

«Ich habe nichts zum Anziehen», sagte sie. «Nichts.» Ich versagte es mir, sie darauf hinzuweisen, daß sich daran nichts ändern würde, solange sie alle ihre Kleiderkarten für die Kinder verwandte, aber als ich ihr versicherte, in ihrem bewährten schwarzen Abendkleid sehe sie noch immer reizend aus, sagte sie: «Ich kann Lady Starmouth nicht gegenübertreten.» Lady Starmouth, so ungezwungen aristokratisch, immer passend gekleidet und einzigartig weltgewandt, hatte Grace schon immer in Angst und Schrecken versetzt. Ich begriff, daß jeder weitere Versuch, sie umzustimmen, zwecklos war; mir blieb nichts übrig, als mir eine glaubwürdige Entschuldigung auszudenken.

Als ich in jener Nacht vom Palais heimkam, war ich allein. Alex wohnte bei uns, aber er war noch bei der Gesellschaft geblieben, wie es sich für den Ehrengast schickte, und wir hatten vorher ausgemacht, daß wir getrennt zum Pfarrhaus zurückkehren würden. Da meine Frau offiziell an einer Migräne litt, hätte es merkwürdig ausgesehen, wenn ich nicht frühzeitig gegangen wäre.

Mein Schlüssel drehte sich im Schloß, und sobald die Eingangstür aufging, hörte ich das Baby brüllen. Sekunden später erschien Grace oben an der Treppe. Sie war bleich vor Müdigkeit und sah aus, als hätte sie geweint. «Ich dachte schon, du kommst nie mehr nach Hause! Ich mache mir solche Sorgen, ich kann gar nicht mehr richtig denken – Sandy behält sein Essen nicht bei sich, will nicht schlafen, will nicht aufhören zu schreien, und ich halt's nicht aus, ich werde nicht mit ihm fertig, ich kann nicht –»

«Mein liebster Schatz ...» Als sie die Treppe herabtaumelte, meinen ausgestreckten Armen entgegen, und dann an meine Brust sank, dachte ich an alle die Briefe, die ich ihr als junger Mann geschrieben hatte. Nach unserer heimlichen Verlobung hatte ich sie in meinen Liebesbriefen immer mit diesen Worten angeredet: «Mein liebster Schatz, heute habe ich endlich meine Schulzeit hinter mich gebracht ...» «Mein liebster Schatz, heute bin ich in Oxford angekommen und beginne mein großes Abenteuer ...» «Mein liebster Schatz, heute habe ich endlich jeden Gedanken an eine Laufbahn als Jurist aufgegeben, so daß ich wohl nie als Anwalt mein Glück machen werde ...» «Mein liebster Schatz, ich weiß, junge Männer sollten nicht daran denken, mit dem Gehalt eines Hilfspfarrers zu heiraten, aber wenn man das kleine Einkommen in Betracht zieht, das Du von

Deinem Großvater geerbt hast, sehe ich keinen Grund, weshalb wir nicht endlich zusammen leben sollten...» Wie hatte ich meiner Trophäe, der vollkommenen Ehefrau, nachgejagt, und was für eine köstliche Jagd war es gewesen! Die Jagd war in der Tat so köstlich gewesen, daß ich befürchtet hatte, die Ehe selbst könne damit nicht Schritt halten, aber glücklicherweise hatte ich bald erkannt, daß es auf der anderen Seite des Altars neue Ziele zu erreichen galt: das vollkommene Zuhause, das vollkommene Eheglück, das vollkommene Familienleben...

Das Baby, das oben im Kinderzimmer brüllte, machte dieser überflüssigen Übung in Nostalgie ein Ende. «Mein liebster Schatz», sagte ich in entschiedenem Ton, «du darfst dir von dem kleinen Monster wirklich nicht so zusetzen lassen! Geh sofort ins Bett und überlaß ihn mir.»

«Aber er hat seine ganze Mahlzeit wieder von sich gegeben – vielleicht ist er krank –»

Es gelang mir schließlich, sie ins Bett zu schicken. Als sie davonschwankte, bemerkte ich, daß der Saum ihres Nachthemds ausgefranst war, und eine Sekunde lang kam mir Dido Tallent in den Sinn, wie aus dem Ei gepellt in ihrer Marinehelferinnenuniform, aber ich sperrte diese Erinnerung aus, indem ich ins Kinderzimmer ging.

Alexander stand in seinem Bettchen und schaute böse drein, weil er so laut hatte schreien müssen, bis er auf sich aufmerksam gemacht hatte. Als ich hereinkam, war er sofort still.

«Dieses Verhalten kann nicht geduldet werden», sagte ich. Ich sprach zu meinen Kindern nie in einer primitiven Sprache. «Die Nacht ist zum Schlafen da. Lärm ist nicht erlaubt.»

Er starrte mich ebenso verständnislos wie hingerissen an. Das war doch für ein vierzehn Monate altes Kind etwas ganz anderes als eine Mutter, die immer nur nett und freundlich war. Ich streichelte sein braunes Haar, das mich an meinen Bruder Willy erinnerte, sah ihm fest in die blauen Augen, die den meinen so sehr ähnelten, und hob ihn hoch, um ihn wieder hinzulegen. Er öffnete schon den Mund, um zu schreien, überlegte es sich aber dann anders und sagte: «Beten!» Und dabei sah er so klug aus, daß ich lachen mußte. «Genau!» sagte ich. «Beten kommt vor dem Schlafen.» Ich berührte beiläufig seine

Stirn, aber er hatte kein Fieber, und ich nahm an, daß er sich nur übergeben hatte, um herauszufinden, wieviel Aufregung er verursachen konnte. Während er mich aufmerksam beobachtete, sprach ich das Vaterunser für ihn, sagte in entschiedenem Ton: «So, jetzt gute Nacht, Sandy» und trat von dem Bettchen zurück, um das Bild von Peter Rabbit an der Wand gegenüber zu betrachten. Nach einer Weile blickte ich mich um, und als ich sah, daß er mich immer noch beobachtete, rief ich aus: «Wie still du bist! Gut gemacht!» Da lächelte er und schloß die Augen. Ich war zum zweitenmal in den Anblick von Peter Rabbit vertieft, als ich das willkommene Geräusch seines ruhigen Atems hörte und wußte, daß ich mich unbesorgt davonschleichen konnte.

«Das Monster schläft», sagte ich zu Grace, als ich zu ihr ins Schlafzimmer kam. Sie hatte sich inzwischen die Augen getrocknet, war aber noch sehr blaß.

«Wie hast du das nur fertiggebracht?»

«Ich habe ihm gezeigt, wer der Boß ist. Ich glaube, du bist manchmal zu nachgiebig mit ihm!»

«Das bin ich nicht! Ich bin nur eine normale, liebevolle Mutter, und wenn du je eine normale, liebevolle Mutter gehabt hättest –»

«Meine Mutter hat mich angebetet.»

«Nun, das hat sie wohl auf ihre eigene, besondere Weise, aber –»

«Grace, ist das wirklich der richtige Augenblick, über meine Mutter zu sprechen?»

«Es ist nie der richtige Augenblick, über deine Mutter zu sprechen!»

«Warum fängst du dann von ihr an?»

«Oh, es tut mir leid, es tut mir leid –» Abermals brach Grace in Tränen aus.

Schuldgefühl überwältigte mich. «Mein liebster Schatz . . . verzeih mir . . .» Ich sank auf das Bett nieder und küßte sie verzweifelt, aber als die Tränen weiterflossen, sagte ich: «Ich bete noch» und schlüpfte ins Ankleidezimmer hinüber. Zehn Sekunden lang konzentrierte ich mich auf tiefes Ein- und Ausatmen. Nachdem ich meine Nerven beruhigt hatte, entkleidete ich mich, stellte mich nackt in die Mitte des Zimmers und streckte mich, bis mir die Muskeln weh taten. Auch diese Übung wirkte beruhigend. Wenn ich mein geistliches Gewand ablegte, fühlte ich mich jünger, geschmeidiger, möglicherweise sorgloser, ganz gewiß abenteuerlustiger. Vielleicht erfahren Frauen ein ähnliches Gefühl innerer Befreiung, wenn sie ihr Korsett ablegen.

Nachdem ich meinen Pyjama angezogen hatte, betete ich rasch, versetzte der Bibel einen nachdenklichen Klaps, starrte zwei Minuten lang ins Leere und kam zu dem Schluß, daß meine nächste Pflicht darin bestand, eine Versöhnung herbeizuführen. Also nahm ich den erforderlichen Gegenstand aus der verschlossenen Schachtel hinten im Schrank und ging ins Schlafzimmer zurück.

Grace hatte ihre Tränen getrocknet. Das war ein gutes Zeichen. Sie hatte sich auch das Haar gekämmt. Auch das war ein gutes Zeichen. Grace hatte langes, dunkles Haar, das sie tagsüber zu einer Rolle hochgeschlungen trug. So hatte sie das Haar immer getragen, seit sie sich keine Zöpfe mehr zu flechten brauchte, und ich hatte ihr nie erlaubt, etwas daran zu verändern. Während der zwanziger Jahre hatte sie sich das Haar kürzer schneiden lassen wollen, aber ich hatte gesagt: «Warum etwas Vollkommenes zerstören?», und die Krise war vorübergegangen. Später, in den dreißiger Jahren, hatte sie mit einer Lockenfrisur geliebäugelt, aber auch dieser Absicht hatte ich nicht zustimmen können; ich hatte immer das Gefühl, Graces zarte Fin-de-siècle-Erscheinung sei der Inbegriff von Schönheit und Eleganz. Sie war einszweiundsechzig groß, was ideal war, denn selbst in Schuhen mit hohen Absätzen wirkte sie nicht größer als ich. Auch nachdem sie fünf Kinder geboren hatte, war sie noch immer bemerkenswert schlank und anmutig – nicht ganz so schlank wie früher natürlich, aber kein Mann kann schließlich erwarten, daß seine Frau nach sechzehn Ehejahren noch aussieht wie eine junge Braut.

Sobald ich hereinkam, sagte sie mit ihrer ruhigsten und vernünftigsten Stimme: «Liebling, es tut mir sehr, sehr leid. Du kommst nach Hause und erlebst gleich eine so unschöne Szene! Wie war es denn bei deiner Abendgesellschaft?»

Unendlich erleichtert atmete ich auf. Meine Frau war wieder vollkommen. Alles war gut. «Oh, schrecklich langweilig», sagte ich, schlüpfte ins Bett und gab ihr einen Kuß. «Was das Essen betrifft, hast du nichts versäumt. Es gab eine höchst merkwürdige Vanillecreme, in der ein Ei gewesen sein soll.»

«Was für ein Ei?»

«Das hat Mrs. Ottershaw nicht gesagt.» Ich knipste das Licht aus.

«War Charlotte da?»

«Ja. In Begleitung.»

«Ein Mann? Wie aufregend! Ich hoffe so sehr, daß Charlotte einen Mann findet.»

«Nein, es war leider auch nur eine Marinehelferin. Und General Calthrop-Ponsonby war da und hat wieder gegen die Buren gewettert, und Frau Dekan hatte es wie immer mit den Pfadfinderinnen, während ihr Mann mich zur Krisentheologie oder Neuorthodoxie zu bekehren versuchte oder wie man die letzte Variation des von Karl Barth in die Welt gesetzten Unsinns nennen will –»

«Wie froh du da gewesen sein mußt, heimzukommen!»

«Ich komme immer gerne heim», sagte ich und knöpfte meine Pyjamahose auf.

«Liebling, es tut mir wirklich leid, daß ich vorhin so eklig war –»

«Kein Wort mehr davon. Wir lassen über der Szene den Vorhang herunter, als hätte es sie nie gegeben, und feiern, daß mit dir alles wieder in Ordnung ist . . . es ist doch alles wieder in Ordnung, Liebes, ja?»

«Ja, natürlich!» sagte sie sofort. «Ich fühle mich wieder vollkommen in Ordnung, genau wie immer.»

Wiederum überkam mich große Erleichterung, während ich mich anschickte, den Akt der Versöhnung zu einem triumphalen Ende zu bringen.

Keinen Augenblick lang kam mir der Gedanke, daß ich mich vielleicht einer groben Täuschung hingab.

II

«Eine erste Liebe bewahrt nicht immer ihren Glanz.»

CHARLES E. RAVEN
in *A Wanderer's Way*

I

Ich hatte gerade meine Zigarette ausgedrückt, als ich unten die Haustür gehen hörte – Alex war vom Palais zurückgekehrt. Ich blickte mich nach Grace um, aber sie war schon eingeschlafen. Leise schlüpfte ich aus dem Bett, zog den Pyjama wieder an, griff nach dem Schlafrock und tappte die Treppe hinunter, um mich um meinen Gast zu kümmern.

Alex war stehengeblieben, um die Schlagzeilen der *Starbridge Weekly News* zu lesen, die am Morgen zugestellt worden war und noch auf der Dielenkommode lag. Er war wie ich von mittlerer Größe, aber in der Statur unterschieden wir uns. Ich bin untersetzt, er dagegen war schlank wie ein Windhund und rastlos wie ein Wiesel. Sein etwas gelichtetes graues Haar lag gerade, glatt und sauber gescheitelt. Seine häßlichen gelblich-braunen Augen strahlten eine ungeduldige Vitalität aus, die gar nicht zu den tiefen, düsteren Falten um den Mund herum passen wollten. Wie immer war er untadelig gekleidet.

«Hätten Sie gern noch einen Tee, ehe Sie sich schlafen legen, Alex?»

«Ich glaube, etwas zum Aufmöbeln wäre eher angebracht! Warum bloß hat Ottershaw diesen alten Knacker von Calthrop-Ponsonby eingeladen, der einem so schrecklich auf die Nerven geht?»

«Ich glaube, er tut ihm leid.»

«Typisch. Ottershaw hätte noch Mitleid mit einem Tiger, der ihn zum Frühstück verspeisen will . . . Was macht Grace?»

«Sie schläft.»

«Hm.» Er ließ die Zeitung unvermittelt auf die Kommode fallen. «Können wir kurz in Ihr Arbeitszimmer gehen, Neville? Ihr freundliches Angebot mit dem Tee nehme ich nicht an, aber ich möchte etwas mit Ihnen besprechen.»

Ich ging ihm durch die Diele voraus. Am liebsten hätte ich mich gleich schlafen gelegt, da ich jetzt sehr müde war, aber Alex war nicht nur mein derzeitiger Freund, sondern auch mein früherer Gönner, und ich war stets bemüht, ihm gefällig zu sein.

Ich hatte ihn 1932 kennengelernt, als er Bischof von Starbridge geworden war. Da für mich seit langem feststand, daß man im Süden wohnen mußte, wenn man «vorankommen und es zu etwas bringen» wollte, hatte ich all meine Oxforder Beziehungen spielen lassen, um von Alex' Vorgänger Dr. Hargreaves ordiniert zu werden, der mein Vorbild gewesen war, als ich den Ruf zum Dienst in der Kirche verspürt hatte – ein Gelehrter, moderat in seinem Protestantismus und tolerant gegenüber modernistischen Vorstellungen. Ich war schließlich Hilfspfarrer in einem Dorf nur zwei Meilen von Starbridge entfernt geworden und hatte jeden Morgen vom Schlafzimmerfenster aus den Domturm sehen können, der so erhaben aufragte, Symbol meiner großen Hoffnungen für die Zukunft.

Nach meiner Zeit als Hilfspfarrer war ich zum Pfarrer von Willowmead ernannt worden, einem malerischen Marktstädtchen im Norden der Diözese, und hier war Alex nach Dr. Hargraves Tod 1932 in mein Leben getreten.

Ich mochte ihn zuerst nicht. Seine Direktheit grenzte manchmal schon fast an Grobheit, aber ich fand später heraus, daß er bei seiner Ankunft in der Diözese mit vielen Problemen zu kämpfen gehabt hatte, was seinem natürlichen Charme einigen Abbruch tat.

Im Jahr darauf dagegen, bei seinem zweiten Besuch in meiner Gemeinde, zeigte er sich von seiner besten Seite. Er erkundigte sich höflich nach meinem Lebenslauf, und als er erkannte, daß wir vieles gemein hatten – den frühen Verlust eines Elternteils, die bittere Erfahrung versteckter Armut und den starken Willen, über das britische Klassensystem zu triumphieren –, nahm er mich sofort unter seine Fittiche. Vielleicht wäre ich auch ohne seine Förderung aufgestiegen, aber sicher war das keineswegs. In einer nationalen Institution wie der Kirche von England, die traditionell zur Engstirnigkeit neigte und von Männern der Oberschicht beherrscht wurde, konnte sich ein Selfmademan nur auf die Hilfe eines anderen Selfmademans verlassen, der wußte, was es bedeutet, gegen Vorurteile und Diskriminierung anzukämpfen. Alex war Fellow von All Souls, hatte aber nie eine Public School besucht. Die bescheidene Herkunft verband uns, und so arbeiteten wir seit langem in einer Art Verschwörung zusammen, die es mir ermöglicht hatte, mich durch eine Ritze in der verschlossenen Tür der etablierten Ordnung in den privilegierten Raum dahinter zu zwängen. Diese auf dem Schlachtfeld des Klassensystems erworbene Kameradschaft verlieh unserer gegenseitigen Wertschätzung einen starken emotionalen Akzent. Natürlich stellten wir unsere Gefühle nie voreinander zur Schau – schließlich waren wir Engländer –, aber obwohl wir verschiedenen Generationen angehörten, so betrachtete ich ihn doch als meinen engsten Freund.

Im Sommer 1937 bekam er Schwierigkeiten mit dem Archidiakon von Starbridge, einem schon älteren Mann, der sich immer häufiger in senile Panikzustände flüchtete, und nachdem der alte Herr dazu gebracht worden war, in Pension zu gehen, bot Alex mir das Archidiakonat an. Mir fiel der Abschied von Willowmead nicht schwer. Ich hatte die Gemeinde zu einem Muster an christlicher Effizienz gemacht und sehnte mich schon seit einiger Zeit nach der Eroberung neuer Welten. Die Versetzung nach Starbridge kam mir äußerst gelegen, doch kaum hatte ich mich im September 1937 im Pfarrhaus von St. Martin's eingerichtet, mußte Alex sich leider vom Bischofsamt zurückziehen und in den Ruhestand treten.

Zuerst war ich sehr beunruhigt, nicht nur weil mir Alex doch so nahe stand, daß ich mich um seinen Gesundheitszustand sorgte, sondern auch, weil mir deutlich bewußt war, daß ich es mir kaum leisten konnte, einen so einflußreichen Gönner zu verlieren. Ich sah der Ankunft Dr. Ottershaws mit einigem Bangen entgegen, doch zu meiner großen Erleichterung erwiesen sich alle Befürchtungen als grundlos.

Es gibt im Grunde nur zwei Arten von Bischöfen: heiligmäßige und solche, die ich Aufsichtsratsbischöfe nenne. Letztere sind von

Natur aus Geschäftsleute und gesellige Menschen mit einem Gespür für Organisation; ihre unvermeidliche Weltlichkeit wird gemildert durch den Geist Christi, und ihr Erfolg im Bischofsamt hängt vom Grad dieser Milderung ab. Heiligmäßige Bischöfe dagegen besitzen gewöhnlich kein Talent für administrative Angelegenheiten und brauchen viel Zeit für die Pflege ihrer geistlichen Gaben; ihr Erfolg im Amt hängt weniger von der Gnade Gottes ab als von ihrer Bereitschaft, ihre Pflichten in der Verwaltung an entsprechend begabte Mitarbeiter zu delegieren.

Alex war ein Aufsichtsratsbischof, Dr. Ottershaw ein heiligmäßiger Bischof. Ich war der begabte Mitarbeiter, der unter den ihm übertragenen administrativen Pflichten gedieh – und binnen eines Monats wußte ich, daß Dr. Ottershaw und ich füreinander geschaffen waren. Mir wurde sogar klar, daß Alex und ich gewiß Streit bekommen hätten, wenn er weiter im Amt geblieben wäre. Alex war für seine kämpferische Art bekannt; ich selbst hatte eine aufbrausende Natur. Jener vorzeitige Rückzug in den Ruhestand mochte in mancher Hinsicht fatal gewesen sein, er hatte uns aber zumindest befähigt, unsere Freundschaft aufrechtzuerhalten, die wir jetzt, 1942, zehn Jahre nach unserer ersten Begegnung in Willowmead, beide so sehr zu schätzen wußten.

Als wir an jenem Abend mein Arbeitszimmer betraten, sagte er, fast noch ehe ich die Tür geschlossen hatte: «Halten Sie mich für sehr anmaßend, wenn ich Ihnen einen väterlichen Rat anbiete?» Ich erwiderte leichthin: «Sie wissen doch genau, daß ich Ihre Anmaßung eher schätze – nur zu!» Aber ich war beunruhigt. Ich habe eine Abneigung gegen Amtspersonen, die väterliche Ratschläge erteilen. Das erinnert mich immer an meinen Onkel Willoughby.

«Es ist wegen Miss Tallent.»

«Ah ja?» sagte ich und bemühte mich, kühl zu bleiben, indes die Zimmertemperatur auf tropische Hitzegrade zu klettern schien.

«Ja.» Alex, der jede Heuchelei haßte und sich mit seinen Kreuzzügen für die Wahrheit während seiner Amtszeit manchen zum Feind gemacht hatte, war kaum der Mann, der sich durch Kühle zurückhalten ließ. «Neville, wenn Sie das nächste Mal auf einer Abendgesellschaft einer verführerischen jungen Dame begegnen, dann verschwinden Sie mit ihr bitte nicht länger als fünf Minuten im Mondschein. Und wenn Sie das nächste Mal Miss Tallent begegnen – falls es ein nächstes Mal gibt –, dann verschwinden Sie mit ihr überhaupt nicht. Wie Sie wissen, habe ich nichts gegen eine *amitié amoureuse* einzuwenden, aber solche Freundschaften hat man am besten mit glücklich verheirateten Frauen in Begleitung glücklich verheirateter Ehemänner. Wer sich mit einer kecken kleinen Miss einläßt, der pflegt keine *amitié amoureuse* – der spielt mit dem Feuer.»

«Ganz recht.» Zu meinem Ärger spürte ich, daß ich errötete; dieses Handikap aus jüngeren Jahren habe ich nie ganz abstreifen können. Sehr verlegen wandte ich mich zur Seite, um die Fotos meiner Kinder auf dem Kaminsims neu anzuordnen.

Nach einer Pause sagte Alex in knappem Ton: «Es tut mir leid, wenn ich Sie aus der Fassung gebracht habe, aber ich bin immer sehr offen, das wissen Sie ja, und in diesem Fall spreche ich nur, weil ich mich um Sie sorge. Sie bedeuten mir sehr viel, Neville. Ich schätze Sie sehr – und ich möchte es nicht erleben, daß Sie sich die Karriere verderben.»

Ich war empört. Großartig auf seine Zuneigung hinweisen und sentimental daherreden, und dann unsere schöne Freundschaft mit Füßen treten durch ein Verhalten, das einem unbeholfenen, sturen Vater anstand – das war unerträglich. Ich fand keine Worte. Ich konnte nur nach Graces Foto greifen und wie wild mit dem Ärmel über den Silberrahmen wischen.

«Mißverstehen Sie mich nicht», sagte Alex schließlich. «Ich bin sicher, die kleine Eskapade heute abend war völlig harmlos. Aber wo eine attraktive Frau im Spiel ist, entwickelt jeder Mann – sogar ein Geistlicher, vielleicht gerade ein Geistlicher – eine fast grenzenlose Fähigkeit zur Selbsttäuschung.»

Ich hatte den Rahmen blank poliert und stellte das Foto wieder auf den Kaminsims. Dann sagte ich in meinem höflichsten Ton: «Ich verstehe, was Sie meinen. Danke für den Rat. Wollten Sie mir sonst noch etwas sagen?»

«Ja, das wollte ich tatsächlich.» Ich hätte wissen sollen, daß Alex praktisch nicht zu bremsen war, wenn er einmal zu einer offenen Rede angesetzt hatte. «Neville, wie kommt es, daß Sie kein Kindermädchen haben, das sich um meinen reizenden, außerordentlich lebhaften Patensohn kümmert? Wenn es nämlich eine Geldfrage ist, hoffe ich doch, Sie sind nicht zu stolz, um ein Hilfsangebot anzunehmen. Ich habe mehr Geld, als ich brauche, und ich würde gern etwas zur Erleichterung der Situation tun.»

Ich war abermals sprachlos. In meinem förmlichsten Ton sagte ich: «Welcher Situation?»

«Mein lieber Neville, ich wohne jetzt drei Tage bei Ihnen, und ich bin weder blind noch taub! Grace ist doch ganz offensichtlich am Ende ihrer Kräfte!»

«Unsinn. Ich gebe zu, sie ist im Augenblick ein wenig müde, weil sie sich noch immer von den Osterferien erholt, doch jetzt, da die drei älteren Jungen wieder im Internat sind, wird sich das bald geben. Keine Probleme finanzieller Art. Keine Probleme irgendwelcher Art.»

«Neville, ich weiß, Sie haben Ihren Stolz, aber wäre es nicht eine Hilfe, wenn Sie – ausnahmsweise einmal – zugäben, daß nicht alles ganz so ist, wie es sein sollte? Wenn Grace so erschöpft ist, daß sie kaum ihren häuslichen Pflichten nachkommen kann, wie kann sie dann in befriedigender Weise ihre Verpflichtungen als Ehefrau eines Archidiakons erfüllen? Sie ist doch der Einladung heute abend bewußt aus dem Weg gegangen, nicht wahr? Nun, diesmal war es nicht schlimm, und sie hat nichts versäumt, aber was ist im Falle einer wirklich wichtigen Einladung, eines Termins, der für Ihre weitere Laufbahn entscheidend sein könnte? Oder anders ausgedrückt: Wo soll Grace die zusätzliche Energie hernehmen, die sie braucht, wenn sie in Zukunft mit Ihnen Schritt halten will? Wenn Sie ein Kindermädchen einstellten –»

«Das will Grace aber nicht. Sie könnte es nicht ertragen, wenn eine andere Frau ständig im Kinderzimmer wäre.»

«Dann nehmen Sie sich ein Mädchen für alles!»

«Das will Grace auch nicht. Eine andere Frau ständig in der Küche, das würde sie nicht aushalten.»

«Ich höre immer nur, was Grace will oder nicht will. Was wollen denn *Sie*? Mir scheint, nach Ihrem Verhalten heute abend zu urteilen, Sie haben allmählich das Gefühl, zu kurz zu kommen!»

Irgendwie gelang es mir, mich zu beherrschen. Ich hörte mich mit meiner farblosesten Stimme sagen: «Da täuschen Sie sich gründlich, Alex. Sie beurteilen die Situation völlig falsch, aber wie könnte ich auch erwarten, daß Sie sie richtig deuten? Kein Außenstehender kann wirklich wissen, was in einer Ehe vorgeht.»

«Nun, da haben Sie freilich recht», sagte Alex trocken – offenbar wollte er dem Gespräch die Spannung nehmen, indem er zu seinem Sarkasmus überwechselte. «Kein Mensch hat eine Ahnung, was alles in meiner vorgegangen ist.» Er wandte sich zum Gehen, doch als er die Tür öffnete, konnte er dem Drang nicht widerstehen, mir einen letzten unerbetenen Rat zu erteilen. «Bringen Sie Primrose und Sandy bei einer hilfsbereiten Nachbarin unter, und machen Sie mit Grace eine zweite Hochzeitsreise, ehe Sie wieder an eine flotte kleine Miss geraten.»

«Es wird keine flotte kleine Miss mehr geben. Vielleicht kann man Ihnen nicht zum Vorwurf machen, daß Sie aus meinem törichten Umgang mit Miss Tallent die falschen Schlüsse ziehen, aber ich darf Ihnen ein für allemal versichern, daß Grace die vollkommene Ehefrau ist und daß ich sie anbete.»

«Wunderbar! Sehr schön, dann höre ich jetzt auf, in meiner üblichen empörenden Weise meine Befugnisse zu überschreiten, und begebe mich ins Bett, ehe Sie noch mit geballten Fäusten auf mich losgehen. Gute Nacht, Neville. Und vergessen Sie nicht, daß ich nur Ihr Bestes im Auge hatte ...»

2

Ich war so zornig über diesen anmaßenden Versuch, sich in meine Ehe einzumischen, daß ich trotz meiner Müdigkeit noch eine Stunde lang im Dunkeln wach lag. Ich ertrug es nicht, daß Alex auch nur eine Sekunde an Graces Vollkommenheit zweifelte. Es war mir ein Greuel, daß er mich auf Dinge hinwies, die ich ohnehin wußte. Und auf bequeme Lösungsvorschläge konnte ich verzichten, weil das Problem viel komplexer war, als er in seiner Unkenntnis annahm. Ich konnte Grace nicht einfach ein Kindermädchen oder ein Mädchen für alles aufzwingen. Schließlich war sie es, nicht ich, die mit dieser Frau umgehen mußte, und wenn Grace sich nicht in der Lage fühlte, mit einer anderen Frau in der Küche oder im Kinderzimmer fertig zu werden, war jeder Versuch, eine geeignete Person einzustellen, nur Zeitverschwendung. Ich wußte auch aus Erfahrung, daß Grace jeden Vorschlag, eine Hilfskraft zu beschäftigen, als versteckte Kritik an ihr als der vollkommenen Ehefrau und Mutter auslegen würde, auch wenn ich ihr noch so überzeugend versicherte, daß eine solche Kritik nicht beabsichtigt sei. Ich war überzeugt, daß das Problem schließlich an Schärfe verlieren würde, wenn Sandy nicht mehr ständig der mütterlichen Aufsicht bedurfte und seine Laufbahn als Schuljunge begann, doch bis zu dem ersehnten ersten Tag im Kindergarten konnte ich Grace wohl nur helfen, indem ich in Liebe und Treue und unendlichem Mitgefühl zu ihr stand. Ich mußte mir fest vornehmen, mich nie über ihre melancholischen Stimmungen zu beklagen, ihr nie Vorwürfe zu machen, wenn sie vor den gesellschaftlichen Anlässen zurückscheute, die sie eigentlich mit mir hätte teilen sollen, und nie, nie, nie die Beherrschung zu verlieren. Ich war immer der Tatsache eingedenk, daß Sandy schwerlich ohne mein Dazutun empfangen worden sein konnte, und wenn er jetzt unser Leben erschwerte, hatte ich die moralische Pflicht, die Situation zu verbessern, indem ich der vollkommene Ehemann war.

Es bedrückte mich jetzt, daß ich vorhin die Beherrschung verloren hatte, aber ich konnte mich zumindest mit dem Gedanken trösten, daß ich anschließend die Versöhnung herbeigeführt hatte. Wie unrecht Alex mit der Vorstellung gehabt hatte, ich könnte im Schlafzimmer zu kurz kommen! Selbst nach sechzehn Ehejahren mußte ich auf diesem Gebiet nichts entbehren – außer wenn Grace im neunten Monat war, an Migräne litt oder vor Erschöpfung sofort einschlief. Diese Ausnahmen waren aber nicht von Bedeutung, da man kaum erwarten konnte, daß sich das Eheleben als eine ununterbrochene Kette von Liebesakten darbot. Selbst D. H. Lawrence hatte nie versucht, Mellors und Lady Chatterley umgeben von fünf Kindern zu beschreiben. Mein Bruder Willy hatte von einem Ferienaufenthalt in Frankreich ein Exemplar der *Lady*

Chatterley nach England eingeschmuggelt, und ich hatte das Buch mit Interesse gelesen, hielt es aber persönlich für weniger bedeutend als Lawrences übrige Werke.

Mir fiel ein, daß Lawrence' eigene Ehe kinderlos geblieben war, und da mußte ich wieder an Alex denken. Seine kinderlose Ehe konnte man wohl kaum als einen Erfolg bezeichnen, und ich fragte mich, in welchem Maße sein eigener ehelicher Verdruß seine Auslegung meines Dilemmas beeinflußt hatte.

Alex hatte leichthin gesagt, niemand wisse über seine Ehe Bescheid, ich aber glaubte nur zu gut zu wissen, was da vorgegangen war. Er hatte nach kurzem, stürmischem Liebeswerben eine Frau geheiratet, die in intellektueller Hinsicht sein genaues Gegenteil war, und diesen törichten Schritt gewiß schon bald bereut. Auch ohne Kinder, die sie hätten ablenken können, war seine Gemahlin Carrie unfähig gewesen, ihren wachsenden Pflichten nachzukommen, indes Alex die kirchliche Erfolgsleiter geradezu emporgeflogen war. Als er 1927 zum Dekan von Radbury ernannt wurde, hatte er sogar jemanden einstellen müssen, der sich um sie kümmerte, und diese Gesellschafterin, ein kühles jungfräuliches Wesen mit einem trügerisch attraktiven Äußeren und einer Rechenmaschine als Hirn, war es dann gewesen, die zuerst im Dekanat von Radbury und dann im Palais von Starbridge für Ordnung gesorgt hatte. Die Gesellschafterin hatte schließlich gekündigt, um zu heiraten, sehr zum Ärger der Jardines, und seit 1937 hatte eine ganze Reihe von Wirtschafterinnen mehr oder weniger vergeblich versucht, in Carries Tagesablauf System zu bringen. Selbst jetzt, da Alex zurückgezogen in einem kleinen Dorf lebte, kam Carrie nicht ohne Hilfe aus. Welche Last für einen Ehemann! Alex pflegte tapfer über seine *ménage à trois* zu witzeln, aber in meinen Augen war seine Ehe der Gipfel der Trostlosigkeit.

Der einzige versöhnende Umstand war die Tatsache, daß Carrie auf ihre ältliche Weise noch immer hübsch war. Man hatte daher annehmen dürfen, daß die Jardines immer noch die ehelichen Freuden genossen – wie hätte Alex seine Ehe sonst erträglich finden können? –, doch nun fragte ich mich, ob das Herzleiden, das die Ursache seines Ausscheidens aus dem Amt gewesen war, auch der sexuellen Seite seiner Ehe ein Ende gesetzt hatte. Eigenartigerweise wirkte er immer sehr lebhaft und vital, doch wenn er so schnell eine nicht existierende Frustration in meiner Ehe entdeckt hatte, mußte man vielleicht argwöhnen, daß ihm Frustration in seiner eigenen nicht fremd war.

Ich seufzte; mein Zorn wich langsam einem Gefühl des Mitleids, und so besänftigt, gelang es mir schließlich doch einzuschlafen.

Am nächsten Morgen stellte ich zu meiner Verwirrung fest, daß ich noch immer zornig auf ihn war, jetzt aber aus einem anderen Grund. Ich sah ein, daß er mit den besten Absichten gesprochen hatte; ich sah sogar ein, daß seine Sorge um Grace nicht ganz unberechtigt war; was ich aber nicht hinnehmen konnte, war die Art, wie er das Gespräch geführt hatte. Mit dem Takt eines Elefanten und der Sensibilität eines Nashorns war er losgestürmt und hatte mir seine Schlußfolgerungen aufzuzwingen versucht, ohne sich darum zu kümmern, ob ich willens war, sie zu akzeptieren, und mochte man bei einem wohlmeinenden Vater der alten Schule über ein solches Verhalten noch hinwegsehen, so war es meiner Meinung nach bei einem Geistlichen absolut unverzeihlich. Ich selbst hatte keine große seelsorgerische Begabung. Mein Gebiet war die Administration, aber ich hatte von seelsorgerischer Arbeit doch eine gewisse Ahnung und wußte, daß man bei der Beratung eines Menschen, der in Schwierigkeiten ist, in erster Linie zuhören muß und keine großen Reden halten darf – daß man Vertrauen nicht zerstören darf, sondern es aufbauen muß. Mein Vertrauen zu Alex war durch dieses verletzende Gespräch in seinen Grundfesten erschüttert worden. Ich bewunderte ihn noch immer als Mensch, ich schätzte ihn noch immer als Freund, aber über mein Privatleben wollte ich nie mehr mit ihm sprechen.

Das war eine beunruhigende Schlußfolgerung, doch glücklicherweise hatte ich am frühen Morgen meist zuviel zu tun, um unangenehmen Gedanken nachhängen zu können. Als erstes machte ich, wie immer, Tee – das mindeste, was Grace verdiente, so fand ich, war ein Ehemann, der ihr morgens den Tee ans Bett brachte. Nachdem ich dieses Ritual vollzogen hatte, begab ich mich in mein Ankleidezimmer, las die Andacht und meditierte gewissenhaft über die vorgeschriebenen Verse aus der Bibel. Wenn nicht in der Praxis, so doch der Neigung nach der Low Church zugehörig – meine Gottesdienste waren sorgfältigst auf den Geschmack der gemäßigten Mehrheit der Kirche von England ausgerichtet, um es möglichst vielen recht zu machen –, konzentrierte ich mich in meinen geistlichen Übungen bevorzugt auf Bibeltexte, ehe ich mich den Gebeten zuwandte.

Danach rasierte ich mich und kleidete mich an. Gewöhnlich trug ich meine Archidiakonskleidung, aber wenn ich eine eher formlose Verabredung hatte – oder wenn es so heiß war, daß Beingamaschen eine Qual darstellten –, besaß ich auch den Mut, auf den einfachen Anzug des Geistlichen zurückzugreifen. Ich bin kein Mensch, dem es Spaß macht, in einem antiquierten Kostüm herumzulaufen.

Schließlich ging ich ins Kinderzimmer hinüber, wo Sandy bald aufwachen würde, und legte ihm einige Spielsachen ins Bettchen, damit er sich ruhig verhielt. Um sieben Uhr war ich in meinem Arbeitszimmer, wo ich bis zum Frühstück eine Stunde zu arbeiten gedachte. An jenem Morgen hatte ich wieder einige Beileidsbriefe zu schreiben – nach drei Jahren Krieg mußte man sehr darauf achten, daß sich tröstende Worte nicht nach hohlen Phrasen anhörten – und zwei Rechnungen zu bezahlen; danach prüfte ich zwei Eingaben: Die eine bezog sich auf neue Dachrinnen für eine Kirche mit chronisch feuchter Mauer, die andere auf einen Streit um einen neuen Taufstein. Ich hielt es für das Klügste, den Diözesangutachter anzuweisen, sich die alten Dachrinnen anzusehen, und die Diözesananwälte zu bitten, festzustellen, ob der Taufstein rechtlich als ein solcher gelten konnte. Der empörte Kirchenvorsteher behauptete, er erinnere ihn an eine Klosettschüssel.

Ich gähnte. Es war still im Archidiakonat. Keine eingestürzten Kirchtürme, kein Ärger über Plastikblumen auf Gräbern, kein ländlicher Dekan, der an Größenwahn litt, kein Hilfspfarrer, der sich an Chorknaben heranmachte, kein Pfarrer, der mit anglokatholischem Feuer spielte, kein Küster, der sich eine Kugel durch den Kopf jagte. Als ich sah, daß ich vor dem Frühstück noch fünf Minuten Zeit hatte, machte ich einen Entwurf für meine Sonntagspredigt und entlockte meinem verläßlichen Gedächtnis einige passende Zitate. Mein Bruder Willy sagte immer, ich hätte einen Kopf wie ein Staubsauger; ich kann mühelos jede Information in mich aufnehmen, Erhabenes wie

Lächerliches und sie oft noch Jahre später, mit einer ans Roboterhafte grenzenden Genauigkeit wieder von mir geben.

Beim Frühstück bewunderte ich die neue Schleife in Primroses Haar, warf einen Blick auf die Schlagzeilen der *Times*, las Christians letzten Brief aus Winchester, ging einmal ans Telefon, hob zweimal Sandys Zwieback vom Boden auf und fragte Alex, ob er den ganzen Tag in der Dombibliothek über den Akten seiner Amtszeit zu verbringen gedachte.

«Nein, heute erhole ich mich einmal von meinen Memoiren», sagte er zu meiner Überraschung. «Ich nehme den Zug nach Starvale St. James und besuche Lyle.»

Lyle, jetzt Mrs. Charles Ashworth, war die schöne, kühle Gesellschafterin, die vor ihrem unverhofften Eintritt in den Stand der Ehe im Jahre 1937 so erfolgreich den Jardineschen Haushalt geleitet hatte.

«Sie wird mich wahrscheinlich nicht sehen wollen», sagte Alex, während er sich träge Konfitüre auf den Toast strich, «aber es wäre doch zu albern, wenn ich die Diözese verließe, ohne sie besucht zu haben. Ich finde mich einfach vor ihrer Tür ein und schwenke den Ölzweig des Friedens.»

«Besser spät als nie. Aber rufen Sie sie doch lieber vorher an. Was wollen Sie mit Ihrem Ölzweig machen, wenn Sie vor der Haustür feststellen, daß sie ausgegangen ist?»

«Das muß ich riskieren. Wenn ich sie anrufe, legt sie vielleicht sofort auf – ich kann Ihnen gar nicht sagen, was für ein unschönes Durcheinander das damals war, 1937 –»

«Mir kam das immer wie ein höchst lächerlicher Sturm im Wasserglas vor, und ich könnte mir denken, daß auch Lyle die Entfremdung gerne überwinden würde. Soll ich Sie zum Bahnhof fahren?»

Er nahm das Angebot an. Ich sah leicht gerührt, daß er für Lyles zwei Jungen teure Geschenke gekauft hatte. Offenbar sollte sein Ölzweig nicht aus bloßen Worten bestehen.

«Grüßen Sie bitte Lyle von mir», sagte ich. «Ich werde übrigens bald in ihrer Gegend zu tun haben. Ein aufgeregter Kirchenvorsteher in Starvale St. James beschwert sich über einen neuen Taufstein, der angeblich wie ein Toilettenbecken aussieht.»

«Ach ja?» sagte Alex unbestimmt, und als er nicht lächelte, wußte ich, daß er mit den Gedanken ganz woanders war.

Ich setzte ihn am Bahnhof ab und ließ mir im Diözesanbüro in der Eternity Street meine Sonderzuteilung an Benzinmarken geben, schlug mich mit mehreren Leuten herum, die über mich an den Bischof herankommen wollten, entwischte in die High Street, wo ich mir Zigaretten kaufte, und parkte den Wagen schließlich im ehemaligen Pfarrhauspferdestall, als die Uhr von St. Martin's gerade die halbe Stunde schlug. Ich kam ein wenig zu spät zur morgendlichen Besprechung mit meinen Hilfspfarrern, aber zu meiner Erleichterung sah ich, daß vor dem Pfarrhaustor noch keine Fahrräder abgestellt waren. Ich mochte es nicht, wenn meine Hilfspfarrer vor mir da waren und dann unerträglich tugendhaft dreinblickten, wenn ich hereinkam. Sollten sie lieber außer Atem und mit schuldbewußter Miene ankommen, während ich bereits gelassen am Schreibtisch saß.

Ich öffnete die Haustür. Ich zog den Schlüssel aus dem Schloß. Und ich hielt wie gelähmt inne, die Hand noch auf der Klinke. Ich hatte aus dem Zimmer, in dem wir Besucher aus der Gemeinde empfingen, ein Lachen gehört, doch dieses Lachen gehörte keinem Gemeindeglied von St. Martin's-in-Cripplegate. Ganz automatisch, ohne erst nachzudenken, stolperte ich weiter in die Diele hinein.

«Das wird Neville sein», hörte ich Grace sagen. «Wenn Sie mich bitte entschuldigen wollen – ich sage ihm nur, daß Sie da sind.»

Ich stürmte über die Schwelle des Besuchszimmers. Grace, die schon fast bei der Tür angelangt war, wich hastig zurück, als unser Gast aufsprang, und einen Moment lang sah ich uns alle drei gleich Marionetten an den Enden äußerst unberechenbarer Fäden zappeln.

«Hallo, Stephen!» sagte Dido. Ich hatte natürlich den ganzen Morgen gewissenhaft jeden Gedanken an sie unterdrückt, und da stand sie und warf mir ihr strahlendes, keckes Lächeln zu.

«Guten Morgen, Miss Tallent», sagte ich, starr vor Zorn hinter meinem Archidiakonskragen. Ich bemerkte, daß Grace ihr ältestes Kleid anhatte, das sie nur im Haus trug, und daß sie darin verwelkt, müde und altmodisch wirkte. Dido dagegen in ihrer schicken, straff sitzenden Marinehelferinnenuniform sah frech, flott und verführerisch aus. Ich hätte sie ohrfeigen können.

Plötzlich wurde ich mir Sandys Gegenwart bewußt. In dem tiefen Schweigen, das den förmlichen Begrüßungsworten folgte, stapfte er auf mich zu und bot mir einen seiner Bauklötze an.

«Danke, Sandy.» Ich nahm den Klotz und hielt ihn so fest umklammert, daß mir die Finger weh taten. Dann sagte ich, um einen verbindlichen Ton bemüht, zu Dido: «Wie liebenswürdig von Ihnen, uns zu besuchen, aber ich fürchte, Sie müssen mich entschuldigen. Ich habe eine wichtige Besprechung mit meinen Hilfspfarrern.»

«Oh, ich will Sie nicht aufhalten, wenn Sie beschäftigt sind!» rief Dido mit einem jener offenherzigen Blicke aus weit aufgerissenen Augen aus, die ich so berückend an ihr fand. «Ich wollte nur meine Karte abgeben und mich erkundigen, ob es Ihrer Frau besser geht.» Sie schenkte Grace ihr wärmstes Lächeln und setzte in vertraulichem Ton hinzu: «Sie haben nicht viel versäumt gestern abend – Ihr Gatte war der einzige Lichtblick.»

Es klingelte an der Haustür.

«Ich gehe hin», sagte Grace und hob Sandy auf.

«Nein, ich gehe schon –»

«Nein, es ist schon gut, Neville –»

Wir stießen an der Tür zusammen, ehe es Grace gelang, in die Diele hinauszuschlüpfen.

«Ich bringe offenbar alles durcheinander, wie üblich», sagte Dido. «Ich gehe sofort.»

Ich merkte, daß ich noch immer Sandys Bauklotz in der Hand hielt. Er war leuchtend rot – rot wie die Gewalt, wie vulkanisches Feuer, wie Blut auf der Kinoleinwand. Und wie Didos Lippenstift. Während ich den Klotz mit größter Behutsamkeit auf den Tisch legte, gelang es mir irgendwie, mit meiner höflichsten Stimme zu Dido zu sagen: «Wenn Sie gehen müssen, will ich Sie nicht aufhalten, aber ich möchte mich entschuldigen, wenn Sie den Eindruck hatten, unwillkommen zu sein.»

«O nein, Ihre Gattin war reizend! Wir haben uns wunderbar verstanden!»

«Miss Tallent –»

«Oh, hören Sie doch bitte auf, mich so zu nennen! Sagen Sie doch einfach Dido, wie alle anderen auch.»

«Es schmeichelt mir sehr, daß Sie auf so vertrautem Fuß mit mir verkehren möchten, aber ein Geistlicher muß einer jungen Dame, die er noch keine vierundzwanzig Stunden kennt, leider mit einer gewissen Zurückhaltung begegnen.»

«Aber ich bin überzeugt, Jesus hätte mich ohne weiteres Dido genannt! Er hat sich bei uns leichten Mädchen nie mit Förmlichkeiten aufgehalten!»

Ich öffnete den Mund, um sehr kühl zu sagen: «Ich kann diese Bemerkung leider nur als höchst geschmacklos betrachten», doch diese Worte kamen nicht über meine Lippen. Statt dessen merkte ich zu meinem Entsetzen, daß ich lächelte. «Sie sind unmöglich!» rief ich verzweifelt aus. «Was soll ich nur mit Ihnen machen?»

«Aber wissen Sie das denn nicht mehr? Sie sollen doch mein geistlicher Führer sein und mir erhebende Briefe schreiben.»

«Aber meine liebe Miss Tallent –»

«Sie dachten, ich hätte das nicht ernst gemeint, nicht wahr? Ich schwöre Ihnen, mir ist es sehr ernst damit, und ich bin zutiefst verzweifelt. Ich weiß, Sie halten mich für dumm und eitel und nicht wert, daß man sich um mich kümmert, aber –»

«Jeder Mensch ist es wert, daß man sich um ihn kümmert. Aber meinen Sie nicht, Ihr Geistlicher in Starmouth ist eher in der Lage, Ihnen die Anleitung zu geben, die Sie brauchen?»

«Der ist unverheiratet und dazu kalt wie ein Fisch! Auf beiden Seiten leicht angebraten und mit Petersilie im Maul wäre er vielleicht noch erträglich, aber sonst ist er zu nichts zu gebrauchen!»

Ich traf eine rasche Entscheidung, eine kühle, praktische Entscheidung nach der Art tüchtiger Verwaltungsleute, frei von jedem emotionalen Beigeschmack. Es bestand kein Zweifel daran, daß dieses Mädchen ernstlich in Not und ohne inneren Halt war. Ganz offensichtlich litt sie an jener besonders quälenden Verwirrung, die so oft mit einem schweren Verlust einhergeht: einem schockartigen Bewußtwerden der eigenen Sterblichkeit und einem Hinterfragen der bisherigen Lebensweise. Mit der rechten Unterstützung konnte diese Selbstprüfung zu einem kräftigen seelischen Wachstum führen. Wie konnte ich sie mit so unchristlichem Zynismus betrachten, nur weil sie so viele Jahre lang ein gedankenloses Gesellschaftsleben geführt hatte? In einem sehr realen Sinn hatte Didos geschmacklose Bemerkung über Jesus der Wahrheit entsprochen. ER wäre nie hochmütigen Blicks an ihr vorübergegangen, und da ich einer seiner Gefolgsleute war, durfte ich das auch nicht tun.

Ich schlug einen anderen Kurs ein. «Schön», sagte ich in entschiedenem Ton. «Wenn Sie wirklich glauben, daß ich Ihnen helfen kann, beantworte ich Ihre Briefe – aber nur unter einer Bedingung. Sie müssen mich mit ‹Archidiakon› anreden, ich rede Sie mit ‹Miss Tallent› an, und unsere Korrespondenz wird ein Muster an Schicklichkeit sein.»

«Das sind drei Bedingungen, nicht eine! Aber schön, ich akzeptiere sie alle mit Begeisterung und Dankbarkeit.» Sie lächelte mich strahlend an. «Auf Wiedersehen, lieber Archidiakon. Ich gehe jetzt aufs Postamt und kaufe mir einen großen Vorrat an Briefmarken.» Und während ich mich fragte, wie ich nur ein solcher Narr hatte sein können, schwebte sie beschwingt aus dem Zimmer.

3

«Warum hast du mir nichts davon gesagt?»

«Es schien mir nicht wichtig.»

«Aber sie ist doch bekannt! Sie hätte beinahe diesen Millionär geheiratet – und dann war da noch dieser Filmstar – und jeder weiß, daß sie mit dem Prince of Wales geflirtet hat!»

«Ich halte das alles nicht für besonders interessant.»

«Nun, sie findet es offenbar sehr interessant! Und wie kommt sie dazu, dich Stephen zu nennen?»

«Der Name Neville erinnert sie an Mr. Chamberlain.»

«Aber wie kam sie überhaupt auf deinen Vornamen, wo du sie doch gerade erst kennengelernt hattest?»

«Ach, du weißt ja, Leute der Gesellschaft haben heutzutage so sonderbare Manieren. Genau wie die Leute vom Film.»

«Nun, mir kommt das alles etwas seltsam vor. Sie hat sogar gesagt, sie hätte sich mit dir eine halbe Stunde allein im Garten unterhalten!»

«Und zwar über viktorianische Literatur.»

«Und was haben sich die anderen wohl gedacht, als du eine halbe Stunde mit einem Gesellschaftsflittchen verschwunden bist?»

Ich räusperte mich. «Ich finde diese Bezeichnung ein wenig lieblos, Grace. Selbst ein mondänes Mädchen der Gesellschaft kann Erlösung finden.»

«Sag bloß nicht, sie will von dir erlöst werden!»

Ich räusperte mich abermals. «Nun, sie hat mir tatsächlich zu verstehen gegeben, daß sie ihren Lebenswandel von Grund auf ändern will. Ich mußte ihr versprechen, ihr ein paar Zeilen zu schreiben, wenn sie in religiöser Hinsicht irgendwelche Fragen hat.»

«Also wirklich, Neville! Für so naiv hätte ich dich nicht gehalten!»

«Und ich hätte dich nicht für so gehässig und zynisch gehalten!»

Grace erschlaffte plötzlich, als wäre alle Kraft aus ihr gewichen. Sogleich verwünschte ich mich für mein Verhalten. «Mein liebster Schatz –» Ich nahm sie in die Arme. «Ich weiß, das klingt alles sehr ungehörig, aber was soll ein Geistlicher tun, wenn er um Rat in religiösen Dingen gebeten wird? Er kann ihn doch nicht verweigern, nur weil die betreffende Person aus Kreisen kommt, in denen er normalerweise nicht verkehrt!» Ich gab ihr einen Kuß, ehe ich hinzufügte: «Ich zeige dir natürlich jeden Brief.»

«Unsinn. Du weißt, daß das nicht nötig ist.»

Sie klammerte sich kurz an mich und wandte sich dann unvermittelt ab: «Die Hilfspfarrer sind da», sagte sie.

«Und wenn schon.» Ich schloß sie wieder in die Arme und sagte in meinem entschiedensten Ton: «Ich liebe dich sehr – das habe ich ja wohl heute nacht bewiesen –, und für mich wirst du immer die einzige Frau auf der Welt sein. Warum sollte ich auch nur einen Gedanken an ein so vorlautes kleines Ding wie Dido Tallent verschwenden?»

Das war in der Tat die Frage.

4

Gegen Mittag kehrte Alex von seiner Friedensmission in Starvale St. James zurück, wo sich Lyle vor einem Jahr ein Haus gemietet hatte. Sie wohnte eigentlich in Cambridge, wo ihr Mann vor dem Krieg Kanonikus an der Kathedrale und Theologielehrer an der Universität gewesen war, aber nachdem Ashworth mit seinem Regiment nach Übersee geschickt worden war, hatte Lyle sich vorübergehend aufs Land zurückgezogen, damit ihre kleinen Kinder in größerer Sicherheit lebten. Ashworth hatte einen älteren Freund in Starvale St. James – eben den Kirchenvorsteher, der sich wegen des Taufsteins beschwert hatte –, und Lyle, der die Diözese schon aus ihrer Zeit bei den Jardines vertraut war, hatte sich gesagt, daß sie sich dort wahrscheinlich weniger einsam fühlen würde als anderswo auf dem Land.

Als Alex eintraf, hatte ich gerade ein Telefongespräch mit dem Bischof beendet, der sich wegen des geplanten Gefangenenlagers in Starbury Plain Gedanken machte. Es war keineswegs sicher, daß man uns irgendeinen Kontakt mit den Gefangenen gestatten würde, aber der Bischof meinte, wir sollten uns vorsorglich wenigstens auf ein Mindestmaß seelsorgerischer Tätigkeit einrichten. Unglücklicherweise würde das Lager, falls es überhaupt entstand, zum Bereich des anderen Archidiakons, Hubert Babbington-French, gehören, der jetzt öffentlich verkündete, nur tote Deutsche seien gute Deutsche. Kein Wunder, daß sich der Bischof aufregte; schließlich hatte er es nicht jeden Tag mit einem hohen Geistlichen zu tun, der unchristliche Parolen von sich gab. Es war klar, daß man den schwachsinnigen Babbington-French von den armen Deutschen fernhalten mußte, aber ich hatte das unbehagliche Gefühl, daß der Bischof in seiner Verzweiflung statt dessen mich einzusetzen gedachte. Ich war bereit, meine Pflicht zu erfüllen und selbst dem widerlichsten Nazi mit christlicher Nächstenliebe zu begegnen, doch war diese Vorstellung keineswegs erhebend, zumal wir alle damit rechneten, daß Hitler eines Tages seinen Baedeker doch noch auf der falschen Seite aufschlagen würde. Der Gedanke an einen Angriff auf Starbridge machte mir insgeheim große Sorgen. Mein Pfarrhaus lag im Zentrum der Stadt, doch Grace hatte, dem Beispiel der Königin folgend, gesagt, die Kinder blieben bei ihr und sie beabsichtige, bei mir zu bleiben – und ich mußte natürlich in St. Martin's bleiben. Ich konnte Gott nur dafür danken, daß wir einen guten Luftschutzkeller hatten, und darum beten, daß Hitler, abgelenkt durch die Kämpfe an der Ostfront, das Interesse an der Lektüre von Reiseführern verlor.

Ich fragte mich gerade, ob ich einen täglichen Mittagsgottesdienst einführen sollte, für all die in der Stadt arbeitenden Menschen, die doch einen starken Drang verspüren mußten, um Errettung zu beten, als die Tür meines Arbeitszimmers aufging und Alex hereinkam. Sein Schritt hatte etwas Federndes, auf seinem Gesicht lag ein Lächeln, und im Knopfloch seines eleganten Anzugs steckte eine Nelke.

«Darf ich annehmen, daß das Kriegsbeil begraben ist?» fragte ich belustigt, nachdem wir uns begrüßt hatten.

«Ich glaube, man sollte lieber sagen, es ist uns gelungen, das Beil bis zur späteren Beisetzung schon einmal in den Sarg zu legen – aber zumindest ist das ein Schritt in die richtige Richtung! Wir sind zwanzig Minuten lang im Garten gesessen und haben Tee getrunken.»

«Nur zwanzig Minuten lang?»

«Sie mußte zu einer Ausschußsitzung des Women's Institute. Aber sie hat mir Grüße an Carrie aufgetragen – das Eis scheint endgültig gebrochen zu sein.»

«Wunderbar! Und wie fanden Sie die Jungen? Der kleine Charley sagt, er will Geistlicher werden.»

«Das hat er mir auch gesagt.» Alex, der im Zimmer auf und ab gegangen war, hörte jetzt auf, mit den Münzen in seinen Taschen zu klimpern, und begann das Telefon zu beäugen. «Ich würde Carrie gern sofort von der Begegnung erzählen», sagte er. «Kann ich sie oben von Ihrem Nebenapparat aus anrufen?»

«Aber selbstverständlich – gehen Sie nur hinauf», sagte ich und machte mich an einen Brief ans Rote Kreuz wegen des Lebensmittelpakets der Gemeinde für britische Kriegsgefangene.

In dieser Tätigkeit wurde ich durch das Erscheinen meines Diözesenschrecks unterbrochen, eines Geistlichen namens Darrow, über den ich später mehr berichten werde. Ich erwähne ihn jetzt nur, weil er gerade zu dieser Zeit seine Lehrtätigkeit an der theologischen

Hochschule in der Domfreiheit begann, ein Umstand, der 1945, nachdem ich beinahe zum Ehebrecher geworden war, beträchtliche Bedeutung für mich erlangen sollte.

An jenem Morgen im Jahre 1942, als Darrow unangemeldet in mein Arbeitszimmer gerauscht kam, litt die theologische Hochschule gerade an einem akuten – kriegsbedingten – Personalmangel, und am Abend zuvor im Palais hatte Alex Dr. Ottershaw mit der so wichtigen Information dienen können, daß Darrow Erfahrung in der Ausbildung von Geistlichen hatte. Darrow verfügte auch auf vielen anderen kirchlichen Gebieten über Erfahrung – Archidiakone halb um den Verstand zu bringen war nur eine seiner ausgefalleneren Aktivitäten –, doch jetzt ist nicht der Augenblick, sich näher über seine freibeuterische Laufbahn in der Kirche auszulassen. Er war an diesem Morgen eigentlich gekommen, um Alex dafür zu danken, daß er ihn dem Bischof empfohlen hatte, aber es lief darauf hinaus, daß er uns einen unerträglich selbstgefälligen Vortrag hielt, in dem er ausführte, daß das allerhöchste Ziel eines Priesters – als fanatischer Anglokatholik nannte er Geistliche immer «Priester» – nur in der Vereinigung mit Gott bestehen könne.

«Wie habe ich es nur fertiggebracht, mich zu beherrschen?» sagte Alex, als Darrow gegangen war. «Ich werde auf meine alten Tage wohl doch noch ein Heiliger! Und da sagt Lyle, ihr Mann gehöre nach wie vor zu Darrows glühendsten Verehrern!»

«Ashworth ist jetzt als Militärgeistlicher in Nordafrika. Wenn er einen Archidiakonatsbezirk zu leiten hätte, in dem Darrow sein Unwesen treibt, wäre es mit seiner Bewunderung bald vorbei, das versichere ich Ihnen! Wie wird es auf der theologischen Hochschule zugehen, wenn dieser Pirat dort Einzug gehalten hat?»

«Ich prophezeie charismatische Wunder, Weihrauch in der Hochschulkapelle und einen kollektiven Nervenzusammenbruch des übrigen Lehrkörpers. Und da wir gerade bei den Nerven sind – haben Sie mir verziehen, daß ich gestern abend so offen über Grace gesprochen habe?»

«Natürlich.»

«Es täte mir wirklich leid, wenn ich Sie verärgert hätte, Neville.»

«Mein lieber Alex, lassen wir über der Szene den Vorhang herunter und vergessen wir die ganze Sache einfach!»

«Sehr schön, aber darf ich, ehe der Vorhang ganz unten ist, gerade noch fragen, ob Sie meinem Rat folgen und mit Grace eine zweite Hochzeitsreise machen werden?»

«Lassen Sie das Thema fallen, Alex – lassen Sie es bitte fallen», sagte ich mit meinem freundlichsten Lächeln und einer Stimme von Stahl und er beeilte sich, von anderen Dingen zu sprechen.

Abends im Schlafzimmer hörte ich mich jedoch plötzlich zu Grace sagen: «Was hältst du von einer Woche Urlaub, ehe die Schulferien anfangen? Wir könnten Primrose und Sandy in Manchester bei Winifred lassen und uns im Lake District ein Hotelzimmer nehmen.»

Grace hielt im Haarbürsten inne und sah mich im dreiteiligen Spiegel an. «Aber kann man denn dort noch Urlaub machen?»

«Ich denke schon. Nur die Küstengebiete im Süden und Osten sind für Urlauber gesperrt.»

«Aber ich könnte Sandy unmöglich bei Winifred lassen! Er wäre viel zu anstrengend für sie.»

«Vielleicht würde sie das gern auf sich nehmen, wenn du dadurch ein paar Tage Ruhe hättest. Schließlich sagst du immer, sie sei so eine wunderbare Schwester.»

«Ja, aber sie hat nicht so viel Geduld wie ich, und –»

«Keiner hat mit diesem kleinen Monster so viel Geduld wie du! Ich glaube, eine Prise Ungeduld ab und zu könnte ihm gar nicht schaden!»

«Aber Neville –»

«Warum redest du so um die Sache herum? Es ist doch ganz einfach: Möchtest du eine zweite Hochzeitsreise machen oder nicht?»

«Es bleibt mir wohl nichts anderes übrig, als ja zu sagen.»

«Du liebe Güte!» rief ich aus und bemühte mich nicht länger, meinen Unmut zu verbergen. «Was ist denn das für eine Antwort?»

«Die Antwort, die du ja wohl von einer vollkommenen Ehefrau erwartest.»

«Grace, wenn du nicht so hoffnungslos perfektionistisch wärst, würdest du nicht so lächerliche Bemerkungen machen!»

«Ich und perfektionistisch? Aber Neville, der Perfektionist bist doch *du*! *Du* jagst doch den Siegestrophäen des Lebens nach und gibst keine Ruhe und bist nie zufrieden –»

«Was für ein Unsinn, natürlich bin ich zufrieden! Ich habe die vollkommene Ehefrau, das vollkommene Zuhause, die vollkommene Familie – ich habe alle Trophäen des Lebens gewonnen! Na ja, fast alle –»

«Liebling, hör mir mal zu.» Sie erhob sich, dem dreiteiligen Spiegel den Rücken kehrend, und wir sahen uns an. «Ich bin kein Preis. Ich bin eine Person. Man kann mich nicht einfach unter Glas auf einem Kaminsims aufbewahren. Ich muß mich im wirklichen Leben bewegen, und im wirklichen Leben kann ich einfach nicht die vollkommene Ehefrau sein, von der du träumst. Ich versuche es ja – ich versuche es ständig – ich gebe mir solche Mühe, weil ich dich nicht enttäuschen will, aber –»

«Du könntest mich nie enttäuschen.»

«Nein? Angenommen, ich sage, daß ich nur in den Lake District fahren will, wenn wir Sandy und Primrose mitnehmen? Liebling, wir können sie nicht einfach eine Woche bei der armen Winifred abladen! Damit würden wir ihr zuviel zumuten, und außerdem würde ich mir ständig Gedanken machen, ob es den beiden auch gutgeht. Ich brauche Ruhe, das gebe ich ja zu, aber ich würde lieber bis zu unserem Familienurlaub im Juli warten.»

«Sehr schön.» Ich wandte mich ab.

«Neville –»

«Es ist schon in Ordnung. Du hast mir deine Meinung gesagt, und für mich bist du nach wie vor die vollkommene Ehefrau. Ende gut, alles gut. Jetzt lassen wir den Vorhang über dieser Szene herunter und vergessen, daß ich diese Sache je erwähnt habe», sagte ich in meinem ruhigsten Ton und zog mich in mein Ankleidezimmer zurück.

5

Ich konnte mich nicht auf den Text der Abendandacht konzentrieren, und mit dem Beten erging es mir nicht besser. Aber als ich schließlich im Pyjama ins Schlafzimmer zurückkam, sagte Grace sofort: «Liebling, könnten wir nicht einen Kompromiß schließen? Verbringen wir doch unseren Familienurlaub diesmal nicht in Devon, sondern im Lake District, dann könnten wir alle fünf Kinder während der ersten zwei Tage bei Winifred lassen und hätten wenigstens diese kurze Zeit für uns allein. In zwei Tagen wird Sandy Winifred wohl kaum zur Verzweiflung bringen, und Christian und Norman sind alt genug, um sich mit um die jüngeren zu kümmern, so daß ich mir nicht die ganze Zeit Sorgen machen müßte, wie sie zurechtkommen.»

«Wunderbar! Ich sage sofort in Devon ab.»

«Es ist natürlich schon etwas spät für eine Änderung unserer Pläne – und dann würde es eine längere Reise bedeuten, wo die Regierung doch sagt, man soll nicht reisen, wenn man nicht muß –»

«Wir müssen eben – und wir finden sicher ganz leicht ein Häuschen, das wir mieten können. Ich sehe gleich die Inserate in der *Church Gazette* durch.»

Sie gab mir einen Kuß. «Du bist mir nicht mehr böse?»

«Mein liebster Schatz!» sagte ich. «Wann bin ich dir je böse gewesen?» Und ehe einer von uns diese Frage beantworten konnte, nahm ich sie in die Arme.

6

Die ersten Briefe trafen ein. Dido schrieb so, wie sie redete: fließend, mit exzentrischer Zeichensetzung. Sie benutzte einen Bleistift, der immer spitz anfing und stumpf aufhörte – wahrscheinlich eine Folge ihrer vielen Unterstreichungen.

«Lieber Archidiakon, bevor ich Ihnen *meine Seele entblöße*, muß ich Ihnen *alles* über mein früheres Leben erzählen, damit Sie meine Nöte aus einer *klareren Perspektive* sehen können ...»

Ich erfuhr, daß ihr Vater als Kriegsgewinnler im Ersten Weltkrieg zu einem Vermögen gekommen war, das er durch abenteuerliche Gaunereien in London noch vergrößert hatte. Er war zur Zeit Präsident eines Unternehmens mit Namen Pan-Grampian Trust und spielte regelmäßig Golf mit verschiedenen hohen Tieren von der Bank von

England, um sein mühsam errungenes Ansehen zu festigen. Außer seinem Haus in Edinburgh und seiner Neun-Zimmer-Wohnung mit Blick über den Grosvenor Square in London besaß er nicht nur das übliche Millionärsschloß im schottischen Hochland, sondern auch ein Herrenhaus in Leicestershire, wo seine Töchter ihrer Jagdleidenschaft gefrönt hatten. Seine Ehefrau verließ Edinburgh jedoch nie.

«. . . meine arme Mutter ist ein lieber Mensch, aber *sehr schüchtern*! Ich bin froh, daß ich dieses *schreckliche* Handikap nicht geerbt habe! Zum Glück waren Vaters Geliebte alle nicht nur von Natur aus gesellig, sondern hatten auch blendende Beziehungen zur High-Society, so daß meine Schwestern und ich die Schwierigkeiten überwinden konnten, die sich aus Mutters scheuem Wesen ergaben.

Merry (das ist meine Schwester Muriel, jetzt Lady Wyvenhoe) und meine süße Laura (die spätere Honourable Mrs. Anthony Fox-Drummond) und ich (die ich vorläufig noch gar nichts bin), wir wurden immer *überall* eingeladen, und da Vater zu unserer Einführung in die Gesellschaft das Geld nur so zum *Fenster hinauswarf*, kann ich nicht sagen, daß ich es je als Nachteil empfunden hätte, eine emporgekommene Schottin zu sein – ganz im Gegenteil, wir wurden alle als aufregende Novitäten angesehen. Was wir auch anstellten, die Leute sagten nur: ‹Die armen Dinger, sie wissen es nicht besser. Aber welch einen frischen Wind sie in die verstaubte Londoner Gesellschaft bringen! Laden wir sie zu *recht* vielen Bällen ein und zu Tanztees und Cocktailpartys, damit wir uns alle weiter so *köstlich* amüsieren!› So kamen alle auf ihre Kosten, und wir waren ein riesiger Erfolg, sogar wenn wir zum Spaß mit schottischem Akzent sprachen – dabei hatte natürlich unsere Gouvernante dafür sorgen müssen, daß wir uns wie englische Ladys ausdrücken konnten, und wir wuchsen sozusagen zweisprachig auf.

Lieber Archidiakon, Sie mißbilligen es vielleicht, daß ich perfektes Englisch spreche und mich so als etwas ausgebe, was ich nicht bin, aber glauben Sie mir bitte, daß ich in jeder anderen Beziehung *absolut aufrichtig* bin. Jedem neuen Bekannten sage ich gleich als erstes: ‹Mein Vater ist ein Selfmademan (obwohl er selbstverständlich von Natur aus ein Gentleman ist), und meine Mutter nimmt keine Einladungen an, weil sie fürchtet, man hält sie für gewöhnlich (eine Furcht, die durch ihre zurückhaltende scheue Art noch bestärkt wird)› – und wenn das einmal gesagt ist, atmen alle auf, weil sie genau wissen, woran sie sind, und keiner sich auch nur im geringsten getäuscht fühlt...»

In einem anderen Brief erzählte sie mir von ihren drei Brüdern, die alle im Finanzimperium ihres Vaters beschäftigt waren. Da sie viele Jahre älter waren als Dido, hatten sie ihren Werdegang kaum beeinflußt.

«... aber ich habe immer *meinen Schwestern sehr nahe gestanden* – nun, wir mußten auch zusammenhalten, wissen Sie, denn da Vater so sehr mit Geldverdienen beschäftigt war und meine Brüder auf der Public School zu englischen Gentlemen erzogen wurden und Mutter so zurückgezogen lebte, hatte keiner viel Zeit für uns außer Miss Black, unserer Gouvernante, und selbst sie wünschte sich immer nur irgendwoanders hin, so daß Merry und Laura und ich unseren *Dreibund* gründeten, um die Welt zu erobern und alle auf uns aufmerksam zu machen. Ich war *regelrecht am Boden zerstört*, als Merry diesen angeberischen Langweiler Wyvenhoe heiratete, der nichts im Kopf hat als Polo und Angeln und im August Tausende von kleinen Vögeln abknallt (ich glaube, er hat Merry nur geheiratet, um ständigen Zugang zu Vaters Moorhuhnjagd zu haben). Ihre Ehe zerstörte unseren Dreibund, und ich wußte, es würde nie mehr so sein wie früher, und damit hatte ich recht. Sie lebt jetzt oben in Leicestershire, obwohl sie natürlich ein Haus in London hat, und ich sehe sie nur selten. Aber darüber, daß ich Merry verloren habe, bin ich inzwischen hinweggekommen. Es war der Verlust von Laura, der mich fast um den Verstand gebracht hat.

Laura war das *Licht meines Lebens*. Wir waren nur zwölf Monate auseinander und standen uns näher als die meisten Zwillinge. Wir haben alles zusammen gemacht, alles, Merry stand immer etwas außerhalb, weil sie zwei Jahre älter war als Laura und drei Jahre älter als ich. Laura und ich, wir wurden gemeinsam bei Hof vorgestellt, erlebten gemeinsam unsere erste Saison und teilten uns später den Prince of

Wales (ich weiß, er ist jetzt der Herzog von Windsor, aber für mich wird er immer unser herrlicher Prince of Wales sein) – er sagte, wenn er nur zwei Paar Arme gehabt hätte, hätte er mit uns beiden gleichzeitig getanzt (ich kann Ihnen sagen, Mrs. Simpson hat richtig *gekocht*!), und das Leben war herrlich, wir hatten *so viel* Spaß! Und dann verliebte sich Laura in Anthony, und zuerst gefiel mir das ganz und gar nicht, aber dann sagte ich mir, daß es böse von mir sei, ihr dieses Glück zu mißgönnen, und ich entschloß mich, nicht auf ihn eifersüchtig zu sein, und da merkte ich plötzlich, daß er ein *richtig netter* Mann war, ein wahrer Engel, der Sohn eines Peers, aber wirklich ein ganz normaler Mensch. Sie heirateten 1938 und waren unbeschreiblich glücklich; sie wohnten in London – so daß ich Laura noch immer jeden Tag besuchen konnte – und dann wurde sie schwanger, und sie war so froh und aufgeregt – wir alle waren so froh und aufgeregt, sogar ich, obwohl es mich zuerst ein wenig überlief bei dem Gedanken, daß ich sie jetzt mit noch einem Menschen würde teilen müssen – uff! wie gemein von mir, ich schämte mich, weil ich so egoistisch war, und dann . . .

Unglück, Tragödie, TOD. Warum muß so etwas geschehen, warum nur, warum? Ich habe tagelang geweint, mir war, als hätte man die Hälfte von mir amputiert, und die ganze Welt schien so dunkel, nachdem Lauras Licht erloschen war – und als ich zurückblickte auf all die Feste, all den Champagner und all den Kaviar, da hatte ich nur noch einen Gedanken: Am Ende gewinnt immer der Tod. Sie können sich nicht vorstellen, was für ein schrecklicher Augenblick das war, alles so schwarz, so brutal, so entsetzlich – plötzlich bekamen alle meine Erinnerungen an Partys etwas Bedrohliches, mir war, als grinste mich bei jedem Festmahl ein Totenschädel an, und da wußte ich, daß Partys nie wieder so sein würden wie früher, weil ich immer denken würde: ISS, TRINK UND AMÜSIER DICH, DENN MORGEN STERBEN WIR, und das Wort STERBEN würde mich unweigerlich an all die Schrecknisse der Vergangenheit und der Zukunft gemahnen.

Nun, als mir klar wurde, daß es vor dieser schrecklichen Wahrheit kein Entrinnen gab, weder auf dem Tanzboden noch im Sattel bei einer Jagd oder bei den Cocktails am Grosvenor Square, da sah ich, daß ich nicht fortlaufen durfte, sondern mich stellen und dem Tod fest ins Angesicht blicken mußte – und als ich das getan hatte, wußte ich, daß ich *leben* mußte, und damit meine ich nicht einfach dahinleben, sondern die Zeit nützlich anwenden – ich wußte, ich mußte nach einer Lebensweise suchen, die *wirklich* war, so wirklich wie der Tod, die härteste Wirklichkeit überhaupt.

In dem Augenblick brach der Krieg aus, und wie ich Ihnen bereits sagte, hielt ich den Dienst als Marinehelferin für die Antwort auf meine Probleme, aber ich merkte bald, daß ich mich getäuscht hatte. Ich sehe jetzt – und das ist wirklich *höchst* merkwürdig, ja richtig beunruhigend –, daß die Person, als die ich in der Öffentlichkeit erscheine, die Person, für die mich jeder hält, *nichts zu tun hat mit meinem wahren Ich*. Jeder – und ich fürchte, da sind Sie keine Ausnahme, lieber Archidiakon –, glaubt, ich sei noch immer ein frivoles, törichtes Geschöpf, aber dieses alte Ich ist in tausend Stücke zerbrochen und vom Winde verweht, und jetzt besteht meine Aufgabe darin, das richtige Leben für mein wahres Ich zu finden, damit ich endlich zu einer *wirklichen* Person werde – denn nur als *wirkliche* Person, nur wenn ich in Harmonie mit meinem neuen, wahren Ich lebe, werde ich jener anderen Wirklichkeit, dem Tod, ins Auge sehen können, von gleich zu gleich und nicht mehr in Angst.

Nun, ich weiß, das klingt alles recht geschwollen, deshalb will ich Ihnen weitere Einblicke in meine Seele ersparen und Ihnen gleich sagen, daß ich zu wissen glaube, welchen Schritt ich als ersten tun muß: Ich muß heiraten. (Ich habe das bei unserer Begegnung ja schon erwähnt, aber jetzt kann ich diesen Entschluß in den richtigen Zusammenhang stellen.) Die Sache ist (wie ich schon andeutete) einfach die: Man spricht zwar viel von Emanzipation, und die Frauen haben das Stimmrecht und können Ärztin und Busschaffnerin werden, aber eine unverheiratete Frau wird immer noch als eine gescheiterte Existenz angesehen, und ich glaube, wenn ich ein sinnvolles Leben führen und wirklich *ich* sein will, dann darf ich nicht als gescheitert betrachtet werden. Denn dann wäre ich nicht glücklich, und wie könnte ich ein sinnvolles Leben führen, wenn ich unglücklich bin?

Lieber Archidiakon, ich weiß, Sie waren schrecklich originell und sagten, die Erfüllung könne auch in einem zölibatären Leben liegen (Sie meinten damit wohl nicht nur ‹unverheiratet›, sondern ‹keusch›, obwohl zölibatär, wie ich glaube, strenggenommen ‹unverheiratet› heißt), aber um ganz offen zu sein: Ich glaube nicht, daß ich für das Zölibat geschaffen bin. Ich könnte wohl ohne Sex auskommen, denn Sex, hatte ich immer den Eindruck, muß eher langweilig sein, verglichen mit der Jagd – obwohl Laura sagte, es sei ganz schön – Sex, meine ich, nicht die Jagd – schließlich ist die Jagd *wirklich* schön, nicht nur ‹ganz› – und . . . oh, jetzt habe ich den Faden verloren, ich werde noch einmal anfangen müssen. Ich könnte, wie gesagt, auf Sex verzichten, aber einfach nicht ertragen könnte ich das gesellschaftliche Stigma des Ledigseins. Aber, *bitte*, glauben Sie nicht, mich hätte ein *zügelloser Stolz* gepackt. Sehen Sie, das einzige, worin ich gut bin, ist das Leben als Mitglied der Gesellschaft, deshalb bin ich sicher, daß Gott will, daß ich gesellschaftlichen Erfolg habe, aber natürlich sehe ich jetzt, daß es nicht um den leicht errungenen, egozentrischen Erfolg gehen kann, in dem ich mich sonnte, als ich noch mein altes falsches Ich war. Es muß ein sinnvoller gesellschaftlicher Erfolg sein – der gesellschaftliche Erfolg einer Frau, die sich bemüht, ihrem Gatten (der natürlich auch ein Mann sein muß, der es wirklich *wert* ist) bei seiner wechselvollen, bedeutenden Karriere zu helfen. Dann könnte ich mich nützlich und erfüllt fühlen in dem Bewußtsein, daß er sich nützlich und erfüllt fühlt, und ich bin sicher, wir würden beide ein glückliches Leben führen.

Eine wunderbare Vorstellung, nicht wahr? So denke ich jetzt zumindest, aber ich muß gestehen, ich hatte dabei zuerst große Zweifel, weil ich, wie ich wohl wußte, den Männern nur lauwarme Gefühle entgegenbrachte und mir nicht vorstellen konnte, wie ich je das Verlangen aufbringen sollte, einen von ihnen zu heiraten. Ich habe Ihnen wohl auf der Abendgesellschaft von meinen lauwarmen Gefühlen erzählt, aber ich war nicht ganz aufrichtig zu Ihnen, was die Gründe für meine Abneigung betrifft. Ich sagte, ich könnte es nicht ertragen, daß die Männer mich ansähen, als bestünde ich nur aus zwei Beinen, aber hinter meiner Abneigung steckt noch mehr. Ich bin nämlich noch nicht ganz darüber hinweg, daß ich sechs Jahre lang in den falschen Mann verliebt war. Sein Name ist Roland Carlton-Blake. Wenn ich Ihnen sage, daß er sich gern Rollo nennen läßt, werden Sie sofort ahnen, was für eine Art Mann er ist, und so werde ich Ihren Verdacht nur bestätigen, indem ich Ihnen sage, daß er selbst sich vor dem Krieg als Gentleman aus begüterten Kreisen bezeichnete und andere ihn einen Playboy nannten. Jetzt ist er als Soldat in Kairo, und da er einen Schreibtischposten hat, wird er kaum etwas vom Krieg sehen, aber ich kann mir vorstellen, wie er in seiner freien Zeit um die Pyramiden herumreitet und sich wie Rudolph Valentino in ‹Der Scheikh› vorkommt.

Wie ich nur auf diesen gräßlichen Menschen hereinfallen konnte, fragen Sie? Nun, in erster Linie aus den üblichen Gründen. Er sah so gut aus, eine wirklich blendende Erscheinung, er war ein so großartiger Reiter, und alles schien immer so heiter und lustig, wenn er dabei war, aber eigentlich mochte ich ihn, weil er nie versuchte, über mich herzufallen, und dafür war ich so dankbar, daß ich zu glauben begann, er liebe mich wirklich um meiner selbst willen und nicht nur wegen meiner Beine. Und so dachte ich dann schließlich: ‹Das ist der einzige Mann, den ich heiraten könnte – es würde mir auch nichts ausmachen, wenn er beim Sex abscheulich wäre – denn, ganz offen gesagt, ich wüßte nicht, wie Männer es fertigbringen können, dabei nicht abscheulich zu sein, deshalb kommt es darauf an, sich nichts daraus zu machen, wenn sie es sind.›

Jedenfalls – Anfang dieses Jahres, ehe er nach Ägypten versetzt wurde, beschloß ich, ihm einen Antrag zu machen. Schließlich stand nach sechs Jahren fest, daß *er* es *nicht* tun würde, aber als ich ihm den Antrag machte, sagte er mir, er stecke mitten in einer Affäre mit einer Schauspielerin.

Ich kannte sie sogar, sie war recht nett, aber als ich das hörte, war ich vollkommen *erschlagen*, und ich sagte zu Rollo: ‹Warum haben Sie nie *mich* gefragt, ob ich Ihre Geliebte sein will, wenn Sie schon ein Mann sind, der so etwas nötig hat?› Er lachte nur und sagte: ‹Sie hätten nein gesagt und mir eine Ohrfeige gegeben!› – was sogar stimmte, denn ich sehe nicht ein, weshalb man die zweite Geige spielen soll (die Geliebte), wenn man die erste spielen kann (die Ehefrau). Meiner Ansicht nach führt der außereheliche Verkehr für die Frau in eine Sackgasse und ist fast so aussichtslos wie lesbische Liebe.

Sehr entrüstet sagte ich zu Rollo: ‹Schön, ich gebe zu, ich wäre nicht Ihre Geliebte geworden, aber ich hätte Ihre Ehefrau werden können, und dann hätten Sie nicht auf so unwürdige Art herumzuschlafen brauchen.› Oh, da war er aber böse, als ich das sagte! ‹Ich und unwürdig! Ich handhabe meine Affären immer äußerst taktvoll!› rief er empört. ‹Alle meine Geliebten halten mich für ein Muster an Diskretion!› ‹Alle Ihre Geliebten?› rief ich. ‹Heißt das, Sie hatten noch andere?›

Oh, Mr. Aysgarth, Sie müssen mich für sehr naiv halten, vor allem da jeder glaubt, ein Mädchen aus meinen Kreisen wisse genau Bescheid, aber ich habe ihn eben geliebt, und Liebe ist blind, und ich wollte so sehr glauben, daß er rein und edel sei hinter seiner schneidigen Fassade, ganz anders als die anderen Männer, die mich als eine Kreuzung zwischen einer Cremetorte und einer Eistüte zu betrachten scheinen. Selbst Vater, der so höflich ist zu seinen Geliebten – er hat nie zwei gleichzeitig und nie in derselben Stadt wie Mutter –, selbst mein Vater und meine Brüder scheinen bestenfalls einen kleinen Leckerbissen in mir zu sehen, wenn sie in ihrem so ausgefüllten Leben einmal die Zeit finden, sich meiner zu erinnern. Ach, ich wünschte, ich wäre als Mann auf die Welt gekommen! Frau zu sein ist manchmal ein solches Gefängnis, vor allem wenn man sein neues wahres Ich anerkannt und respektiert sehen möchte.

Aber um auf Rollo zurückzukommen – ich sagte zu ihm: ‹Wie wäre denn Ihnen zumute, wenn ich Ihnen sagte, ich hätte seit sechs Jahren mit jedem verfügbaren Mann geschlafen, obwohl ich immer wieder gesagt hätte, ich liebte nur Sie?› Da sagte Rollo in einem Ton, als spräche er zu einem besonders törichten Kind: ‹Oh, das hätte nicht den Spielregeln entsprochen! Ein Mann mit Geliebten führt nur ein normales Leben. Eine Frau mit Geliebten ist eine Nutte. Das ist schließlich der Lauf der Welt.› Da habe ich mich hoch aufgerichtet und ihm fest in die Augen gesehen und gesagt: ‹Ihrer Welt vielleicht, *aber nicht meiner*!›

Ich habe ihm gesagt, daß ich ihn nie mehr wiedersehen will, aber das Schreckliche ist, ich wollte ihn doch wiedersehen, ich vermißte ihn so sehr, und es war ganz gut, daß er nach Ägypten versetzt wurde, sonst wäre ich vielleicht schwach geworden. Ich liebte ihn noch immer, obwohl ich einsah, daß er nur ein ganz egoistischer Bursche mit einem Spatzenhirn war. Ich dachte: Das hat mir noch gefehlt

– zuerst verliere ich Laura und jetzt noch Rollo, warum werfe ich mich nicht einfach in die Themse? Aber ich konnte den Gedanken nicht ertragen, daß ich dann ein Versager gewesen wäre, und außerdem bin ich auch nicht der Typ des Selbstmörders, und so habe ich eben weitergemacht, bis endlich etwas Wunderbares passierte: Ich lernte Charlotte Ottershaw kennen, als ich zur Marinebasis Starmouth versetzt wurde, und sobald sie von ihrem Vater, dem Bischof, zu erzählen begann, sah ich die Rettung vor mir. Die Kirche von England! *Dort* werde ich einen Mann finden, dachte ich, der gut und edel und rein ist, der mich nicht als Naschwerk betrachtet und mich nie mit einer anderen Frau betrügt! Geistliche müssen tugendhaft sein, das gehört zu ihrem Beruf, also kommen Ehebruch und Unzucht überhaupt nicht vor.

Nun, lieber Archidiakon, ich wußte sofort, daß ich eine *Offenbarung* gehabt hatte, und ich war schrecklich aufgeregt, weil ich glaubte, ich sähe endlich den richtigen Weg vor mir, aber dann ließ ich den Mut wieder sinken, weil mir klar wurde, daß ich so gut wie gar *nichts* über die Kirche von England wußte und *absolut* nichts von Theologie und Philosophie und all den ernsten Dingen, über die gute, reine, edle Menschen reden. Da sagte ich mir, daß ich jemanden finden müsse, der mich lehren würde, was ich wissen mußte, weil mein guter, reiner, edler Mann erwarten würde, daß seine Ehefrau zumindest vernünftig über die Kirche und ihre Angelegenheiten reden kann, das wäre so eine Art Mindestanforderung in diesem Fall. Ich glaube, ich bin eigentlich recht klug, obwohl es ein Wunder ist, daß ich bei Miss Black überhaupt etwas gelernt habe. Vater hielt Bildung bei Frauen für Zeitverschwendung, und Mutter hielt sie sogar für richtig schädlich, deshalb bin ich wohl das Opfer einer bizarren Form von Kindervernachlässigung, aber obwohl ich gewiß oft konfus wirke, bin ich in Wirklichkeit gar nicht dumm.

Nachdem Sie sich bereit erklärt haben, mein Führer, Philosoph und Freund zu sein, muß ich Sie bitten, *nicht* davon auszugehen, daß ich dumm sei, und Ihr Wissen für mich *nicht* zu verdünnen. Ich will *alles* wissen, auch die schwierigen Sachen. Können wir bei der Kirche selbst anfangen? Ich wäre Ihnen so dankbar, wenn Sie mir etwas über die wichtigsten Leute sagen könnten, die Dinge eben, die nicht im

‹Who's Who› stehen – obwohl auch die Lektüre des ‹Who's Who› interessant sein kann: Ich habe neulich dort über den Erzbischof von Canterbury nachgelesen und dabei festgestellt, daß auch sein Vater schon Erzbischof von Canterbury war. Wie hoch sind wohl die Chancen, daß so etwas passiert? Das macht die Temples zu einer Art Dynastie, nicht wahr, und man stelle sich vor, daß Frederick schon über Sechzig war, als William geboren wurde; vielleicht sollten sich mehr Männer mit Religion beschäftigen, damit sie noch munter bei der Sache sein können, wenn Wüstlinge wie Rollo schon mit Gicht und Arterienverkalkung an den Rollstuhl gefesselt sind.

Ich glaube, William Temple wird einen überwältigenden Erzbischof abgeben, er stellt etwas dar, finden Sie nicht, und ich meine nicht nur in körperlicher Hinsicht. Er ist so menschlich und sympathisch, nicht wie dieser aufgeblasene, pedantische Erzbischof Lang, der so *niederträchtig* zum Prince of Wales war. Also, was Sie mir jetzt sagen sollen, ist dies: Was *denkt* William Temple? Jemand sagte, er sei ein christlicher Sozialist, und ein anderer sagte, sein Denken sei eine Mischung von hegelianischer Dialektik und platonischem Idealismus. Von Platon habe ich gehört (ein bißchen), aber wer oder was ist hegelianisch? Klingt nach einer Stoffart – oder möglicherweise einem sehr vornehmen Butler –, und die Silben haben etwas so aufregend Üppiges. Schreiben Sie *bald*, ich flehe Sie an, und erklären Sie diese esoterischen Mysterien Ihrer höchst dankbaren Schülerin

DIANA DOROTHEA TALLENT.»

Belustigt nahm ich den Federhalter zur Hand und ergriff die Gelegenheit, mich von den Problemen abzulenken, denen ich nicht ins Auge zu sehen vermochte.

7

Ich dachte, sie würde bald das Interesse an den intellektuellen Aspekten der Kirche verlieren, doch ihre Lernbegierde hielt unverändert an, bis ich daraus nur noch schließen konnte, daß ihr Interesse echt war. Ich drückte mich einfach aus, weil ich davon ausging, daß für

Anfänger Klarheit wichtiger sei als Erklärungen bis ins komplizierte Detail, und ich bemühte mich, jeden lehrerhaften Ton zu vermeiden. Wiederum reagierte Dido voller Dankbarkeit.

«... und vielen Dank für Ihre Erläuterungen zu dem himmlischen *Hegel* – ich war hingerissen und werde jetzt alles nach dem System von These, Antithese und Synthese sehen. Meine persönliche These war das frivole Gesellschaftswesen, meine Antithese ist die ernsthafte Schülerin, die nach Erleuchtung *dürstet*, aber was wird meine Synthese sein??? Nein, beantworten Sie diese Frage nicht, erzählen Sie mir lieber weiter, was Kirchenmänner so denken – oder vielmehr *denken*. (Wenn Leute nur so denken, könnte es sich auch ums Wetter handeln, aber wenn sie *denken*, muß es um entscheidende Dinge gehen.)

Charlotte sagte, Sie seien Protestant und kein Katholik, was höchst verwirrend ist, da ich dachte, bei der Reformation sei es darum gegangen, daß wir die Katholiken losgeworden sind, dem Papst die Zunge herausgestreckt haben und seitdem glücklich und zufrieden als die protestantische Kirche von England existieren. Wieso gibt es diese Katholiken noch? Ich bin jedenfalls froh, daß Sie ein Protestant sind, protestantische Gottesdienste sind so köstlich *streng*, und ich hatte nie viel für all diese extravaganten Kniefälle und gräßlichen Gerüche im Kerzenschein übrig, auf die die Kirche von Rom solchen Wert legt.

Charlotte sagte auch, Sie seien ein *liberaler* Protestant, was sich so aufgeklärt anhört, obwohl man sagt, daß ‹liberal› in der Religion nicht dasselbe ist wie ‹liberal› in der Politik, was nur gut ist, da die politischen Liberalen fast ausgestorben sind. Schließlich sagte Charlotte noch, Sie seien ein *Modernist*, was aufregend wild und hemmungslos klingt, wie diese Künstler, die einen Farbtopf gegen die Leinwand werfen und das Ergebnis dann *Sonniger Nachmittag im Bois de Boulogne* nennen. Und nun sagen Sie, bester Archidiakon: Was bedeuten diese exotischen Etiketten wirklich?»

Die Aufgabe, ihren geistigen Horizont zu erweitern, machte mir inzwischen solchen Spaß, daß ich mich eine Woche lang an ihrem Brief freute, während ich über meine Antwort nachdachte. Schließlich schrieb ich nach einem freundlichen einleitenden Absatz:

«. . . und nun lassen Sie mich auf Ihre Fragen eingehen. Die Reformation hat in der Tat die Kirche *in* England zur Kirche *von* England reformiert. Zwar wurde der Katholizismus während der darauffolgenden Dekaden stark zurückgedrängt, doch hat er sich nie völlig ausrotten lassen. Im vorigen Jahrhundert erfuhr er eine starke Neubelebung (die Entwicklung wurde bekannt als Oxford-Bewegung), und selbst heute, da der größte Teil der Kirche protestantisch ist, gibt es eine starke und einflußreiche anglokatholische Minderheit. Das entscheidende Wort ist hier ‹Anglo›. Das sind unsere eigenen einheimischen Katholiken, die treu zur Kirche von England stehen und mit dem Papst nichts zu tun haben. Jedoch beschäftigt sie in zunehmendem Maße der Gedanke einer Wiedervereinigung mit Rom, eine Idee, die meines Erachtens nicht nur utopisch ist, sondern auch gänzlich fehlgeleitet.

Diese anglokatholische Gruppe ist als der High-Church-Flügel bekannt. Auf der anderen Seite der Kirche stehen ihr die protestantischen Evangelikalen, auch bekannt als Low-Church-Flügel gegenüber, eine weitere starke und einflußreiche Gruppierung, die in diesem Jahrhundert unglücklicherweise unter einer sehr mittelmäßigen Führung zu leiden hatte. Das erklärt zweifellos auch, weshalb es den Anglokatholiken gelingen konnte, so viele wichtige Stellen zu besetzen, aber die Evangelikalen werden sich wieder erheben und die Anglokatholiken in ihre Schranken weisen, dessen bin ich ganz sicher. Der Katholizismus ist dem britischen Wesen im Grunde fremd. Die Tradition des Haltungbewahrens, des zurückhaltenden Understatements und des tiefverwurzelten Mißtrauens gegen alles Ausländische ist unvereinbar mit einer Tradition wirrer Gefühlsaufwallungen, exzessiver Rituale und den ethischen Anschauungen der Südeuropäer.

Zwischen diesen beiden streitbaren Flügeln stehen die Gemäßigten, die die Mehrheit der Kirchgänger ausmachen. Meine Gottesdienste sind auf diese Mehrheit ausgerichtet, obwohl ich in der Praxis zur Low-Church neige. Ganz gewiß könnte mich nichts dazu bringen, mich auf Weihrauch, Ohrenbeichte, Aufbewahrung der geweihten Hostie oder sonst irgendwelchen Hokuspokus einzulassen, der dem anglokatholischen Herzen so teuer ist.

Ich sollte hier vielleicht erklären, daß die Evangelikalen die Bedeutung der Liturgie (die bei den Anglokatholiken im Mittelpunkt der Gottesverehrung steht) herunterspielen und dafür der Bibel und der Predigt erhöhte Bedeutung beimessen. Nonkonformistische Evangelikale (das sind die außerhalb der Kirche von England stehenden protestantischen Sekten, wie etwa die Methodisten und die Baptisten) verfallen leicht einer fatalen Bibelgläubigkeit (das heißt, sie halten jedes Wort der Bibel für buchstäblich wahr), aber ich bin froh, sagen zu können, daß in der Kirche von England, die großen Wert auf aufgeklärte Gelehrsamkeit legt, eine so primitive Auffassung von religiöser Wahrheit selten ist. Obwohl ich mich meiner Neigung nach zur Low-Church rechne, habe ich immer darauf geachtet, daß meine Frömmigkeit mit der besten modernen Gelehrsamkeit in Einklang steht, und das, meine liebe Miss Tallent, bringt mich zu dem Begriff MODERNISMUS.

Der Modernismus zieht sich quer durch alle Gruppierungen der Kirche von England. Es gab ihn auch in der römisch-katholischen Kirche (in einer sehr viel extremeren Form, wie ich hinzufügen darf, als bei den Protestanten), aber die Entwicklung wurde durch ein päpstliches Dekret Anfang dieses Jahrhunderts zum Stillstand gebracht. Mit anderen Worten, man kann genausogut ein High-Church-Modernist wie ein Low-Church-Modernist sein. Der Modernismus hat weniger mit dem Glauben zu tun als mit der Geisteshaltung.

Kurz gesagt glauben wir an die Neuinterpretation des Christentums im Licht der modernen Wissenschaft. Infolgedessen begrüßen wir alle wissenschaftlichen Fortschritte – in der Geologie, in der Anthropologie, Psychologie, Chemie, Physik und so weiter – und benutzen sie als Sprungbrett zu einer erweiterten geistlichen Erleuchtung. Dies führt zwangsläufig zur Formulierung von theologischen Ansichten, die konservative Menschen in allen Gruppen der Kirche überraschen und den gewöhnlichen Laien erschrecken – mit der Folge, daß Modernisten gelegentlich der Ketzerei beschuldigt werden. Gewöhnlich ist das völlig ungerechtfertigt. Alle echten Modernisten (und hier nehme ich die exzentrischen Spinner aus, die die Bewegung in Verruf bringen) halten an der Göttlichkeit Christi fest, an der Auferstehung und an der Vorstellung des ewigen Lebens. Sie sind deshalb im strengen Sinne gläubig. Aber in welcher Weise Jesus der Sohn Gottes war und auf welche Weise er auferstand und in welchem Sinn ‹ewiges Leben› zu verstehen ist – das sind Fragen, die die Modernisten nach dem jeweils neuesten Wissensstand beantworten. Die Modernisten glauben zum Beispiel nicht an Wunder; sie glauben an nichts, was der naturwissenschaftlichen Ordnung widerspricht. Aber sie glauben deshalb trotzdem, daß Jesus ein Mensch war, dem die Leute Wunder zutrauten; Christus steht auch für sie unverrückbar im Zentrum des christlichen Glaubens.

Weil die modernistische Bewegung auf einer Geisteshaltung beruht und nicht auf einem Glaubenssatz, klaffen die Meinungen weit auseinander. Manche Modernisten glauben zum Beispiel, auch Frauen sollten ordiniert werden, aber das ginge meiner Meinung nach zu weit. Ich achte bei meinen modernistischen Anschauungen immer auf Maß und Vernunft, um meine Vorgesetzten nicht unnötig vor den Kopf zu stoßen. Es ist allgemein bekannt, daß sich Raven mit seinem Eintreten für die Ordination von Frauen um einen Bischofsstuhl gebracht hat. Wenn extreme Ansichten zur Debatte stehen, hat man stets die moralische Pflicht, zu erkennen, wo die Grenze zu ziehen ist.

Mein gemäßigter Modernismus ergänzt also die sogenannte liberale protestantische Theologie, die sich unter aufgeklärten Viktorianern entwickelt hat. Ich glaube (und dieser Glaube steht im Einklang mit Darwins Erkenntnissen), daß die Welt sich stetig weiterentwickelt in Übereinstimmung mit Gottes Plan für die Menschheit, einem Plan, der im Grunde gut und zuträglich ist. Ich glaube, daß die Sünde und das Böse nicht so wichtig sind wie das Gute im Menschen, das Gute an sich, wie es für alle Zeit beispielhaft dargestellt wird durch unseren Herrn Jesus Christus. Ich glaube, daß Gott in dieser Welt immanent ist und daß der Heilige Geist als Funke in jedem Menschen gegenwärtig ist.

Als Verfechter dieser Glaubenssätze mißbillige ich aufs schärfste die neue theologische Schule, welche die Schönheit, die Größe und den intellektuellen Anspruch des liberalen Protestantismus durch eine antiintellektuelle, pessimistische, abwertende Sicht der Schöpfung

Gottes zu verdrängen sucht. Diese neuorthodoxe Schule (ich gebrauche das Wort neuorthodox, weil diese Theologie in mancher Hinsicht eine barbarische Rückkehr zum altmodischen Kalvinismus darstellt) ist auch bekannt als Krisentheologie (wobei das Wort Krise in einem leicht technisch gefärbten Sinn gebraucht wird und besagt, daß wir alle der Qual des Wartens auf Gottes Richterspruch unterworfen sind). Sie stellt die Sünde und das Elend der Menschheit in den Vordergrund und behauptet, Gott sei nicht immanent, sondern absolut transzendent und jenseits aller menschlichen Erkenntnis. Gleichzeitig wird die Rolle Christi abgewertet; er ist nur noch ein Heilsereignis. Wie abstoßend! Anstelle der Vergebung und Barmherzigkeit Christi bietet man uns Urteil und Strafe Gottes an, statt der christlichen Botschaft der Hoffnung eine Vision von Hölle und Verzweiflung. Doch diese Neuorthodoxie ist zur Zeit deutlich im Vormarsch, genährt von dem Leiden und den Schuldgefühlen, wie sie zwei Weltkriege verursacht haben. In den Augen der Neuorthodoxen hat sich Gott nicht in Liebe und Barmherzigkeit zu uns herabbegeben, sondern er steht über uns, als ein strenger Vater, der das Strafmaß festsetzt. Ich kann nur sagen, daß diejenigen von uns, die sich von der Vorstellung strenger, Strafen zumessender Väter abgestoßen fühlen, diese Theologie ungenießbar finden.

Wenn Sie nach diesem gelehrten Ausfall gegen die Neuorthodoxie noch bei Bewußtsein sind, Miss Tallent, werde ich diese Predigt jetzt beenden und mich dafür entschuldigen, daß ich einen so langen Brief geschrieben habe. Sollten Sie jedoch mehr über den liberalen Protestantismus hören wollen, erzähle ich Ihnen in meinem nächsten Brief von *dem* liberalen Protestanten des zwanzigsten Jahrhunderts, Dr. Charles Earle Raven, einem früheren Kanonikus an der Kathedrale von Liverpool, der zur Zeit Regius-Professor für Theologie in Cambridge und Master des Christ's College ist. Wie ich schon erwähnte, sollte man seine extrem modernistischen Ansichten ignorieren, aber in der allgemeinen Glaubensauffassung stimme ich zutiefst mit ihm überein ...»

Hatte ich geglaubt, Dido durch das Auffahren solch schweren intellektuellen Geschützes in benommenes Schweigen versetzt zu habe, so hatte ich mich getäuscht. Postwendend griff sie meine Artilleriesalven entzückt auf.

«. . . und ich kann Ihnen gar nicht sagen, wie dankbar ich Ihnen dafür bin, daß Sie sich die *Zeit* nehmen und die *unendliche Mühe* machen, mich in diese neue Welt einzuführen, in der ich meinen zukünftigen Ehegatten schon hinter irgendeinem liberal-protestantisch-modernistischen Busch lauern sehe! Charles Raven – was für ein romantischer Name! Passend für einen Helden in einem Roman von Elinor Glyn. Sieht er gut aus? Und wie alt ist er? Erzählen Sie mir alle Einzelheiten, bitte – oh, und könnten Sie mir, wenn Sie das nächste Mal schreiben, den Unterschied zwischen normalem Idealismus und Idealismus als Lehre erklären – Sie wissen sicher, was ich damit meine? Die liberalen Protestanten hören sich herrlich idealistisch an, so romantisch, aber auf der anderen Seite muß William Temple, der (unter anderem) ein platonischer Idealist sein soll, auch sehr nüchtern und unromantisch sein, da er der Erzbischof von Canterbury ist und sich mit all den zynischen Politikern abgeben muß. Was ist das für ein Idealismus, der zu Platon gehört? Bitte, erklären Sie mir das!

Was mich bekümmert, ist, daß Idealisten (im gewöhnlichen Sinn) im allgemeinen im Leben nicht erfolgreich sind, ich aber einen potentiell erfolgreichen Mann heiraten muß, damit meine gesellschaftlichen Gaben voll zum Einsatz kommen können. Andererseits ist die Kirche vielleicht der einzige Ort, an dem Idealisten unerhört erfolgreich sein können – deshalb ist ja auch die Bischofsbank im Oberhaus mit Idealisten übersät – diesem außergewöhnlichen Bischof von Chichester zum Beispiel, George Bell, der immer sagt, wir dürften nicht gemein sein zu den Deutschen, die keine Nazis sind – wie er es sich allerdings vorstellt, daß wir die Spreu vom Weizen trennen sollen, wenn sie oben am Himmel sind und uns in Stücke bombardieren, das weiß ich beim besten Willen nicht.

Oh, wie gern wäre ich die Frau eines Bischofs! Ich würde im Bischofspalais untadelig den Haushalt führen und herrliche Gartenfeste für die Geistlichkeit der Diözese organisieren und alle acht Tage exquisite kleine Abendgesellschaften für sechzehn Personen geben, und ich würde jede Menge Spendengeld für die Armen auftreiben und mich sehr geschmackvoll kleiden, wann immer ich eine Veranstaltung zu eröffnen hätte, und ich würde wundervolle Hüte tragen, wenn ich das Oberhaus besuchte, um meinen Gatten sprechen zu hören – und auch in Lambeth und Bishopthorpe würde ich mich *vorbildlich* benehmen, wenn wir übers Wochenende bei den Erzbischöfen eingeladen wären, weil ich bis dahin wohlerzogen und sehr ernsthaft geworden wäre, ganz anders als das törichte Geschöpf, das ich jetzt noch bin. Ich bin sicher, *irgendein* zukünftiger Bischof *muß* meine Anlagen sehen, wenn ich ihm nur begegne – und ich sehe ihn im Geist allmählich recht deutlich vor mir.

Ich wünsche mir einen liberalen Protestanten (keinesfalls einen anglokatholischen oder neuorthodoxen Protestanten) mit modernistischen Neigungen, und er muß ein paar Jahre älter sein als ich, aber nicht *zu* alt, so um die Vierzig – in der Blüte seiner Jahre –, und da ich zu den Neureichen zähle, habe ich nichts dagegen, wenn er nicht blaublütig ist, solange er eine korrekte Sprache spricht und sich zu benehmen weiß. Er sollte in Oxford studiert haben, aber er muß nicht unbedingt ein Fellow von All Souls sein. (Man kann nicht alles haben.) Er sollte eine dunkle Stimme haben – das ist so männlich – und Predigten halten, bei denen ich weinen muß (ich weine *immer*, wenn ich mich seelisch erhoben fühle), aber er dürfte nicht brüllen und toben. Sein Gebaren sollte kühl, sachlich und würdevoll sein.

Er braucht nicht unbedingt gut auszusehen, aber er muß etwas haben, was ihn unwiderstehlich attraktiv macht – tiefliegende blaue Augen, zum Beispiel (die haben so etwas Heldenhaftes) – oder eine hohe Stirn, oder breite Schultern, oder (das Tollste überhaupt) einen sehr geraden, festen Mund, der für eine GEBIETERISCHE NATUR steht. Ich habe mir nie etwas aus Männern gemacht, die eine Frau auf sich herumtrampeln lassen. Männer müssen *Männer* sein, sonst könnte man genausogut mit einer Frau zusammenleben. Ich bin überzeugt, es gibt eine ganze Reihe von *Männern* in der Kirche von England, sonst wäre sie keine so mächtige nationale Institution, obwohl Kerle wie Rollo behaupten, die Männer, die etwas gegen außerehelichen Geschlechtsverkehr haben, seien immer die, die dazu nicht imstande wären. Aber Proleten wie Rollo müssen so etwas wohl einfach sagen, nicht wahr? Nur so können sie ihre Schwäche für Stärke ausgeben.

Nun, lieber Archidiakon, ich will meinen Erguß jetzt beenden, aber schreiben Sie bitte *bald* – lassen Sie mich diesmal nicht eine ganze Woche warten –, und vergessen Sie nicht, mir ein paar Tips zu geben, wie man auf fünfzig Schritt einen Neuorthodoxen erkennen und ihm rechtzeitig ausweichen kann. Stets Ihre sehr ergebene Jüngerin

DIDO TALLENT

P. S. Was ist Soteriologie?»

Als ich an der Antwort auf diese letzte Frage herumformulierte, war ich gerade beim Rasieren. Ich sah im Spiegel meine tiefliegenden blauen Augen, meine hohe Stirn und meinen geraden, festen Mund und dachte: Meine liebe Miss Tallent, das Wort «Soteriologie» bezieht sich auf Dinge, die mit der Erlösung zu tun haben, einem Zustand, der Ihnen vielleicht ewig versagt bleibt, wenn Sie weiter einem verheirateten Mann kokette Briefe schreiben . . .

Und nahm mir fest vor, die Korrespondenz zu beenden. Aber das tat ich nicht. Ich schrieb vielmehr:

«Meine liebe Miss Tallent, ich bin Geistlicher und kein Lexikon, deshalb verschwende ich keine Zeit damit, Soteriologie zu definieren; ich frage Sie nur, wer mit Ihnen über soteriologische Belange gesprochen hat! Das hört sich für mich an, als hätten Sie es schon mit einem Gefolgsmann der Neuorthodoxie zu tun bekommen. Hat er davon gedonnert, daß wir alle ‹vor dem Richterstuhl› stünden? Wenn Sie je diese Redewendung hören, spricht vieles dafür, daß Sie sich auf neuorthodoxem Gelände befinden und sich schleunigst auf liberaleres Gebiet zurückziehen sollten.

Ansonsten seien Sie versichert:

Wenn ich einem liberalen Protestanten begegne, dessen modernistische Neigungen seiner Beförderung zum Bischof keine Steine in den Weg legen, werde ich ihn sogleich an Sie verweisen! Professor Raven kommt, fürchte ich, nicht in Frage, da er nicht nur als Bischof ein Reinfall war (siehe meinen letzten Brief), sondern für Sie auch viel zu alt ist (fast sechzig). Außerdem ist er verheiratet – und Sie können wirklich nicht verheirateten Geistlichen nachstellen. ‹Das führt zu nichts›, wie sich jede kluge Frau, die es auf einen zukünftigen Bischof abgesehen hat, sagen würde. Grundsätzlich scheint es mir überhaupt das klügste, Sie halten nach einem Ehemann Ihres Alters Ausschau. Männer um die Vierzig sind heutzutage entweder verheiratet oder homosexuell. Und jetzt zu intellektuellen Dingen. Der platonische Idealismus ist der Ursprung unseres gewöhnlichen Idealismus. Die Griechen glaubten . . .»

Und noch über zwei weitere Seiten hin ließ ich mich ungehemmt über Platons Philosophie aus.

Ich wollte mich gerade dazu beglückwünschen, daß ich diese äußerst vergnügliche Korrespondenz – die meine vollkommene Ehefrau im übrigen kein einziges Mal zu sehen wünschte – mit so untadeligem Anstand führte, als meine harmlose Brieffreundschaft ganz unmerklich außer Kontrolle zu geraten begann.

Ich erhielt eine Einladung von Lady Starmouth zu einem Wochenendbesuch auf dem Landsitz des Earls.

III

«Wohlleben, Macht, der Beifall und die Bewunderung der Mitmenschen – gibt es in der Christenheit auch nur eine Kirche oder eine christliche Seele, die diesen Verlockungen völlig widerstehen könnte?»

CHARLES E. RAVEN
in *The Cross and the Crisis*

I

Die Einladung war eine große Überraschung für mich. Ich hatte die Starmouths durch Alex kennengelernt, kurz nachdem er mich 1937 zu seinem Archidiakon ernannt hatte, aber sie waren nur entfernte Bekannte geblieben, und stand Lady Starmouth auch in dem Ruf, sich gern mit Geistlichen anzufreunden, so hatte ich doch immer geargwöhnt, daß sie mich zu langweilig fand, um mich ihrer besonderen Aufmerksamkeit zu würdigen. Mir war es jedenfalls in ihrer Gegenwart schwergefallen, ein Gefühl der gesellschaftlichen Unterlegenheit abzuschütteln, was mich gehemmt und unbeholfen wirken ließ. Doch jetzt hatte Lady Starmouth aus irgendeinem Grund beschlossen, sich um mich zu kümmern. Mit gleicher Post erhielt ich zudem einen Brief vom Earl, in dem dieser schrieb, er hoffe, ich könne die Einladung seiner Gemahlin annehmen, da er begierig darauf sei, mich predigen zu hören – ob ich wohl in der Kirche seiner Gemeinde eine Predigt halten würde? Jetzt war ich nicht nur überrascht, sondern verblüfft und erregt. Lord Starmouth war einer der einflußreichsten Laien in der Kirche von England und meldete sich im Oberhaus bei wichtigen Kirchenangelegenheiten stets zu Wort. Wenn er mich predigen hören wollte, dann war ich tatsächlich ins kirchliche Scheinwerferlicht gerückt.

«Welch eine Chance!» rief ich frohlockend aus.

«Das ist wunderbar für dich – und wie freundlich von Lady Starmouth, uns beide einzuladen», sagte Grace, «aber natürlich kann ich unmöglich hingehen.»

Es trat ein Schweigen ein. Wir waren im Arbeitszimmer, wo ich die zweite Morgenpost geöffnet hatte. Ich hatte nach Grace gerufen, sobald ich die beiden Briefe gelesen hatte.

«Du bist es schließlich, den sie sehen wollen», sagte sie ein wenig überstürzt, als das Schweigen sich in die Länge zog. «Mich laden sie nur aus Höflichkeit ein, und es wäre viel besser, du gingst allein.»

Ich konnte nur sagen: «Du kommst mit.»

«Aber die Kinder –»

«Du kommst mit.»

«Aber was soll ich denn anziehen?»

«Kauf alles, was du brauchst.»

«Aber die Kleiderkarten –»

«Stiehl sie dir, wenn's sein muß!»

«Neville!»

«Na schön – leih sie dir! Ich versuche nur, dir begreiflich zu machen, wie wichtig es ist, daß du mitkommst! Es wäre sehr töricht, wenn du dieser Einladung nicht folgst – du kannst dich darauf verlassen, daß Lady Starmouth eine Entschuldigung nicht ohne Skepsis annehmen würde, und in welche Lage würdest du mich bringen, wenn sie sich vor den Kopf gestoßen fühlt?»

«Dann müssen wir die Kinder mitnehmen.»

«Unsinn! Das können wir nicht, wenn die Kinder nicht mit eingeladen sind! Wir werden sie bei Nora oder einer deiner anderen Freundinnen lassen müssen.»

«Ich falle nicht gern anderen Leuten zur Last –»

«Ja, schon recht, aber in diesem Fall mußt du ausnahmsweise einmal rücksichtslos sein – wenn du Nora nicht fragen willst, versuche ich es bei Emily. Ich kann überhaupt nichts dabei finden, mich in dringenden Fällen an meine Schwester zu wenden.»

«Mir ist es immer so peinlich, Emily die Kinder zu geben, wo sie selbst keine hat –»

«Unsinn – bei ihrem langweiligen Mann werden ihr die Kinder

eine willkommene Abwechslung sein! Jetzt hör mal zu, Grace. Ich verstehe ja, daß dieses Wochenende eine Anstrengung für dich bedeutet, aber das schaffst du schon – schließlich verlangt man von dir nicht mehr als hübsches Aussehen und freundliches Benehmen. Ich will dich ja nicht den Löwen zum Fraß vorwerfen. Ich möchte nur nicht, daß du einen so interessanten und wichtigen Ausflug versäumst. Versuch doch einfach, dich darauf zu freuen! Warum eigentlich nicht? Es könnte doch sogar recht schön werden!»

Aber Grace sagte nur verzweifelt: «Ach, ich wünschte, wir hätten Willowmead nie verlassen!» und mit einem unterdrückten Aufschluchzen stürzte sie aus dem Zimmer.

2

«Ich hab's nicht so gemeint, Neville – natürlich hab' ich's nicht so gemeint – ich habe nur manchmal Sehnsucht nach Willowmead, weiter nichts . . .»

Ich war ihr in unser Schlafzimmer gefolgt, wohin sie sich zurückgezogen hatte, um sich zu beruhigen, und während wir uns ansahen, konnten wir im Zimmer unter uns die Putzfrau bei der Arbeit freundlich mit Sandy sprechen hören. Primrose war wie gewöhnlich im Kindergarten. Ich sollte schon längst auf dem Weg zu einer Sitzung des Diözesanausschusses sein und hörte mahnend die Uhr auf dem Nachttisch ticken.

«Ich weiß, wie sehr du Willowmead geliebt hast», sagte ich, «aber wir waren auch in Starbridge glücklich, und wir werden es auch in Zukunft sein.»

«Ja, natürlich. Es tut mir leid.»

«Um ehrlich zu sein, ich fühle mich in Gesellschaft der Starmouths auch nicht ganz wohl. Aber man kann sich nicht sein Leben lang in einer Ecke verkriechen, nur weil man sich gesellschaftlich unterlegen fühlt.»

«Nein, natürlich nicht. Ob sie wohl ein Zimmermädchen haben, das die Koffer auspackt? Ich möchte nicht, daß jemand meine geflickte Unterwäsche sieht.»

«In dem Fall werde ich dem Mädchen sagen, daß wir beim Auspakken keine Hilfe brauchen. Jetzt hör auf, dich in etwas hineinzusteigern, Grace, und nimm dir einfach vor, ganz ruhig zu sein und dich durch nichts erschüttern zu lassen.»

«Ja», sagte sie. «Gut, ich will's versuchen.» Doch als sie die Schultern sinken ließ, sank auch meine Zuversicht.

Ich unterdrückte die trübe Stimmung, die in mir aufkommen wollte, und eilte zu meiner Sitzung im Diözesanbüro in der Eternity Street.

3

Starmouth Court lag nicht, wie man hätte annehmen können, in der Nähe der Hafenstadt Starmouth im Süden der Diözese, sondern achtzehn Meilen von London entfernt in der Grafschaft Surrey; die Verbindung des Earls mit Starmouth verlor sich in den Nebeln der Geschichte. Als wir schließlich an einem sonnenhellen Samstag im Juli an unserem Ziel eintrafen, war mir freilich genauso beklommen zumute wie Grace: Statt des freundlichen Landsitzes, den ich erwartet hatte, harrte unser ein großes, wuchtiges, schon älteres Herrenhaus von einschüchternden Proportionen. Zwar hatte ich den verschiedenen großen Häusern meines Archidiakonats Besuche abgestattet, doch war ich in keinem davon über Nacht geblieben, und bei dem Gedanken, daß ich mich als Gast in diesem überwältigend großartigen Bau aufhalten sollte, kam ich mir einen Augenblick lang wie eine gefallene Frau vor, die gezwungen ist, bei einer furchterregenden ledigen Tante Zuflucht zu suchen.

Das Haus war hoch an einem Hang erbaut und von Bäumen umgeben; der lange, kurvenreiche Zufahrtsweg machte unseren Nerven ebenso zu schaffen wie dem Motor des Wagens, mit dem uns unsere Gastgeberin am Bahnhof hatte abholen lassen. «‹Herr Roland kam zum finsteren Turm›», murmelte ich Grace zu, ehe der finstere Turm sich als ein gedrungener Queen-Anne-Bau erwies. Ich gestattete mir ein kurzes Erschauern, ehe ich den festen Entschluß faßte, selbstbewußt zu erscheinen. «Sieht das nicht genauso aus wie der

Landsitz in einem Kriminalroman?» flüsterte ich Grace zu, mutig Lässigkeit vortäuschend. «Ich sehe schon Leichen in der Bibliothek, einen finsteren Butler, der hinter der mit grünem Stoff bezogenen Wandtür lauert, und im Gebüsch schnüffelt Hercule Poirot höchstpersönlich herum!»

Doch Grace war zu verängstigt, um etwas erwidern zu können.

Ein würdevoller Diener führte uns in eine Empfangshalle von der Größe eines Tennisplatzes. Riesige Gemälde von Männern in wallenden Gewändern hingen so hoch oben an den Wänden, daß sie kaum mehr sichtbar waren. Ein gigantisches Blumenarrangement schwang sich aus einer Vase empor, die ich zunächst für pseudogriechisch hielt, bei näherem Hinsehen aber als echtes antikes Stück erkannte. Sie besaß das gewisse Etwas, das sich nicht nachahmen läßt, und erinnerte mich an zahllose Besuche im Britischen Museum an regnerischen Samstagnachmittagen, als Willy und ich, bei strengen Methodisten in Kost gegeben, einmal in der Woche bei den Sehenswürdigkeiten Londons Zuflucht gesucht hatten.

«Hübsche Blumen», sagte ich beiläufig zu Grace, in dem unbewußten Bemühen, den Diener merken zu lassen, daß ich die Halle selbst für zu prosaisch hielt, um sie einer Bemerkung zu würdigen. «Sehr schön angeordnet.»

Ich hatte diese Worte kaum gesprochen, als eine Tür zuschlug, Schritte rasch einen fernen Gang entlang auf uns zukamen und im nächsten Augenblick jemand in die Halle stürmte. Ein vertrautes Lachen ertönte. Eine Stimme, an die ich mich nur zu gut erinnerte, rief: «Willkommen in Starmouth Court!» Und mit entsetztem Entzücken sah ich meine Schülerin vor mir.

4

«Wußtest du, daß sie hier sein würde?» fragte Grace, sobald wir allein in dem Zimmer waren, das man uns zugewiesen hatte, aber meine Überraschung war so offenbar echt, daß sie keine Sekunde an meinem Nein zweifelte. Ich trat ans Fenster. Das Zimmer war nach hinten hinaus gelegen und bot Aussicht auf einen Garten, der in

Terrassen anstieg, bis der Kamm der Anhöhe ihn den Blicken entzog. Auf der untersten Rasenfläche sahen sich Zwillingsreihen von klassischen Statuen über eine mit Krockettoren gesprenkelte Bahn hinweg an. Die Sonne schien noch strahlend herab und erinnerte mich daran, daß mir viel zu heiß war.

«Das hätte sie mir sagen sollen», sagte ich, während ich automatisch meinen Halskragen ablegte. «Warum hat sie in ihrem letzten Brief nichts davon erwähnt?»

«Sie hielt es wohl für lustig, dich zu überraschen.» Grace packte schon eilig ihre geflickte Unterwäsche aus, als fürchte sie, es könne sich jeden Moment gleich dem Geist aus der Flasche ein Hausmädchen zwischen ihr und dem offenen Koffer einfinden.

«Für Überraschungen dieser Art habe ich nichts übrig.» Ich begann im Zimmer umherzugehen. Das Messing des Bettgestells glänzte. Ich hob die Steppdecke in die Höhe und befingerte gedankenverloren die blendend weißen Laken.

«Ich glaube, das ist echtes Leinen», sagte Grace. «Und sieh dir die Handtücher da neben dem Waschtisch an! Kann das auch Leinen sein?»

«Muß Vorkriegsware sein. Aber teure Sachen sehen immer jahrelang neu aus.» Ich ließ meine Augen über die luxuriöse Einrichtung des Zimmers schweifen, die auf so subtile Weise üppig, auf so dezente Art extravagant war, und ehe ich noch nachgedacht hatte, sagte ich: «Du wünschst wohl immer noch, du wärst nicht mitgekommen.»

«O nein!» sagte Grace sofort. «Jetzt, wo das Abenteuer angefangen hat, macht es mir Spaß – ich glaube sogar, du hast recht, und es wird noch sehr schön.»

Ich nahm zur Kenntnis, daß Grace verspätet ihren Verstand ins Spiel brachte, stellte aber fest, daß ich nicht das Verlangen hatte, die Konsequenzen dieses neuen Verhaltens zu bedenken. Ich lächelte nur, gab ihr einen dankbaren Kuß und begann meine Reisetasche auszupacken.

5

Alle waren sehr liebenswürdig zu Grace, die sich trotz ihrer quälenden Selbstzweifel genau wie ich in unvertrauten Situationen tadellos zu benehmen wußte. Ganz gewiß war niemand liebenswürdiger als Dido, die sie in einem solchen Maß mit Aufmerksamkeiten überhäufte, daß ich fast ganz in Vergessenheit geriet. Mehr als einmal sagte ich mir pflichtschuldigst, wie erleichtert ich war, daß meine Schülerin ihr bestes Benehmen an den Tag legte; um das Wochenende mit unbeschädigter archidiakonaler Selbstachtung zu überstehen, brauchte ich mich offensichtlich nur dicht bei meiner Frau zu halten und nicht auf Didos Beine zu sehen, die wie erotische Leuchtfeuer aufschimmerten, wann immer ich in ihre Richtung blickte. In einem optimistischen Augenblick glaubte ich sogar, meine beunruhigend fleischliche Beschäftigung mit Dido schon bald als Beispiel jener berühmten Empfänglichkeit des Mannes in mittleren Jahren für die Reize der Jugend abschreiben zu können. Aber so sehr ich mich auch bemühte, meine Gefühle als triviale Unbequemlichkeit abzutun, argwöhnte ich doch, daß ich für ein solches Krankheitsbild noch reichlich jung war. Oder nicht? Wenn meine Diagnose zutraf, konnte ich nur noch schaudern. Wenn ich schon mit Vierzig so war, wie würde es dann erst mit Fünfzig sein? Ich sah mich flüchtig mit Sechzig vor mir, als ältlichen Lustmolch mit einem Harem junger Mädchen um sich, und das war keineswegs ein erfreuliches Zukunftsbild für einen Kirchenmann, der immer bestrebt gewesen war, «voranzukommen» und es «zu etwas zu bringen».

Die Wochenendgesellschaft in Starmouth Court konnte man kaum als mondän bezeichnen, aber Lady Starmouth sorgte geschickt für eine gesellige und kultivierte Atmosphäre. Außer meiner Schülerin, die auf einem Zweiundsiebzig-Stunden-Urlaub unter uns weilte, waren noch ein Kanonikus der Kathedrale von Radbury und seine Frau da, ein Altersgenosse des Earls aus dem Oberhaus, eine herrische Dame unbestimmten Alters, die in London für jüdische Flüchtlinge arbeitete und die von Bischof Bell mit einer Begeisterung sprach, wie Frauen sie gewöhnlich Filmstars vorbehalten, ein bleichsüchtiger Mann aus dem Informationsministerium und Rosalind, die jüngste

Tochter der Starmouths, die 1933 zusammen mit Dido in die Gesellschaft eingeführt worden war und deren Mann jetzt bei der Armee in Indien diente. Ich hatte bald das Gefühl, daß ich es mit dieser Gesellschaft aufnehmen konnte, auch mit dem Kanonikus, der wenigstens zwanzig Jahre älter war als ich, aber ich bemühte mich dennoch, mein wachsendes Selbstvertrauen hinter einem ruhigen, zurückhaltenden Auftreten zu verbergen. Alex hatte mich mehr als einmal vor der Abneigung der Oberschicht gegen einen Neuling gewarnt, der durch zu laute Töne auffällt.

«Was du auch tust», sagte ich zu Grace, als wir uns am Tag unserer Ankunft zum Abendessen umkleideten, «erwähne gegenüber dieser Miss Wilkins, die offenbar für Bischof Bell schwärmt, auf keinen Fall, daß ich in dem neuen Lager von Starbury Plain vielleicht mit deutschen Kriegsgefangenen zu tun haben werde. Wird erst über die Einstellung der Kirche zu Deutschen gesprochen, kommt bald auch die Rede auf Bell, und ich will nicht in ein Gespräch über politische Streitfragen verwickelt werden.»

«Aber ich dachte, du bewunderst Bischof Bell!»

«Ja, insgeheim schon. Aber ich will nicht, daß jemand denkt, ich hätte eine Schwäche für die Deutschen.»

«Ich bin sicher, keiner würde glauben –»

«O doch, das würde man! Das Dumme ist, Bell ist, politisch gesehen, Dynamit. Warum ist er jedesmal übergangen worden, wenn wichtigere Bischofsstühle zu vergeben waren? Weil er wieder und wieder im Oberhaus gegen die Regierung gewettert hat und die Leute ihn infolgedessen, obwohl er kein Pazifist ist, für einen Deutschenfreund halten!»

«Aber ein Nazifreund ist er doch nicht, oder? Die Leute, die ihm eine Schwäche für die Deutschen vorwerfen, sind nicht fair –»

«Nein, aber ich will einfach nicht in eines dieser Streitgespräche hineingezogen werden, in denen es darum geht, ob man in Kriegszeiten wie diesen jetzt einen Unterschied zwischen den Nazis und den Nichtnazis in Deutschland machen kann – ich möchte mich auf keine Diskussion über die moralische Rechtfertigung von Flächenbombardements einlassen. Natürlich hat Bell recht, wenn er die Sache der leidenden Deutschen vertritt – all der christlichen und jüdischen

Flüchtlinge vor dem Krieg, all der Christen und Juden jetzt in den Konzentrationslagern, sogar all der Deutschen, denen die Herrschaft Hitlers ein Greuel ist, obwohl sie nicht hinter Gittern sitzen – und natürlich ist es vollkommen falsch, wie dieser Idiot Babbington-French zu sagen, nur tote Deutsche seien gute Deutsche, aber Bell sollte Churchill nicht vorzuschreiben versuchen, wie er den Krieg zu führen hat. Das ist verrückt, völlig verrückt – und beruflicher Selbstmord obendrein – und ich kann das nicht unterstützen. Wir müssen fest hinter Churchill stehen, es geht nicht anders – wie sollen wir sonst diese schreckliche Prüfung überstehen?»

«Oh, Schatz, ich verstehe das ja alles und bin ganz deiner Meinung – bitte, glaube nicht, ich wollte dich kritisieren! Wo wären wir jetzt ohne Mr. Churchill? Nicht in Starmouth Court, das steht fest. Ich muß nur Bischof Bell einfach dafür bewundern, daß er in so schwierigen Zeiten und ohne Rücksicht auf seine Person für christliche Werte eintritt –»

«Ja, er ist ein Held.» Ich trat ans Fenster und blickte auf die in Stufen ansteigende Rasenfläche hinaus. «Charles Raven bleibt in seinem akademischen Elfenbeinturm und predigt Pazifismus», sagte ich, «aber George Bell begibt sich hinaus ins Chaos und streitet stur für Gott in einer verrückt gewordenen Welt. Früher habe ich keinen Kirchenmann so bewundert wie Raven, aber jetzt glaube ich . . . nun, es tut nichts zur Sache. Wie gesagt, am besten meldet man sich zum Thema Bischof von Chichester nicht zu Wort.»

Zu meiner Überraschung küßte mich Grace plötzlich und sagte: «Ich bin froh, daß du ihn so sehr bewunderst. Das ist dein wahres Ich, nicht wahr?»

«Mein wahres Ich?» Diese unerwartete Geste der Zuneigung rührte mich sehr.

«Der Mann hinter dem erfolgreichen Archidiakon.»

«Der erfolgreiche Archidiakon ist ganz genauso mein wahres Ich.»

«Ja, aber –»

Ich merkte plötzlich, wie spät es schon war. «Wir sollten hinuntergehen», sagte ich in so ruhigem Ton, wie es mir bei dem Gedanken an das uns bevorstehende Abendessen möglich war. «Bist du so weit?»

Wir gingen rasch hinunter.

6

Nachdem die Damen sich vom Tisch zurückgezogen hatten, ließ Lord Starmouth seine anderen Gäste bei einer Diskussion über den Wüstenkrieg sitzen – der nach dem Fall von Tobruk vor noch nicht ganz drei Wochen in ein noch gefährlicheres Stadium eingetreten war – und winkte mich in eine stille Ecke neben dem Sideboard.

«Alex Jardine hat immer sehr positiv von Ihnen gesprochen», sagte er, «aber vielleicht sollte ich Ihnen jetzt doch gestehen, daß es nicht Jardine war, der meine Frau dazu veranlaßte, Sie dieses Wochenende einzuladen.»

«Dann muß es Dr. Ottershaw gewesen sein.»

«Nein, er war es auch nicht. Ottershaw singt zwar seit Jahren Ihr Loblied, aber zu unserer Schande muß ich gestehen, daß meine Frau und ich bisher nicht auf ihn gehört haben. Nein, Ihr Fürsprecher war Miss Tallent, Archidiakon.»

Ich unterdrückte einen Laut des Erstaunens, betete darum, nicht zu erröten, und merkte ein wenig zu spät, daß mein Mund offen stand. Es gelang mir, ihn zu schließen.

«Die liebe kleine Dido!» sagte der Earl, dessen fortgeschrittenes Alter es ihm erlaubte, seine Gefühle jungen Mädchen gegenüber offen zu zeigen. «Sie gab mir die Briefe zu lesen.»

Diesmal ließ sich der Laut des Erstaunens nicht unterdrücken. Und meine Kinnlade klappte auch wieder nach unten.

«*Ihre* Briefe!» sagte der Earl mit wohlwollendem Lächeln. «Ich muß Sie wirklich beglückwünschen, Archidiakon – eine briefliche Meisterleistung! Besonders gefallen hat mir die Abhandlung über die Inkarnation, samt Professor Sandays modernistischer Entwicklung des kenotischen Aspekts. Welch ein Glück die kleine Dido hat, dachte ich mir, daß sie an einen Geistlichen geraten ist, der sie so klug anleiten kann.»

Mit großer Anstrengung faßte ich mich wieder. «Es freut mich, daß meine Bemühungen Ihren Beifall finden, Mylord.»

«Sowie ich diese Briefe gelesen hatte, sagte ich zu meiner Frau: ‹Den Mann muß ich predigen hören!› Ich bin schon sehr gespannt auf Ihre Predigt morgen – und die kleine Dido, das darf ich hinzufügen, fiebert dem Augenblick schon richtig entgegen.» Der Earl seufzte vor Wonne – ob bei dem Gedanken an meine Predigt oder an Dido, war nicht auszumachen. «Hinter ihrem flatterhaften Auftreten verbirgt sich ein Herz von Gold», vertraute er mir an, «und ich bin sehr froh, daß sie in letzter Zeit ernster geworden ist. Ich vermute, sie war sehr unglücklich. Die Londoner Gesellschaft ist schrecklich. Glücklicherweise haben meine Töchter schnell geheiratet und waren diesem Betrieb nicht zu lange ausgesetzt... Aber sagen Sie mir eines, Archidiakon: Finden Sie, die kleine Dido sollte in die Kirche einheiraten? Sie sind sich darüber vielleicht nicht ganz im klaren, aber sie hat ihr Herz daran gehängt» – bei diesen Worten wagte ich endlich zu glauben, daß sie bei der Auswahl der Briefe sehr vorsichtig gewesen war –, «und um ehrlich zu sein: Ich kann sie mir in einem Pfarrhaus nicht so recht vorstellen. Ich glaube, sie macht sich nicht bewußt, wie altmodisch die Kirche in mancher Hinsicht ist und wie sehr sie sich in ihrem Verhalten der Konvention anpassen müßte. Bei einem Politiker mit Grundbesitz wäre sie wohl besser aufgehoben – irgend jemand, der ein Haus in London hat und ein paar hundert Morgen Land irgendwo in einem Jagdgebiet.»

«Schon möglich.» Eine noch leise Stimme flüsterte geschäftig in meinem Kopf, kein kirchliches Ziel sei unerreichbar, wenn ich Dido an meiner Seite hätte, aber ich wußte sehr wohl, daß diese Stimme nicht von Gott kam, sondern von der Kraft, die altmodische Kirchenmänner den Teufel nannten und die ich, als guter Modernist, als die dunkle Seite meines Ichs erkannte.

Ich will für die dunkle Seite meines Ichs keine Entschuldigungen vorbringen, aber vielleicht darf ich versuchen, mein Verlangen zu rechtfertigen, es in meinem Beruf so weit wie nur möglich zu bringen – ein Verlangen, das meine Kritiker gewiß sofort als einen Ehrgeiz brandmarken würden, der sich für einen Geistlichen eigentlich nicht schickt.

Wie alles andere im Leben muß auch der Ehrgeiz dem Dienst an Gott gewidmet werden. Wenn ich von Beförderung träumte, hatte ich nicht den Wunsch, lediglich mir selbst zu dienen; ich wollte nur in eine Position gelangen, in der ich Gott nach allen mir von ihm verliehenen Kräften dienen konnte, und es war nun einmal so, daß mich diese Kräfte nicht für ein Leben bei Heuschrecken und wildem Honig bestimmten. Mein Talent lag auf dem Gebiet der Verwaltung. Mein Archidiakonat funktionierte wie ein Uhrwerk. Meine Hilfspfarrer waren in jeder Beziehung auf Hochglanz poliert. Ich brauchte nur einen Blick auf eine Diözesanabteilung zu werfen, und jedwede bürokratische Schlamperei löste sich in nichts auf. Ich arbeitete dem Bischof so mustergültig zu, daß er sich nicht mehr über Papierkram beklagte.

Nun gebe ich gerne zu, daß diese meine spezielle Gabe spirituell nicht gerade aufregend ist, aber ich möchte doch zu bedenken geben, daß nicht jeder Geistliche als ein Franziskus von Assisi oder Ignatius von Loyola geboren wird. Meine Pflicht war es, meine Gabe, so bescheiden sie war, in den Dienst Gottes zu stellen und nicht müßig über ihre Grenzen zu jammern. Mache ich mir etwas vor, wenn ich mutmaße, daß Gott froh war, sie zu empfangen, obwohl es ihr an spirituellem Glanz mangelte? Ich glaube nicht. Schließlich muß jemand die Kirche von England führen, diese historische Zeugin der Macht des christlichen Glaubens, und da eine Kirche in einer unvollkommenen Welt schwerlich bei einer Diät von unverdünnter Heiligkeit gedeihen kann, müssen erstklassige Administratoren für ihr Wohlergehen sorgen.

Kurzum, ich glaubte, meinen Ehrgeiz, in der kirchlichen Hierarchie weiter voranzukommen, rechtfertigen zu können. Niemals konnte ich dagegen das Verlangen rechtfertigen, diesen Weg in Gesellschaft einer Frau zurückzulegen, die nicht meine Ehefrau war. Das war absolut tadelnswert, kein guter Geistlicher würde je so tief sinken – womit gesagt ist, daß mir dieser Gedanke gar nicht erst kommen durfte, weil ich ja ein so vorzüglicher Geistlicher war. Ich schlug ihn mir voller Scham aus dem Sinn und versagte mir das Vergnügen, meine Frau unter dem Dach eines Earls zu lieben, um statt dessen an meiner Predigt zu feilen.

Ein Geistlicher, der zu Leuten aus der Oberschicht spricht, hatte Alex mir einmal gesagt, müsse stets daran denken, daß er es mit einem – freiwillig oder unfreiwillig – gebildeten Publikum zu tun hatte. Er hatte mir geraten, immer mindestens ein bekanntes Zitat an den Anfang meiner Predigt zu stellen, das die Zuhörer dann erkennen konnten – die Befriedigung über die eigene Klugheit würde sie zuverlässig in eine wohlwollende, empfängliche Stimmung versetzen. Ich hatte deshalb beim Entwurf der Predigt mit einem Browningzitat begonnen («Wie schwer ist es, ein Christ zu sein!»), war zu Tennyson übergegangen («Fort mit der Dunkelheit im Land – empfangt den Christus, der da kommt»), hatte T. S. Eliot anklingen lassen («Jedes Unterfangen ist ein Neubeginn») und hatte diese drei Stellen zusammengefaßt mit einem meiner Lieblingsverse aus der Bibel: «Jesus Christus gestern und heute und derselbe auch in Ewigkeit» – Worte, die auf mich nie ihre Wirkung verfehlten, besonders in einer so unsicheren, vom Krieg erschütterten Welt.

Starmouth Court gehörte zur Gemeinde Leatherhead, einem freundlichen Landstädtchen nicht weit von den Ausläufern der südlichen Vororte Londons, und die schöne normannische Kirche überblickte das Mole-Tal.

Ich fragte mich, ob der Pfarrer sich wohl ärgerte, wenn ihm seine erlauchten Gemeindeglieder Gastprediger aufdrängten, aber aus der Herzlichkeit, mit der er mich begrüßte, schloß ich, daß ihm der predigtfreie Sonntag eher willkommen war. Der Gottesdienst begann. Der Augenblick der Predigt kam, und ohne mich rühmen zu wollen, muß ich gestehen, daß ich von meiner einmaligen Gelegenheit besten Gebrauch machte.

Das Mittagessen war schon eine Weile vorüber, als Lady Starmouth mich ansprach. Da sich die Gäste am Nachmittag ein wenig ausruhen durften, hatte Grace sich auf unser Zimmer zurückgezogen, um dort Kraft zu sammeln für die weiteren Prüfungen, und ich machte einen Spaziergang im Garten. Spaziergang ist vielleicht übertrieben: Vielmehr schlenderte ich ziellos von Terrasse zu Terrasse und versuchte mir einzureden, daß ich nicht heimlich darauf hoffte, plötzlich auf Dido zu stoßen.

«Archidiakon – Sie sind der Mann, den ich suche!» rief meine Gastgeberin aus und fing mich ein, als ich gerade im Rosengarten um den Wunschbrunnen wanderte. «Setzen wir uns doch einen Augenblick. Ich hätte gern ein paar Worte mit Ihnen gesprochen. Es geht um Dido.»

«Ah!» sagte ich. Die einsilbige Äußerung mochte nicht gerade einfallsreich scheinen, hatte aber zumindest den Vorteil, daß sie sich neutral anhörte. Ich ließ mich zu einer eleganten schmiedeeisernen Bank vor einem Rosenbeet dirigieren.

«Ich muß Ihnen wirklich gratulieren, Mr. Aysgarth», sagte Lady Starmouth und blickte mich aus ihren dunklen Augen freundlich lächelnd an.

«Oh?» sagte ich, mit einer Beredsamkeit, die meiner nördlichen Herkunft alle Ehre machte. Ich mußte von diesen absurden Urlauten wegkommen, befahl ich mir voller Panik.

«Nun kommen Sie, Archidiakon!» sagte Lady Starmouth mit ihrem lässigen, vornehmen Charme. «Tun Sie nicht so, als wüßten Sie nicht, wovon ich rede! Natürlich ist Ihnen sehr wohl bewußt, daß Dido in Sie verliebt ist, und ebenso natürlich ist Ihnen klar, daß ich Sie zu dem Geschick beglückwünsche, mit dem Sie dieser Schwärmerei begegnen.»

«Ah!» sagte ich noch einmal. Kein Wunder, daß die Leute aus Yorkshire als ein Volk von Halbidioten galten – mir fehlte zur Vervollständigung dieses Eindrucks jetzt nur noch die Zipfelmütze. Voller Wut über meine stumpfsinnige Gehemmtheit verwünschte ich das gesamte englische Klassensystem und versuchte so zu tun, als sei meine Gastgeberin nur eines meiner ganz normalen bürgerlichen Gemeindeglieder.

«Ich weiß nicht, ob ich mit Ihrer Diagnose von Didos Gefühlen so völlig übereinstimme, Lady Starmouth», sagte ich und brachte dabei irgendwie ein beiläufiges Lächeln zustande – das Standardlächeln eines gescheiten Geistlichen, der mit einer gebildeten älteren Dame über weltliche Dinge spricht. «Sie ist nicht in mich verliebt. Sie ist verliebt in das, was ich repräsentiere.»

«Das ist eine kluge Feststellung, die meine Ansicht bestätigt, daß Sie kein Dummkopf sind. Aber ich glaube, es ist Zeit, Archidiakon, daß sich jemand Ihrer annimmt und ein wenig Licht auf eine unter Umständen explosive Situation wirft. Es ist leider so, daß Dido eine sehr ungezogene junge Dame ist. Oh, ich gebe zu, daß es mildernde Umstände gibt – der Vater ein Gauner, die Mutter nicht gesellschaftsfähig, und Neureichtum hat immer etwas Unfeines –, aber das führt nicht an der Tatsache vorbei, daß die Tallent-Kinder ganz ohne geziemende Aufsicht auf die Gesellschaft losgelassen wurden, begleitet nur von inkompetenten alten Weibern. Diese drei Mädchen haben keine Kinderstube, keine Erziehung, keine Bildung; und sie hatten nie die Möglichkeit, sich richtige Lebensart anzueignen – kein Wunder also, daß ihre gesellschaftlichen Erfolge (die ausschließlich daher rührten, daß sie sich so gut aufs Flirten verstanden) zu Skandalen und Tragödien geführt haben. Ich nehme an, Dido hat Ihnen die ganze traurige Geschichte erzählt?»

«Sie sprach von –»

«Merry ist mit einem Mann verheiratet, der vom Spielteufel besessen ist, Laura ist tot, und Dido ist bekannt für ihre . . . na, sagen wir Possen? Sie hält anständige Männer zum Narren und jagt den Lebemännern nach. Hat sie Ihnen von Rollo Carlton-Blake erzählt? Der Mann ist ein eingefleischter Junggeselle mit einer Vorliebe für leichte Mädchen der Unterschicht, wie ihr schon vor Jahren jeder gesagt hat. Aber Dido hat nicht darauf gehört, und ich glaube, ich weiß, warum. Im Grunde will dieses Mädchen gar nicht heiraten, Mr. Aysgarth, und deshalb verliebt sie sich, bewußt oder unbewußt, in Männer, die entweder unmöglich sind, wie Carlton-Blake, oder unerreichbar, wie Sie. Ich hatte einmal eine amerikanische Freundin, die war genauso. Auch sie verliebte sich in einen vielversprechenden verheirateten jungen Geistlichen, dem sie fast die Karriere verdorben hätte – aber er hat es immerhin überlebt und brachte es zum Bischof. Solche Frauen sind gefährlich. Aber vielleicht waren Sie schon zu diesem Schluß gekommen und haben sich gefragt, wie Sie aus der Sache herauskommen könnten?»

«Ich will ganz ehrlich sein», erwiderte ich und war mir dabei schmerzlich meiner Unaufrichtigkeit bewußt, «und Ihnen sagen, daß ich zwar gern aus der Sache herauskommen möchte, als Geistlicher aber bedenken muß, daß ich vielleicht ein echtes religiöses Erwachen fördere, wenn ich ihr schreibe. Wie die Bibel sagt, darf man das geknickte Rohr nicht brechen und den glimmenden Docht nicht auslöschen. Jedes aufkeimende moralische Bewußtsein sollte sorgsam gepflegt werden.»

«Richtig. Das ist sehr gewissenhaft von Ihnen, Mr. Aysgarth, und mein Mann sagte ungefähr das gleiche, als Dido ihre alte Freundschaft mit Rosalind wiederaufleben ließ, um Ihretwegen die Verbindung mit uns zu pflegen, aber lassen Sie sich warnen und seien Sie vorsichtig ... Und jetzt», fuhr Lady Starmouth fort, nachdem sie die verbale Zerstückelung meiner Schülerin so erfolgreich beendet hatte, «wollen wir uns angenehmeren Dingen zuwenden. Was haben Sie für eine liebenswerte und charmante Gattin! Ich hoffe sehr, es gefällt ihr hier.»

Ich argwöhnte sofort, daß dies kein neues Thema, sondern nur ein anderer Aspekt des alten war. «Wir genießen es beide sehr, Lady Starmouth!» sagte ich, ganz sonnige Unschuld. «Ein höchst angenehmes Wochenende!»

«Es freut mich sehr, das zu hören!» Lady Starmouth sagte sich offensichtlich, daß nun auch von ihr ein wenig sonnige Unschuld verlangt wurde. «Ich hatte gehört, Ihre Frau mache sich nicht viel aus gesellschaftlichen Ereignissen.»

«Wirklich?» sagte ich überrascht. «Wie merkwürdig! Sie hat einen großen Bekanntenkreis, und ihre Verpflichtungen in der Gemeinde – denen sie in hervorragender Weise nachkommt – erfordern von ihr natürlich eine sehr gesellige Einstellung.»

«Wie stolz Sie auf sie sein müssen! Eine gute Ehefrau ist für einen Geistlichen so wichtig. Ich kannte einmal eine sehr unglückliche Pfarrersfrau» – mit großem Geschick brachte Lady Starmouth abermals ihre klerikalen Erinnerungen ins Spiel –, «sie lag den ganzen Tag weinend auf der Chaiselongue, weil sie nicht mit ihren Pflichten zurechtkam. Die Auswirkung auf den armen Ehemann war verheerend, aber zum Schluß bekamen sie glücklicherweise die nötige Hilfe im Haushalt – das ist immer so wichtig für die Frau eines Geistlichen, nicht wahr? –, und danach lebten sie dann glücklich und in Freuden. Mehr oder weniger.» Sie bedachte mich erneut mit ihrem strahlenden Lächeln und erhob sich. «Ich muß an Ihre Predigt heute morgen denken», setzte sie wie nebenbei hinzu. «‹Wie schwer ist es, ein Christ zu sein› – und wie schwer, so hätte Browning hinzufügen können, ist es, ein Geistlicher zu sein! Aber da Sie ein kluger, frommer Mann mit einer bewundernswerten Gattin sind, die Sie in allem unterstützt, werden Sie das Leben gewiß wesentlich leichter finden als manche Ihrer weniger glücklichen Amtsbrüder.» Und nachdem sie so ihrem neuen Schützling bedeutet hatte, daß ihm reiches Lob gewiß blieb, solange er so vernünftig war, sein Privatleben in Ordnung zu halten, glitt sie anmutig durch den Rosengarten davon.

7

Ich hätte Alex ohrfeigen können, daß er im Gespräch mit seiner alten Freundin über mich geplaudert hatte. Doch nach einer Weile beruhigte ich mich und sagte mir, daß dieser Schluß voreilig und höchstwahrscheinlich falsch war. So ergeben Alex Lady Starmouth auch war, er würde ihr kaum von meinen häuslichen Schwierigkeiten erzählt haben; jeder Geistliche hätte unser Gespräch über mein Privatleben als vertraulich betrachtet. Ich mußte daher annehmen, daß ein anderer – vielleicht Mrs. Ottershaw im Zusammenhang mit Graces Fehlen bei der schicksalhaften Abendgesellschaft – eine indiskrete Andeutung über die Frau des Archidiakons fallengelassen hatte, die im Pfarrhaus still vor sich hin zu welken schien, und Lady Starmouth hatte sich dann ihr eigenes Bild vom Zustand meiner Ehe gemacht. Es war klar, daß sie Grace mochte, aber an ihrer Widerstandskraft zweifelte, daß sie mich mochte, aber befürchtete, ich könnte in eine Klemme geraten, und daß sie Dido zwar gar nicht leiden konnte, jedoch bereit war, sie ein Wochenende lang zu dulden, um ihrem Gatten eine Freude zu machen.

Einigermaßen erschüttert durch diese freundliche, zugleich aber auch beklemmende Begegnung mit meiner Gastgeberin, schob ich jeden Gedanken an ein rosenumrandetes Stelldichein mit Dido beiseite und zog mich ins Haus zurück. Ich schlich über dicke Teppiche und an Porträts üppiger Rokokodamen vorbei die Treppe hinauf, ohne jemandem zu begegnen, und öffnete dann ganz leise die Tür zu unserem Zimmer, um Grace nicht zu wecken. Aber sie schlief nicht. Zu meinem Schrecken, zu meiner Verzweiflung – und das war das Schlimmste –, zu meinem Zorn lag sie da und schluchzte leise in ihre Kissen.

Ich zog die Tür zu. Dann ließ ich mich, in dem verspäteten Versuch, meine Gefühle in den Griff zu bekommen, neben ihr aufs Bett sinken und sagte – wie ich hoffte, ganz ruhig: «Dann gefällt es dir hier also doch nicht. Du hast nur so getan, als machte es dir Spaß.»

Ich hatte damit gerechnet, daß sie das denn doch abstreiten würde, doch sie nickte nur verzweifelt, während sie sich vergeblich die Tränen abzuwischen versuchte.

«Und natürlich vermißt du die Kinder.»

Ein weiteres Kopfnicken. Noch mehr Tränen.

Ich erhob mich, zog mein Jackett aus und hängte es über die Rückenlehne des nächsten Stuhls; ich war nach dem Mittagessen aus meiner Archidiakonstracht geschlüpft und hatte den gewöhnlichen Anzug eines Geistlichen angelegt. Dann nahm ich den Halskragen ab und ließ mich wieder aufs Bett fallen. Diese trivialen Gesten wirkten beruhigend auf mich. In meiner Stimme schwang noch immer kein Ärger mit, als ich sagte: «Nun, wir sollten einmal offen miteinander reden, meinst du nicht auch? Wir müssen versuchen, dieses Problem zu lösen.»

Grace unternahm einen weiteren Versuch, sich die Tränen abzutupfen, doch jetzt waren ihre Augen gerötet und geschwollen. Mir war klar, daß sie so nicht zum Tee erscheinen konnte.

Ich versuchte der Situation Herr zu werden, indem ich einen sachlichen Ton anschlug: «Also, dann müssen wir zunächst herausfinden, warum du so unglücklich bist. Ich spreche jetzt nicht von heute, ich spreche von dem Gefühl, das dich schon seit einiger Zeit bedrückt. Wann hat es denn angefangen? War es, als wir merkten, daß Sandy unterwegs war und du dich zu sorgen begannst, ob du alles schaffen würdest?»

Ich steuerte natürlich auf das unwiderlegbare Argument hin, daß wir ein richtiges Kindermädchen ins Haus nehmen sollten, und rechnete mit einem «Ja» auf meine Frage. Deshalb war es ein Schock für mich, als sie sagte: «Nein, es hat nichts mit Sandy zu tun. Er hat nur eine schon schwierige Situation noch komplizierter gemacht.»

Ich starrte sie ungläubig an. «Willst du damit sagen, du hast dich schon unglücklich gefühlt, bevor du 1940 schwanger wurdest?»

«Ja, ich wurde mir dessen zum erstenmal bewußt, als wir 1937 nach Starbridge umzogen, aber wenn ich jetzt zurückdenke, glaube ich, daß alles schon 1932 angefangen hat.»

«In Willowmead? Das kann doch nicht sein! Du warst doch dort so glücklich!»

«Ja, aber da fingen die Schwierigkeiten an.»

«Aber was ist denn 1932 in Willowmead geschehen?»

«Du bist Alex Jardine begegnet. Sobald er sich für dich zu interessieren begann, hat er auf unser Leben einen unguten Einfluß ausgeübt.»

Ich war sprachlos.

«Ich habe Alex nie gemocht», brach es aus Grace heraus. «Nie. Ich weiß, du warst schon immer ehrgeizig, aber er stachelte deinen Ehrgeiz in einer Weise an, die ihn völlig übers Ziel hinausschießen ließ –»

«Was redest du da, um Gottes willen? Durch sein mitfühlendes Interesse bekam ich das nötige Selbstvertrauen, um meine Gaben voll entwickeln zu können!» Ich war jetzt wirklich fassungslos. «Liebe Grace, ich kann kaum glauben, daß du so zu Alex stehst! Er hat dich immer so sehr bewundert und immer gesagt, was für eine vollkommene Ehefrau du für einen Geistlichen bist!»

«Vielleicht ist das mit ein Grund, weshalb ich ihn nicht mag – ich habe immer das Gefühl, er sieht in mir nicht mehr als ein geeignetes Zubehör, wie ein Paar Handschuhe. Arme Carrie! Kein Wunder, daß sie unglücklich verheiratet sind.»

«Aber sie sind einander doch so sehr zugetan!»

«Ich glaube nicht, daß er etwas für sie übrig hat. Wie oft haben wir erlebt, wie sarkastisch er reagierte, wenn Carrie eine ihrer törichten Bemerkungen machte!»

«Nun, ich gebe zu, äußerlich gibt er sich oft gereizt, aber ich bin sicher, darunter steckt –»

«Darunter steckt für mich ein unangenehmer Mensch – und ich bin felsenfest davon überzeugt, daß er einen schädlichen Einfluß auf unsere Ehe hat.»

«Aber wie kannst du Alex vorwerfen –»

«Ganz einfach: Alex war es, der dich aus allen Geistlichen der Diözese ausgesucht und dir Ideen in den Kopf gesetzt hat, die über deinem Stand waren –»

«*Ideen, die über meinem Stand waren?* Du liebe Güte, Grace, in welchem Jahrhundert lebst du? Ich bin doch kein viktorianischer Dienstbote!»

«Nein, du bist ein aufstrebender Tuchhändlersohn aus Yorkshire – und Alex hat dich ständig angestachelt, hat dich nach Starbridge geholt, hat dir Großartiges vorgespiegelt, indem er dich Leuten wie den Starmouths vorstellte, hat dich verdorben mit dieser glanzvollen Beförderung, die dir, wie mir oft scheint, völlig den Kopf verdreht hat, als du noch zu jung warst, um es besser zu wissen –»

«Nun, ich weiß natürlich, daß du gesellschaftlich eine Stufe über mir stehst und das Recht hast, auf mich herabzublicken, wenn du dazu Lust hast, aber ich muß sagen, ich finde deine Einstellung beleidigend und deine Anklagen verrückt. Aber Frauen reagieren ja immer irrational, wenn sie erregt sind, und Ehefrauen zeigen sich bekanntermaßen verärgert, wenn sie merken, daß sie mit ihren Ehegatten nicht mehr mithalten können –»

«*Und wer ist dafür verantwortlich, daß ich nicht mehr mit dir mithalten kann?* Wer hat meinen sanften, empfindsamen, schüchternen, romantischen Ehegatten zu einem ganz anderen Menschen gemacht?»

«Niemand hat mich zu etwas gemacht. Die Menschen entwikkeln sich, Grace! Sie stehen nicht einfach still! Du kannst doch nicht erwarten, daß ich so bleibe, wie ich war, als wir uns am Strand bei St. Leonards kennenlernten!»

Wieder brach sie in ein verzweifeltes Weinen aus.

«Mein liebster Schatz...» Ich merkte plötzlich, daß auch ich mich in einem Zustand größter innerer Anspannung befand. Mein Magen hatte sich zusammengekrampft, und ich spürte eine leichte Übelkeit, die sehr schnell stärker zu werden versprach. Schließlich brachte ich mit schwankender Stimme hervor: «Hältst du mich wirklich nur für einen aufstrebenden Tuchhändlersohn aus Yorkshire?»

Noch immer weinend schüttelte sie den Kopf und warf mir die Arme um den Hals. «Verzeih mir», flüsterte sie, als sie wieder sprechen konnte.

Ich spürte plötzlich, daß ich ihr Elend nicht länger ertragen konnte, und da ich diese wahrhaft schreckliche Szene zu Ende bringen wollte, sagte ich mit unsicherer Stimme: «Ich bin es, der um Verzeihung bitten sollte. Mein liebster Schatz, sag mir, was ich tun kann, um dich wieder glücklich zu machen – ich bringe um deinetwillen jedes Opfer, ich schwöre es dir.»

Grace knüllte das nasse Taschentuch zu einem Knäuel zusammen und hielt es so fest gepackt, daß ihre Fingerknöchel weiß aufschienen. «Gib das Archidiakonat auf. Gib Alex auf. Und gib diese scheinheilige kleine Hexe auf, die dich nur ruinieren will.»

Mir verschlug es die Sprache. Als ich automatisch ein Stück zurückwich, hob sie den Kopf, um mir in die Augen zu sehen. «Du hast gesagt» – ihre Stimme bebte ein wenig –, «du würdest jedes Opfer bringen.»

«Entschuldige, aber für mich heißt ‹ein Opfer bringen› nicht ‹beruflichen Selbstmord begehen›.» Ich hatte mich wieder gefaßt und vermochte in ruhigem, höflichem Ton hinzuzufügen: «Ich kann mein Amt nicht niederlegen. Ich glaube aufrichtig, daß ich die Arbeit tue, zu der Gott mich berufen hat. Was Alex betrifft, so tut es mir leid, aber ich kann auch ihn nicht aufgeben; das wäre der Gipfel der Undankbarkeit nach allem, was er für mich getan hat. Ich will dafür sorgen, daß er nicht mehr so oft zu uns kommt, aber es ist ganz undenkbar, daß ich eines Tages zu ihm sage –»

«Und Dido Tallent? Machen wir uns doch nichts vor, Neville. Ich weiß, du findest sie attraktiv. Ehefrauen spüren es immer, wenn die Aufmerksamkeit ihrer Männer andere Wege geht.»

«Wenn du auch nur einen Augenblick lang glaubst, ich hätte je mit ihr etwas Unerlaubtes –»

«Nein, natürlich glaube ich das nicht! Ich lebe seit sechzehn Jahren an deiner Seite und weiß besser als irgendein anderer, was für ein guter, frommer Mann du trotz allem noch immer bist – deshalb ist doch diese gegenwärtige Krise auch ein solcher Alptraum. Ich spüre, daß du nahe daran bist, in Stücke zu gehen, auf eine sehr tiefgreifende Weise, die ich nicht verstehe.»

«*In Stücke zu gehen? Ich?* Aber meine liebe Grace, *du* bist diejenige, die dabei ist, auseinanderzufallen!»

«Ja, aber ich falle nur auseinander, weil du in Stücke gehst! Neville, irgend etwas läuft schrecklich verkehrt, und um ganz ehrlich zu sein, ich glaube nicht, daß unser wirkliches Problem meine Traurigkeit ist. Ich glaube, daß ich so unglücklich bin, das ist nur ein Symptom von etwas viel Komplexerem und Unheimlicherem.»

«Du redest ja irre.» Ich wandte mich von ihr ab und legte Halskragen und Jackett wieder an. Meine Bibel lag auf dem Nachttisch. Mit der Hand über den Einband streifend sagte ich: «Ich gehe nicht in Stücke. In unserer Ehe gibt es keine grundsätzlichen Probleme. Ich muß nur einen Weg finden, wie ich dich wieder glücklich machen kann, und jetzt werde ich mir mit der Gnade Gottes genau überlegen, was ich tun muß, um alles wieder in Ordnung zu bringen.» Ich nahm die Bibel und ging zur Tür, und erst als ich schon die Klinke in der Hand hatte, sagte ich beiläufig über die Schulter hinweg: «Natürlich beende ich meine Verbindung mit Miss Tallent. Ich sehe jetzt, daß ich da im Unrecht war, und es tut mir sehr leid, wenn meine Bekanntschaft mit ihr zu deinem Unglück beigetragen haben sollte.»

Ich ging hinaus. Ich war zu aufgewühlt, um auf meine Schritte zu achten, und ging den falschen Marmorflur entlang, so daß ich schließlich das Haus durch einen mir noch unbekannten Ausgang verließ. Ich schlug einen Bogen um den Gemüsegarten, stolperte durch einen Obsthain und tappte um eine Reihe von hohen Eibenhekken herum. Ich begann mir gerade wie eine Figur aus einem Kafka-Roman vorzukommen, verirrt in einem alptraumhaften metaphysischen Irrgarten, als ich mich plötzlich bei den Rosenbeeten wiederfand – und dort beim Wunschbrunnen stand meine Schülerin, endlich ganz allein, das dunkle Haar perfekt gekämmt und gelockt, in den dunklen Augen ein berückend ungekünsteltes Entzücken, als mich der abschüssige Grasweg direkt zu ihr hinunterführte.

«Liiiebster Archidiakon!» rief sie aus, indem sie die gedehnte Sprechweise imitierte, die bei den affektierten Damen der vorigen Generation üblich war. «Wie wunderwunderschön!»

«Ich glaube nicht», sagte ich, als ich den Brunnen erreicht hatte. «Miss Tallent, ich bedaure, Ihnen mitteilen zu müssen –»

«Was für eine gräßliche Formulierung! So fangen Kaufleute an, wenn sie einem Kunden sagen, daß irgend etwas Wichtiges ein halbes Jahr lang nicht mehr vorrätig sein wird! Jetzt reden Sie nicht so geschraubt, bester Archidiakon, und lassen Sie sich sagen, daß Ihre

Predigt heute morgen ganz wunderbar war. Ich war so stolz auf Sie, und ich habe mich innerlich so erhoben gefühlt, daß ich zwei Taschentücher naßgeweint habe! Ist das Leben nicht einfach himmlisch?»

Ohne eine Sekunde zu zögern, sagte ich: «Ja, mir ist, als wäre es nach einem langen, trüben Winter wieder Frühling geworden!» Und nachdem ich damit die leichtsinnigste Bemerkung von mir gegeben hatte, die ein verheirateter Geistlicher gegenüber einer koketten jungen Frau nur machen konnte, legte ich meine Bibel auf den Rand des Wunschbrunnens und umfaßte impulsiv ihre beiden Hände mit den meinen.

IV

«Leidenschaft läßt sich nicht ausmerzen: Sie kann nur rein bewahrt werden, sublimiert werden, wie heute manche sagen würden.»

CHARLES E. RAVEN
in *A Wanderer's Way*

I

Der Händedruck dauerte drei Sekunden. Dann ließ ich sie los und murmelte recht töricht: «Entschuldigung. Höchst unerquicklich. Absolut unziemlich», und diese Adjektive, von einer früheren Generation von Geistlichen schon so hoffnungslos abgenutzt, verliehen meinem Entsetzen noch ein falsches Pathos; mit ein paar antiquierten Worten hatte ich aus einem albernen Fehler ein Melodram gemacht. Um die Peinlichkeit vollzumachen, errötete ich auch noch, und indem ich Dido den Rücken zukehrte, griff ich hastig nach meiner Bibel auf dem Brunnenrand. Ich wußte instinktiv, daß meine Hände voll beschäftigt sein mußten, wenn sie nicht ein zweites Mal auf katastrophale Wanderschaft gehen sollten.

«Liebster Stephen!» sagte Dido entzückt. «Weshalb entschuldigen Sie sich? Ich kann in einem liebevollen Händedruck zwischen Freunden nichts Anstößiges sehen!»

Ich konnte nur sagen: «Sie haben versprochen, mich nicht mehr mit diesem Namen anzureden.» Ich vermochte sie noch immer nicht anzusehen.

«Lieber Archidiakon, bitte, regen Sie sich nicht auf! Natürlich verehre ich Sie leidenschaftlich, aber warum sollte Sex unsere schöne Freundschaft zerstören? Ich würde nie mit einem Mann ins Bett gehen, mit dem ich nicht verheiratet bin, und da ich Sie nicht heiraten kann, sind Sie vor mir völlig sicher. Und Sie können nicht das Verlangen haben, mit mir ins Bett zu gehen – wie wäre das möglich, wo Ihre Frau so viel hübscher und netter ist als ich? –, also ist damit der böse alte Sex völlig ausgeschaltet, nicht wahr, und wir können ungehemmt unsere herrliche romantische Freundschaft genießen, während Sie mich dem Heil zuführen!»

«Miss Tallent», sagte ich, «bevor ich Sie kennenlernte, hätte ich es nicht für möglich gehalten, daß eine Frau gleichzeitig so weltgewandt und so naiv sein kann. Ich möchte Ihnen zu dieser einmaligen Kombination gratulieren. Aber ich fürchte, Sie müssen jetzt auf Ihre Naivität verzichten.»

«Oh, ich bete Sie an, wenn Sie so streng und unnachgiebig sind! Aber lieber Archidiakon, machen Sie doch nicht so ein Gesicht, als würden Sie mich am liebsten übers Knie legen, und beruhigen Sie sich wieder. Ich bin gar kein bißchen naiv; ich bin der gesunde Menschenverstand in Person. Wenn ich mich nicht mit Ihnen einlasse – und ich habe nicht die Absicht, irgend etwas zu tun, was unsere schöne Freundschaft beeinträchtigen könnte –, wie können Sie sich dann mit mir einlassen? Zum Ehebruch gehören schließlich zwei.»

Ich räusperte mich. «Nicht unbedingt. Theologisch gesprochen –»

«O fein, ich hatte so sehr gehofft, daß Sie irgendeinen faszinierenden theologischen Gesichtspunkt ins Spiel bringen – wie köstlich!»

«Miss Tallent –»

«Liebster Archidiakon, *machen Sie sich keine Sorgen*. Ich lasse Sie jetzt allein, damit Sie Ihre zerrütteten Nerven wieder in den Griff bekommen, und ich werde mich für den Rest des Wochenendes auf keusche Distanz halten, aber wenn Sie wieder zu Hause sind, dann schreiben Sie mir bitte und erklären mir alle theologischen Aspekte des Ehebruchs!»

«Dazu werde ich keine Zeit haben. Wir fahren am Mittwoch auf Urlaub in den Lake District.»

«Schreiben Sie mir eine Ansichtskarte?»

«Nein, das würde sich ganz und gar nicht schicken.»

«Aber Sie beten doch für mich?»

«Ich bete regelmäßig für alle Seelen in meiner Obhut», sagte ich mit stählerner Stimme, aber zu meinem Entsetzen wurde mir bewußt, daß ich sie anlächelte.

«Nun, solange Gott mit dabei ist, können wir nicht allzuviel verkehrt machen, nicht wahr?» sagte Dido und lächelte strahlend zurück.

«Ich glaube, Sie gehen jetzt lieber, Miss Tallent, ehe ich wirklich dem Drang nachgebe, Sie übers Knie zu legen.»

Mit einem Lachen tanzte sie durch den Rosengarten davon.

2

Ich sank auf die schmiedeeiserne Gartenbank, auf der mir einige Zeit zuvor Lady Starmouth auf so unvergleichliche Art und Weise erklärt hatte, wie schwer es sei, ein Geistlicher zu sein, umklammerte meine Bibel, als wäre sie ein Rettungsring, und zwang mich, mir das Unaussprechliche einzugestehen. Ich hatte mich verliebt. Bisher hatte ich immer geglaubt, nur hysterische Frauen könnten so unrettbar einem so wahnwitzigen Gefühl anheimfallen, doch hier war ich, ein Häufchen Elend, fast betäubt vom Duft roter Rosen und vor Verlangen von Kopf bis Fuß zitternd. Dies war nicht die kleine Schwäche eines alternden Mannes; dies war eine Leidenschaft in der Blüte der Jahre. So etwas war mir noch nie widerfahren. Ich war außer mir vor Entsetzen.

Automatisch begann ich mich meines siebenjährigen Werbens um Grace zu erinnern. Aber obgleich ich diesen Abschnitt meines Lebens im Fieber jugendlicher Schwärmerei begonnen hatte, waren meine Gefühle doch zu einer verläßlichen festen Zuneigung gereift und hatten mich nicht ein einziges Mal meiner geistigen Fähigkeiten beraubt. Im Gegenteil, ich hatte meine Heiratskampagne mit militärischer Präzision geplant, hatte auf den letzten Penny ausgerechnet, wann ich mir den Gang zum Altar leisten konnte, hatte mir überlegt, wie ich trotz meiner Jugend die Zustimmung meines zukünftigen Schwiegervaters erlangen konnte, hatte die erforderliche Rede mit meiner Mutter einstudiert, bis ich sie Wort für Wort auswendig konnte. Selbst mit noch so viel Phantasie hätte ich nicht sagen können, ich sei vor Liebe von Sinnen gewesen. Im Lichte meiner augenblicklichen Besessenheit war ich fast versucht, mich zu fragen, ob ich Grace je wirklich geliebt hatte – doch das war ein unsinniger Gedanke, der nur zeigte, wie sehr sich mein Verstand schon verwirrt hatte. Natürlich hatte ich Grace geliebt. Ich hatte sie angebetet. Sie war genau die Ehefrau gewesen, die ich brauchte.

«So ein reizendes Mädchen!» hörte ich in der Erinnerung meine Mutter freundlich sagen. «So ruhig und gebildet – und mit hundertfünfzig Pfund eigenem Einkommen im Jahr! Neville, ich könnte mich wirklich nicht mehr für dich freuen . . .»

Die Erinnerung schwand. Ich wischte mir den Schweiß von der Stirn, riß mich zusammen und beschloß, gegen diesen monströsen Wahn anzukämpfen, der mich da befallen hatte. In diesem ekelerregenden Rosengestank herumzusitzen und an meine Mutter zu denken, würde mir kaum weiterhelfen. Ich mußte jetzt logisch vorgehen. Ich mußte einen Weg finden, diese Katastrophe zuzudecken, und zwar zuzudecken mit der Gründlichkeit einer Katze, die ihr Geschäft verscharrt, und während ich mit dieser lebenswichtigen Aufgabe beschäftigt war, mußte ich aller Welt und besonders Grace gegenüber so tun, als hätte ich mich nicht verändert.

In diesem Augenblick fielen mir unsere Achtundvierzig-Stunden-Flitterwochen ein, die den gemeinsamen Familienferien vorausgehen sollten. Gesunder Menschenverstand, reichlich garniert mit einem ausgeprägten Selbsterhaltungstrieb, sagte mir, daß dies in der sechzehnjährigen Geschichte meiner vollkommenen Ehe nicht der rechte Zeitpunkt war, zwei Tage allein mit meiner Frau zu verbringen. Viel vernünftiger schien es, mich hinter den Kindern vor ihr zu verstecken, während ich meine Schutzwehr errichtete und mich gegen die Wucht meiner irrationalen Anwandlungen wappnete.

Vorgebeugt, die Ellenbogen auf die Knie gestützt, faltete ich die Hände, schloß fest die Augen und sagte in stummer Verzweiflung zu Gott: «Herr, hilf mir, errette mich, schütze mich, damit ich mich aufs neue deinem Dienst widmen kann.» Dann wartete ich; aber so sehr ich mir einzureden suchte, daß ich mir durch solches

Gottvertrauen nicht lediglich Mut machen wollte, meine Furcht und Beklemmung ließen nicht nach. Offenbar würde mein Gebet nicht auf einfachem, direktem Weg beantwortet werden, und schließlich wischte ich mir abermals den Schweiß von der Stirn, raffte mich auf und ging ins Haus zurück.

3

«Schatz», sagte ich, als ich wieder in unserem Zimmer war, zu Grace, die sich gerade in ihr Nachmittagskleid hineinmühte, «ich fürchte, mir war nicht klar, wie unglücklich du dich fühlst, wenn du von den Kindern getrennt bist. Vielleicht kann ich gleich damit anfangen, dich glücklicher zu machen, indem ich vorschlage, wir vergessen unsere kleine Reise zu zweit diese Woche. Statt am Mittwoch nach Manchester zu fahren, dampfen wir mit allen Kindern am Samstag los und begeben uns direkt ins Ferienhäuschen. Wie wäre das?»

Sie war so dankbar, daß es mir fast weh tat. «Nun, wenn es dir auch ganz bestimmt recht ist –»

«Kein Wort mehr darüber – ist schon erledigt.» Nachdem ich ihr einen Kuß gegeben hatte, warf ich einen Blick auf das Kleid und sagte: «Du willst doch nicht wirklich zum Tee hinuntergehen, oder? Ich sage, du hättest Kopfschmerzen.»

«Ja, ich weiß, ich sehe nicht gerade blendend aus nach dem Weinen, aber ich möchte dich keinesfalls in eine schiefe Lage bringen –»

«Das ist nicht wichtig. Es kommt nur darauf an, daß du glücklich bist. Und bist du dir auch sicher, daß du in Ferien fahren willst? Vielleicht würdest du lieber zu Hause bleiben und dich ausruhen.»

«Aber zu Hause könnte ich mich doch nie ausruhen – da gibt es immer so viel zu tun! Nein, ich kann die Ferien kaum erwarten – obwohl, jetzt, wo wir die Kinder nicht bei Winifred lassen müssen, wünschte ich schon fast, es wäre nicht zu spät, um noch einmal umzuplanen und doch wie gewöhnlich nach Devon zu fahren.»

«Eine kleine Abwechslung macht dir bestimmt Spaß.»

«Mir liegen Abwechslungen nicht sehr», sagte Grace.

Und Spaß auch nicht, dachte ich.

Doch diese Bemerkung war niederträchtig, und ich verachtete mich dafür, daß ich sie in Gedanken gemacht hatte.

Mir kamen die ersten Bedenken, was unseren Urlaub im Lake District betraf, aber keine innere Stimme warnte mich vor einer Katastrophe. Ich war kein mystischer Träumer, und als guter Modernist glaube ich nicht an Hellseherei.

4

Neun Wochen nach der schicksalhaften Abendgesellschaft im Bischofspalais war Starbridge nach wie vor unversehrt, aber Canterbury war bombardiert worden als Vergeltung für den schweren Angriff der Royal Air Force auf Köln Ende Mai. In beiden Städten blieben die Dome stehen, Monumente der Hoffnung in einer von der Zerstörungswut erfüllten Welt. Hitler, in Rußland steckengeblieben, aber durch Rommels siegreiche Unternehmungen in der Wüste angefeuert, hatte offenbar in einem Anfall von Zerstreutheit die Baedekerseite mit der Beschreibung von Starbridge überschlagen, aber es war noch zu früh, um sich endgültig sicher zu fühlen – die Ruinen von Bath, York, Norwich, Exeter und Canterbury gemahnten an den Alptraum, der auch für uns noch wahr werden mochte.

«Wie herrlich das sein wird, einmal zwei Wochen lang nicht an Luftangriffe denken zu müssen!» sagte Grace, aber natürlich gab es kein wirkliches Entrinnen vor dem Krieg. Zu Beginn der Schulferien warnte ich auf einen Rat der Regierung hin die Kinder davor, mit langen Metallrohren, Metallkugeln mit Griffen, Kanistern, die wie Thermosflaschen aussahen, und Flaschen jeder Art zu spielen. Es war zwar kaum damit zu rechnen, daß wir im Lake District auf Blindgänger stoßen würden, aber die Luftwaffe warf ihre Bombenlast bisweilen an unerwarteten Stellen ab, und ich hatte das Gefühl, daß man nirgendwo in England mehr ganz sicher war.

Inzwischen hatte Grace auf prosaischerer Ebene mit den bürokratischen Bestimmungen zu kämpfen gehabt, die mit der Ausgabe des neuen Zuteilungsheftes verbunden waren, das am Ende des Monats die drei bisher schon vorhandenen Hefte ersetzen sollte. Immer mehr

Dinge wurden rationiert. Die Kinder waren entsetzt, als sie hörten, daß es nicht mehr so viele Süßigkeiten geben würde wie früher, und sobald die älteren Jungen aus der Schule kamen, rannten sie los, um ihr Taschengeld für billige rationierte Schokolade auszugeben, all den überall angeschlagenen Mäßigungsparolen zum Trotz. Weder Grace noch ich hatten das Herz, sie zurückzuhalten. Schokolade und Bonbons wurden aus den Automaten entfernt, und bei Festen und auf Rummelplätzen durften keine Süßigkeiten mehr als Preise ausgesetzt werden. Die schwere Hand der Kriegsbestimmungen lastete immer drückender auf uns. SPART BROT, ermahnte man uns, während uns ein anderes Plakat mit fünfzig verschiedenen Serviervorschlägen für Kartoffeln beglückte. IST DIESER KAUF WIRKLICH NOTWENDIG? wurden wir wiederholt gefragt, und als wir am Bahnhof eintrafen, um unsere Reise in den Norden anzutreten, fiel unser Blick als erstes auf das Plakat des Eisenbahnexekutivausschusses, das mit größter Strenge unnötige Reisen untersagte. Schuldbewußt sagte ich mir sofort, daß wir doch hätten zu Hause bleiben sollen.

Zu meiner Bestürzung entdeckte ich, daß man in einem neuen Anfall von Einsparungswut auf den Speisewagen verzichtet hatte, aber zum Glück hatte Grace – vollkommen wie immer – etwas derartiges vorausgesehen und einen Picknickkorb gepackt. Die Kinder versüßten sich die öde Bahnfahrt durch eine Keksorgie – aus unerfindlichen Gründen zählten Kekse zu den wenigen noch reichlich vorhandenen Lebensmitteln.

Ich erwähne diese Einzelheiten aus dem Leben an der Heimatfront nicht nur, um die große Trostlosigkeit des Krieges hervorzuheben, zu der für uns noch das fast unvorstellbare Grauen eines Zufallstodes per Reiseführer hinzukam, sondern um zu zeigen, daß ich in einer Atmosphäre der Einschränkung und Repression lebte, die bedeutendere Männer als mich dazu trieb, im Wahn einer großen Leidenschaft Zuflucht zu suchen. Damit will ich mein Verhalten keineswegs entschuldigen, und ganz gewiß will ich damit nicht andeuten, meine Verrücktheit hätte ihren Ursprung in einer Fünfzig-Gramm-Süßwarenzuteilung und in der Brotknappheit gehabt, aber wenn Menschen in einem Lebensbereich zurückstecken müssen, neigen sie dazu, sich auf einem anderen dafür schadlos zu halten – wenn also ein genaues

Bild von meiner Krise gezeichnet werden soll, gehört zur Erklärung meines Wahnsinns auch der düstere Existenzdruck an der Heimatfront.

Ein Geistlicher mit einer Frau und fünf Kindern kann sich selten den Luxus eines Hotelaufenthaltes leisten, und selbst als die Kinderzahl noch überschaubarer gewesen war, hatte ich es nicht nur aus ökonomischen, sondern auch aus praktischen Gründen vorgezogen, für unseren jährlichen Urlaub an der See ein hübsches, sauberes, geräumiges Häuschen bei Woolacombe in Devon zu mieten. Ich war durch ein Inserat in der *Church Gazette* auf diese idyllische Bleibe aufmerksam geworden, und als ich mich im Mai in der gleichen Zeitung auf die Suche nach einem Häuschen im Lake District machte, war mir zu keiner Zeit der Gedanke gekommen, ich könnte dabei weniger Erfolg haben als beim erstenmal. Ich hatte eine Anzeige gelesen, die in lyrischen Tönen eine angemessene Ferienbleibe für meine große Familie schilderte, und ohne langes Überlegen an den Eigentümer geschrieben, um die Sache perfekt zu machen.

Als wir nach einer anstrengenden Fahrt – zuerst in einem unberechenbaren Zug, dann in einem klapprigen Bus – mit anschließendem Fußmarsch einen einsamen Feldweg entlang schließlich an diesem so gepriesenen Ort eintrafen, war mir binnen Sekunden klar, daß ich meine Familie in ein ländliches Elendsquartier geführt hatte. Der Schlüssel lag unter der Türmatte, wie der Eigentümer geschrieben hatte, aber das war auch das einzige, was den Erwartungen entsprach. Glücklicherweise war es im Sommer abends noch hell; die Aussicht, mit Öllampen und einem altmodischen Küchenherd umgehen zu müssen, war schlimm genug, aber im Dunkeln wäre sie unerträglich gewesen. Ich habe nie verstehen können, daß manche Leute beim Gedanken an die alte Zeit sentimental werden und feuchte Augen bekommen. Ein Leben ohne Gas, Strom und anständige sanitäre Anlagen muß doch eine einzige Qual gewesen sein, die noch dazu jeglicher Romantik entbehrte.

Primrose, benommen vor Müdigkeit, begann zu jammern, sie habe Hunger. «Es scheint keine Toilette zu geben», berichtete Christian nach einem raschen Rundgang. «Soll ich im Garten ein Loch graben?» Grace sagte: «Ich glaube, ich bekomme meine Migräne», und ließ sich auf den nächstbesten Stuhl fallen. Sandy, der in ihren Armen geschlafen hatte, wurde bei dieser abrupten Bewegung wach und begann prompt zu schreien. «Ich will nicht im Garten aufs Klo gehen», verkündete James, und Norman meinte düster: «Ich wünschte, wir wären in Devon.» Ich setzte den schweren Koffer ab, den ich getragen hatte, mobilisierte meine letzten Kraftreserven, jagte ein Stoßgebet um göttlichen Beistand zum Himmel auf und bereitete mich darauf vor, jedes Wunder zu vollbringen, das nicht völlig den physikalischen Gesetzen widersprach.

Ich befahl Grace, sich auf der mottenzerfressenen Sofadecke auszustrecken. Christian wurde beauftragt, zum zweitenmal zu versuchen, etwas ausfindig zu machen, das einer Toilette glich. Norman und James schickte ich zum Bettenmachen nach oben. Primrose bekam einen Apfel, der vom Mittagspicknick übrig war, und wurde mit der Aufsicht über Sandy betraut. Im Picknickkorb fand ich auch ein halbes Brötchen, das ich Sandy in den Mund stopfte, um ihn am Schreien zu hindern. Nachdem ich sodann einige Holzscheite von einem Stapel vor der Hintertür geholt hatte, entzündete ich mit Hilfe einer alten Zeitung, die ich auf dem schmutzigen Fußboden der Speisekammer fand, ein Feuer im Küchenherd, und während ich trüben Sinnes das schwache Schwelen der Holzscheite beobachtete, versuchte ich die Erinnerung an Starmouth Court zu verscheuchen, wo ich noch vor einer Woche so luxuriös gespeist hatte.

«Ich mache Tee», sagte Grace und rappelte sich pflichtbewußt vom Sofa hoch.

«Nein, du bleibst, wo du bist.» Ich füllte den Kessel, fand die Teeration, die wir mitgebracht hatten, und kramte aus einem Schrank eine Teekanne hervor, die nicht sehr gut roch. Inzwischen war Christian zurückgekommen, um zu berichten, daß er fündig geworden war, und Norman rief von oben herunter, es gebe keine Bettücher, aber jede Menge Decken. Wir schienen Fortschritte zu machen.

«Schaff die Koffer nach oben und fang schon an auszupacken», sagte ich zu Christian. «Zuerst den von Sandy.»

«Dieser Knabe riecht so übel wie das Klosett», bemerkte Christian, der etwas empfindlich war.

«Was meinst du, warum ich gesagt habe, du sollst zuerst Sandys Koffer auspacken? Wir brauchen eine frische Windel.» Ich hatte einen Teller aus dem Schrank geholt und bohrte Schinkenfleisch aus einer großen Dose.

«Ich hole die Windel», sagte Grace und müht sich erneut vom Sofa hoch.

Sandy begann wieder zu brüllen.

«Ich begreife einfach nicht», bemerkte Christian lässig, «daß Infantizid nicht häufiger vorkommt.»

«Was ist Infantizid?» wollte Primrose wissen, während Christian und Grace nach oben entschwanden.

«Kindstötung, Schatz.» Ich öffnete zwei große Dosen mit gebackenen Bohnen, und ein schwaches Wimmern des Kessels gab zu der Hoffnung Anlaß, daß das Wasser eines Tages vielleicht doch noch kochen würde. Sandy brüllte noch immer, aber als ich ihm eine gebackene Bohne gab, spie er sie aus. Als ich mich wieder dem Tisch zuwandte, entdeckte ich, daß das Schinkenfleisch von einer Maus inspiziert wurde. Ohne zu überlegen knurrte ich: «Hau ab, du verflixtes Mistvieh!» – ein Ausdruck, der zwar (haarscharf) an der Blasphemie vorbeisteuerte, sich jedoch kaum für einen Geistlichen schickte. In einem Anfall von Wut benutzte ich einen Löffel als Wurfgeschoß, aber das Tierchen glitt nur das Tischbein hinunter, huschte über den Fußboden und war verschwunden. Primrose kreischte. Sandy hörte auf zu brüllen und begann sofort begeistert zu rufen: «Mistvieh, Mistvieh, Mistvieh!» (Wie kommt es nur, daß kleine Kinder ein so unfehlbares Gespür für Kraftausdrücke haben?) Sekunden später kamen Christian, Norman und James windelnschwenkend die Treppe heruntergestürmt, um mir mitzuteilen, daß Grace sich abermals hatte hinlegen müssen, da sie sich schwach fühlte.

«Nun steht da nicht herum und wedelt mit den Windeln, als wären es Union Jacks! Holt Watte und den Talkumpuder – und etwas Toilettenpapier könnten wir auch brauchen, nach dem Geruch zu urteilen –»

«Es ist kein Toilettenpapier da», sagte Christian.

«Unsinn, es muß welches da sein.»

«Ich habe keinen großen Hunger», sagte Norman mit einem Blick auf das Dosenfleisch. «Dieses Gespräch hat mir den Appetit verdorben.»

«Unsinn – reiß dich zusammen!» sagte ich mit einem unerschütterlichen Humor, der ans Heiligmäßige grenzte. «Ist das der Geist, mit dem das Empire geschaffen wurde?»

«Daddy», sagte Primrose, «ich glaube, die Maus hat auf dem Tisch Pipi gemacht.»

«Mistvieh, Mistvieh, Mistvieh!» rief Sandy.

«Ich glaube, mir wird schlecht», sagte Norman und stürzte zur Hintertür.

«Wo hat Sandy denn das aufgeschnappt?» wollte Christian entzückt wissen, während er in den Küchenschränken nach Toilettenpapier suchte.

«Daddy, hast du gehört? Ich habe gesagt, ich glaube, die Maus hat –»

«Ja, mein Schatz. Gib mir diesen Lappen dort vom Spülstein, bitte.»

«Neville.» Ich blickte auf, und da stand Grace in der Tür, so weiß wie ein Leichentuch. Sie hatte die Watte und den Puder mitgebracht. «Ich lege Sandy trocken.»

«Schön», sagte ich, weil ich das Gefühl hatte, meine Frau in ihrem opferwilligen Bemühen, mir zu helfen, nicht noch einmal zurückweisen zu dürfen, «aber dann legst du dich sofort ins Bett – hoffen wir, daß keine Wanzen drin sind.»

«Ich kann einfach nicht verstehen, wie die *Church Gazette* es zuläßt –»

«Das ist nicht die Schuld der *Church Gazette*. Man kann nicht erwarten, daß die sich alles ansehen, was bei ihnen inseriert wird. Es war mein Fehler, mir hätte sofort klar sein müssen, daß ‹anheimelnd ländlich› soviel heißt wie ‹ohne jeden zeitgemäßen Komfort›.»

«Gaudeamus igitur!» rief Christian und hielt eine Rolle Toilettenpapier in die Höhe.

«Christian, hör auf, dich wie ein frühreifer Student zu benehmen, und rühr die Bohnen um. James, geh mal hinaus und sieh nach, ob es Norman inzwischen besser geht.»

«War Norman schlecht?» fragte Grace bestürzt.

«Daddy», sagte Primrose, «was sind Wanzen?»

«Mistvieh, Mistvieh, Mistvieh!» rief Sandy mit Verve.

Grace zuckte zusammen. «Sandy! Christian, hast du –»

«Nein, Mutter, nicht schuldig, in keiner Weise. Also diese Bohnen sehen etwas merkwürdig aus –»

«Da ist Norman», sagte James. «Ich glaube, er stirbt.»

«Mir ist so elend», sagte Norman. Er sah aus wie der Tod.

«Es ist metaphysisch immer so interessant», sinnierte Christian, ganz Winchester-Stipendiat, «wenn Gefühle sich so genau im Erscheinungsbild widerspiegeln.»

«Halt's Maul, du Riesenekel!» brüllte Norman.

«GENUG JETZT!» rief ich, als Grace auf der Türschwelle zu schwanken begann. «Grace und Norman – ihr geht sofort ins Bett, ehe ihr beide umfallt. Christian, du machst Tee. James, du fängst schon an, die Bohnen auszuteilen. Primrose, du bringst diese Teller da von der Anrichte herüber. Sandy –» Ich seufzte und griff nach dem Toilettenpapier. Es gab Zeiten, da mußte sogar ich, frommer Geistlicher und gewohnt, die Freuden des Familienlebens zu predigen, zugeben, daß man es als Ehemann und Vater nicht immer leicht hatte.

5

«Warum ist Sandy eigentlich immer noch nicht sauber?» fragte Primrose später, als das Schinkenfleisch und die gebackenen Bohnen verzehrt waren. «Als ich keine Windeln mehr brauchte, da war ich viel jünger als er.»

«Jedes Baby ist anders, mein Schatz.»

«Du hältst dich vielleicht für sehr toll», sagte Christian zu Primrose, «aber ich konnte schon gehen und sprechen und habe keine Windeln mehr gebraucht und habe die *Ilias* übersetzt, als ich noch lange keine drei Jahre alt war.»

«Angeber!» gab Primrose zurück, die eine recht temperamentvolle junge Dame war.

«Stimmt das, Daddy?» fragte James bekümmert.

«Nein, natürlich nicht.»

James, der jetzt neun war, begann allmählich zu erkennen, daß er nicht so klug war wie seine älteren Brüder, und ich wußte, es schmerzte ihn, daß er nie Klassenbester war. Im Gegensatz zu Christian und Norman würde er nie ein Winchester-Stipendium gewinnen und damit für meine finanzielle Entlastung sorgen, doch ich glaubte, daß er alles in allem ein glücklicher Mensch werden würde; er kam mit seinen Altersgefährten gut aus und spielte gern Kricket. In mancher Hinsicht konnte ich ungezwungener mit ihm umgehen als mit meinen anderen Söhnen. Sein sonniges, friedliches Wesen stellte einen beruhigenden Gegensatz zu dem intellektuellen Feuerwerk dar, das seine begabten Brüder abbrannten. Nach meiner Einschätzung war er dabei, sich zu einem sehr anständigen, präsentablen jungen Mann zu entwickeln, und ich war sehr zufrieden mit ihm. Soviel zu James.

Primrose, die gerade neben mir saß in ihrer privilegierten Position als einzige Tochter, ging auf ihren fünften Geburtstag zu und würde eines Tages eine gewandte und geistreiche Gesprächspartnerin abgeben: Die Sprache faszinierte sie schon jetzt, und sie versäumte keine Gelegenheit, ihren Wortschatz zu erweitern. Da bei einer Frau die Intelligenz weniger wichtig ist als das Aussehen, bedrückte mich eine Zeitlang der Gedanke, sie könnte als Blaustrumpf enden, doch wie ich dann erleichtert feststellte, deuteten gewisse Anzeichen darauf hin, daß sie sich zu einer reizenden blauäugigen Blondine entwickeln würde. Ich sah eine blendende Zukunft als Ehefrau und Mutter für sie voraus, eine Aussicht, die mich mit väterlichem Stolz erfüllte. Soviel zu Primrose.

Sandy, der im Augenblick an meiner Brust schlummerte, versprach einmal sehr klug zu werden, vielleicht sogar so klug wie Christian. Wenn er nicht gerade seinem Hang zu unfeinen Ausdrükken nachgab, konnte er Sätze bilden, die für ein kaum dem Babyalter entwachsenes Kind erstaunlich waren. Seine letzte, erst an diesem Tag im Zug produzierte Meisterleistung war: «Peter Rabbit schätzt exquisite Eleganz, aber mir ist der Pelz lieber, den Benjamin Bunny trägt.» Die «exquisite Eleganz» hatte ihm natürlich Christian beigebracht, aber Sandys Leistung lag nicht nur in der richtigen Aussprache der Worte, sondern in ihrer korrekten Anwendung. Ich hielt ein

Winchester-Stipendium für sicher und sonnte mich schon in meinem zukünftigen Stolz. Soviel zu Sandy.

Norman, der gerade oben mit seiner Übelkeit kämpfte, war zwölf Jahre alt und glaubte ständig beweisen zu müssen, daß er klüger sei als sein älterer Bruder. War James der Sohn, bei dem ich mich am ungezwungensten fühlte, so war Norman derjenige, in den ich mich am besten hineinversetzen konnte; auch ich hatte einmal in ständigem Wettbewerb mit meinem älteren Bruder gelebt. Es war ein Kampf, den ich gewonnen hatte, den Norman aber wohl verlieren würde. Dennoch war er viel zu klug, um mir Grund zur Sorge zu geben. Er brachte jetzt hervorragende Schulzeugnisse nach Hause, die ich mit einem Seufzer der Befriedigung zur Kenntnis nahm. Soviel zu Norman.

Schließlich war da noch Christian, der mir jetzt am Tisch gegenübersaß. Wie kann ich einen Eindruck von der Einzigartigkeit dieses außerordentlichsten Mitglieds meiner Familie vermitteln? Bei ihm könnte ich am Ende einer Kurzbeschreibung niemals «soviel zu Christian» schreiben, weil eine solche Beschreibung nur die groben Züge seiner Persönlichkeit wiedergeben könnte. Christian war der Idealsohn, von dem Väter so oft träumen, den sie aber so selten bekommen – vielleicht gibt diese Feststellung eine Ahnung von dem Glanz, der ihn umgab. Christian war das Ich, das ich gern geworden wäre, ein genetisches Wunder, mein eigenes glorifiziertes Selbst. Er war außergewöhnlich klug, mit der Gabe gesegnet, sich jeden Lateinund Geschichtslehrer zum sprachlosen Bewunderer zu machen, sportlich und beliebt bei seinen Altersgenossen. Mit seinen fünfzehn Jahren befand er sich noch im Wachstum und war offensichtlich dazu bestimmt, nicht nur ein liebenswürdiger, geistreicher und vielseitig gebildeter junger Mann zu werden, sondern ein hochgewachsener und gutaussehender noch dazu.

Ich empfand eine tiefe, heftige, heimliche Liebe für ihn, die zum Ausdruck zu bringen ich absolut unfähig war. Bei Primrose konnte ich aus mir herausgehen – ihren Töchtern gegenüber konnten Männer sich so etwas erlauben –, aber bei meinen Söhnen hütete ich mich sehr vor einem Verhalten, das als sentimental eingestuft werden mochte. Die wohlwollende Autorität, die ich ausübte, hatte nie barbarische körperliche Züchtigungen eingeschlossen, aber wie sehr ich auch meine Zuneigung zeigen wollte, ich brachte nicht mehr als eine Pose freundlichen guten Willens zustande. In Yorkshire trägt man sein Herz nicht auf der Zunge – und vielleicht konnte ich auch Onkel Willoughby nie ganz vergessen, der 1909 gesagt hatte, gefühlsduselige Väter, die ihren männlichen Nachwuchs abknutschten, seien allesamt Narren und würden vorzeitig im Grab landen.

«Daddy ...»

Mit einem Ruck kehrte ich ins Jahr 1942 zurück. «Ja, James?»

«Wenn der Krieg zu Ende ist, was wird dann aus den Zeitungen? Es gibt doch dann keine Neuigkeiten mehr, oder?»

«Dann gibt es blanke Seiten mit schwarzem Rand», sagte Christian, «um das absolute Ende des Journalismus zu kennzeichnen. Aber wer sagt denn, daß der Krieg zu Ende geht? Es sieht doch ganz so aus, als würde er immer weitergehen.»

«Unsinn!» sagte ich in entschiedenem Ton. «Denk an Napoleon! Als er erst Rußland angriff, war er erledigt – die britische Armee brauchte ihn bei Waterloo nur noch einzukassieren.»

«Ich wollte, die britische Armee würde anfangen, Rommel in der Wüste einzukassieren.»

«Daddy», sagte Primrose, «warum bist du nicht bei der Armee?»

«Der Bischof hat gesagt, er kann nicht auf meine Arbeit in Starbridge verzichten. Nicht alle Geistlichen sind dazu berufen, Gott in der Armee zu dienen, nicht einmal in Kriegszeiten.»

«Hast du es je bedauert, daß du nach München den Pazifismus aufgegeben hast?» fragte Christian plötzlich.

«Manchmal, ja. Ich glaube noch immer, daß der Pazifismus mit dem liberalen Protestantismus intellektuell in Einklang steht, aber leider läßt Herr Hitler nicht viel Spielraum für intellektuelle Vereinbarkeit.»

«Ich gelange allmählich zu der Auffassung, daß es der liberale Protestantismus ist, der nicht viel Spielraum für intellektuelle Vereinbarkeit läßt. Wie kannst du das Böse herunterspielen und deine optimistische Weltsicht beibehalten, wenn du mit einer Katastrophe wie dem Nazismus konfrontiert wirst? Ich meine, was *machst* du mit jemandem wie Adolf Hitler? Du kannst ihm doch nicht einfach den

Kopf tätscheln, von der Barmherzigkeit Christi und der Vergebung aller Sünden reden und freundlich sagen: ‹Gehe hin und sündige hinfort nicht mehr!›»

Ich war sehr verblüfft. Ich mußte mir ins Gedächtnis zurückrufen, daß fünfzehnjährige Knaben es lieben, die Ansichten ihrer Eltern in Frage zu stellen. «Ich will dir genau sagen, was du mit jemandem wie Hitler machen mußt», sagte ich ein wenig schroff. «Auf der praktischen Ebene bekämpfst du ihn, und auf der geistlichen Ebene betest du für ihn und erinnerst dich daran, daß in jedem Menschen ein göttlicher Funke wohnt.»

«Aber ist das nicht hoffnungslos idealistisch gedacht? Hat das noch etwas mit der Wirklichkeit des Bösen zu tun, die da zu sehen ist? Versuch mal einen Juden von Hitlers göttlichem Funken zu überzeugen!»

«Der Idealismus ist auch eine Wirklichkeit – die Wirklichkeit, die wir alle ständig anstreben müssen.»

«Ja, aber –»

«Christian, ich habe einen langen, anstrengenden Tag hinter mir, ich bin in einer völligen Bruchbude gelandet, und ich bin jetzt nicht in der Stimmung, über Theologie zu diskutieren. Können wir diese Debatte später fortsetzen?»

«Entschuldige. Ich hätte nur so gern mal ein wirkliches Gespräch mit dir geführt.»

Ich starrte ihn an. «Aber führen wir denn nicht immer wirkliche Gespräche?»

«Nein, gewöhnlich drehen sie sich um Latein und Griechisch und wie gut ich auf der Schule bin.»

«Nun, was ist denn so unwirklich an deinen glänzenden Erfolgen?» Ich erhob mich, mit dem einen Arm Sandy umklammernd, die freie Hand zu Primrose hin ausgestreckt. «Zeit fürs Bett, mein Schatz», sagte ich zu ihr, «und vielleicht wird morgen alles besser, wenn wir richtig ausgeschlafen haben.»

«Viel schlimmer kann es ja auch kaum werden», sagte Christian.

Aber da sollte er sich getäuscht haben.

6

Norman ging es am nächsten Tag nicht besser. Grace – vollkommen wie immer – hatte daran gedacht, ein Thermometer mitzunehmen, und als wir entdeckten, daß er hohes Fieber hatte, marschierte ich auf der Suche nach einem Arzt ins nächste Dorf. Diagnose: Grippe. Grace verbrachte den größten Teil ihrer Zeit mit der Pflege des Kranken. Das Wetter war nicht nur regnerisch, sondern auch kalt. Die jüngeren Kinder wurden rasch störrisch.

Am fünften Tag nach unserer Ankunft, gerade als Normans Zustand sich zu bessern begann, brach Grace zusammen. Als ich auf Normans erschreckten Hilferuf hinaufeilte, fand ich sie ohnmächtig auf dem Schlafzimmerboden.

«Ich habe mich schon ein paar Tage nicht wohl gefühlt», flüsterte sie später, «aber ich hatte Angst, du würdest glauben, jetzt lasse ich dich auch noch im Stich, wenn ich es nicht schaffe.»

Als der Arzt wiederkam, verordnete er ihr strenge Bettruhe. Später sagte er mir, sie habe offenbar nicht darauf geachtet, daß sie sich bei Norman angesteckt hatte, und damit alles verschlimmert.

Aber Grace hatte keine Grippe. Sie hatte sich bei einem Einkaufsausflug erkältet, von dem sie völlig durchnäßt zurückgekommen war – in Devon, wo der Dorfladen gleich neben unserem Häuschen gelegen war, hätte das nicht passieren können –, und jetzt hatte sie eine Lungenentzündung. Um elf Uhr abends bekam sie Schwierigkeiten beim Atmen. Der Arzt warf nur einen Blick auf sie und sagte: «Sie muß sofort ins Krankenhaus.» Er versuchte gar nicht erst, einen Krankenwagen zu bestellen, sondern fuhr uns in seinem eigenen Wagen ins Krankenhaus nach Keswick. Welch ein Segen, dachte ich, daß Christian alt genug war, um auf das Häuschen aufzupassen.

Bald nach der Einlieferung ins Krankenhaus begann Grace zu delirieren, und die Diagnose Lungenentzündung wurde bestätigt. Ich telefonierte mit ihrer Schwester Winifred in Manchester. Zu meiner großen Erleichterung erbot sie sich sofort, mir zu Hilfe zu kommen. Ich mußte im Krankenhaus bleiben, und war Christian auch in der Lage, eine Weile auf vier Kinder aufzupassen, so konnte ich ihn doch nicht länger als vierundzwanzig Stunden mit ihnen allein lassen.

Der Tag verging. Winifred kam und konnte sich kaum dazu durchringen, das Krankenhaus wieder zu verlassen. Ich mußte sie schließlich in fast scharfem Ton bitten, sich um die Kinder zu kümmern, wenn sie ihrer Schwester helfen wollte. Winifred weinte, ging aber. Wieder verstrichen ein paar Stunden. Die mitfühlenden Schwestern boten mir Tee an, aber ich bekam kaum einen Schluck hinunter. An Essen war überhaupt nicht zu denken.

Eine Zeitlang war Grace nicht bei Bewußtsein, doch am Abend, als die Sonne unterging, weit fort in der anderen Welt jenseits der Krankenhausmauern, schlug sie die Augen auf und sagte ganz deutlich: «Ich kann nicht weitermachen. Aber ich muß. Sie würde sich nie um die Kinder kümmern.»

Ich war eine ganze Weile lang so entgeistert, so überwältigt von Schuld und Scham, daß ich nicht sprechen konnte. Schließlich beugte ich mich vor, umklammerte unbeholfen ihre Hände, als könnte ich ihr irgendwie Kraft einflößen, und stammelte: «So etwas darfst du nicht sagen. So etwas darfst du nicht einmal denken. Ich liebe dich und nur dich, und *du wirst leben.*»

Eine Minute später starb sie.

V

«Leidenschaft mag gefährlich sein, aber sie ist dennoch die treibende Kraft des Lebens.»

CHARLES E. RAVEN
in *A Wanderer's Way*

I

Ich warf mich in das chaotische Nachspiel der Tragödie mit der ganzen Energie des geborenen Verwaltungsbeamten, weil ich instinktiv wußte, daß ich nur so Haltung bewahren konnte. Ich wickelte die Formalitäten mit dem Krankenhauspersonal ab. Ich führte die erforderlichen Telefongespräche. Ich listete alle wichtigen Angelegenheiten auf, die noch zu erledigen waren. Ich entwarf eine kurze Rede, die ich den Kindern halten wollte, und lernte sie auswendig; ich kaufte sogar neue Taschentücher, um all die Tränen abzuwischen.

Nachdem ich mich um die Kinder gekümmert hatte, sprach ich mit dem Ortspfarrer, der in Erfüllung seiner Christenpflicht vorbeigekommen war, und ich sprach auch mit Winifred, die vor Erschütterung und Kummer fast völlig gebrochen war. Als ich die Anzeigen für die *Times* und den *Daily Telegraph* aufgesetzt hatte, schrieb ich die zahllosen Briefe, die zu schreiben waren, und entschied, welche von Graces Lieblingsliedern in den Trauergottesdienst einzufügen waren. Ich war ohne Unterlaß aktiv. Ich floh den Schlaf, wo ich nur konnte, denn ich fürchtete mich vor dem, was geschehen mochte, wenn ich meine Gedanken nicht mehr unter Kontrolle hatte. Wer unter widrigen Umständen nicht den Verstand verlieren wollte, das wußte ich aus Erfahrung, mußte im Kopf den metaphorischen Vorhang herunterlassen, um nicht die Greuel sehen zu müssen, die auf der Bühne vor sich gegangen waren, und wie konnte man sicher sein, daß der

Vorhang unten blieb, wenn man einschlief und nicht mehr in der Lage war, den Inspizienten zu spielen?

Nach einer Weile merkte ich, daß der Vorhang selbst dann hochzugehen drohte, wenn ich bei vollem Bewußtsein war, und ich kämpfte verzweifelt darum, ihn unten zu halten. Er bewegte sich ein bißchen, als Christian stammelte: «Wie konnte Gott zulassen, daß etwas so Schreckliches geschieht?» Und obwohl ich zu einer Antwort ansetzte, vermochte ich sie nicht so abzuschließen, wie ich es gern getan hätte. Ich begann: «In einer Welt, in der nie etwas Schlimmes geschieht, wären wir nur willenlose, lächelnde Marionetten», aber dann begann sich der Vorhang allen Ernstes zu heben, und ich konnte nicht von der großen Freiheit zum Sein, zum Lieben und unausweichlich auch zum Leiden sprechen, die bewirkte, daß wir eben keine gefühllosen Puppen, sondern für immer der Tragödie ausgesetzte Menschen waren. «Wir sprechen später darüber» war alles, was ich hervorbrachte, während ich mich bemühte, den Vorhang am Boden festzunageln.

Doch kaum war der Vorhang wieder, wo er sein sollte, da rief Winifred in einem Anfall typisch weiblicher Gefühlserregung aus: «Neville, das hast du nicht verdient – du warst ein so liebevoller, treuer Ehemann, und immer hieß es, ihr beide, du und Grace, seid ein wunderbares Beispiel für eine wahrhaft christliche Ehe!»

Abermals wollte der Vorhang hochgehen, und abermals bekam ich ihn gerade noch am Saum zu fassen. Ich sagte steif: «Es ist so schwer, über Tragödien zu sprechen, nicht wahr? Am besten versucht man es gar nicht erst.» Und mit einer gewaltigen Willensanstrengung zog ich den Vorhang herunter. Aber ich sollte keine Ruhe haben – der Vorhang entwickelte ein unheimliches Eigenleben.

«Bist du sicher, daß Mami bei Jesus glücklich ist?» fragte Primrose. «Jesus kann so nett sein, wie er will, ich glaube, hier bei uns wäre sie glücklicher», und schlagartig fand ich mich ins Jahr 1909 zurückversetzt. «Euer Pa ist in den Himmel gegangen zu Jesus», sagte mein Kindermädchen Tabitha, und dann hörte ich Willy empört ausrufen: «Wie kann er das wagen?», während Emily fragte: «Wann gibt Jesus ihn uns wieder zurück?» Damals wie heute war eine Welt zusammengebrochen, und die neue Tragödie vermischte sich mit meinen schrecklichsten Erinnerungen, indes der Vorhang sich zu heben begann ... Doch ich hielt ihn mit allerletzter Kraft fest und wollte nicht loslassen.

Die Trauerfeier fand in der Kirche St. Martin's-in-Cripplegate statt, vor der Bestattung im engsten Kreis auf dem Friedhof, und als der Bischof seine Hilfe anbot, brauchte ich nicht nach einem anderen Geistlichen für den Gottesdienst zu suchen, den zu leiten ich nicht fähig war. Die alte Kirche, einst errichtet für die Maurer, die am Dom bauten, war bis auf den letzten Platz gefüllt, und auf dem kleinen Friedhof drängten sich die Trauergäste, um ihr Beileid auszusprechen.

Der Bischof war wunderbar. Dr. Ottershaw hatte seine Schwächen; als sein Archidiakon kannte ich sie besser als irgendein anderer. Aber er war ein gütiger, freundlicher Mensch, und dank dieser Güte und Freundlichkeit erleuchtete seine christliche Botschaft von der Hoffnung das Dunkel, mit dem das Mysterium des Leidens stets umgeben ist. Dr. Ottershaw verzichtete ganz auf sentimentale Klischees, statt dessen ließ er die tiefen religiösen Wahrheiten in ergreifender Schlichtheit für sich selbst sprechen, und ich war erleichtert und dankbar dafür, daß meine Kinder nun die Botschaft hören konnten, die ich ihnen aus Angst vor einem Gefühlsausbruch nicht zu vermitteln vermochte.

Mir ging durch den Sinn, daß meine Schülerin bei der Trauerpredigt des Bischofs gewiß wenigstens ein Taschentuch durchgeweicht hatte, aber natürlich konnte ich es mir nicht erlauben, an Dido zu denken.

Ich sah sie flüchtig vor der Trauerfeier und wechselte hinterher ein paar Worte mit ihr, aber nur ganz kurz. Nachdem wir uns begrüßt hatten, sagte sie lediglich: «Ich werde Ihnen schreiben – bis jetzt konnte ich es nicht, ich war zu erschüttert.» Und als sie sich abwandte, sah ich, daß in ihren Augen Tränen glänzten. Vielleicht war sie nur bewegt von Dr. Ottershaws Worten, aber vielleicht stand sie auch vorübergehend im Bann der verschiedensten widerstreitenden Gefühle.

Nach der abschließenden Trauerzeremonie auf dem Friedhof widmete ich mich mit unerschöpflichem Elan jedem, der meine Aufmerksamkeit forderte, bis ich endlich, viel später, mit meinem Bruder und meiner Schwester in der Pfarrhausküche allein war und der Vorhang sich erneut zu heben begann. Ich klammerte mich verzweifelt an den Saum, aber zu meinem Schrecken merkte ich, daß er mir entglitt. Ich dachte: Ich darf nicht auf die Bühne sehen. Ich werde nicht hinschauen, keiner kann mich dazu bringen. Dann wurde mir plötzlich bewußt, daß ich die Worte laut gesprochen hatte. Als Willy und Emily mich erschrocken anstarrten, murmelte ich: «Ihr müßt entschuldigen – war mit den Gedanken woanders. Bin sehr müde.» Und ich vergrub das Gesicht in den Händen.

Emily sagte seufzend: «Ich mache Tee.»

«Herrgott noch mal!» entfuhr es Willy. «Er hat schon solche Mengen von deinem Tee getrunken, daß Noahs Arche darin schwimmen könnte! Neville, wo zum Teufel ist denn der Whisky?»

«Ich habe keinen. Ich trinke keine scharfen Sachen.»

«Na, da kann ich nur sagen, es wird Zeit, daß du damit anfängst!»

«Also wirklich, Willy!» sagte Emily schockiert. «Was würde Mutter sagen, wenn sie noch lebte!»

Ich sagte: «Ich will nichts von Mutter hören.»

«Ich auch nicht», pflichtete Willy mir bei. «Die soll in ihrem Grab bleiben, sonst besaufe ich mich so, daß euch Hören und Sehen vergeht.«

«Also wirklich, Willy!» sagte Emily noch einmal in ihrem sprödesten Ton. «Wie kannst du so reden – denk an Vater!»

Ich sagte: «Ich will nichts von Vater hören.»

«Du lieber Himmel, Em – du glaubst doch wohl nicht diesen Blödsinn, oder? Daß Vater am Alkohol gestorben wäre? Das ist eine üble Verleumdung, die Onkel Willoughby in die Welt gesetzt hat!»

Ich sprang auf und rief: «Ich will auch nichts von Onkel Willoughby hören!» Dann fiel ich auf meinen Stuhl zurück und schlug mir abermals die Hände vors Gesicht.

Willy sagte: «Ich gehe mir jetzt einen Whisky holen.»

Emily sagte: «Ich mache Tee.»

Sie wollten mich trösten, und in der Tat hatte ihre Sachlichkeit einen so beruhigenden Einfluß auf mich, daß ich mich nach einer Weile stark genug glaubte, um den Vorhang wieder herunterzuziehen. Aber ich hatte mich getäuscht. Ich war so schwach, daß ich zuerst auf die Bühne blickte, und wer dort im Jahre 1909 auf mich wartete, das war Onkel Willoughby, ein wohlhabender Mann, robust und rücksichtslos, wie er gerade die Rockschöße hochschlug, um sich am Wohnzimmerfeuer den Hintern zu wärmen. «... und ich sage kein Wort gegen euren Vater, träge und dumm wie er war, weil man von den Toten nicht schlecht reden soll, auch wenn so ein selbstsüchtiger, unbesonnener Schwächling mit einer Frau und drei Kindern die Frechheit hat, in Armut zu sterben. Deshalb nur so viel: Wenn ihr zwei Burschen euch vor Hölle und Verdammnis retten wollt –»

«Hier ist dein Tee, Nev», sagte Emily im Jahre 1942.

«... *wenn ihr zwei Burschen euch vor Hölle und Verdammnis retten wollt*», röhrte Onkel Willoughby, lauter als alle Stimmen der Gegenwart, «und euch das elende Schicksal ersparen wollt, als Versager im Sarg zu landen, noch ehe ihr vierzig seid, dann müßt ihr arbeiten und arbeiten und wieder arbeiten, bis ihr euch aus dieser schändlichen schwarzen Grube herausgewühlt habt, und dürft nie vergessen, daß zur Rettung nur ein einziger Weg führt: Ihr müßt *den höchsten Zielen nachjagen*, wenn ihr nicht in den Sarg kommen wollt – ihr müßt *den höchsten Zielen nachjagen*, wenn ihr glücklich und in Sicherheit leben wollt – ihr müßt *den höchsten Zielen nachjagen*, um es zu etwas zu bringen und vorwärtszukommen ...»

«Armer Nev», sagte Emily im Jahre 1942, «du kannst ruhig weinen, wenn dir danach zumute ist. Ich schaue weg, und nachher könnten wir so tun, als wäre nichts gewesen.»

«Herrgott noch mal!» rief ich und stürzte aus der Küche hinüber in mein Arbeitszimmer. Willy kam fünf Minuten später mit dem Whisky und klopfte an die Tür, bis ich ihn einließ.

«Hat Em dich verrückt gemacht? Möchte nur wissen, wie ihr Mann all diesen Tee verträgt. So eine Ehe ist wirklich ein Rätsel – aber natürlich bin ich nur ein lediger Schulmeister, der die Paarungsgewohnheiten der Gesellschaft aus der Ferne beobachtet ... Weißt du noch, was du damals vor vielen Jahren am Strand von St. Leonards zu mir gesagt hast? ‹Ich heirate das vollkommene Mädchen und werde die vollkommene Familie haben und immer ein glückliches Leben führen.› Ich hatte noch nicht einmal an Heiraten gedacht, und da warst du, siebzehn Jahre alt, mit diesem verschleierten Blick in den Augen, dem Blick des hoffnungslosen Romantikers, dem Blick, den Vater immer hatte, wenn er uns Tennysons Gedichte vorlas –»

«Sei still und schenk mir einen Whisky ein.»

«Aber mein lieber Neville, aus mir spricht die reine Bewunderung! Wie viele andere romantische Idealisten haben schon den Mut und die Energie, aus einem bekanntermaßen so schwierigen Unternehmen wie der Ehe einen Erfolg zu machen? Das war eine großartige Leistung, und die bleibt bestehen, auch nach dieser schrecklichen Tragödie –»

«Sei still, Will – sei still, sei still, SEI STILL!»

Da war er still und machte ein erschrockenes, verletztes und sehr verwirrtes Gesicht. Meiner eigenen Gesellschaft überlassen trank ich drei große Schluck Whisky, stolperte hinauf ins Bett und schlief zum erstenmal seit Graces Tod acht Stunden lang ohne Unterbrechung.

Es war eine barmherzige Erlösung von meiner Qual.

2

Am nächsten Tag sortierte ich die eingegangenen Beileidsbriefe, füllte meinen Füllhalter neu und nahm mir den Brief vor, der zuoberst auf dem wichtigsten Stapel lag. Er lautete:

«Lieber Archidiakon, es tut mir so schrecklich leid – sie war so hübsch und auch so gut, was selten ist, weil viele Leute, die reizend aussehen, gar keine guten Menschen sind, ganz im Gegenteil, wie wir alle wissen, aber sie war immer so freundlich, besonders zu mir in Starmouth Court, obwohl sie mich wahrscheinlich ein wenig verwirrend gefunden hat, und ich wäre an ihrer Stelle gewiß auch verwirrt gewesen, weshalb ich sie gerade für ihre Ruhe und Abgeklärtheit bewundere, Eigenschaften, nach denen ich immer vergeblich zu streben scheine. Aber vielleicht bewundere ich einen Menschen, der diese Tugenden besitzt, *gerade deshalb*, weil ich so rastlos und unruhig bin, und ich habe Mrs. Aysgarth wirklich sehr bewundert und auch beneidet, wie ich gestehe, weil sie so viel hatte und ich so wenig, ich meine, so wenig von dem, was wirklich zählt, aber natürlich hatte sie es verdient, so viel zu haben, und ich verdiene wirklich sehr wenig, wie ich wohl weiß. Ich bin froh, daß sie, obwohl sie jung starb, so viel hatte, das hatte meine Laura auch, und es kommt ja auch nicht auf die Länge des Lebens an, sondern darauf, *wie* man lebt, nicht wahr? Natürlich ist es schrecklich für die Hinterbliebenen, aber es scheint eine der bittersten Wahrheiten des Lebens zu sein, daß Leid am Ende segensreiche Folgen haben kann, und ich weiß zumindest, daß es in meinem Fall zutraf, denn wenn Laura nicht gestorben wäre, würde ich noch immer ziellos meine Zeit vergeuden, und es war ihr Tod, der mich das Leben in einem neuen Licht sehen ließ. Aber jetzt muß ich aufhören, denn Kondolenzschreiben sollten kurz sein, und dieses hier ist schon viel zu lang, deshalb sage ich jetzt nur noch mein *allerherzlichstes* Beileid, und ich werde natürlich viel für Sie beten, wenn ich auch im Beten noch nicht so gut bin, aber ich glaube fest daran, daß mehr Dinge durch Gebet bewirkt werden, als unsere Welt sich träumen läßt, und ich bin sicher, da stimmen Sie mir zu. Stets Ihre tief ergebene Schülerin

DIDO TALLENT.»

Ich las diese Zeilen dreimal, ehe ich mir sagte, daß jeder Versuch, sofort darauf zu antworten, unklug wäre. Dann nahm ich mir den nächsten Brief vor. Er kam von Lady Starmouth, die geschrieben hatte:

«Sehr geehrter Herr Archidiakon, gestatten Sie mir, Ihnen meine von Herzen empfundene Teilnahme zu Ihrem schweren Verlust auszusprechen. Ihre Gattin war zweifellos eine außergewöhnliche Frau, und ich werde es immer bedauern, daß ich nicht früher die Gelegenheit wahrgenommen habe, sie näher kennenzulernen, aber zumindest kann ich die Erinnerung an Ihren Besuch in Starmouth Court bewahren. Lassen Sie mich bitte sofort wissen, wenn ich etwas für Sie tun kann.»

Nachdem ich mich durch einige Kritzel auf der Unterlage vergewissert hatte, daß die Tinte flott lief, schrieb ich:

«Sehr verehrte Lady Starmouth, haben Sie innigen Dank für Ihren freundlichen Brief. Der Verlust ist in der Tat sehr schwer. Grace und ich waren sechzehn Jahre verheiratet und kannten uns vor unserer Hochzeit schon sieben Jahre. – Sie werden also gewiß begreifen, daß ich mir im Augenblick ein Leben ohne sie noch nicht vorstellen kann. Am Anfang war unsere Beziehung wohl nicht mehr als eine Jugendromanze, aber durch die Gnade Gottes wurde aus dieser unreifen Zuneigung eine schöne, befriedigende Ehe, die uns beiden ungetrübtes Glück schenkte. So viele Jahre lang schien die Sonne für uns, und selbst jetzt, da die Nacht hereingebrochen ist, werde ich stets für den wolkenlosen Himmel dankbar sein, aus dem das Licht so lange und so strahlend auf uns herabfiel.»

Dieser Brief war keine kaltblütige Übung in Heuchelei, wie man annehmen könnte. Er half mir, mit Emotionen fertig zu werden, die echt, aber so komplex waren, daß sie sich überhaupt nicht präzise ausdrücken ließen. Außerdem wirkt für einen Menschen, der nach außen hin alles Gefühl unterdrückt, ein blumiger Privatbrief oft als Katharsis. Ich erinnerte mich daran, daß ich im Jünglingsalter meiner Mutter gegenüber, die ich nur selten sah, recht gehemmt gewesen war, mich für dieses Versagen in der mündlichen Kommunikation aber durch recht schwungvoll geschriebene Briefe schadlos hielt. Meiner Mutter hätte dieser Brief an Lady Starmouth gewiß gefallen. Sie hatte immer der altmodischen Gepflogenheit angehangen, derzufolge ein Leidtragender sich brieflich in hemmungsloser Sentimentalität ergehen durfte, und ich dachte mir, daß sich Lady Starmouth bei all ihrer Weltgewandtheit an ihre viktorianische Jugend erinnern und diese alte Gepflogenheit honorieren würde.

Frisch gestärkt nach diesem formalen Gefühlsaderlaß glaubte ich mich nun imstande, meiner Schülerin mit der nötigen Standfestigkeit zu antworten. Ich nahm ein neues Blatt Papier und schrieb ohne Zögern:

«Meine liebe Miss Tallent, es fällt mir schwer, auf dem Papier auszudrücken, wie tief Ihr Brief mich berührt hat, deshalb hoffe ich, daß ich Sie bei Ihrem nächsten Urlaub sehen kann, um Ihnen persönlich meine Dankbarkeit auszusprechen. Inzwischen kann ich Ihnen nur aus tiefstem Herzen für Ihr großes Mitgefühl, Ihr freundliches Gedenken und Ihre höchst willkommenen Gebete danken. Mit freundlichen Grüßen

N. N. A.»

Ich las dieses Schreiben zweimal durch. Dann packte mich der Wahnsinn. Ich zerriß den Brief, griff nach einem neuen Blatt Papier und schrieb:

«Liebe Dido, Ihr Brief hat mir das Leben gerettet. Wann können wir uns sehen? Können Sie sofort nach Starbridge zurückkehren, ohne Gefahr zu laufen, wegen Fahnenflucht vors Kriegsgericht zu kommen? Ich muß Sie dringend sehen.

Ihr STEPHEN.»

Dieses wahnwitzige Elaborat mußte natürlich auf der Stelle im Aschenbecher verbrannt werden. Schließlich schrieb ich:

«Meine liebe Miss Tallent, Ihr Brief hat mir viel bedeutet, und ich danke Ihnen dafür von ganzem Herzen. Besteht die Möglichkeit, daß Sie in naher Zukunft wieder nach Starbridge kommen? Ich will Sie nicht dazu verführen, sich unerlaubt von Ihrem Dienstort zu entfernen, aber ich würde Sie sehr gern wiedersehen. Diesen Brief begleiten die üblichen guten Gedanken und Segenswünsche Ihres Mentors

N. N. A. (‹S›).»

Am nächsten Mittag schon stand sie vor meiner Tür.

3

«Ich mußte nur noch rasch meinen Vorgesetzten becircen», sagte sie, als ich sie ins Arbeitszimmer führte und die Tür schloß, «aber ich habe den Urlaub bekommen, Sie brauchen sich also nicht zu beunruhigen.

Du liebe Güte, Sie sehen ja absolut schiffbrüchig aus! Was kann ich tun, daß Sie nicht ertrinken?»

Der Wahnsinn triumphierte endgültig. «Heiraten Sie mich», sagte ich und nahm sie in die Arme.

«Stephen!» Sie wich zurück. «Mein Gott, was reden Sie da?»

«Aber das kann Sie doch nicht überraschen! Sie müssen es doch gewußt haben!»

«Was gewußt haben?»

«Daß ich Sie liebe!»

«Aber das kann doch nicht sein! Selbst wenn Sie mich liebten, können Sie das nicht sagen, nicht jetzt, so kurz nach dem Tod Ihrer Frau!»

«Nun, ich sag's eben. Ich liebe Sie – und da Sie in Starmouth sagten, Sie seien von Leidenschaft für mich erfaßt –»

«Aber das habe ich doch nicht so gemeint! Das heißt, ich habe es nicht *so* gemeint! Ich – o Gott, was habe ich bloß gemeint? Das ist ja furchtbar – diese Situation ist völlig außer Kontrolle geraten –»

«Aber Dido – Liebste –»

«Nein, lieber Archidiakon, Sie müssen sich schon an die Spielregeln halten. *Ich* bin diejenige, die im Feuer unerwiderter Liebe brennen muß! Und Sie müssen unerbittlich streng und entzückend unerreichbar sein!»

«Ich mag dieses Spiel aber nicht mehr. Ich hebe die Regeln auf.»

Ich fürchtete schon, sie werde ohnmächtig werden, aber sie sank nur auf den nächstbesten Stuhl. Mit zittriger Stimme sagte sie: «Ein anderes Spiel spiele ich nicht.»

«Macht nichts, Sie werden das neue schon bald gelernt haben. Schließlich haben Sie gesagt, Sie wollten einen Geistlichen heiraten –»

«Ja, aber doch keinen Witwer mit fünf Kindern – ich bin nicht völlig verrückt, selbst wenn Sie es sind!» Mit einer großen Willensanstrengung erhob sie sich, sah mir geradewegs in die Augen und sagte unverblümt: «Das ist nicht drin. Tut mir sehr leid. Ich weiß, es ist alles meine Schuld, und ich habe mich schandbar benommen, aber Sie müssen begreifen, daß ich Sie nie heiraten werde, *nie*, und wenn ich hundert Jahre alt werde.»

Darauf gab es nur eine Antwort. Es war keine Antwort, die einem

Geistlichen angestanden hätte, doch die Szene hatte mich der Maske meines Amts entkleidet und den ungehobelten, sturen Mann aus Yorkshire darunter zum Vorschein gebracht. «Du kleine Hexe», sagte ich, «ich werde dich heiraten, darauf kannst du dich verlassen.» Und durchpulst von leidenschaftlicher Erregung wußte ich, daß sie eine Trophäe war, die ich haben mußte, koste es, was es wolle.

4

Inzwischen dürfte klar geworden sein, daß ich mich in einem Zustand geistiger Verwirrung befand, so daß es niemanden überraschen wird, wenn ich jetzt offenbare, daß ich verrückt genug war, sie zu heiraten. Ich brauchte über zweieinhalb Jahre, um sie zum Altar zu locken, aber zum Schluß bekam ich, was ich wollte, und wie herrlich war die Jagd – wie anregend und entnervend, wie bezaubernd, was für eine köstliche Herausforderung! Ich jagte meiner Trophäe nach, jagte und jagte, wurde viele Male zurückgewiesen, gab aber zu keiner Zeit die Hoffnung auf, und vor mir tanzte verlockend die zu erringende Belohnung, rückte näher, suchte wieder Deckung, bis sie sich zuletzt doch auf der Zielgeraden zur Ehe einholen ließ, da sowohl ihre Entlassung aus dem Militärdienst (betrieben natürlich von ihrem einflußreichen Vater) als auch ihr dreißigster Geburtstag am Horizont des Jahres 1945 auftauchten.

Es wäre zu ermüdend, ausführlich über die bizarre Vorgeschichte unserer Ehe zu berichten, deshalb erwähne ich nur einen Vorfall, der meine wahnwitzige Ausdauer ebenso veranschaulicht wie ihre panische Angst vor der Ehe. Ich war ihr seit etwa einem Jahr nachgejagt, als sie mich nach London bestellte, wo ich mit ihrem Vater zusammentreffen sollte. Natürlich sah ich in dieser Einladung ein günstiges Zeichen, doch als ich Mr. Tallent, einem aufgeblasenen Geldhai von der Größe einer Elritze, gegenüberstand, erkannte ich sehr bald meinen Irrtum.

«Wenn Sie Dido wegen ihres Geldes heiraten wollen, verschwenden Sie Ihre Zeit», sagte er mit einer Stimme, in der sich der Akzent der Edinburgher Gentry mit dem der Glasgower Slums mischte. «Sie besitzt kein eigenes Vermögen, und im Ehevertrag werden Sie keinen Penny bekommen.»

«Sehr freundlich von Ihnen, mich über Ihre finanziellen Pläne aufzuklären», sagte ich mit wahrhaft christlicher Zurückhaltung, «aber ich liebe sie, mir geht es nicht um Geld.»

«Dann sind Sie ein Narr!» verkündete dieser so gar nicht für sich einnehmende Mensch, wobei er gelbe Zähne bleckte und mich verächtlich ansah. «Sie macht sich überhaupt nichts aus Ihnen – fragen Sie sie mal nach Harry Harland!»

Sobald ich mit Dido allein war, folgte ich diesem Rat, und da brach sie sogleich in Tränen aus. «Ich habe Vater gesagt, er soll Sie abwimmeln», schluchzte sie, «aber daß er so weit geht, wollte ich nicht!»

«Nun, er ist so weit gegangen, und abwimmeln lasse ich mich nicht. Was ist mit Harland?» fragte ich. Ich stellte mir so etwas wie einen Nachtclubflirt mit diesem hochdekorierten Jagdflieger vor – wie sich später herausstellte, hatte sich auch Mr. Tallcnt nichts Schlimmeres vorgestellt –, aber zu meinem Entsetzen gestand mir Dido nun, daß dieser Flirt zum Verlust ihrer Jungfräulichkeit geführt hatte.

«Sie armes, verwirrtes kleines Mädchen!» sagte ich. «Wie ertragen Sie es nur, sich tiefer und tiefer in dieses widerwärtige Gefühlsdurcheinander zu verstricken, wo Sie doch meine geliebte, zärtlich umsorgte Ehefrau sein könnten?»

«Aber Stephen, ich habe es doch nur für Sie getan!»

«Sie haben *was*? Entschuldigen Sie, entweder ich habe Bewußtseinsstörungen oder Sie sind übergeschnappt. Haben Sie tatsächlich gesagt –»

«Ich dachte, ich fürchtete mich vor der Ehe aus Angst vor dem Sex, und da habe ich mir gesagt: Schön, wenn ich den Sprung wage, dann weiß ich wenigstens, woran ich bin – und jetzt weiß ich wirklich, woran ich bin: Für mich kommt nur lebenslange Keuschheit in Frage. O Stephen, Sie dürfen mir nicht länger nachjagen, das dürfen Sie einfach nicht, denn ich kann Sie niemals heiraten, nachdem ich entdeckt habe, wie abscheulich das ist – und es *war* abscheulich, ich schwöre es, jede Minute davon war mir ein Greuel –»

«Nun, das konnte ja auch nicht anders sein, Sie dumme kleine Närrin! Wenn Sie sich mit gespreizten Beinen auf den Rücken legen und einen Fremden alles mit sich machen lassen, bis er nicht nur den intimsten Teil Ihres Körpers, sondern auch die intimsten Bereiche Ihres Ichs verletzt hat, wie können Sie da erwarten, daß Sie etwas anderes empfinden als Ekel? Aber was hat dieses häßliche, unausgegorene Benehmen mit uns zu tun? Was hat es mit Ehe zu tun? Was hat es zu tun mit der Intimität mit einem Mann, der Sie liebt und der Sie mit Ehrerbietung behandeln würde, mit Zärtlichkeit, mit –»

«Oh, seien Sie still!» kreischte Dido, fast hysterisch vor Reue. «Ich möchte mich am liebsten in eine Ecke verkriechen und sterben!»

«Das wird nicht nötig sein. Um diesen Vorfall zu vergessen, brauchen Sie nur mit mir vor den Altar zu treten.»

«O Stephen, Sie sind so wunderbar, so vollkommen, so geduldig, so edel, daß ich glaube, ich werde Sie doch noch heiraten müssen –»

«Wann?»

«Oh, ganz bald – aber noch nicht sofort . . .»

Und so ging es weiter.

Es war kaum verwunderlich, daß sich die Leute, die sich am meisten um mein Wohlergehen sorgten, langsam ein Herz faßten und mich von der Unmöglichkeit einer Ehe mit Dido zu überzeugen versuchten.

«Du kannst diese Frau doch nicht im Ernst heiraten wollen», sagte mein Bruder Willy. «Archidiakone und Mädchen aus der Gesellschaft sind von Gott einfach nicht füreinander bestimmt – stell dir nur die lüsternen Witze vor, die sich alle erzählen würden! Ich verstehe diese große Leidenschaft einfach nicht. Wie konntest du dir je in den Kopf setzen, eine Frau zu heiraten, die das genaue Gegenteil von deiner vollkommenen Grace ist?»

«Gerade weil Grace so vollkommen war, muß ich eine Frau heiraten, die ganz anders ist. Eine zweitklassige Grace würde mich nur immer daran erinnern, was ich verloren habe», sagte ich nicht ganz unlogisch, und als Willy sich noch immer nicht zufriedengab, sagte ich, ein eingefleischter Junggeselle könne niemals den Zauber begreifen, der mich so hoffnungslos umgarnt hielt.

Mein nächster Kritiker jedoch war alles andere als ein eingefleischter Junggeselle. Alex Jardine lud mich in London zum Abendessen im Athenaeum ein und sagte unverblümt: «Sie können diese Frau nicht heiraten, Neville. Es ist undenkbar. Sie wäre Ihr Ruin.»

Wir warteten bei einem Glas Sherry auf unsere Plätze im Speisesaal; nachdem Alex so seine Meinung kundgetan hatte, war ich nahe daran, mein Glas auszutrinken und anschließend zu zerschmettern. Ein solches Kosakenbenehmen konnte ich mir zwar gerade noch verkneifen, aber es kostete mich große Anstrengung, in ruhigem Ton zu erwidern: «Urteilen Sie da nicht etwas voreilig, Alex? Sie kennen Dido doch kaum.»

«Mir ist trotzdem klar, daß Sie Ihre Zukunft höchst leichtsinnig aufs Spiel setzen. Offenbar ist die sexuelle Anziehung so übermächtig, daß sie Ihren gesunden Menschenverstand zunichte macht, und ich kann nur zu Gott beten, daß Sie sich nicht schon in der schlimmstmöglichen Weise versündigt haben.»

Ich war sprachlos. Einen Augenblick lang war ich so schockiert, daß ich mich nur fragen konnte, ob ich richtig gehört hatte. Dann begriff ich, daß ich nicht nur richtig gehört hatte, sondern daß ich beleidigt worden war auf eine Art, die, da wir beide Geistliche waren, das Maß des Erträglichen weit überschritt.

Ich hörte mich sagen: «Sie können doch nicht ernstlich glauben, ich würde mich einer solchen Verfehlung schuldig machen.»

«Solche Dinge passieren.»

«Ja – den Versagern unter den Klerikern, aber doch nicht jemandem wie mir! Wie können Sie auch nur *denken*, ich –»

«Entschuldigen Sie.» Alex merkte ein wenig spät, daß er zu weit gegangen war. «Ich fürchte, daß ich als Bischof zu viele Versager unter den Klerikern kennengelernt habe und auch jetzt, da ich im Ruhestand lebe, noch dazu neige, das Schlimmste zu glauben, einfach weil das Schlimmste gewöhnlich wahr ist.»

Wieder war ich empört. «Welch zynische und schäbige Einstellung! Und welch unchristliche dazu!»

«Ach, vergessen wir, daß ich überhaupt etwas gesagt habe –»

«O nein, so leicht kommen Sie mir nicht davon! Alex, ich bin es leid, daß Sie so oft voreilige Schlüsse ziehen, und wenn diese Schlüsse auch noch beleidigend sind, dann wird es Zeit, daß Ihnen einmal jemand die Meinung sagt. Ist Ihnen nicht klar, daß diese vorschnellen Verurteilungen auf eine ganz miserable geistliche Beratung hinauslaufen? Wohin ist es mit dem Bischof gekommen, der sich so viel auf seine pastorale Sorgfalt zugute hielt?»

Alex erbleichte. Zuerst glaubte ich, er sei wütend. Dann merkte ich, daß er zutiefst getroffen war. «Es tut mir leid», sagte er benommen. «Ich glaube, ich kümmere mich zuviel um Sie. Ich habe zu lange einen Sohn in Ihnen gesehen.»

«Nun, ich bin nicht Ihr Sohn, und ich dulde nicht, daß Sie über mich Urteile fällen wie ein despotischer viktorianischer Vater. Sie haben nicht das Recht, sich so in meine Angelegenheiten einzumischen!»

Nun war ich derjenige, dem zu spät bewußt wurde, daß er zu weit gegangen war. «Nicht das Recht?» wiederholte Alex, als ihm wieder Farbe ins Gesicht schoß. «Sagten Sie, *nicht das Recht*? Ich mag nicht Ihr Vater sein, aber wer hat Sie denn zum Archidiakon gemacht? *Wer hat Sie zu dem gemacht, was Sie jetzt sind?* Welcher andere Bischof auf der Oberhausbank hätte einem Tuchhändlersohn aus Yorkshire eine solche Beförderung angeboten?»

«Ich bestreite ja nicht, daß Sie sehr gut zu mir waren, Alex. Ich sage nur –»

«Sie glauben wohl, jetzt da ich ein pensionierter Bischof bin, jemand, der Ihrer Karriere nicht mehr förderlich sein kann – Sie glauben wohl, jetzt könnten Sie mich so einfach beiseite schieben! Nun, da kann ich nur sagen, sehen Sie sich lieber vor – mit einem jungen Geistlichen, der den Rat seines Mentors verschmäht, nimmt es gewöhnlich ein böses Ende!»

«Wer sind Sie überhaupt, daß Sie von Verlierern reden?» entgegnete ich, endlich meinem Zorn freien Lauf lassend. Wir saßen in einer Nische, aber trotzdem drehten etliche Gäste den Kopf nach uns um, als ich aufsprang. «Während Ihrer fünf Jahre in Starbridge ist es Ihnen gelungen, alle anderen Bischöfe im Oberhaus zu verärgern – Sie haben sogar den Erzbischof von Canterbury beleidigt! –, und als Ihr Gesundheitszustand Sie zum Rücktritt zwang, hatte das erleichterte Aufatmen der gesamten Kirche von England die Gewalt eines Wirbelsturms!»

Alex sprang so heftig auf, daß er sein Sherryglas umstieß. «So redet niemand mit mir!»

«Dann wird es Zeit, daß einer damit anfängt! Und wenn wir schon bei Ihrem Versagertum sind: Warum um alles in der Welt verplempern Sie Ihre Ruhestandsjahre mit dem Werkeln an einer Autobiographie, die nie fertig wird, und Fahrten nach London, wo Sie im Athenaeum sitzen und zuviel trinken? Ich weiß, Sie haben ein Herzleiden, aber deshalb hätten Sie sich nicht gleich so völlig dem Müßiggang zu ergeben brauchen. Warum haben Sie nicht gelegentlich eine Gastpredigt gehalten – oder sich wenigstens erboten, in einer Nachbargemeinde auszuhelfen, wo der Pfarrer zum Militär eingezogen war? Selbst unser Diözesenschreck Jon Darrow war sich dafür nicht zu schade!»

«Wir sind offensichtlich am Scheideweg angelangt», sagte Alex in äußerst bitterem Ton. «Ich würde Ihnen alles Gute wünschen, aber ich fürchte, das ist Zeitverschwendung. Sie haben es offenbar darauf abgesehen, sich selbst zu ruinieren.» Und damit ging er hinaus.

Schon Minuten später bedauerte ich meine harten Worte, aber obwohl ich ihm später mehr als einmal schrieb in dem Bemühen, unsere alte Freundschaft widerherzustellen, kam nie eine Antwort von ihm.

5

«Mein lieber Archidiakon», sagte Lady Starmouth, kurz bevor die Verlobung bekanntgegeben wurde, «ich bin eine ganze Anzahl von Jahren älter als Sie, und ich hoffe, dies gibt mir das Recht, offen mit Ihnen über etwas zu sprechen, worüber Sie vielleicht lieber schweigen würden. Ich meine natürlich Ihre Zuneigung zu Dido.»

Zu jenem Zeitpunkt war Lady Starmouth schon seit über zwei Jahren meine geneigte Gönnerin. Sie hatte eine mustergültige Haushälterin und ein engelsgeduldiges Kindermädchen ausfindig gemacht, die beide schon in Pfarrhäusern gearbeitet hatten und sich darüber hinaus bemerkenswert gut mit ihren zwangsläufig alles andere als üppigen Gehältern abfanden. Sie lud mich regelmäßig nach Starmouth Court ein, sie sprach stets im Pfarrhaus vor, wenn sie in der Gegend von Starbridge war, und sie hatte mich unermüdlich mit einer Reihe akzeptabler Frauen bekannt gemacht, die alle sehr bald ihre Kinderliebe zu erkennen gaben. Dieses Wohlwollen war keineswegs etwas Neues – Lady Starmouth war bekannt für ihre freundliche Einstellung zu jungen Geistlichen –, aber der Umstand, daß ich nicht der einzige Protegé der Countess war, änderte kaum etwas an meiner Verpflichtung, sie anzuhören, selbst wenn sie keinen Zweifel daran ließ, daß mir ihr Rat nicht willkommen sein würde.

«Ich weiß, was Sie denken», sagte sie freundlich. «Sie fürchten, ich könnte Alex Jardines Ansicht teilen, daß eine Ehe mit Dido eine Katastrophe für Ihre Karriere wäre, aber da bin ich anderer Meinung. Dido mag ... nun, sagen wir, exzentrisch sein, aber sie ist kein Dummkopf, und sie hat den Ehrgeiz, eine gute Pfarrersfrau zu werden. Warum sollte sie diesen Traum nicht verwirklichen, indem sie einen Mann heiratet, der ihr ergeben ist? Nein, ihr Einfluß auf Sie mag sogar positiv sein. Aber ich bin weniger optimistisch, wenn ich an ihren Einfluß auf Ihre Kinder denke.»

«Dido teilt Ihre Zweifel, Lady Starmouth. Seit einiger Zeit schon gibt sie die Kinder als Grund für ihre Weigerung an, mich zu heiraten, aber ich bin überzeugt, daß ihre Pflichten als Stiefmutter sich in Grenzen halten würden. Schließlich sind die älteren Jungen zwei Drittel des Jahres auf der Schule, und da Sandy und Primrose ihr Kindermädchen haben –»

«Alle Kinder bedürfen eines gewissen Maßes an Zuwendung von der Ehefrau ihres Vaters», sagte Lady Starmouth, «und ich bezweifle, daß Dido einer solchen Herausforderung gewachsen wäre. Ihr ganzer Werdegang spricht dagegen – denken Sie an diese jämmerliche Mutter in Edinburgh und diesen gräßlichen Vater in London! Wenn man in der Welt, in der Dido aufgewachsen ist, weder Zeit noch Lust hat, sich um Kinder richtig zu kümmern, gibt man sie irgendwem in Obhut und hofft, durch eine vorteilhafte Heirat schließlich die Verantwortung für sie loszuwerden.»

«Aber Dido steht Kindern keineswegs gleichgültig gegenüber – sie hätte sogar sehr gern eigene Kinder –»

«Natürlich – die würde sie als kleine Spiegel ihrer gesellschaftlichen

Leistung betrachten. Aber Graces Kinder? Die wären einfach Spiegel, in denen sie das Bild der Rivalin sähe, die sie nie ganz vergessen kann.»

«Dido scheint Grace nicht als Rivalin zu sehen», sagte ich sofort.

«Wenn sie Sie davon überzeugt hat, dann war sie sehr geschickt – oder sie hat sich noch nicht der Wirklichkeit gestellt, die sie erwartet, wenn sie Sie heiratet. *Ich war* eine zweite Ehefrau, Mr. Aysgarth. Ich weiß nur zu gut, wie leicht eine erste Ehefrau idealisiert wird, nicht nur von ihrem Gatten, sondern auch von ihren zahlreichen Freunden und Bekannten, und im Schatten eines Musterwesens lebt es sich meist nicht leicht. Dido bewundert Grace vielleicht nach außen hin, aber innerlich grenzt ihre Einstellung möglicherweise an Eifersucht, Groll und Abneigung.»

Das Schweigen, das diesen Worten folgte, hielt an, bis Lady Starmouth es unvermittelt beendete. «Es gibt sicher eine bessere Lösung für Sie, Archidiakon – und auch für die Kinder. Denken Sie einmal darüber nach und fragen Sie sich, ob Sie sich nicht doch lieber anderswo umsehen sollten.»

Natürlich versprach ich ihr das. Dann stürzte ich mich unverzüglich wieder in die Jagd nach meinem ersehnten Ziel.

6

Man könnte denken, meine Arbeit hätte unter meiner Besessenheit gelitten, doch im Rückblick kann ich erkennen, daß meine Laufbahn als Archidiakon in der Zeit zwischen Graces Tod im Sommer 1942 und meiner zweiten Heirat im Frühjahr 1945 ihren Höhepunkt erreichte. Mag sein, daß die Sublimierung flammenden sexuellen Verlangens die beispiellose Energie lieferte, die ich damals in meine Arbeit fließen ließ; als Modernist kann ich die Theorien der Psychologie zwar nicht ignorieren, aber persönlich habe ich doch große Bedenken gegen Psychologen, die selbst hinter einem so harmlosen Vorgang wie dem Schnürsenkelbinden eine sexuelle Störung erkennen wollen. Es war einfach so, daß mich eine heftige Liebe gepackt hielt, auch dann, wenn Dido absolut unausstehlich war, und diese besondere Form des Wahnsinns machte das Leben so erbarmungslos aufregend, daß ich mit einem Eifer an meine Arbeit heranging, den (bei allem Respekt vor den Freudianern) nicht körperliche Frustration erzeugt hatte, sondern geistige Euphorie.

Ich will nicht behaupten, daß mein Körper von diesem geistigen Rausch unberührt blieb; eine große Leidenschaft, verbunden mit erzwungener Keuschheit, führt kaum zur Gelassenheit eines Eunuchen. Aber ich zögerte nicht, zu den Gewohnheiten meiner Jünglingszeit zurückzukehren, um die innere Unruhe auf ein erträgliches Maß zu reduzieren. Über diesen Notbehelf ist in der Vergangenheit so viel Unsinn geredet worden, daß vernünftige Aussagen von Geistlichen fast überhaupt nicht vorliegen, aber ich persönlich bin der Ansicht, daß Masturbation nicht zwangsläufig eine größere Sünde darstellt als Empfängnisverhütung. Alles hängt von der Motivation ab. Wenn man nur deshalb zur Empfängnisverhütung greift, um gefahrlos herumschlafen zu können, muß sie natürlich als Sünde gelten; praktiziert man sie um der Gesundheit der Ehefrau willen, muß sie erlaubt sein. Eine ähnliche Unterscheidung ist bei der Masturbation zu machen: Wer sie bewußt einer normalen Beziehung mit dem anderen Geschlecht vorzieht, hat keinerlei Entschuldigung; stellt sie dagegen ein Mittel dar, auf dem schwierigen Weg zum Altar nicht den Verstand zu verlieren, so ist das etwas anderes, und wenn jemand mich dieser grundsätzlich moralischen Meinung wegen für einen modernistischen Ketzer hält, dann kann ich nur sagen: sei's drum.

Habe ich oft an Grace gedacht während all dieser fieberhaften Aktivitäten? Nein. Zu den nützlichsten Aspekten meiner großen Leidenschaft zählte, daß sie all meine qualvollen Erinnerungen auslöschte. Am ersten Jahrestag von Graces Tod zwang ich mich, allein zum Friedhof zu gehen und Blumen auf das Grab zu legen, doch das nahm mich so sehr mit, daß ich die Kinder, die gelegentlich zusammen mit dem Kindermädchen das Grab besuchten, nie begleitete. Zuerst redeten die Kinder oft von ihrer Mutter, doch diese Spontaneität ließ nach, als sie merkten, daß ich nicht in der Lage war, über sie zu sprechen. Ich mußte ihr Foto aus meinem Arbeitszimmer entfernen. Ich ließ unser Doppelbett vom Roten Kreuz abholen und schlief auf der Couch im Ankleidezimmer. Ich konnte nicht einmal mehr unser gemeinsames Schlafzimmer betreten. Einmal hörte ich das Kindermädchen zu Primrose sagen: «Das ist der Kummer», aber das stimmte nicht. Es war nicht Kummer, was meine Zunge lähmte und mich von bestimmten Orten fernhielt. Es war die Schuld, der ich nicht ins Gesicht sehen konnte.

Glücklicherweise sorgten große Leidenschaft und schwere Arbeit dafür, daß ich kaum Zeit hatte, an die vergangene Tragödie zu denken, und bald schon verhalf mir der Krieg zu einer weiteren Ablenkung, als sich das Blatt gegen die Nazis zu wenden begann. Auf den Fall von Tobruk folgte der Sieg bei El Alamein, auf die Verluste des ersten Invasionstags die Einnahme von Berlin, und als Churchill den Bunker seines Gegners betrat und endlich auf Hitlers ramponiertem Stuhl saß, begann mein heimliches Amt auf einmal einen sehr großen Teil meiner Zeit in Anspruch zu nehmen, das Amt, von dem ich selten sprach, weil ich fürchtete, es könne meiner Laufbahn schaden: meine Arbeit unter den verbitterten, verzweifelten, zynischen und demoralisierten deutschen Kriegsgefangenen im Lager von Starbury Plain.

Das Lager war Anfang 1943 für Offiziere der Kategorien C (Nazis) und C+ (Supernazis) errichtet worden; ihnen war der Kontakt mit britischen Zivilpersonen verboten. Der große Zustrom von Gefangenen nach der Invasion in der Normandie 1944 hatte jedoch zur Folge, daß das Lager umorganisiert werden mußte. Die Supernazis wurden weiter nördlich nach Caithness verlegt, und nach Starbury Plain kamen Offiziere der Kategorien B (anscheinend indifferent, vielleicht aber noch Nazis) und A (Sympathisanten der Alliierten) sowie ein Kontingent anderer Dienstgrade (alle Kategorien) zur Übernahme von Ordonnanzdiensten. Der Kontakt mit britischen Zivilpersonen war noch immer verboten, doch nachdem ein Mann der Kategorie A gelyncht worden war, mußte man erkennen, daß die C-Leute außer Kontrolle geraten waren, und es kam zu einer zweiten Umorganisation.

Drei Leute von der Kategorie C wurden wegen ihrer Beteiligung an dem Lynchmord gehenkt, während diejenigen Schuldigen, die dem Galgen entgingen, nach Caithness geschickt wurden. Dann kam ein neuer Lagerkommandant, der zufällig nicht nur ein gläubiger Christ war, sondern auch ein Bekannter von Dr. Ottershaw.

Colonel Laker sah sich sofort dem Problem gegenüber, daß sich unter seinen Gefangenen keine qualifizierten deutschen Geistlichen befanden. Als Angehörige einer atheistischen Armee hatten sich diese Geistlichen außerstande gesehen, das Amt des Feldpfarrers in befriedigender Form auszuüben, aber im Lager besannen sich viele von ihnen wieder auf ihre alte Berufung. Zu den Kriegsgefangenen, die nach Starbury Plain kamen, hatte jedoch nie ein katholischer Priester gehört, und von den vier protestantischen Pfarrern war einer bald nach seinem Eintreffen gestorben, einer war im Anschluß an den Lynchmord nach Caithness verlegt worden, einer hatte einen Nervenzusammenbruch erlitten, und einer hatte den Glauben verloren. Wie Colonel Laker bei einem Besuch im Bischofspalais zu Dr. Ottershaw bemerkte, war die Herde ohne Hirten. Man hatte einen verwendbaren deutschen Geistlichen angefordert, aber geistig gesunde, gottesfürchtige Nichtnazis standen hoch im Kurs, und die Kommandanten ließen sie nicht gern gehen. Ob der Bischof (so Colonel Laker) in der Zwischenzeit vielleicht einen englischen Geistlichen abstellen könne, der Gottesdienste für die A-Leute und die wenigen B-Leute hielt, die sich einfinden mochten? (Man nahm an, daß keiner von der Kategorie C einen Fuß in die Nähe eines englischen Geistlichen setzen würde.) Man war um die Erlaubnis des Kriegsministeriums eingekommen, und angesichts dieser schwierigen Umstände wurde nicht mit einer Ablehnung gerechnet.

Da der andere Archidiakon, Babbington-French, noch immer öffentlich die Ansicht vertrat, nur ein toter Deutscher sei ein guter Deutscher, bat man mich, wie ich schon immer gefürchtet hatte, in dieser Grube deutscher Löwen den Daniel zu spielen.

Mir war diese Arbeit zuwider. Ich tat mein Bestes, aber mein Bestes schien einfach nicht gut genug, und die Schonungslosigkeit, mit der meine seelsorgerischen Schwächen ans Licht gezerrt wurden, war fast mehr, als ich ertragen konnte. Hier konnte ich mich nicht länger hinter meinem Talent für das Administrative verstecken; daß ich ein fähiger Archidiakon war, zählte jetzt nicht mehr, denn diese neue Situation erforderte einen Missionar, jemanden, der den Mut besaß, an vorderster Front für das Christentum zu kämpfen. Am Anfang war mir manchmal körperlich übel, bevor ich ins Lager ging. Konnte man sich eine schändlichere, unangemessenere Reaktion vorstellen? Ich verabscheute mich selbst. Später unterdrückte ich die Übelkeit, aber ich pflegte von Kopf bis Fuß zu zittern. Ekelhaft! Ich verabscheute mich weiterhin. Noch etwas später überwand ich auch den Schauder und hörte auf, emotionale Energie an Abscheu gegen mich selbst zu verschwenden, aber das Bewußtsein meines Versagertums peinigte mich nach wie vor. Mir war, als würde ich wieder und wieder mit der Nase in den Dreck gestoßen.

Schließlich fand sich zu meiner Erleichterung ein deutscher Pastor ein, doch war mit ihm nichts anzufangen, und Colonel Laker überwies ihn aus Freundlichkeit an das Lager Featherstone, das sich gerade auf die Umschulung deutscher Geistlicher zu spezialisieren begann; nach ihrer Zeit als Soldaten in der Naziarmee waren oft sogar gute Leute demoralisiert und desorientiert, so ernsthaft sie auch bestrebt waren, in ihrem Beruf wieder Fuß zu fassen. Wieder war Starbury Plain ohne Geistlichen. Der Kommandant bat mich, weiterzumachen. Der Bischof bat mich, weiterzumachen. Das Kriegsministerium verlängerte meinen Zutrittsausweis. Es gab kein Entrinnen.

Ich machte weiter.

Nach einiger Zeit kam ich den Leuten näher, und es machte mir nicht mehr so viel aus. Die A-Leute erwiesen sich in der Tat als sehr anständig, und als der Krieg sich dem Ende näherte, begannen auch die Männer der Kategorie B ihre stumpfe Interesselosigkeit aufzugeben. Bei Kriegsende sprach ich schließlich sogar mit Leuten der Kategorie C, nicht nur mit solchen, die versucht hatten, Selbstmord zu begehen, sondern auch mit denen, die verrückt wurden, die sich an die Vorstellung klammerten, die deutsche Kapitulation sei eine Lüge, eine Erfindung der alliierten Propaganda. Doch während die Briten die Köpfe über die Fotos von den jubelnden Massen in Whitehall beugten, über die Bilder von der Königsfamilie auf dem Balkon des Buckingham-Palasts, von den nach sechs Jahren der Verdunkelung endlich wieder angestrahlten großen Londoner Plätzen und Wahrzeichen, von dem Dankgottesdienst in der St.-Paul's-Kathedrale, bekamen die Deutschen Aufnahmen ihrer zerbombten Städte, der erbeuteten U-Boote, der riesigen Gefangenen-Sammellager und der Kapitulation in der Lüneburger Heide gezeigt. Man führte ihnen auch einen Film über die Konzentrationslager vor. Die Kategorie C sagte, der Film sei in Hollywood gedreht worden. Die Kategorie B blieb stumm. Nur die Leute von der Kategorie A vermochten, so schien es, wenigstens versuchsweise ihr Grauen darüber auszudrücken, in diesem Mai 1945 Deutsche zu sein.

«So, dann ist's also aus», sagte Hoffenberg, mit dem ich mich am besten verstand – ein linkischer, unbeholfener junger Mann, aber mit einem Verstand begabt, der eine Universitätsausbildung verdient hätte. «Führer, Vaterland, der Traum vom Ruhm – alles aus, nichts mehr übrig, nichts als Ruinen und Scham und Schuld und Hoffnungslosigkeit – nein, versuchen Sie mich nicht zu trösten, Mr. Aysgarth! Wir sind in der Dunkelheit, wo Ihr christliches Licht nicht hinscheint, und es gibt auf der Welt keinen Engländer, der verstehen könnte, wie uns zumute ist.»

Ich erwiderte: «Vergessen Sie da nicht, daß es einen Engländer gibt, der immer versteht? Der so bald wie möglich nach Deutschland gehen möchte, um in den Ruinen von Berlin die christliche Botschaft von der Hoffnung zu predigen? Der es sich zur Aufgabe gemacht hat, den deutschen Kirchen zu helfen, damit sie ihren Platz in einem wiederaufgebauten Europa einnehmen können? Der sich immer wieder für die Menschen einsetzt, ganz gleich welcher Nationalität, die in einer vom Krieg verheerten und verrohten Welt leiden?»

Hoffenberg standen die Tränen in den Augen. Ich verabscheute diese Seite meines Amts. Beim Anblick eines von seinem Gefühl überwältigten Mannes möchte ich am liebsten davonlaufen, aber natürlich blieb ich bei Hoffenberg, und schließlich hörte ich seine schlichte Antwort: «Ja, der Bischof von Chichester, George Bell, wer sonst?»

Bell war 1945 der bekannteste Kirchenmann in Europa. So sehr ihn die Politiker als eine Zumutung empfanden, so wenig konnte sich eine zivilisierte Demokratie leisten, ihn zum Schweigen zu bringen; er war die Stimme des Gewissens und der Menschlichkeit, die Stimme eines Idealismus, den kein Grauen je auslöschen konnte. 1939 war er bei der Besetzung des Bischofsstuhls von London übergangen worden und wurde auch nicht für die Erzbischofswürde von Canterbury berücksichtigt, als William Temple 1944 unerwartet starb. «Bell sollte nach Canterbury gehen», hatte ich zu Dr. Ottershaw gesagt, aber wir hatten beide gewußt, daß es nicht dazu kommen würde. Bell hatte sich längst selbst disqualifiziert, indem er die Regierung freimütig kritisierte, wann immer sie es für angebracht hielt, sich um des Sieges willen über christliche Grundsätze hinwegzusetzen, und im Februar 1944 hatte er sich jede Hoffnung auf Beförderung endgültig zunichte gemacht. Mit einem Mut, den ich für fast undenkbar gehalten hatte, war er im Oberhaus aufgestanden, um die Politik der Flächenbombardierungen zu verurteilen und die Nation erneut an das andere Deutschland zu erinnern, das es jenseits der Hakenkreuze gab: das Deutschland der Verfolgten, der Leidenden und der Unschuldigen. Bell war ein überzeugter Nazigegner, doch vergaß er nie, daß nicht alle Deutschen Nazis waren und daß selbst der Nazismus durch die Brüderlichkeit aller Menschen überwunden wurde.

«Bell verschwendet seinen Atem», erklärte ich Dr. Ottershaw gegenüber, nachdem Bell mit der Verurteilung der Flächenbombardierungen beruflich Selbstmord begangen hatte. «Niemand will an das andere Deutschland erinnert werden – wenn ein Land gegen ein anderes in einem Kampf auf Leben und Tod begriffen ist, kann es sich nicht leisten, im Feind etwas anderes als ein böses Ganzes zu erblikken.»

«Ist es dann für unser moralisches Überleben nicht um so wichtiger», meinte Dr. Ottershaw, «daß uns jemand daran erinnert, daß auch in Deutschland unschuldige Menschen sterben, genau wie in England?»

Aber ich konnte darauf nichts erwidern – ich war zu verwirrt, was Bell betraf. Bisweilen beherrschten mich sogar so unerträglich widersprüchliche Gefühle, daß ich nicht einmal seine Reden in der *Times* lesen konnte. Dagegen – und das war äußerst seltsam – stellte ich fest, daß ich mit meinen Deutschen jederzeit über ihn reden konnte. Schließlich gab ich, wann immer ich das Lager betrat, den tüchtigen Archidiakon, der Diskussionen über umstrittene Bischöfe vermeiden mußte, sozusagen in der Wachstube ab, und indes ich mich wie jeder andere unbekannte Armeegeistliche bemühte, mich meiner Herde mitzuteilen, benutzte ich Bell als Trojanisches Pferd, um in die feindselige Zitadelle ihrer Gemüter einzudringen. Hier konnte ich endlich eingestehen, wie sehr ich Bells Mut bewunderte, hier brauchte ich endlich nicht in qualvollem Schweigen zu leiden, wann immer seine Kompromißlosigkeit, wie es stets unweigerlich der Fall war, unter Beschuß geriet.

«Da habt ihr einen großen Mann, der für die Menschlichkeit spricht!» erklärte ich meinen Deutschen beispielsweise voller Verve, obwohl ich ein wenig später am gleichen Tag zu Dr. Ottershaw nur in ganz beiläufigem Ton zu sagen vermochte: «So ein Jammer, daß Bell niemals etwas anderes als der Bischof einer langweiligen kleinen Stadt in Sussex sein wird.»

«Vielleicht», antwortete Dr. Ottershaw, «aber die verfolgten Naziopfer kümmern sich nicht um die internationale Kirchenpolitik, oder? Sie wissen nicht, wie man Canterbury schreibt, und haben nie etwas von York gehört, aber alle haben sie von Chichester gehört – und alle reden sie von George Bell.» Er hielt inne, ehe er in sanftem Ton hinzufügte: «Es ist eine Frage der sittlichen Wertvorstellungen, nicht wahr? Wann immer ich eine von Georges Reden lese, höre ich ihn wie Luther zu sich selbst sagen: ‹Hier stehe ich! Ich kann nicht anders.›»

«Natürlich – lieber soll er für seine Überzeugungen eintreten und in Chichester bleiben als den Mund halten und nach Canterbury gehen», sagte ich sofort, damit mein Vorgesetzter nicht glaubte, meine Wertvorstellungen ließen zu wünschen übrig, doch insgeheim hoffte ich zu meiner Schande, daß ich nie in eine Lage kommen würde, in der ich mit dem Nachsprechen der berühmten Luther-Worte auf ein heißersehntes Ziel verzichten mußte. Plötzlich wußte ich genau, warum mich Bell so mühelos aus dem Gleichgewicht zu bringen vermochte. Es war, als hielte er mir einen Spiegel vor und zeigte mir bei jedem Blick, wie wenig ich mich mit seiner außergewöhnlichen inneren Kraft messen konnte. Diese Einsicht war so schmerzhaft, daß ich manchmal den Spiegel hätte zerschmettern mögen, indem ich ihn in der Öffentlichkeit rückhaltlos verurteilte, doch das tat ich nie. Außerhalb des Lagers hielt ich es weiter so, daß ich ihn möglichst nicht erwähnte, während ich innerlich mit meinen widerstreitenden

Gefühlen kämpfte, und gegen Ende dieses Monats Mai 1945 war es mir eine Erleichterung, mich endlich von ihm abkehren und auf meine Hochzeit konzentrieren zu können.

Bis zum Waffenstillstandstag waren die Vorbereitungen für die Trauung schon weit fortgeschritten. Ich hatte geglaubt, infolge der kriegsbedingten Verknappungen würde die Hochzeit nicht ganz in dem Rahmen stattfinden können, den Dido sich wünschte. Doch dank ihres verabscheuungswürdigen Vaters, der tief in die Tasche griff und seine Beziehungen spielen ließ, um die durch die Rationierungen verursachten Schwierigkeiten zu überwinden, schien die Feier meinen Erwartungen zum Trotz fast Vorkriegsdimensionen annehmen zu wollen. Ich ahnte, wie erleichtert er darüber war, daß seine jüngste Tochter endlich unter die Haube kam, aber die Vorstellung einer üppigen Hochzeitsfeier machte mir Sorgen, und ich fürchtete, maßgebliche Kirchenmänner könnten die Stirn runzeln. Schließlich vertraute ich mich deswegen Dr. Ottershaw an.

«Aber mein lieber Neville», rief er voller Herzlichkeit aus, ohne eine Sekunde zu zögern, «wie kann Sie jemand für die Tatsache verantwortlich machen, daß Didos zuständige Kirche St. Mary's Mayfair ist? Und wie kann jemand erwarten, daß Sie Mr. Tallent daran hindern, anschließend im Claridge Orgien zu feiern?»

Diese großzügige Einschätzung der geplanten Festlichkeiten beruhigte mich, doch sobald mir der Gedanke an die maßgeblichen Kirchenmänner keine Sorgen mehr bereitete, fragte ich mich statt dessen – und nicht zum erstenmal –, wie meine Kinder wohl über die außergewöhnliche Verwandlung ihres Vaters in einen Bräutigam auf dem Parkett der großen Gesellschaft dachten.

Es war eine Frage, die mich sehr beunruhigte.

7

Seit unserer ersten Begegnung hatte Dido stets darauf geachtet, nicht während der Schulferien nach Starbridge zu kommen. Zuerst hatte ich nicht gemerkt, daß das bewußt geschah; wegen der kriegsbedingten Verhältnisse konnte es kaum überraschen, daß wir uns öfter geschrieben als gesehen hatten. Als mir später klar wurde, daß sie den Kindern aus dem Weg ging, hatte ich sie darauf angesprochen, aber sie war dabei geblieben, daß eine Begegnung erst nach unserer Verlobung stattfinden sollte. Sie hatte gemeint, da die Kinder sie davon abhielten, einer Heirat zuzustimmen, würde jede Begegnung ihre Fähigkeit, das Problem nüchtern zu betrachten, beeinträchtigen.

Ich fügte mich dieser Entscheidung zunächst, doch als ich argwöhnen mußte, daß Dido die Kinder lediglich als einen Vorwand zum Hinausschieben der Hochzeit benutzte, begriff ich, daß sie einer Begegnung deshalb aus dem Weg ging, weil sie Angst hatte zu versagen; sie fürchtete, die Kinder könnten sie mit ihrer Mutter vergleichen, und sie würde dabei schlecht wegkommen. Ich konnte ihr diese – vielleicht nicht ganz unbegründete – Angst nachfühlen und drang deshalb auch nicht weiter in sie, aber als wir uns Anfang März verlobten, lud ich sie ins Pfarrhaus ein, wo sie die jüngeren Kinder treffen sollte. Sandy war das einzige Kind, das sie bis jetzt kannte, da er noch so jung war, daß er sich bei ihren seltenen Besuchen in Starbridge immer zu Hause aufhielt, aber Primrose, die jetzt auf ihren achten Geburtstag zuging, besuchte eine Tagesschule in der Domfreiheit, und ihr hatte Dido leichter aus dem Weg gehen können.

Die Begegnung schien ein Erfolg zu sein. Dido reiste in guter Stimmung wieder ab, und Sandy meinte wohlwollend, es werde ganz nett sein, wieder eine richtige Mutter zu haben wie alle anderen Kinder auch.

«Sie wird nicht deine Mutter sein», sagte Primrose, «und außerdem weiß doch jeder, daß Stiefmütter immer ganz furchtbar sind.»

Ich fühlte meinen Mut schwinden. Das war genau die Reaktion, die Dido und ich befürchtet hatten. «Es überrascht mich, daß du das meinst», sagte ich – ich wußte, daß ich die Bemerkung nicht ohne Tadel durchgehen lassen durfte, sprach aber in sehr sanftem Ton. «Nachdem Dido sich so sehr bemüht hat, freundlich zu sein, finde ich das nicht gerade nett von dir.»

Primrose, die kein Wort der Kritik von mir gewöhnt war, brach sofort in Tränen aus. Aber es sollte noch schlimmer kommen. Am nächsten Tag, ehe ich James in seiner Vorbereitungsschule in Salisbury besuchte, fuhr ich nach Winchester, um Christian und Norman meine bevorstehende Heirat anzukündigen. Ich lud sie zum Mittagessen ein. Natürlich hatte ich die Zusammenkunft generalstabsmäßig geplant. Der Hauptgang wurde von einem Gespräch über das Leben auf der Schule begleitet. Als ich dann bei der Kellnerin das Dessert bestellt hatte, setzte ich zu der Rede an, die ich sorgfältig aufgesetzt und einstudiert hatte. Vielleicht eine halbe Minute lang ging alles gut. Dann versuchte der metaphorische Vorhang in die Höhe zu gehen. Hätte ich zu den irregeleiteten Menschen gehört, die an Spiritismus glauben, wäre ich überzeugt gewesen, Graces Geist habe sich zu uns an den Tisch gesetzt.

Ich verstummte. Die Jungen, beide meinem Vater wie aus dem Gesicht geschnitten und dadurch einander merkwürdig ähnlich, sahen mich ruhig und aufmerksam an. Irgendwie bekam ich den Vorhang wieder herunter, aber zu meinem großen Ärger spürte ich, wie ich errötete. «Du liebe Güte, wie stelle ich mich nur an!» rief ich aus und versuchte meine Verwirrung hinter einem Ausbruch von Jovialität zu verbergen. «Ich bin einfach so aufgeregt, daß ich nicht weiß, wo mir der Kopf steht.»

Sie lächelten beide höflich und warteten stumm darauf, daß ich fortfuhr.

«Nun», sagte ich, «es überrascht euch vielleicht, daß ich wieder heiraten will. Es überrascht euch vielleicht sogar sehr. Aber es ist wirklich besser für einen Geistlichen, wenn er verheiratet ist.»

«Das hast du schon gesagt, Vater», sagte Norman.

«Ah ja, das habe ich.» Endlich fand ich die richtige Stelle in meinem Konzept. Ich holte tief Atem und erklärte: «Natürlich wird nichts je etwas an der Tatsache ändern, daß eure Mutter und ich sechzehn Jahre lang eine sehr gute Ehe geführt haben. In meinen Augen war sie die wunderbarste Frau der Welt – und das ist der Grund, weshalb ich das Gefühl habe, daß ich jetzt eine Frau heiraten muß, die ganz anders ist. Ich möchte nicht, daß meine zweite Frau in irgendeiner Weise diese mir so teuren Erinnerungen beeinträchtigt.»

Sie sahen mich weiter stumm an. Dann warf Norman Christian einen verstohlenen Blick zu, und Christian begann müßig seine Fingernägel zu mustern.

«Dido ist ein feiner Mensch», sagte ich, während ich Christians ausdrucksloses Gesicht beobachtete, «und sie möchte sehr gern gut mit euch auskommen. Es ist meine große Hoffnung –» Ich hielt wieder inne. Das klang zu schwülstig – vorbereitete Reden neigen ja leider oft zu einem falschen Pathos. «Ich hoffe sehr, daß ihr sie gut leiden mögt», fuhr ich rasch fort. «Sie wird sich vielleicht uns allen gegenüber zuerst ein wenig unsicher fühlen, aber ich weiß, ich kann mich darauf verlassen, daß ihr Jungen euch wie Gentlemen benehmt und dafür sorgt, daß sie sich bei uns zu Hause fühlt.»

«Natürlich, Vater», sagte Christian. Er blickte von seinen Fingernägeln auf und wandte das Gesicht Norman zu. «Na, worauf warten wir noch? Wir müssen uns wie Gentlemen benehmen und Vater alles Gute wünschen.»

«O ja», sagte Norman. «Ja, natürlich.»

«Ich danke euch», sagte ich. «Das ist sehr lieb von euch.» Doch in der kurzen Pause, die darauf folgte, hörte ich in meiner Erinnerung Christian über die Unwirklichkeit unserer Gespräche klagen.

Ich nahm alle Kräfte zusammen und sagte, wobei ich ihm in die Augen sah: «Ihr solltet es als ein großes Kompliment für eure Mutter auffassen, Christian, daß ich zu Hause nicht mehr ohne eine Frau leben kann.»

«Oh, ich verstehe schon, daß ein Leben ohne Frau für einen Geistlichen sehr schwierig sein muß.»

Mir war plötzlich viel zu heiß. «Ich spreche nicht von Sexualität.»

«Nein, natürlich nicht. Das tust du ja nie.»

Ich begann zu schwitzen. Während der Klumpen in meiner Magengrube sich zu verdicken begann, brachte ich irgendwie in meinem kühlsten Ton hervor: «Daß ich mich über dieses Thema nicht wie ein viktorianischer Paterfamilias verbreite, liegt daran, daß ich der festen Überzeugung bin, daß ein Junge, der christlich erzogen wird und ein gutes Beispiel vor Augen hat, von sich aus zu entscheiden vermag, wie er sich zu benehmen hat. Wenn –» Mir war die Luft ausgegangen, und ich mußte Atem holen. «Wenn ich jetzt vielleicht zu unserem eigentlichen Thema zurückkommen darf – was sagte ich gerade?»

«Du sagtest, Mutter sei völlig unersetzlich, aber du hast dich entschlossen, sie zu ersetzen.»

Ich war endgültig zum Schweigen gebracht.

«Nun, das ist fein», sagte Christian mit vollendeter Selbstbeherrschung. «Wir wünschen dir alles Gute, und wir sind durchaus bereit, uns mit Miss Tallent anzufreunden. Du darfst nur nicht erwarten, daß wir sie als einen Ersatz für Mutter betrachten. Anders als Ehefrauen sind Mütter nämlich nicht zu ersetzen.»

Mir wurde klar, daß dieses Gespräch sofort beendet werden mußte. «Ich glaube, du verstehst nicht ganz, was ich meine, Christian», sagte ich, als die Kellnerin mit dem Pudding kam, den mit Sicherheit keiner von uns herunterbringen würde, «aber ich werde dir das gewiß später noch erklären können. Fürs erste freue ich mich sehr, daß ihr der neuen Situation mit gutem Willen gegenübertreten wollt, und ich bin überzeugt, daß am Ende alles gut wird.»

Wir stocherten in unserem Pudding herum. Ich hielt noch eine weitere kurze Rede über die Hochzeit. Beide Jungen nickten ab und zu und machten höflich interessierte Gesichter. Als Christian schließlich wieder seine Fingernägel zu betrachten begann, zahlte ich, brachte die Jungen zur Schule zurück und ergriff die Flucht.

Zum Glück hatte ich meinen Wagen dabei, und so konnte ich mir, obwohl ich in Amtstracht war, eine Zigarette genehmigen, sobald ich an einer geschützten Stelle einen Platz zum Halten fand. Winchester war nicht allzuweit von der Grenze meiner Diözese entfernt, und so hatte ich nicht zu viele zusätzliche Benzinmarken verbraucht. Während ich rauchte, versuchte ich mir darüber klar zu werden, warum Christian mich so sehr aus der Fassung gebracht hatte. Vielleicht ärgerte ich mich nur darüber, daß meine Redegewandtheit, die mir schon in der Oxford Union den Spitznamen «Vorschlaghammer» eingetragen hatte, mit so verheerendem Ergebnis gegen mich angewandt worden war. «Du sagtest, Mutter sei völlig unersetzlich, aber du hast dich entschlossen, sie zu ersetzen ...» Das war erstklassige Zerstörungsarbeit, ein Meisterstreich mit dem Vorschlaghammer, aber andererseits hätte Christian weder meine sorgsam aufgesetzten Reden in Stücke reißen noch peinliche Bemerkungen über Sex machen sollen. Christian hätte vollkommen sein sollen. Christian *war* auch vollkommen, aber wenn er vollkommen war, weshalb hatte er es dann darauf angelegt, mich heuchlerisch und töricht erscheinen zu lassen? Ich fühlte mich innerlich auf eine Weise mitgenommen, die nicht leicht zu definieren war. Ich wußte nur, daß mich dieses plötzliche unerlaubte Eigenleben meiner Trophäen zutiefst verstörte.

Ich zündete mir eine zweite Zigarette an und versuchte erneut, mein Gleichgewicht wiederzuerlangen. War ich tatsächlich der Heuchler, als den Christian mich hingestellt hatte? Nein. Ich hatte Grace wirklich geliebt. Daß ich nach vielen Jahren Ehe begonnen hatte, mich von ihr fort zu entwickeln (so sah es zumindest aus), konnte in keiner Weise das Glück in Frage stellen, das wir geteilt hatten. So befand ich mich jetzt zwar in einer neuen Lebensphase, einer Phase, die eine Ehefrau wie Dido erforderte, aber ich konnte dennoch in voller Aufrichtigkeit von den kostbaren Erinnerungen an meine erste Ehe sprechen.

Mit dieser Vorstellung einer neuen Lebensphase ließ sich, so erkannte ich erleichtert, die in Christians Worten enthaltene Kritik zurückweisen. Ich war eben ein anderer Mensch geworden. Als der alte Neville konnte ich vollkommen wahrheitsgemäß sagen, daß Grace unersetzlich gewesen war, aber als der neue Neville konnte ich durchaus davon sprechen, sie zu ersetzen. Ich war kein Heuchler, wie Christian angenommen hatte; ich versuchte im Gegenteil nur eine eigenartig komplexe Wahrheit auszudrücken. Paradox aufgehoben, Problem gelöst. Mit einem tiefen Seufzer der Erleichterung drückte ich meine Zigarette aus und griff nach dem Zündschlüssel.

Doch auf halbem Weg zwischen Winchester und Starbridge kamen mir wieder Zweifel: Warum hatte ich mich nach all diesen Ehejahren plötzlich in einen anderen verwandelt? Und warum gerade in die Person, die ich jetzt offenbar war? Und warum sagte sich dieser Fremde, daß er eine Frau wie Dido haben müsse, die in so mancher Hinsicht als Ehefrau für einen Geistlichen gar nicht paßte?

Ich mußte den Wagen wieder anhalten, und als ich die dritte Zigarette anzündete, sah ich meine Besessenheit plötzlich mit den Augen der anderen – ich sah, daß sie abwegig war, unverständlich, nicht zu mir passend. In diesem Augenblick, fast drei Jahre nach meiner ersten Begegnung mit Dido, begann ich mich endlich zu fragen, was unter all diesem stürmischen Getue von großer Leidenschaft wirklich vor sich ging.

Es stellte sich keine Antwort ein.

Dann ging mir auf, daß ich mehr als nur zwei Personen war. Ich war der alte Neville, der neue Neville und ein dritter Neville, der jetzt außerhalb von beiden stand und sich fragte, ob er von Sinnen sei. Auch ging mir auf, daß der neue Neville auf der Abendgesellschaft des Bischofs nicht urplötzlich aus dem Nichts aufgetaucht, sondern schon seit einiger Zeit dagewesen war, mit dem alten Neville zusammen lebend, während der dritte irgendwie zwischen ihnen beiden für Frieden gesorgt hatte. Aber wer genau war dieser dritte Neville, der da in einem abgeschiedenen Winkel der Diözese seine Zigarette rauchte und so distanziert den neuen und den alten Neville betrachtete? Und wenn so viele verschiedene Nevilles in meinem Bewußtsein herumwirbelten – wer war dann «Neville» überhaupt?

Es wurde Zeit, den Vorhang herunterzuziehen, ehe die Männer in den weißen Kitteln kamen, um mich in das nächste Irrenhaus zu schaffen. Krankhafte Nabelschau hatte ich schon immer verwerflich gefunden; ich mag es nicht, wenn Menschen ihre Zeit mit Selbstmitleid verschwenden, während sie sich draußen in der Welt nützlich machen könnten, und außerdem war ich überzeugt, daß mir nichts allzu Schreckliches widerfahren würde, solange ich weiter schwer arbeitete und meine Trophäen errang. Je mehr Trophäen man einheimste, desto sicherer fühlte man sich, und nun, da der großartigste Preis, dem ich je begegnet war, endlich in meiner Reichweite lag, hatte ich alle Aussicht auf ein noch nie gekanntes Glück.

Sechs Wochen später heiratete ich Dido in der Kirche St. Mary's Mayfair, und das große Desaster meiner zweiten Ehe begann.

8

Jetzt habe ich den Punkt in meinem Leben erreicht, an dem ich beinahe Ehebruch beging. Nun, vielleicht habe ich ihn noch nicht ganz erreicht, aber nach allem, was ich bisher geschrieben habe, wird wohl kaum jemand überrascht sein, zu vernehmen, daß die Flitterwochen ein Alptraum waren. Dido vermochte nicht, sich mit dem Gedanken an den Vollzug der Ehe vertraut zu machen, und ich wußte nicht, was ich als nächstes tun sollte. Ein Geistlicher kann Vergewaltigung niemals rechtfertigen, ganz gleich, wie verzweifelt ihm in seinen Flitterwochen zumute ist, doch meine Verzweiflung war so groß, daß ich eine Vergewaltigung ernstlich in Betracht zog. Zum Glück behielt die Vernunft die Oberhand, und ich erkannte, daß unsere Ehe nur dann eine Chance hatte, wenn Dido sich mir aus freien Stücken hingab. Dido mochte vergnügt von ihrer Bewunderung für gebieterische Männer daherreden, sie wäre gewiß schockiert und für alle Zeit von mir enttäuscht gewesen, hätte ich ihr die dunkle Seite einer gebieterischen männlichen Natur demonstriert.

Voller Scham hörte ich auf, über gewaltsamen Lösungen zu brüten, und sagte mir, daß ich den Vollzug der Ehe eben als weiteren zu erringenden Preis betrachten müsse, als etwas, das nur mit List zu gewinnen und keinesfalls mit Grobheit zu erzwingen war. Sogleich war mir wohler, und ich redete mir noch ein, daß es mir schon gelingen werde, die Flitterwochen zu einem triumphalen Abschluß zu bringen, als Dido davonlief.

Wir hatten zunächst in einer schmucken Jagdhütte auf dem schottischen Grundbesitz ihres Vaters gewohnt, doch als die Spannung zwischen uns wuchs, wurde die romantische Abgeschiedenheit der Hütte so bedrückend, daß wir auf Didos Vorschlag nach Edinburgh umzogen. Am Tag nach unserer Ankunft dort hatte ich das Hotel sehr früh verlassen, um am sonntäglichen Abendmahlsgottesdienst teilzunehmen, und als ich zurückkehrte, war sie verschwunden. Auf dem Nachttisch fand ich einen Zettel, auf dem stand:

«Lieber Stephen, ich bin für ein paar Tage zu Merry gegangen, um mir über alles klar zu werden. *Bitte* reise mir *nicht* nach, weil ich nicht denken kann, wenn Du mich ständig mit Leidenschaft umloderst. Ich fürchte, unsere Eheschließung war keine Deiner klügsten Ideen, nicht wahr? Ich hätte niemals ja sagen dürfen, aber Du hast mich so lange bestürmt, bis ich schließlich nicht mehr nein sagen konnte. Hältst Du es für möglich, daß wir zu einer stillen kleinen Annullierung im besten Einvernehmen kommen und als gute Freunde auseinandergehen?

Gruß DIDO.»

Ich schickte ihr ein Telegramm folgenden Wortlauts: KOMMT UNTER KEINEN UMSTÄNDEN IN FRAGE STOP ICH BETE DICH AN STOP STEPHEN. Dann fuhr ich mit dem Zug zurück nach Starbridge, verkündete aller Welt, Dido sei bei ihrer schwer erkrankten Schwester, und begann zu überlegen, wie ich mich vor dem Zusammenbruch retten konnte.

9

Ich war gerade beim dritten Whisky – oder war es schon der vierte? –, als das Telefon läutete. Ich stürzte hin – ich erwartete einen Anruf meiner Schwägerin.

«Hallo?» sagte ich voller Hoffnung in die Sprechmuschel.

«Neville, hier spricht Alex. Ein Glück, daß Sie von der Hochzeitsreise zurück sind.»

Ich hatte so fest mit Merrys affektierter Stimme gerechnet, die mir mitteilte, Dido sei auf dem Weg zu mir, daß der Name mir in meiner Enttäuschung zunächst gar nichts sagte.

«Alex Jardine», sagte er, als sich das Schweigen peinlich in die Länge zog, und fügte mit seinem vertrauten Sarkasmus hinzu: «Ich weiß, wir reden seit zwei Jahren nicht mehr miteinander, aber ich hoffe doch, es war nicht größenwahnsinnig von mir anzunehmen, Sie würden sich meiner immerhin noch erinnern.»

«Mein lieber Alex!» Endlich vermochte ich mich zusammenzureißen. «Verzeihen Sie, daß ich so schwer von Begriff war – wie schön, Ihre Stimme zu hören! Wie geht es Ihnen?»

«Nun, genau gesagt liege ich im Sterben. Ich hoffe, Sie haben nicht mit ähnlichen Unannehmlichkeiten zu kämpfen.» Er hielt inne, doch als ich zu erschrocken war, um sogleich etwas zu erwidern, setzte er knapp hinzu: «Sie werden nicht vergessen haben, wie sehr ich das Telefon hasse, also machen wir's kurz. Ich bedaure unseren idiotischen Streit von damals. Ich muß Sie dringend sprechen. Ich habe nur noch einen Monat zu leben – vielleicht nicht einmal mehr so lang –, und es ist noch einiges zu besprechen. Wann können Sie nach Stoneyford kommen?»

Ohne zu zögern sagte ich: «Ich bin schon unterwegs.»

VI

«Mich schockiert so leicht nichts: Schule und klassische Literatur sowie eine normale Neugierde und, so hoffe ich, eine anomale Phantasie haben mich recht gründlich mit Aspekten des Lebens und der Sexualität bekannt gemacht, die gewöhnlich tabu sind: Tatsachen sind Tatsachen, und ich will nicht mit Scheuklappen umherlaufen.»

CHARLES E. RAVEN
in *A Wanderer's Way*

I

Ich hatte Alex zuviel versprochen, als ich ihm sagte, ich sei schon nach Stoneyford unterwegs: Ich hatte nicht genug Benzinmarken, es fuhr gerade kein passender Zug, ich mußte die Erledigung mehrerer Angelegenheiten meinen Hilfspfarrern anvertrauen, ich mußte die Haushälterin von meiner neuerlichen Abreise verständigen und den jüngeren Kindern beibringen, daß ich zwar zum zweitenmal innerhalb von zwei Wochen ins Blaue hinein verschwinden würde, doch nur für einen Tag. Erst am Morgen nach Alex' Telefonanruf konnte ich endlich zum Bahnhof gehen und den ersten Schnellzug nach Oxford nehmen.

Inzwischen war ich, was Dido betraf, so durcheinander, daß ich selbst Alex' bevorstehenden Tod fast als willkommene Ablenkung begrüßte. Es war mir eine ungeheure Erleichterung, daß ich vorübergehend über meinem privaten Chaos den Vorhang herunterlassen konnte, und während ich mich mit dem Gedanken an Alex' baldiges Ableben vertraut zu machen versuchte, schoß mir die Frage durch den Kopf, ob er seine Autobiographie wohl beendet hatte. Und mit einemmal wußte ich sicher, daß er sie nicht nur beendet, sondern dabei auch die Erkenntnis gewonnen hatte, daß der Tod einem leeren Leben vorzuziehen sei. Abermals sprang mich die Unbegreiflichkeit seiner vergeudeten Ruhestandsjahre an, und in der plötzlichen Ahnung, daß mir bald eine Tragödie enthüllt werden würde, die ebenso rätselhaft wie tiefgreifend war, begann ich mich endlich um den Freund zu grämen, den ich verlieren sollte.

2

Ich sah sie sofort, als ich aus dem Bahnhof kam. Sie saß am Steuer eines schwarzen Morris und rauchte eine Zigarette, die in einer schwarzen Zigarettenspitze steckte. Von weitem wirkte sie keineswegs so alt wie ich, dreiundvierzig; sie sah wie eine erfahrene Achtundzwanzigjährige aus, kühl, unnahbar und unglaublich verführerisch. Ich mußte sogleich an Greta Garbo in *Ninotschka* denken.

Als sie mich sah, kurbelte sie das Fenster herunter und stellte das berühmte frostige Lächeln zur Schau, das die Herzen der Kaplane gebrochen hatte in jenen Tagen in Starbridge, als sie Carrie Jardines Gesellschafterin gewesen war; das Lächeln, das weniger leicht zu beeindruckende Männer dazu gebracht hatte, sie «die Schöne aus Eis» zu nennen. Durch meine vollkommene Ehe abgeschirmt, hatte ich in Lyle Christie – Lyle Ashworth, wie sie jetzt hieß – ein Mädchen mit einer heimlichen Leidenschaft für Carrie gesehen, doch nun, da meine vollkommene Ehe zu Ende war und Didos unmögliches Verhalten meine Gefühle aufgeschunden hatte, sah ich mit blendender Deutlichkeit, daß diese *femme fatale* im eleganten weißen Regenmantel keineswegs eine eiskalte Lesbierin war. Ihr welliges dunkles Haar war rötlich getönt. Ihre Augen, die einer meiner früheren Hilfspfarrer «seelenvoll» genannt und ein anderer als «schwül» beschrieben hatte, waren von der Farbe süßer, köstlicher, durch und durch sündiger dunkler Schokolade; ich fühlte mich sofort an jenen wunderbaren Augenblick in meiner Jugend erinnert, als ich mir im Kino, die vor Sinnlichkeit triefende Clara Bow vor Augen, ein Stück herrlicher Pfefferminzschokolade im Munde zergehen ließ.

«Hallo», sagte sie beiläufig mit einer Stimme, die selbst den blutrünstigen Hunnenkönig Attila zum Stehen gebracht hätte. «Steigen Sie ein.»

Ich stieg ein. Als ich die Tür zuschlug, brachte ich ein lahmes «Welche Überraschung!» heraus.

«Ich bin seit gestern hier. Carrie hat sich mit einem *cri du cœur* gemeldet, den ich nicht ignorieren konnte.»

«Es freut mich, das zu hören. Da Carrie Sie wie eine Tochter behandelt hat, habe ich Ihren Entschluß, die Entfremdung hinauszuziehen, immer sehr bedauert.»

Sie war im Begriff gewesen, den Zündschlüssel herumzudrehen, doch jetzt hielt sie inne und warf mir einen Blick zu, bei dem Dampf zu Eis geworden wäre. «Machen Sie das immer so, daß Sie Leuten, die Ihnen gerade einen Gefallen tun wollen, mit beißender Kritik kommen? Wenn Sie nicht höflich sein können, dann können Sie gern aussteigen und zu Fuß gehen!»

«Entschuldigen Sie, ich –»

«Im übrigen haben wir die Entfremdung schon 1942 beendet. Dr. Jardine hat mich damals besucht. Ich dachte, das wüßten Sie.»

«Ja, das wußte ich auch. Bitte, entschuldigen Sie – ich fürchte, ich bin im Augenblick mit den Nerven etwas –»

«Später habe ich Carrie in London getroffen und mich auch mit ihr versöhnt. Allerdings habe ich seit 1942 weder sie noch ihn wiedergesehen, aber im Krieg ist das Reisen immer ein Problem, und ich lasse die Kinder nicht gern allein –»

«Sind die Jungen gesund?» fragte ich in der Hoffnung, das Thema wechseln zu können.

«‹Äußerst lebhaft› nennt man das wohl in Fachkreisen. Ohne Kindermädchen wäre ich schon längst im Irrenhaus gelandet.»

Wir fuhren los. Sie fuhr gut, sehr gut für eine Frau, und vermittelte einen Eindruck von lässiger Rücksichtslosigkeit, den ich eigenartig erregend fand. Ich ertappte mich dabei, daß ich verstohlene Blicke auf ihre schlanken, feingliedrigen Hände auf dem Steuerrad und ihre schmalen, eleganten Füße auf den Pedalen warf. Ihre Fesseln und Handgelenke waren makellos geformt.

«Wie geht es Ihrer Frau?» fragte sie schließlich.

«Danke, gut. Gibt es Nachricht von Ihrem Mann?»

«Nein.» Ihre Stimme klang ausdruckslos.

«Das tut mir sehr leid.» Ashworth, bei Tobruk in Gefangenschaft geraten, war 1944 in ein anderes Lager verlegt worden, und seitdem hatte man nichts mehr von ihm gehört.

Nach kurzer Fahrt erreichten wir Stoneyford. Es war ein noch unberührtes, malerisches Dorf, und die Jardines wohnten in einem kleinen Haus aus dem achtzehnten Jahrhundert, gegenüber der Kirche. Lyle hielt den Wagen am Tor an, und als wir durch den Vorgarten auf das Haus zugingen, öffnete uns der ältere der beiden Ashworthjungen die Tür. Er war etwa sieben Jahre alt, klein und feingliedrig wie seine Mutter, aber ohne deren reizvolles Äußeres. Er hatte dunkles Haar, das widerspenstig in die Höhe stand, und gelblich-bräunliche Augen.

«Hallo, Charley!» sagte ich lächelnd. «Ich wußte gar nicht, daß du auch hier bist!»

«Mami hat mich mitnehmen können, weil mir im Zug nicht schlecht wird wie Michael.» Er strahlte mich an. Ich hatte zwar nie regelmäßig bei den Ashworths verkehrt, ihnen aber, wenn mich Geschäfte in die Nähe führten, gelegentlich einen Höflichkeitsbesuch abgestattet, und ich hatte eine Schwäche für Charley, seit er mir anvertraut hatte, er wolle später einmal Geistlicher werden.

«Carrie werkelt hinten im Garten herum», sagte Lyle zu mir, «und da wollen wir sie jetzt auch nicht stören. Kommen Sie gleich herein zu Dr. Jardine.» Sie sah auf ihre Uhr. «Er hat seine Medikamente so eingenommen, daß er jetzt ganz bei Sinnen sein dürfte.»

«Was hat er –»

«Magenkrebs. Hier entlang, bitte.» Sie führte mich in Alex' Arbeitszimmer, sagte nur: «Er ist da, Bischof», und zog sich sofort wieder in die Diele zurück.

Ein sehr alter Mann, abgezehrt und verwelkt, ein wächserner Schatten seines früheren Selbst, saß in einem Sessel mit hoher Rükkenlehne beim Kamin. Er war wie immer gut gekleidet, doch jetzt schlug der teure Anzug an ihm Falten. Fast unerträglich bedrückend fand ich es, daß er wieder eine Nelke im Knopfloch trug – ein verzweifelter Versuch, an die unbeschwerte Eleganz anzuknüpfen, die den Zenit seiner Bischofszeit gekennzeichnet hatte.

«Alex.» Wenn jemand im Sterben liegt, ist keine Zeit für billige Floskeln. Ich umfaßte seine trockene, kalte Hand mit der meinen und setzte mich zu ihm.

«Mein lieber Neville», sagte er, «wie schön, Sie wiederzusehen, und wie freundlich von Ihnen, daß Sie so rasch gekommen sind.»

«Ich wünschte, Sie hätten sich früher gemeldet.»

«Man macht sich immer etwas vor und denkt, es wird bald wieder besser. Reden wir jetzt nicht mehr von unserem Streit, lassen wir ihn vergangen sein und nützen wir diese Zeit, da ich ganz bei mir bin. Ich habe Ihnen einiges zu sagen – nein, seien Sie unbesorgt! Das ist keine Beichte auf dem Totenbett. Diesen Firlefanz überlassen wir den Papisten. Aber ich möchte Sie um einen Gefallen bitten, und Sie werden mein Verlangen erst verstehen, wenn ich Ihnen ein, zwei Geheimnisse erzählt habe.»

«Geheimnisse?»

«Nun, fangen wir mit dem Geheimnis an, das Sie, wie ich weiß, beunruhigt hat – mit dem Geheimnis meines Müßiggangs im Ruhestand. Die Wahrheit ist, daß ich in keiner Funktion als Geistlicher hätte tätig werden können. Ich hatte den Glauben verloren.»

Ich starrte ihn an. Automatisch sagte ich: «Das glaube ich nicht.»

«Oh, ich habe ihn in diesen letzten Krankheitsmonaten wiedererlangt! Seien Sie versichert, daß ich Sie nicht gerufen habe, um einem Ungläubigen beizustehen, aber 1937 fühlte ich mich als Apostat. Ich hatte keine Herzbeschwerden. Ich bin zurückgetreten, weil es mir unmöglich war, das Bischofsamt weiterauszuüben – nicht physisch unmöglich, sondern moralisch.»

Aber ich konnte nur den Kopf schütteln. «Nein», sagte ich. «Nein, das kann nicht sein. Sie besaßen diese ganz besondere religiöse Aufrichtigkeit, die man nicht vortäuschen kann. Wenn Sie den Glauben verloren hätten, hätte ich das gemerkt.»

«Ich sage Ihnen, ich hatte ihn verloren! Und ich sage Ihnen, daß Sie keine Ahnung davon hatten!»

«Aber ich stand Ihnen 1937 doch so nahe –»

«Wir wissen so wenig selbst von denen, die uns am nächsten stehen», sagte Alex. «Jeder von uns ist dem anderen ein Rätsel – und oft sind wir uns selbst das größte Rätsel.»

«Das ist nicht wahr.» Ich war sogleich zutiefst beunruhigt. «Ich kenne mich durch und durch – und Sie kennen mich auch durch und durch –»

«Nein», sagte Alex. «Als Sie sich an die Eroberung von Miss Tallent machten, die jetzt Ihre Gattin ist, da wußte ich, daß ich Sie überhaupt nicht kenne. Aber schweifen wir nicht ab. Ich sage Ihnen, daß ich den Glauben verloren hatte, und Sie müssen leider akzeptieren, daß es so war.»

«Aber warum haben Sie ihn verloren, Alex – *warum*? Es tut mir leid, ich möchte Ihnen wirklich glauben, aber –»

«Ich entdeckte, daß der modernistische Weg letztlich in eine Leere führt. Wenn Sie gewisse radikale Ansätze weit genug verfolgen, stehen Sie vor dem Nichts – und das ist wohl auch der Grund, weshalb die katholische Kirche den Modernismus so brutal unterdrückt hat. Sie wußte gleich, daß er das Evangelium des Teufels und nicht das Evangelium Gottes war.»

Erschüttert merkte ich, daß er geistig aus dem Gleichgewicht geraten war, wenn ich auch unmöglich zu sagen vermochte, ob dies auf seine Krankheit oder auf einen seelischen Zusammenbruch oder auf beides zusammen zurückzuführen war. Während ich um Fassung rang, brachte ich nur ein schwaches Aufbegehren zustande: «Alex, Sie wollen jetzt doch gewiß nicht anfangen, wie ein Evangelikaler des neunzehnten Jahrhunderts zu reden!»

«Oh, ich weiß, in diesem behaglichen Elfenbeinturm, in dem die Modernisten wohnen, ist kein Platz für den Teufel! Aber der Teufel existiert, das weiß ich. Er ist eine Kraft. Das Böse ist eine Kraft, die Sünde ist eine Kraft – und wir sind alle von dieser Kraft befleckt, wir sind alle Sünder, wir stehen alle vor dem Richter –»

«Alex, das ist die Neuorthodoxie von Karl Barth! Ich kann einfach nicht glauben, daß ein Liberaler wie Sie der Krisentheologie erlegen ist!» Doch noch während ich diese Worte sprach, erinnerte ich mich, daß sein Vater einen geistigen Zusammenbruch erlitten hatte, der die Form eines fanatischen Fundamentalismus annahm, und mir wurde jäh bewußt, daß ich einen anderen Kurs einschlagen mußte. Man konnte nicht erwarten, daß jemand, der nicht nur den Tod vor Augen hatte, sondern auch geistig äußerst labil war, vernünftig ein Thema erörterte. In sanftem Ton sagte ich: «Nun, das ist ja alles nicht wichtig. Ich bin nur froh, daß Sie durch die Gnade Gottes Ihren Glauben wiedererlangt haben, und ich möchte Sie dringend bitten, sich nicht so sehr mit der Sünde zu beschäftigen, daß Sie die Vergebung vergessen, die Christus allen reuigen Sündern gewährt.»

«Wenn Sie meiner Bitte entsprechen, werde ich glauben können, daß mir vergeben ist.»

«Welcher Bitte?»

«Dazu muß ich eine zweite Enthüllung machen. Sind sie bereit? Wappnen Sie sich gut. Es geht um Lyle. Sie ist meine Tochter.»

«Ihre Tochter?» Er war ganz eindeutig von Sinnen.

«Oh, sehen Sie mich um Gottes willen nicht so an, als wäre ich verrückt!» rief Alex in so gereiztem Ton, daß ich an meiner Diagnose wieder zu zweifeln begann. «Sie war das Produkt einer letzten Liebschaft kurz vor meiner Ordination – die Frau war bereits mit einem Soldaten namens Christie verlobt, aber er war irgendwo bei der Armee, und wir waren auf einer dieser Hauspartys, wo jeder jeden besuchte, wenn die Lichter aus waren –»

«Mein Gott.» Es zeugt vom Grad meiner Überraschung, daß ich, als ich ihm zu glauben begann, nicht wie sonst «meine Güte» sagte. «Also deshalb –»

«Deshalb war so eine starke Bindung zwischen Lyle, Carrie und mir. Deshalb blieb Lyle zehn Jahre bei uns, und deshalb haben wir sie immer wie eine Tochter behandelt. Deshalb haben wir uns dann auch so verkehrt benommen, so besitzergreifend, zwei nicht zueinander passende kinderlose Eheleute, die sich immer nach einem Kind als Bindeglied gesehnt hatten –»

«Ja, jetzt verstehe ich. Ja, natürlich, jetzt wird alles klar. Und als Ashworth dann kam und Lyle heiraten wollte –»

«– haben wir uns abscheulich aufgeführt, weil wir einfach den Gedanken nicht ertragen konnten, wieder allein zu sein, nachdem wir ein glückliches Familienleben genossen hatten, durch das unsere eigentlich unbefriedigende Ehe auf wunderbare Weise gerettet worden war. Unter diesen Umständen war es kein Wunder, daß Ashworth fand, unsere emotionale Abhängigkeit von Lyle sei für alle Beteiligten schädlich, und verlangte, daß wir uns in Zukunft von ihr fernhalten sollten.» Alex seufzte, bevor er unerwarteterweise hinzufügte: «Die Ironie der Situation liegt darin, daß ich Ashworth so sehr mochte. Ich wünschte mir, ich könnte glauben, daß er gesund aus dem Krieg zurückkommt, aber ich habe die Hoffnung aufgegeben – und damit komme ich zu meiner großen Bitte. Neville, wenn er nicht zurückkommt, könnten Sie dann ein Auge auf diese Kinder haben? Jungen brauchen einen Vater. Um Michael, den Kleinen, mache ich mir weniger Sorgen – er dürfte mühelos und erfolgreich durchs Leben gleiten, wie sein Vater vor dem Krieg, aber Charley... Charley ist so leicht erregbar und empfindsam, und das Leben wird für ihn nicht immer einfach sein. Wenn ich wüßte, daß es jemanden gibt, auf den ich mich verlassen kann – jemand, der ihm hilft, wenn ihn das Leben einmal hart anpackt –»

«Sprechen Sie kein Wort mehr, Alex. Ich werde für die beiden Jungen alles tun, was ich kann, das verspreche ich Ihnen.»

«Aber besonders für Charley –»

«Besonders für Charley, ja.»

Alex sank erschöpft in die Tiefen seines Lehnstuhls zurück. «Dann wird ihm nichts passieren», sagte er. «Gott sei Dank.» Und im Flüsterton fügte er hinzu: «Das ist ein Zeichen. Das ist endlich Vergebung. ‹Herr, nun lässest du deinen Diener in Frieden fahren.›»

Ich beugte mich vor, weil ich mir nicht sicher war, ob er nicht doch meiner seelsorgerischen Hilfe bedurfte. «Alex, Sie haben zwar gesagt, wir wollen die Sterbebeichte den Papisten überlassen, aber soll ich vielleicht –»

«Nein, ich werde Sie nicht um das Abendmahl bitten. Unsere Gesprächszeit ist bald abgelaufen, und es wäre besser, das Abendmahl später zu nehmen, wenn ich nicht durch Schmerzen abgelenkt bin... Aber die Generalbeichte wäre unter Umständen vielleicht nicht fehl am Platz.»

«Natürlich.» Ich begann mit «Allmächtiger und barmherziger Vater», und dann sprachen wir zusammen die schönen Worte aus dem Allgemeinen Gebetbuch. Nachdem ich die Absolutionsformel und den Segen gesprochen hatte, sah ich, daß Alex tief bewegt war.

«Jetzt fühle ich mich gerechtfertigt», sagte er, das Wort in seinem besonderen religiösen Sinn gebrauchend. «Ich kann jetzt daran glauben, daß ich durch Gottes Güte in Gnaden angenommen bin. Rufen Sie die Schwester wegen des Morphiums – nein, Augenblick! Wie egoistisch, nur an mich zu denken . . . Wie geht es Ihrer Frau?»

«Oh, danke, es geht ihr gut. Sehr gut.»

«Und Sie sind glücklich?»

«Könnte nicht glücklicher sein!»

«Ich hatte so sehr befürchtet, Sie würden die falsche Frau heiraten, genau wie ich. So ein schrecklicher Fehler! Meine Stiefmutter Ingrid sagte immer, es werde ein Fehler sein . . . Ich habe Ihnen einmal von meiner Stiefmutter erzählt, erinnern Sie sich? Mein Vater hat sie nicht richtig geliebt. Geliebt hat er meine Mutter, und nach ihrem Tod wollte er nur noch eine Haushälterin haben, die mit ihm ins Bett ging. Ingrid erzählte mir einmal, wie verletzt sie war, als sie das endlich begriff . . . Oh, wie sehr habe ich Ingrid geliebt! Sie hat mich vor meinem Vater beschützt, sie hat für meine Ausbildung gesorgt, hat um meinetwillen Opfer um Opfer gebracht . . . aber schließlich denkt ja die wahre Liebe immer nur an den anderen. Wenn ich jetzt zurückblicke, sehe ich so deutlich, wieviel sie mir bedeutet hat, und genauso deutlich sehe ich, wie ihr Vorbild in meinen Augen alle anderen Frauen zu bloßen Spenderinnen sexueller Befriedigung herabstufte. Und so hat sie mein Leben nicht nur positiv, sondern auch negativ beeinflußt – doch das spiegelt nur die Existenz wider, die wir alle auf Erden führen, nicht wahr? Hinter allem Guten steht die Kraft des Bösen . . . Armer Neville, ich gehe Ihnen schon wieder auf die Nerven – erlösen Sie sich von Ihren Qualen, indem Sie die Schwester bitten, mich von den meinen zu erlösen!»

Nachdem er die Injektion erhalten hatte, half ich ihm auf das Lager, das man in der einen Ecke des Zimmers eingerichtet hatte, und als die Schwester gegangen war, sagte er in beiläufigem Ton: «Da wir gerade von Ingrid gesprochen haben, noch einen Rat, was meine Memoiren betrifft: Machen Sie sich nicht die Mühe, sie zu lesen. Es ist alles wahr, und doch stimmt alles nicht, ein groteskes literarisches Paradoxon. Ich spreche nie aus, wie sehr ich Ingrid geliebt habe. Ich erwähne nirgends, daß meine Ehe ein Fehler war.

Ich offenbare an keiner Stelle meine wahre Beziehung zu Lyle. Ich lasse nie erkennen, wie sehr ich meinen Vater dafür gehaßt habe, daß er meine Schwester mit seinem Inzest um den Verstand brachte. Ich verschweige –»

«*Inzest!* Entschuldigen Sie, ich muß mich verhört haben. Einen Augenblick lang glaubte ich, Sie hätten –»

«Das habe ich auch gesagt. Er trieb einige Monate lang Blutschande mit ihr, als Ingrid mir am Anfang meiner Laufbahn den Haushalt führte. Als meine Schwester in eine Nervenheilanstalt eingeliefert worden war, fand Ingrid heraus, was sich abgespielt hatte, und ging zu ihm zurück, damit er sich nicht auch noch an meiner jüngeren Schwester vergreifen konnte. Oh, niemand hat eine Ahnung davon, was im Leben eines anderen Menschen vorgeht, wieviel Sünde und Leid es da gibt, wieviel Schmutz und Elend, wie die Seelen da aufschreien und sich winden in einer endlosen Hölle von Verlassenheit und Schmerz –»

«Aber Alex –»

«Oh, entschuldigen Sie, das hatte ich ganz vergessen. Sie brauchen ja Ihr Happy-End, bei dem alle fortan in Glück und Frieden leben. Mein Gott, kein Wunder, daß Karl Barth sich da eingeschaltet hat nach dem Ersten Weltkrieg, um die liberalen Protestanten zu Staub zu zermalmen! Wo die ganze Welt in Todesqual aufschreit, hat solch naiver Idealismus fast etwas Kriminelles!»

«Mein lieber Alex, kein liberaler Protestant würde bestreiten, daß in dieser Welt schreckliche Dinge geschehen, aber –», ich war so fassungslos, daß ich kaum wußte, was ich sagte, «– aber man darf nie die Hoffnung aufgeben, niemals – die Hoffnung, daß wir für eine bessere Welt streiten können – den Glauben an Christus, den Erlöser – das Wissen, daß Gott in Christus erschien, um die Welt mit sich zu versöhnen, das Wissen, daß das Leiden nur Vorletztes sein kann, das Wissen, daß alle Sünde und alles Böse überwunden werden können –»

«O ja, ja, ja», sagte Alex ärgerlich, «das ist schon auch alles wahr.»

«Aber wenn die liberalen Protestanten und die neuorthodoxen Protestanten sich so feindselig gegenüberstehen, wie können dann beide Lehren wahr sein?»

«Die tiefsten Wahrheiten sind alle in einem Paradoxon begründet – und der Tod selbst ist ein Paradoxon, das Ende und doch der Anfang, alles absolut unfaßbar, aber auch alles absolut real, wirklich – noch ein Paradoxon – und schließlich liegt die allerletzte, höchste Wirklichkeit – jener höchste Preis, wie Sie sagen würden – jenseits von Mythos und Metapher, jenseits von Symbol und Analogie, jenseits von Worten, vom Atem des Lebens selbst... Ah, endlich beginnt das Morphium zu wirken, es dauert jetzt immer länger, bis es so weit ist... Wenn die Wirkung einsetzt, sehe ich manchmal Ingrid. Sie ist natürlich ein Symbol, ein Symbol für Liebe, Christus, Gott... so sind letztlich sogar die Halluzinationen wahr – noch ein Paradoxon – und wo das Paradoxon ist, da ist auch die Ewigkeit, denn jenseits aller Paradoxa liegt die ewige Wahrheit.» Er schloß die Augen. Dann sagte er plötzlich sehr deutlich: «O Gott, wie wir uns alle belügen!» und stieß einen tiefen Seufzer der Resignation aus.

Das waren die letzten Worte, die ich ihn sprechen hörte. Eine bizarre letzte Äußerung aus dem Mund eines so berühmten Streiters für die Wahrheit.

3

Als ich aus dem Arbeitszimmer trat, wartete Carrie Jardine in der Diele. Zu meiner Erleichterung war sie recht ruhig; sie dankte mir für mein Kommen, erkundigte sich nach Dido und sagte, sie hoffe sehr, daß wir in den Flitterwochen schönes Wetter gehabt hätten. Zum Glück wurden wir, ehe dieses banale Gespräch sich in die Länge ziehen konnte, durch ihre derzeitige Gesellschafterin unterbrochen, ein resolutes weibliches Wesen namens Miss Jenkins, das verkündete, der Gärtner wolle wissen, wo der neue Rosenbusch eingepflanzt werden solle. Ich flüchtete ins Wohnzimmer, wo ich Lyle antraf. Sie trug ein hautenges schwarzes Kleid und Schuhe mit sehr hohen Absätzen. Ich tat *Ninotschka* beiseite und begann mit meinen Erinnerungen an Marlene Dietrich zu spielen.

«Nun – wie ist es gegangen?» fragte sie.

«Gut», sagte ich, aber dann wurde mir bewußt, daß dies unter den gegebenen Umständen eher lächerlich klang, und ich setzte hinzu: «Natürlich merkt man, daß er sehr krank ist, und manchmal schien er etwas verwirrt zu sein.»

«Hat er Ihnen von mir erzählt?»

«Ja.» Es war mir immerhin so peinlich, daß ich zur Seite blicken mußte. «Das war der Teil unseres Gesprächs, der gut verständlich klang. Bei allem anderen konnte ich nicht recht feststellen, wo die Phantasie aufhörte und die Wahrheit anfing.»

«Was ist daran so ungewöhnlich? Ich finde, wir treiben den größten Teil unseres Lebens in einem Nebel von Illusionen dahin und erhaschen nur ganz selten einen Blick auf die Wirklichkeit.»

Ich war von dem Gespräch noch so erschüttert, daß ich darauf etwas verärgert reagierte. «Ich gebe zu, das ist eine recht bekannte Ansicht», sagte ich kurz angebunden, «aber meines Erachtens stark übertrieben. Ich zum Beispiel treibe nicht den größten Teil meines Lebens im Nebel herum. Ich bewege mich klaren Blicks durch eine deutlich umrissene Landschaft.»

«Ich hatte schon immer den Verdacht, daß Sie unter Ihrer bescheidenen Maske ungeheuer selbstgefällig sind. Wie es Ihre reizende erste Frau diese vielen Jahre mit Ihnen ausgehalten hat, ist mir einfach unbegreiflich.»

Ich war so verblüfft – nicht nur über die Beleidigungen, sondern auch über die erstaunliche Nonchalance, mit der sie vorgebracht wurden –, daß ich einen Augenblick lang sprachlos war. Dann sagte ich: «Schade, daß ich Ihnen als Geistlicher nicht sagen kann, was Sie sind.» Damit ging ich hinaus und warf die Tür zu.

Nachdem ich in der Diele stehengeblieben war und dreimal tief durchgeatmet hatte, um mein Gleichgewicht wiederzuerlangen, ging ich ins Speisezimmer, in der Hoffnung auf einen kurzen Drink vor dem Lunch, doch aus dem geplanten Überfall auf das Sideboard wurde nichts. Am Tisch saß der kleine Junge. Er schrieb etwas mit einem stark abgekauten Bleistift auf ein großes Blatt Papier.

«Hallo», sagte ich, um einen lockeren Ton bemüht. «Was machst du denn da?»

«Ich schreibe an Daddy. Die Deutschen lassen ihn nicht an uns schreiben, aber vielleicht kann er unsere Briefe doch lesen. Ich schreibe ihm gerade, daß ich einen Union Jack bekommen habe, mit dem ich winke, wenn er heimkommt.»

«Aha.» Es trat eine Pause ein. Ich vergaß das Weibsstück drüben im Wohnzimmer und konzentrierte meine Aufmerksamkeit auf das Kind vor mir am Tisch. Mir war, als sähe ich den Jungen zum erstenmal, so deutlich war plötzlich die Ähnlichkeit mit seinem Großvater zu erkennen. Sie zeigte sich nicht nur in dem breiten Mund, sondern auch in den Augen, die, so schien mir jetzt, gar nicht gelblich-bräunlich waren, sondern von einem dunklen Gold.

«Ich habe den besten Daddy der Welt», sagte Charley, während er eifrig weiterschrieb, «und wenn ich groß bin, will ich genauso werden wie er.»

Diese Bemerkung, so eigenartig anrührend in ihrer schlichten Naivität und tiefen Aufrichtigkeit, verschloß mir den Mund. Ich fragte mich, ob einer meiner Jungen mir je in einem Gespräch mit einem Fremden ein solches Kompliment machte. Ganz gewiß hatte noch keiner von ihnen den Wunsch geäußert, Geistlicher zu werden. Ich hoffte noch immer, Christian werde das Thema zur Sprache bringen, aber bis jetzt hatte er es nicht getan, und ich war plötzlich neidisch auf Charles Ashworth, als ich so dastand und seinen Sohn ansah. Gleich darauf wich dieser Neid jedoch der Scham; schließlich befand ich mich hier in England in Sicherheit, während Ashworth als vermißt galt, und in einem Stoßgebet flehte ich inbrünstig darum, daß er noch lebte.

Als ich in die Diele hinaustrat, kam Lyle Ashworth gerade aus dem Wohnzimmer.

«Immer noch wütend?» sagte sie. «Ich dachte, Christen sollten auch noch die andere Backe hinhalten, wenn jemand sie beleidigt.»

«Wollen Sie mich jetzt auch noch über meine Christenpflicht belehren?»

«Oh, seien Sie doch um Gottes willen kein so törichter Pedant! Haben Sie denn gar kein bißchen Gefühl? Sehen Sie nicht – Sie, ein *Geistlicher*! –, daß ich absolut fertig bin und nicht weiß, was ich sage?»

«Entschuldigen Sie, ich –»

«Ja, ja, ja, Sie sind auch fertig – wir sind alle fertig – also schließen wir einen Waffenstillstand und bemühen wir uns zumindest, nicht so zu tun, als würden wir am liebsten aufeinander losgehen!»

Jäh merkte ich, daß ich sehr gern auf sie losgehen würde, aber ich erstickte diese Vorstellung schon im Keim und sagte in sanftem Ton: «Besteht die Möglichkeit, den Waffenstillstand vor dem Lunch mit einem Drink zu begießen?»

«Auf dem Sideboard im Speisezimmer stehen Rotwein und Sherry – bedienen Sie sich. Ich rette schnell Carrie aus den Klauen dieser gräßlichen Gesellschafterin.»

Der kleine Charley kam in die Diele gerannt. «Mami, lies doch meinen Brief an Daddy und sag, ob er dir gefällt!»

Ich konnte gar nicht schnell genug zu den Karaffen auf dem Sideboard gelangen. Mir war gerade bewußt geworden, daß ich das Undenkbare zu denken begann – und das Undenkbare war natürlich, daß Lyle viel hübscher war als Dido und – zumindest in diesem kritischen Stadium meines Lebens – zehnmal begehrenswerter.

4

Nach dem Mittagessen fuhr Lyle mich wieder zum Bahnhof in Oxford. Wir legten die Strecke schweigend zurück. Erst als wir anhielten, sagte sie: «Ach – hat er Ihnen gesagt, daß er von Ihnen beerdigt werden möchte? Es steht in seinem Testament.»

Ich war bestürzt. Wenn nicht außergewöhnliche Umstände vorliegen, sollte ein Geistlicher es vermeiden, das Begräbnis eines ihm nahestehenden Menschen zu leiten. Der persönliche Kummer beeinträchtigt nicht nur den reibungslosen Ablauf des Gottesdienstes, sondern macht es dem Pfarrer auch oft unmöglich, den Trauernden den nötigen seelsorgerischen Beistand zu leisten.

«Ich halte es für eine ziemlich schlechte Idee», fuhr Lyle fort. «Ihnen wird dabei zuviel zugemutet, aber das Dumme ist, daß er sich den Geistlichen, die er von früher kennt, entfremdet hat, und er kommt auch mit dem hiesigen Pfarrer nicht aus und hat Angst, er könnte kein ‹anständiges protestantisches Begräbnis› bekommen, wie er sich ausdrückt. Sie wissen ja, wie sehr er gegen den Anglokatholizismus eingestellt ist, und Sie sind leider der einzige, dem er traut.»

«Armer Alex.»

«Ja, man kann um seinetwillen nur hoffen, daß die Beerdigung eher früher als später ist... Ach ja, und wenn Sie nach der Beerdigung lieber über Nacht in Stoneyford bleiben möchten, dann verschwenden Sie kein Geld für ein Hotelbett. Im Haus ist ein Zimmer für Sie bereit.»

«Danke, das wird meine Bank freuen.» Es gelang mir, aus dem Wagen zu steigen, ohne ihr die Hand hinzustrecken, doch nachdem ich so den körperlichen Kontakt vermieden hatte, glaubte ich mir ein Lächeln leisten zu können. «Hat mir leid getan, unsere Reiberei», setzte ich hinzu. «War nett, Sie wiederzusehen. Alles Gute» – ich erinnerte mich gerade noch rechtzeitig, daß ich Geistlicher war – «und Gottes Segen.»

«Danke. Wiedersehen.» Sie brauste davon und ließ mich in einer Wolke von Auspuffgasen zurück.

Im Zug beschloß ich, in einem Hotel in Oxford ein Zimmer zu bestellen, sobald ich das Datum der Beerdigung erfuhr, doch dann dachte ich an mein überzogenes Konto, den Stoß unbezahlter Rechnungen auf dem Schreibtisch und die zunehmend sich verdüsternde Miene des Bankfilialleiters. Ich stellte mir auch vor, wie ich mich nach der Beerdigung fühlen würde: erschöpft und nur noch von dem Wunsch beseelt, bald schlafen zu können. Warum wollte ich mich unbedingt in einem Hotel einschließen, nur um meine zugegebenermaßen eselsohrige, aber im Grunde unangreifbare Keuschheit zu bewahren? Ich machte mir nicht einmal etwas aus dem Frauenzimmer, und außerdem war ich eines ungebührlichen Benehmens gar nicht fähig, weil gute Geistliche sich nie ungebührlich benahmen. Wenn ich eine freundliche Einladung zurückwies, handelte ich sowohl töricht als auch vernunftwidrig, und während ich mir vornahm, kein Geld für ein Hotelzimmer auszugeben, kam ich zu dem Schluß, daß Alex' wirre Enthüllungen auch mich an den Rand des Wahnsinns getrieben hatten.

5

In meiner neuen Wohnung in der Domfreiheit angelangt, blickte ich mich sofort erwartungsvoll nach Gepäckstücken um, aber in der Diele standen keine Koffer, und oben im Schlafzimmer mit dem Fenster zum Dom hin lag niemand in reuevoller Pose auf dem jungfräulichen Doppelbett. Ich ging also wieder hinunter und rief vom Arbeitszimmer aus Merry in Leicestershire an.

«Stephen! Ich wollte dich heute abend anrufen – ich glaube, es wird alles gut werden, aber sie braucht noch etwas Zeit. Kannst du weiterhin sagen, ich läge im Sterben, oder wird man schon argwöhnisch?»

«Im Augenblick stellt noch niemand dumme Fragen, aber –»

«Gott sei Dank. Nun verzweifle nicht – ich rede ihr schon dauernd gut zu, und am Ende werde ich damit Erfolg haben, davon bin ich überzeugt. Ich habe ihr schon damit gedroht, daß ich es Vater sage, und da wurde ihr dann plötzlich klar, daß sie für den Rest ihres Lebens bei allen wichtigen Leuten als Versager gelten würde, wenn sie diese Ehe verpatzt. Da hat sie sich vielleicht angestellt! Der Gedanke, daß Vater sie für einen Versager halten könnte, ist ihr ein Greuel, obwohl mir schleierhaft ist, weshalb es ihr so darauf ankommt, was er denkt – ich habe schon vor langer Zeit die Hoffnung aufgegeben, daß er in seinen Töchtern je etwas anderes sieht als drollige kleine zweitklassige Söhne, aber da kann man nichts machen, wir haben alle unsere Träume, und wenn Dido davon träumt, daß sie eines Tages in Vaters Wertschätzung soviel gilt wie unsere Brüder, dann kann man sie wohl kaum daran hindern. Also, Stephen, erzähle allen, ich sei nach wie vor sterbenskrank, und ich werde versuchen, sie irgendwann nächste Woche in den Zug nach Starbridge zu setzen.»

Nachdem ich den Hörer aufgelegt hatte, schenkte ich mir einen Whisky ein, um diese Neuigkeit zu feiern, doch nach einer Weile merkte ich, daß ich nicht an Dido dachte, sondern an Alex und seine erstaunlichen Enthüllungen. Ich fragte mich, in welchem Ausmaß das Morphium seine geistigen Fähigkeiten beeinträchtigt hatte.

Bei dem Gedanken an Drogen zuckte der Vorhang in meinem Kopf kurz hoch, und im Geist hörte ich wieder, wie meine Mutter

Onkel Willoughby etwas von dem Laudanum zuflüsterte, das mein Vater genommen hatte, doch dann fiel er jäh wieder herunter, wie jedesmal, wenn ich mich des schrecklichen Gesprächsfetzens erinnern wollte, den ich mitangehört hatte, und ich konnte wieder an Alex denken. Gewiß war die Geschichte mit dem Inzest eine Wahnvorstellung unter Drogeneinfluß gewesen! In Familien konnte Entsetzliches geschehen, das wußte ich nur zu gut – aber wenn Alex die Wahrheit gesagt hatte, dann hatte meine Erfahrung häuslicher Tragödien nicht nur keine Ähnlichkeit mit der seinen, sondern die Affinität aufgrund der gleichen bescheidenen Herkunft war eine Illusion. Mir war, als hätte Alex meine bisherige Beziehung zu ihm schlagartig neu definiert. Ich hatte ihn für einen Menschen gehalten, mit dem ich mich identifizieren konnte, doch jetzt schien er plötzlich wie ein Geschöpf von einem anderen Stern.

Als ich an meine eigene Welt dachte, ging der Vorhang langsam in die Höhe, aber ausnahmsweise versuchte ich ihn diesmal nicht unten zu halten; die Erinnerung war freundlich, und ich konnte mit ihr die Tragödie überdecken, die später über uns alle hereingebrochen war. Ich sah meinen Vater, wie er eines der Bücher von Beatrix Potter aufschlug; wir konnten beide schon lesen, Willy und ich, aber wir schätzten seine abendlichen Besuche im Kinderzimmer so sehr, daß wir so taten, als beherrschten wir kaum das Alphabet. Und er las uns gern vor. Manchmal spielten wir die Geschichte auch mit verteilten Rollen, und dann gab es nachher immer ein so lautes Gelächter, daß meine Mutter, die unten auf der Chaiselongue lag und in ihrem Browning las, ärgerlich mit ihrem Spazierstock an die Decke klopfte. «Euer Vater ist ein richtiger Witzbold!» pflegte unser Kindermädchen Tabitha zu sagen. Da sie Analphabetin war, hatte auch sie es gern, wenn mein Vater vorlas.

Einmal, als Willy und ich gerade frisch gewaschen in unseren Nachthemden steckten und zum allabendlichen Gutenachtkuß vorgeführt wurden, hatte meine Mutter zu meinem Vater gesagt: «Meinst du nicht, die Jungen sollten sich mit etwas geistig Anspruchsvollerem beschäftigen als mit Miss Potters anthropomorphen Phantasien?» Aber mein Vater hatte geantwortet: «Dafür ist später noch genug Zeit» und uns zugezwinkert. Später hatte ich ihn gefragt:

«Was ist anthropomorph?», und er hatte lachend gesagt: «Peter Rabbit in seinem blauen Mantel!»

Mein Vater mochte Kaninchen. Er hatte alle Tiere gern. Er konnte gar nicht genug über Gottes Schöpfung staunen. «Seht euch die Blumen an!» sagte er wohl an jenen Sommernachmittagen, wenn er mit uns spazierenging. «Seht euch die Vögel an! Und seht, wie sogar die Stadt schön aussieht aus der Ferne vor dem Hintergrund der Berge . . . Alles ist eine Einheit, wißt ihr. Die Dinge, die wir anfassen können – die Landschaft, die Blumen, die Tiere –, und die Dinge, die wir nur im Kopf haben können – Schönheit, Wahrheit und Güte –, in ihnen allen zeigt sich Gott, sie sind alle eine Einheit, alle eins.» Später fügte er hinzu: «Unsere Welt ist eine gute Welt, und sie wird immer noch besser. Ein sehr kluger Mann namens Darwin hat das wissenschaftlich bewiesen. Andere sehr kluge Leute, die es hätten besser wissen sollen, regten sich darüber auf und behaupteten, die Naturwissenschaft wolle die Religion zerstören, aber da waren sie natürlich im Irrtum. Die Naturwissenschaft ist nur eine weitere Linse, durch die wir Gott sehen – und alle Linsen sind eine Einheit. Jenseits ihrer Verschiedenheit sind sie alle eins.»

Das war vor dem Ersten Weltkrieg gewesen, als der liberale protestantische Optimismus auf seinem Höhepunkt war, aber mein Vater hätte wohl trotz des Rückfalls der Menschheit in Barbarei, Tyrannei und Blutvergießen im zwanzigsten Jahrhundert an seiner religiösen Deutung der Evolution festgehalten. «Evolution heißt auch Verschleiß, gelegentlich sogar Verheerung und Zerstörung», hatte er einmal gesagt, «aber wie steht schon in der Bibel geschrieben: ‹Wir aber wissen, daß denen, die Gott lieben, alle Dinge zum Besten dienen.›» Ich versuchte mir auszumalen, wie er seinen optimistischen Glauben aufgab und gleich Alex in einer pessimistischen Anschauung versank, die so genau zu der pessimistischen Stimmung des modernen Zeitalters paßte, aber ich konnte mir nichts anderes vorstellen, als daß er entsetzt vor einem solchen Denken zurückwich, und als ich so meinen Vater vor mir sah, wie er an seinen ehrwürdigen Glaubenssätzen festhielt, war ich plötzlich überzeugt, daß Alex gelogen hatte, als er sagte, er habe seinen Glauben verloren.

Ich ging das Gespräch in Gedanken noch einmal genau durch.

Akzeptieren konnte ich, wenn auch mit Widerstreben, daß er sich in seinem jetzigen Zustand ernstlich bewogen fühlte, seinen Glauben in einer morbiden und bedrückenden Form des Protestantismus auszudrücken; da sein Vater einer ähnlichen geistlichen Verwirrung erlegen war, mochte man sagen, in einer Zeit seelischer Anspannung habe der Schub der Erbanlagen Alex ein wenig aus der theologischen Bahn geworfen. Akzeptieren konnte ich auch, daß er die Wahrheit gesagt hatte, was Lyle betraf; gerade diese Enthüllung klärte verschiedene kleinere Rätsel auf, und obwohl ich wußte, daß sich Alex nach seiner Ordination niemals einer schweren Verfehlung schuldig gemacht haben konnte, vermochte ich mir sehr wohl vorzustellen, daß er als sehr junger Mann das eine oder andere Mal über die Stränge geschlagen hatte. Sogar den Inzest hielt ich für möglich, denn das widernatürliche Böse gab es zweifellos, und Alex hatte immer gesagt, sein Familienleben sei ein Alptraum gewesen. Was mir jedoch einfach nicht in den Kopf wollte, war der Gedanke, daß er jemals seinem Glauben gänzlich entfremdet gewesen wäre.

Ich war mit dem Wesen von Alex' Glauben vertrauter als die meisten anderen Menschen. Da ich sein Protegé war, hatten wir viele theologische Gespräche geführt, und er hatte sich über geistliche Dinge mir gegenüber immer völlig offen ausgedrückt. Im Mittelpunkt seines Glaubens stand Christus, er glaubte an die vergangene, gegenwärtige und zukünftige Wirklichkeit Jesu Christi als des fleischgewordenen Gotteswortes. Als intellektueller Kirchenmann mit modernistischen Neigungen mochte er mit verschiedenen Theorien über die Gestalt Jesu in der Geschichte spielen; da konnte es zu einzelnen Zweifeln, einem sanften Agnostizismus in bestimmten Fragen, vielleicht sogar zu ein, zwei unorthodoxen Theorien kommen. Aber keine wissenschaftliche Spekulation über Christi Menschsein würde seinen Glauben an Christi Gottsein erschüttern – oder anders ausgedrückt: Nichts würde seine Treue zu dem Christus der Ewigkeit angreifen, jener einzigartigen Form von Metapher, Mysterium und zeitloser Wahrheit, in der es Gott gefallen hatte, sich dem Menschen zu offenbaren. Diese Vision des ewigen Christus, die den historischen Jesus der Geschichte zum Ausgangspunkt nahm, dieses ohnehin nie ganz erfaßbare historische Leben jedoch transzendierte, war in Alex'

Augen unzerstörbar – es sei denn, jemand bewiese absolut zweifelsfrei, daß Jesus nie gelebt hatte. Kein ernst zu nehmender Wissenschaftler zweifelte an der Existenz Jesu, und wahrscheinlich würde das auch kein ernst zu nehmender Wissenschaftler je tun. Wie also war Alex' spezieller christologischer Glaube zerstört worden?

Natürlich kam es vor, daß ein Kirchenmann den Glauben verlor, aber nicht gerade alle Tage, und ganz gewiß nicht aus heiterem Himmel. Dem Desaster ging unweigerlich eine Periode des Zweifels voraus, verbunden mit wachsender Unfähigkeit zu ordentlicher Arbeit, aber ich hatte 1937 solche Symptome bei Alex nicht bemerkt. Außerdem kam ein solch felsenfester Glaube schwerlich ohne guten Grund abhanden, und ich konnte mich auch an kein Anzeichen eines schicksalhaften Ereignisses erinnern, das als auslösendes Moment gewirkt haben mochte.

Ich ließ meine Schlußfolgerungen Revue passieren. Entweder war Alex eines Morgens im Jahr 1937 aufgewacht und Opfer einer geistigen Verwirrung geworden oder er hatte mir etwas vorgelogen. Keine dieser Theorien war plausibel, doch wenn man davon ausging, daß die letztere Möglichkeit ein wenig glaubwürdiger war als die erstere, stellte sich sofort die Frage, weshalb er eine solche Geschichte hätte erfinden sollen. Es schien, als habe er sich gezwungen gesehen, mir eine Erklärung für seinen Müßiggang im Ruhestand zu geben; offenbar hatte ihn das Erstaunen beunruhigt, das ich während unseres Streits zum Ausdruck gebracht hatte, und jetzt wollte er eine Erklärung liefern, die mich davon abhalten würde, gewisse Schlüsse zu ziehen. Aber zu welchen Schlüssen mochte ich seiner Ansicht nach gelangen? Gewiß, ich konnte annehmen, daß er ein nachlässiger Geistlicher gewesen war, der sich unangemessen verhalten hatte, doch ich war überzeugt, daß sich Alex mir gegenüber lieber dem Vorwurf der Nachlässigkeit aussetzte als dem der Apostasie. Zögernd sah ich mich zu dem Schluß gebracht, daß die Theorie von der großen Lüge das Rätsel nicht löste, sondern eher neue aufwarf. Doch war damit andererseits nicht bewiesen, daß meine Theorie falsch war.

Ich versuchte tiefer in das Problem einzudringen. Wenn das Herzleiden nur vorgetäuscht gewesen und der verlorene Glaube eine Lüge war, was erklärte dann Alex' Weigerung, während seines Ruhestandes ab und zu als Seelsorger einzuspringen? Und – das war die verwirrendste Frage – weshalb war er dann vom Bischofsamt zurückgetreten? Ich mußte zugeben, daß ich mir, vom Verlust des Glaubens abgesehen, keinen Grund denken konnte, der auch nur entfernt plausibel gewesen wäre. Seit er sich im Ruhestand befand, trank er vielleicht mehr als gut für ihn war, aber 1937 hatte er diese Schwäche völlig unter Kontrolle gehabt. Die Möglichkeit, daß sein Alkoholmißbrauch ihn zum Rücktritt gezwungen hatte, schied also aus. Das gleiche galt für Ehebruch. Es sah fast so aus, als würde ich doch seine eigene Erklärung akzeptieren müssen – doch das wollte ich erst dann tun, wenn sich jede andere Theorie als unhaltbar erwiesen hatte.

Ich empfand plötzlich das Bedürfnis, noch einmal mit Alex zu sprechen. Schließlich war auch mein Glaube in einer modernistischen Form auf Christus ausgerichtet; auch ich spekulierte kühn über den historischen Jesus, während ich an Christus, dem Erlöser, festhielt. Wenn Alex allen Ernstes erklären konnte, daß der modernistische Weg ins Leere führte, dann wollte ich genau wissen, wie er zu dieser zutiefst verwirrenden Ansicht gelangt war.

Ich sagte mir, daß ich keine andere Wahl hatte, als bei nächster Gelegenheit Klarheit in die Sache zu bringen, doch leider sollte sich mir keine nächste Gelegenheit bieten. Zwei Tage später erhielt ich einen Anruf von Lyle: Alex war am Morgen friedlich im Schlaf gestorben.

6

Alex hatte sich jegliche Lobreden an seinem Grab verbeten; er wollte nur, daß ich eine fünfminütige Predigt über einen Text hielt, der im Einklang mit seinem Leben und Wirken stand. Ich dachte angestrengt über diese Aufgabe nach. Alex' Lieblingstext hatte gelautet: «Ich bin gekommen, zu rufen die Sünder zur Buße und nicht die Gerechten» – Worte, die leider heutzutage einen neuorthodoxen Klang hatten, obwohl Alex die Stelle immer in einer Weise interpretiert hatte, welche die christliche Botschaft von der Hoffnung betonte. Ich war durchaus bereit, darüber zu predigen, daß der Mensch durch Christus zu einem neuen Leben gelangen könne, ganz gleich, wie unwürdig er sei, aber dennoch stieß ich mich an dem Text. Das Wort «Sünder» hatte einen so düsteren Klang, und da die meisten Teilnehmer einen Trauergottesdienst ohnehin sehr niederdrückend finden, sollte der Geistliche wenigstens versuchen, ihre Not durch einen Funken Optimismus in der Ansprache zu erleichtern.

Alex' Leben war stürmisch gewesen, aber der Sterbende hatte sich zuletzt doch «durch den Glauben gerechtfertigt» gesehen, und nachdem ich ein wenig in den Paulus-Briefen geblättert hatte, entschied ich mich schließlich für seine berühmten Zeilen, die da lauten: «Denn ich bin gewiß, daß weder Tod noch Leben, weder Engel noch Fürstentümer, noch Gewalten, weder Gegenwärtiges noch Zukünftiges, weder Hohes noch Tiefes, noch keine andere Kreatur mag uns scheiden von der Liebe Gottes, die in Christo Jesu ist, unserem Herrn.»

Ich wollte lieber mit dem Wagen nach Stoneyford fahren, weil ich die Autofahrt für weniger anstrengend hielt als die Reise in einem schmutzigen und unweigerlich verspäteten Zug, doch der Mangel an Benzinmarken drohte mir einen Strich durch die Rechnung zu machen. Aber ich hatte Glück: In einem Anfall von Nostalgie teilte mir das Diözesanbüro als Zeichen der Achtung vor dem früheren Bischof von Starbridge einige der Marken zu, die für kirchliche Notfälle aufbewahrt wurden. Ich erreichte das Dorf an dem schicksalhaften Tag sehr frühzeitig, zwang mich dazu, im Gasthof am Ort ein Mittagsmahl einzunehmen, und verzichtete auf jeglichen Alkohol. Dann sprach ich im Hause der Jardines vor, um meine Reisetasche abzustellen und ein paar Minuten mit Carrie zu verbringen. Lyle war da, nicht aber ihr Sohn; da sie die Anwesenheit von Kindern bei Beerdigungen mißbilligte, war sie rasch nach Hause gefahren und hatte Charley wieder zu Michael und dem Kindermädchen gebracht.

Ich ging ins Pfarrhaus hinüber. Dort wurde ich freundlich von dem Gemeindepfarrer begrüßt, der taktvoll genug war, mich sofort allein zu lassen, nachdem er mich in die Sakristei geführt hatte. Ich hatte mir bereits ausgerechnet, daß ich mindestens eine halbe Stunde für mich allein brauchen würde, um die nötige Kraft zu gewinnen, und sobald ich allein war, zwang ich mich dazu, über den ausgewählten Text aus dem Römerbrief nachzusinnen, meine Predigt durchzulesen und zu beten. Kein Geistlicher hätte disziplinierter vorgehen können, und in dem Vertrauen, daß ich meine Aufgabe in einer Weise erfüllen konnte, die Alex befriedigt haben würde, verließ ich schließlich die Sakristei, um auf die Trauergemeinde zu warten.

Ich war schon so oft mit dem Unsagbaren fertig geworden.

7

Die Predigt begann. Ich bin kein flammender Redner, der seine Zuhörerschaft mit der bloßen Kraft seiner Person fesselt, aber ich weiß, wie man von der Kanzel aus zuschlägt. Ich wende meine «Vorschlaghammer»-Technik an; das heißt, ich baue ein Thema auf – in diesem Fall die christliche Botschaft von der Hoffnung im Angesicht des Todes – und strecke die Gemeinde dann mit einem Kreuzfeuer von Argumenten buchstäblich zu Boden. Ich versuche, ganz ruhig zu sein und durch meine unwiderlegbarc Logik zu überzeugen. Wie meine Tutoren in Oxford zu sagen pflegten, wäre aus mir ein guter Strafverteidiger geworden.

«‹Und er hat geglaubt auf Hoffnung, da nichts zu hoffen war . . .›» Während ich die Predigt mit Zitaten aus dem Römerbrief unterlegte, dachte ich an die Hoffnung, die Alex am Ende seines Lebens wiedererlangt hatte, an die Hoffnung, die die Welt nach all den Kriegsjahren wiedererlangen mußte, an die Hoffnung auf die Entwicklung einer besseren Welt, die die liberalen Protestanten noch immer hegten, an die Hoffnung, die den von Liebe, Vergebung und Barmherzigkeiten erfüllten Lehren Christi entsprang, Lehren, die die neuorthodoxen Konvertiten bei ihren pessimistischen Reden so gern übersahen. Doch da – es war wohl etwa in der Mitte der Predigt – erinnerte ich mich daran, daß Paulus in seinen Briefen die Lehren Jesu nicht besonders hervorgehoben hatte. Er hatte über die Bedeutung des gekreuzigten Christus gepredigt, und im nächsten Augenblick schon gab mein Gedächtnis unversehens seine Worte wieder: «Denn sie sind allzumal Sünder und mangeln des Ruhmes, den sie bei Gott haben sollten.»

Ich hielt im Sprechen inne, aber meine Erinnerung dröhnte weiter, wie von einer unsichtbaren Kraft getrieben. Ich versuchte an Jesu barmherzige Worte über die Vergebung der Sünden zu denken, doch im Geist sah ich nur den anderen Jesus, den strengen jüdischen Propheten, der gemahnt hatte: «Tut Buße, das Himmelreich ist nahe herbeigekommen!» Ich erschauerte. Die Kirche war dicht besetzt, denn Alex war zu seiner Zeit sehr bekannt gewesen, und aus ganz England waren die Leute zum Begräbnis angereist. Die Stille zog sich in die Länge. Ich starrte die Gemeinde an, von Panik erfaßt, bis mein Blick wie durch ein Wunder auf Lady Starmouth fiel, die in der dritten Reihe saß. Dieser Blick war meine Rettung. Ich wußte, ich durfte mich vor Lady Starmouth nicht blamieren, und während mein eiserner Wille wiedererwachte, trieb mich mein Überlebensinstinkt in die Bahn zurück. Ich mußte zwar meine Notizen zu Hilfe nehmen, aber ich brachte die Predigt ohne Stocken zu Ende, und so aufreibend es auch war, verlor ich doch den Rest der Trauerfeier hindurch keine Sekunde lang die Herrschaft über mich selbst.

Erst nachher fragte ich mich, was dieser eigenartige Augenblick der inneren Erschütterung bedeuten mochte, aber es schien mir das Klügste, den Vorfall auf das Konto seelischer Überbeanspruchung zu buchen und nicht weiter darüber nachzudenken.

Dieses befremdende Bild Jesu als eines strengen Religionsführers, der die Menschen zur Buße für ihre Sünden aufrief, würde mich mitten in neuorthodoxes Gebiet steuern, und dort wollte ich keinesfalls hin.

Ich ließ den Vorhang herunter.

8

Um sechs Uhr an jenem Abend waren Carrie, Lyle, ich und die Gesellschafterin Miss Jenkins allein im Haus. Carrie und ihre Gesellschafterin hatten sich gerade nach oben zurückgezogen. Ich ließ mich erschöpft in die Tiefen des Wohnzimmersofas sinken.

«Whisky?» fragte Lyle kurz angebunden.

«Ich dachte, Alex hatte keine Spirituosen im Haus.»

«Ich habe welchen gekauft.»

«Gratuliere.»

Carrie, die ihrer Gesellschafterin entwischt war, kam ins Zimmer gehuscht, als der Whisky gerade vom Sideboard auf den Tisch gewandert war. «Lyle, mein Liebes –»

«Was hat diese Jenkins denn schon wieder angestellt?»

«Sie redet dauernd von Abendessen, und ich werde nicht fertig mit ihr. Wenn ich sie nur einmal für vierundzwanzig Stunden los wäre!»

«Das mache ich schon.» Das war wieder der kompetent-entschiedene Ton, der in den dreißiger Jahren im Bischofspalais von Starbridge geherrscht hatte. «Schenken Sie sich Whisky ein, Neville, während ich das erledige.»

Miss Jenkins wurde bedeutet, daß sie über Nacht in dem Gasthof bleiben mußte, in dem ich zu Mittag gegessen hatte. Sie versuchte aufzubegehren, aber Lyle ließ nicht mit sich reden, und sobald die gute Frau zornig die Haustür hinter sich zugeschlagen hatte, vergoß Carrie eine Träne der Erleichterung. «Liebste Lyle, ich weiß gar nicht, wie ich all diese Jahre jetzt ohne Sie fertig geworden bin... Aber was machen wir mit dem Abendessen? Ich kann mir nicht klar werden –»

«Überlassen Sie nur alles mir, Liebes. Gehen Sie nach oben und ruhen Sie sich aus, und ich rufe Sie dann, wenn das Essen fertig ist.»

Immer noch schnüffelnd zog Carrie sich zurück, und fünf Minuten später saß ich am Küchentisch, einen großen Whisky-Soda vor mir. Es war mein dritter. (Das Hinauskomplimentieren der Gesellschafterin hatte einige Zeit gekostet.) Lyle, die am Spülbecken Kartoffeln schälte, hatte ein Glas Gin-Tonic von der Größe einer kleinen Goldfischkugel neben sich stehen.

«Kann ich etwas tun?» erbot ich mich nach längerem Schweigen.

«Was können Sie denn? Sie scheinen mir nicht der häusliche Typ zu sein.»

«Oh, da werden Sie vielleicht überrascht sein! Ich kann Tee bereiten, Eier kochen, Dosenfleisch auftischen, gebackene Bohnen warm machen und Windeln wechseln.»

«Da bin ich allerdings überrascht.»

«Grace brauchte manchmal Hilfe.»

«Wenn ich fünf Kinder gehabt hätte, hätte ich eine Gummizelle gebraucht. Machen Sie sich Ihren Whisky doch etwas dunkler – er sieht so blaß aus.»

«Ich dachte, ich bin lieber vorsichtig, weil ich gewöhnlich keinen Whisky trinke – höchstens ab und zu einmal –»

«Ja, aber jetzt ist ab und zu. Ach ja, und rauchen Sie ruhig. Ich nehme an, das tun Sie auch ab und zu, nicht wahr? Legen Sie Ihren Kragen ab und qualmen Sie los.»

«Ich soll den Kragen ablegen?»

«Hat die Kirche nicht immer noch etwas dagegen, daß Geistliche rauchen, solange sie in ‹Uniform› sind? Mein Mann hat immer seinen Kragen abgelegt» – sie sprach verdächtig schnell –, «immer». Und im nächsten Augenblick ließ sie das Schälmesser fallen und brach in Tränen aus.

Unwillkürlich sprang ich auf und trat zu ihr. «Entschuldigen Sie – das macht der viele Gin», flüsterte sie, noch immer schluchzend, und dann sank sie mir plötzlich an die Brust.

Ich stützte sie mit der Funktionstüchtigkeit eines Roboters und der äußeren Gefühlsbewegung eines Holzbretts und betete dabei fieberhaft um die sexuellen Reaktionen eines Eunuchen.

«Ich war so sicher, daß er tot ist», schluchzte sie, «und ich hatte mir gesagt, es gibt keine Hoffnung mehr, ich konnte einfach nicht mehr hoffen, aber als ich dann Ihre Predigt bei der Trauerfeier hörte, als ich Sie immer wieder das Wort HOFFNUNG aussprechen hörte, da habe ich mich gefragt, ob das vielleicht so etwas wie ein Zeichen wäre, daß Charles noch lebt – oh, wenn er doch nur zurückkäme! Ich könnte aus unserer Ehe jetzt mehr machen – das könnte ich, ich weiß es –» Sie hielt unschlüssig inne und wischte ihre Tränen fort, doch ihr Zögern dauerte nur fünf Sekunden; der Impuls, der Hoffnung weiteren Raum zu geben, war zu stark.

«In unserer Ehe lief nicht alles glatt», sagte sie rasch. «Mir ging noch eine alte Liebesaffäre nach – es gab da eine aufgelöste Verlobung, als ich in den Zwanzigern war –, und obwohl ich Charles wirklich liebte, konnte ich es ihm nicht richtig zeigen – im Bett, meine ich –, und da pflegten wir ein wenig zu schauspielern, und ich bekam dann immer solche Angst, daß er meiner müde werden und mich nicht mehr lieben könnte – und diese Angst hat natürlich alles nur noch schlimmer gemacht –, aber jetzt, wo er seit drei Jahren fort ist, vermisse ich ihn mit jedem Tag mehr, und ich weiß, wenn er jetzt zurückkommt, wird alles gut werden, ich bin innerlich frei, und wir können endlich glücklich sein. Aber wenn er tot ist – oh, das könnte ich einfach nicht ertragen! Ich denke immer: Jetzt bin ich doch bestimmt genug bestraft für alle meine Sünden in der Vergangenheit – ich meine dafür, daß ich ihn nicht richtig geliebt habe –»

Ich sagte behutsam: «Ich glaube, es ist nie sehr hilfreich, über Sünden zu sprechen. Dadurch wird das Schuldgefühl noch verstärkt, und das kann negative Folgen haben. Stellen Sie sich lieber vor, Sie seien bis jetzt ein Mensch gewesen, der innerlich behindert war, der nicht richtig lieben konnte, der aber jetzt durch die Gnade Gottes geheilt wurde. Und stellen Sie sich Christus als einen Heiler vor, nicht als einen strengen Lehrer, der Strafen zumißt!»

Ich hatte sie verloren. Als sie eine unwillige Bewegung machte und von mir zurückwich, spürte ich, daß die dünne Verbindung, die meine Predigt so unverhofft hergestellt hatte, gerissen war.

«O ja, ja, ja!» sagte sie gereizt. «Diese Sprüche kenne ich alle! Dr. Jardine – na ja, ich kann ihn jetzt wohl Alex nennen, wo Sie wissen, daß ich mit ihm verwandt bin – Alex hat mir diese liberale Litanei in den dreißiger Jahren bis zum Erbrechen vorgebetet. Aber Charles sagte immer, die Liberalen versuchten zwar das Problem der Sünde fortzuspülen, aber es weigere sich, den Abfluß hinunterzugehen und in der Kloake zu verschwinden – es krieche immer wieder das Rohr hinauf ins Spülbecken. Charles hat sich kurz vor dem Krieg von der liberalen Theologie abgewandt. Er war fasziniert von Barth und Hoskyns. Manche Leute sagten zwar: ‹Wie können Sie, ein Doktor der Theologie, der sich als Kirchenhistoriker einen Namen gemacht hat, mit einer Theologie liebäugeln, die die Geschichte so herabsetzt?› Darauf antwortete er immer: ‹Die Geschichte hat mit der Sünde und mit dem Bösen zu tun. Wie kann ich glauben, daß sie mit einem liberalen Desinfektionsmittel den Abfluß hinuntergespült werden können, wenn alles in der Geschichte darauf hindeutet, daß das nicht der Fall ist?› Charles hatte sich der Sünde und dem Bösen gestellt. Er war so gut, so tapfer, so *christlich* – oh, ich kann mit Worten nicht beschreiben, wie wunderbar er zu mir war, und wenn ich ihn jetzt nie mehr wiedersehe...»

Sie konnte nicht mehr weitersprechen. Sie lehnte sich gegen das Spülbecken und schlug die Hände vors Gesicht, von Kummer gebeutelt.

Meine Unzulänglichkeit als Seelsorger verwünschend gab ich die behutsame Methode auf und griff statt dessen zu meinem rhetorischen Vorschlaghammer, um einen letzten Hilfeleistungsversuch zu unternehmen. «Sie wissen ja nicht, ob Sie ihn nicht mehr wiedersehen», sagte ich. «Sie können gar nicht wissen, daß Sie ihn nicht mehr wiedersehen. Und daß Sie ihn nicht mehr wiedersehen werden, wissen Sie erst, wenn das Telegramm vom Kriegsministerium eintrifft. Natürlich haben Sie Angst, daß er tot ist, aber was bedeutet diese Angst wirklich? Sie bedeutet nicht, daß er tot ist. Sie bedeutet, daß Sie eben nur ein Mensch sind. Lassen Sie sich durch Ihre schrecklichen Qualen nicht dazu verleiten, bloße Vermutungen gleich als Tatsachen zu betrachten. Tatsache ist hier erstens, daß Ihr Mann als vermißt gilt. Tatsache ist zweitens, daß noch immer nicht alle Lager befreit sind – er könnte also immer noch auftauchen. Und Tatsache ist drittens, daß es unter diesen Umständen unvernünftig, unentschuldbar und ungerechtfertigt wäre, die Hoffnung aufzugeben. Tun Sie es nicht.»

«Mann!» sagte Lyle. Ich hatte sie wieder eingefangen. Mit großer Erleichterung sah ich, wie sie sich abermals rasch die Tränen abwischte, nach ihrem Glas griff und einen großen Schluck Gin trank. «Was sind Sie für eine seltsame Mischung!» sagte sie dann plötzlich. «Einerseits hart wie Eisen und andererseits dieser fade romantische Liberalismus! Es ist fast, als wären Sie zwei Personen!»

«Liberalismus muß weder fade noch romantisch sein. Modernisten wie ich sind gewöhnlich sehr nüchterne Menschen, die bestrebt sind, den Vorhang herunterzulassen vor den überholten theologischen Konzepten, weil sie für die gegenwärtige Zeit keine Bedeutung mehr haben –»

«Das ist alles schön und gut, aber wenn sich nun herausstellt, daß die Dinge, die Sie als überholt bezeichnen, keineswegs überholt sind? Und wenn Sie den Vorhang herunterlassen, was erreichen Sie damit mehr als eine künstliche Pause in dem Drama, das auf der Bühne weitergeht? Kann der zweite Akt je ganz ohne Bezug zum ersten sein? Und wie wollen Sie wissen, ob der dritte Akt nicht zu den Themen des ersten zurückkehrt und die Themen des zweiten Akts völlig beiseite schiebt?»

«Nun, das Problem bei Metaphern ist natürlich, daß sie leicht verdreht werden können zu einem symbolischen –»

«O Gott, jetzt kommt auch noch der modernistische Vortrag über den Symbolismus. Wo ist bloß der Gin?»

«Hier. Sind Sie sicher, daß Sie noch einen wollen?»

«Oh, hören Sie auf und trinken Sie noch einen Whisky! Entschuldigen Sie, ich will Sie nicht schon wieder fressen, aber wenn Sie wüßten, in welcher Verfassung ich bin –»

«Ich versichere Ihnen, das kann ich mir sehr gut –»

«Nein, das können Sie nicht! Sie haben ja keine Ahnung von dem Ausmaß meiner Verzweiflung –»

«– und Sie haben keine Ahnung von dem Ausmaß der meinen! Meine Flitterwochen waren eine Katastrophe, meine Ehe ist ganz offensichtlich ein Reinfall, und ich habe das Gefühl, ich könnte die Wände hochgehen.»

Kaum hatte ich das gesagt, starrte ich voller Entsetzen auf mein leeres Glas hinunter, aber Lyle sagte sofort: «Keine Angst, ich bin die Diskretion in Person. Trinken Sie noch einen.»

«Danke.» Ich goß mir noch einen Scotch ein. Meine leichtsinnige Aufrichtigkeit hatte mich so aus dem Gleichgewicht gebracht, daß ich beschloß, den Whisky unverdünnt zu trinken.

«Wahrscheinlich praktizieren Sie, was Sie predigen», sagte Lyle, während sie mich über den Rand ihres wieder gefüllten Ginglases ansah, «und weigern sich, die Hoffnung aufzugeben.»

«Natürlich. Aber leider habe ich trotzdem noch das Verlangen, die Wände hochzugehen.»

«Neville, ich will wirklich nicht mehr unhöflich zu Ihnen sein, aber ich muß Sie das einfach fragen: Warum um alles in der Welt haben Sie sie geheiratet?»

«Das frage ich mich langsam auch. Sex, wahrscheinlich.»

«Dieser verdammte Sex! Nichts als Ärger.»

«Heißt das, Sie haben etwas gegen Sex?»

«Nein, das heißt, ich bin verrückt danach. Deshalb sagte ich ja, er macht nichts als Ärger.»

«Ich bin auch verrückt danach, aber nach meiner Ansicht ist er den Ärger wert», sagte ich, und dann merkte ich plötzlich, daß meine Arme um ihre Taille griffen, genau in dem Augenblick, als ihre Hände sich um meinen Hals legten. Wir hatten beide unsere Gläser abgestellt, als das Wort «Sex» gefallen war.

Zehn Sekunden später – es können auch fünfzehn gewesen sein, ich kann mitten in einem glühenden Kuß nur schlecht zählen –, kam ich jäh zur Besinnung und wich schwer atmend gegen den Tisch zurück. Leider war dieser Zustand nicht von Dauer, denn gleich darauf gewann die Unvernunft wieder die Oberhand, und ich kippte den unverdünnten Whisky auf einen Zug hinunter. Oder war ich gar besonders schlau? Vielleicht war ich das. Ich packte die Whiskyflasche und ließ eine weitere großzügige Portion ins Glas plätschern.

«Entschuldigung», murmelte ich schließlich. «Muß kurz den Verstand verloren haben.»

«Nicht schlimm. So sieht es also hinter dieser tugendsamen Fassade aus – wie aufregend. Passiert Ihnen das öfter?»

«Nur bei meinen Ehefrauen.»

«Glückliche Dido!»

«Sie scheint leider nicht sehr darauf erpicht zu sein.»

«Dann ist sie entweder verrückt oder eine Lesbierin.»

«Vielleicht ist sie beides. Das wäre doch eine Herausforderung, nicht wahr? Ich brauche einfach meine Herausforderungen.» Ich stürzte den Scotch hinunter. «Ich brauche meine Trophäen, denen ich nachjagen kann.»

«Was für Trophäen?»

«Das war metaphorisch gemeint. Vorhang herunterlassen, den Trophäen nachjagen – ist alles eine Einheit, wie mein Vater zu sagen pflegte, alles eins. Kommen Sie, noch einen Kuß.»

«Ist das auch eine Metapher?»

«Alles ist eine Metapher», sagte ich, drückte sie gegen die Wand und begann an ihren Kleidern zu zerren.

«Das ist Vergewaltigung», sagte Lyle plötzlich in ihrem eisigsten Ton. «Lassen Sie mich bitte sofort los.»

«Ich vergewaltige keine Frauen, ich bin ein Geistlicher.»

«Nun, wenn es keine Vergewaltigung ist, dann ist es unsittliche Annäherung. Hören Sie sofort auf, oder ich schreie das ganze Haus zusammen!»

«O nein, das werden Sie nicht! Tun Sie nicht so, als wären Sie nicht genauso scharf darauf wie ich!»

«Natürlich bin ich scharf darauf!» rief sie. «Aber nicht mit Ihnen!»

In diesem Augenblick verloren wir endgültig die Beherrschung. Ich versetzte ihr einen unwilligen Stoß, so daß sie das Gleichgewicht verlor, sie zog mich im Hinfallen absichtlich auf sich, und danach war nicht mehr von Vergewaltigung oder einem anderen Mann die Rede. Wir waren wie zwei ausgehungerte Gefangene, denen plötzlich eine anständige Mahlzeit hingestellt wird. Schiere Erregung und Begierde spülten jeden Rest zivilisierten Verhaltens fort. Wir waren nur noch zwei vom Wahnsinn verzehrte Körper, die gierig nacheinander griffen und sich ineinander verkrallten und schwitzend einer hitzigen Befriedigung entgegenzuckten.

Meine Rettung war schließlich, ganz wie ich gehofft hatte, der Scotch. Aufgepeitscht durch Wollust einerseits und betäubt durch puren Whisky andererseits, reagierte mein verwirrter Körper nicht auf den entscheidenden Befehl, und ich war mir bewußt, daß ich «Gott sei Dank!» dachte, während ich gleichzeitig «Verdammter Mist!» murmelte. Da wurde mir klar, daß sich meine Persönlichkeit gespalten hatte, und der Instinkt des geborenen Überlebenskünstlers sagte mir, daß ich die beiden Hälften zusammenschweißen mußte, wenn ich nicht den Verstand verlieren wollte.

Als ich mich von Lyle fortrollte, stieß ich gegen ein Tischbein, und in einer sonderbaren Geste des Protests schlug ich dreimal mit der geballten Faust auf den Fußboden. Vielleicht versuchte ich den Zorn aus meinem Körper abzuleiten, den Zorn auf Dido, die mich gedemütigt hatte, den Zorn auf Lyle, die mich als Ersatz für einen anderen nahm, den Zorn auf mich selbst, weil ich den Moralkodex verletzt hatte, den ich immer so hochgehalten hatte. Ich hätte toben mögen, Geschirr zerbrechen, Fenster zertrümmern, ja sogar einen Streit anfangen und jemanden verprügeln. Das Gewalttätige meines Zorns erschreckte mich, und in meiner Angst erlangte ich endlich meine Selbstbeherrschung zurück.

Mühsam rappelte ich mich hoch und stürzte noch ein Glas Whisky hinunter, damit ich auch bestimmt impotent blieb. Inzwischen hatte sich auch Lyle aufgerafft. Sie stieg stumm in ihren Schlüpfer, während ich wortlos meine Hose zuknöpfte.

Schließlich sagte ich: «Es ist nichts passiert.»

«Keine Angst, ich habe schlimmere Geheimnisse bewahrt.»

«Es hat in der Tat kein Ehebruch stattgefunden», sagte ich. «Überhaupt keiner! Kein Ehebruch ohne Penetration. Englische Rechtsprechung. Also ist genaugenommen nichts passiert. Überhaupt nichts – was bedeutet, wir können den Vorhang herunterlassen und das Ganze vergessen.»

«Ist mir recht. Ich war Charles immer treu. Wenn ich jetzt schwach geworden wäre, wo er vielleicht bald zurückkommt, hätte ich mir das nie verzeihen können.»

«Das klingt, als hätten Sie wieder zu hoffen angefangen!»

«Wie hätte ich etwas anderes tun können nach Ihrer Predigt? Mir war, als hätte mich ein rhetorischer Preßluftbohrer überfallen. O Gott, nachdem ich wieder zu hoffen angefangen hatte, wie konnte ich da nur –»

«Sie haben ja nicht. Es ist nichts passiert.»

«Ich muß vorübergehend von Sinnen gewesen sein, diese ganze innere Anspannung, der viele Gin –»

«Es ist nie passiert.»

«Nein, natürlich nicht, Sie haben recht, es ist nie passiert.»

Wir blickten einander an. Dann wandte ich mich um und steuerte, die Whiskyflasche unterm Arm, rasch auf die Tür zu. «Ich lasse das Abendessen ausfallen, wenn Sie nichts dagegen haben», sagte ich. «Ich habe keinen Hunger. Ich bin eher müde. Ich glaube, ich lege mich bald schlafen.»

Ich entfloh. Eine Weile blieb ich schaudernd in der Diele stehen. Dann ging ich auf mein Zimmer und trank, bis ich das Bewußtsein verlor.

VII

«Man mag den Standpunkt vertreten, daß ein Pfarrer... keine Angst davor hat, den Tatsachen ins Auge zu sehen, und die Macht der latenten Triebkraft und der Perversionen des Sexualinstinkts kennt. Er hat die Werke von Dr. Havelock Ellis gelesen und etwas von Freud und Jung gelernt.»

CHARLES E. RAVEN
in *The Creator Spirit*

I

Ein Kater ist immer scheußlich. Ein Kater in Verbindung mit Grauen, Schuldgefühl und Ekel vor der eigenen Person ist die Hölle auf Erden. Ich versuchte zu beten, versuchte, mein erschreckendes Verhalten zu analysieren, versuchte den Vorhang über der Katastrophe herunterzulassen – alles umsonst. Hätte man mir das Priesteramt entzogen, ich hätte mich nicht zerschlagener und erniedrigter fühlen können.

Was mich fast so sehr bestürzte wie der Zusammenbruch meiner sexuellen Beherrschung war das Trinken. Ich hatte mich nach Graces Tod dem Whisky zugewandt und diese Neuerung zur Gewohnheit werden lassen, weil ich überzeugt gewesen war, daß es mir gelingen würde, meinen regelmäßigen Konsum auf einem harmlosen Niveau zu halten. Der Whisky hatte mir geholfen, mit meiner erzwungenen Keuschheit fertig zu werden, und war mir als Stärkung nach einem anstrengenden Arbeitstag in der Diözese immer sehr willkommen gewesen. Doch jetzt, nach dem unvermeidlichen Erbrechen, wurde mir klar, daß ich mich fest an die Kandare nehmen mußte: Es würde keinen Whisky mehr geben, und ganz gewiß keine unsittliche Belästigung sexbesessener Sirenen, denen es ein Gesetz hätte untersagen sollen, sich einem nicht zur Keuschheit berufenen Geistlichen auf weniger als fünfzig Meter zu nähern.

Nachdem ich das Erbrochene im Waschbecken hinuntergespült hatte, versuchte ich das Morgengebet zu lesen, aber die Worte glitten unverstanden an mir vorüber. Starr vor Scham wandte ich mich niedrigeren Aufgaben zu, und nachdem ich mich rasiert und angekleidet hatte, öffnete ich schließlich die Tür. Mir war hundeelend. Auf der Schwelle stand ein Tablett mit zwei Gläsern darauf: In dem einen war Wasser, in dem anderen Epsomer Bittersalz; die sexbesessene Sirene hatte sich offenbar auf wundersame Weise in ein Muster an weiblicher Einfühlsamkeit verwandelt. Schwindlig vor Dankbarkeit nahm ich eine Dosis Salz mit Wasser, suchte die Toilette auf und schwankte dann hinunter.

Irgendwie gelangte ich ins Speisezimmer, wo Lyle, bleich, aber gefaßt, dekorativ hinter der Kaffeekanne saß. Sie verdankte ihre Fassung wohl wie ich dem Epsomsalz. Carrie, die frisch und sogar heiter aussah, plapperte mit ihrem üblichen Eifer vor sich hin. Ich fühlte mich an das stete, monotone Geräusch eines tropfenden Wasserhahns erinnert.

«... und es heißt, es wird noch schlimmer mit der Rationierung, aber meine Nachbarin hat diese wunderbare polnische Köchin – Flüchtling, natürlich, aber so geschickt mit Lebensmittelkarten, und sie kann einen richtigen englischen warmen Pudding kochen, obwohl sich viele Leute nichts aus warmem Pudding machen, Alex war er zuwider, aber Alex hatte überhaupt wenig für Pudding übrig, bis auf diesen herrlichen Sommerpudding, den unsere Köchin im Bischofspalais immer gemacht hat – und da wir gerade vom Sommer sprechen, wie gut, daß gestern so schönes Wetter war...»

Und so plapperte sie weiter, während Lyle und ich an unserem kaltem Toast knabberten und schwarzen Kaffee tranken, doch schließlich dämmerte mir – recht spät für einen Geistlichen, aber besser spät als nie –, daß dieser ununterbrochene Wortfluß auf eine Wunde hindeuten mochte, die seelsorgerischer Fürsorge bedurfte. Ich riß mich zusammen. Im Katerzustand seelsorgerischen Beistand zu leisten, schien mir eine arge Verformung meines Amtes, aber ich mußte zumindest versuchen, zu dieser kleinen alten Dame freundlich zu sein, die tapfer so tat, als wäre alles in Ordnung.

«Es tut mir leid, daß Ihr Bruder wegen seines Unfalls nicht zur Beerdigung kommen konnte, Carrie», unterbrach ich sie, als sein Name plötzlich in ihrem Monolog auftauchte, «aber ich bin sehr froh, daß er Sie eingeladen hat, zu ihm zu ziehen. Sicher fühlt er sich einsam nach dem Tod seiner Frau – und natürlich werden auch Sie sich allein fühlen ohne Alex. Ich werde mir um Sie weniger Sorgen machen, wenn ich weiß, daß Colonel Cobden-Smith Ihnen Gesellschaft leistet.

«Lieber Neville!» rief Carrie aus, gerührt von der Vorstellung, ich könnte mir ihretwegen Sorgen machen. «Was für ein freundlicher Mensch Sie sind! Leute, die sagen, Sie seien so kalt und reserviert, kennen Sie nicht richtig, nicht wahr? Sie sehen nicht, daß das nur Schüchternheit ist. Ich bin sicher, Dido wird gut für Sie sein – immer so lebhaft, so ganz anders als Grace, die eher zur Melancholie neigte. Alex mochte es nie, wenn ich melancholisch war, das irritierte ihn sehr, und ich bin überzeugt, kluge Männer wie Sie und Alex sollten kluge Frauen heiraten, die sie bei Laune halten, kluge Männer werden sehr schnell einer Person müde, die nur ein hübsches Gesicht hat. Oh, es war schrecklich, als Alex meiner müde wurde, ich hätte alles getan, um ihn glücklich zu machen – nun, ich *habe* ja auch alles getan, und wenn ich jetzt an all das denke, was ich getan habe –»

«Liebes», sagte Lyle, «über das alles reden wir später.»

«Es ist schon gut, ich wollte nur noch sagen, wie fürchterlich es für mich war, als er seine Stiefmutter zu uns holte kurz vor ihrem Tod –»

«Ingrid spielt jetzt keine Rolle mehr, wo Alex tot ist.»

«Alex mag tot sein, aber ich lebe noch, nicht wahr, und manchmal werde ich ganz zornig und fühle mich so durcheinander, wenn ich auf meine Ehe zurückblicke –»

«Carrie –»

«Manchmal denke ich: Oh, wenn es nur jemanden gäbe, der mir zuhörte, wenn ich mein Herz ausschütte –»

«Den gibt es ja, mich. Nachher, wenn Neville fort ist, dann können wir uns aussprechen und ausweinen, und danach fühlen wir uns sicher beide wohler. Wie wäre es, wenn wir jetzt ins Wohnzimmer hinübergingen und diesem netten Mann zuhörten, der im Rundfunk die Platten auflegt? Er spricht immer so freundlich, das heitert Sie bestimmt auf...»

Sie begaben sich ins Wohnzimmer. Ich trank noch eine Tasse Kaffee und ging dann hinauf, um meine Reisetasche zu packen. Als ich herunterkam, wartete Lyle in der Diele.

«Verabschieden Sie sich noch von Carrie», sagte sie, «und dann begleite ich Sie hinaus zum Wagen. Ich muß Sie noch etwas fragen.»

Ich wußte, ich hätte noch bleiben sollen und Carrie die Gelegenheit geben, mir ihr Herz auszuschütten. Aber ich wußte auch, daß ich im Augenblick zu schwach war, um die Hilfe zu leisten, die sie brauchte. Beim Abschied konnte ich nur versprechen, daß ich für sie beten würde.

«Lieber Neville!» sagte sie noch einmal, so mitleiderregend dankbar für diese doch so konventionelle Zusicherung, daß mir klar wurde, daß ihre Worte von vorhin kein bewußter Appell an mich gewesen sein konnten. «Wie kann ich Ihnen je für alles danken, was Sie getan haben?»

Ich war so sehr von Schuld gelähmt, daß ich kaum zum Wagen hinausschwanken konnte. Ich vergaß sogar, daß Lyle mit mir sprechen wollte; ehe ich durch die offene Haustür blickte und sie beim Tor warten sah, hatte ich schon Zeit mit der Suche nach ihr verschwendet.

«Was wollten Sie mich fragen?» sagte ich, während ich den Wagen aufschloß und die Reisetasche auf den Rücksitz hievte.

«Mit wem werden Sie darüber sprechen? Oder anders ausgedrückt, wer ist Ihr geistlicher Berater?»

Ich starrte sie erstaunt an. «Warum wollen Sie das wissen?»

«Ich habe das unangenehme Gefühl, daß Sie vielleicht denselben geistlichen Berater haben wie mein Mann, und ich könnte es einfach nicht ertragen, daß Jon durch Sie erfährt, wie ich mich benommen habe.»

«Jon?»

«Jon Darrow von der Theologischen Hochschule.»

«*Jon Darrow?* Dieser Freibeuter im geistlichen Gewand? Du liebe Güte, ich würde mich nie einem anglokatholischen Exmönch anvertrauen, bei dem sich die Arroganz eines Napoleon mit dem publikumswirksamen Auftreten eines Houdini verbindet!»

«Gott sei Dank. Wenn ich daran denke, Jon könnte etwas von gestern abend erfahren –»

«Niemand wird je etwas von gestern abend erfahren.»

«Aber was ist mit Ihrem geistlichen Berater?»

«Ich habe keinen. Ich bin Protestant und kein Anglokatholik.»

«Charles ist auch kein Anglokatholik, aber er ist doch überzeugt von der Wichtigkeit eines –»

«Na ja, ich hatte natürlich immer einen älteren Amtsbruder, mit dem ich über meine Arbeit sprechen konnte. Am Anfang meiner Laufbahn war das Bischof Hargreaves, nach 1932 war es Alex, und jetzt ist es Bischof Ottershaw.»

«Aber fühlen Sie sich nicht gehemmt, wenn Sie mit Ihrem Vorgesetzten über persönliche Probleme sprechen?»

«Was für persönliche Probleme?» Ich stieg in den Wagen, schlug die Tür zu und kurbelte das Fenster herunter. «Auf Wiedersehen – und viel Glück. Ich würde mich entschuldigen, aber es gibt nichts zu entschuldigen, da ja nichts passiert ist.»

«Richtig.» In ihrem Gesicht mischte sich Staunen mit leichter Besorgnis. «Aber ich glaube fast, Sie sind derjenige, der hier Glück braucht.»

«Ich brauche nichts als Willenskraft und gesunden Menschenverstand», sagte ich kurz angebunden und ließ den Motor an. «Hilf dir selbst, so hilft dir Gott.» Und nachdem ich so aufs eindrucksvollste meinen Optimismus demonstriert hatte, gab ich Gas und brauste, immer noch benommen vor Übelkeit, in das nächste Stadium meiner Krise hinein.

2

Es war Mittag, als ich in Starbridge eintraf, doch als ich in die Domfreiheit eingebogen war, wandte ich mich nicht nach Westen, meiner neuen Wohnung zu, sondern fuhr nach Osten, die Nordpromenade entlang bis zum St. Anne's Gate, einem Fußgängern vorbehaltenen Tor in der Mauer des weitläufigen Dombezirks. Ich stellte den Wagen ab, schritt durch das Tor, überquerte die Hauptstraße und begab mich auf eine Stärkung ins Hotel Crusader. Ohne eine weitere Dosis Koffein fühlte ich mich nicht in der Lage, nach Hause zurückzukehren und die Fäden meines Amtslebens wieder aufzunehmen.

Nachdem ich beim Kellner im Hotelrestaurant meine Bestellung aufgegeben hatte, suchte ich die Toilette auf, um meine gepeinigten Gedärme von verschiedenen Symptomen des Unbehagens zu befreien, und ließ mir dann etwas kaltes Wasser übers Gesicht laufen, ehe ich es wagte, in den Spiegel zu blicken. Ich sah sehr blaß und sehr nüchtern aus, das Schlimmste war offenbar überstanden. Einigermaßen beruhigt kehrte ich in das Restaurant zurück und ließ mich in den erstbesten Sessel fallen.

Der Triumph über meinen Kater bedeutete, daß ich endlich nicht nur wieder denken, sondern *richtig denken* konnte, wie Dido es ausgedrückt haben würde. Ich machte mir Lyles wegen keine Sorgen mehr; es lag in ihrem eigenen Interesse, Stillschweigen zu bewahren. Aber mochte es mir auch gelingen, den Vorhang mit der üblichen Effizienz herunterzulassen, so wußte ich doch, daß es meine moralische Pflicht war, herauszufinden, weshalb ich in eine so erschreckende Verfassung geraten war.

Mir einzureden, mein Verhalten sei lediglich eine Folge der inneren Anspannung bei der Trauerfeier und eines Übermaßes an Whisky gewesen, hätte mich nicht weitergebracht. Diese Faktoren, obschon nicht ganz ohne Bedeutung bei meiner Reise über die Grenze des Anstands in den Wahnsinn, waren nur Reizmittel, die eine bereits bestehende Situation verschärften. Meine sexuelle Frustration spielte wahrscheinlich eine entscheidendere Rolle als Anspannung und Alkohol; ein Mann, der aus den Flitterwochen zurückkommt, ohne die Ehe vollzogen zu haben, befindet sich zwangsläufig in einem labilen Zustand. Dennoch glaubte ich, den Blick über die sexuelle Frustration auf das darunterliegende komplexe Problem richten zu müssen. Warum war ich denn von der Hochzeitsreise zurückgekehrt, ohne die Ehe vollzogen zu haben? Weil ich Dido geheiratet hatte, obwohl sie sichtlich mit großen seelischen Schwierigkeiten zu kämpfen hatte, zu denen auch ihre Frigidität gehörte. Und warum hatte ich sie geheiratet? Ich hatte einen Punkt erreicht, an dem ich mich nicht mehr einfach darauf herausreden konnte, blinder Leidenschaft erlegen zu sein. Damit war nichts erklärt, und als guter Modernist konnte ich nur an eine rationale Erklärung glauben.

Natürlich wäre ein Psychologe wahrscheinlich schon längst zu dem Schluß gelangt, daß ich ein Masochist sei, eines jener unseligen Geschöpfe, denen nur die Mißhandlung durch Frauenhand zu sexuellen Wonnen verhilft. Aber diese Theorie paßte leider in keiner Weise zu meinen geheimen Phantasien, die ich (als guter Geistlicher) gewöhnlich zu unterdrücken vermochte. Mit anderen Worten, ich wußte sehr wohl, daß ich ganz bestimmt nicht derjenige sein würde, der sich an den Bettpfosten anketten ließ und um Auspeitschung flehte, wenn man Dido und mich nackt und mit den entsprechenden «Spielsachen» versehen in ein Zimmer sperrte. Der Instinkt sagte mir, daß ich keineswegs ein Masochist war, aber wenn ich keiner war, warum um alles auf der Welt hatte ich mich dann durch Didos beunruhigendes Verhalten während der schwierigen Zeit vor unserer Heirat nicht abschrecken lassen? ICH BETE DICH AN, hatte ich in meinem jüngsten Telegramm erklärt, und da ich sie noch immer begehrte, konnte ich nur annehmen, daß dies stimmte. Aber wenn ich kein Masochist war, wie hatte diese widersinnige Anbetung dann überleben können?

Es war schön und gut, wenn ich mir (als Romantiker) sagte, daß ich eben mit unerschöpflicher Geduld, außergewöhnlicher Hartnäckigkeit und wahrhaft phänomenaler christlicher Barmherzigkeit begabt sei; es war schön und gut, wenn ich mir (als Zyniker) sagte, daß ich sie einfach anbeten müsse, um die Ehe zu retten und mich selbst vor dem Ruin zu bewahren. Aber was, so fragte ich mich in aller Aufrichtigkeit, was ging wirklich vor? Selbst wenn ich behauptete, dem Kitzel der Herausforderung und der Euphorie der Jagd nach einem hochkarätigen Siegespreis zum Opfer gefallen zu sein, mußte ich mich noch immer fragen, warum ich, ein geborener Überlebenskünstler, einen solch selbstmörderischen Kurs eingeschlagen hatte.

Meine Ratlosigkeit begann beängstigende Ausmaße anzunehmen, doch zum Glück kam in diesem Augenblick mein Kaffee – nicht das vertraute Spülwasser, sondern ein Trank, der fast dem göttlichen

Nektar der Vorkriegszeit glich. Augenscheinlich feierte man im Hotel Crusader noch immer den Tag des Waffenstillstands. Hoffnungsvoll hielt ich nach Zuckerwürfeln von Vorkriegsdimensionen Ausschau, doch da wurde ich enttäuscht. Selbst das Crusader hatte seine Grenzen. Dennoch war der Kaffee ein vollkommener Genuß, und als ich die erste Tasse zur Hälfte getrunken hatte, arbeitete mein Gehirn schon bedeutend lebhafter. Ich begriff, daß es keinen Sinn hatte, Zeit mit der Frage zu verschwenden, wie ich in eine solche Situation hatte geraten können. Im Augenblick ging es nur darum, einen Ausweg zu finden. Ich war fast sicher, daß Dido schließlich zu mir zurückkehren würde, aber ich mußte mir jetzt darüber klar werden, was ich tun würde, wenn sie vor meiner Tür stand.

Ich ließ die Tatsache beiseite, daß ich Dido anbetete (was immer das bedeuten mochte), und betrachtete das Problem strikt rational. Eine Scheidung kam nicht in Frage für einen guten Geistlichen, der dies auch bleiben wollte, aber konnte ich vielleicht Didos Vorschlag einer Annullierung weiterverfolgen? Nein, das konnte ich nicht. Aus einer Annullierung würde die Sensationspresse rasch einen Gesellschaftsskandal machen, und wenn ein Geistlicher erst in die Klatschspalten der *News of the World* geriet, war es um seinen Ruf geschehen, mochte er noch so unschuldig sein. Außerdem wollte ich nicht, daß die ganze Diözese über den kläglichen Archidiakon kicherte, der es nicht schaffte, seine Ehe zu vollziehen. Was für ein Alptraum! Aber zumindest hatte ich jetzt erkannt, daß ich die Ehe zum Funktionieren bringen mußte – und dazu mußte sie irgendwie vollzogen werden.

Ich zwang mich dazu, der schrecklichen Möglichkeit eines fortdauernden Nichtvollzugs ins Auge zu sehen. Wenn – falls – Dido zu mir zurückkehrte, würde sie in erster Linie kommen, um die Klatschmäuler zum Schweigen zu bringen; daß sie ihre Abneigung würde überwinden können, war damit nicht gesagt. Und selbst – jetzt blickte ich wirklich in die tiefsten Tiefen des sexuellen Abgrunds hinab – wenn sie sich zu guter Letzt dazu bereit erklärte, es zu versuchen, mochte ich noch immer feststellen, daß ihr innerer Widerstand sie körperlich unfähig machte, den Akt zu vollziehen. Ich hatte von solchen Fällen gehört; ich kannte meinen Freud und meinen Jung und meinen Havelock Ellis. Am vernünftigsten schien noch die Idee, sie zu einem Psychiater zu schicken, aber wieviel Zeit würde die unvermeidliche Therapie in Anspruch nehmen? Und wie lange konnte ich unter solch außergewöhnlich frustrierenden Umständen noch auf Sex verzichten, wo doch offenkundig war, daß mein Keuschheitsgürtel aus den Nähten platzte? Wenn meine Lage jetzt schon fatal war, wie würde sie dann in sechs Monaten sein – oder gar erst in einem Jahr? Plötzlich überfiel mich große Verzweiflung. Ich konnte meinen Kaffee nicht mehr zu Ende trinken; ich beugte mich vor, die Ellenbogen auf die Knie gestützt, und schlug beide Hände vors Gesicht.

Ich war nicht allein in der Hotelhalle. Zwei alte Damen flüsterten in einer Ecke miteinander, und ein rotgesichtiges Individuum, wohl ein pensionierter Offizier, saß in die *Times* vertieft in einem Sessel, aber keiner dieser Leute hatte mich beachtet. Ich trug den normalen Anzug eines Geistlichen, nicht meine Archidiakonskleidung, deshalb konnte ich in keiner Weise auffallen; Laien erwarteten stets, daß es in Starbridge von Geistlichen wimmelte, die die Domfreiheit umkreisten wie Planeten die Sonne, und ich rechnete nicht damit, daß irgend jemand meiner Verzweiflungsgeste größere Beachtung schenken würde. Aber ich hatte mich geirrt. Nach ein paar Sekunden merkte ich, daß jemand zwischen mich und das Sonnenlicht getreten war, das schräg durch das nächste Fenster hereinfiel, und als diese Person sich nicht bewegte, begriff ich, daß ich beobachtet wurde.

Ich nahm die Hände vom Gesicht und stellte zu meiner Bestürzung fest, daß ein sehr großer Mann neben mir stand und mich ein wenig besorgt anblickte.

Es war mein Diözesenschreck Jon Darrow.

3

Ich will gerecht sein (was nicht immer ganz einfach ist, wenn man einen Menschen beschreibt, den man nicht mag) und zunächst betonen, daß Darrow auf seine besondere Weise ein bedeutender Geistlicher war. Er hatte sich im Ersten Weltkrieg als Marinegeistlicher ausgezeichnet, und im Gefängnis von Starmouth, wo er nach der Entlassung aus der Navy gearbeitet hatte, hatte man ihn noch immer in bester Erinnerung. Später hatte er eine bemerkenswerte Karriere als anglokatholischer Mönch im Orden der Forditen gemacht, und in den dreißiger Jahren hatte er sich den Ruf eines hervorragenden geistlichen Beraters erworben. Darrow war begabt, das gestand ich gern zu, das Dumme war nur, daß einige seiner Gaben, freundlich ausgedrückt, unkonventionell waren. Er sollte mediale Fähigkeiten besitzen – das flüsterte man sich zumindest zu, und er hatte sich nie die Mühe gemacht, es abzustreiten. Ich hatte Leute ganz naiv ausrufen hören: «Darrow hat Pearl Harbor vorausgesehen!», als wären damit seine parapsychologischen Kräfte zweifelsfrei bewiesen. Ich kann nur sagen, daß ich ihn bei einer Tischgesellschaft im Brustton der Überzeugung prophezeien hörte, Rommel werde Tobruk niemals einnehmen. Einen Monat später fiel Tobruk. Soviel zu Leuten, die sich als Medien ausgeben, und soviel zu Mr. Jonathan Darrow.

Aber stießen auch einige seiner Interessen an die Grenze zum Absurden, so war doch an seiner Person überhaupt nichts Absurdes, und ihn als harmlosen Exzentriker abzutun, wäre ein großer Fehler gewesen. Er war arrogant, hartnäckig, rücksichtslos und lästig. Im Jahr 1940 hatte er seinen Mönchsorden verlassen (man erzählte sich sogar, der Ruf zu diesem Schritt sei ihm in einem Traum zuteil geworden, den er sich nicht scheute, eine Vision zu nennen), und nachdem er das Mönchsgewand abgelegt hatte, war er wieder in den Anzug eines Geistlichen geschlüpft, um in der Diözese Starbridge eine neue Karriere zu beginnen. Unglücklicherweise suchte er sich dazu meinen Archidiakonatsbezirk aus, in dem sich schon bald Anzeichen eines beginnenden Chaos bemerkbar machten; er fing an, sich mit Zaubertricks zu befassen, die er unbedingt in der Kirche vorführen wollte. (Er machte damals eine Gesundbeterphase durch, und soweit ich dies feststellen konnte, machte er vor nichts halt außer der Wahrsagerei). Der arme Dr. Ottershaw pflegte unwillkürlich nach seinen Magentabletten zu greifen, wenn der Name Darrow fiel – und ich mußte ihn bei der Diskussion von Problemen innerhalb der Diözese sehr oft zur Sprache bringen.

Im Jahr 1942 schien Darrow sich schließlich an die Welt angepaßt zu haben, in die er als so schillernde Persönlichkeit zurückgekehrt war, und er wurde, wie ich bereits erwähnte, als Lehrer an die Theologische Hochschule berufen, deren Leitung er – wie konnte es anders sein – nach lächerlich kurzer Zeit übernahm. Der Rektor bekam einen Nervenzusammenbruch, der Prorektor starb, und Darrow schob den überlebenden Lehrkörper beiseite und nahm selbst die Zügel in die Hand. Der überlebende Lehrkörper schien erfreut. Die Studenten – die Ordinanden, wie ich besser sagen sollte, da sie alle hofften, ordiniert zu werden – waren begeistert. Man verabscheute Darrow, oder man liebte ihn, und sehr viele waren von seinem frommen Anglokatholizismus und seiner starken Persönlichkeit so geblendet, daß sie den freibeuterischen Abenteurer gar nicht bemerkten, der hinter dem Bild des achtunggebietenden Geistlichen lauerte, das Darrow so erfolgreich heraufbeschwor.

Er war jetzt in den Sechzigern, brüstete sich aber sehr mit seiner Jugendlichkeit. Nach dem Verlassen des Klosters war er sogar so leichtsinnig gewesen, eine Frau zu heiraten, die achtundzwanzig Jahre jünger war als er, und einen Sohn zu zeugen – aber natürlich wäre Darrow in seiner Arroganz nie auf den Gedanken gekommen, daß Ehe und Fortpflanzung kaum angemessene Betätigungen für einen Geistlichen in vorgerücktem Alter sind.

Als ich ihn jetzt im Crusader vor mir aufragen sah, wäre ich am liebsten mit einem lauten Aufstöhnen in die entgegengesetzte Richtung davongerannt; ich fühlte mich in meinem augenblicklichen geschwächten Zustand einem Gespräch mit meinem «Diözesenschreck», und sei es über noch so banale Dinge, einfach nicht gewachsen. Daneben entging mir natürlich nicht die Ironie der Situation. Lyle hatte deutlich zu verstehen gegeben, daß der einzige Mensch, dem ich aus dem Weg gehen solle, bis ich mich von meiner Torheit erholt hatte, Jon Darrow war, und da stand er, der berühmte geistliche Berater, zitternd vor Neugierde angesichts meiner unverkennbaren Verzweiflungspose, und schien mir nicht von der Seite weichen zu wollen, gerade so, als hungere er nach meiner Beichte. Meine erste Reaktion war: Soll er verhungern. Ich habe etwas gegen Geistliche der Kirche von England, die sich «Priester» nennen, mit «Father» anreden lassen und sich damit vergnügen, bei der Übung der Ohrenbeichte Gott zu spielen. Da möchte ich immer ganz laut «Keine Papisterei!» brüllen und mich höchst unarchidiakonisch benehmen.

«Oh, hallo», sagte ich zu Darrow in meinem zuvorkommendsten Ton. «Sie hier?» Leider erreichte mein zuvorkommendster Ton nicht den erforderlichen Standard. Es gelang mir nur, steife Höflichkeit mit einem völligen Mangel an Begeisterung zu verbinden.

«Fehlt Ihnen etwas?»

«O nein! Mir geht es gut, sehr gut. Und Ihnen?»

«Danke, ausgezeichnet. Haben Sie etwas dagegen, daß ich mich setze?»

Natürlich hatte ich etwas dagegen – sehr viel sogar –, doch darauf bedacht, einen lässig-unbekümmerten Eindruck zu erwecken, sagte ich in umgänglichem Ton: «Aber nein – bitte sehr!» Während dieses Austauschs von Banalitäten fiel mir plötzlich ein, daß irgendwer – war es Evelyn Underhill oder ihr Mentor, Baron Friedrich von Hügel – geschrieben hatte, man brauche nie nach einem geistlichen Berater zu suchen, weil sich zur rechten Zeit immer von selbst einer einstelle. Darrow würde gewiß niemals der richtige geistliche Berater für mich sein, aber ich begann mich doch zu fragen, ob diese Begegnung am Ende gar kein plumper Spaß Gottes war, sondern ein heimlicher göttlicher Rettungsanker. «Hilf dir selbst, so hilft dir Gott», hatte ich mit einer Dickköpfigkeit, die Onkel Willoughbys würdig gewesen wäre, zu Lyle gesagt; Tatsache aber war, wie ich kurz vor Darrows Erscheinen erkannt hatte, daß ich mich inzwischen in einem Zustand befand, in dem ich mir offenbar nicht mehr selbst helfen konnte. Ich verspürte das starke Verlangen, mich irgendeinem klugen Unbekannten anzuvertrauen, der meine Probleme unvoreingenommen analysieren und mich erstklassig beraten konnte, aber wie sollte ich einen solchen Menschen finden? Die Antwort war: durch Darrow, der während seiner ausgedehnten Tätigkeit als geistlicher Berater gewiß mit den klügsten Kirchenmännern Englands in Berührung gekommen war. Ich begann in Gedanken eine vorsichtige Frage zu formulieren.

«J. H. Ryder von der *Church Gazette* hat mich hier zum Lunch eingeladen», sagte Darrow gerade. «Er braucht Material für einen

Artikel über die Hürden, die wir jetzt nach dem Krieg bei der Theologenausbildung zu überwinden haben – wie wir den großen neuen Zustrom von Ordinanden zu bewältigen gedenken und so weiter.»

«O ja?» Abermals mußte ich den Impuls unterdrücken, einfach davonzurennen. Ryder, ein Cambridgemann, war einer der einflußreichsten Journalisten der kirchlichen Presse des Landes. Außer seinen regelmäßigen Leitartikeln in der *Church Gazette*, der in gemäßigten Kirchenkreisen wohl meistgelesenen Zeitung, schrieb er Artikel über theologische Themen für die *Times*. Dabei war er, wie so viele Journalisten, ein unverbesserlicher Schwätzer. Es war höchst überflüssig, daß Jack Ryder Überlegungen anstellte, weshalb wohl der Archidiakon von Starbridge, bleich wie der Tod, als ein Häufchen Elend im Restaurant des Hotels Crusader über seinem schwarzen Kaffee saß.

«Wenn Ryder gleich hier sein wird, reiße ich mich lieber zusammen!» sagte ich. Das war, wie ich fand, ein sehr geschickter Schachzug, der die Situation lässig humorvoll erklärte. «Ich sehe sicher arg mitgenommen aus. Ich habe gestern meinen Mentor, Bischof Jardine, beerdigt.»

«Ah, so ... Sie schienen mir in der Tat etwas niedergedrückt zu sein ... Heißt das, Sie haben tatsächlich selbst den Trauergottesdienst gehalten?»

«Es war sein Wunsch.»

«Wie quälend – und es ist auch schwer, nicht wahr, wenn man seinen Mentor verliert. Man fühlt sich plötzlich allein, ohne einen Menschen, dem man sich anvertrauen kann.»

Dieser Bursche mit seinen Taschenspielertricks gab keine Ruhe und machte unerwartete Bemerkungen, die rein zufällig ziemlich genau ins Schwarze trafen. «Nun», sagte ich und blickte dabei zum Fenster hinaus, als sei die Sache eigentlich nicht wichtig, «darüber hatte ich gerade nachgedacht. Ich brauche zwar keinen geistlichen Berater, aber falls Ihnen ein kluger, älterer Mann einfällt, mit dem ich mich gelegentlich einmal unterhalten könnte, lassen Sie es mich bitte wissen.»

«Eine Person außerhalb der Diözese?»

Ich erstarrte. Sagte ich ja, mochte er glauben, ich hätte ein finsteres Geheimnis zu verbergen. Ich hätte niemandem, der mich kannte, eingestehen können, daß mein Leben etwas holprig verlief; es mußte ein Fremder von außerhalb der Diözesangrenzen sein.

«Nun ja, natürlich wäre es besser, wenn Sie jemanden von außerhalb der Diözese fänden», sagte Darrow, gelassen die eigene Frage beantwortend, ehe ich noch nervös werden konnte. «Sie müssen entschuldigen, ich hatte das nicht genau durchdacht. Innerhalb der Diözese müssen Sie auf Ihre wichtige Rolle achten, und wichtige Rollen erweisen sich oft als Hemmnis.»

Sogleich argwöhnte ich, daß er mir eine Falle stellen wollte; er hatte eine Fangfrage gestellt, auf die er die Antwort schon kannte, und dann an meinem verlegenen Schweigen meine innere Verwirrung ermessen können. Ich kochte vor Wut, vermochte aber in betont sorglosem Ton zu erwidern: «Oh, ob der Betreffende aus der Diözese kommt oder nicht, ist mir eigentlich gleich.»

«Würden Sie einen Forditenmönch in Betracht ziehen?»

Ich unterdrückte einen Schauder. «Tut mir leid», sagte ich. «Ich bin zwar kein eifernder Evangelikaler, aber die anglokatholische Atmosphäre könnte ich nicht ertragen.»

«Wäre das wirklich so schlimm – schließlich würden Sie ihn ja nur zu einem gelegentlichen Gespräch aufsuchen?»

«Nun, vielleicht nicht, aber ich muß jemanden haben, der normal ist – ich meine, der ein normales Leben geführt hat, verheiratet war, Kinder hatte und so weiter.»

«Ich war verheiratet und hatte Kinder und all das, bevor ich Mönch bei den Forditen wurde.»

«Gewiß, ja.» Ich schien in eine Klemme zu geraten. Verflixter alter Zauberkünstler, hexte mir eine Schlinge nach der anderen um den Hals. Abermals überkam mich die Wut.

«Keine Angst – ich bin nicht beleidigt!» sagte Darrow mit einem Lächeln. «Viele glauben, mit einem Unverheirateten könne man über gewisse Probleme nicht richtig reden. Das ist eine zwar irrige, aber keineswegs ungewöhnliche Ansicht.»

«Probleme dieser Art habe ich nicht.» Ich blickte zu den Glastüren hin, die das Hotelrestaurant vom Foyer trennten, doch Erlösung in

Gestalt von Jack Ryder war nicht in Sicht. Ich wollte gehen, zögerte aber; ich mochte Darrow nicht glauben lassen, ich liefe davon.

Plötzlich sagte Darrow: «Ich glaube, Aidan Lucas wäre der richtige Mann für Sie.»

«Wer ist das?»

«Der Abt des Hauses, das die Forditen in Yorkshire haben. Wenn Sie zu ihm nach Ruydale fahren könnten –»

«O nein, nach Yorkshire könnte ich nie mehr zurück.»

In dem Schweigen, das darauf eintrat, wurde mir bewußt, daß diese spontane Reaktion auf irgendeine verborgene Weise ein Loch in das Gefüge meiner Persönlichkeit gerissen hatte und daß Darrow höchst interessiert in dieses Loch hineinblickte. Hastig versuchte ich zu retten, was zu retten war.

«Nun, Sie wissen sicher, wie das so ist», sagte ich beiläufig. «Ich komme aus bescheidenen Verhältnissen, und da kehrt man nicht gern in die Welt zurück, in der man sich nicht mehr zu Hause fühlt. Das ist ja ein ganz bekanntes Phänomen.»

«Ah ja», sagte Darrow. «Natürlich.»

Ich sah ihn argwöhnisch an, und obwohl ihm keine Spur von Skepsis anzumerken war, fühlte ich mich bemüßigt, das Gesagte zu betonen. «Ich habe über Yorkshire den Vorhang heruntergelassen», sagte ich. «Das ist eine Taktik, von der ich sehr viel halte. Es nützt nichts, wenn man in der Vergangenheit herumkramt. Man muß sich an die Gegenwart halten und den Blick fest auf die zukünftigen Ziele richten.»

«Sehr lobenswert», sagte Darrow, «aber das Dumme bei Vorhängen dieser Art ist, daß sie die unangenehme Angewohnheit haben, im ungünstigsten Augenblick hochzugehen.»

Meine makellose Nonchalance war dahin. «Was für ein Unsinn!»

«Finden Sie? Aber wenn die Gegenwart nur die anhaltende Vergangenheit ist und wenn, wie Mr. Eliot schreibt, alle Zeit ewig gegenwärtig ist, dann ist das Herunterlassen von Vorhängen vor der Vergangenheit eine metaphysische Unmöglichkeit.»

Gräßlicher alter Scharlatan, mir da mit mystischem Gewäsch eins überzuziehen! Es kostete mich große Mühe, nicht die Beherrschung zu verlieren, doch irgendwie gelang es mir, mit ruhiger Stimme zu erwidern: «Wenn Sie in Yorkshire geboren und aufgewachsen wären, würden Sie das verstehen: Wenn man von da in den Süden zieht, ein Südengländer wird und in einer südlichen Welt Erfolg hat, dann ist es psychologisch leichter, sich an das neue Ich anzupassen, indem man vor der Vergangenheit einen Vorhang herunterläßt. Es tut mir leid, Darrow, aber wir sprechen offensichtlich nicht die gleiche Sprache.»

«Aidan Lucas ist in Yorkshire geboren und aufgewachsen», sagte Darrow. «Er ist einmal in den Süden gereist, ein Südengländer geworden und hat im Süden Erfolg gehabt. Er spricht gewiß Ihre Sprache. Soll ich Ihnen einen Empfehlungsbrief schreiben?»

Es empörte mich, daß ich ausmanövriert worden war. «Darrow, ich habe Ihnen doch schon gleich zu Anfang unseres Gesprächs gesagt, daß ich nicht mit einem Mönch sprechen will! Warum hören Sie nicht richtig zu?»

«Oh, ich habe zugehört!» sagte Darrow in sanftem Ton. «Ich habe nicht nur jedes Wort gehört, das Sie gesagt haben, sondern auch jedes Wort, das auszusprechen Sie sich nicht entschließen konnten. Ah, da kommt Ryder ja endlich! Kommen Sie, Aysgarth, machen Sie kein Gesicht, als wollten Sie mir am liebsten einen Kinnhaken verpassen, und mimen Sie für die *Church Gazette* den Archidiakon.»

Jack Ryder kam herein, ein lebhafter Mann mit flinken Augen, denen jede Abweichung von der kirchlichen Norm sofort aufgefallen wäre.

«Hallo, Father», sagte er, Darrow schamloserweise mit seinem anglokatholischen Titel anredend. Ich wußte, daß Ryder ein eiserner Protestant war, aber manche Journalisten schmeicheln sich eben mit allen Mitteln bei anderen ein, wenn sie ein lohnendes Interview wittern. «O hallo, Archidiakon! So ein Zufall! Sie haben mich nicht gesehen, aber ich bin gestern in Stoneyford in der Kirche ganz hinten gesessen. Dachte, ich muß doch einem Bischof, der immer für Schlagzeilen sorgte, die letzte Ehre erweisen – und natürlich wollte die *Gazette* auch ein paar Zeilen für die Freitagsausgabe haben.» Er wandte sich strahlend an Darrow. «Der Archidiakon hat eine absolut erstklassige Predigt gehalten, Father, vor einer riesigen

Gemeinde, zu der unter anderem sechs Bischöfe, drei Dekane, zwei Theologieprofessoren und eine Handvoll Fellows von All Souls gehörten. Ich sage unserem Freund Aysgarth eine große Zukunft voraus!»

«Ich habe mich zufällig auch gerade gefragt», sagte Darrow in sanftem Ton, «ob Aysgarth nicht sehr interessanten Zeiten entgegengeht.»

Ohne auf dieses Meisterstück an finsterer Doppeldeutigkeit einzugehen, dankte ich Ryder für seine Komplimente, wünschte guten Appetit, verabschiedete mich und entfloh.

4

Als ich die Wohnungstür öffnete, fiel mein erster Blick auf die Koffer in der Diele, und mir wurde klar, daß sich zumindest ein Aspekt meiner Krise zum Positiven entwickelt hatte. Die letzten Wölkchen meines Katers lösten sich auf, und eine große Erleichterung erfüllte mich.

«Stephen!» Als ich die Tür schloß, kam sie aus dem Wohnzimmer in meine Arme gestürzt. «O Stephen!» Sie fing an, mich mit Küssen zu bedecken.

«Hallo», sagte ich. «Schön, dich zu sehen. Bleibst du lange?»

«Bis in alle Ewigkeit!»

«Wunderbar.» Ich gab ihr einen flüchtigen Kuß auf die Wange und begann schleppenden Schrittes die Treppe hinaufzusteigen.

«Liebling, kannst du mir je, je verzeihen?» Sie kam aufgeregt hinter mir drein.

«Schon möglich.»

«Stephen, ich bete dich an, wenn du so herrlich kühl und streng bist!»

«Ach ja?» Ich stapfte über den Treppenabsatz ins Schlafzimmer.

«Ja, das ist so schrecklich sexy. Ich könnte dich gegen die nächste Wand drücken, dir alle Kleider vom Leib reißen und dich vergewaltigen. Oder zumindest... Können Frauen Männer vergewaltigen? Wahrscheinlich nicht.»

Im Schlafzimmer ließ ich meine Reisetasche zu Boden fallen, lehnte mich an die nächste Wand und sagte: «Du kannst's ja mal probieren.»

«Stephen, wie aufregend – du begründest einen neuen Trend in der Kunst der Verführung!»

«Nein, um ganz ehrlich zu sein, bin ich im Begriff, den Geist aufzugeben. Drückst du mich nun an die Wand und reißt mir die Kleider vom Leib oder soll ich in unvergewaltigter Benommenheit auf dem Bett zusammenbrechen?»

«Armer Schatz, hat Alex' Beerdigung dich sehr angestrengt? Merry sagte, ich hätte mitkommen sollen, aber du weißt ja, wie nah mir Beerdigungen immer gehen, und... oh, Stephen, kannst du mir verzeihen, daß ich auf der Hochzeitsreise so gräßlich war? Merry meinte, wenn du kein Geistlicher wärst, hättest du mich verprügelt und in einen Abgrund gestoßen, und mir ist jetzt klar, daß ich mich schrecklich benommen habe, aber weißt du, ich war in einem solchen innerlichen Durcheinander, und wenn ich in einem solchen Durcheinander bin, dann kann ich einfach nicht *denken*, es ist, als drückte mir irgendsoein sadistischer Dämon das Hirn zu –»

«Dido», sagte ich, «ich kann dir alles verzeihen, nur nicht, daß du im falschen Augenblick darauflos schnatterst. Wenn du es nicht fertigbringst, mich zu vergewaltigen, wäre es dir dann lieber, wenn ich dich vergewaltige?»

«Aber wenn du doch im Begriff bist, zusammenzubrechen –»

«Mir scheint eine wunderbare Wiederbelebung zu widerfahren.»

«Liebling, das ist einfach zu aufregend, aber heißt das, daß du mir wirklich mein gräßliches Benehmen verziehen hast?»

«Es sieht so aus.»

«Du verabscheust mich nicht heimlich und wünschst, ich wäre tot?»

«Noch nicht.»

«Du liebst mich wirklich noch immer?»

«Ich bete dich an.»

«O Stephen, du bist so wunderbar, so barmherzig, so geduldig, so –»

«Dido, willst du, daß ich dich tatsächlich verprügle und in einen Abgrund schmeiße?»

«Nein, liebster Archidiakon, ich möchte, daß Sie mich leidenschaftlich lieben von morgens bis abends.»

Ich lachte. Dann packte ich meine Trophäe, ehe sie mir noch einmal durch die Finger schlüpfen konnte, und hetzte Hals über Kopf die Zielgerade hinunter zum Sieg.

5

Hinterher dachte ich: Ist das alles? Und ich konnte nicht fassen, wie ich mich so lange in ein solches Fieber der Begierde hatte hineinpeitschen können. Ich konnte nur müde über die bittere Wahrheit nachsinnen, daß nach einer aufregenden Jagd der Sieg oft etwas Enttäuschendes an sich hatte; sobald der Glanz der Genugtuung zu verblassen begann, fragte man sich, was es als nächstes zu tun gab. Nie aber war der Glanz meiner Genugtuung schneller verblaßt als nach dem lächerlichen und kläglichen Vollzug meiner zweiten Ehe.

Mit meinem eben erst halbwegs überwundenen Kater war ich nicht gerade in sexueller Bestform, aber immerhin war ich noch in der Lage, mich gewissenhaft den Ritualen des Vorspiels zu widmen. Doch diese Mühe hätte ich mir sparen können, ich verschwendete damit nur meine Zeit. Dido zappelte oder lag stocksteif da und rief schließlich voller Ungeduld: «O Stephen, komm zur Sache und hör auf, da herumzufummeln!» Wie es mir gelang, «zur Sache zu kommen», nachdem diese gefühllose Ermahnung meiner bereits geschwächten körperlichen Verfassung noch einen weiteren Stoß versetzte, wird mir immer ein Rätsel bleiben. Ich kann nur annehmen, daß ich die Konstitution eines Ochsen, die Dickfelligkeit eines Rhinozeros, die Vitalität eines Byronschen Helden und die Sturheit eines Dorfidioten droben in Yorkshire besaß.

Ich hielt immerhin noch zwei Minuten durch, doch dann erlag ich den noch nachklingenden Auswirkungen des Whiskys, der inzwischen fehlenden Übung und Didos offenkundigem Verlangen nach einer Beendigung der Qual. Als ich mir meine postkoitale Zigarette anzündete, fragte ich mich, ob allem zum Trotz für unsere eheliche Zukunft irgendeine Hoffnung bestünde, doch ich fürchtete, ein Ja auf diese Frage würde meinen liberalen protestantischen Optimismus weit über die Grenzen der Glaubwürdigkeit hinaus strapazieren.

Inzwischen schnatterte Dido darauflos in der naiven Art, die ich einmal so köstlich gefunden hatte und die mir jetzt so trostlos vorkam. «Ich hab's geschafft, o Stephen, ich hab's geschafft, Gott sei Dank, o du meine Güte, was war das für eine schwere Hürde, aber jetzt brauchen wir uns keine Sorgen mehr zu machen und können fortan in Glück und Frieden leben – denn das werden wir natürlich, ich werde absolut sexbesessen werden und dich restlos befriedigen, wie man das von einer guten Ehefrau erwartet, und Gott weiß, daß du es wirklich verdienst, befriedigt zu werden. O Stephen, Liebling, wie kann ich dir nur dafür danken, daß du so lieb, so geduldig, so –»

Ich hatte plötzlich eine Offenbarung. Ich sah, daß Didos naives Geplapper wahrscheinlich Carrie Jardines eintönigen Monologen entsprach; hinter der scheinbaren Normalität mochte sich ein quälender Schmerz verbergen.

«Augenblick!» Ich gab ihr meine Zigarette, um sie zum Schweigen zu bringen, und zündete mir noch eine an. Dann sagte ich in entschiedenem, aber nicht unfreundlichem Ton: «Ich finde, es wird Zeit, daß wir uns darüber klar werden, was eigentlich vorgeht. Ich glaube, du hast mich nur geheiratet, weil du das Gefühl hattest, ein sitzengebliebenes Mädchen könne in seinem Leben keine Anerkennung mehr erwarten und wenn du erst dreißig und noch immer unverheiratet wärst, würde dein Scheitern nicht mehr zu übersehen sein. Irre ich mich oder habe ich recht?»

«Nun, wahrscheinlich hast du recht, so ungefähr, aber Stephen, ich hätte dich nie geheiratet, wenn ich dich nicht bewundert und respektiert und angebetet hätte! Ich hätte einen anderen geheiratet.»

«Wen?»

«Nun . . .»

«Es gab keinen anderen, nicht wahr? Nicht mehr. Du hattest zu hoch gespielt, und ich war der einzige noch vorhandene Verehrer.»

«Ja – aber das ändert nichts an der Tatsache, daß ich dich inzwischen wirklich anbete.»

«Das glaube ich dir auch. Aber ich unterstelle, daß ‹anbeten› bei dir nicht ganz dasselbe heißt wie bei anderen Leuten.»

«O Liebling, hör auf, dich als Staatsanwalt aufzuführen! ‹Ich unterstelle› – also wirklich! Was für eine Sprache!»

«Ich wußte, daß du mich nicht im landläufigen Sinne des Wortes ‹liebst›», fuhr ich fort, ohne auf ihren Protest einzugehen. «Ich war zumindest ein sehender Romantiker und kein blinder. Aber ich habe doch einen Fehler gemacht. Als du immer wieder ausriefst: ‹Ich bete dich an›, da glaubte ich, diese Worte bedeuteten mehr als nur: ‹Ich bin dir dankbar dafür, daß ich nicht als alte Jungfer ende.› Ich dachte wirklich, du magst mich doch so sehr, daß du mich später einmal lieben könntest.»

«Aber ich mochte – ich mag dich doch auch!»

«Da sprichst du wohl wieder die Wahrheit, aber ich bin jetzt überzeugt, du hast dir noch nicht so recht klargemacht, daß die Art, wie die Dinge in unserer Ehe sein sollten, bis jetzt herzlich wenig zu tun hat mit der Art, wie sie wirklich sind. Deshalb war dieses ganze Sexproblem auch ein solcher Alptraum für dich. Sex in der Ehe, das ist handgreifliche Realität, und solange handgreifliche Realität keine Verbindung zu dem romantischen Schaumgebilde hat, das du als Wahrheit auszugeben versuchst, werden dir beim Anblick eines Doppelbettes jedesmal die Knie schlottern.»

«Aber Stephen –»

«Ich will dir sagen, was unter diesem romantischen Getue wahrscheinlich in Wirklichkeit vorgeht. Ich glaube, du findest mich auf eine etwas eigenartige Weise ganz amüsant. Du bist mir sicher auch aufrichtig dankbar dafür, daß ich festgeblieben bin und dich geheiratet habe. Ich bezweifle aber, daß du mich sehr achtest und bewunderst. Ich glaube, daß du mich eher dafür verachtest, daß ich dein schlechtes Benehmen so lange hingenommen habe, aber andererseits besteht noch immer die Möglichkeit, daß du meine fanatische Entschlossenheit bewunderst, das zu bekommen, was ich will. Die Tatsache, daß ich Geistlicher bin, findest du ganz interessant (dieses viele Schwarz – so erotisch!), aber es ist doch dumm, daß ich bei keiner Treibjagd mitreiten, nicht mit dir über Pferde reden und kein flottes Gesellschaftsleben führen kann. Dennoch erkennst du wahrscheinlich an, daß ich kein Dummkopf bin. Als Bekanntschaft bin ich wohl passabel, als Ehemann aber eine Katastrophe. Ich bin nicht groß, bin nicht dunkelhaarig, bin kein Beau; ich bin nicht reich, komme aus keiner bedeutenden Familie, habe keine besonderen Verbindungen und Beziehungen; dir stockt nicht der Atem, wenn ich ins Zimmer komme, und – seien wir doch ganz ehrlich – wenn ich morgen unter einen Omnibus geriete, würdest du dich von dem Verlust recht bald erholen. Carlton-Blake war der Mann, den du geliebt hast, und ich wette, du liebst ihn noch immer. Du würdest mich gleich morgen verlassen, wenn er dich darum bäte – aber natürlich wird er das nicht, und das ist eine brutale Tatsache, die du wahrscheinlich im Unterbewußtsein noch immer nicht akzeptieren kannst. Was heißt das also für deine augenblickliche Situation? Wo befindest du dich? Ich will's dir sagen: in der Hölle. Dir ist absolut elend zumute, denn du bist mit einem Mann verheiratet, den du nicht liebst. Du hast das Gefühl, in eine Falle geraten zu sein, und du bist verzweifelt. Du magst dich dazu beglückwünschen, daß du kein sitzengebliebenes Mädchen mehr bist, aber sehr viel ist dir damit auch nicht geholfen.»

Ich verstummte. Eine so lange Rede hatte ich Dido noch nie gehalten, ohne unterbrochen zu werden. Schweigen hüllte uns ein. Dann warf sie die Zigarette in den Aschenbecher und brach in Tränen aus.

Ich blieb ungerührt. Ich sagte nur: «Ich habe recht, nicht wahr? So ist es doch. So stehen die Dinge wirklich.»

Sie weinte weiter, doch schließlich hörte ich sie flüstern: «Ich werde wohl nie eine gute Ehefrau werden. Ich muß alle Hoffnung aufgeben.»

Eine jähe Erleuchtung ließ mich wie elektrisiert hochfahren. «*Alle Hoffnung aufgeben?*» rief ich, daß sie zusammenzuckte. «Da täuschst du dich aber! Jetzt wird's erst richtig interessant!»

Sie war so verblüfft, daß sie zu weinen vergaß. «Wie meinst du denn das, um Gottes willen?»

«Ich habe es geschafft, dich zu heiraten. Ich habe es geschafft, mit dir ins Bett zu gehen. Aber es ist noch immer etwas zu erringen übrig. Meine liebe Dido», schloß ich, strahlend vor Erleichterung darüber, daß sich eine verfahrene Situation wieder einmal in eine köstliche, verlockende Herausforderung verwandelt hatte, «ich muß jetzt dein

Herz und deine Seele gewinnen – mein nächster Siegespreis ist deine Liebe!»

Ich war natürlich total verrückt.

6

«Du bist verrückt!» sagte Dido, und unter Tränen lachend setzte sie hinzu: «Aber du bist ganz herrlich verrückt, und vielleicht liebe ich dich doch!»

«Bitte, gebrauche nie das Wort ‹Liebe›, wenn du es nicht wirklich meinst. Wie soll ich sonst, wenn es so weit ist, wissen, daß du auch meinst, was du sagst?»

«Kann ich weiter ‹anbeten› sagen im Sinne von ‹aufrichtig dankbar und voller Wertschätzung›?»

«Ja, aber nicht zu oft.» Neu gekräftigt sprang ich aus dem Bett und begann mich anzukleiden. «Was gibt's zum Mittagessen? Und warum hat Sandy noch nicht die Tür eingeschlagen und mich sehen wollen?»

«Er und das Kindermädchen haben früh gegessen und sind zum Fluß hinuntergegangen, um die Schwäne zu füttern. O Stephen, Liebling, glaubst du wirklich, ich könnte noch eine gute Ehefrau werden?»

«Ja, natürlich. Du schaffst das schon, und ich helfe dir dabei.»

«Aber wie?»

Ich hielt mitten im Schnürsenkelbinden inne und dachte rasch über mögliche Strategien nach. «Sex ist das erste Problem, das wir lösen müssen», sagte ich in entschiedenem Ton. «Wir müssen einen Modus vivendi finden. Mir widerstrebt es zwar, dir einen regelmäßigen Verkehr aufzuzwingen, wo es dir zur Zeit so offensichtlich zuwider ist, aber andererseits glaube ich, je öfter du es tust, desto leichter fällt es dir. Vielleicht sollten wir uns nicht gerade jede Nacht betätigen, aber wenn du die Zähne fest genug zusammenbeißen und es zweimal die Woche aushalten kannst, wird deine Abneigung wohl bald durch Langeweile abgelöst werden – und mit Langeweile wird man leichter fertig als mit Abscheu.»

«Hoffentlich bleiben beim Zähnezusammenbeißen nicht nur Stümpfe übrig. Vielleicht hätten sie eine größere Überlebenschance, wenn ich vorher reichlich Gin trinke – können wir bestimmte Zeiten festlegen, damit ich weiß, wann ich zur Flasche greifen muß?»

«Gute Idee. Die Spontaneität kann noch warten. Sagen wir mittwochs und samstags?»

«Stephen, ich kann dir nicht sagen, wie sehr ich dich dafür bewundere, daß du in allen diesen Dingen so herrlich praktisch denkst –»

«Dann laß es einfach. Denk statt dessen lieber an das nächste Problem, nämlich die Fortpflanzung. Vergessen wir einmal alles romantische Zeug, das wir vor der Hochzeit zu diesem Thema gefaselt haben, und sehen wir die Sache realistisch. Willst du dir schon eine Schwangerschaft zumuten, oder sollen wir lieber noch warten, bis du dich weniger unglücklich fühlst?»

«Oh, ich muß so bald wie möglich ein Baby haben! Dann wird jeder glauben, die Ehe funktioniert!»

«Denk jetzt mal einen Augenblick nicht an ‹jeden›. Denken wir jetzt nur an dich. Willst du wirklich das Kind eines Mannes zur Welt bringen, den du – noch – nicht liebst?»

«Aber Liebling, wir können doch nicht warten, bis ich rasend vernarrt in dich bin – das könnte Jahre dauern! Nein, ich muß ein Baby haben, möglichst zu unserem ersten Hochzeitstag oder noch vorher.»

«Hast du auch bestimmt deine Angst vor einer Geburt überwunden? Ich weiß, die Ärzte sagen, es besteht kein Grund zu der Befürchtung, daß es dir so geht wie Laura, aber meinst du es wirklich ganz ernst, wenn du sagst, du hättest keine Angst mehr vor einer Schwangerschaft?»

«Nun, wahrscheinlich haben die meisten Frauen dann und wann gewisse Bedenken, bevor sie sich auf eine Reise begeben, die mit dem Tod enden könnte, aber –»

«Diese Bedenken sind nicht so stark. Schön, dann ist das geregelt – wir werden möglichst bald ein Baby haben. Jetzt ist mein nächstes dringendes Problem der Hunger, den ich verspüre. Hast du noch Fragen, oder können wir den Sitzungsort ins Eßzimmer verlegen?»

«Ich habe nur noch eine Frage, Liebling: Du hast mir mit schönster

Offenheit dargelegt, wie ich wirklich zu dir stehe, aber wie stehst du wirklich zu mir?»

«Ich bin verrückt nach dir.»

«Ehrlich?»

«Nun, ich muß wohl, oder? Weshalb wäre ich sonst in dieser ungewöhnlichen Ehe gelandet?»

«Liebling!» rief Dido aus und schlang mir impulsiv die Arme um den Hals. «Wenn du nur wüßtest, wie schuldig ich mich fühle wegen dieser gräßlichen Krise!»

«Krise?» sagte ich. «Die Krise ist vorüber – Vorhang herunter! Ich zweifle nicht mehr daran, daß wir es schaffen und schließlich fortan in Glück und Frieden leben!»

War Optimismus je weniger angebracht?

Die wahre Krise, die erschreckendste Krise meines ganzen Lebens, bewegte sich verstohlen hinter dem Vorhang auf mich zu.

VIII

«Verdrängung taugt nichts.»

CHARLES E. RAVEN
in *A Wanderer's Way*

I

Ich glaube nicht, daß ich ausführlich über den Rest meiner Reise bis auf den Grund der finsteren Grube berichten muß, die zum Symbol meiner zweiten Ehe wurde. Eine Zeitlang schleppten wir uns dahin mit Hilfe von guten Vorsätzen, entschlossener Schauspielerei und Verkehr an den vereinbarten Tagen, aber bald schon wurde Dido schwanger und klagte über eine Vielzahl von echten und eingebildeten Beschwerden, was ihr ein eigenes Schlafzimmer einbrachte. Ich war zwischen zahlreichen kalten Bädern fieberhaft in meinem Archidiakonat tätig und redete mir ein, es werde schon alles gut werden, wenn die Schwangerschaft erst vorüber war.

So sehr mich auch Didos Gebaren verstimmte, versuchte ich doch, meinen Zorn zu unterdrücken und ein wenig Mitgefühl aufzubringen. Ich wußte, sie hatte den Mut verloren und war den Versicherungen der Ärzte zum Trotz zu der Überzeugung gelangt, daß sie ihrer Laura ins Grab folgen würde. Nach einer Weile begann auch ich mich zu fragen, ob vielleicht etwas schiefgehen werde, doch der Instinkt sagte mir, daß solche Spekulationen zu gefährlichen Gedanken führen konnten, und so wandte ich mich entschlossen anderen Dingen zu.

In meinem Bemühen, mit diesen quälenden Problemen fertig zu werden, kehrte ich unwillkürlich zu den romantischen Spielchen meiner Freierjahre zurück – doch während damals all meine theatralischen Gesten aus tiefstem Herzen zu kommen schienen, hatten sie nun etwas bedrückend Unechtes an sich. Aber die Schauspielerei barg

Trost. Ich konnte meinem gepeinigten Ich entrinnen und ein anderer werden, eine stilisierte Persönlichkeit, die sich innerhalb fester, jederzeit genau kontrollierbarer Grenzen bewegte. Tag um Tag setzte ich mich, wenn ich von der Arbeit heimkam, zu ihr ins Wohnzimmer an die Chaiselongue und verströmte Geduld, während sie weinte und mich einen Engel nannte und versicherte, ich sei viel zu gut für sie. Wir spielten diese Szene immer wieder, unermüdlich, als könnten wir sonst nicht nur unseren Verstand, sondern unser Leben verlieren, und bald hatten wir uns zu vollendeten Mimen entwickelt.

«Liebst du mich noch, Stephen?»

«Liebling, hast du nicht inzwischen gemerkt, daß meine Liebe zu dir unzerstörbar ist?»

«O Stephen, du bist so edel, so treu, so –»

«Nein, nein, du bist so mutig, so tapfer, so –»

Unser unerschöpflicher Vorrat an hohlen Adjektiven verblüffte mich immer wieder.

Indes das Drama seine unvermeidliche Entwicklung zum Melodram nahm, stellte sich bei mir das merkwürdige Phänomen des *Déjà-vu* ein; wieder und wieder hatte ich das deutliche Gefühl, daß unser Melodram schon einmal gespielt worden war – und das war es gewiß auch, auf der Bühne, von verschiedenen Schauspielern des neunzehnten Jahrhunderts. Da Dido jetzt zu einer viktorianischen Heldin geworden war, die neurotisch auf einer Chaiselongue dahinwelkte, und da ich es zum viktorianischen Helden gebracht hatte, der geschlechtslosen Edelmut ausstrahlte, konnte es kaum überraschen, daß mein verläßliches Gedächtnis von der schieren Masse der viktorianischen Klischees, die wir deklamierten, gelegentlich einen Stups bekam.

Einmal fragte ich Dido, ob auch sie *Déjà-vu*-Erlebnisse habe, aber sie schüttelte den Kopf. «Ich finde diesen eigenartigen Schluckauf des Gedächtnisses himmlisch!» fügte sie hinzu. «Ich bin sicher, wir haben alle in einem früheren Leben schon einmal gelebt. Warum glaubt die Kirche nicht an die Reinkarnation?»

Ich versuchte es ihr zu erklären, aber sie war nicht wirklich daran interessiert, und so gab ich es auf. Es ging ihr jetzt nur noch um ihren schlechten Gesundheitszustand. Sie hatte das Interesse an Theologie, an Kirchenangelegenheiten und auch an ihren kläglich gescheiterten Versuchen verloren, in ihrer neuen Umgebung so etwas wie ein «Gesellschaftsleben» aufzuziehen. Nach ihrer Rückkehr hatte sie keine Mühe gescheut, alle Bewohner der Domfreiheit persönlich aufgesucht und eine Reihe von extravaganten Abendgesellschaften gegeben, aber die Leute, konservativ eingestellt und vorsichtig in ihrer Art, mißtrauten dieser Londoner Prachtentfaltung, die auch mein Bankkonto in Gefahr brachte.

Geld war überhaupt ein Problem. Dido liebte teure Dinge. Zwar hatte ihr schurkischer Vater ihr einen festen Zuschuß ausgesetzt, der ihre allgemeinen Ausgaben abdeckte (Kleider, Friseur, Kosmetika, kleine Überfälle auf Antiquitätengeschäfte), doch das Geld war festgelegt, wie er zuvor angedroht hatte, so daß ich an keinen Penny davon herankam, und Didos Unterhalt umfaßte noch weit mehr als die allgemeinen Ausgaben. Ich hatte umziehen müssen; Dido hatte gemeint, wer in Starbridge etwas gelte, wohne in der Domfreiheit. Doch ich brauche wohl kaum zu erwähnen, daß der wirkliche Grund ein anderer war: Im Pfarrhaus hätte sie zu vieles an Grace erinnert, und da es mir ähnlich erging, war ich mit dem Umzug einverstanden gewesen.

Das Domkapitel vermietete mir das Haus am Canonry Drive, in dem der kürzlich verstorbene General Calthrop-Ponsonby gewohnt hatte. Dido war es gelungen, ihrem Vater Geld für die Neueinrichtung zu entlocken, aber ein größeres Haus bedeutet größere Ausgaben, und ich sah mich bald finanziellen Forderungen gegenüber, denen ich kaum entsprechen konnte. Der alte Tallent hatte uns den Zwanzig-Jahres-Pachtvertrag zur Hochzeit geschenkt, aber ich konnte schlecht von ihm erwarten, daß er auch noch die Grundpacht oder die Raten zahlte. Schließlich konnte ich den Diözesanschatz um eine Wohnungsbeihilfe erleichtern, aber man sagte mir bei dieser Gelegenheit ganz offen, daß ich dieses Zugeständnis einzig und allein der Fürsprache des Bischofs zu verdanken hatte. Ich hatte das Gefühl, daß ich mich hart an der Grenze des Erlaubten bewegte. Wie ich für ein weiteres Kind aufkommen sollte, war mir schleierhaft – ich konnte nur hoffen, daß es ein Mädchen war, dessen Erziehung weniger teuer sein würde.

Meine anderen Kinder, die von diesen Finanznöten nichts ahnten, waren begeistert von ihrem neuen Zuhause, das der Westseite des Doms gegenüberlag. Aus warmem Backstein erbaut, von Efeu umrankt und in einem großen Garten gelegen, verströmte das Haus «Charakter», jene Eigenschaft, die bei Grundstücksmaklern so hoch im Kurs steht. Den älteren Jungen war zudem klar, daß das Haus auf der Treppe der sozialen Rangordnung eine höhere Stufe darstellte.

«Können wir Freunde zum Übernachten einladen?» fragte Norman. «Das wäre jetzt leichter, wo wir nicht mehr in so einem miesen kleinen Pfarrhaus wohnen.»

Ich sagte streng: «Das ist eine snobistische Bemerkung, Norman», aber Christian gab nur zurück: «Wenn du uns auf eine der besten Public Schools schickst, Vater, darfst du dich nicht wundern, wenn wir die schlimme Neigung entwickeln, jakobitischen Herrensitzen vor viktorianischen Pfarrhäusern den Vorzug zu geben. Aber gehört das nicht alles zum ‹Weiterkommen-und-es-zu-etwas-bringen›?»

Christian ließ nach wie vor spöttische Bemerkungen fallen, aber daß er versuchte, auf Didos Bemühen, ihnen allen freundlich gegenüberzutreten, entgegenkommend einzugehen, war mir eine solche Erleichterung, daß ich bereit war, die weniger schönen Aspekte seines Benehmens zu übersehen. Als Dido jedoch schließlich nur noch für die Rolle der kränkelnden viktorianischen Heldin taugte, hatte sie weder die Zeit noch die Energie, die reizende Stiefmutter zu spielen. Die älteren Jungen fühlten sich durch ihren plötzlichen Stimmungswechsel zurückgestoßen; Sandy war gekränkt, als sie klagte, er sei zu laut. Nur Primrose blieb ganz ruhig, hatte sie doch endlich den Beweis dafür geliefert, daß Dido wirklich so böse war, wie Stiefmütter sein sollten.

Ich versuchte den Kindern zu erklären, daß Dido krank sei und Angst habe, aber insgeheim machte ich es ihr zum Vorwurf, daß sie die Zuneigung der Kinder so unverantwortlich aufs Spiel setzte, und es fiel mir nicht leicht, meinen Zorn während unserer immer unwirklicher werdenden Gespräche zu verbergen.

Aber ich gelangte jetzt ohnehin an das Ende jener Phase, in der sich meine Eheprobleme mit Hilfe von Schauspielerei in Schach halten ließen. Im Mai 1946, eine Woche vor unserem ersten Hochzeitstag, setzten bei Dido die Wehen ein, und zwölf Stunden später sagte man mir im Krankenhaus von Starbridge, daß das Kind geopfert werden müsse, wenn man Dido retten wolle.

2

Ich stimmte der Tötung meines Kindes zu und wartete. Leider wurde ich dabei nicht allein gelassen. Dido hatte ihre Schwester angerufen, als die Wehen sich ankündigten, und Merry, unverzüglich herbeigeeilt, schniefte jetzt an meiner Seite vor sich hin. Ganz elegante Dame der großen Gesellschaft, größer als Dido, aber genauso schlank, ging sie mir schon seit einiger Zeit auf die Nerven.

Ich hätte einen Drink gebraucht, aber mir war klar, daß ein Geistlicher sich nicht auf die Suche nach einem Whisky begeben kann, wenn sein Kind umgebracht wird und das Leben seiner Frau in Gefahr ist. Mehrmals versuchte ich zu beten, aber in mir herrschte ein solches Chaos, daß mir nur platte Banalitäten einfielen. Mir kam die Zeit endlos vor, bis man mir schließlich sagte, daß Dido überlebt habe und höchstwahrscheinlich durchkommen werde.

«Gott sei Dank!» schluchzte Merry mit einem vulgären Mangel an Selbstbeherrschung.

Der Chefarzt der gynäkologischen Abteilung des Krankenhauses versuchte mir zu erklären, was schiefgegangen war, aber ich vermochte kaum zu erfassen, was er sagte. Ich hörte Worte, aber sie lösten keine Reaktion in mir aus. Ich wußte nur, ich mußte zuhören und gelegentlich mit dem Kopf nicken, wenn er mitten in seiner scheinbar zusammenhanglosen Rede zum Atemholen innehielt.

«... unmöglich vorauszusehen ... sehr selten, aber solche Dinge kommen eben vor ... starke Blutung ... mußten rasch handeln ... haben natürlich versucht, das Kind zu retten, aber der Sauerstoffmangel ... Nabelschnur hatte sich verschlungen ... hätte nur in hirngeschädigtem Zustand weiterleben können ... schwierige Geburt ... Angst Ihrer Frau erforderte sehr frühen Einsatz von Narkosemitteln ... Zange ... Bluttransfusion ... tut mir wirklich sehr leid.» Endlich hörte er auf zu sprechen.

Sogleich rief Merry: «Ich finde, man sollte dieses verdammte Krankenhaus wegen Fahrlässigkeit verklagen!» und stürmte hinaus.

Mit einer erstaunlichen Gelassenheit, so als wären hysterische Frauen nicht mehr als eine belanglose berufliche Unbequemlichkeit, zog der Arzt die eine Braue in die Höhe und gab ein mißbilligendes «T-t-t!» von sich, ehe er feststellte: «Ich versichere Ihnen, daß alles in unserer Macht Stehende getan wurde, Mr. Aysgarth.»

Ich nickte abermals, unfähig, mich mit der Vorstellung medizinischer Fahrlässigkeit zu befassen, und der Arzt setzte in seinem professionellen Ton hinzu: «Ihre Gattin ist noch benommen von der Narkose, aber Sie möchten sie sicher sehen, nicht wahr?»

Ich wußte es nicht. Doch da die Frage eine positive Antwort zu erfordern schien, versuchte ich ein weiteres Kopfnicken und wurde unmittelbar darauf in ein Zimmer hinaufgeführt, in dem Dido völlig regungslos im Bett lag. Ihr Anblick erinnerte mich an die Wachspuppen, mit denen meine Schwester Emily vor langer Zeit gespielt hatte, aber dann mußte ich an meine beiden anderen Schwestern Beatrice und Enid denken, die das Säuglingsalter nicht überlebt hatten. Auch sie hatten Wachspuppen geähnelt, als sie sterbend in der Wiege lagen. Meine Mutter hatte fünf Kinder zur Welt gebracht, eines pro Jahr – eine Gebärorgie, die erst nach einer Reihe von Fehlgeburten geendet hatte.

Ich holte tief Atem, wandte die Augen von Didos leichenähnlicher Erscheinung ab, sagte: «Ah ja. Sehr schön», und zog mich rasch auf den Flur zurück. Dann kam mir zum Bewußtsein, daß ich etwas völlig Blödsinniges geäußert hatte. «Entschuldigung», setzte ich, an den Arzt gewandt, hinzu, als dieser draußen zu mir trat. «Bin nicht ganz bei mir. War alles ein ziemlicher Schock.» Im stillen sagte ich mir, daß jetzt kaum der Augenblick war, an meine Mutter zu denken, deren Tod vor noch nicht langer Zeit im Jahr 1941 mich so tief getroffen hatte.

Der Arzt murmelte noch immer beruhigende Plattitüden, als die Stationsschwester kam und mich mit echtem Mitgefühl fragte, ob ich das Baby sehen wolle.

«Das Baby?» Ich fragte mich, ob ich nicht doch den Verstand verloren hatte. «Aber ist es denn nicht tot?»

«Ja, aber manchmal wünschen die Eltern –»

«Nein, vielen Dank.» Ich mußte mich an die nächste Wand lehnen, um nicht umzufallen. Wie konnte ich das Kind ansehen, dessen Tötung ich sanktioniert hatte? Aber vielleicht war es meine Christenpflicht. Eine weitere Woge des Grauens überspülte mich. Ich war der Archidiakon von Starbridge. Ich mußte das Richtige tun. Nur schwachsinnige Laien durften sich daneben benehmen, ohne sich darum zu kümmern, wen sie schockierten.

«Morgen», sagte ich mit großer Anstrengung. «Morgen sehe ich es mir an.»

Die Schwester nickte, als verstünde sie meine Entscheidung vollkommen, und sagte, wenn ich zurückkäme, werde die Verwaltungsbeamtin da sein, um die nötigen Verfügungen mit mir zu besprechen. Ich hätte fast gefragt: «Welche Verfügungen?», aber mir fiel noch rechtzeitig ein, daß sie sich auf den Leichnam beziehen mußten. Ich dachte mit Erleichterung daran, daß totgeborene Babys ohne große Umstände beseitigt werden konnten. Der bloße Gedanke, mich um eine Beerdigung kümmern zu müssen, war mir unerträglich.

Schließlich verließ ich das Krankenhaus und ging zu meinem Wagen. Auf dem Beifahrersitz saß Merry und schniefte in ein Taschentuch. Es gelang mir, sie in ruhigem Ton zu fragen: «Fühlst du dich besser?», aber leider reizte meine Ruhe sie nur.

«Besser? Nein, im Gegenteil, ich finde einfach keine Worte! Warum hast du diesem Arzt nicht die Hölle heißgemacht? Warum hat er die arme Dido so leiden lassen? Warum hat er keinen Kaiserschnitt gemacht, verdammt noch mal?»

«Weil dein hochgeschätzter Salonlöwe und Harley-Street-Facharzt mit dem armen Burschen, den du so beschimpfst, ausgemacht hat, daß ein Kaiserschnitt nicht nötig sei! Und würdest du jetzt bitte aufhören, dich aufzuführen wie Bette Davis auf Urlaub und dich wenigstens annähernd wie eine englische Lady benehmen?»

«Stephen!» Merry versank in empörtes Schweigen. Erst als wir das Haus erreichten, sagte sie: «Du hast einen sehr harten Zug in deinem Wesen, nicht wahr? Den Eindruck hatte ich schon immer. Er zeigt sich in deinem Mund. Der drückt regelrechte Brutalität aus, wenn du ihn so zusammenpreßt.»

Ich war so erregt, daß ich nichts erwidern konnte. Im Arbeitszimmer warf ich die Tür hinter mir zu, holte die Whiskyflasche hinter dem Oxford Dictionary hervor und goß mir einen Dreistöckigen ein. Ich hob gerade das Glas an die Lippen, als Merry klopfte.

Sofort ließ ich das Glas hinterm Schreibtisch verschwinden. «Ja?» rief ich.

«Stephen –» Als sie hereinkam, sah ich, daß sie einen Briefumschlag in der Hand hielt. «Es tut mit leid, ich hätte dir einiges zugute halten müssen. Schließlich waren die letzten Stunden für dich genauso eine Qual wie für mich, also vertragen wir uns am besten wieder und schreien uns nicht mehr an ... Hast du vielleicht Whisky da?»

«Nein, ich trinke gewöhnlich keine scharfen Sachen. Was hast du da für einen Umschlag?»

«Das ist ein Brief, den Dido vor zwei Wochen geschrieben und mir zum Aufbewahren geschickt hat. Ich sollte ihn dir geben, falls sie stirbt.»

«Nun, sie ist nicht gestorben. Zerreiß ihn.»

«Zerreiß *du* ihn», sagte Merry, verärgert darüber, daß ihre artige Entschuldigung keine Whiskyflasche zum Vorschein gebracht hatte. «Es ist dein Brief und nicht meiner. Außerdem könnte sie noch immer sterben. Laura ist erst vier Tage nach der Entbindung an einer Embolie gestorben.»

«Dido ist nicht Laura, Dido wird nicht sterben», sagte ich ruhig zu mir, als sie die Tür zugeschlagen hatte. Ich hob den Brief auf, den Merry hingeworfen hatte, und musterte ihn lustlos. Ich war nicht gerade in der Stimmung für Didos typisches Briefgeschnatter, spürte aber dennoch, wie sich unter meiner Abneigung eine starke Neugierde zu regen begann. Wahrscheinlich hätte ich überhaupt keinen Brief einer Frau ungelesen vernichten können. Ich stellte mir Briefe von Frauen immer als kleine Preise, kleine Prämien vor, befriedigend und köstlich, gerechte Belohnung für mein fehlerloses Verhalten, und als mir diese Überlegung durch den Kopf ging, fielen mir sofort wieder all die weißen Umschläge ein, die so viele Jahre lang auf mich herabgeregnet waren, die Briefe aus St. Leonards-on-Sea.

Ich dachte wieder an meine Mutter. Nachdem ich mir einen zweiten Whisky eingeschenkt hatte, schlitzte ich Didos hellblauen Umschlag auf und entfaltete den darin liegenden Brief.

«Stephen, Liebling», las ich, «wenn ich sterbe (und ich glaube, ich werde sterben), sollst Du wissen, daß Du Deine Zeit nicht verschwendet hast, als Du so wunderbar gut und freundlich und liebevoll zu mir warst. Ich dachte immer, nur ein tragischer Tod im Kindbett könnte alle meine schrecklichen Probleme lösen, aber wie ich Dir einmal sagte, bin ich nicht der Typ des Selbstmörders, und außerdem hast Du mir jetzt den Willen zum Leben gegeben – obwohl es natürlich fast ganz sicher Gottes Wille ist, daß ich sterbe zur Strafe dafür, daß ich so lange so widerwärtig war. Aber ich will leben, weil die Liebe wirklich alles überwindet, und ich mußte Dir einfach diesen Brief schreiben, liebster, liebster Stephen, weil ich nicht sterben könnte, ohne Dich von der *Großen und Herrlichen Wahrheit* in Kenntnis zu setzen, die darin besteht, daß nicht nur Du mich liebst (was schon ein wahres Wunder ist), sondern daß *ich jetzt auch Dich liebe.* Nein, ich schwindle nicht, ich übertreibe nicht, ich mache uns nichts vor – ich meine jedes Wort, das ich sage, und ich sage, ja, Du hast es geschafft, es ist Dir gelungen, Du hast gesiegt – DU HAST DEINEN GROSSEN PREIS GEWONNEN! Der Tod konzentriert wirklich das Denken, genau wie Dr. Johnson gesagt hat, und jetzt erkenne ich deutlich, daß Du der wunderbarste Mann bist, dem ich je begegnet bin. Kein Mann hat sich so um mich gekümmert wie Du – Du hast mir das Gefühl gegeben, daß ich doch etwas wert bin, und ich bin jetzt überzeugt, daß ich mit der Hilfe Deiner Liebe meine Schwierigkeiten überwinden könnte, doch wenn ich nicht die Gelegenheit haben werde, alles in Ordnung zu bringen, dann denk daran, daß Du tatsächlich mich und meine Liebe gewonnen hast, genau wie Du es Dir immer gewünscht hast. Stephen, Liebling, diesen Brief begleitet die ewige Liebe Deiner Dir gänzlich ergebenen

DIDO.»

Ich las den Brief zu Ende. Ich trank meinen Whisky zu Ende. Und ich brachte den Abstieg in die finstere Grube meiner zweiten Ehe zu

Ende. Als ich endlich ganz unten war, blieb mir nichts anderes übrig, als mich der schrecklichen Wahrheit zu stellen: Ich begehrte sie nicht mehr. Mein großer Preis war zu einem großen Alptraum geworden. Ich war gefangen in einer leeren, hohlen Ehe zusammen mit einer Frau, die ich verachtete und verabscheute, gefangen in einem Ehehorror, der noch dreißig Jahre fortdauern konnte, hoch auf einem Drahtseil, auf dem ein falscher Schritt das Ende meiner Laufbahn in der Kirche bedeuten konnte, und während ich entsetzt auf die neue Welt starrte, in der ich mich befand, sah ich Ödland vor mir, so weit das Auge reichte.

ZWEITER TEIL
Prüfung

«Den meisten Menschen ist es auferlegt, zu irgendeiner Zeit allein zu sein und zu leiden, und je nach dem, wie sie sich in dieser Prüfung bewähren, gehen sie entweder als Spielball des Schicksals daraus hervor, oder sie erlangen eine gewisse Unerschütterlichkeit der Seele.»

CHARLES E. RAVEN
in *A Wanderer's Way*

IX

«Ich möchte mich dem Thema weder in morbider noch in sentimentaler Stimmung nähern, aber es ist meine volle Überzeugung, daß Männer wie Frauen erst dann gereifte Menschen sind, wenn sie jeder für sich allein in der Hölle waren.»

CHARLES E. RAVEN
in *The Cross and the Crisis*

I

Es war sehr still in dem Ödland und sehr kalt und dunkel ... Wie eigenartig, daß die Hölle gewöhnlich als heiß und laut beschrieben wird, als ein Inferno lodernder Flammen und schreiender Seelen, zusammengeschweißt in ruheloser, tosender Bewegung. Wie eigenartig auch, daß die Modernisten es fertigbrachten, die Hölle als ein antiquiertes Konzept abzutun, das dem Menschen des zwanzigsten Jahrhunderts nichts mehr bedeuten konnte. Die Hölle war Verlassensein im Ödland – in dem Ödland, in dem die Seele gefangen war, wenn Gott sich verbarg, dem Ödland, in dem es keinen Ausgang mit dem Schild ERLÖSUNG oder einen Wegweiser zur geistigen Nähe Christi gab.

Ich begriff, daß die Formeln, nach denen ich bisher gelebt hatte, nicht mehr funktionierten. Das Schwert meines liberalen Optimismus war zerbrochen. Ich hatte geglaubt, die Schrecken der Atombombe und der Konzentrationslager hätten meinen Liberalismus bis zum äußersten auf die Probe gestellt, aber er hatte überlebt, indem er diese Übel als eine Verirrung in der stetigen Fortentwicklung der Menschheit gemäß Gottes Plan abtat. Natürlich war mir bewußt gewesen, wie sehr meine privilegierte Stellung mich gegen all die

Kriegsgreuel abgeschirmt hatte, aber ich hatte mir gesagt, daß dieser innere Abstand nötig war, um die Schrecknisse erfolgreich in meine Theorie der Buße und Versöhnung einbauen zu können: Gott hatte sich durch das Leiden Christi mit der leidenden Menschheit verbunden, so daß alles Böse überwunden und die Menschheit durch Gottes Liebe errettet werden konnte. Ich war nie auf den Gedanken gekommen, daß ich mich einmal in einer Situation befinden könnte, in der Gott gar nicht mit der Menschheit eins zu sein schien, sondern absolut abwesend, absolut fern und absolut transzendent. Selbst in den schwierigsten Augenblicken meiner Kindheit war ich stets überzeugt gewesen, daß Gott auf meiner Seite stand und mich für meine harte Arbeit und mein gutes Benehmen mit wohlverdienten Preisen belohnte. Die Welt mochte oft rauh sein, aber sie war vernünftig, und weil sie vernünftig war, war sie eine sichere und gute Welt. Gott war eins mit Christus und brachte die Welt in Einklang mit sich. Oder wie Browning, der Lieblingsdichter der liberalen Protestanten, geschrieben hatte: «Gott ist in seinem Himmel – mit der Welt ist alles in Ordnung.»

Doch jetzt war Gott in seinem Himmel, ich war in der Hölle, und da war keine Versöhnung und kein Zeichen von Christus. Ich war von den Quellen, die mir innere Kraft spendeten, abgeschnitten; ich war allein. Meine instinktive Reaktion war wie immer die, alles dadurch zurechtzurücken, daß ich dem nächsten Preis nachjagte, doch der einzige Preis in Sichtweite war der, den ich gerade gewonnen hatte, der Preis, der mich jetzt zu vernichten drohte, und ich wußte nicht, wie ich weiterleben sollte.

Ich hatte plötzlich solche Angst, daß ich noch einen dreistöckigen Whisky trank. Das beruhigte mich. Ich versuchte einen klaren Gedanken zu fassen. Was mußte ich als nächstes tun? Ich hatte keine Ahnung. Langsam wurde mir klar, daß ich jemanden brauchte, der mir sagte, was zu tun sei. An dieser Stelle erwachte mein Administratorenverstand, der sich durch den Nebel der Panik vortastete und sich des Problems annahm, als wäre es das eines anderen. Wenn es bei einem Geistlichen dahin kam, daß er dreistöckige Whiskys trank und sich sagte, daß er erledigt sei, dann konnte man von einem Zusammenbruch sprechen, und wenn in der Diözese Starbridge ein Geistlicher zusammenbrach, standen seinen Vorgesetzten zwei Möglichkeiten offen. War er erschöpft, aber noch bei klarem Verstand, schickte man ihn in ein kirchliches Etablissement namens Allington Court in Devon, ein Hotel, das mit seinen Voraussetzungen (Frieden und Ruhe, eine Kapelle mit täglichen Andachtsstunden, ein Geschäftsführer, der ein erfahrener geistlicher Berater war) Geistlichen, die einmal ausspannen mußten, als Erholungsheim dienen konnte. War der Betreffende hingegen nicht mehr in der Lage, sich in der Welt normal zu bewegen, schaffte man ihn zu den Forditenmönchen in Starwater Abbey. Die Forditen, anglikanische Benediktiner, galten als Experten, wenn es darum ging, mitgenommene Seelen wieder aufzupäppeln.

Mit einem Ferienaufenthalt in Allington Court war mir ganz eindeutig längst nicht mehr zu helfen, und ich konnte mich auch kaum in Devon verkriechen, solange meine Frau im Krankenhaus lag. Aber mich überlief es kalt bei dem Gedanken an die Forditen. Obwohl die Mönche innerhalb meines Archidiakonatbezirks wohnten, war die Abtei eine kleine unabhängige Einheit, die meinen Anordnungen nicht unterstand; die Forditen gehörten zwar der Kirche von England an, aber sie waren eine selbständige Organisation und nur dem Erzbischof von Canterbury verantwortlich. Der Bischof von Starbridge, der offiziell als ihr Visitator fungierte, stattete den Mönchen alljährlich einen Besuch ab, übte aber keine Macht über sie aus, und ich als Archidiakon hatte nicht nur keine Macht, sondern auch keinen Anlaß zu Besuchen. Nach meiner Ernennung 1937 hatte ich aus Höflichkeit vorgesprochen, um mich dem Abt vorzustellen, aber der Weihrauchgestank in der Kapelle und die scheußliche Gipsstatuette der Jungfrau Maria im Besucherzimmer hatten mich so erschüttert, daß ich mich dort nie mehr hatte sehen lassen, außer wenn ich einen unglücklichen Amtsbruder einliefern mußte, der einen Zusammenbruch erlitten hatte.

Wahrscheinlich würden die Mönche mit mir fertig werden, wenn ich ihnen einen kurzen Besuch abstattete (ein längerer Besuch war natürlich ausgeschlossen, weil die Leute sonst zu reden anfingen), aber die Frage war: Wurde ich auch mit ihnen fertig? Vielleicht – wenn ich mich in den Mantel der Anonymität hüllen konnte, aber der eine oder andere Mönch würde sich zweifellos an mich erinnern – wenn ich meine armen Brüder hinbrachte, karrte ich sie natürlich nicht einfach vor die Tür und brauste gleich wieder davon. Der Gedanke an das Gerede der Mönche hinter meinem Rücken machte mich schaudern, und automatisch griff ich wieder zur Whiskyflasche.

Schließlich sagte ich mir, daß ich nicht ewig hier am Tisch sitzen, Whisky trinken und bei dem Gedanken an die Forditen schaudern konnte. Ich mußte jemanden finden, der mir sagte, wie ich weiterleben sollte, und wenn man sich im Ödland befand, konnte man es sich nicht leisten, wählerisch zu sein. Man schnappte sich den besten Mann, der gerade zur Verfügung stand, und betete um Errettung.

Darrow fiel mir wieder ein, der ehemalige Forditenmönch. Er war zwar früher nie in Starwater gewesen, doch seit seiner Rückkehr in die Welt hatte er das Haus sicher regelmäßig besucht und wußte, welches dort die besten Leute waren. Wenn Darrow telefonisch ein Gespräch für mich arrangierte, bestand nicht die Gefahr, daß ich jemandem zugeteilt wurde, den ich kannte, und ich konnte vielleicht meine Anonymität wahren.

Ich erhob mich. Ich hatte keine Zeit mehr zu verlieren. Vorsichtig versteckte ich die Whiskyflasche wieder hinter dem Oxford Dictionary, und ebenso vorsichtig ließ ich das leere Glas wieder in einer Schreibtischschublade verschwinden. Ich schleppte mich hinaus, kroch in meinen Wagen und bekam nach dem fünften Versuch den Schlüssel ins Zündschloß. War ich zu betrunken zum Autofahren? Nein, aber möglicherweise war die Polizei da anderer Ansicht. War um drei Uhr morgens mit Streifenwagen zu rechnen? Nicht mehr, wenn ich erst die Stadt hinter mir hatte. Konnte ich die zwölf Meilen nach Starrington Magna, wo Darrow wohnte, ohne Unfall zurücklegen? Selbstverständlich, und wenn einer mich daran hindern wollte, bekam er eins aufs Dach.

Ich zockelte mit fast zwei Meilen Stundengeschwindigkeit den Canonry Drive hinunter. Ich sah kaum, wohin ich fuhr, doch dann merkte ich, daß ich vergessen hatte, die Scheinwerfer einzuschalten. Wo hatte ich nur meine Gedanken? Ich hielt den Wagen an, um nach dem Schalter zu suchen. Hatte keinen Sinn, beim Fahren danach zu suchen – man soll nie zwei Dinge auf einmal tun wollen. Die Scheinwerfer flammten auf, voller Lichtschein, keine Verdunkelung mehr – Gott sei Dank, der Krieg war ja zu Ende! –, und als sich das Dunkel wie durch ein Wunder erhellte, sah ich vor mir das Tor der Domfreiheit – verschlossen natürlich wie immer zwischen elf Uhr abends und sechs Uhr morgens.

Das war der Moment, in dem ich mir eingestehen mußte, daß ich entweder verrückt oder betrunken war – oder beides zusammen. Wie hatte ich das nur vergessen können? Natürlich hatte ich einen Schlüssel für das Tor, doch die Erkenntnis, daß ich betrunken oder verrückt, oder beides war, bewirkte, daß ich innehielt und überlegte. Mir wurde klar, daß ich nicht nur nicht in der Lage war, nach Starrington Magna zu fahren, sondern daß ich kaum zu dieser ausgefallenen Zeit unrasiert, verwirrt und mit einer Whiskyfahne bei Darrow erscheinen konnte.

Ich tuckerte zum Haus zurück und begab mich zu weiterem Nachdenken ins Arbeitszimmer. Was ich als nächstes zu tun hatte, war allerdings so offensichtlich, daß es keines Nachdenkens bedurfte: Ich mußte mich präsentabel machen. Verbissen pumpte ich mich mit Alka Seltzer voll. Dann schlich ich vorsichtig nach oben, wusch mich, rasierte mich, ohne mich zu schneiden (eine nicht zu unterschätzende Leistung), und zog frische Sachen an. Als ich schließlich sicher war, daß ich nicht schlimmer aussah als eben ein Geistlicher, der beinahe seine Frau verloren hätte, kehrte ich ins Arbeitszimmer zurück, trank Tee, rauchte eine Zigarette nach der anderen und wartete darauf, daß die Zeit verging.

Ich versuchte auszurechnen, wann Darrow in der Theologischen Hochschule eintreffen würde. Er war gewiß schon vor acht Uhr da, denn um acht versammelten sich die Studenten und Dozenten zur Morgenandacht in der Kapelle. Ich zog das Eisenbahnkursbuch aus dem Regal, sah bei den frühen Zügen aus Starrington Magna nach und fand einen, der um sieben Uhr fünfunddreißig in Starbridge eintraf. Vom Bahnhof bis zur Domfreiheit waren es zu Fuß zehn Minuten. Um Viertel vor acht würde Darrow durch die Eingangstür geschritten kommen.

Ich blickte auf meine Uhr. Dann schlüpfte ich zum zweitenmal an diesem Morgen aus dem Haus, betrat den Domkirchhof und ging über die breite Rasenfläche zur Theologischen Hochschule beim St. Anne's Gate hinüber.

2

Er war eben gekommen. Als ich das Rektorat betrat, hängte er gerade seinen Hut auf.

«Oh, hallo, Darrow», sagte ich, als begegnete ich ihm zufällig auf einer Gartenparty. «Entschuldigen Sie, daß ich Sie so früh überfalle. Haben Sie einen Augenblick Zeit für mich?»

«Natürlich.» Er schenkte mir jenes frostige Lächeln, in dem sich ein Maximum an Höflichkeit mit einem Minimum an Wärme verband, und deutete auf zwei Stühle, die an dem kleinen Tisch beim Fenster standen. «Nehmen Sie Platz.»

«Danke.» Als wir uns beide gesetzt hatten, versuchte ich zunächst, meine abgespannte Erscheinung zu erklären. «Entschuldigen Sie, wenn ich etwas mitgenommen aussehe», sagte ich, «aber ich bin die ganze Nacht auf gewesen. Meine Frau hat das Baby zur Welt gebracht, aber es war tot.»

«Das tut mir wirklich sehr leid.» Seine Aufrichtigkeit verblüffte mich. Ich hatte mit einer höflichen Beileidsbekundung gerechnet, nicht mit solch echter Anteilnahme. «War es ein Junge oder ein Mädchen?»

Ich starrte ihn an. Erschrocken merkte ich, daß ich seine Frage nicht beantworten konnte. Niemand hatte etwas über das Geschlecht des Kindes gesagt, und ich hatte mich nicht danach erkundigt. Ich war zu sehr damit beschäftigt gewesen, die Leiche unter den nächsten Teppich zu kehren und den Vorhang herunterzulassen.

«Gewiß haben Sie sich wegen Ihrer Frau solche Sorgen gemacht, daß Sie sich überhaupt nicht mit dem Kind befassen konnten», sagte Darrow, geschickt über mein betretenes Schweigen hinweggehend, als er meine Verlegenheit bemerkte. «Das ist unter diesen Umständen ja ganz normal.»

Ich sagte recht förmlich: «Ich konnte das Kind gestern abend nicht sehen, das werde ich erst heute. Sie brauchen nicht zu glauben, ich sei mir meiner Christenpflicht nicht bewußt.»

«Ich dachte nicht an die Erledigung irgendeiner Christenpflicht. Ich dachte an Ihr Bemühen, sich mit dem schmerzlichen Verlust abzufinden.»

«Mit welchem Verlust? Für einen Vater hat ein totgeborenes Kind nie existiert. Nur die Mutter, die das Kind neun Monate lang getragen hat, kann ein Gefühl empfinden, das als schmerzlicher Verlust bezeichnet werden könnte.»

Darrow schwieg, machte aber ein besorgtes Gesicht.

«Keine Angst!» sagte ich trocken. «Ich bin nicht gekommen, um mich an Ihrer Schulter auszuweinen! Ich habe Ihnen davon nur erzählt, damit Sie wissen, weshalb ich etwas angeschlagen aussehe.»

«Aha», sagte Darrow. «Dann ist mit Ihnen also alles in Ordnung?»

«Unbedingt.»

In der Pause, die nun eintrat, erkannte ich ein wenig spät, daß ich mich selbst in eine unglaubwürdige Position hineinmanövriert hatte. Wie hatte ich nur so dumm sein können, zu bestätigen, daß mit mir alles in bester Ordnung sei? Er mußte mich für ein Monstrum an Gefühllosigkeit halten, das weder der Tod seines Kindes noch das Leiden seiner Frau rührte. Schnell versuchte ich mich in einem christlichen Licht zu präsentieren.

«Nun, um ehrlich zu sein», sagte ich, «es waren wirklich schlimme vierundzwanzig Stunden. Aber ich will Sie natürlich nicht mit allen schrecklichen Einzelheiten langweilen.»

«Langweilen Sie mich ruhig, soviel Sie wollen.»

«Nein, nein, nein, das ist wirklich nicht nötig. Es war nur ... nun, um ganz offen zu sein, es war eine unangenehme Situation. Die Ärzte mußten das Kind opfern, um meine Frau zu retten. Später erfuhr ich, daß sie sogar versucht hatten, das Baby zu retten, daß es aber, wenn es lebend zur Welt gekommen wäre, zeitlebens einen Hirnschaden gehabt hätte. Das macht es mir natürlich leichter, mich abzufinden mit ... mit dem, was geschehen ist. Die Entscheidung. Meine Entscheidung. Sie mußten mich fragen, verstehen Sie. Nur eine Formalität, sie wußten schon, was sie tun würden, was getan werden mußte. Aber trotzdem ... es war wirklich recht schwierig.»

«Sehr.»

«Aber was hätte ich tun sollen? Wenn da ein Arzt kommt und sagt: ‹Ihre Frau wird sterben, wenn nicht das und das getan wird›, dann hat man doch die moralische Pflicht, seine Frau zu retten und das andere zu billigen. Ich weiß, es war die richtige Entscheidung, weil gar keine andere möglich war. Aber trotzdem wünschte ich, ich wäre nicht in eine Situation geraten, die eine Entscheidung dieser Art erforderlich machte.»

«Eine schwere Prüfung.»

«Ja, wahrscheinlich. Ja, das war es auf jeden Fall. Eine Prüfung.» Ich griff das Wort erleichtert auf. Nun da das Ganze einer bestimmten Kategorie zugeordnet worden war, konnte es ohne weiteres hinter dem Vorhang abgelegt werden. «Nun», sagte ich, indem ich tief Atem holte und mich anschickte, auf andere Dinge zu sprechen zu kommen, «soviel zu diesem Problem. Jetzt –»

«Das tut mir alles wirklich sehr, sehr leid, Aysgarth.»

«Wie? Oh, danke. Nett von Ihnen. Aber jetzt darf ich nicht länger Ihre Zeit verschwenden, indem ich –»

«Unter diesen besonderen Umständen ist es gut, daß Sie den Verlust für Ihre eigene Person nicht als schmerzlich empfinden. Wenn zu all dem Grauen und Zorn auch noch Trauer käme, wäre die Situation nahezu unerträglich!»

«Zorn?»

«Sie sagten doch, Sie wünschten, Sie wären nicht in eine Situation geraten, die diese schreckliche Entscheidung forderte.»

«Ah ja, ich verstehe. Nun, es hat keinen Zweck, sich jetzt darum zu grämen, nicht wahr? Was geschehen ist, ist geschehen. Wenn Sie nichts dagegen haben, möchte ich jetzt zum eigentlichen Grund meines Besuchs kommen. Ich –»

«Ah, ich hab's!» rief Darrow plötzlich aus. «Sie versuchen den Vorhang herunterzulassen! Ich erinnere mich, letztes Jahr im Crusader, da erzählten Sie mir, wie gern Sie Ihre Vorhänge herunterlassen, aber, Aysgarth, haben Sie nie bemerkt, daß gelegentlich ein Vorhang lieber oben bleiben sollte?»

«Wenn ich den Vorhang herunterlassen will, dann lasse ich ihn herunter, verdammt noch mal!» brüllte ich, plötzlich von dem Drang überwältigt, meine wachsende Anspannung durch verbale Heftigkeit abzureagieren, doch kaum waren die Worte heraus, da wurde mir – zu spät – bewußt, daß ich damit auf fatale Weise die Beherrschung verloren hatte. Panik erfaßte mich. Ich umklammerte die Tischkante und versuchte verzweifelt, einen gefaßten Eindruck zu machen. «Entschuldigen Sie», murmelte ich. «Ich hätte mich nicht so gehen lassen dürfen. Bin nicht ganz beieinander im Augenblick. Ich habe ein kleines Problem – ein ganz kleines –, hat nichts mit dem anderen eben zu tun, und deshalb bin ich eigentlich gekommen. Können wir jetzt die unwichtigen Dinge beiseite lassen und endlich zur Sache kommen?»

«Natürlich», sagte Darrow. «Es tut mir leid, daß ich Sie vom Thema abgebracht habe.»

Die Entschuldigung verlieh mir irgendwie neuen Halt, so daß ich einen beiläufigen Ton anschlagen konnte. «Ich will Sie nicht mit den Einzelheiten dieses kleinen Problems belästigen», sagte ich. «Es ist nicht besonders wichtig, aber es wäre wahrscheinlich doch nützlich, wenn ich einmal mit einem der Mönche von Starwater sprechen könnte – eine halbe Stunde würde schon genügen. Könnten Sie ein solches Gespräch in die Wege leiten? Ich würde es ja selbst tun, aber einige der Mönche wissen, wer ich bin – nun, ich weiß, es ist lächerlich, aber –»

«Sie möchten anonym bleiben. Das ist gar nicht lächerlich. Das ist ganz natürlich – und auch vernünftig. Wenn Sie einen unvoreingenommenen Menschen suchen, können Sie keinen gebrauchen, der ‹Ah, guten Morgen, Archidiakon!› ausruft, sobald Sie in sein Zimmer kommen.»

Das beruhigte mich sehr. Mit gestärktem Selbstvertrauen fuhr ich fort: «Deshalb wollte ich Sie um Hilfe bitten. Wenn Sie mir die Namen der erfahrensten Leute in Starwater nennen, kann ich Ihnen die angeben, die ich nicht kenne, und dann –»

«Können Sie für ein paar Stunden nach London fahren?»

«London! Sie denken an den Hauptsitz der Forditen?»

«Damit wäre Ihr Anonymitätsproblem gelöst, und Sie hätten sich die Reise nach Yorkshire gespart. Erinnern Sie sich, daß ich im Crusader von Aidan Lucas sprach?»

«Meinen Sie –»

«Ich meine, daß Sie großes Glück haben. Er ist gerade in London – erholt sich nach einer Augenoperation.»

Das war der Augenblick, da ich in der Ferne jenseits des Ödlands die schwachen Umrisse des Wegweisers mit der Aufschrift ERLÖSUNG erblickte.

3

«Empfängt er denn Besucher?»

«Ich war letztes Wochenende bei ihm. Er würde wohl auch Sie empfangen. Er kann zur Zeit noch nicht viel lesen, und Besucher sind ihm eine willkommene Abwechslung.»

Die Umrisse des Wegweisers verblaßten wieder, als ich abermals in Panikstimmung geriet. «Das Dumme ist nur, daß ich nicht weiß, wie ich im Augenblick nach London kommen soll. Ich habe sehr viel Arbeit, und –»

Darrow, der das Gespräch von Anfang an auf eine sanfte, ruhige Art geführt hatte, hielt plötzlich eine gänzlich neue Taktik für angebracht und ging ohne jede Vorwarnung zum Angriff über. «Mein lieber Aysgarth», sagte er, «machen wir uns doch nicht länger vor, Ihr Problem sei nur eine weitere kleine Unannehmlichkeit, die bei einem Plauderstündchen in Starwater Abbey aus der Welt geschafft werden kann. Ich weiß genau, was Sie von den Forditen halten! Sie würden nicht im Traum daran denken, bei ihnen Hilfe zu suchen, wenn Sie nicht ganz unten angekommen und dabei schwer aufgeschlagen wären. Jetzt schalten Sie Ihren gefährlichen Yorkshirestolz ab, lassen Sie diese törichten Untertreibungen und versuchen Sie nicht mit Gewalt zu beweisen, daß Sie der robusteste Archidiakon der Christenheit sind!»

Sofort wich das beklemmende Gefühl fast hysterischer Verwirrtheit, das durch sein besorgtes Mitgefühl noch verstärkt worden war. Mit einem Keuchen der Erleichterung ging ich meinerseits zum Angriff über.

«Sie wollen wohl, daß ich als ein Häufchen Elend hier vor Ihnen zusammenbreche!» rief ich. «Das würde Sie befriedigen, nicht wahr,

Ihren alten Feind am Boden zu sehen! Aber ich bin keiner von den Geistlichen, die Nervenzusammenbrüche bekommen, ich bin keiner von den Geistlichen, die ihr Leben verpfuschen, ich bin keiner von den Geistlichen, die –»

«Sie scheinen mir einer von den Geistlichen zu sein, die dringend geistlicher Erster Hilfe bedürfen, und wenn Sie mir jetzt die Gelegenheit dazu geben, werde ich –»

«Oh, haben Sie denn nicht genug ergebene Jünger, denen Sie den Wundermann vorspielen können? Meine Probleme gehen Sie nichts an!»

«Genau da täuschen Sie sich. Ich habe der Kirche und unserem Vorgesetzten, Dr. Ottershaw, gegenüber die Pflicht, dafür zu sorgen, daß Sie nicht zusammenklappen und einen Skandal erster Güte verursachen. Sie haben getrunken, nicht wahr?»

«Diese Frage brauche ich Ihnen nicht zu beantworten! Ich bin nur dem Bischof verantwortlich und keinem arroganten Ex-Abt wie Ihnen!»

«Wie Sie wünschen», sagte Darrow, erhob sich und ging zu dem Telefon auf seinem Schreibtisch. «Ich rufe Dr. Ottershaw an.»

Mir blieb die Luft weg. Dann sprang ich auf, riß ihm den Hörer aus der Hand, knallte ihn wieder auf die Gabel und baute mich vor dem Apparat auf.

«Aysgarth, wenn Sie mich nicht gerade umbringen, werden Sie mich nicht daran hindern, früher oder später mit dem Bischof zu sprechen, wenn ich das für richtig halte! Jetzt hören Sie auf, wie wild um sich zu schlagen, und versuchen Sie in sich aufzunehmen, was ich Ihnen jetzt sage. Ich erzähle Dr. Ottershaw nichts von ihrem wahrhaft erschreckenden Zustand, wenn Sie sich in meine Hände begeben und genau tun, was ich Ihnen sage.»

«Aber –»

«Aysgarth, wollen Sie diese Krise überleben oder nicht?»

«Was für eine törichte, überflüssige, unausgegorene Frage!»

«Dann setzen Sie sich wieder auf diesen Stuhl, und wir wollen zusehen, daß Sie sich nicht zu Tode bluten, ehe Sie auf Aidans Operationstisch in London eintreffen.»

4

Ich war gerade auf meinem Stuhl zusammengesunken, als es leise an der Tür klopfte und Jennings, der Prorektor, den Kopf hereinstreckte.

«Entschuldigen Sie, Jon – oh, guten Morgen, Archidiakon! –, ich wollte nur nachsehen, ob Sie hier sind. Es ist gleich acht Uhr.» Wie auf ein Stichwort begann in diesem Augenblick die Glocke der Kapelle zur Morgenandacht zu läuten.

«Ich wäre Ihnen dankbar, wenn Sie die Andacht übernehmen könnten, Frank. Ich muß mit dem Archidiakon etwas Dringendes besprechen.»

Damit waren Jennings und die Morgenandacht erledigt. Darrow hatte jetzt Zeit bis zur Feier des heiligen Abendmahls – bis zur «Messe», wie er es nach seiner anglokatholischen Mode zu nennen pflegte.

«Als erstes», sagte er, als Jennings gegangen war, «müssen Sie mir Ihre Verabredungen heute morgen nennen, damit ich sie absagen kann. Was hatten Sie nach diesem Gespräch weiter vor?»

«Nun, ich muß natürlich nach Hause gehen und meinen jüngeren Kindern von dem Baby erzählen – die älteren Jungen sind im Internat – und dann mit meiner täglichen Arbeit anfangen. Um neun Uhr bespreche ich mich mit meinen Hilfspfarrern, um zehn bin ich bei Dr. Ottershaw, und um elf habe ich eine Diözesan-Ausschußsitzung.»

«Wann gehen Sie wieder ins Krankenhaus?»

«Es hieß, ich solle nicht vor Mittag kommen. Gleich nach der Ausschußsitzung muß ich ins Krankenhaus zu meiner Frau, dann zur Verwaltungsbeamtin, dann das Kind sehen –» Ich hielt inne. Es folgte ein langes Schweigen. Dann hörte ich mich wie von sehr weit her sagen: «Ich kann nicht.»

«Das Kind sehen?»

«Nein, das geht schon. Ich empfinde ja keinen schmerzlichen Verlust, also kann ich das mit dem Kind ertragen. Meiner Frau kann ich nicht gegenübertreten.»

«Können Sie mir sagen, warum?»

«Das geht Sie nichts an.»

«Fühlen Sie sich vielleicht schuldig? Dafür, daß sie leidet, weil sie Ihr Kind geboren hat?»

«Oh, versuchen Sie doch nicht ständig, Ihre abenteuerlichen Vermutungen als mediale Einblicke auszugeben!»

«Vielleicht fühlen Sie sich schuldig, weil Sie wünschten, das Kind wäre am Leben und sie wäre tot.»

Ich sprang auf. Mein Stuhl kippte um. Mit bebender Stimme sagte ich: «Sie *übler* Zauberkünstler! Scheren Sie sich zum Teufel, ich gehe!»

«Aysgarth» – er war mit einem Satz an der Tür und versperrte mir den Weg – «wollen Sie sich um jeden Preis selbst zugrunde richten? Sie müssen heute morgen Ihre Frau besuchen, und ich muß Ihnen dabei helfen. Ich kann Ihre Termine mit den Hilfspfarrern, mit dem Bischof, mit dem Ausschuß in der Eternity Street absagen, aber nicht den mit Ihrer Frau.»

«Ich sage Ihnen doch, ich kann nicht zu ihr gehen – ich schaffe es einfach nicht –»

«Sie müssen aber. Wenn Sie sich heute morgen nicht im Krankenhaus sehen lassen, dann bricht der Skandal los. Ihre Ehe ist bereits die meistdiskutierte Verbindung in der Diözese, vielleicht in der gesamten Kirche von England – es kommt nicht alle Tage vor, daß ein Archidiakon ein Mädchen aus der großen Gesellschaft heiratet –, und jeder abträgliche Klatsch über Sie beide wird sofort aufgegriffen und aufgebauscht werden. Dann schaltet sich die Sensationspresse ein, und was passiert, wenn die Skrupelloseren unter den Journalisten Ihre Ehe für gescheitert halten, brauche ich Ihnen wohl nicht zu sagen. Aysgarth, Sie müssen einfach begreifen, daß Sie am Rand der Katastrophe stehen und daß ein falscher Schritt Sie in den Abgrund stürzen kann!»

Es wäre sinnlos gewesen, mit ihm zu streiten, denn genauso beurteilte ich selbst meine Lage. Ohne wirklich zu wissen, was ich tat, wandte ich mich von der Tür ab und bewegte mich auf das Fenster zu. Mit Schrecken sah ich, daß die Umrisse des Doms verschwommen waren.

«Alle vertrauten Orientierungspunkte verschwinden ganz plötzlich», sagte ich. «Aber wie soll ich den richtigen Weg finden ohne Orientierungspunkte?»

Ich wartete auf eine Antwort, aber Darrow schwieg, und jetzt war der Dom nur noch ein Dunst von Licht und Schatten, so undeutlich wie ein impressionistisches Gemälde. Da ich mir weder Schwäche noch aufwühlende Gefühle anmerken lassen wollte in Gegenwart eines Mannes, den ich nicht mochte, nahm ich abermals den Zorn zu Hilfe, um die unerträgliche Wahrheit in Schach zu halten.

«Warum werde ich so gequält?» rief ich und schlug dabei mit der Faust auf den Tisch. «Warum widerfährt mir das?»

Darrow kam mir sofort zu Hilfe, indem er mir eine mögliche Linderung meiner Qual in Aussicht stellte. «Aidan wird Ihnen helfen, die Antwort auf diese Frage zu finden», sagte er, «aber im Augenblick sind Sie dazu nicht in der Lage. Und jetzt, Aysgarth» – er kam dabei zum Tisch zurück – «müssen Sie versuchen, ganz still zu sein. In Ihrer Not machen Sie einen solchen Lärm, daß Sie eine Botschaft Gottes gar nicht wahrnehmen können, selbst wenn er in Menschengestalt vor Ihnen erschiene und Ihnen seine Anweisungen mit einem Megaphon ins Ohr brüllte. Glauben Sie mir, Sie kommen keinen Schritt vorwärts, wenn Sie so herumtoben; im Gegenteil, Sie müssen zuhören – ruhig sein und der Stille lauschen.»

Ich blinzelte, tat so, als riebe ich mir ein Stäubchen aus dem Auge und brach doch erneut am Tisch zusammen. Darrow zog seinen Stuhl heran, damit er näher bei mir sitzen konnte. Das Schweigen zog sich in die Länge, doch schließlich fühlte ich mich stark genug, um ihn ansehen zu können. Er gab meinen Blick zurück. Er hatte ein eckiges Gesicht mit vorspringenden Wangenknochen, ein kräftiges Kinn und eine hohe Stirn. Die Augen waren von einem eigenartigen leuchtenden Grau, und als ich ihr Leuchten bemerkte, wußte ich, daß er versuchte, mich in einen ruhigeren Zustand hineinzuhypnotisieren. Verdammter Hexenmeister! Er hielt sich natürlich für einen Heiler, wie Christus. Das sah ihm ähnlich. Ich kochte vor Wut, als ich diese Arroganz bedachte, doch im nächsten Augenblick schon hatte ich Darrows zweifelhafte Kunststückchen vergessen. Das Bild Christi, das mir so beiläufig in den Sinn gekommen war, begann deutlichere Gestalt anzunehmen; ich sah ihn auf einmal vor mir, wie er zwischen den Kranken, den Bedrückten, den Beladenen einherschritt, und hörte ihn sagen: «Dein Glaube hat dich ganz gemacht.»*

«Alles ist eine Einheit», sagte ich. «Alles ist eins.» Erst einen Augenblick später wurde mir bewußt, daß ich die Worte meines Vaters laut vor mich hin gesprochen hatte, und ein wenig verwirrt versuchte ich das scheinbar unangebrachte Zitat zurechtzurücken. «Ich meinte damit, *ich* will eins sein», sagte ich, «und nicht von meinen Nöten zerrissen.»

«Sie wollen ganz sein.»

Ich erstarrte. «Warum gebrauchen Sie das Wort ‹ganz›?»

«Bietet es sich nicht an? Unser Herr hat es gern gebraucht. Wann immer er sich um Kranke kümmerte –»

«Ja, das stimmt.» Ich tat die offenkundige Übereinstimmung unserer Gedanken als einen Zufall ab und entspannte mich endlich ein wenig.

«Ist Ihnen jetzt wohler?» fragte Darrow.

Zu meiner Überraschung spürte ich, daß ich mich tatsächlich wohler fühlte. Ich gab einen zögernd zustimmenden Laut von mir, und als ich verstohlen zum Dom hinüberblickte, sah ich zu meiner Erleichterung, daß sich seine Umrisse wieder scharf abzeichneten.

«Gut», sagte Darrow, sehr erleichtert, daß ich nicht mehr versuchte, die Wände hochzugehen, «dann müssen Sie jetzt Kraft sammeln für dieses wichtige Gespräch mit Ihrer Frau. Ich sorge für eine stille Ecke, wo Sie ein paar Stunden schlafen können.»

«Aber meine Verabredungen – was wollen Sie den Leuten denn sagen?»

«Überlassen Sie das alles mir – ich werde schon mit ihnen fertig. Sie kümmern sich jetzt nur noch darum, daß Sie möglichst viel Schlaf nachholen – und ehe Sie mit mir darüber zu streiten anfangen, möchte ich Sie daran erinnern, daß die Sorge um Ihre Gesundheit eine religiöse Pflicht ist», sagte Darrow in jenem strengen Ton, der ein Aufbegehren unmöglich machte.

---

* Das Verständnis des Zusammenhangs macht es erforderlich, diese Bibelstelle wörtlich nach der englischen Fassung zu übertragen. In Luthers Übersetzung lautet die Stelle: «Dein Glaube hat dir geholfen.» (Anm. d. Übers.)

Mir blieb nichts anderes übrig, als mich von ihm aus dem Zimmer führen zu lassen. Wenn Darrow sich erst um Menschen kümmerte, war er wie ein Panzer; ich hatte das Gefühl, plattgewalzt worden zu sein. Er führte mich unerbittlich in ein Schlafzimmer, das einem abwesenden Ordinanden gehörte, und befahl mir, die Tür abzuschließen, sobald ich allein war.

«Glauben Sie, er kommt zurück?» fragte ich verwirrt.

«Nein, er ist zu einer Beerdigung nach Birmingham gefahren. Ich will nur nicht, daß eine übereifrige Putzfrau Ihnen mit dem Staubtuch im Gesicht herumwedelt ... Nun stehen Sie nicht herum, Aysgarth! Ziehen Sie Schuhe und Kragen aus, nehmen Sie auf diesem Bett eine horizontale Lage ein und versuchen Sie sich wenigstens auszuruhen, wenn Sie nicht schlafen können. Ich bringe Ihnen um halb zwölf etwas zu essen, und um Viertel vor zwölf gehen wir ins Krankenhaus.»

«Sie kommen mit?»

«Natürlich. Haben Sie geglaubt, ich lasse Sie allein mit diesem Alptraum fertig werden?»

«Aber Ihre Arbeit – Ihr Unterricht – Ihre Termine –»

«Das erledige ich schon. Machen Sie sich darum keine Sorgen.»

«Aber ich darf Sie wirklich nicht so aus allem herausreißen, nur weil ich im Augenblick nicht ganz auf dem Damm –»

«Aysgarth, hören Sie bitte auf, diese schlimme Situation als eine kleine vorübergehende Unpäßlichkeit hinzustellen.»

Er ging. Ich schloß gehorsam die Tür ab, zog Schuhe und Halskragen aus, legte mich aufs Bett und machte mich auf drei Stunden qualvoller Einsamkeit gefaßt.

Aber ich schlief ein.

5

Ich schlief, und in meine Träume stürmte Onkel Willoughby hinein: «Die Situation ist hoffnungslos – und dafür wirst du mir büßen!» Ich wußte, daß er mich mit dem blutbefleckten Beil töten wollte, das er in der Hand hielt, aber ich rannte davon, ich rannte nach Hause, hinauf ins Kinderzimmer, wo ich den Vorschlaghammer aufhob, der neben einer Wiege voller toter Babys lag, und als die Tür aufging, schlug ich ihm den Schädel zu Brei. Ich schlug und schlug und schlug, doch plötzlich sah ich mit Grausen, daß mein Opfer nicht Onkel Willoughby war, sondern meine Mutter. Ich wußte, ich mußte meinen Irrtum vertuschen, ich mußte die Leiche so in Stücke schlagen, daß ich sie unter den Teppich kehren und den Vorhang herunterlassen konnte, aber die Leiche wollte sich nicht zerstückeln lassen, und sowie ich aufhörte, den Vorschlaghammer zu schwingen, begann sie wieder zum Leben zu erwachen. Ich versuchte erneut den Hammer zu heben, aber jetzt war er zu schwer für meine Kräfte, und während ich noch mit diesem bleiernen Gewicht kämpfte, bemerkte ich plötzlich, daß Onkel Willoughby sich mit erhobenem Beil von hinten anschlich und –

Ich fuhr auf, keuchend und schwitzend, und fand mich in dem kleinen Schlafzimmer unter der Dachtraufe der Theologischen Hochschule wieder. Draußen schien die Sonne immer noch aus einem strahlend blauen Himmel auf den Dom.

Nach einer Weile dachte ich daran, auf meine Uhr zu schauen, und stellte erleichtert fest, daß Darrow gleich kommen mußte. Ich fühlte mich zum Handeln gerüstet. Keine müßigen Nickerchen und lächerlichen Alpträume mehr. Es war Zeit für den nächsten Teil meiner Prüfung.

Verzweifelt versuchte ich mir vorzustellen, wie ich den Besuch im Krankenhaus überstehen sollte.

6

«Nun müssen wir uns überlegen, wie Sie sich Ihrer Gattin gegenüber am besten verhalten», sagte Darrow, der mir ein belegtes Brot und ein Glas Wasser gebracht hatte. «Bei einem schwierigen Gespräch kommt alles auf die Vorbereitung an. Sind Sie in der Lage, etwas so Belangloses zu sagen wie ‹Liebling, es tut mir so leid, daß du so sehr hast leiden müssen, aber Gott sei Dank bis du noch am Leben›, oder glauben Sie, daß selbst das noch zuviel wäre?»

«Nein, ich glaube, das schaffe ich schon. Aber lange kann ich es wohl nicht durchhalten.»

«Fünf Minuten?»

«Ja, ich denke schon. Das hängt von ihr ab. Wenn es ihr gut genug geht, ist es weiter nicht schlimm, dann reißt sie das Gespräch sehr bald an sich.»

«Wenn es ihr nicht so gut geht, ist es auch nicht schlimm, denn dann sorgen die Schwestern dafür, daß Sie nicht lange bleiben. Ich will Ihnen etwas sagen: Ich passe auf, daß Sie nach fünf Minuten herausgeholt werden, was auch passiert. Wenn Sie glauben, Sie halten nicht so lange durch, dann sagen Sie, Sie müßten die Toilette aufsuchen, und ich sehe zu, daß eine Schwester da ist, die den Besuch beendet, wenn Sie zurückkommen.»

Ich sagte verzweifelt: «Wie in Gottes Namen soll ich nur die nächsten dreißig Ehejahre überstehen?»

«Denken Sie nicht an die nächsten dreißig Jahre. Konzentrieren Sie sich nur auf heute.»

«Ich begreife einfach nicht, wie ich es so weit –»

«Auch daran sollen Sie jetzt nicht denken – zum Spekulieren ist später genug Zeit... Wann wurde Ihnen zum erstenmal klar, daß Ihre Ehe ein Fehler war?»

«Vor einer Weile schon. Aber ich glaubte, es könnte noch gut werden, solange ich einen Preis hatte, dem ich nachjagen konnte. Solange sie sich in eine Trophäe verwandeln ließ, war alles in Ordnung.»

«Aber schließlich haben Sie es aufgegeben, sie zu verwandeln, ja?»

«Nein, ich habe sie schließlich ganz errungen.»

«Und dann wollten Sie sie nicht mehr?»

«Nun ja, es gab nichts mehr, dem ich nachjagen konnte, verstehen Sie, und mit einem Preis, den man gewonnen hat, kann man nicht mehr viel anfangen, man stellt ihn nur noch ins Regal – und manchmal ist das natürlich sehr schön, manchmal macht es große Freude, wenn der Pokal auf dem Kaminsims einen daran erinnert, was für ein Glück man hat, einen so vollkommenen Gegenstand zu besitzen, aber das Dumme bei Dido ist –»

«Daß sie keineswegs ein vollkommener Gegenstand ist. Ja, ich verstehe. Ein höchst vertracktes Dilemma... Und wie lange jagen Sie Ihren Trophäen schon nach?»

«Oh, seit eh und je. Nur so kommt man ja schließlich weiter. Nur so gerät man nicht in die Grube.»

«In welche Grube?»

«In die Versagergrube. Wo der Sarg steht.»

«Versagen heißt Tod? Preise erringen heißt Leben?»

«Ja. Aber –» Ich hielt inne. In meiner Erinnerung tauchte jene bekannte Erklärung Jesu auf, die beim Evangelisten Matthäus steht: «Wer sein Leben findet, der wird's verlieren; und wer sein Leben verliert um meinetwillen, der wird's finden.» Ich schlug mir die Hände vors Gesicht und sagte erschüttert: «Ich habe alles gewonnen, was ich je begehrt habe – aber ich habe dabei alles verloren.»

«Nicht ganz.»

«Aber ich bin in der Grube gelandet – ich stehe neben dem Sarg –»

«Aber Sie liegen nicht darin.»

«Ja, aber –»

«Sie werden sich aus dieser Grube herauskämpfen, Aysgarth. Sie werden diesem Sarg entrinnen.»

«Ich sehe nicht, wie ich je –»

«Ziehen Sie Ihren Kragen und Ihre Schuhe an, bürsten Sie über Ihren Anzug und richten Sie den Blick entschlossen aufs Überleben. Überleben ist Ihr neuer Preis. Beginnen Sie mit der Jagd nach ihm.»

Ich griff wortlos nach dem Kragen und machte mich mühsam auf zur Startlinie für mein nächstes Rennen.

X

«Mag sein, daß es nicht möglich ist, dem Leben einen Sinn zu geben; aber das Leben ist nicht lebenswert, bevor nicht der Versuch dazu gemacht wird.»

CHARLES E. RAVEN
in *A Wanderer's Way*

I

Stephen, Liebling –»

«Dido – mein liebes, armes Kleines –»

«O Stephen, ich komme mir so nutzlos vor, so unfähig, nicht einmal imstande, ein gesundes Kind zur Welt zu bringen –»

«Wichtig ist nur, daß du wieder ganz gesund wirst.»

«Ich könnte noch immer an den Komplikationen nach der Geburt sterben –»

«Aber das wirst du nicht – ich verbiete es dir kategorisch», sagte ich und lächelte sie an, während ich ihre Hand umfaßte.

«O Stephen, ich liebe dich so sehr – ich habe dir einen Brief geschrieben –»

«Ich habe ihn gelesen. Es war gewiß der schönste Brief, den ein Ehemann nur bekommen konnte.»

«Du hättest ihn doch nur lesen sollen, wenn ich gestorben wäre!»

«Ja, aber ist es nicht schön, daß du noch lebst und von mir hören kannst, wie wundervoll er war?»

Wir lachten. Das Gespräch floß dahin mit dem Schwung eines bühnenreifen Dialogs, jede Figur gab genau das von sich, was das Publikum von ihr erwartete, aber mir war, als zittere mir das Textbuch in der Hand, und im Geist hörte ich wieder und wieder Alex sagen: «Wie wir uns alle belügen!»

«Stephen, Liebling!» sagte Dido leidenschaftlich. «Wenn wir nur so tun könnten, als wäre dies ganze Unglück nie passiert! Du wirst es nicht glauben, aber kurz bevor du kamst, wollten sie es mir zeigen. Den Leichnam. Also nein! Kannst du dir vorstellen, daß Menschen so gefühllos sein können? Ich habe geschrien wie am Spieß. Merry hatte recht – ich hätte das Baby in London bekommen sollen und nicht in diesem drittklassigen Provinzkrankenhaus – nun, ich *hätte* es ja auch in London bekommen, wenn ich nicht hätte befürchten müssen, daß die Leute sagen, ich sei eine lieblose Ehefrau, die ihren Mann schon wieder allein läßt. In einer schicken Londoner Klinik hätte man bestimmt nicht versucht, mir ein totes Kind vor die Nase zu halten, wo es mir doch nur darum ging, so zu tun, als hätte es mein schreckliches Versagen nie gegeben ...» Und sie begann zu weinen.

Ich ergriff die Gelegenheit beim Schopf und drückte auf die Klingel. Die Stationsschwester erschien, warf nur einen Blick auf ihre Patientin, die jetzt hemmungslos schluchzte, und sagte zu mir: «Es geht uns den Umständen entsprechend recht gut, aber es ist ganz natürlich, daß wir noch etwas aufgeregt sind.»

Dido kreischte: «Das ist die, die mir das tote Baby vor die Nase halten wollte!» und fing zu schreien an.

Die Schwester bedeutete mir mit ausdrucksloser Stimme, meinen Besuch abzukürzen. Ich gab Dido schnell einen Kuß, versicherte ihr, daß ich sie anbetete, und entfloh.

Darrow stand draußen auf dem Flur. Er sprach mit einer kräftig gebauten Frau mit fast aufreizend zuverlässigem Gesichtsausdruck.

«Aysgarth, das ist Mrs. Collins von der Krankenhausverwaltung.» Er schenkte ihr jenes Lächeln, das er speziell für Frauen bereithielt. Mrs. Collins lächelte geziert zurück. Darrow, mein persönlicher Panzerwagen, der wieder einmal alles im Griff hatte. «Mrs. Collins hat sich erboten, Ihnen das Kind zu zeigen, ehe wir den Papierkram erledigen.»

«Ah ja.» Nach der Szene mit Dido konnte mich die Besichtigung eines toten Babys auch nicht mehr schrecken. «Vielen Dank, Mrs. Collins.»

Nach den üblichen teilnehmenden Worten führte die Frau uns die Treppe hinunter. Wir verließen das Hauptgebäude und überquerten eine Rasenfläche, die jäh zum Flußufer hin abfiel. In Starbridge tauchte der Fluß immer wieder an unerwarteten Stellen auf; er schlängelte sich nicht nur um die Stadt herum, sondern mit Hilfe eines Nebenarms auch durch sie hindurch, so daß man nie weit vom Wasser entfernt war. Man war auch nie weit vom Dom entfernt. Hinter den blühenden Kirschbäumen, die das Flußufer säumten, über den Schornsteinen der ferner gelegenen Gebäude erblickte ich den hohen Turm, der sich strahlend vom wolkenlosen Himmel abhob.

Auf der anderen Seite des Rasens führte uns Mrs. Collins in ein modernes Gebäude ohne Namen und öffnete die erste Tür links.

«Ich warte hier», sagte Darrow und blieb stehen.

Ich folgte Mrs. Collins in den Raum, wo auf einem Tisch ein kleines Bündel unter einer Decke lag.

«Ich warte draußen zusammen mit Father Darrow», sagte die Frau in dem gedämpften Ton, den man in Kirchen gebraucht, und ich sah mich zu meiner Erleichterung allein gelassen.

Die Tür schloß sich. Ich starrte die Decke an. Niemand beobachtete mich. Ich brauchte nicht darunterzuschauen. Ich beschloß, die Decke nicht zu heben, doch da fiel mir Darrow ein. Wenn ich es nicht ansah, würde er es wissen. Natürlich glaubte ich nicht an Telepathie, aber er würde mit Sicherheit eine forschende Frage stellen und aus meiner Reaktion alles erraten, ehe ich noch «weiße Magie» sagen konnte. Bei dem Gedanken, daß er so genau wußte, wie ich innerlich zu Dido stand, überlief es mich kalt. Er würde es niemandem weitersagen, dessen war ich sicher, aber allein daß er es wußte, schien mir plötzlich unerträglich. Ich verspürte den heftigen Drang, ihm zu entrinnen, ehe er auch noch meinen Mangel an väterlichen Gefühlen für den toten kleinen Körper entdecken konnte, aber ich wußte, daß ich meinen persönlichen Panzerwagen brauchte, der alle Hindernisse vor mir niederwalzte, wenn ich überleben wollte.

Der Gedanke ans Überleben erinnerte mich an das kleine Bündel, dem das Überleben verwehrt worden war. Ich biß die Zähne zusammen, hob die Decke an und blickte rasch darunter. Das Kind war sehr klein, sehr häßlich und sehr tot. Ich ließ die Decke fallen, doch da wurde mir bewußt, daß ich das Geschlecht des Kindes noch nicht kannte. Das mußte ich herausfinden. Angenommen, Mrs. Collins entdeckte meine Unkenntnis bei der Erledigung des Papierkrams? Was würde sie von solch krasser Gleichgültigkeit meinem eigenen Fleisch und Blut gegenüber halten? Ich erschauerte von Kopf bis Fuß.

Zögernd hob ich die Decke wieder an, aber das Kind war in ein Tuch gehüllt, das aufzuwickeln ich mich nicht überwinden konnte. Inzwischen war mir so übel, daß ich mit Erleichterung das Spülbekken in einer Ecke des Raums zur Kenntnis nahm. Was *war* dies für ein Raum? Warum hatte man das Kind nicht in einem Nebenzimmer der Station gelassen, bis ich diese Farce hinter mich gebracht hatte? Und warum hatte man es nach Didos hysterischem Anfall, der meinem Besuch vorausgegangen war, aus ihrem Zimmer direkt in die Leichenhalle geschafft? Sollte eine Autopsie durchgeführt werden? Oder war das die normale Prozedur mit Leichen im Krankenhaus? Ich hatte keine Ahnung. Gewiß würde Mrs. Collins mich nachher aufklären, doch im Augenblick war ich hier, stand in einem Gebäude, das eine Leichenhalle sein mußte, und blickte mich um in einem Raum, der speziell zum Ansehen von Leichen gedacht schien. Aber wenn der Raum tatsächlich eigens dafür gedacht war, welcher Narr hatte dann die Wände in einem so abstoßenden Gelbton streichen lassen?

Ich erbrach mich säuberlich über dem Becken. Jetzt fühlte ich mich wohler, und während ich das Erbrochene fortspülte, nahm ich mir erneut vor, mich als guter Christ zu zeigen. Ich trat wieder an den kleinen Leichnam heran und bemerkte diesmal an dem Tuch ein Schildchen mit der Aufschrift: AYSGARTH (MÄNNLICH). Ich stand vor meinem Sohn.

Ich faltete die Hände, schloß die Augen und versuchte zu beten. Als Protestant hielt ich nichts von Gebeten für Tote, aber ich hatte das Gefühl, für meinen Anteil an seinem Tod um Vergebung bitten zu müssen. Leider sah ich mich zu einem Stegreifgebet beim besten Willen nicht in der Lage. Ich beschloß, statt dessen das Vaterunser zu beten, doch Sekunden später wurde mir bewußt, daß ich die Worte des Sündenbekenntnisses sprach. Offenbar war ich im Begriff, die widerlichen gelben Wände hinaufzugehen. Wie konnte ein Geistlicher bei rechtem Verstand beschließen, das Vaterunser zu beten, und sich dann plötzlich mitten im Sündenbekenntnis wiederfinden? Vielleicht hatte mein schlechtes Gewissen von sich aus entschieden, daß die bloße Bitte «Vergib uns unsere Schuld» nicht ausreichte. Oder der Vorfall war ein weiterer Beweis dafür, daß ich völlig am Ende war.

Verzweifelt wünschte ich, die Gegenwart Christi spüren zu können. Von der Kraft des Heiligen Geistes erfüllt, würde ich Herr der Lage sein, glaubte ich, und alles würde gut werden. Ich mußte daran denken, wie Christus, wäre er körperlich anwesend gewesen, den kleinen Leichnam aufgehoben hätte, und wie der jämmerliche Anblick des Kindes dann durch die Liebe verklärt worden wäre. Ich raffte mich dazu auf, das Bündel hochzuheben, und hielt es in den Armen, aber das Kind blieb häßlich.

Indes meine Verzweiflung zunahm, sagte ich laut zu meinem namenlosen Fleisch und Blut: «Tut mir leid. Schreckliche Sache. Du hast es besser dort, wo du jetzt bist.» Doch während ich diese törichten Worte sprach, dachte ich daran, daß er, wie man symbolisch sagt, «bei Christus» war, in irgendeiner Dimension von endgültiger Wirklichkeit weit jenseits des Bereichs der menschlichen Vorstellungskraft, und auf einmal sah ich Jesus Christus im Geist deutlich vor mir, nicht die süßlich-romantische Figur jener sentimentalen viktorianischen Gemälde und nicht die alle in Bann ziehende Führergestalt, die ich gewöhnlich zeichnete, sondern eine idealisierte Version meines Vaters, der Kinder geliebt und die öden Hänge oberhalb von Maltby auf unseren sommerlichen Nachmittagsspaziergängen damals in ein Paradies verwandelt hatte. Und als ich wieder auf den kleinen Leichnam hinabblickte, da sah ich, daß er kein bloßer toter Körper mehr war, sondern ein Mensch – und nicht irgendein Mensch, sondern ein besonderer, so besonders wie all die anderen Enkelkinder, die mein Vater geliebt hätte, wenn er noch am Leben gewesen wäre, und indem ich mich der Liebe meines Vaters erinnerte, war der häßliche Raum plötzlich von Licht erfüllt, meine Verzweiflung schwand, und für einen Augenblick begann mein Ödland zu blühen, so wie die Landschaft in Yorkshire zu blühen begonnen hatte, als mein Vater noch gelebt hatte und ich mit ihm im Paradies gewandelt war.

«Keine Angst – es wird alles gut», sagte ich laut, und diese Worte waren für mich nicht das törichte Gestammel eines Geistesgestörten, sondern eine symbolische Botschaft für den Enkel meines Vaters, einen einmaligen Menschen, dessen Erinnerung geschätzt und hochgehalten werden würde. Ich legte das Kind an seinen Ruheplatz zurück und blieb eine Weile regungslos stehen, während ich um alles trauerte, was ich verloren hatte. Dann zog ich die Decke zum letztenmal über dieses unvergeßliche Gesicht und ging rasch hinaus.

2

In der Vorhalle erklärte ich, ehe Darrow noch etwas sagen konnte: «Ich möchte nicht darüber sprechen.» Dann bemerkte ich, daß die Frau von der Verwaltung nicht mehr da war. «Wo ist Mrs. Collins?»

«Sie ist schon in ihrem Büro.»

Wir gingen hinaus. Die Sonne wirkte wärmer nach der Kälte in der Leichenhalle. Das Gras war von einem leuchtenden Grün.

«Ich erledige das mit Mrs. Collins schon. Sie müssen nur die Formulare unterschreiben», sagte Darrow. «Sie können inzwischen im Wagen warten.»

«Danke.» Den Blick fest auf das vor uns liegende Hauptgebäude des Krankenhauses gerichtet, sagte ich: «Es wird keine anonyme Beseitigung geben. Er soll nicht unter den Teppich gekehrt werden.»

«Ich werde ihr das klarmachen.»

«Und er soll eine richtige Geburtsurkunde bekommen. Er soll nicht namenlos verschwinden, nur weil er tot geboren wurde.»

«Welchen Namen soll ich angeben?»

«Arthur. Und wenn kein Platz ist auf diesem Blatt Papier, das sie für Totgeborene haben, soll der Name an den Rand oder auf die Rückseite geschrieben werden. Er soll einen richtigen Namen haben, ein richtiges Begräbnis, ein richtiges Grab und einen richtigen Grabstein mit ARTHUR darauf.»

«Ich werde das Bestattungsunternehmen verständigen. Machen Sie sich keine Sorgen, Aysgarth, alles wird nach Ihrem Willen erledigt. Überlassen Sie nur alles mir.»

3

Auf der Rückfahrt vom Krankenhaus sagte Darrow: «Gratuliere. Sie scheinen diese schwere Prüfung erstaunlich gut überstanden zu haben.»

«Der Besuch bei Dido war merkwürdigerweise nicht so schwierig, wie ich gefürchtet hatte. Das war nur eine weitere Übung in Schauspielerei. Aber als ich Arthur dann sah, das hat mich erschüttert. Das war Wirklichkeit.»

«Es ist gut, daß er für Sie wirklich wurde. Man kann eine schmerzliche Erfahrung nur überwinden, wenn man ihr ins Gesicht sieht.»

Ich ließ mir diese Worte durch den Kopf gehen. Dann sagte ich: «Ich werde wohl immer ein gewisses Maß von Schuld empfinden, aber es wird eine Schuld sein, mit der ich leben kann, weil ich jetzt weiß, daß es ihm gutgeht. Schon allein, daß ich dies weiß, bedeutet, daß mir vergeben wurde.» Wie so vieles in der letzten Zeit klang diese Erklärung seltsam vertraut, als hätte ich sie schon früher einmal gehört. Ich wollte Darrow erklären, was ich meinte, und während ich gleichzeitig in meiner Erinnerung nach der Ursache für dieses unheimliche *Déjà-vu*-Erlebnis forschte, sagte ich langsam: «Als ich ihn sah, wurde er für mich zu etwas Besonderem, zu einem Menschen, und die durch das Schuldgefühl geschaffene Entfremdung löste sich auf. Es war wie bei einem naturwissenschaftlichen Gesetz.»

«Ah, ihr Modernisten!» sagte Darrow. «Stets bereit, vor dem Altar der Naturwissenschaft das Knie zu beugen! Warum können Sie nicht einfach sagen, die Liebe besitzt die Macht, Qualen auszutreiben und Vergebung zu schaffen? Oder wenn Ihnen das zu direkt ist, warum sagen Sie dann nicht einfach: ‹Gott war in Christus und hat die Welt mit sich versöhnt?› Warum ziehen Sie die Naturwissenschaft mit hinein?»

«Wir gehören verschiedenen Generationen an, Darrow.»

«Ja – und die meine war diejenige, die von den wissenschaftlichen Fortschritten fasziniert war! Ich dachte, Ihre Generation hätte sich inzwischen von dieser Liebesaffäre erholt, besonders nach Hiroshima.»

Da fiel mir plötzlich die andere Hälfte des *Déjà-vu*-Erlebnisses ein: Alex hatte fast die gleichen Worte gebraucht, als er seine Erleichterung über meine Bereitschaft ausdrückte, mich um seine heimliche Familie zu kümmern, falls Ashworth nicht zurückkehrte. Er hatte das Nachlassen seiner Sorge um Lyles Jungen als ein Zeichen für Gottes Vergebung gedeutet. Für sie würde, wie für Arthur, «alles gut werden». Er brauchte sich ihretwegen keine Sorgen mehr zu machen. Sie waren zu einem Symbol für Gottes errettende Gnade und Versöhnung geworden.

«Ach übrigens», sagte ich unvermittelt, an Lyle denkend, «wie geht es Charles Ashworth?»

«Viel besser. Er wird mich Ende der Woche für ein paar Tage besuchen.»

«Es ist ein Wunder, daß er noch am Leben ist – ich hätte nicht geglaubt, daß er noch zurückkommt», sagte ich, denn Ashworth hatte nicht nur das Kriegsgefangenenlager überlebt, wo er die ersten Monate nach dem Fall von Tobruk verbracht hatte, sondern auch das Konzentrationslager, in das er 1944 verlegt worden war, weil er Mitgefangenen zur Flucht verholfen hatte. Seit sich die Tore dieses Lagers hinter ihm geschlossen hatten, war er als vermißt geführt worden und hatte keine Briefe mehr schreiben können. Auch den Nachforschungen des Roten Kreuzes war er dadurch entzogen gewesen. Nach der Befreiung 1945 hatte er einige Zeit in einem Lazarett zubringen müssen, aber jetzt war er entlassen worden, und Lyle war von Starvale St. James wieder nach Cambridge gezogen. Ich sah den kleinen Charley vor mir mit seinen leuchtenden Augen, wie er mit dem Union Jack winkte. Bei all dem Kummer, dem man als Geistlicher begegnete, war es ermutigend, von einer Familie zu hören, die nicht vergebens auf ihre Wiedervereinigung gehofft hatte.

«Wie kamen Sie so plötzlich auf Charles Ashworth?» fragte Darrow ein wenig verwundert, als ich den Wagen durch das Tor in die Domfreiheit lenkte.

Ich konnte natürlich nichts von Alex' heimlicher Familie und meinen schuldbewußten Erinnerungen an Lyle erzählen. «Sie sprachen von Hiroshima», sagte ich, «und da dachte ich an die Kriegsgefangenen im Fernen Osten, denen die Bombe die Heimkehr ermöglicht hat. Und dann dachte ich an die Kriegsgefangenen in Europa.» Um das Thema zu wechseln, fragte ich: «Wie geht es jetzt weiter?»

«Fahren Sie bitte zur Hochschule. Sie können Ihren Wagen dort stehenlassen und auf ein paar Stunden mit mir nach Starrington Magna kommen. Ich habe schon alles in die Wege geleitet.»

Ich zögerte. «Sie arbeiten heute nachmittag nicht?»

«Ich wollte mir den Nachmittag ohnehin frei nehmen – ein glücklicher Zufall, ich erzähle Ihnen später davon.»

«Aber was ist mit *meiner* Arbeit? Auf meinem Terminkalender steht eine Visitation bei –»

«Ihr dienstältester Hilfspfarrer hat mich informiert. Die Visitation ist abgesagt.»

«Nun, in diesem Fall sollte ich vielleicht zu Hause bleiben und mich um meine andere Arbeit kümmern. Ganz abgesehen von dem üblichen Stapel von Briefen, die beantwortet werden müssen, habe ich eine Predigt für eine Trauung am nächsten Samstag zu schreiben, eine Predigt für den Frühgottesdienst am Sonntag, einen vorläufigen Bericht für den Diözesanausschuß bezüglich –»

«Für das alles ist später noch Zeit – bis zum Wochenende ist es noch eine Weile hin. Es tut mir leid, Aysgarth, aber ich lasse Sie vorläufig nicht aus den Augen. Das wäre zu gefährlich. Sie könnten wieder zu trinken anfangen.»

«Ich muß sagen, ich finde das höchst beleidigend!»

«Wollen Sie einen Streit mit mir anfangen? Sparen Sie sich die Energie und finden Sie sich mit der Tatsache ab, daß Sie für vierundzwanzig Stunden aus dem Verkehr gezogen sind!»

«Vierundzwanzig Stunden!»

«Wenn Sie den Nachmittag bei mir in Starrington Magna verbracht haben, nehmen Sie den Zug um halb sechs nach London zu Aidan und verbringen die Nacht am Hauptsitz der Forditen», sagte Darrow. «Es ist alles schon verabredet.» Ich war mir verschwommen bewußt, wie erleichtert ich war, daß er noch immer in seiner so typischen selbstherrlichen Art den Panzerwagen spielte. Irgendein unerwartetes Gefühl regte sich in mir. Zuerst vermochte ich es nicht zu identifizieren, dann erkannte ich, daß es Dankbarkeit war.

Innerlich schwach und verwirrt, aber wieder mit hellwachem Verstand fuhr ich die Nordpromenade entlang zur Theologischen Hochschule.

4

Ich war kaum in die Nordpromenade eingebogen, da sah ich schon den großen Rolls-Royce vor dem Gebäude stehen. Dieses prächtige Fahrzeug, mit dem ich seit langem heimlich liebäugelte, gehörte Darrows zweiter Frau, der wohlhabenden Grundbesitzerin, die er, kurz nachdem er 1940 seinem Kloster entsprungen war, zum Altar geschleppt hatte. Es war typisch für Darrow, daß er außer einer achtundzwanzig Jahre jüngeren Frau auch noch einen Rolls-Royce und ein Herrenhaus geheiratet hatte. Darrow machte keine halben Sachen. Er vermied es gewöhnlich, mit dem Rolls anzugeben, und betonte immer wieder, wie gern er mit dem Fahrrad führe (wie viele Männer seiner Generation hatte er nie Autofahren gelernt), aber manchmal bestellte er sich den Wagen vor die Tür und ließ ihn dann stehen, um die Bewohner der Domfreiheit zu schockieren. Es schickt sich für Geistliche einfach nicht, in einem chauffierten Rolls-Royce durch die Gegend zu brausen. Dr. Ottershaw zuckte jedesmal zusammen, wenn von Darrows Wagen die Rede war.

«Ich habe den Rolls kommen lassen, um Zeit zu gewinnen», sagte Darrow leichthin. «Ich bin um Viertel nach drei zu Hause mit einem Architekten verabredet.»

«Aha», sagte ich nur und brachte meinen Wagen respektvoll zwei Meter vor der noblen Stoßstange des Rolls zum Stehen.

Der alte Chauffeur kroch aus dem Wagen und zog grüßend die Mütze. Ich fragte mich, wie gut er einen Wagen noch in der Gewalt hatte, und während ich mich in die üppige Polsterung zurücksinken ließ, versuchte ich, nicht verlangend nach dem Steuerrad zu blicken.

«Was ist das mit diesem Architekten?» fragte ich, um von meinen begehrlichen Gedanken loszukommen.

«Darüber wollte ich eben mit Ihnen sprechen.» Als der Wagen vom Bordstein davonschwebte, sagte Darrow zu dem Chauffeur, ohne die Stimme zu heben: «Können Sie mich hören, Jarvis?» Keine Antwort.

«Der gute alte Jarvis!» sagte Darrow, obwohl der Mann wahrscheinlich nur ein paar Jahre älter war als er. «Er hört nicht mehr gut, aber wir können zumindest ungestört reden. So. Wollen Sie wissen, wie es mir gelungen ist, Sie für vierundzwanzig Stunden aus dem Verkehr zu ziehen? Ich habe allen gesagt, Sie müßten dringend über Nacht in Starrington Magna bleiben, um meinen neuen Plan für die Theologische Hochschule zu prüfen. Der Bischof war etwas verblüfft, als er hörte, ich hätte einen Plan, aber ich habe ihm gesagt, ich würde es ihm später erklären.»

Ich erschrak und fürchtete das Schlimmste. Hoffentlich hatte Mrs. Ottershaw den Vorrat ihres Gatten an Magentabletten gut genug aufgestockt.

«Darf ich fragen, was für ein Plan das ist, oder soll ich wie Dr. Ottershaw vorläufig im dunkeln gelassen werden?» erkundigte ich mich.

«Das kommt auf Sie an. Wir brauchen über die Sache heute nicht zu reden, wenn Ihnen nicht danach zumute ist.»

«Hört sich nach einer wunderbaren Ablenkung von meinen Schwierigkeiten an. Schießen Sie los.»

Die Theologische Hochschule war eigentlich eine von der Diözese unabhängige private Institution, doch da die Stiftungsgelder aus dem neunzehnten Jahrhundert erheblich an Wert verloren hatten, mußte sie sich im Laufe der Zeit immer häufiger um finanzielle Unterstützung an die Diözese wenden, die heute die Kontrolle über sie ausübte. Der Bischof gehörte immer dem Vorstand an, und der Archidiakon von Starbridge war als Handlanger des Bischofs verpflichtet, ein wachsames Auge auf sie zu haben. Ich begann zu argwöhnen, daß meinem Auge einiges zugemutet werden würde.

Zur Zeit, im Mai 1946, sah sich die Hochschule dem Problem gegenüber, all jene Männer unterzubringen, die während des Krieges den Ruf zum Pfarramt vernommen hatten und jetzt ihre Ausbildung beginnen wollten. Um dieser Herausforderung zu entsprechen, war Darrow, so erfuhr ich nun, auf den Gedanken gekommen, eine zeitweilige Dependance der Hochschule im Herrenhaus Starrington Magna zu eröffnen. Er hatte einen Architekten gebeten, an diesem Nachmittag vorbeizukommen, um einen Kostenvoranschlag für eine

Umwandlung des unbenutzten Ostflügels des Gebäudes in ein Wohnheim für die Ordinanden zu machen. Daß Darrow einen Architekten hinzuzog, ohne vorher den Bischof zu konsultieren, war typisch für ihn, aber es wäre nicht das erste Mal gewesen, daß Darrow Dr. Ottershaw vor vollendete Tatsachen stellte.

Ich konnte mir eine vorsichtige Kritik nicht verkneifen. «Es könnte sich herausstellen, daß die Mittel der Diözese für ein solches Vorhaben nicht ausreichen», sagte ich. «Hätten Sie nicht lieber mit dem Bischof sprechen sollen, bevor Sie einen Architekten verständigen?»

«Aber wie können der Bischof und ich vernünftig darüber diskutieren, wenn wir keine Vorstellung von den Kosten haben?»

«Ja, das sehe ich ein. Die Umwandlung des Gebäudes wäre allerdings nur einer von mehreren Ausgabeposten. Wie wollen Sie diese neuen Hausbewohner versorgen? Sie werden zusätzliches Personal brauchen, zusätzliche –»

«Das sind Ausgaben, die ich ohne professionelle Hilfe berechnen kann, und die werde ich natürlich berücksichtigen, wenn ich meinen Plan vorlege.»

Seine beiläufige Arroganz brachte mich jedesmal gegen ihn auf. Offenbar drohte meinem Archidiakonat wieder einmal das Chaos. Dieser Mann hatte einen unverbesserlichen Hang zu Alleingängen. Er kam auf eine Idee, setzte sie ins Werk, ohne irgend jemanden zu Rate zu ziehen, und war dann erstaunt und beleidigt zugleich, wenn sich die maßgeblichen Leute nicht davon überzeugt zeigten, daß sein Hirngespinst eine Manifestation des Heiligen Geistes war. Ich dachte an seine Gesundbeterphase und schauderte. Vor meinem inneren Auge sah ich wieder den aschfahlen Dr. Ottershaw mit zitternder Hand nach seinen Magentabletten greifen.

«Und was hält Ihre Gattin davon, daß ihr Familienbesitz requiriert werden soll?» fragte ich. Ich hatte es inzwischen fertiggebracht, meine eigenen Sorgen zu vergessen, und konnte der Versuchung nicht widerstehen, eine Spitze loszuwerden. «Sie sieht darin wohl ein angenehmes Ruhestandspöstchen für Sie.»

«Ruhestand?» Darrow war entsetzt. «Wer hat etwas von Ruhestand gesagt?»

Ich sah meine schlimmsten Befürchtungen bestätigt: Ganz eindeutig hatte er vor, in seine Lieblingsrolle, die des Wunderwirkers, zu schlüpfen. «Mein lieber Darrow», sagte ich, «das mag Sie überraschen, aber Sie können doch unmöglich an zwei Orten zugleich sein. Sie können entweder die Theologischen Hochschule oder die Dependance leiten – vorausgesetzt, die Diözese kann sie sich leisten –, aber doch nicht beide! Aber da Sie jetzt auf die Siebzig zugehen, könnte ich mir denken, daß dies der geeignete Augenblick wäre, von Ihrem derzeitigen Amt zurückzutreten und –»

«Das Alter spielt überhaupt keine Rolle!» Darrow war jetzt empört. «Wer Sie hört, könnte glauben, ich würde schon morgen siebzig! Ich habe aber erst gerade meinen sechsundsechzigsten Geburtstag gefeiert, ich bin sehr gut in Form und ohne weiteres in der Lage, mich sowohl um die Hochschule wie um die Dependance zu kümmern – mit einem entsprechend erweiterten Mitarbeiterstab natürlich.»

Ich gab es auf und dachte für den Rest der Fahrt darüber nach, welchen Rat ich dem Bischof geben sollte. Es ist keine einfache Sache, wenn ein freibeuterischer Dickschädel wie Darrow sich vorgenommen hat, seine wahnwitzigen Allmachtsträume in die Praxis umzusetzen.

Ich sann noch über diese herrliche Ablenkung von meinen Problemen nach, als der Rolls die Gemeinde Starrington Magna erreichte und die Dorfstraße entlangsurrte. Am anderen Ende des Dorfes lag hinter einer hohen Mauer das Herrenhaus. Das Gebäude war groß, aber bei weitem nicht so großartig wie Starmouth Court, und selbst meine schüchterne Grace war immer gern zu Besuch hierhergekommen. Anne Darrow war zwar sehr wohl eine Vertreterin der Landaristokratie, aber ihre Natürlichkeit, ihre Aufrichtigkeit und ihr nüchterner gesunder Menschenverstand hatten Grace die Befangenheit genommen, und zwischen den beiden Frauen hatte sich eine unerwartete, aber echte Freundschaft entwickelt. Anne war Primroses Patin; Grace und ich hatten 1940 Annes Trauung im engsten Kreis beigewohnt. Da sie mir sehr sympathisch war, konnte ich nur wünschen, daß sie nicht gerade Darrow geheiratet hätte.

Das Herrenhaus schien wie eine exzentrische Riesenpflanze aus dem Boden gewachsen, so angenehm harmonierte das blasse Gelb des Backsteins mit den Rasenflächen, Büschen und Bäumen ringsum. Als der Rolls die Auffahrt hinaufglitt, sah ich auf dem Kies vor dem Eingang eine Dreirad stehen. Ein paar Steinstufen führten zur Terrasse hinauf; die Tür dahinter stand einladend offen und machte die Atmosphäre ruhigen Landlebens vollkommen. Ich stellte mir einen Augenblick lang den Besitzer des Dreirads vor, der in solch idyllischer Umgebung aufwuchs, aber erst Jahre später erkennen würde, in welchem Paradies er gelebt hatte, als er noch zu jung gewesen war, um sein großes Glück recht ermessen zu können.

«Wie geht es Ihrem Jungen?» fragte ich Darrow höflich. Da ich als Gast in seinem Haus weilen würde, war es an der Zeit, die Spitze von vorhin wiedergutzumachen.

«Danke, gut.» Darrow, der aus seiner ersten Ehe Kinder und von ihnen wiederum Enkel hatte, war nie sehr gesprächig, was diese Nachkommenschaft betraf, doch wenn von seinem jüngsten Abkömmling die Rede war, platzte er fast vor Stolz. Wahrscheinlich hatte jeder Mann, der in vorgeschrittenem Alter noch Vater wurde, Anspruch auf einen gewissen Stolz, aber dennoch war ich der Ansicht, daß Kinderzeugen älteren Geistlichen schlecht anstand.

Als wir aus dem Wagen stiegen, kam uns der Junge aus dem Haus entgegen. Er war noch nicht ganz vier Jahre alt, aber von kräftiger Gestalt, mit blondem Haar und Augen wie Flintstein. Es hieß, er sei der Schrecken aller Teegesellschaften, aber jetzt wirkte er recht friedlich. Er hielt eine große gescheckte Katze in den Armen, deren Wonne offenbar keine Grenzen kannte; ihr ekstatisches Schnurren war deutlich zu hören, als wir auf den Eingang zuschritten.

«Hallo», sagte Darrow. «Wie gut du William gepackt hältst! Ist Mami da?»

Der kleine Junge schüttelte den Kopf und hielt Darrow impulsiv die Katze hin.

«Wir kommen etwas spät zum Lunch», sagte Darrow zu mir, während er das Geschenk des Kleinen entgegennahm, «wahrscheinlich konnte meine Frau nicht auf uns warten. Sie hat zur Zeit viel im Gutsbüro zu tun.» Als wir die Diele betraten, machte er mit dem Kopf eine Bewegung nach rechts und sagte: «Nehmen Sie in der Bibliothek Platz, ich sage inzwischen der Köchin, daß wir da sind.»

Er und der Junge gingen Hand in Hand davon – die Katze schnurrte noch immer in Darrows Armbeuge –, und ich sah noch, wie ihnen das Kindermädchen aus einer mit grünem Stoff verkleideten Tür entgegenkam, während sie auf die Küche zuhielten. Ich zog mich gehorsam in die Bibliothek zurück, einen Raum, in dem verstaubte viktorianische Bände über die Jagd und das Angeln Vitrinen voller ausgestopfter Fische die Stellfläche an den Wänden streitig machten, und stellte fest, daß mich im Augenblick weniger nach einem Platz zum Sitzen verlangte, den Darrow mir angeboten hatte, als nach etwas zu Trinken. Zum Glück hatte ich am Morgen vor dem Verlassen des Hauses die Voraussicht besessen, eine kleine Hustensirupflasche mit Whisky zu füllen, die ich jetzt aus der Innentasche meiner Jacke zog und rasch aufschraubte. Ich war gerade im Begriff, einen kräftigen Schluck zu nehmen, als Darrow hereinkam und mich auf frischer Tat ertappte.

«Ein Fläschchen für die Not», sagte er, «das dachte ich mir.»

«Sie sagten doch, Sie wollten in die Küche gehen«, sagte ich mit meiner klanglosesten Stimme.

«Ich habe das Kindermädchen hingeschickt. Wollen Sie mir diese Flasche bitte geben, Aysgarth – ich behalte sie gern für Sie im Auge.»

«Das ist ganz unnötig, vielen Dank. Wenn Sie glauben, ich sollte mich des Alkohols eine Weile enthalten, dann tue ich das.»

«Es freut mich zu hören, daß Ihnen die Enthaltsamkeit so leicht fällt, aber trotzdem wäre mir wohler, wenn sich die Flasche in meiner Obhut befände.»

Da konnte ich mich nicht mehr beherrschen. «Wollen Sie damit andeuten, ich hätte mich beim Trinken nicht in der Gewalt?»

Darrow schritt zur nächsten Bücherwand, zog mit der Handbewegung eines Zauberers, der ein Kaninchen aus dem Zylinder holt, eine Bibel heraus und ließ sie vor mir auf den Schreibtisch fallen. «Legen Sie Ihre Hand darauf und schwören Sie, daß Sie in der letzten Zeit nicht viel zuviel getrunken haben.»

Ich packte die Bibel, stopfte sie ins Regal zurück und stürmte mit meiner Flasche in die Diele hinaus. Unter der Treppe war ein Waschraum. Ich goß den Whisky ins Becken, während Darrow zusah. «So!» sagte ich und drückte ihm die Flasche in die Hand.

«Soviel zu Ihrer Theorie, daß ich unfähig wäre, mich des Alkohols zu enthalten, wann immer ich will!»

Darrow spülte die Flasche sorgfältig aus, schnüffelte daran, um sich zu vergewissern, daß sie nicht mehr nach Whisky roch, und warf sie dann in den Eimer unter dem Becken. «Können wir essen?» sagte er nur.

Starr vor Zorn und Scham folgte ich ihm stumm ins Speisezimmer.

5

Darrow sprach ein rasches Gebet, schenkte mir ein Glas Wasser ein und sagte: «Wir wollen während des Essens nicht sprechen. Ein Gespräch könnte Sie dazu ermutigen, so zu tun, als wäre dies eine normale Einladung zum Essen, und ich glaube, wir müssen bei Ihnen die Gelegenheiten, so zu handeln, als wäre alles in Ordnung, rücksichtslos beschneiden. Der Vorfall mit der Flasche zeigt, daß Ihre Neigung, sich selbst etwas vorzumachen, noch immer sehr stark ist.»

«Meine Güte, vergessen wir doch die unglückselige Flasche!» sagte ich und beglückwünschte mich dazu, daß es mir gelungen war, ein Schimpfwort zu vermeiden. Daß ich die Kontrolle über meine Sprache zurückgewann, bedeutete, daß ich innerlich wieder gefestigter war. Ich hoffte, daß Darrow es auch bemerkt hatte. Es gab Shepherd's Pie, und ich genoß das pikante Aroma des Lammhackfleischs ebenso wie das wunderbar lockere Kartoffelpüree. Zu meiner Überraschung stellte ich fest, daß ich Hunger hatte.

Schließlich kam ein schon älteres Hausmädchen mit gedünsteten Äpfeln und einer Karaffe echter Eiercreme herein; die Köchin der Darrows kam natürlich an die Eier heran, die in den gutseigenen Hühnerställen gelegt wurden. Als ich das letzte Krümelchen auf meinem Teller gegessen hatte, blickte ich Darrow forschend an und fragte mich, ob er beim Anblick einer Zigarette an die Decke gehen würde. Ich bekam allmählich das Gefühl, als wäre ich der Obhut eines besonders strengen Kindermädchens anvertraut worden.

Schließlich fragte ich: «Regt es Sie auf, wenn ich rauche?»

«Sie können rauchen, solange Sie nicht trinken.»

«Wie kann ich trinken, wenn ich meinen Whisky weggegossen habe?»

«Nun, wir haben schließlich Wein und Spirituosen im Haus.»

Ich starrte ihn an. «Sie halten mich wohl für einen Alkoholiker?»

«Mit dem Wort ‹Alkoholiker› ist es wie mit dem Begriff ‹Nervenzusammenbruch›», sagte Darrow. «Es ruft alle möglichen emotionalen Reaktionen hervor, von denen keine besonders hilfreich ist. Nein, natürlich halte ich Sie nicht für einen jener Trinker, die gleich morgens beim Aufwachen nach der Brandyflasche greifen. Wenn Sie das wären, hätten Sie schon längst Schwierigkeiten bekommen. Aber Sie könnten die Art von Trinker sein, dem es nützlich ist, zu wissen, daß ich mir die Höhe der Flüssigkeitsspiegel in den Karaffen auf dem Sideboard gemerkt habe, so daß ich sofort weiß, wenn sich jemand hinter meinem Rücken einen Schluck gegönnt hat.»

Ich zündete mir eine Zigarette an. Dann sagte ich in meinem freundlichsten Ton: «Wie kommt es nur, daß ich Ihnen ständig einen Kinnhaken verpassen möchte? Das ist ein höchst peinlicher Drang für einen Geistlichen!»

Zu meinem Erstaunen erwiderte Darrow ganz ernst: «Das ist eine sehr interessante Frage – interessanter vielleicht, als Ihnen bewußt ist. Die naheliegende Antwort ist natürlich die, daß wir uns noch nie gut vertragen haben und daß die augenblicklichen Umstände diese Antipathie noch verstärken, aber ich habe das Gefühl, daß da noch sehr viel mehr im Spiel ist. Natürlich muß man berücksichtigen, daß Sie sich gedemütigt fühlen, weil jemand, den Sie nicht mögen, Sie in geschwächtem, verletzlichem Zustand sieht, und natürlich müssen wir in Betracht ziehen, daß Sie über das, was mit Ihnen geschieht, entsetzt sind und nun Ihr Entsetzen durch ein betont kämpferisches Verhalten zu überspielen suchen. Das sind alles naheliegende Erklärungen. Aber wie kommt es, daß Sie, wenn Sie mit dem Rücken zur Wand stehen, offenbar nur dann in der Lage sind, einen Rat anzunehmen, wenn er in aggressiver Form vorgebracht wird? Sie werden das vielleicht nicht glauben, aber ich führe mich gewöhnlich gegenüber Menschen, die in Not sind, keineswegs wie ein Feldwebel auf. Doch obwohl ich bei unserem Gespräch heute früh meinen üblichen ruhigen Ton anschlug, fühlten Sie sich erst wohl, als ich Ihnen brutal sagte, daß Sie einen Sturz nach ganz unten getan hatten und dabei schwer aufgeschlagen waren. Das gefiel Ihnen. Darauf sprachen Sie sofort an. Da hatte ich zum erstenmal das Gefühl, daß ich wirklich zu Ihnen durchdringe. Eine barsche Tonart ist offenbar die einzige Sprache, die Sie verstehen, wenn Sie in Angst und Not sind, aber warum? Hat Ihnen vielleicht vor langer Zeit einmal jemand das Überleben beigebracht, indem er Ihnen eine Reihe von verbalen Hieben versetzte, die nach einer aggressiven, aber lebensrettenden Reaktion verlangten?»

Ich war verblüfft. Dann wurde mir zu meinem großen Ärger bewußt, daß ich auch beeindruckt war. Aber natürlich durfte Darrow nicht merken, daß er mich verblüfft und beeindruckt hatte. Auf meine abweisendste Art sagte ich grob: «Ach, schlagen Sie doch Ihr Wahrsagerzelt auf dem Domkirchhof auf! Es tut mir leid, Darrow, ich weiß, Sie sind in mancher Hinsicht ein sehr fähiger Mann, aber ich kann es nicht ausstehen, wenn Sie den Hexenmeister und Gedankenleser spielen wollen. Da habe ich immer das Verlangen –»

«Mir einen Kinnhaken zu verpassen, ja. War das Ihr Vater, der diese verbalen Schläge austeilte?»

«Nein! Mein Vater war der freundlichste, sanftmütigste –»

«Dann vielleicht Ihre Mutter?»

«Wo denken Sie hin? Keine Frau versetzt *mir* verbale Schläge! Meine Mutter war eine höchst intelligente und außergewöhnliche Frau, die mich abgöttisch liebte.»

«Und Ihnen gefiel es, abgöttisch geliebt zu werden?»

«Ja, natürlich!»

«Warum ‹natürlich›? Das ist nicht zwangsläufig so. Manche Leute finden abgöttische Liebe erdrückend.»

«Ich weiß nicht, worauf Sie hinauswollen, Darrow, aber Sie sind da völlig auf dem Holzweg. Ich habe meine Mutter nur selten gesehen, aber über die Jahre hin haben wir uns viele Briefe geschrieben, was wir beide sehr erfreulich und unterhaltsam fanden, und wenn Sie daraus eine Art Freudsches Kapital schlagen wollen, dann –»

«– geben Sie mir einen Kinnhaken, ja. Dieses Gespräch gleicht langsam einer jener altmodischen Balladen mit ständig wiederholtem

Kehrreim. Ich möchte es eigentlich nicht fortsetzen, aber da gibt es eine Diskrepanz, die mich stört. Ich erinnere mich, gehört zu haben, daß Sie eine schwere Kindheit hatten, aber dieser freundliche Vater und diese abgöttisch liebende Mutter deuten eher auf ein Familienparadies hin. War das mit der schweren Kindheit eine Übertreibung?»

«Nein, mein Vater starb als bankrotter Mann, als ich sieben Jahre alt war. Damals brach unser Zuhause auseinander. Mein Bruder und ich kamen ins Internat und erhielten eine Reihe armseliger Almosen. Wir bekamen eingeschärft, wir könnten entweder vorankommen oder untergehen.»

«Das sind in der Tat brutale Worte», sagte Darrow, «und darf ich fragen, wer sie sprach?»

«Nein, das dürfen Sie nicht! Ich kann es nicht leiden, wenn Sie sich wie ein Sherlock Holmes im steifen Halskragen aufführen. Da könnte ich Ihnen –»

«Ja, ja, ja – voller Kehrreim, gefolgt vom Schlußakkord.» Darrow warf seine Serviette zur Seite und erhob sich. «Ich zeige Ihnen ein Zimmer, in dem Sie sich ausruhen können, während ich mit dem Architekten spreche.»

«Wenn Sie nichts dagegen haben», sagte ich, mit herkulischer Anstrengung um einen höflichen Ton bemüht, «würde ich lieber draußen einen kleinen Spaziergang machen. Schließlich habe ich einen großen Teil des Morgens im Bett verbracht.»

«Das stimmt. Sehr schön, vielleicht begleite ich Sie sogar einen Augenblick. Dieser Sonnenschein wirkt einladend.»

Wir verließen das Haus durch einen Seiteneingang und schlenderten über den Rasen auf das Buschwerk am Waldrand zu. Die Luft war warm, der Garten friedlich. Ich spürte, wie mein Ärger nachließ, und ich erinnerte mich gegen meinen Willen des außergewöhnlichen Scharfsinns, den Darrow vor einer Weile bewiesen hatte.

Nach längerem Zögern konnte ich schließlich nicht mehr an mich halten und fragte: «Darrow, wie weit folgen Sie Freud? Angenommen, jemand sagt Ihnen, er habe geträumt, er hätte seine Mutter zu Brei geschlagen, wie würden Sie einen solchen Traum interpretieren?»

«Das würde von der Mutter abhängen – und auch von der betreffenden Person. Ich würde Freud nicht sklavisch folgen – vielleicht würde ich ihm überhaupt nicht folgen.»

«Könnte es sein, daß der Traum völlig bedeutungslos wäre?»

«Wenn Träume Teil des Prozesses sind, durch den das Gehirn vor der nächsten Bewußtseinsphase mit sich selbst ins reine zu kommen sucht, dann kann man natürlich sagen, selbst der absurdeste Traum habe seinen Sinn und sei deshalb nicht ohne Bedeutung. Aber vielleicht wollten Sie mich eigentlich etwas anderes fragen, nämlich: Wann wird ein Traum, ob absurd oder nicht, bei der Untersuchung einer gestörten Psyche bedeutsam? Ich gestehe, da ich kein Psychiater bin, würde ich mich um Träume nicht besonders kümmern, es sei denn, sie kehrten immer wieder oder verursachten größere Unruhe – oder beides zusammen.»

«Aber wenn Ihnen der Betreffende nun sagte, dieser Traum über seine Mutter habe ihn tatsächlich stark beunruhigt –»

«Ich würde ihn wohl fragen, ob er sich noch immer beunruhigt fühlt. Sie wissen ja, was selbst mit den schlimmsten Alpträumen passiert: Sie wachen in Schweiß gebadet auf, aber noch keine sechzig Sekunden später können Sie nur noch darüber lachen.»

«Und wenn Ihnen die betreffende Person sagte, sie fühle sich noch immer beunruhigt –»

«Dann würde ich wahrscheinlich folgern, daß der Traum bedeutsam ist. Aber das Bedeutsame daran muß nicht zwangsläufig von entscheidender Wichtigkeit sein.»

«Aber würde das nicht unweigerlich bedeuten, daß er das Verlangen hätte, seine Mutter zu töten?»

«Oh, das glaube ich nicht», sagte Darrow in eher vagem Ton. «Es könnte sein, daß sich das Verlangen gegen eine andere Person richtet und die Mutter als Substitut benutzt wird – vielleicht ist die Mutter bereits tot, eine Situation, die es dem Betreffenden erlauben würde, seine gewalttätigen Gefühle loszuwerden in dem Bewußtsein, daß sie ihr nicht schaden können.»

«Ah!» Ich spürte, wie ich mich entkrampfte.

«Er könnte auch einen Groll auf alle Frauen haben und seine Mutter als Symbol für die gesamte Weiblichkeit nehmen. Oder die Gewalt ist gegen ihn selbst gerichtet, und er projiziert sie auf die erste Person, die ihm in den Sinn kommt. Es gibt da mehrere mögliche Erklärungen, aber eine irgendwie überzeugende Deutung des Traums ist nur möglich, wenn man mehr über den Träumer weiß.»

«Ja, natürlich, das ist klar.» Hatte mich zunächst die Sicherheit, mit der er Onkel Willoughbys schlimmen Einfluß auf mein Leben erkannt hatte, so beeindruckt, daß ich sein Geschick noch weiter auf die Probe stellen mußte, so fühlte ich mich jetzt durch seine einleuchtenden Ausführungen zu dem Rätsel, das ich ihm aufgegeben hatte, zu dem Geständnis gedrängt, daß ich derjenige war, der den Alptraum gehabt hatte. Zögernd – einerseits fürchtete ich, ich könnte das Eingeständnis bedauern, andererseits erhoffte ich mir weitere Beruhigung – sagte ich: «Der Träumer bin *ich*. Ich hatte den Alptraum heute morgen, als ich in der Theologischen Hochschule schlief.»

«Ach ja?» sagte Darrow, in einem Ton leichter Überraschung, so als wäre er auf diesen Gedanken noch gar nicht gekommen. Da merkte ich, wie naiv es von mir gewesen war, anzunehmen, ich könnte ihn so leicht hinters Licht führen. «Und fühlen Sie sich jetzt noch immer beunruhigt?»

«Nein, nachdem ich begriffen habe, was los ist, nicht mehr. Offenbar habe ich meine Mutter nur stellvertretend für Dido benutzt. Also ist alles in Ordnung.»

«Ist es das?»

«O ja – ich war nur so entsetzt über den Gedanken, daß ich gewalttätige Gefühle gegen meine Mutter hegen könnte.»

«Sie meinen, der Gedanke, gewalttätige Gefühle gegen Ihre Frau zu hegen, macht Ihnen nichts aus?»

«Nein, nein, nein!» sagte ich empört. «Ich hege gegen niemanden gewalttätige Gefühle! Natürlich will ich Dido genausowenig umbringen wie meine Mutter; ich will nur, daß sie aus meinem Leben verschwindet und glücklich mit einem anderen verheiratet ist, weiter nichts. Also war der Traum offenbar symbolisch. Es war meine Ehe, der ich in Wirklichkeit den Tod wünschte, und meine Aggression hing mit meiner inneren Anspannung wegen des Kindes zusammen. Wenn ich seelisch unter Druck stehe, möchte ich oft auf jemanden losgehen, um meinen Gefühlen Luft zu verschaffen.»

«Das habe ich bemerkt. Und tun Sie es?»

«Tue ich was?»

«Gehen Sie je auf jemanden los?»

«Du liebe Güte, nein, natürlich nicht! So etwas tun Geistliche nicht!»

«Nun, ich weiß nicht», sagte Darrow, wieder in seine vage Art verfallend. «Ich wüßte nicht, weshalb das Priestergewand seinen Träger automatisch gegen gewalttätige Gefühle immun machen sollte – vor allem, da diese Gefühle gewöhnlich die Folge von Ereignissen sind, die stattfanden, als die betreffende Person noch nicht an die Ordination dachte.»

«Wollen Sie damit sagen, daß Sie tatsächlich schon gewalttätige Geistliche beraten haben?»

«Nun, ich begegne solchen Leuten nicht gerade jeden Tag, aber an zwei, die ihre Ehefrauen schlugen, erinnere ich mich gut.»

«Wie widerlich! Frauen gehören auf einen Sockel gehoben und verehrt. Wie verfahren Sie denn mit solchen Leuten?»

«Wie bei allen Menschen in Not», sagte Darrow, «muß man zunächst die Ursache dieser Not feststellen, um die Wunde in der Psyche heilen zu können.» Er sah auf seine Uhr. «Ich muß ins Haus zurück, der Architekt kommt gleich. Für Tee werde ich wahrscheinlich keine Zeit haben, Aysgarth, aber ich sorge dafür, daß man Ihnen um vier Uhr Ihren Tee in die Bibliothek bringen wird.»

«Danke.» Ich sah ihm nach, wie er über den Rasen schritt und dann im Haus verschwand. Und noch immer in einer Art Hochstimmung über diese plausible Erklärung meines Alptraums, die ich weder unheilvoll noch schockierend fand, machte ich mich auf zu einem Spaziergang durch den Wald.

6

Um vier Uhr kehrte ich in die Bibliothek zurück und trank zwei Tassen Tee, aber essen konnte ich nichts. Meine innere Unruhe gewann wieder die Oberhand. Ich war mir des starken Verlangens bewußt, mich so in meine Arbeit zu versenken, daß ich keine Zeit hatte, über meine Krise nachzugrübeln. Die Vorstellung, daß ich bald zwecks seelenchirurgischer Eingriffe (ich hatte Darrows Metapher vom Operationstisch nicht vergessen) auf dem Weg nach London sein würde, war so beklemmend geworden, daß ich mich jetzt fragte, ob ich überhaupt imstande sein würde, den Zug zu besteigen. Ich ließ meine Teetasse im Stich, stürzte wieder hinaus und schlenderte um das Haus herum auf den Rasen zu.

Zu meiner Erleichterung sah ich, daß Darrow auf der Gartenbank saß; ich hatte das Gefühl, daß ich eine weitere Dosis Erste Hilfe gebrauchen konnte. Das Kind stand in der Nähe, aber in diesem Augenblick rief vom Haus her das Kindermädchen seinen Namen, und es lief über den Rasen davon. Darrow machte Anstalten, sich zu erheben, ließ sich aber plötzlich auf die Bank zurückfallen und rieb sich wie geblendet die Augen.

«Ist der Architekt schon weg?» fragte ich Sekunden später, als ich mich zu ihm auf die Bank setzte.

«Wie bitte? Oh, der Architekt. Nein, ich habe ihn herumgeführt und dann allein gelassen, damit er in Ruhe seine Kalkulationen anstellen kann.» Seine Gedanken waren offensichtlich mit etwas anderem beschäftigt.

Ein zerstreuter Darrow war etwas so Ungewöhnliches, daß ich ein wenig besorgt fragte: «Fehlt Ihnen etwas?»

Er riß sich sofort zusammen. «Nein, nein, alles in Ordnung – ich hatte nur einen dieser merkwürdigen Augenblicke, in denen man das Gefühl hat, die gleiche Szene schon einmal erlebt zu haben.»

«So ein Zufall! Dieses Phänomen verfolgt mich jetzt schon seit einigen Monaten. Ich glaube, die wissenschaftliche Erklärung dafür ist, daß die eine Hälfte des Gehirns ein wenig vor der anderen funktioniert.»

«Es ist wirklich erstaunlich, was die Modernisten so alles glauben», sagte Darrow sanft. «Die unglaublichste wissenschaftliche Theorie wird anstandslos geschluckt! War dieses Phänomen in Ihrem Fall an besondere Umstände geknüpft, oder hat es sich aufs Geratewohl eingestellt?»

Ich zögerte. «Aufs Geratewohl, glaube ich.» Aber ich war unsicher. «Um ehrlich zu sein – ich habe nie weiter über diese Erlebnisse nachgedacht oder sie einzuordnen versucht.»

«Das ist interessant. Ich hätte gedacht, ein Mann wie Sie untersucht ein solches Phänomen sehr sorgfältig und analysiert es genau auf der Suche nach einer verstandesmäßigen Erklärung. Ist es vielleicht eine etwas unangenehme Erfahrung – oder sogar eine unheilvolle –, die Sie so schnell wie möglich wieder auslöschen wollen?»

«Ich glaube nicht. Ich weiß es nicht. Ich habe wirklich nicht darüber nachgedacht.» Ich sah auf meine Uhr. «Wie geht es jetzt weiter?»

«In fünf Minuten fährt Jarvis Sie nach Starbridge zum Bahnhof, und dort steigen Sie in den Zug nach London. Können Sie manchmal die fehlende Hälfte dieses *Déjà-vu*-Erlebnisses identifizieren, oder ist das ganze Phänomen immer vom Geheimnis umhüllt?»

«Heute morgen habe ich eine fehlende Hälfte identifiziert.» Ich dachte an die Formulierung, die ich mir unbewußt von Alex ausgeliehen hatte. «Aber wenn eine solche Identifizierung möglich ist, ist es meiner Ansicht nach kein echter Fall von *Déjà-vu*. Es ist lediglich ein normales Zusammentreffen, das keineswegs im Gegensatz zum Gesetz der Wahrscheinlichkeit steht. Nach meiner Definition liegt ein *Déjà-vu*-Erlebnis dann vor, wenn man sicher ist, daß die betreffende Szene sich *genau so* schon einmal abgespielt hat – und man doch gleichzeitig weiß, daß dies unmöglich der Fall gewesen sein kann.»

«Meiner Meinung nach», sagte Darrow und erhob sich, «ist die nächstliegende Erklärung die, daß die Szene sich wirklich schon einmal abgespielt hat, aber nicht genau so. Die Illusion liegt in der Genauigkeit, nicht in der Szene selbst. Die Szene selbst ist einwandfrei vertraut.» Und ohne mir die Gelegenheit zu einer Erwiderung zu geben, setzte er hinzu: «Sie müssen gehen, Aysgarth – übrigens, das habe ich vergessen, Ihnen zu sagen: Im Kofferraum des Rolls ist eine Reisetasche für Sie. Jarvis hat sie von Ihrer Schwägerin in Empfang genommen, ehe er uns am Nachmittag bei der Hochschule abholte.»

Dann hatte mein persönlicher Panzerwagen also sogar Merry niedergewalzt. Verblüfft über diese unwahrscheinliche Leistung fragte ich: «Was hat meine Schwägerin denn gesagt, als sie hörte, Sie wollten mich für vierundzwanzig Stunden entführen?»

«Sie war bereit, sich statt Ihrer entführen zu lassen. Wir sind recht gut miteinander ausgekommen.»

Sprachlos vor Bewunderung ließ ich mich um das Haus herum zur Auffahrt führen, und erst als ich den dort schon wartenden Wagen sah, hatte ich meine Sinne wieder so weit beisammen, daß ich sagen konnte: «Wie dumm – jetzt habe ich Sie überhaupt nicht nach Lucas gefragt!»

«Das ist nicht weiter schlimm. Er wird Ihnen alles sagen, was Sie wissen müssen.»

«Aber ich möchte Sie so vieles fragen –»

«Warum? Aysgarth, wenn ein Ertrinkender einen Rettungsring vorbeitreiben sieht, fragt er auch nicht lange, wo er herkommt. Oder warum er rot und weiß ist oder aufgrund welchen Naturgesetzes er schwimmt.»

«Ich bin im Augenblick nicht am Ertrinken. Ich trete Wasser, und ich möchte wissen, warum Sie so sicher sind, daß Lucas mir helfen kann. Ist es nur, weil er auch aus Yorkshire kommt?»

«Nein.» Darrow blieb stehen und zeichnete mit dem Fuß einen kleinen Kreis in den Kies, als stelle er eine schwierige Berechnung an, entschloß sich dann aber, mich aufzuklären. «Ich weiß nicht, wie genau Sie über meine Zeit als Mönch unterrichtet sind», sagte er, «aber nachdem ich am Anfang drei Monate als Postulant in dem Haus in Grantchester gewesen war, betrachtete man mich als einen ziemlich hoffnungslosen Fall. Der damalige Generalabt hielt eine Roßkur für das Richtige und schickte mich zu einem Neuanfang nach Yorkshire, und als ich in Ruydale eintraf, war ich in einer ähnlichen Verfassung wie Sie jetzt: zornig, verängstigt, rebellisch und vor allem zutiefst unglücklich. Doch binnen fünf Minuten nach meiner Ankunft war ich besänftigt, gezähmt und voller Hoffnung für die Zukunft. ‹Wie mutig von Ihnen, daß Sie trotz allem im Orden bleiben wollen!› sagte Aidan, nachdem er mir einen Sessel am Kamin angeboten und heiße Suppe bestellt hatte. ‹Welch erstaunliche Hingabe! Ich werde sicher eines Tages stolz darauf sein, daß ich Ihr Abt war!›» Darrow lachte unvermittelt, als er sich daran erinnerte, ehe er mit einem Lächeln auf dem Gesicht fortfuhr: «Der schlaue alte Fuchs! Seine Worte mögen sich jetzt, wo ich sie so wiederhole, nach Schauspielerei anhören, aber ich versichere Ihnen, damals dachte ich nur: Da ist jemand, der sich wirklich um dich sorgt.»

«Ich dachte immer, Äbte seien schlichte, fromme Männer und keine Diplomaten von schlangenhafter Listigkeit.»

«Aidan besitzt schon seine Schlichtheit – und seine Frömmigkeit auch; aber er ist sehr geschickt im Umgang mit Menschen und weiß genau, wie er diese besondere Gabe einsetzen muß.» Darrow setzte sich wieder in Bewegung. «Sie wissen doch, wo der Hauptsitz der Forditen ist, ja?»

«Ja, diese Miniaturausgabe des Carlton Club gleich nördlich von Marble Arch. Wie kommt es, daß die Mönche sich dieses Gebäude noch immer leisten können?»

«Steuerfreier Status und kluger Umgang mit den Finanzen. Für mich hat dieses Haus immer einen völlig unentschuldbaren Luxus repräsentiert, aber der derzeitige Abbot-General kann genausowenig wie sein Vorgänger der Versuchung widerstehen, mit dem Erzbischof in Lambeth zu wetteifern.»

Ich sagte etwas beklommen: «Ich bin dem Abbot-General einmal kurz begegnet, als er Sie 1941 hier besuchte. Wahrscheinlich werde ich ihn jetzt ja nicht zu Gesicht bekommen, und er würde sich wohl auch kaum an mich erinnern, aber wenn er meinen Namen hört –»

«Ich habe keinen Namen genannt. Ich habe mit ihm gesprochen, als ich Ihr Gespräch mit Aidan verabredete, aber ich habe Ihren Wunsch nach Anonymität betont.»

«Das heißt, wenn ich dort bin –»

«– sagen Sie dem Pförtner nur, daß Father Darrow Sie zu Father Lucas schickt.»

«Und wenn ich zurückkomme –»

«– setzen Sie sich gleich mit mir in Verbindung, und ich werde dann die nötige postoperative Versorgung in die Hand nehmen.»

«Und wenn die Operation mißlingt?» Der verzweifelte Ausruf entfuhr mir, bevor ich ihn unterdrücken konnte.

«Mißlingen kommt nicht in Frage, Aysgarth. Erinnern Sie sich nicht mehr? Überleben ist Ihr neuer Siegespreis. Den können Sie sich doch nicht entgehen lassen, indem Sie auf dem Operationstisch in schwächlicher Manier den Geist aufgeben?»

Dem war nichts mehr entgegenzusetzen. Ich brachte ein starres Lächeln zustande und murmelte: «Danke für die Erste Hilfe.» Dann kletterte ich unbeholfen in den Rolls-Royce.

7

Zu meinem Erstaunen hob sich meine Stimmung, sobald der Zug den Bahnhof hinter sich gelassen hatte; indem ich gewissermaßen meinem Zuhause entfloh, konnte ich eine kurze Weile die Schrecken der Gegenwart und die Aussicht auf noch Schlimmeres vergessen. Ich liebte London, den Ort, an dem ich meine Jugendjahre verbracht und durch eifriges Lernen auf der Schule zum erstenmal im Weiterkommen Erfolg gehabt hatte. Ich liebte nicht nur das nicht enden wollende anonyme Großstadtgetriebe, sondern auch die intellektuelle Atmosphäre, die von den Buchhandlungen, Museen, Kunstgalerien, Theatern und Konzertsälen ausging. Der Schmutz, der Lärm und der Geruch mochten abscheulich sein, besonders der Geruch ungewaschener Körper, aber ich hatte mich längst mit der Tatsache abgefunden, daß die Armut meiner Jugendjahre einen unstillbaren Durst nach Luxus in mir hinterlassen hatte, und ich mochte mich nicht schuldig fühlen, nur weil Gott mich nicht dazu berufen hatte, ihm in den Slums zu dienen.

Doch als ich an jenem Abend aus dem Zug auf die ärmlichen Straßen hinausblickte, die die Bahnstrecke vor der Waterloo-Station säumten, wollte es mir einen Augenblick lang nicht recht behagen, daß es mir während meiner ganzen Laufbahn so gut gelungen war, städtischen Armenvierteln unauffällig aus dem Weg zu gehen. Die monatelange Beschäftigung mit meinen deutschen Kriegsgefangenen hatte mir klargemacht, daß es weniger die Entbehrung war, die mich zurückschrecken ließ, als die Angst, meine begrenzte seelsorgerische Begabung könnte offenbar werden. Dies war ein trauriges Stück Selbsterkenntnis, und ganz gewiß war ich in meinem derzeitigen Zustand kaum stark genug, um mich mit meinen Unzulänglichkeiten als Geistlicher aufzuhalten. Um mir Mut zu machen, dachte ich an Geoffrey Fisher, jetzt Erzbischof von Canterbury, einen Mann, der weder ein geistiger Führer von heroischer Statur wie George Bell noch ein Philosoph und Politiker wie der verstorbene William Temple war, sondern ein tüchtiger Administrator, genau wie ich. Die Nachkriegsära war das graue, prosaische Zeitalter der Administratoren, die sich mit dem Wiederaufbau abmühten; sie würde *mein* Zeitalter sein, wenn ich nur überlebte, um sie auszukosten, doch der Gedanke an ein Überleben brachte mich zum Kernpunkt meiner augenblicklichen Prüfung zurück und erinnerte mich daran, daß selbst der schwache Umriß des Wegweisers mit der Aufschrift ERLÖSUNG verblassen konnte, sobald meine Verzweiflung übermächtig wurde.

London schien mehr vom Krieg gezeichnet denn je, brandgeschwärzt, zerbombt, gemartert, ein altes Schlachtroß, das reif war für den Abdecker. In dem Versuch, meiner wachsenden Niedergeschlagenheit Herr zu werden, übersah ich die Schilder, die zur U-Bahn wiesen, und fuhr statt dessen in kühner Extravaganz mit dem Taxi über die neue Waterloo Bridge. Jenseits des Flusses schlummerte Somerset House im dunstigen Sonnenschein, und im Osten konnte ich die Kuppel von St. Paul's sehen, die sich, durch ein Wunder vor der Zerstörung bewahrt, vom rauchigen Maihimmel abhob.

«Was für eine Nummer, Chef?» rief der Taxifahrer, als wir schließlich nördlich von Marble Arch die Straße zum Hauptsitz der Forditen entlangfuhren.

«Das große Haus da vorn nach dem ausgebombten Grundstück.»

«Da, wo sie in so komischen schwarzen und weißen Kitteln herumlaufen? Was hat denn ein anständiger Geistlicher der Kirche von England in so einer römisch-katholischen Höhle zu suchen?»

Ich hatte im Augenblick nicht die Kraft, ihm zu erklären, daß die Forditen zum anglokatholischen Flügel der Kirche von England gehörten und nichts mit Rom zu tun hatten. «Ich besuche einen alten Mann, der sich von einer Operation erholt», sagte ich.

«Wirklich sehr nobel», sagte der Taxifahrer, als der Wagen quietschend vor der Mauer hielt, die das Haus gegen die Straße abschirmte. «Aber das ist ja nichts Neues, daß sich die Pfarrer der Kirche von England immer wie Gentlemen benehmen.»

Ich knauserte nicht mit dem Trinkgeld, um ihn in dieser wohlwollenden Einstellung zur Kirche zu bestärken, und als er mit unversehrter traditioneller englischer Engstirnigkeit davonfuhr, wandte ich mich dem Ziel meiner Reise zu. Das doppelflügelige, in die Mauer eingelassene Holztor, breit genug, um eine viktorianische Kutsche durchzulassen, schien verschlossen, doch als ich den Griff hinunterdrückte, ging der rechte Torflügel auf. Ich betrat einen kopfsteingepflasterten Hof und sah auch schon im Fenster der Eingangshalle den Kopf des Pförtners, der sehen wollte, wer da gekommen war. Ich schloß das Tor hinter mir und betrachtete das Haus, das ich noch nie aus der Nähe gesehen hatte. Die Stuckfassade hatte zwar durch die Gewalt der Bombe, die nebenan heruntergegangen war, etwas gelitten, aber die Hauswände waren kürzlich frisch gestrichen worden. Dieser Umstand hob das Haus aus dem mitgenommenen Stadtzentrum, in dem es stand, heraus und erweckte die bizarre Illusion, eine Welt zu betreten, in der der Krieg nie stattgefunden hatte.

«Guten Abend, Father», sagte der Pförtner, als ich die Eingangsstufen erreichte und die ganze Halle überblicken konnte. «Kann ich Ihnen helfen?»

Ich mag es nicht, wenn man mich wie einen katholischen Priester anredet. Alle meine protestantischen Widerstandsgeister regten sich, und es kostete mich einige Mühe, in höflichem Ton zu sagen: «Mich schickt Mr. Jonathan Darrow. Ich bin mit Mr. Aidan Lucas verabredet.» Mich sollte keiner bei einem «Father» oder gar dem vorreformatorischen «Abbot» ertappen. Nach meiner Meinung hatte Heinrich VIII. die Klöster völlig zu Recht abgeschafft.

«Ah ja, Sie werden erwartet», sagte der Pförtner salbungsvoll. »Bitte, kommen Sie herein.»

Zornig, gereizt, rebellisch, mürrisch, schuldgeplagt und schändlich nervös raffte ich all meine Willenskraft zusammen und überschritt die Schwelle zum anderen Flügel der Kirche von England.

8

Das Haus war einmal der Hauptwohnsitz des Ordensgründers gewesen, eines Mr. Horatio Ford, der auf irgendeine fragwürdige Weise großen Reichtum angesammelt hatte, bevor er den (durch die Oxford-Bewegung geförderten) Anglokatholizismus für sich entdeckt und die unrechtmäßig erworbenen Gewinne um seines Seelenheils willen der Kirche von England vermacht hatte. Hingerissen nicht nur von der Spiritualität der High-Church, sondern auch von der für das neunzehnte Jahrhundert so typischen ästhetizistischen Idealisierung des mittelalterlichen Lebens hatte er verfügt, daß die Kirche sein Vermögen zur Gründung einer Klostergemeinschaft mit dem Namen «Orden der Forditen von St. Benedikt und St. Bernard» verwenden solle. Dieser schamlose Fall von Selbstreklame hatte wahrscheinlich die inzwischen legendäre Bemerkung ausgelöst, Ford habe St. Bernard nicht in den Ordensnamen aufgenommen, um den Gründer des Zisterzienserordens zu ehren, sondern weil er seinen Lieblingshund hatte unsterblich machen wollen.

Aus diesem so ungebildeten und gewöhnlichen Samen war eine gelehrte und letztlich hervorragende Organisation erwachsen. Sie war sehr englisch, auf jene besondere Art, die Ausländer auf der Suche nach unseren Exzentrizitäten so sehr lieben, aber trotz ihrer Eigenarten weder untüchtig noch lächerlich. Ich persönlich bin der Ansicht, daß eine Gruppe von frommen Männern nicht gut daran tut, ihre Zeit mit der Wiederbelebung der mittelalterlichen Lebensweise zu verschwenden, wenn sie draußen in der modernen Welt für Christus genauso arbeiten könnte wie jeder andere Christ, doch selbst ich, ein unerschütterlicher Verteidiger der Klosterpolitik Heinrichs VIII., konnte nicht umhin, die Hingabe der Forditen an die Gelehrsamkeit zu bewundern, eine Hingabe, mit der sie sich fest in die benediktinische Tradition einfügten.

Der Orden besaß vier Häuser. In Starwater Abbey, in meinem Archidiakonatsbezirk gelegen, leiteten die Mönche eine bekannte Public School, während das Kloster Grantchester bei Cambridge eher die Verbindung zur Universität pflegte und den Studenten Einkehrtage bot. Der Londoner Hauptsitz bot ebenfalls Einkehrtage an und war angeblich bei führenden Männern der Kirche sehr beliebt, die auf angenehme Weise ihre seelischen Batterien neu aufladen wollten. Nur Ruydale, einsam in der Moorlandschaft des nördlichen Yorkshire gelegen, folgte eher der zisterziensischen denn der benediktinischen Tradition, indem es auf eine streng asketische Lebensweise

Wert legte, und Darrow behauptete immer, dies sei das am striktesten geistliche Haus des Ordens. Aber das konnte nicht verwundern. In Ruydale hatte sich Darrow seinen Ruf als geistlicher Berater erworben. Er war dort sechs Jahre Novizenmeister gewesen, ehe er 1937 Abt des Hauses in Grantchester wurde.

Da sich Darrow, bekannt für seinen asketischen Geschmack, mißbilligend über das Londoner Haus geäußert hatte, hoffte ich vieles vorzufinden, was ich bewundern konnte, und ich sah bald, daß mich meine Hoffnung nicht getrogen hatte. Das Haus war ein architektonisches Kunstwerk, liebevoll gepflegt und erfüllt von einer Atmosphäre von diskretem Luxus, die ich höchst verführerisch fand. Das Besucherzimmer, in das ich geführt wurde, war mit einem Perserteppich, antiken Möbeln und sogar einem nicht allzu auffälligen Kronleuchter ausgestattet. Die Bilder, allesamt religiösen Themen gewidmet, leuchteten warm im gedämpften Licht und erinnerten mich an die entlegenen Räume der National Gallery, in denen ich mich in meiner Jünglingszeit an nassen Samstagnachmittagen im Winter so gern aufgehalten hatte. Zu meiner Erleichterung stellte ich fest, daß der Raum im Gegensatz zu dem Besucherzimmer von Starwater nicht durch eine geschmacklose Marienstatuette verunstaltet war.

«Warten Sie bitte hier, Father, es dauert nur einen Augenblick», sagte der Pförtner und ließ mich in dieser wohltuenden Oase zurück. Ich setzte mich auf die Kante eines Stuhls, doch schon Sekunden später ging ich im Zimmer auf und ab. Was sollte ich sagen? Was konnte überhaupt gesagt werden? Wie konnte Lucas das Geheimnis meines Dilemmas enthüllen und mir sagen, weshalb mein Leben so falsch gelaufen war? Und wie konnte er mir, wenn er nicht gerade einen Zauberstab schwang, die Kraft geben, die nächsten dreißig Jahre an Didos Seite zu verbringen? Ich hatte plötzlich das Gefühl, daß das ganze Unternehmen reine Zeitverschwendung sei, wieder nur eine von Darrows verrückten Ideen. Es würde nichts weiter geben als ein behagliches Plauderstündchen, einen Spritzer Mitgefühl, ein paar kluge Bemerkungen und zum Schluß zweifellos irgendeinen blumigen anglokatholischen Segensspruch, der mich auf die protestantische Palme brachte.

«Wenn Sie mir bitte folgen wollen, Father.» Der Pförtner mit der sanften Stimme war zurückgekehrt, um abermals meine Geduld auf die Probe zu stellen. Es ging einen Flur entlang, und dann wurde ich in ein Zimmer geführt, das nichts weiter aufwies als einen Tisch, zwei Stühle und in einer Ecke ein übel aussehendes katholisches Etwas, das an einen Schrein erinnerte und wohl als «Andachtsnische» bezeichnet werden mußte: ein Betpult, und dahinter ein von Goldbrokat schimmernder kleiner Altar, auf dem ein Kruzifix und Kerzenleuchter blitzten. Meine protestantische Seele schauderte, doch ehe ich völlig die Nerven verlieren konnte, hörte ich den Pförtner auf dem Flur zu jemandem sagen: «Ihr Besucher wartet auf Sie, Father Abbot», und im nächsten Augenblick stand ich endlich Aidan Lucas von Angesicht zu Angesicht gegenüber.

XI

«Die eingehende Erforschung sündiger Handlungen, ganz gleich welcher Art, ist oft von Nutzen, da sie zunächst zur Entdeckung eines sündhaften Beweggrundes und sodann zur Erkennung eines sündigen Zustands führt.»

CHARLES E. RAVEN
in *The Creator Spirit*

I

Darrows Anspielung auf einen schlauen alten Fuchs hatte mich an einen buckligen Greis mit verschlagenem Gesichtsausdruck denken lassen, doch der Mann da vor mir ähnelte in keiner Weise diesem traditionellen Bild des machiavellistischen Ränkeschmieds. Er wirkte ein wenig angegriffen, gewiß eine Folge seines Krankenhausaufenthalts, aber er hielt sich sehr gerade und war eigenartig alterslos, wie Menschen mit sehr heller Gesichtsfarbe es oft sind; solch blasse, fast durchscheinende Haut scheint weniger anfällig für die Falten und Tränensäcke des Alters. Sein linkes Auge war von einem weißen Verband verdeckt, so dünn, daß er darüber mühelos die Brille tragen konnte, die das blaßblaue rechte Auge offenbar benötigte. Sein genaues Alter war schwer abzuschätzen, aber ich vermutete, daß er Mitte Siebzig war, zehn Jahre älter als Darrow.

Auf den ersten Blick machte er einen ruhigen, unauffälligen Eindruck – er hätte ein pensionierter Schullehrer sein können, der umgeben von seinen Büchern und Erinnerungen in einer kleinen Vorortvilla lebt, ein begeisterter Gärtner vielleicht, jemand, der im Radio gern die Übertragungen von Kricketspielen hört, ein sehr englischer Mensch, höflich, unaufdringlich, zurückhaltend. Doch dieser Mann war der Abt von Ruydale, und Ruydale war das strengste Haus des Ordens. Er besaß diktatorische Gewalt über Menschen verschiedenster Art; er überwachte die Bewirtschaftung des Grundbesitzes von Ruydale und die Einhaltung einer spartanischen Mönchsregel. Vor mir stand kein pensionierter Schullehrer mit einem behaglichen, mit Büchern vollgestopften Arbeitszimmer und einem Rundfunkgerät zur Unterhaltung, sondern eine aktive Führerpersönlichkeit, der Schweigen und Strenge vertraut waren, ein Mann, der die üblichen Daseinsgrenzen der Kirche von England weit hinter sich gelassen hatte, um ein Leben zu führen, das den meisten Kirchenmännern unerträglich gewesen wäre.

«Guten Abend», sagte er höflich. «Ich bin Aidan Lucas. Sie brauchen mir Ihren Namen nicht zu nennen. Wollen wir uns setzen?» Er sprach mit einem BBC-Akzent, genau wie ich, einem Akzent, wie man ihn nach Stunden geheimen Übens hinter der verschlossenen Schlafzimmertür erwarb. Sogleich fragte ich mich nach seiner Herkunft, aber ich wußte, ich mußte meine Neugierde unterdrücken, ehe ich am Ende den Eindruck eines Taubstummen erweckte.

«Es ist sehr freundlich von Ihnen, daß Sie mich so rasch empfangen, Sir», sagte ich. «Hoffentlich beeinträchtige ich nicht Ihre Genesung.»

«Da seien Sie unbesorgt – und Sie brauchen mich auch nicht ‹Sir› zu nennen.» Er hatte das eine bedeutsame Wort in meiner Bemerkung sofort ausgemacht, daraus geschlossen, daß ich unfähig war, ihn ‹Father› zu nennen, und bemühte sich nun, mein Unbehagen zu beseitigen. «Da Sie die Welt für eine Weile hinter sich gelassen haben, um mich zu sprechen», fuhr er fort, «schlage ich vor, wir ignorieren die weltlichen Konventionen und reden uns beim Vornamen an.»

«Hört sich vernünftig an.» Als wir auf den Tisch zugingen, fiel mein Blick abermals auf die kunstvolle Gebetsnische. Warum mußten in der Kirche von England ordinierte Geistliche diese papistischen Schnörkel übernehmen? Ich dachte an die protestantischen Märtyrer der Gegenreformation und war verärgert.

«Überladen, nicht wahr?» sagte Lucas, als er die Richtung meines mißbilligenden Blicks bemerkte. «In Yorkshire oben machen wir das besser.» Und er lächelte mich an.

Dann hatte Darrow ihm also gesagt, woher ich kam. Nun, warum auch nicht? Ich gab mir große Mühe, mich zu entspannen, war aber immer noch zu nervös, um das Lächeln zu erwidern.

«Vielleicht setzen Sie sich am besten mit dem Rücken zu dieser Ecke, dann werden Sie nicht abgelenkt.»

Ich nahm an der angewiesenen Seite Platz und legte die Hände gefaltet auf den Tisch. Es fiel mir schwer, den Griff halbwegs locker zu halten; am liebsten hätte ich meine Hände im Schoß verborgen, aber ich sagte mir, daß ich dann, kerzengerade auf dem Stuhl sitzend, vielleicht noch verkrampfter wirkte. Ich war verzweifelt bestrebt, einen ruhigen, normalen Eindruck zu erwecken.

Lucas beobachtete mich. «Welchen Vornamen möchten Sie gebrauchen?» fragte er.

Ich fiel fast vom Stuhl. «Woher wissen Sie, daß ich mehr als einen habe?»

»Sie haben es mir gerade gesagt.» Er lachte und setzte dann hinzu: «Manchmal zieht es jemand vor, weder den Nachnamen noch den Vornamen anzugeben. Ich wollte Ihnen nur zu verstehen geben, daß Sie sich einfach einen Namen aussuchen können, wenn Sie wollen.»

«Ah, ich verstehe.» Ich versuchte darauf einzugehen, fand das Thema aber so komplex, daß ich nicht wußte, wo ich anfangen sollte. Lucas mußte mich wirklich für taubstumm halten. Ich versuchte mich zusammenzureißen. «Mein erster Vorname ist Norman», sagte ich. «Der gefiel meinem Vater am besten. Aber nach der Taufe fand meine Mutter meinen zweiten Namen schöner, und so nannten mich bis 1942 alle Neville. Dann begegnete ich meiner zweiten Frau. Sie nennt mich Stephen.»

«Und wer sind Sie im Augenblick?»

«Ich weiß es nicht.» Das hörte sich an, als wäre ich nicht ganz zurechnungsfähig. Von Panik erfaßt sagte ich mir, daß es wirklich nicht anging, in einer häßlichen kleinen, nach Papisterei riechenden Zelle zu sitzen und einem anglokatholischen Mönch zu erklären, ich wisse nicht, wer ich sei. Damit ließ ich die protestantische Seite auf unerträglich demütigende Weise im Stich.

«Ich wollte Stephen sein», sagte ich. «Als ich letztes Jahr heiratete, wollte ich über Neville den Vorhang herunterlassen und ein ganz neues Leben beginnen, aber irgendwie ist es nicht dazu gekommen.

Stephen ist einfach eine Erfindung meiner Frau, ein Hirngespinst mit Talar. Ich bin noch immer Neville – ich will nicht er sein, aber ich kann nicht in ein neues Leben entfliehen. Neville läßt mich nicht los.» Ich redete noch immer wie ein Irrer. In peinlicher Verlegenheit stammelte ich: «Entschuldigung ... das ist reiner Blödsinn ... ich drücke mich völlig unverständlich aus.»

«Oh, Sie brauchen sich nicht zu entschuldigen!» sagte Lucas, ohne sich durch meine Verwirrung erschüttern zu lassen. «Zwei Namen sind mir nichts Neues. In meiner Jugend war ich Victor. Ich nahm den Namen Aidan an, als ich Mönch wurde, aber das war keineswegs ein müheloser Übergang von der einen Identität zur anderen.»

Das war der Augenblick, in dem ich die Gebetsnische in meinem Rücken vergaß und die Taubstummheit hinter mir ließ. «Verschwand Victor vollkommen?» fragte ich. «Oder verschmolzen die beiden?»

«Die Sache war ein wenig komplizierter. Aidan war in Wirklichkeit eine Synthese zweier Victors, die miteinander im Streit lagen.»

Nun vergaß ich auch, daß ich mit einem Anglokatholiken sprach in einem Raum, in dem alles nach Beichtstuhl roch.

«Zwei Victors!» rief ich aus. «Und sie stritten miteinander!» Behutsam tastete ich mich zur nächsten Frage vor. «Aber halten Sie es nicht für unnatürlich, daß jemand mehr als eine Identität hat?»

«Es mag zu abnormen Reaktionen kommen, wenn die Einheit der Persönlichkeit gefährdet ist. Aber eigentlich werden viele Menschen mit verschiedenen Identitäten fertig und empfinden sich weiterhin als eine Person, die nur eine Vielzahl von Masken trägt. Das trifft man recht häufig an. Denken Sie an den Generaldirektor, der im Büro wie ein Löwe brüllt und sanft wie ein Lamm wird, sowie er die Schwelle seines Hauses überschreitet. Er trägt das eine Gesicht für seine Mitarbeiter, das andere für seine Ehefrau – und ein drittes vielleicht für seine Geliebte.»

«Waren Sie einmal verheiratet?» Ich hatte diese Frage nicht unterdrücken können.

«Nein.»

«Sind Sie aus freien Stücken ledig geblieben?»

«Nein – aber damit wir keine Zeit mit Mutmaßungen verschwenden», sagte Lucas freundlich, «ich habe nicht geheiratet, weil die fragliche Dame schon mit einem anderen verheiratet war und keine Hoffnung auf eine Scheidung bestand. Ich habe sechs Jahre in Sünde gelebt. Das war während meiner atheistischen Phase. Später wurde ich Christ, dann Priester in den Slums und schließlich Mönch. Soviel zu meiner Vergangenheit; ich hoffe, Ihre Neugierde ist damit befriedigt und wir können zu einem viel interessanteren Thema zurückkommen, nämlich zu Ihnen.»

Vor Verlegenheit vermochte ich nur noch zu stammeln. «Entschuldigung – hätte mich gar nicht interessieren dürfen – ist mir sehr peinlich –»

«Unsinn! Jeder, der sich zu einem vertraulichen Gespräch mit einem Mönch trifft, hat das Recht, sich zu fragen, was der Mönch mit seinen Bekenntnissen anfangen kann. Es ist in der Tat oft nützlich, wenn ein Mönch verheiratet war. Als Jon Darrow in Ruydale Besucher beriet, konnte er aus den Erfahrungen seiner ersten Ehe großen Nutzen ziehen.»

Ehe ich mich noch zurückhalten konnte, sagte ich: «Darrow würde aus allem Nutzen ziehen.» Dann murmelte ich, erneut in peinliche Verlegenheit gestürzt: «Entschuldigen Sie. Darrow und ich, wir sind nicht gerade die besten Freunde. Aber er ist natürlich ein sehr tüchtiger Mann.»

Lucas sagte ein wenig sarkastisch: «Jon ist nicht jedermanns Fall», und als er lächelte, nahm ich eine Andeutung des heimatlichen Akzents wahr, ein Flüstern wie von weither.

«Aus welchem Teil von Yorkshire kommen Sie?» fragte ich unwillkürlich.

«Meine Eltern betrieben eine Pension in Scarborough.»

«Scarborough! Da waren wir einmal in den Ferien. Ich war noch ein kleiner Junge, aber ich erinnere mich, daß ich mit meinem Vater Spaziergänge am Meer entlang gemacht habe. Es war wie im Paradies... aber damals, ehe mein Vater starb, schien alles wie ein Paradies.»

«Das klingt, als beschrieben Sie die erste Phase Ihres Lebens.»

«Ja, das war, als ich der Neville war, der meinem Vater gehörte, der Neville, der in Maltby lebte – kennen Sie Maltby?»

«Das liegt bei Huddersfield, nicht wahr?» Jetzt hörte ich den Yorkshire-Akzent deutlich heraus. Er hatte «Huddersfield» mit dem langen «u» gesprochen.

«Eine häßliche Stadt», sagte ich, «aber die Landschaft ringsum ist sehr schön, und mein Vater ist dort immer mit uns spazierengegangen.»

«Wie alt waren Sie, als er starb?»

«Sieben. Er starb als bankrotter Mann, und mein Onkel kümmerte sich dann um die Familie.»

«Begann zu dieser Zeit die zweite Phase Ihres Lebens?»

«Ja, damals wurde ich der Neville, der Onkel Willoughby gehörte, der Neville, der in London lebte, wo mein Bruder und ich im Internat waren. Mein Onkel kannte dort Leute und sorgte dafür, daß wir auf die City of London School kamen. Sie hatte damals einen recht guten Ruf – wahrscheinlich hat sie heute sogar einen noch besseren –, aber an Eton oder Harrow kam sie natürlich nicht heran. Doch mein Onkel glaubte, in London hätten wir eine bessere Chance, weiterzukommen, als in Yorkshire, und wir haben ihn auch nicht enttäuscht. Wir studierten später beide in Oxford, mein Bruder und ich, und in Oxford spürte ich dann auch, daß ich zum Geistlichen berufen war.»

«Wahrscheinlich nicht ganz das, was Ihr Onkel sich für Sie erhofft hatte.»

«Nein, aber das war nicht schlimm, weil er damals aufhörte, in meinem Leben eine Rolle zu spielen, und ein dritter Neville geboren wurde. Doch dieser Neville war keine Synthese der beiden früheren Nevilles. Sie wollten nicht miteinander verschmelzen. Neville Nummer drei umschloß die beiden anderen, so daß sie friedlich nebeneinanderstehen konnten. Das ging eine Zeitlang ganz gut, doch dann –»

«Begannen sie zu streiten?»

«Ich weiß nicht genau, was sie machten, aber Neville Nummer drei hatte Mühe, die Ordnung aufrechtzuerhalten. Schließlich mußte ich im Geist ständig den Vorhang herunterlassen, um sie zu verstecken, aber der Vorhang ging immer wieder im falschen Augenblick in die Höhe.»

«Das ist sehr ermüdend. Und wem gehörte Neville Nummer drei? Wenn der erste Neville Ihrem Vater gehörte und der zweite Ihrem Onkel –»

«Oh, Neville Nummer drei gehörte meiner Mutter.»

«Was ist mit Ihrer ersten Frau?»

«Sie gehörte mir. Sie lernte mich kennen, als ich Neville der Zweite war, aber sie hat diese Seite von mir während der sieben Jahre vor unserer Hochzeit nie gesehen. Bei Grace war ich damals immer Neville der Erste, freundlich und romantisch, wie mein Vater. Selbst nachdem wir geheiratet hatten und ich Neville der Dritte war, habe ich mich bei ihr immer als Neville der Erste am wohlsten gefühlt.»

«Und Ihre Mutter – lebt sie noch?»

«Nein, sie starb 1941.»

«Und wem gehören Sie jetzt?»

«Ja, ich dachte, ich würde Stephen werden – der natürlich meiner zweiten Frau gehören würde. Aber das Schreckliche ist – und deshalb bin ich hier –, mir ist gerade bewußt geworden, daß ich meine zweite Frau nicht mehr begehre und mir nicht vorstellen kann, wie ich die nächsten dreißig Jahre mit ihr zusammenleben soll. Ich habe irgendwo etwas ganz, ganz falsch gemacht, aber ich habe keine Ahnung, wie es passiert ist. Ich weiß nur, daß ich in ein grauenvolles Ödland geraten bin und daß meine gesamte Laufbahn in der Kirche in Gefahr ist.»

«Ihre Laufbahn in der Kirche?»

«Ja, ich bin recht erfolgreich tätig als –»

«Und was ist mit Ihrem Leben im Dienst an Gott?» sagte der Abt von Ruydale. «Das ist doch gewiß wichtiger als irgendeine Laufbahn in der Kirche.»

Ich kam mir vor wie ein Hund, der am Ende einer Leine dahingetänzelt war und dann durch einen jähen Ruck zum Stehen gebracht wurde. «Ach ja», sagte ich. Ich mußte sogar zum Luftholen innehalten, als wäre ich außer Atem gekommen. «Ja, nun, ich fühle mich noch immer berufen, Gott nach besten Kräften als Geistlicher zu dienen. Als ich von meiner Laufbahn in der Kirche sprach, da dachte ich nur an –»

«Auf welche Weise glauben Sie zum Dienst an Gott berufen zu sein? Auf Ihre Weise? Oder auf seine Weise?»

«Meine Weise ist seine Weise. Vielmehr – seine Weise ist meine Weise. Das heißt –»

«Welcher Neville ist es, der zum Dienst berufen ist?»

«Der dritte. Nun ja, der erste auch – und natürlich der zweite, ich kann ohne Neville den Zweiten nichts machen –»

«Sie sagen, Sie seien in einem Ödland. Wer hat Sie dorthin geführt?»

«Niemand. Deshalb begreife ich einfach nicht, wie ich in diese Lage geraten bin –»

«War es Gott, der Sie dorthin führte? Oder war es der Teufel?»

Ich rutschte sehr verlegen auf meinem Stuhl herum. «Entschuldigen Sie, ich bin Modernist. Ich finde jedes Gerede vom Teufel eher –»

«Dem Teufel ist es gleich, ob Sie Modernist sind oder nicht. Vor dem Teufel können Sie nicht den Vorhang herunterlassen, indem Sie mit dem Wort ‹Modernist› herumfuchteln wie mit einem Zauberstab.»

«Nun, ich erkenne natürlich an, daß es das Böse gibt, aber –»

«Was ist mit der Sünde?»

«Sünde?»

«Sünde. S-Ü-N-D-E.»

«Ja, nun, natürlich gibt es auch die Sünde, wie wir alle nur zu gut wissen, aber ich finde es nicht besonders hilfreich, andauernd auf ihr herumzureiten. Die meisten Menschen sind gut und anständig und bemühen sich, das Rechte zu tun. Sie mögen ihre kleinen Fehler haben, aber –»

«Sie beschreiben sich da wohl selbst. Aber welches Selbst, welches Ich?»

«Neville den Zweiten. Nein, Neville Nummer drei, der sich sehr bemüht, ein guter Mensch zu sein – obwohl ich zugeben muß, daß ihm gelegentlich kleine Fehler unterlaufen, kleine Schnitzer –» Mir wurde plötzlich heiß, als ich mich an Lyle erinnerte.

«Sie wollen damit also sagen, daß keiner der Nevilles für Ihren Aufenthalt im Ödland verantwortlich ist. Sie sagen: ‹Die Angeklagten erklären sich für unschuldig!›»

«Die Angeklagten?»

Ein Schweigen trat ein. Ich starrte ihn an, und als er mich seinerseits ansah, mit einem Blick, der eine starke Autorität ausstrahlte, merkte ich, daß er experimentierte, so wie Darrow dies getan hatte, indem er von sanft auf grob umschaltete, um herauszufinden, auf welche Behandlung ich am besten ansprach. Automatisch versuchte ich eine kämpferische Abwehr. «Warum gehen Sie davon aus, daß ich vor Gericht stehe?»

«Wir stehen alle vor Gericht. Wir sind alle Sünder. Wir erwarten alle Gottes Urteilsspruch.»

Ich ging zum Angriff über. «Es erstaunt mich, daß jemand wie Sie sich mit dieser Art von protestantischer Neuorthodoxie abgibt! Ich bin ein liberaler Protestant, und meiner Ansicht nach –»

«Da ziehen Sie schon wieder den Vorhang herunter und verschanzen sich hinter theologischem Fachjargon!»

Mit einer Geschwindigkeit, die mich verblüffte, gab er gleich darauf die strenge Manier auf und wurde wieder der mitfühlende Gesprächspartner. Das Experiment war abgeschlossen, das Ergebnis vermerkt und eine neue Strategie ausgewählt. Ich kam mir allmählich wie Ton in den Händen eines begabten Künstlers vor. «Das funktioniert nicht, mein Junge, wissen Sie», sagte er bedauernd und ließ sich damit den Yorkshire-Akzent noch deutlicher anmerken. «Barth hat die Erörterung von Sünde und Urteilsspruch genausowenig gepachtet wie Calvin. Die Christen haben sich über diese Probleme schon gestritten, als niemand auch nur im Traum daran dachte, Begriffe wie Krisentheologie und Neuorthodoxie zu erfinden.»

«Ja, aber wenn Sie den Nachdruck ignorieren, den die Liberalen auf die Vergebung und die Barmherzigkeit Christi legen –»

«Den ignoriere ich ja gar nicht, aber was nützt Ihnen die Vergebung und Barmherzigkeit unseres Herrn, wenn Sie nicht bereuen? Und wie können Sie bereuen, wenn Sie nicht offen bekennen, daß Sie ein Sünder sind und zu verstehen versuchen, weshalb Sie gesündigt haben?»

«Tut mir leid», sagte ich. «Mit dieser Argumentation kann ich nichts anfangen. Sie ist meiner intellektuellen Einstellung zu Gott fremd.»

«Und wie steht es um Ihre seelische Einstellung?»

«Nun hören Sie, Mr. Lucas –»

«Ja, ja, jetzt werden Sie wütend auf mich, nicht wahr? Das dachte ich mir. Wenn Sie zornig sind, fühlen Sie sich wohler; der Zorn hilft Ihnen, unwillkommene Gefühle auszutreiben, den Schmerz zu lindern . . . Es ist ein sehr starker Schmerz, nicht wahr?»

«Welcher Schmerz?»

«Der, den Sie hinter dem Vorhang verborgen halten.» Unvermittelt faltete er die Hände und neigte den Kopf zum Gebet. Zu meinem Erstaunen hörte ich ihn mit fester Stimme sagen: «Herr, gib mir die Kraft, diesem Menschen zu helfen und das Leiden zu lindern, das ihn gelähmt hat.»

In der darauffolgenden Stille schien die Konzentration hinter dem Gebet fast greifbar. Meinem Erstaunen folgte sehr rasch zunächst Verlegenheit und dann ein verwirrtes Gefühl, das ich nicht recht zu benennen vermochte. Ich konnte nur denken, was Darrow vor mir gedacht hatte: Hier ist jemand, der sich wirklich um dich kümmert.

Lucas ließ die Hände sinken und sah mir in die Augen. Mit der gleichen festen Stimme, mit der er gebetet hatte, sagte er: «Es kommt darauf an, dem Schmerz ins Auge zu sehen.»

«Welchem Schmerz?» fragte ich noch einmal, doch diesmal bemühte ich mich ernsthaft, zu verstehen. «Dem Schmerz der Vergangenheit? Oder dem Schmerz der Gegenwart?»

«Es ist alles eins.»

Mir stockte vor Erstaunen der Atem. Die Zeit begann plötzlich rückwärts zu laufen, wie ein verrückter Fluß, der nach oben fließt, und als mein Vater stumm zu mir trat, flüsterte meine Stimme: «Alles ist eine Einheit. Alles ist eins.»

Einige Momente vergingen, bis mir bewußt wurde, daß ich die Hände vors Gesicht geschlagen hatte. Panik fiel mich an. Ich mußte mich zusammenreißen, mir keine Schwäche anmerken lassen, mich schützen, indem ich zum Angriff überging. Wie war ich nur in diese widerwärtige Beichtsituation geraten? Warum ließ ich mich von diesem Mann auseinandernehmen wie ein Wollknäuel in den Krallen einer Katze? Wie konnte er es wagen, mich als einen verletzlichen Menschen bloßzustellen und so zu behandeln, als wäre ich krank?

Widerwärtiger, aufdringlicher alter Mönch, der sich da in Dinge einmischte, die ihn nichts angingen, und der hinterlistig in einen Yorkshire-Akzent schlüpfte, um damit gleichzeitig in mich hineinzuschlüpfen ... Zorn und Scham schüttelten mich.

«Ich gebiete dieser monströsen Befragung Einhalt», sagte ich energisch, doch zu meinem Entsetzen bebte meine Stimme. «Ich weigere mich, weitere Fragen zu beantworten!»

«Nun, das trifft sich gut!» sagte Lucas, ohne einen Augenblick zu zögern. «Ich dachte mir gerade, daß Sie jetzt eine kleine Erholungspause brauchen, und möchte deshalb etwas tun, was ich normalerweise in dieser Situation nie tun würde. Ich werde Ihnen von mir erzählen. Schickt sich eigentlich nicht für einen geistlichen Berater, aber Ihr Fall interessiert mich so sehr, daß mir eine kleine Abweichung von der Norm gerechtfertigt erscheint. Aber darf ich Ihnen, ehe ich anfange, den Ölzweig des Friedens in der Form einer Tasse Tee anbieten?»

«Nein, danke», sagte ich schroff, obwohl ich eigentlich kaum wußte, was ich sagte. Mir war, als wären mein ganzer Zorn und all meine Scham von einem Löschpapier aufgesaugt worden, das jetzt leichthin in den Papierkorb befördert wurde. Ich suchte nach Worten und fand keine. Ich suchte nach einer neuen Einstellung als Ersatz für Zorn und Scham, aber ich schien mich in einem Gefühlsvakuum zu befinden. Ich konnte nur passiv und in fügsamem Schweigen dasitzen, und undeutlich regte sich das Verlangen in mir, mich einfach zähmen zu lassen.

«Nun, wenn Sie ganz bestimmt keinen Tee haben wollen», sagte Lucas, «dann entspannen Sie sich ein wenig, und ich erzähle Ihnen die Geschichte von den zwei Victors, die Aidan wurden. Sie dauert nicht lange, aber sie verschafft Ihnen einen Augenblick Ruhe, und wer weiß – vielleicht finden Sie sie sogar lehrreich.»

Schlauer alter Fuchs. Kluger, listiger, scharfsinniger alter Bursche. An Händen und Füßen gefesselt durch meine Neugierde, eingelullt durch seine ganze freundliche Art, konnte ich nur als willfähriger Gefangener darauf warten, daß er die Parabel erzählte, die mich der Wahrheit näherbringen würde.

2

«Als Victor der Erste ging es mir recht gut.» Lucas begann seinen Bericht in einer lässigen, gutgelaunten Art. «Wir waren keine religiöse Familie, aber meine Eltern waren brave, fleißige Leute. Wir pflegten einmal im Jahr in die Kirche zu gehen – an Weihnachten, um die Weihnachtslieder zu hören. Ich glaubte an Gott, bis ich es mit fünfzehn Jahren für chic hielt, Agnostiker zu werden. Der Agnostizismus war damals die große Mode, und ich hielt mich für sehr modern und klug. Ich hatte ein Stipendium für das Gymnasium errungen, und da hatte ich natürlich eine sehr hohe Meinung von mir.

Mein großer Wunsch war es, in den Süden zu ziehen, aber meine Eltern waren keine reichen Leute, und ich wußte, ich konnte nicht mit ihrer Hilfe rechnen. Nach dem Abgang von der Schule begann ich als Journalist bei einem Lokalblatt, und binnen fünf Jahren schaffte ich es, nach London hinunterzukommen. Der *Daily Standard* hat inzwischen längst sein Erscheinen eingestellt, aber damals in den neunziger Jahren gehörte er zu den größten Zeitungen der Fleet Street.

Ich schlug sehr gut ein in London – so gut, daß ich beschloß, den naiven Victor Nummer eins zu vergessen. Da wurde ich dann Victor Nummer zwei, der weltgewandte Lebemann. Kein Gott mehr, natürlich. Gott war etwas für Provinzler. Und keinen Agnostizismus mehr. Der Agnostizismus taugte nur für Intellektuelle, die zu schwach waren, die Religion völlig abzulehnen. Jetzt war ich ein Atheist und frei von all den alten abergläubischen Vorstellungen. Und dann wurde ich 1901 als Sonderkorrespondent nach Afrika geschickt, um über den Burenkrieg zu berichten.

Nun, das war das Ende meiner Illusionen, wie Sie sich wohl denken können. Da merkte ich, daß mein Leben in London überhaupt nichts mit der Realität zu tun hatte. Als ich nach Südafrika kam, zerstörte Gott meine törichte Ichbezogenheit und zeigte mir so schreckliche Dinge, daß ich wußte, ich würde nie mehr so sein können wie früher.

Von Kampfhandlungen sah ich eigentlich wenig – es war ohnehin zum größten Teil ein Guerillakrieg. Aber die Konzentrationslager sah ich. Die sind eine Erfindung der Briten, wie Sie sicher wissen. Wir vergessen das jetzt gern, aber um die Jahrhundertwende machte ich die Entdeckung, daß die größte Nation der Welt, eine Nation, die sich christlich nannte, im großen Stil unschuldige Menschen vernichtete. Ich schrieb meine vom Entsetzen erfüllten Berichte, schickte einen nach dem anderen ab. Aber kein Wort davon wurde veröffentlicht, und schließlich wurde ich zurückbeordert.

Ich weiß noch, wie ich meinen Chefredakteur anbrüllte: ‹Sie weigern sich, ein ganz großes Übel anzuprangern! Sie decken eine Versündigung an der Menschheit!› Aber er sagte nur: ‹Sie reden wie ein Erweckungsprediger, Vic – Übel! Versündigung! Machen Sie vierzehn Tage Urlaub an der See, und dann setzen wir Sie auf ein nettes, erfreuliches Thema an, die königliche Familie vielleicht!›

Ich kündigte. Meine Geliebte konnte das nicht verstehen. ‹Warum regst du dich so auf wegen der Leute in diesen Lagern?› meinte sie. ‹Das sind doch nur Buren.› Da wußte ich, daß ich sie nie mehr würde berühren können. Ich verließ sie – und dann wurde mir klar, daß ich auch London verlassen mußte, und so setzte ich mich in den Zug nach York. Dort mußte ich umsteigen, aber ich kam gar nicht bis nach Scarborough. Auf dem Bahnsteig in York wartete schon Victor der Erste auf mich, und als er mich durch die Straßen zum Münster führte, verschwand der Zweite endlich, und ich sah das neue Leben, das zu führen ich gerufen war.

Ich wurde schließlich ordiniert – aber ich lebte fortan nicht glücklich und zufrieden. Victor Nummer zwei, der zwar verschwunden, aber leider nicht ausgelöscht worden war, zupfte mich immer wieder am Ärmel, und schließlich sagte ich mir, daß ich ihn vielleicht eher ein für allemal niederringen könnte, wenn ich auf seinem eigenen Gebiet mit ihm kämpfte. Ich ging also wieder in den Süden nach London und arbeitete bei einer Mission im East End. Es war die große Zeit des anglokatholischen Wirkens in den Slums, und ich hatte das Gefühl, daß mir die Kraft des Anglokatholizismus als eine Art Rüstung diente, die mich vor Victor dem Zweiten schützen würde, wann immer dieser mir seine verderbenbringende Hand auf den Arm legte.

Ich arbeitete und arbeitete unermüdlich, bis es zuletzt kam, wie es kommen mußte – meine Kräfte versagten, und ich wurde hierher geschickt zu den Forditen, um mich zu erholen. Und da wurde Aidan geboren. Ich begegnete dem Mann, der kurz darauf Generalabt werden sollte – Sie haben wahrscheinlich von ihm gehört: Father Cuthbert Darcy. Er starb 1940. Er war ein ganz außergewöhnlicher Mensch. Gegen Ende seines Lebens wurde er recht tyrannisch und schwierig, aber als ich ihn 1907 kennenlernte, war er im Vollbesitz seiner Kräfte, ein Mann von großer Intelligenz, erstaunlichem Charme und einem geradezu unheimlichen Gespür für seelische Notlagen. Er war der Mönch, den man mir als Helfer zuteilte und der mich wieder auf den rechten geistlichen Weg führen sollte. Wir pflegten uns in einem kleinen Zimmer wie diesem hier gegenüberzusitzen, geradeso wie wir jetzt, und führten dann einen Kampf nach dem anderen.

Wir kämpften, weil ich der Wahrheit nicht ins Auge sehen wollte; das geht einem immer so, wenn die Wahrheit sehr schmerzhaft ist. ‹Warum haben Sie sich bei Ihrer Arbeit so überanstrengt?› fragte Darcy mich immer wieder. ‹Warum haben Sie sich Tag und Nacht angetrieben, bis Sie schließlich vor Erschöpfung zusammenbrachen?› Und jedesmal behauptete ich: ‹Weil ich Gott dienen wollte.›

Aber das war nicht wahr. Ich hatte mir selbst gedient. Indem ich so verbissen arbeitete, daß mir keine Zeit zum Denken blieb, hatte ich den Vorhang vor Wahrheiten heruntergezogen, die ich nicht akzeptieren konnte. Schließlich sagte Darcy: ‹Es kommt darauf an, dem Schmerz ins Auge zu sehen.› ‹Welchem Schmerz?› fragte ich, aber ich wußte, wovon er sprach. Es war der Schmerz über die Erkenntnis, daß gute Menschen Böses tun können. Aber ich sagte zu Darcy: ‹Ich bin nicht für die Lager in Südafrika verantwortlich! Die Verantwortung liegt bei der Regierung – ich habe damit nichts zu tun!› Darcy zog nur eine Braue in die Höhe und sagte: ‹Wen vertritt die Regierung?› Und als ich aufbegehren wollte, sagte er: ‹Wir tragen alle unseren Teil Schuld an der Unmenschlichkeit, mit der die Menschen einander behandeln. Wir sind alle Angeklagte und warten auf Gottes Richterspruch.›

Und ich erwiderte: ‹Wie kann ich vor Gericht stehen? Ich bin ein guter Mensch. Natürlich habe ich in der Vergangenheit Fehler begangen – kleine Schnitzer –, aber jetzt bin ich Priester, und ich weiß, daß mir durch die Gnade Gottes vergeben wurde.› Darcy lehnte sich nur auf seinem Stuhl zurück und sagte: ‹Warum sind Sie dann jetzt in der Hölle?›

Ich hörte nicht auf, mich zu wehren. Wir kämpften und kämpften. Und als er mich dann mein vergangenes Leben noch einmal durchgehen ließ, sah ich allmählich all die Sünden, denen ich mich nie gestellt hatte. Ich mußte mich wieder daran erinnern, wie ich mich von meinen Eltern losgesagt und mir nie die Mühe gemacht hatte, ihnen zu schreiben. Ich mußte mich des Ehemannes erinnern, dem ich die Frau weggenommen hatte. Ich mußte mir all die selbstsüchtigen Handlungen, all die beiläufigen Grausamkeiten vor Augen führen lassen, die ich um meines Ehrgeizes willen begangen hatte. Und vor allem – und das war das Schlimmste – mußte ich meine Unzulänglichkeiten als Priester erkennen: den Ärger, den ich an Amtsbrüdern ausgelassen hatte, die Verachtung und Abneigung, die sich hinter meinem scheinbar selbstlosen Verhalten gegen die Armen verbarg, die unablässige Versuchung, die rastlose Leere in mir zu überdecken, indem ich mich der Hurerei hingab ... Ein guter Mensch? Äußerlich vielleicht. Aber innerlich? Und als ich mich endlich als einen böser Handlungen fähigen guten Menschen zu sehen begann, da wurde mir klar, daß in den Konzentrationslagern nur im großen Stil eine Störung sichtbar wurde, die im kleinen jede menschliche Seele zu verkrüppeln vermag. Alles war eins. Das Böse war eine stets gegenwärtige Wirklichkeit. Christus hatte diese Wirklichkeit besiegt, und als ich mich fragte, wie ich selbst am besten mit dieser Wirklichkeit fertig werden könne, da erkannte ich, daß das nur in der Nachfolge Christi möglich war; und da wußte ich, daß ich Mönch werden mußte.

An dieser Stelle muß ich jedoch betonen, daß ich nicht lediglich dadurch Aidan wurde, daß ich mich einer Lebensweise verschrieb, die den meisten Priestern nicht zusagen würde. Ich konnte Aidan werden, indem ich mich zunächst dem Schmerz stellte und ihn dann hinter mir ließ, so daß ich endlich Gott so dienen konnte, wie er es von mir erwartete, aufrichtig, in Demut und gläubig. Und als ich dann Gott zu dienen begann, statt mir selbst, da verlor der zweite Victor seine Macht über mich, und als meine Furcht vor seiner Macht erst erloschen war, konnte ich ihm endlich verzeihen, daß er mich so weit in die Irre geführt hatte. In der Praxis bedeutete das, daß ich meine Person vereinigen konnte; der erste Victor durfte den zweiten in die Arme schließen und in Harmonie mit ihm leben – oder, in der vertrauten religiösen Weise ausgedrückt: Ich spürte, daß Gott mir meine Sünden vergab, indem er mir den Weg in ein neues Leben zeigte, und als ich erst wußte, daß mir vergeben war, lebte ich endlich in Frieden mit mir selbst.»

Es war sehr still, als er zu sprechen aufhörte. Keiner von uns beiden bewegte sich. Nach einer Weile wurde mir bewußt, daß ich durch das Fenster in den langsam dunkelnden Abend hinausstarrte. Da kein Licht brannte, spiegelte sich das Innere des Zimmers nicht in den Scheiben – hätte ich Lucas' Gesicht im Fenster gespiegelt gesehen, hätte ich den Blick abwenden müssen. «Das Ganze ist ein Zyklus», sagte er schließlich mit der Geduld eines freundlichen Lehrers, der einem begriffsstutzigen Kind eine einfache Rechenaufgabe erklärt: «Man sündigt. Man steigt hinab in die Hölle. Man steht vor Gericht. Man sieht dem Schmerz ins Auge. Man erkennt seine Sünden an. Man bereut. Man wird aus der Hölle herausgeführt. Man bekommt den neuen Weg gezeigt – und der neue Weg bedeutet Vergebung und zugleich die Chance zum Beginn eines neuen Lebens, durch die Gnade Gottes, in Glaube, Hoffnung und Liebe. Geburt, Tod, Auferstehung ... ja, alles ist ein Zyklus, nicht wahr, ein zeitloser Zyklus, viel älter als das Christentum, aber das Christentum ist natürlich eine göttliche Manifestation ewiger Wahrheiten.» Er begann sich zu erheben.

Bestürzt sagte ich: «Sie wollen doch nicht schon gehen?»

Er lächelte beruhigend. «Ich dachte, Sie möchten vielleicht eine Pause einlegen, um über alles nachzudenken, was ich gesagt habe.»

«O ja, ich verstehe.» Ich wußte nicht recht, was ich auf seinen Vorschlag antworten sollte.

«Vielleicht zeige ich Ihnen Ihr Zimmer, dann können Sie Ihre Tasche auspacken und sich eine halbe Stunde ausruhen.»

«Ja, aber wir dürfen keine Zeit verschwenden! Ich habe ja kaum angefangen, von meinen Problemen zu sprechen, und –»

«Sie haben mir schon recht viel erzählt. Und vielleicht sind die Dinge, die Sie für Ihre Probleme halten, gar nicht Ihre eigentlichen Probleme.»

«Aber das Hauptproblem ist ganz unverkennbar! Wie soll ich –»

«Sie werden nie Herr über Ihre Zukunft sein, ehe Sie nicht Herr über Ihre Vergangenheit sind.»

«Aber die Vergangenheit ist kein Rätsel, so wie es die Zukunft ist!»

«Nein? Dann wollen wir vielleicht die Pause verschieben, damit Sie mir mehr über Ihre Herkunft erzählen können?»

«Das wird nicht viel Zeit in Anspruch nehmen. Das ist ganz einfach die Geschichte eines jungen Mannes aus Yorkshire, der es zu etwas brachte, die vollkommene Ehefrau heiratete, fünf vollkommene Kinder zeugte und eine hervorragende Laufbahn einschlug. Das ist natürlich nur eine sehr kurze Zusammenfassung, aber dennoch die reine und einfache Wahrheit.»

«Ach ja? Das erinnert mich an ein Stück von Oscar Wilde mit dem Titel *Bunbury*, das ich vor vielen, vielen Jahren in London sah. An einer Stelle im ersten Akt erklärte der junge Held: ‹Das ist die ganze reine und einfache Wahrheit!› Worauf sein Freund meinte: ‹Die Wahrheit ist nie rein und selten einfach.›» Lucas seufzte, ehe er hinzufügte: «Ich fürchte, Mr. Wilde sprach aus Erfahrung.»

Ich lachte, blieb aber auf der Hut. Jede Lockerung meiner Abwehr konnte gefährlich sein. Behutsam vorfühlend fragte ich: «Was an meiner Vergangenheit interessiert Sie besonders?»

«Ich möchte mehr über die drei Nevilles wissen, das heißt, wenn ich Sie richtig verstanden habe, mehr über Ihre Eltern und Ihren Onkel.»

«Nun, das ist nicht schwer», sagte ich, als könne ich den Vorhang hochgehen lassen, ohne mit der Wimper zu zucken. «Aber ich warne Sie! Sie werden eine düstere Geschichte in bester viktorianischer Melodramtradition zu hören bekommen ...»

3

«Ich wurde 1902 geboren», sagte ich, «das heißt, meine Zeit ist die Ära König Edwards, aber alle Hauptpersonen in diesem Drama gehören dem viktorianischen Zeitalter an. Ich will sie rasch vorstellen: Mein Vater war der tragische Held, meine Mutter die edle Heldin und mein

Onkel Willoughby der üble Schurke des Stücks. Dann die Nebenrollen: mein Bruder Willy, der zum frauenfeindlichen Schullehrer wurde (er hieß natürlich so nach Onkel Willoughby – meine Mutter bestand darauf), meine Schwester Emily, die zuerst den Part der ledigen Tochter übernahm, schließlich aber doch noch einen Schuhverkäufer heiratete, und unser Kindermädchen Tabitha (eine herrliche Miniaturrolle), die ungebildete Frau aus dem Volk mit dem goldenen Herzen. Und dann natürlich ich. Ich war ein moderner Oliver Twist, der Waisenjunge, den es nach mehr verlangte.

Mein Bruder Willy und ich, wir standen uns so nah wie Zwillinge, aber er war kränklich und konnte nicht mit mir mithalten, obwohl er ein Jahr älter war. Auch meine Mutter war nicht recht gesund, aber das kam daher, daß sie so oft schwanger war. Mein Vater und Emily waren oft krank. Ich dagegen hatte schon immer die Konstitution eines Ochsen. Meine Mutter pflegte zu sagen, in der körperlichen Verfassung käme ich auf Onkel Willoughby hinaus.

Onkel Willoughby war der Bruder meiner Mutter. Er hieß mit ganzem Namen Herbert Willoughby Stoke, aber den Namen Herbert gebrauchte er nie, weil er ihn für zu gewöhnlich hielt. Onkel Willoughby wollte immer etwas Besseres sein. Sein Vater war Büroangestellter in der Fabrik, aber Onkel Willoughby brachte es zum Geschäftsführer und wurde schließlich Bürgermeister von Maltby. Er konnte gut mit Geld umgehen, spekulierte erfolgreich und brachte es schon als junger Mann zu Wohlhabenheit – er hatte sogar sein eigenes großes Haus. Das war damals etwas Seltenes. Er machte natürlich auch eine gute Partie. Seine Frau war eine Anwaltstochter mit zweihundert Pfund eigenem Einkommen im Jahr – eine echte Lady, die Feldblumen preßte und Aquarelle malte und ein Piano hatte in einem Zimmer, das sie Salon nannte.

Meine Mutter fand sie schrecklich langweilig. ‹Wenn Ella mir noch eine gepreßte Blume zeigt, dann schreie ich!› pflegte sie zu sagen. Meine Mutter hielt Malen und Klavierspielen – all diese traditionellen weiblichen Fertigkeiten – für reine Zeitverschwendung. Sie pflegte zu lesen – aber nicht die Bücher, die als übliche Frauenlektüre galten; die Romane aus der Leihbücherei verachtete sie zutiefst. Sie las Geschichte, Philosophie und Dichtung. Von den Romanschriftstellern war George Eliot die einzige, in deren Werken sie einmal blätterte. Sie war an Politik interessiert und las die *Times*. Die Leute hielten sie für sehr exzentrisch, aber mein Vater betete sie an, und Onkel Willoughby auch. Sie und Onkel Willoughby diskutierten immer über Politik. Sie zählten sich beide zu den Liberalen, wenn meine Mutter auch mit solchen Ideen wie dem Sozialismus und der Frauenemanzipation flirtete. Mein Vater interessierte sich nicht für Politik, aber er und meine Mutter sprachen oft über Poesie. Über Literatur konnte meine Mutter mit Onkel Willoughby nicht reden, weil er nicht viel las. Er war zu sehr mit Geldverdienen beschäftigt.

Mein Vater verstand nichts vom Geldverdienen. Er erbte von seinem Vater ein blühendes Geschäft, aber er war kein Kaufmann. Es war ein Textilgeschäft, ein recht großes sogar – er hatte sechs Angestellte –, mit einer vorzüglichen Lage in der High Street. Die Familie hatte in dem Geschoß über dem Laden gewohnt, aber als mein Vater sein Erbe antrat und wußte, daß er es sich leisten konnte, zu heiraten, zog er in ein Haus am Stadtrand. Das Haus hatte einen Garten mit einem richtigen Rasen und richtigen Blumenbeeten – ich meine, es war nicht nur das kleine Stückchen Land für Gemüse oder ein paar Hühner oder eine Ziege –, und innen im Haus (innen, nicht draußen) war ein richtiges Klosett mit Wasserspülung. Darauf bestand Onkel Willoughby. Er sagte, man könne von meiner Mutter schwerlich erwarten, daß sie sich mit einem niedrigen Lebensstandard zufriedengäbe, und da sie vorher in seinem Haus gewohnt hatte, war dieser Standard recht hoch. Ich glaube, er war der erste in ganz Maltby mit einer Toilette im Haus. Er hatte sie einbauen lassen, weil er gehört hatte, im Süden besäßen alle feinen Leute so etwas.

Damit meine Mutter es auch ja bequem hatte, stellte mein Vater eine Köchin und ein Mädchen für alles ein – und Tabitha, die sich um die Kinder kümmerte, während meine Mutter, vor und während ihrer Schwangerschaften und auch danach, auf der Chaiselongue lag und ihre hochgestochenen Bücher las. Willy und ich wuchsen auf in der Vorstellung, daß wir sehr feine Leute seien. Wir hatten keine Ahnung, daß wir an südlichen Maßstäben gemessen ganz gewöhnliche Leute waren, aber das mit dem Süden begriffen wir damals noch nicht richtig. Ich war fünf Jahre alt, als mir schließlich aufging, daß Yorkshire ein Teil von England war und nicht umgekehrt.

Aber ich wollte Ihnen von meinem Vater erzählen. Er war ein großer, gutaussehender Mann, elegant und leicht irritierbar. Er litt an Asthma. Und er war von Stimmungen abhängig. Wenn er glücklich war, war er überschwenglich glücklich, war er jedoch nicht glücklich, so verfiel er gleich in tiefen Trübsinn. Gewöhnlich sahen wir nur seine glückliche Seite, aber gegen Ende seines Lebens trank er oft, und dann war er stumm und in sich gekehrt.

Ich glaube, er war ein zutiefst religiöser Mensch, aber der schlichte, bibelhörige Nonkonformismus, wie er in Maltby herrschte, hat ihm niemals behagt. Wir gingen jeden Sonntag alle zusammen pflichtschuldigst zu den Dissentern, aber einmal nahm Vater Willy und mich mit zu einem Gottesdienst der Kirche von England in Huddersfield, damit wir die Liturgie hören konnten. Meine Mutter war schockiert. ‹Du landest noch bei den Papisten, wenn du nicht aufpaßt!› sagte sie. ‹Liturgie – ha! Was kommt da als nächstes?› Aber mein Vater sagte nur: ‹Es war so schön.›

Das pflegte er auch zu sagen, wenn er uns zu Spaziergängen in der Umgebung mitnahm. ‹Alles ist so schön!› sagte er immer wieder, und er sprach von der Schönheit, der Wahrheit und der Güte und daß alles heilig, alles in Gott eins sei. ‹Alles ist eine Einheit!› sagte er. ‹Alles ist eins!› Ich nehme an, er war eigentlich ein Pantheist, obwohl er nicht das nötige Wissen besessen hätte, um sich darüber klar zu sein, daß ein absoluter Pantheismus nichts mehr mit dem Christentum zu tun hat. Vielleicht sollte man ihn deshalb lieber doch keinen Pantheisten nennen, sondern sagen, er habe in hohem Maße das besessen, was Rudolph Otto *das Heilige* nannte.

Konnte es jemanden geben, der weniger geeignet war, ein Textilgeschäft zu führen?

Jedenfalls – so lebte er dahin, weit über seine Verhältnisse in diesem teuren Haus, und vernachlässigte sein Geschäft, und dann starb er plötzlich und wir stellten fest, daß er bankrott war. Onkel Willoughby trat auf den Plan und sorgte für Ordnung. Alle Dienstboten wurden entlassen, Tabitha wurde ins Armenhaus geschickt, ohne daß sie sich noch von uns verabschieden konnte, der Hausherr verlangte das Haus zurück, und was darin war, beschlagnahmten die Gerichtsvollzieher.

Willy und ich fragten Onkel Willoughby, ob er uns etwas Geld leihen würde, damit wir beim Gerichtsvollzieher unsere Spielsachen auslösen könnten. Er sagte nur: ‹Da, wo ihr jetzt hingeht, braucht ihr keine Spielsachen› und schickte uns auf eine spartanische, von Methodisten geleitete Internatsschule, die aus einem Roman von Dickens hätte stammen können. Wenn wir nicht einander gehabt hätten, Willy und ich – ich glaube, wir wären entweder gestorben oder verrückt geworden. Wir blieben sogar während der Ferien im Internat. Wir hatten das Gefühl, nichts mehr zu haben, kein Zuhause, keine Familie, nichts. Meine Mutter schrieb uns zwar, aber in ihren Briefen stand immer nur, sie bete darum, daß wir gut lernten und zu ehrenhaften christlichen Männern heranwachsen würden. Wir schrieben ihr und baten sie, uns aus dieser Schule herauszuholen, aber das tat sie nicht. Später sagte sie, Onkel Willoughby habe unsere Briefe abgefangen.

Dieser Alptraum dauerte ein Jahr. Dann veränderte sich die Situation. Ihr Gesundheitszustand zwang meine Mutter, in den Süden zu ziehen, und sie nahm sich zusammen mit unserer Schwester Emily eine Wohnung in St. Leonards-on-Sea. Da bestimmte Onkel Willoughby, daß wir nun in London zur Schule gehen sollten – nicht nur, weil London der beste Ort war für jemanden, der es zu etwas bringen wollte, sondern auch, weil wir dann der Südküste näher waren und ohne allzu großen finanziellen Aufwand unsere Mutter besuchen konnten. Diese Besuche fanden dreimal im Jahr statt, aber sie dauerten nie lange, weil es kein Zimmer für uns gab; wir schliefen abwechselnd auf dem Roßhaarsofa im Wohnzimmer und auf dem Fußboden.

In London wurden wir zu einem Arzt und seiner gräßlichen Frau in Pension gegeben – beide strenge Methodisten, beide Bekannte von Onkel Willoughby – und besuchten schließlich, wie ich schon erwähnte, die City of London School. Wir bekamen kein regelmäßiges Taschengeld, nur gelegentlich eine Art Almosen. ‹Ihr sollt lernen, wie man überlebt!› sagte Onkel Willoughby. ‹Entweder ihr kommt voran, oder ihr geht unter, aber erwartet nicht, daß ich auch nur einen Finger rühre, um euch zu helfen, wenn ihr bei den Versagern landet wie euer Vater!› Wir wußten also, daß wir vorankommen mußten.

‹Ihr werdet mir eines Tages dankbar sein!› sagte Onkel Willoughby. Ich sehe ihn vor mir, einen kleinen, untersetzten Mann mit kämpferischem Kinn und zornigen blauen Augen. ‹Ich bringe euch bei, wie man Reichtum, Ruhm und Erfolg erringt – die Trophäen eben, die das Leben lebenswert machen! Ihr müßt diesen Trophäen nachjagen, wenn ihr überleben wollt.› O ja, ich sehe ihn vor mir, sehr elegant in seinem teuren Anzug, mit der goldenen Uhrkette über dem Bauch; Onkel Willoughby, Fachmann im Überleben, Vorankommen und Es-zu-etwas-Bringen.

Ich errang ein Stipendium für Oxford, und Willy kam ein Jahr später auch dorthin – ein langwieriges Drüsenfieber hatte ihn in der Schule zurückgeworfen. Onkel Willoughby zahlte seine Studiengebühren, aber er hatte inzwischen das Interesse an Willy verloren. *Ich* war sein Liebling. Er war außer sich vor Freude, als ich mein Stipendium bekam. ‹Jetzt wirst du ein richtiger Gentleman werden›, sagte er. Er hatte feuchte Augen. ‹Wenn du mein eigener Sohn wärst, ich könnte nicht stolzer sein.› Er hatte bald nach meinen Eltern geheiratet, aber er hatte keine Söhne, nur drei abscheuliche Töchter. ‹Später studierst du Jura und gehst in die Politik!› sagte er. ‹Und wenn alles gutgeht, wirst du noch Premierminister!› Er war so hingerissen von dem Gedanken an diesen höchsten Siegespreis, daß er sich sogar einen Ruck gab und fünf Pfund lockermachte. ‹Ich darf dich nicht verwöhnen›, sagte er, ‹aber du hast ein großzügiges Geschenk verdient.› Der geizige alte Teufel – er saß geradezu auf seinem Geld.

Ich studierte Philosophie, und das Leben in Oxford machte mir großen Spaß. Der einzige Schönheitsfehler war Onkel Willoughby, der mich offenbar einfach nicht in Ruhe lassen konnte – und ich wußte auch, warum. Der alte Teufel stellte sich vor, daß ich stellvertretend für ihn lebte; ich führte jetzt das Leben, zu dem er es nicht gebracht hatte, und so kam er, wann immer er es sich einrichten konnte – viel zu oft für meinen Geschmack – aus Yorkshire heruntergedampft, um mich zu besuchen.

Nun, diese ewigen Besuche gingen mir allmählich richtig auf die

Nerven, als mir die beste aller vorstellbaren Ablenkungen zuteil wurde: Ich empfing den Ruf, Geistlicher zu werden.

Ich muß hier gleich gestehen, daß ich kein Mystiker bin und nichts von einem Medium in mir habe. Dennoch war dieser Ruf nicht von der stillen Art, war nicht die allmähliche Entwicklung, wie sie die meisten zu erleben scheinen. Mir ging es wie Saulus auf dem Weg nach Damaskus: Das Licht blendete mich ohne jegliche Vorwarnung. Ich erfuhr, daß Charles Raven in der Christchurch-Kathedrale predigen würde, und ich wußte sofort, daß ich ihn hören mußte.

Ich hatte mich inzwischen an die Kirche von England gewöhnt und seit einiger Zeit regelmäßig die Gottesdienste besucht. Schließlich verkroch man sich nicht in irgendeinem obskuren Winkel bei den Methodisten, wenn man in Oxford vorankommen wollte. Man gab sich als Anglikaner aus, in der Kirche von England geboren und aufgewachsen – und mir machte das Spaß, ich rebellierte damit gegen meine Kindheit als Dissenter.

Ich hatte von Raven schon gehört. Man hatte ihn mir als faszinierenden Prediger beschrieben, aber seine spezielle Theologie war mir unbekannt. Ich wußte nicht, daß er ein Biologe war, dessen Auffassung vom Christentum durch die Evolutionstheorie geprägt war, daß er die Modernisten unterstützte und zu den bedeutendsten Vertretern des liberalen Protestantismus zählte. Doch sobald er zu sprechen begann, kam mir dieses Denken merkwürdig vertraut vor – ich hatte zwar nicht ganz das Gefühl, daß ich alles schon einmal gehört hatte, aber meine Erinnerung wurde doch wiederholt angestoßen.

Dann geschah es. Er sprach vom Prinzip der Evolution in der Natur und übertrug es auf die Evolution der Menschheit hin zum Reich Gottes, als er plötzlich mitten im Satz innehielt. Er streckte die Arme aus – Raven verfügt über eine ganze Reihe von theatralischen Kanzelgesten –, und indem er mich mit seinen strahlenden Augen direkt anzublicken schien, rief er: ‹Alles ist eine Einheit! Alles ist eins!› Und da sah ich das Licht, das auf den Apostel Paulus herabgefallen war.

Die Welt – die Welt des zweiten Neville, Onkel Willoughbys Welt – kam jäh zum Stillstand. Ich war wieder in Yorkshire als Neville der Erste, und mein Vater war bei mir – ich konnte ihn vor mir sehen –, und Christus war auch da, ich wußte, daß er da war – dort in den Hügeln bei Maltby, hier in der Christchurch-Kathedrale neben Charles Raven, und alles war eine Einheit, alles war eins – und als ich dann diese Einheit empfand, erlebte, da riß Onkel Willoughbys Welt von oben bis unten entzwei wie der Vorhang im Tempel bei Christi Kreuzigung, und ich sah endlich den Weg zurück zu diesem verlorenen Paradies.

Nun, es war keine einfache Sache, dem listigen alten Kerl klarzumachen, daß aus seinem großen Traum, seinen Neffen, den Premierminister, eines Tages in der Downing Street zu besuchen, nichts werden würde, aber als er das nächste Mal nach Oxford herunterkam, sagte ich ihm ohne Umschweife, daß ich Geistlicher zu werden gedachte. Bei Onkel Willoughby redete man offen heraus und gab sich so aggressiv wie möglich. Nur so konnte man seinen Respekt gewinnen.

Zuerst glaubte ich, er bekäme einen Schlaganfall, aber dann sagte er: ‹Das Palais, das der Erzbischof von York da in Bishopthorpe hat, ist auch sehr schön – und ich brauche nicht weit zu reisen, wenn ich dich im Alter mal besuchen will!› Der alte Gauner! Mich empörte es, daß er an nichts anderes denken konnte als an sein Vorankommen und Es-zu-etwas-Bringen. Die innere, seelische Tragweite meines Entschlusses entging ihm völlig.

Da verlor ich dann die Beherrschung und . . . nun ja, wir hatten einen Riesenkrach. Er hatte sich wohl schon seit langem zusammengebraut. Ich glaube, ich kann mir eine Schilderung ersparen. Es sei nur soviel gesagt, daß wir uns danach nicht mehr gesehen haben.

Meine Mutter sagte, es freue sie sehr, daß ich Geistlicher werden wolle. Das erstaunte mich, weil auch sie von der Downing Street geträumt hatte, aber sowie Onkel Willoughby aus meinem Leben verschwand, kam meine Mutter mir wieder näher. Wir hatten uns zwar regelmäßig geschrieben, aber jetzt bekam unsere Korrespondenz einen helleren, geistreicheren, liebevolleren Ton. Meine Mutter war eine großartige Briefeschreiberin – ihre Briefe machten mir sogar solche Freude, daß ich mich bemühte, sie öfter in St. Leonards zu besuchen. Nach einer Weile wurde mir bewußt, daß meine Mutter zwar überhaupt nicht mit kleinen Kindern umgehen konnte, daß sie aber völlig in ihrem Element war, wenn sie heranwuchsen. Sie überschüttete mich nun mit Anerkennung und Zuneigung. ‹Neville, mein Liebling!› rief sie immer aus. ‹So charmant, so klug, so attraktiv und so *gut* – womit habe ich dich verdient?› Dialoge dieser Art hätten schrecklich sentimental klingen können, aber das taten sie nicht. Ich muß sogar gestehen, daß ich das alles genoß. Seit Tabitha gegangen war, hatte mich niemand mehr gestreichelt und verhätschelt.

Mir war ein wenig beklommen zumute, als ich ihr sagte, daß ich mich mit Grace verlobt hatte – wir kannten uns da schon viele Jahre –, aber ich hätte mir deswegen keine Sorgen zu machen brauchen. Meine Mutter war nicht dumm und wußte, daß sie in diesem Fall keinen Grund zur Klage hatte – sie wußte, daß Grace die Art von Schwiegertochter war, die ihr nie Kummer bereiten würde, und außerdem sah sie so deutlich wie ich, daß Grace für einen Geistlichen die perfekte Ehefrau war. Grace war fromm, schön, intelligent, freundlich, großmütig, sensibel, selbstlos – und immer so fraulich, immer genau dem Bild der idealen Frau entsprechend. ‹So ein reizendes Mädchen!› sagte meine Mutter. ‹Ich bin ganz begeistert von ihr!› Ich weiß noch, wie erleichtert ich war, als sie das sagte. Ich hätte kein Mädchen heiraten mögen, das die Eifersucht meiner Mutter geweckt und einen Keil zwischen uns getrieben hätte. Meine Mutter war sehr eifersüchtig auf Onkel Willoughbys Frau gewesen, obwohl sie sie verachtete wegen all dieser gepreßten Blumen.

1938, als ich schon zwölf Jahre verheiratet war, schaffte auch meine Schwester Emily endlich den Weg zum Altar, und Mutter hatte niemanden mehr, der sich um sie kümmerte. Grace und ich besprachen die Situation, und als Grace, wie immer die vollkommene Ehefrau und Schwiegertochter, sagte, unsere Christenpflicht sei doch ganz klar, schlug ich Mutter vor, zu uns zu ziehen. ‹Neville, mein Liebling!› sagte meine Mutter. ‹Wie oft habe ich davon geträumt, bei meinem liebsten Kind zu wohnen! Wie schön wird das sein, jeden Tag über Literatur, Politik und Theologie zu sprechen – ich kann mein großes Glück kaum erwarten!›

Nun, Sie können sich denken, was geschah, nicht wahr? Es war eine Katastrophe. Meine Mutter und ich . . . sie . . . ich . . . nein, ich kann es nicht richtig erklären, aber wir kamen einfach nicht miteinander aus. Es dauerte lange, bis wir es uns eingestanden – wir taten lange so, als ob, führten die erstaunlichsten schöngefärbten Gespräche. ‹Neville, mein Liebling, wie wundervoll, wie lieb, wie edel, wie *christlich* du bist ...› ‹Mutter, Liebes, wie schön von dir, so etwas zu sagen, aber natürlich folge ich da nur deinem Beispiel ...› Uff! Ja, unsere Gespräche wurden immer unwirklicher, und schließlich ... Nun, sie betrachtete mich als ihr Eigentum und benahm sich unmöglich gegenüber Grace, und schließlich mußte ich dann eingreifen. Zumindest ... um ganz ehrlich zu sein ... gab es einen kleinen Krach. Eine kleine Verstimmung. Zum Glück kam uns Emily zu Hilfe und nahm Mutter zu sich nach London. Wir versöhnten uns später natürlich wieder, Mutter und ich, aber das Verhältnis war nie wieder ganz so wie früher, und als sie gestorben war ... Ihr Tod hat mich sehr, sehr tief getroffen. Ich habe sie angebetet, wissen Sie. Und sie hat mich angebetet. Aber wir hätten nicht unter ein und demselben Dach leben sollen. Das war ein Fehler.

Sie starb im September 1941, und Grace starb im August 1942. Es war ein sehr schwieriges Jahr für mich. Und als Grace starb, da ... nun, es ist schwer zu erklären, aber als sie starb, das war so entsetzlich, daß ich glaubte, ich könnte nur noch den Vorhang herunterziehen und versuchen, nicht mehr an sie zu denken – aber das heißt nicht, daß ich sie nicht mehr liebte. Im Gegenteil, gerade weil ich sie liebte, konnte ich es nicht ertragen, an sie zu denken, als sie tot war. Ich mußte den Vorhang herunterziehen, es ging einfach nicht anders ... Und als ich ihn heruntergezogen hatte, begann ich um die Frau zu werben, die letztes Jahr meine zweite Ehefrau wurde.

Sie ließ mich lange zappeln, aber ich gab nicht auf. Ich gab keine Ruhe, weil sie ein solch verlockendes Ziel war, ein so hoher Preis, und als ich erst wieder meinen Preisen nachjagte, da fühlte ich mich wieder sicher, Herr über mein Leben, auf der Seite der Sieger ... Und ich wurde auch Sieger. Ich errang meinen Preis. Ich errang alles, was ich je begehrt hatte – und dann stellte ich fest, daß ich es nicht mehr haben wollte. Offenbar wäre es wieder einmal Zeit, den Vorhang herunterzuziehen, aber diesmal gibt es keinen Vorhang, der heruntergezogen werden könnte. Ich bin für alle Zeit an sie gebunden, und wie ich das ertragen soll, weiß Gott allein ... Aber das ist die

Zukunft, ich schweife ab. Sie wollten ja nur etwas über meine Vergangenheit hören, und das ist sie. Ich bin fertig. Das ist die reine und einfache Wahrheit.»

Ich lehnte mich zurück und warf einen raschen Blick zu dem alten Herrn hinüber. Sein unverbundenes Auge sah mich freundlich an. Es gelang mir, einen Seufzer der Erleichterung zu unterdrücken, doch als sich das Schweigen in die Länge zog, konnte ich nicht mehr an mich halten und fragte: «Nun? Habe ich Ihnen alles erzählt, was Sie wissen wollten?»

«O ja, das haben Sie», sagte Lucas. «Mir gefällt Ihre reine und einfache Wahrheit sehr. Ich hatte schon immer eine Schwäche für das viktorianische Melodram. Aber ich fürchte, dieses Melodram hat herzlich wenig mit der Wirklichkeit zu tun.»

Mir klopfte das Herz in der Brust. Ich setzte mich kerzengerade auf. «Wie meinen Sie das? Wollen Sie damit andeuten –»

«Ich fürchte ja. Das war ein hübsch gesponnenes Garn, mein Junge, aber Sie werden sich da doch noch etwas mehr anstrengen müssen.»

«Nennen Sie mich einen Lügner?»

«Ich hoffe doch, daß man mir keine so schlechten Manieren nachsagen kann. Aber stützen wir uns einen Moment auf diese reine und einfache Wahrheit und schauen wir, ob sie dabei nicht umkippt – sehen wir uns noch einmal Ihren Onkel Willoughby an, den Mann in der Rolle des Bösewichts, den jeder so gern auspfeift, wenn er nur die Bühne betritt. Brutal, geizig, weltlich gesinnt, häßlich, rücksichtslos – diese Adjektive würden doch auf ihn zutreffen, nicht wahr?»

«Unbedingt! Er war ein Ungeheuer, und ich habe ihn verabscheut!»

«Ja, aber im Verlauf Ihrer Erzählung hatte ich wiederholt den Eindruck, daß Ihre Worte wenig mit Ihren wahren Empfindungen zu tun hatten. Ich glaube», sagte Lucas in seinem sanftesten Ton, «daß Sie im Gegensatz zu allem, was Sie sagen, Ihren gräßlichen Onkel Willoughby in Wirklichkeit sehr gern hatten.»

XII

«Kein Mensch, ob Anwalt, Arzt, Priester oder Dichter, kann die wahre Entwicklungsgeschichte eines anderen genau schildern ... Die kleinen Ereignisse, die die Entfaltung der Seele bestimmen, die geheimen Erinnerungen, die seine Denkweise färben, die verborgenen Quellen, denen seine Beweggründe und Handlungen entspringen – kein noch so vertrauter Freund kann sie ganz kennen.»

CHARLES E. RAVEN
in *A Wanderer's Way*

1

Mir war, als hätte man meiner Erinnerung einen Dolchstoß mitten ins Herz versetzt. Sogleich begann sich die Vergangenheit aus meinem Griff zu winden, und ich wußte, ich mußte den Vorhang herunterziehen, aber ich war wie gelähmt. Ich starrte Lucas an wie ein Kaninchen die Schlange.

«Stützen wir uns jetzt noch einmal auf diese Ihre reine und einfache Wahrheit», sagte er ganz ruhig, «und werfen wir einen weiteren Blick auf Ihren Vater, den tragischen Helden – der in Ihrer Schilderung viel weniger Raum einnimmt als Ihr böser Onkel. Merkwürdigerweise sind es nicht seine heldischen Eigenschaften, die Sie hervorheben. Nach einem kurzen Hinweis auf sein gutes Aussehen sprechen Sie von seiner angegriffenen Gesundheit, seinem empfindlichen Gemüt, von der mangelnden Bildung, die seine Naturmystik zum Pantheismus abgleiten ließ. Das Bild, das Sie von ihm zeichnen, ist das eines schwächlichen Romantikers, und dann kommen Sie mit einer Bitterkeit, die Sie kaum verbergen können, zu dem Schluß, daß es wohl niemanden geben konnte, der weniger geeignet war, ein Textilgeschäft zu führen. Ich glaube, Sie haben eine zutiefst ambivalente Einstellung zu diesem Mann. Denn was ist tatsächlich geschehen, als Sie sieben Jahre alt waren? Er hat Sie verlassen, nicht wahr? Er hat Sie mittellos und schutzlos zurückgelassen – ja, es war er und nicht Ihr Onkel, der Ihrem glücklichen Familienleben ein Ende machte.»

Ich sprang auf. «Kein Wort davon ist wahr!» hörte ich mich rufen.

«Na schön, sehen wir uns Ihre Mutter an, die Sie erstaunlicherweise die edle Heldin nennen. Da haben wir doch eine Frau vor uns, die offenbar schnell bereit ist, ihre elterliche Verantwortung abzutreten und –»

Ich rief: «Niemand beleidigt in meiner Gegenwart meine Mutter!» und verließ das Zimmer.

Ich knallte die Tür zu, daß sie in den Scharnieren erzitterte, und stürmte den Gang hinunter zum Vorraum. Erst der Anblick des Pförtners brachte mich zum Stehen. «Kann ich Ihnen helfen, Father?» fragte er, als er sah, daß ich zögerte, und sofort explodierte ich, außerstande, mich länger zu beherrschen. «Ja – Sie können mit diesem widerwärtigen ‹Father› aufhören! Ich bin kein katholischer Priester – ich bin protestantischer Archidiakon!»

«Oh, entschuldigen Sie bitte, Archidiakon, ich hatte keine Ahnung.»

Diese untadelige Höflichkeit angesichts meiner Grobheit fand ich so unerträglich, daß ich ihn hätte schlagen mögen. Der Impuls erschreckte mich. Wenn ich nicht schleunigst dieses Haus verließ, würde ich noch eine Ungeheuerlichkeit begehen. Doch während die eine Hälfte meines Ichs mich drängte, allen Stolz hintanzustellen und davonzulaufen, forderte mich die andere Hälfte auf, dieses demütigende Fluchtverlangen zu überwinden und meinen Mann zu stehen.

Ich stand noch unschlüssig da, als ein großer, äußerst imposanter Mönch mit einem Bündel von Papieren in der Hand in die Halle geschwebt kam. Er hatte eine dunkle Hornbrille auf der Spitze seiner Römernase, dichtes silberfarbenes Haar, das hätte geschnitten werden müssen, und eine kühle Miene, die von Autorität kündete. Das abstoßende, juwelenbesetzte Kreuz auf seiner Brust ließ mich sofort an den Papst denken. Mit einem Gefühl der Resignation wurde mir klar, daß ich den Abbot-General Francis Ingram vor mir hatte.

«Wenn jemand etwas von mir will, ich bin nicht zu sprechen», sagte er in beiläufigem Ton zu dem Pförtner, «außer für den Erzbischof, natürlich.» Dann bemerkte er mich im Zugang zum Gästeflügel. Ich hielt den Atem an und betete darum, daß ich ihm nicht bekannt vorkommen möge, aber mein Gebet wurde nicht erhört. Ich hätte daran denken sollen, daß sich die meisten Menschen in leitenden Positionen darin üben, Gesichter im Gedächtnis zu behalten.

«Guten Abend», sagte er freundlich. «Entschuldigen Sie – ich bin überzeugt, wir sind uns schon einmal begegnet, aber ich kann Sie im Augenblick nicht unterbringen.»

«Das ist der Archidiakon, Father», sagte der Pförtner in gutgemeinter, aber fataler Hilfsbereitschaft, und fast noch in demselben Augenblick sagte Lucas hinter mir: «Das ist der Gast, den Jon geschickt hat. Ich bringe ihn gerade auf sein Zimmer.» Als ich mich umdrehte, sah ich, daß er die Reisetasche trug, die ich vergessen hatte.

Inzwischen hatte das Wort «Archidiakon» bei dem Abbot-General wohl die Erinnerung an seinen Besuch bei Darrow in unserer Diözese im Jahr 1941 ausgelöst; er wußte jetzt offensichtlich, wer ich war, und versuchte dieses Wissen taktvoll zu überspielen. «Ah ja, natürlich – willkommen in unserem Londoner Haus!» sagte er liebenswürdig. «Es freut mich, daß Sie Gelegenheit haben, Father Lucas kennenzulernen!»

Ich brachte ein gemurmeltes «Vielen Dank, Sir» hervor, doch der Verlust meiner Anonymität war ein Schlag für mich. Ingram kannte bestimmt jeden maßgeblichen Bischof und mochte in Zukunft eine verhängnisvolle Lauheit für angebracht halten, wenn ich zu einer größeren Beförderung anstand. Es würde sich herumsprechen, daß ich ungeeignet war. Ich fragte mich, was Darrow zu ihm gesagt hatte, als mein Besuch vereinbart worden war. «Ich habe da einen Geistlichen, der –» nein, so bestimmt nicht – das Wort «Geistlicher» gebrauchte Darrow nur im Kreis ganz fanatischer Protestanten – «Ich habe da einen Priester, der aus dem Gleis geraten ist und dringend der Hilfe bedarf...» Verzweiflung schlug über mir zusammen. Ungefähr so mußte einem Ertrinkenden zumute sein, wenn er merkt, daß sich die Wasser zum letztenmal über ihm geschlossen haben.

«Kommen Sie», sagte Lucas in sanftem Ton und steuerte mich in den Gästeflügel zurück, einer Treppe zu am Ende des Ganges.

Sowie wir allein waren, platzte es aus mir heraus: «Der Abbot-General hat mich erkannt», doch Lucas blieb ganz ruhig.

«Ich versichere Ihnen, das ist völlig bedeutungslos. Er wird die Angelegenheit behandeln wie eine Information, die ihm im Beichtstuhl zuteil wurde.»

«Aber was wird er nur von mir denken? Ein Archidiakon, der anonym bleiben will –»

«Wir empfangen von Nöten gequälte Besucher aus allen Rangstufen der Kirche. Wenn Father Abbot-General überhaupt noch länger über Ihre Anwesenheit in diesem Haus nachgedacht hat, dann zollt er Ihnen eher Achtung dafür, daß Sie die Demut und Einsicht besitzen, bei einem älteren Priester Hilfe zu suchen.»

Ich hatte mich jetzt so weit beruhigt, daß ich mir mit einigermaßen steter Hand den Schweiß von der Stirn wischen konnte. Als wir dann die Treppe hinaufgestiegen waren, wurde mir bewußt, daß er noch immer meine Reisetasche trug. «Kommen Sie, ich mache das», sagte ich und griff nach der Tasche. «Entschuldigen Sie, ich behandle Sie wie einen Gepäckträger.»

«Und ich fürchte, ich habe Sie wie einen Novizen behandelt, der sich weigert, eine ordentliche Beichte abzulegen. Bitte, entschuldigen Sie, daß ich Sie verstört habe.»

Meine Stimme sagte: «Ich wollte weglaufen. Ich hätte es auch getan, wenn der Abbot-General nicht dazwischengekommen wäre.»

«Ja. Aber Sie wären zurückgekommen.»

«Wäre ich das?»

«Natürlich. Sie gehören nicht zu denen, die das Handtuch werfen. Sie sind ein Kämpfer – und letztlich wird Ihr Kampfgeist Sie retten. Sie werden an Ihren Onkel Willoughby denken und an sein Motto. ‹Bring es zu etwas oder geh unter!›, und Sie werden weiterkämpfen und dem nächsten Preis nachjagen, Ihrer seelischen Gesundung.»

«Das sagte Darrow auch. Ich glaube, ein Kranker sollte es tröstlich finden, wenn zwei Spezialisten die gleiche hoffnungsvolle Diagnose stellen, aber ich habe langsam das Gefühl, ich stehe auf der Schwelle zum Tod.»

«Vielleicht müssen Sie sterben, ehe Sie wieder neu leben können.»

Scharfsinnige alte Schlange – reichte mir da die christliche Botschaft von der Hoffnung durch die Anspielung auf Ostern! Indem ich meine Tasche fester packte, verzieh ich ihm den schrecklichen Angriff auf mein inneres Gleichgewicht und ließ mich von ihm den Flur hinunterführen, hin zu dem Licht am anderen Ende.

2

Das mir zugewiesene Zimmer war mit einem Tisch ausgestattet, zwei Stühlen, einer Kommode, einem Kleiderschrank und einem Bett, das, wie ich erleichtert feststellte, eine weiche Matratze hatte; ich war in diesem Augenblick nicht in der Stimmung für das asketische Leben. Auf der Kommode lagen eine Bibel und ein Gebetbuch. An den Wänden waren keine Bilder, aber über dem Bett hing ein Kruzifix. Wie beim Anblick des Brustkreuzes kurz zuvor hätte ich laut «Keine Papisterei!» rufen mögen. Warum war ich nur von diesem widerlichen Drang erfaßt, mich wie ein Cromwellscher Bilderstürmer zu benehmen? Ich war normalerweise durchaus imstande, gegen den Katholizismus in seiner englischen wie seiner römischen Form Nachsicht zu üben, auch wenn ich ihn verstandesmäßig ablehnte. Ich konnte nur annehmen – und das beunruhigte mich –, daß die Nöte der Gegenwart mich in die nonkonformistische, stark antikatholische Dissenterhaltung von Maltby zurückgeworfen hatten.

«Ich lasse Ihnen Tee und belegte Brote bringen, und dann entspannen Sie sich eine halbe Stunde und denken über unser Gespräch nach», sagte Lucas und zog das schwarze Rouleau vor dem Fenster herunter. «Es ist wichtig, daß Sie etwas essen – eine kräftige Grundlage stärkt Ihren Kampfgeist.»

Es war bezeichnend für meine Gemütsverfassung, daß ich beinahe «Ja, Father» gesagt hätte. Statt dessen sagte ich: «Na schön», doch das hörte sich viel zu widerwillig und unfreundlich an. Schließlich brachte ich noch ein «Ja, Sir» und dazu einen respektvollen Gesichtsausdruck zustande.

Es konnte ihm nicht entgangen sein, daß ich nicht in der Lage war, ihn Aidan zu nennen, wie er vorgeschlagen hatte; mein verwirrter Zustand war einem erfahrenen Beobachter zweifellos ebenfalls kein Geheimnis. Als wäre ich ein trostbedürftiges kleines Kind, klopfte Lucas mir mit einem gemurmelten «Na, na» begütigend auf die Schulter und sagte: «Wenn Sie irgend etwas brauchen, solange ich nicht da bin, gehen Sie zur Treppe vor und rufen ‹Peter!› Das ist der Gästemeister. Er kümmert sich um Sie.»

Ich nickte. Er klopfte mir noch einmal auf die Schulter und ging. Die Tür fiel ins Schloß. Ich war allein.

Ich versuchte tatsächlich über das, was geschehen war, nachzudenken, doch es beängstigte mich zu sehr, und so gab ich es auf. Ich konnte nur auf der Bettkante sitzen und wie ein unglückliches kleines Kind benommen darauf warten, daß er zurückkam und sich meiner wieder annahm.

3

Zehn Minuten später brachte mir der Gästemeister zwei Käsebrote, einen Apfel und eine große Kanne Tee. Ich merkte, daß er mir einen abwägenden Blick zuwarf, als versuche er zu ermessen, wie nah ich daran war, die Wände hinaufzugehen.

«Hätten Sie gern Gesellschaft, während Sie auf die Rückkehr des Father Abbot warten?»

«Nein, danke. Ich fühle mich wohl.» Damit war der Gästemeister abgefertigt. Ich zwang mich, das Essen in Angriff zu nehmen, aber ich nagte noch an dem zweiten Brot herum, als Lucas zurückkam.

«Ich glaube, ich weiß fast alles, was ich wissen muß», sagte er, indem er sich mir gegenüber an den Tisch setzte. «Heute abend habe ich nur noch einige wenige Fragen. Morgen früh, wenn ich Gelegenheit gehabt habe, nachzudenken und zu beten, sage ich Ihnen dann meine Meinung und gebe Ihnen einen Rat für die Zukunft.»

«Morgen früh muß ich nach Hause zurückfahren.»

«Ich auch. Wir treffen uns um halb sechs.» Lucas ging offenbar davon aus, daß dieser Vorschlag keine Probleme aufwarf, aber als er meinen Gesichtsausdruck sah, setzte er freundlich hinzu: «Ich werde

Peter bitten, Sie um fünf zu wecken. Sie machen sich gewiß Sorgen, weil Sie keinen Wecker mitgebracht haben.»

Mir fiel dazu nichts ein, und so biß ich in den Rest des zweiten Brotes und fragte mich, welchen Rat für die Zukunft er mir geben mochte.

«So, handeln wir jetzt möglichst rasch diese letzten Fragen ab», sagte Lucas. «Gehe ich recht in der Annahme, daß zwischen Ihrer zweiten Frau und Ihrer ersten ein gewisser Unterschied besteht?»

Ich hörte auf zu essen. «Ja», sagte ich. «Allerdings.»

«Könnte man sagen, die beiden Frauen seien sogar sehr verschieden?»

Ich legte das Brot aus der Hand. «Ja, das könnte man», sagte ich. «Aber wie kommen Sie –»

«Ist Ihre zweite Frau vielleicht eine kluge junge Frau mit viel Charme und Originalität und einem Talent fürs Briefeschreiben?»

«Wie haben Sie das nur erraten?»

«Ich habe eine Theorie, die sich auf das stützt, was Sie mir von Ihrer Mutter und Ihrer ersten Ehefrau erzählt haben. Und jetzt, Neville – vielleicht fällt es Ihnen schwer, meine nächste Frage zu beantworten, aber ich bitte Sie herzlich, so aufrichtig wie möglich zu sein. Wann fühlten Sie sich zum erstenmal zu Ihrer zweiten Frau hingezogen?»

Es trat eine lange, eine sehr lange Pause ein, die ich nicht zu beenden vermochte.

«Da Sie andeuteten, daß Sie sich schon recht bald nach dem Tod Ihrer ersten Frau um Ihre zweite Frau zu bemühen begannen», sagte Lucas, «spricht vieles dafür, daß Sie sie kennenlernten, als Ihre erste Frau noch lebte.»

«Ja.» Ich begann die Krumen auf meinem Teller zu einem Muster zu ordnen. «Ich habe Dido im Mai 1942 kennengelernt.»

«Und Sie fühlten sich sofort zu ihr hingezogen? Könnte man daraus schließen», fuhr Lucas fort, «daß Sie mit Grace zu dieser Zeit nicht ganz zufrieden waren? Entschuldigen Sie, ich weiß, ich berühre schwierige und schmerzliche Dinge, aber mir geht es nur darum, das zu erfahren, was mich, so Gott will, in die Lage versetzt, Ihnen zu helfen.»

Ich hörte auf, die Krumen zu ordnen, und begann, sie mit dem Zeigefinger zu einem Häufchen zusammenzuschieben. Nach einer Weile sagte ich: «Ich war ein wenig unruhig. Aber ich versuchte es zu verdrängen. Ich liebte Grace.»

«Ich verstehe. Gehen wir weiter – können Sie jetzt im Rückblick genau den Augenblick angeben, in dem Ihre Unruhe begann? War es um 1938 herum, als Ihre Mutter zu Ihnen zog?»

«O nein!» sagte ich sogleich, erleichtert darüber, daß ich endlich mit fester Stimme sprechen und ihm in die Augen sehen konnte. «Diese Notlage hat uns eher zusammengeschmiedet. Nein, die Schwierigkeiten begannen erst nach der Geburt unseres fünften Kindes im März 1941. Wir hatten nur vier Kinder» – ich unterdrückte das Wort ‹geplant›, weil das einen Anglokatholiken schockieren mochte – «wir hatten nur mit vier Kindern gerechnet. Das fünfte kam völlig überraschend.»

«Die Unruhe begann also nach dem März 1941. Gleich danach?»

»Nein.» Wiederum konnte ich voller Überzeugung sprechen. «Neugeborene Babys machen gewöhnlich nicht viel Mühe. Sie schlafen die meiste Zeit. Sandy begann Grace erst nach einem halben Jahr so sehr zu beanspruchen, als er sitzen konnte und ständig Aufmerksamkeit verlangte, und als sie dann immer so übermüdet war, wurde mir bewußt, daß ich mich unruhig fühlte.»

«Damit wären wir im September 1941, nicht wahr? Und im September 1941, so sagten Sie –»

«– starb meine Mutter. Ja», sagte ich. «Da hat alles angefangen, das sehe ich jetzt ganz deutlich. Grace war zu erschöpft, um zur Beerdigung zu gehen, sie wollte Sandy nicht allein lassen, und sie mochte das Angebot ihrer besten Freundin, sich um ihn zu kümmern, nicht annehmen – und so weiter und so fort. Ich weiß noch, ich sah sie an und dachte: Eine so langweilige und trübselige Frau wie dich brauche ich nicht mehr. Dieser Gedanke entsetzte mich natürlich, weil er so schrecklich unfair war, so völlig unakzeptabel. Grace war so vollkommen, wissen Sie –»

«Ein Siegespreis eben.»

«Ja, ein Siegespreis, und Siegespreise müssen vollkommen sein, denn sonst wären sie ja keine Siegespreise mehr. Solange Grace ein

Siegespreis war, konnte ich mich glücklich und geborgen fühlen, doch als sie aufhörte, einer zu sein –»

«Wollten Sie sie nicht mehr haben.»

«Doch! Ich betete Sie an, und sie betete mich an, und wir führten doch eine vollkommene Ehe –»

«Das stimmt aber doch nicht ganz, Neville, oder? Das war das Stück, das Sie auf der Bühne spielten. Die Wirklichkeit – das haben Sie ja vorhin zugegeben – sah anders aus.»

«Nun, ich streite natürlich nicht ab, daß es da eine kleine Unannehmlichkeit gab –»

«Nein, Neville. Das stimmt auch nicht. Ich glaube, Sie müssen von dieser Bühne herunterkommen. Das war keine ‹kleine Unannehmlichkeit›. Sie haben sich schließlich in eine andere Frau verliebt, als Ihre Ehefrau noch am Leben war.»

«Gewiß, ja, aber es ist doch nichts passiert! Ich habe dagegen angekämpft! Ich gebe zu, ich war in Dido verliebt, aber ich schwöre, es gab nichts Ungehöriges!»

«Das ist auch nicht ganz richtig, Neville, nicht wahr? Es tut mir leid, aber wir müssen uns wirklich dieses andere Stück ansehen, das hinter den Kulissen gespielt wurde. Wenn Sie sich in eine andere Frau verliebten, als Ihre Ehefrau noch lebte, dann war das ungehörig.»

«Aber ich habe doch nur einmal ihre Hände umklammert und ihr gesagt, mir sei, als wäre es nach einem langen, trüben Winter Frühling geworden. Schön, ich weiß, das war dumm, aber –»

«Es war unrecht.»

«Aber es war doch nur ein kleiner Ausrutscher!»

«Es war eine Sünde.»

«O du liebe Güte! Ich habe alles getan, um rechtschaffen und anständig zu bleiben –»

«Sie meinen, Sie waren nach außen hin rechtschaffen und anständig. Aber in Wahrheit hegten Sie doch ehebrecherische Gedanken, nicht wahr, und wünschten, Sie hätten mit dieser Frau geschlechtlich verkehren können unter den für Sie als Priester einzig denkbaren Umständen: in der Ehe. Und dieses Verlangen wiederum muß doch heißen, daß es Augenblicke gab, in denen Sie bewußt oder unbewußt wünschten, Sie wären Witwer –»

«Das ist ein ungeheuerlicher Vorwurf –»

«Sie meinen, es ist schmerzlich. Ja, das ist die Sünde immer.»

«Aber ich habe doch nichts getan, ich habe niemanden verletzt –»

«Ach nein? Wollen Sie mir erzählen, Ihre Frau sei in Unkenntnis Ihres sogenannten ‹kleinen Ausrutschers› gestorben?»

«Ich will darüber nicht sprechen», sagte ich. «Ich weigere mich, weiter darüber zu reden. Ich tu's einfach nicht, ich lehne es ab –»

«Es ist viel zu schmerzlich, nicht wahr? Es ist eine Qual. Es ist ein Alptraum. Aber Neville, zu guter Letzt *müssen* Sie Mut fassen und diesem Schmerz ins Auge sehen. Zur Reue gelangt man nicht, indem man den Vorhang herunterläßt über einer Sünde, die man sich nicht eingestehen kann.»

Ich verlor die Beherrschung. Ich sprang auf und rief wütend: «Meine Reue ist eine Sache zwischen mir und Gott! Ich brauche mich Gott nicht über einen Geistlichen zu nähern – über einen *Priester* wie Sie! Ich bin Protestant und kein verdammter Katholik, und ich werde keine Manifestationen des Katholizismus dulden – keine Beichtstühle, *keine ehelosen Priester, die Gott spielen,* KEINE VERDREHTEN MÖNCHE, DIE LÄCHERLICHES ZEUG QUATSCHEN – KEINE VERFLUCHTE PAPISTEREI, NIEMALS, NIEMALS!»

Während dieser chaotischen Rede war ich vom Tisch fortgetaumelt und auf dem Bett zusammengebrochen, und ich wußte, daß es diesmal kein Davonlaufen gab – ein Hinausstürzen aus dem Zimmer konnte nichts ausrichten, längst nicht mehr. Ich verstand nicht gleich, warum meine Gefühle mich derart überwältigt hatten. Ich wußte nur, daß das Ödland plötzlich pechschwarz geworden war. Ich schlug die Hände vors Gesicht, als könnte ich mich dadurch vor diesem unbenennbaren und unfaßbaren Grauen schützen, doch als mir die Tränen über die Finger rannen, begriff ich, was geschehen war. Der Schmerz, den ich gerade geschaut hatte, hatte mich fast vernichtet. Ich dachte an meine Grace, die, unschuldiges Opfer, durch meine Untreue so verletzt worden war, daß ihr Lebenswille erstorben war, und da brach der Strom der Schuld, den ich so lange unterdrückt hatte, endlich seine Dämme. In der Flut, die darauf folgte, war Christus abwesend, Gott hatte sein

Gesicht abgewandt, und mir war, als bliebe mir nichts, als in meinem Kummer und meiner Scham zu ertrinken.

Aber da setzte sich jemand zu mir aufs Bett; jemand betrat das Ödland, um meine Qualen zu teilen; jemand machte das Dunkel erträglich. Automatisch tastete ich nach seiner Hand; sie war da, wartete schon, und als die Finger sich um die meinen schlossen, wußte ich, daß Christus, der auferstandene Christus, nicht der historische, sondern der ewige Christus durch die geschlossene Zimmertür getreten war, um wieder mit seinen Jüngern eins zu sein. Er war anwesend in dem Mitleid, das mich umschloß, und in dem Teilen des Leidens. Meine Tränen versiegten. Mein Schmerz ließ nach. Eine große Stille schien mit dem Schweigen zu verschmelzen.

Endlich sagte ich: «Ich habe solche Angst vor dem Versagen, und Sünde heißt Versagen. Aber ich werde nicht untergehen, nicht wahr, wenn ich jetzt meine Fehler Sünden nenne?»

«Nein, Neville, Sie werden nicht untergehen. Sie werden vorankommen.»

«Und der Preis, meine neues Ziel, ist jetzt nicht nur das Überleben, nicht wahr? Er ist das neue Leben überhaupt, in dem ich endlich Gott dienen kann und nicht mir selbst.»

«So ist es. Und das ist der Augenblick, in dem Sie es zu etwas bringen.»

Nach einer noch längeren Pause als zuvor sagte ich: «Ich tauge nicht viel als Geistlicher. Meine Predigten hören sich zuweilen wie juristische Beweisführungen an. Ich bin ein unbeholfener Seelsorger. Ich versuche den Armen aus dem Weg zu gehen. Ich gebe zuviel auf die Bekanntschaft mit einflußreichen Leuten. Ja, obwohl mir alles so gut gelungen ist, bin ich in Wirklichkeit eher ein Versager. Das ist doch paradox, nicht wahr?»

«Wenn man der Wahrheit weit genug nachgeht, landet man immer im Bereich des Paradoxen. Man erreicht einen Punkt, an dem sich die scheinbare Wahrheit in zwei einander widerstrebende Wahrheiten aufspaltet, und dann muß man über sie hinausgelangen zur letzten Wahrheit, ihrer Synthese.»

«Raven hält nichts von dieser Art von hegelianischer Dialektik. Er sieht alle Wahrheit als eine Einheit.»

«Hegels Synthese könnte Ravens Einheit sein, wer weiß? Die meisten endgültigen Wahrheiten liegen jenseits aller Worte.»

«Ich weiß, so rechtfertigen die Katholiken ihre kunstvollen Rituale.» Ich schneuzte mir die Nase, ehe ich hinzufügte: «Entschuldigen Sie mein protestantisches Eifern. Widerlich. Ich führe mich normalerweise nicht wie einer von Cromwells Fanatikern auf.»

Lucas sagte mit seinem sarkastischen, trockenen Humor, der mir so gut gefiel: «Schon gut, mein Junge, wir zählen hier allesamt zu den Eiferern. Cuthbert Darcy pflegte die römisch-katholische Kirche als ‹unsere gefallene Schwester› zu bezeichnen.» Er ließ meine Hand los und erhob sich. «Manchmal habe ich das Gefühl, die Kirche von England ist fast so etwas wie ein Wunder», sagte er eher beiläufig. «Anglokatholiken, Evangelikale und die ganze Bandbreite von Gläubigen zwischen den Extremen – es ist erstaunlich, daß wir alle nebeneinander existieren können.»

«Es gelingt uns, weil wir im Grunde eine Einheit sind.»

«Aber könnte man nicht genausogut sagen, es gelingt uns, weil wir eine Un-Einheit sind, Katholiken und Protestanten, die einander gegenüberstehen in fortwährender Dialektik, die zur Synthese in der Kirche führt?» Fast ohne mir Zeit zu einer Erwiderung zu lassen, ging er zur Tür und setzte nur über die Schulter hinweg hinzu: «Ich bin um halb sechs wieder bei Ihnen. Wenn Sie irgendwann in der Nacht Hilfe brauchen, klopfen Sie an Peters Tür – Nummer zehn vorn an der Treppe. Er sagt mir dann Bescheid.»

«Es wird jetzt schon gehen.»

«Ja, das glaube ich auch. Gute Nacht, Neville. Gott sei mit Ihnen.»

Er ging – der schlaue alte Fuchs tappte in seinen Bau zurück, um sich von seinem letzten Abenteuer in den verwickelten seelischen Dickichten seines Reviers zu erholen, und ich blieb erschöpft, aber nicht ohne Hoffnung am Kreuz meiner Schuld und meines Schmerzes zurück.

4

Der Gästemeister weckte mich um fünf Uhr und kam zehn Minuten später mit einer Kanne Tee zurück, um sich zu vergewissern, daß ich die Augen offen hatte. Als Lucas kam, war ich fertig angezogen und las das Morgengebet. Dieses Anzeichen von normalem Verhalten gefiel ihm. «Das Beibehalten einer vertrauten Routine ist wichtig», sagte er. «Man kann daraus Trost wie Kraft beziehen ... Haben Sie schlafen können?»

«Nicht viel. Ich hoffe, Sie konnten schlafen. Ich habe mir nachher Sorgen gemacht, ich könnte Sie zu sehr angestrengt haben, so kurz nach Ihrer Operation.»

«Wenn ich noch als Kranker gelten würde, könnte ich heute nicht heimfahren.» Er lächelte, als er sich mir gegenüber an den Tisch setzte. «So, beschäftigen wir uns wieder mit Ihnen. Zuerst möchte ich Ihnen erklären, wie die Dinge meiner Ansicht nach stehen – aber ich möchte betonen, daß Sie nicht verpflichtet sind, sich meiner Meinung ganz oder auch nur teilweise anzuschließen. Ich bringe meine Meinung vor, nicht um Ihnen eine Theorie aufzudrängen, sondern damit Sie die Vorschläge besser verstehen, die ich Ihnen für Ihre Zukunft machen werde. Da diese Vorschläge meiner Deutung Ihrer Krise entspringen, werden Sie sie erst verstehen, wenn Sie meine Deutung in Ihrem Wesen erfaßt haben.»

«Ja, ich verstehe. Ich bin natürlich sehr gespannt auf Ihre Theorie, und ich verspreche Ihnen, ich werde nicht gleich hinausstürmen, wenn sie mir nicht gefällt.»

«Wunderbar, aber damit Sie ruhig bleiben, möchte ich Sie noch bitten, nicht alles zu wörtlich zu nehmen, was ich sage. Komplexe Wahrheiten in Worten auszudrücken ist immer sehr schwierig, und mag es für das, was Ihnen widerfährt, auch mehrere durchaus brauchbare Darstellungsweisen geben, so ist doch keine davon ganz genau, weil wir es eben nicht mit einer mathematischen Gleichung zu tun haben. Father Ingram, der Abbot-General, der zwölf Jahre jünger ist als ich und sehr viel klüger, würde die Sprache der modernen Psychologie gebrauchen. Jon Darrow, der auch zwölf Jahre jünger ist als ich und viel stärker mit medialen Kräften begabt, würde sich wahrscheinlich in der alten Sprache der Mystiker ausdrücken. Ich bin ein gewöhnlicher alter Bursche, der keine besonderen Tricks kennt, und so greife ich auf das übliche literarische Mittel der Metapher zurück, das wir gestern mit so gutem Erfolg gebraucht haben, als wir von Ihrer Person als einem Trio sprachen, den drei Nevilles. Nun, solange wir uns daran erinnern, daß wir eine Methode anwenden, die eine komplexe Wahrheit nur ungenau beschreiben kann, werden wir wohl nicht zu weit in die Irre gehen. Die größte Gefahr beim Gebrauch von Metapher, Symbol und Analogie ist die, daß Leute manchmal diese Mittel für reale Tatsachen halten und dann in Verwirrung geraten.»

«Ich verstehe. Sie machen keine fotografische Aufnahme, sondern malen ein impressionistisches Gemälde, also darf ich mich nicht aufregen, wenn gewisse Details fehlen oder verzerrt sind.»

«Genau. Gott allein ist in der Lage, eine fotografische Aufnahme zu machen, weil nur er die ganze einen Menschen und seine Lebensumstände betreffende Wahrheit kennen kann. Aber ich kann doch immerhin das, was wir wissen, in solcher Weise beleuchten, daß das, was wir nicht wissen, sich deutlicher abzeichnet. Wenn wir uns dann erst ein Bild von dem machen können, was wir nicht wissen, werden Sie eher in der Lage sein, über das Paradoxon hinaus zu der letzten Wahrheit vorzustoßen, die uns verborgen ist.» Er lächelte, ehe er hinzufügte: «Und da sehen Sie schon, wie die Worte versagen unter der Last der Komplexität! Ich sage natürlich nicht, daß Sie je die ganze Wahrheit kennen werden, die Gottes Wahrheit ist. Ich sage nur, daß Sie gute Aussichten haben, jenen Teil der Wahrheit zu erfassen, den Gott für Sie greifbar macht.»

«Die Wahrheit, die zugänglich sein sollte, die ich aber in meiner augenblicklichen Verwirrtheit nicht erfassen kann!»

«Ja, richtig. Also –» Lucas lehnte sich zurück, nahm die Brille ab und begann die Gläser mit dem Saum seines Habits zu polieren. Seine beiläufige, entspannte Art wirkte beruhigend. «Lassen Sie mich schildern, wie ich alles sehe. Die ersten sieben Jahre Ihres Lebens – sehr wichtige Jahre, wie Ihnen jeder Jesuit bestätigen wird – waren Sie Neville Nummer eins in einer freundlichen Welt, die beherrscht war von zwei liebevollen Erwachsenen, Ihrem Vater und Ihrem Kindermädchen Tabitha. Das war ein ausgezeichneter Start ins Leben. Doch sollte man auch festhalten, daß Sie sich von Kindheit an zweier kontrastierender Frauentypen bewußt waren, der schlichten mütterlichen Seele und des entrückten Blaustrumpfs.

Dann starb Ihr Vater, Tabitha verschwand, Ihre Mutter zog sich noch mehr zurück, und Ihr Onkel bläute Ihnen ein, daß Sie, wenn Sie überleben wollten, so zu werden hatten wie er; mit anderen Worten, Neville Nummer zwei mußte seinen Vater verdammen. Dies taten Sie mit großem Erfolg, doch indes Sie heranwuchsen, begann der erste Neville, der nie richtig gestorben, sondern nur eingesperrt war, an seinen Gitterstäben zu rütteln. Sie wurden Ihres Onkels müde. Wie die meisten jungen Menschen wollten Sie sich behaupten und sich von denen, die Autorität über Sie ausübten, unabhängig machen. Deshalb ist es kaum eine Überraschung, daß Professor Ravens ‹Alles ist eine Einheit! Alles ist eins!› Neville den Ersten zum Ausbruch aus dem Gefängnis anspornte. Und als er erst frei war, konnten Sie die Treue zu Ihrem Vater wiederherstellen, den Sie als einen zutiefst religiösen Menschen erkannten.

Nun ist es an Neville dem Zweiten, ins Gefängnis zu wandern, aber nach einiger Zeit stellen Sie fest, daß Sie doch nicht ohne ihn leben können. Er ist derjenige, der weiß, wie man überlebt und gedeiht. Er kann nicht dem Gefängnis überantwortet werden, aber wie soll er in einem Geschirr mit Neville Nummer eins laufen, wenn die beiden sich so schlecht verstehen? Das ist ein sehr schwieriges Problem, aber Sie lösen es, indem Sie die beiden Nevilles aneinanderbinden und in eine neue Identität einpassen. Sie sind weiterhin getrennt – ein Verschmelzen ist wegen der großen Ungleichheit unmöglich –, aber wenigstens sind sie nun harmonisch in Neville Nummer drei vereinigt, der angetreten ist, sie zügig im Zweiergespann traben zu lassen.

Das Erscheinen des dritten Nevilles hat eine höchst unerwartete Folge. Ihre Mutter, die während all dieser Jahre ziemlich am Rand Ihres Lebens existiert hat, entdeckt nun, daß dieser neue Neville unwiderstehlich ist, eine wundersame Manifestation ihres Gatten *und* ihres Bruders, jener beiden Männer, die so ungleich waren, daß sie ihre Vereinigung in einer Person nie für möglich gehalten hätte. Sie sind Onkel Willoughby inzwischen losgeworden, aber der Natur widerstrebt ein Vakuum; Sie hatten in Ihrem Gefühlsleben immer einen Mittelpunkt, und selbst jetzt als Erwachsener glauben Sie dieser starken Gegenwart zu bedürfen, dieses Publikums, das jedem Ihrer glanzvollen Bühnenauftritte zuverlässig applaudiert.

Es ist leicht zu verstehen, daß Sie sich zu diesen glanzvollen Auftritten gezwungen fühlen, weil Sie die Liebe, Aufmerksamkeit und Sicherheit gewinnen wollen, die Ihnen so brutal entzogen wurden, als Sie sieben Jahre alt waren, aber ich vermute, daß dieser Zwang schon vor dem Tod Ihres Vaters bestand. Sie hatten einen fast gleichaltrigen Bruder, jemanden, mit dem Sie unweigerlich von der Wiege an in Wettbewerb standen. Ich wette, Sie hatten stets das Bedürfnis, sich vor den für Sie wichtigen Leuten hervorzutun, und damit nicht nur diesen Leuten, sondern auch sich selbst Ihre Überlegenheit zu beweisen.

Aber wir müssen zu Neville Nummer drei zurückkehren, der gerade das ideale Publikum entdeckt hat: seine Mutter, die ihm nicht nur in allem Beifall zollt, sondern ihn auch anfeuert bei seiner Jagd nach Siegen und Preisen. Offenbar hat Ihnen dieses Verhältnis eine sehr starke emotionale Befriedigung vermittelt – weshalb sonst hätten Sie so großen Wert darauf gelegt, eine Frau zu heiraten, mit der Ihre Mutter einfach einverstanden sein mußte? Natürlich liebten Sie Ihre Ehefrau wegen ihrer vielen bewundernswerten Eigenschaften, aber Sie erwähnten immerhin, daß der Wunsch, Ihrer Mutter zu gefallen, in Ihrem Denken auch eine Rolle gespielt hat. Und welche Art von Frau würde Ihrer Mutter wohl genehm sein? Nun, eine gebildete und verfeinerte Version von Tabitha, eine mütterliche Seele, die sich mit dem ihr zugewiesenen Platz bescheiden würde und keine Konkurrenz darstellte. Interessanterweise sagten Sie, Sie hätten Ihre Ehefrau kennengelernt, als Sie Neville der Zweite waren, also war Ihre Mutter selbst in jener Zeit, als sie so weit von Ihnen fort war, offenbar noch immer von sehr großer Bedeutung für Sie.

Wir kommen jetzt zu dem Punkt in Ihrem Leben, an dem die Dinge verkehrt zu laufen beginnen. Ihre Mutter zieht zu Ihnen, und das ist eine Katastrophe. Ein fünftes Kind kommt an. Ihre vollkommene Frau läßt sich plötzlich beunruhigende Unvollkommenheit anmerken. Sie meistern jedoch diese vielen Probleme, ohne allzugroße

Mühe; Sie richten einfach Ihre Identitäten neu aus, nehmen Neville Nummer eins an die kurze Leine und lassen Neville Nummer zwei, dem Überlebensexperten, freien Lauf. Ein verständlicher Schritt unter diesen Umständen, aber die Folge ist, daß Neville Nummer drei aus der Bahn gerät. Er hält die beiden anderen Nevilles nicht mehr in Harmonie zusammen. Das Tempo bestimmt jetzt Neville Nummer zwei, und der, da sind wir uns wohl einig, hat noch nie so recht gewußt, was es bedeutet, Geistlicher zu sein.

Im September 1941 dann tritt das Ereignis ein, das endlich Ihre zusammengesetzte Persönlichkeit auseinanderreißt: Ihre Mutter stirbt. Kann Neville Nummer drei ohne sie leben? Kann überhaupt einer der Nevilles ohne sein spezielles Publikum leben, das ihm bei seinen großartigen Bühnenauftritten Beifall spendet? Ihr Vater, Ihr Onkel, Ihre Mutter – sie sind jetzt alle nicht mehr, und zum erstenmal in Ihrem Leben müssen Sie sich als das definieren, was Sie wirklich sind, während Sie allein vor einem leeren Zuschauerraum stehen. Anders ausgedrückt, Sie können keiner der Nevilles mehr sein, weil jeder Neville eine Schöpfung – oder vielleicht sollte ich sagen, eine Spiegelung – einer dieser drei so wichtigen älteren Gestalten war. Ihnen wird klar, ein vierter Neville – oder vielleicht auch ein Stephen – muß diese von Grund auf neue Phase Ihrer Existenz vervollständigen, aber Sie merken sehr bald, daß Sie Ihre neue Persönlichkeit nicht ohne fremde Hilfe ins Leben rufen können. Sie brauchen einen anderen Menschen von starker emotionaler Präsenz, der als Hebamme fungieren kann – nicht jemanden wie Grace, die kaum mehr als ein Anhängsel der früheren Nevilles war, sondern jemanden von sehr eigenständiger und fesselnder Art, eine starke Persönlichkeit, jemanden, der Sie anspornt, wenn Sie Ihren Preisen nachjagen – kurz, eben jemanden wie die Frau, die dann Ihre zweite Gattin wird.

Allerdings haben Sie in der Verwirrung nach dem Tod Ihrer Mutter einen fatalen Fehler gemacht: Entgegen Ihren Erwartungen hat Ihre Lösung nicht zur Folge, daß Sie zu Neville Nummer vier und Stephen werden, weil Sie in Wirklichkeit Neville Nummer drei wiedererweckt haben, indem Sie eine andere Frau in die Rolle Ihrer Mutter drängten. So sind Sie also wieder Neville Nummer drei, spielen das Verhältnis zu Ihrer Mutter nach, ein Verhältnis, das längst hätte zu Ende sein sollen – und dieser dritte Neville ist schon seit langem aus dem Gleichgewicht gebracht, beherrscht von seinem weltlich gesinnten Vorgänger. Als der Druck sich verstärkt, nimmt die Labilität zu, und schließlich erreichen Sie den Punkt, an dem Ihre zusammengesetzte Persönlichkeit sich aufzulösen droht. Sie haben es irgendwie geschafft, die verschiedenen Identitäten wieder ins Geschirr zu zwingen, aber der erste Neville existiert kaum noch, der dritte ist nur mehr eine Fassade, und Neville Nummer zwei ist außer Kontrolle und jagt hinter den falschen Siegespreisen her auf einer Bahn, die unerbittlich zur Hölle führt.

Neville, ich kann nicht stark genug betonen, daß dieses Bild, das ich da gezeichnet habe, *nicht die ganze Wahrheit* ist. Es ist nicht einmal zur Gänze jener Teil der Wahrheit, den Gott Ihnen zugänglich gemacht hat. Aber haben Sie den Eindruck, daß diese Darstellung etwas von dem wiedererkennen läßt, was sich in Ihrem Leben abspielt? Oder finden Sie, ich habe ein Phantasiebild gemalt, das keinerlei Beziehung zur Wirklichkeit hat?»

Aber ich sagte nur: «Wie bringe ich alle meine Identitäten zu einer Einheit? Wie können sie alle eins werden?»

5

Lucas schien aufzuatmen; vielleicht hatte er befürchtet, ich würde mich gegen seine Theorie stemmen und mich dadurch der Hilfe entziehen, die er mir leisten wollte. «Nun», sagte er und beugte sich auf dem Tisch ein wenig vor, «dann bringen wir jetzt die Theorie zu ihrem logischen Abschluß: Wenn die drei Nevilles Spiegelungen der drei entscheidenden Personen Ihrer Vergangenheit sind, führen wir die Nevilles zusammen, indem wir diese drei Personen miteinander vereinen – und damit kommen wir an den Punkt, von dem ab wir nicht mehr beschreiben, was wir wissen, sondern was wir nicht wissen.»

«Und das soll heißen –»

«Das soll heißen, wir müssen über die Charaktere des Melodrams hinausblicken und uns fragen, wie diese Leute wirklich waren. Ich kenne von ihnen nur die rudimentäre Vorstellung, die Sie mir vermittelt haben. Sie müssen mehr über sie wissen, aber es wird in Ihrem Wissen zwangsläufig große Lücken geben. Als sicher können wir angesichts Ihrer in sich zerstrittenen Persönlichkeit nur annehmen, daß Sie mit keinem dieser Menschen in Frieden leben und daß Sie sie zunächst verstehen müssen, ehe Sie ihnen vergeben und sie als das nehmen können, was sie sind.»

«Aber ich verstehe sie sehr gut!»

«Wirklich? Dann beantworten Sie mir die folgenden Fragen: Was spielte sich wirklich in der Ehe Ihrer Eltern ab? Warum hat sie ihn und warum hat er sie geheiratet? Wie paßte Ihr Onkel in diese Beziehung? Wie brachte es Ihre Mutter fertig, daß diese zwei so verschiedenen Männer sich vertrugen, die sie beide anbeteten, wie Sie behaupten? Wie hat die Gattin Ihres Onkels über die Situation gedacht, wenn sie einmal gerade keine Blumen preßte? Sie sind so vertraut mit dieser Gruppe von Menschen, daß Sie vieles als selbstverständlich hinnehmen, aber es ist doch ein eigenartiges Bild, das Sie da gezeichnet haben. Das Dreieck – oder Viereck, wenn man Ihre Tante dazurechnet – mag harmlos gewesen sein, vielleicht war es aber auch eine höchst ungesunde Konstellation. Ich glaube, Sie sollten darüber mehr in Erfahrung bringen. Je mehr Sie herausfinden, desto eher sind diese Leute für Sie keine künstlichen Figuren in einem Melodram mehr, sondern Menschen aus Fleisch und Blut, für die Sie Mitgefühl empfinden können.»

«Ich kann mir nicht vorstellen –»

«Weil Sie es sich nicht vorstellen wollen. Wenn Sie sie als Kunstfiguren sehen, so ist das Ihre Art, den Schaden zu neutralisieren, den sie Ihnen zugefügt haben; wenn Sie sie unwirklich machen und sie auf eine Bühne stellen, können sie Ihnen nicht weh tun, wie das Menschen aus Fleisch und Blut tun würden, und Sie können immer den Vorhang herunterlassen und sie in Schach halten. Aber Neville, jetzt muß der Vorhang hochgehen und oben bleiben. Jetzt muß den Figuren gestattet werden, ins Auditorium herunterzusteigen, denn nur wenn Sie ihnen von Angesicht zu Angesicht gegenübertreten, werden Sie an der widerstreitenden Dialektik vorbei nach der Wahrheit greifen können, die dahinter liegt, der Wahrheit, die Sie frei machen wird. Es geht darum, daß Sie dem Schmerz ins Auge sehen, verstehen Sie. Sie müssen dem Schmerz ins Auge sehen.»

Nach einer Pause fragte ich: «Wie soll ich das schaffen? Wo soll ich anfangen?»

«Ich nehme an, daß Ihr Onkel und Ihre Tante tot sind. Das bedeutet, Sie müssen bei Ihrem Bruder und Ihrer Schwester anfangen. Gehen Sie zu ihnen und stellen Sie fest, wie *sie* die Vergangenheit sehen. Sie werden vieles Altvertraute hören, aber es besteht immerhin die Möglichkeit, daß Sie etwas Neues erfahren, was Ihre Erinnerung in ein anderes Licht rückt. Wenn Sie im Auge behalten, daß die Wahrheit viele Facetten hat und Ihr eigenes Wissen nur eine Facette dieser Wahrheit ist, werden Sie sehen, daß die von anderen beigesteuerten Facetten von größter Bedeutung sind.»

«Ich muß also den Detektiv spielen.»

«Ja, und die erfolgreichsten Detektive arbeiten meist zu zweit. Sie werden jemanden brauchen, mit dem Sie über Ihre Ermittlungen sprechen können, jemanden, der Ihnen hilft, die Spreu vom Weizen zu trennen, und dazu gleich mein nächster Vorschlag: Wenden Sie sich dazu an Jon Darrow. Seine intuitiven Kräfte könnten für Sie von unschätzbarem Nutzen sein.»

Sofort erwiderte ich: «Tut mir leid, aber mit Darrow käme ich nie aus. Wir sind so verschieden, daß er mir nicht helfen könnte.»

«Und wer hat Sie zu mir geschickt?»

Ich war zum Schweigen gebracht.

«Ich will Ihnen einen kleinen Tip geben für den Umgang mit Jon.» Die Mühelosigkeit, mit der Lucas mein gesträubtes Gefieder glättete, war bemerkenswert. «Ich war schließlich jahrelang sein Abt und weiß, was ich sage. Es kommt darauf an, eine Haltung zu vermeiden, die er als unerträglich autoritär betrachten muß – und Jon findet fast jede Autorität außer der seinen unerträglich. Sind Sie einmal mit ihm in einer Situation aneinandergeraten, in der Sie, als Archidiakon, die Autorität repräsentierten?»

«Nun, wenn Sie schon so fragen –»

«Das dachte ich mir. Dann haben Sie ihn gewiß von seiner schwächsten Seite erlebt. Aber sowie die Autorität auf *ihn* übergeht, kommt die ganze Skala seiner bemerkenswerten Gaben ins Spiel, und er ist zu den erstaunlichsten Leistungen fähig. Sagen Sie einfach zu ihm: ‹Hören Sie, vergessen wir, was war – und vergessen wir, daß ich Archidiakon bin. Ich durchfahre gerade gefährliche Gewässer und brauche einen Steuermann. Können Sie mir helfen?› (Jon liebt Metaphern aus dem Bereich der Seefahrt – sie erinnern ihn an seine glücklichen Tage als Marinegeistlicher.) Wenn Sie es so anstellen, werden Sie sehen, daß der grimmige Hund auf einmal nicht mehr die Zähne bleckt, sondern anfängt, mit dem Schwanz zu wedeln.»

Ich konnte nicht an mich halten und rief belustigt aus: «So schwer von Begriff bin ich auch wieder nicht – ich habe schon verstanden, welche Botschaft hinter diesem freundlichen Rat steckt. Sie wollen sagen: ‹Seien Sie um Himmels willen nicht zu stolz, bei jemandem Hilfe zu suchen, den Sie nie gemocht haben!›»

Lucas lachte wie ein Vater, dessen Sprößling eine Aufgabe auf vielversprechende Weise gelöst hat, sagte aber nur: «Und jetzt, nachdem ich angedeutet habe, wie Sie mit Ihrer Vergangenheit ins reine kommen können, wollen wir an Ihre Zukunft herangehen. Als erstes müssen Sie sich damit abfinden, daß da keine gute Fee mit einem Zauberstab auftreten wird, die diese Zukunft in ein Paradies verwandelt. Aber es gibt immerhin gewisse Schritte, die Sie tun können, um die Krise besser zu meistern . . .»

6

«Sie werden Krücken brauchen, solange Sie so schwach sind», sagte Lucas, «aber Sie müssen darauf achten, daß es die richtigen sind. Trinken Sie?»

«Ja.»

«Dann trinken Sie vorläufig nicht mehr. Betrachten Sie sich als einen zeitweiligen Abstinenzler. Trinken ist ein Luxus, den Sie sich leisten können, wenn Sie stark sind, aber Alkohol darf niemals eine Krücke sein, mit der Sie sich weiterhelfen, wenn Sie schwach sind. Das führt in die Katastrophe . . . Haben Sie jemanden, mit dem Sie sich auszusprechen pflegen?»

«Nein.»

«Das ist schade. Eine mitfühlende und vertrauenswürdige Person kann eine sehr wertvolle Stütze sein. Gab es nie einen älteren Geistlichen, dem Sie sich anvertrauen konnten?»

«Er ist letztes Jahr gestorben, aber es war schon vor seinem Tod zwischen uns zu einer Entfremdung gekommen.»

«Ah ja – ich hatte in der Tat bereits den Eindruck, daß Sie seit einiger Zeit ohne rechte geistliche Führung sind. Und Ihren früheren Bemerkungen entnehme ich, daß Sie für die Ohrenbeichte nichts übrig haben – das ist doch so?»

«Verzeihen Sie, ich möchte nicht schon wieder als Fanatiker dastehen, aber –»

«Ihre Ansicht kann Ihnen niemand verübeln. In der Kirche von England ist niemand zur Beichte gezwungen. Sie brauchen sich keineswegs zu entschuldigen.»

«Aber ich möchte nicht, daß Sie glauben –»

«Nun, ich glaube, daß ich Sie so nehmen muß, wie Sie sind – wenn ich gewaltsam versuchte, Sie zu verändern, würde das Ihre Not nur verschlimmern. Sie bedürfen zwar der geistlichen Lenkung, aber ich darf Ihnen dazu keinen katholischen Berater aufzwingen. Das würde gar nichts helfen.»

«Ich glaube nicht, daß Darrow wartet, bis Sie ihn mir aufzwingen!»

«O nein, da unterschätzen Sie ihn.» Lucas dämpfte meinen aufkommenden Ärger mit der gleichen Lässigkeit wie zuvor. «Wenn er geglaubt hätte, Sie selbst beraten zu können, hätte er Sie nicht an mich verwiesen.»

«Aber wenn ich ihn um Hilfe bitte, wird er dann nicht sofort annehmen –»

«Sagen Sie ihm nur, Sie brauchten einen Vertrauten, keinen Beichtvater – Sie können auch sagen, einen Detektivkollegen, keinen geistlichen Berater –, da wird er schon wissen, was von ihm verlangt wird.»

«Aber wenn Darrow nur mit mir den Detektiv spielt, wie finde ich dann einen ‹geistlichen Be . . .› – nein, ich kann mich noch immer nicht mit diesem Begriff anfreunden, ich habe dabei alle möglichen römisch-katholischen Bilder vor Augen. Ich weiß, daß ich das falsch sehe, verstandesmäßig weiß ich, daß ich darin ein protestantischer Fanatiker bin, aber gefühlsmäßig –»

«Ja, diese entscheidenden ersten sieben Jahre Ihres Lebens!» sagte Lucas und lächelte mich an. «Was für eine strenge Gemeinde muß das gewesen sein damals in Maltby!» Aber als ich dann ebenfalls lächelte, dankbar für sein Verständnis, setzte er hinzu: «Nun, Sie werden das schon noch überwinden und früher oder später einen klugen, erfahrenen Protestanten finden, mit dem Sie über Ihr Seelenleben sprechen können, aber bis dahin müssen wir Notmaßnahmen treffen. Darf ich Ihnen einige sehr allgemein gehaltene Vorschläge machen, wie Sie Ihr Seelenleben in dieser Krise abstützen können, oder werden Sie dann ausrufen, alle Mönche sollten zur römischen Kirche übertreten?»

«Ich beginne es inzwischen zu begrüßen, daß nicht alle Mönche nach Rom übergelaufen sind. Sagen Sie mir, was ich tun muß.»

«Nein, diktieren werde ich Ihnen nichts. Das ist nicht die Art unserer Kirche, nicht wahr? Ich werde Ihnen nur meinen Rat geben oder, noch vorsichtiger ausgedrückt, Ihnen Vorschläge machen. Ich nehme an, die meisten persönlichen Gebete sprechen Sie aus dem Stegreif, ja? Nun, gegen Stegreifgebete ist natürlich nichts einzuwenden, aber im Augenblick müssen Sie sehr darauf achten, daß Ihre Gebete nicht nur ein Wortschwall sind, der die innere Stille stört. Und Sie brauchen jetzt Stille, nicht nur, um Ihr inneres Gleichgewicht zu bewahren, sondern auch, damit Sie das Wort von Gott wahrnehmen können, das zweifellos kommen wird.»

«Was macht Sie dessen so sicher?»

«Wenn ein Mensch an einem Scheideweg steht», sagte Lucas, «gibt es unweigerlich Zeichen, die ihn weiterlenken. Gewöhnlich wird ihm entweder bedeutet, auf dem eingeschlagenen Weg fortzuschreiten, doch jetzt mit der Gnade größerer Kräfte ausgestattet; oder er wird auf einen ganz anderen Weg verwiesen. Ich gebe freilich zu, daß es nicht leicht ist, dieses Wort zu vernehmen. Sie werden dazu der Gabe des unterscheidenden Scharfblicks bedürfen, und auch hierbei kann Ihnen Jon von Nutzen sein. Er hat schon vielen Menschen geholfen, den richtigen Weg vom falschen zu unterscheiden, wenn sie am Scheideweg standen und nicht weiterwußten.»

«Aber wie kann ich sicher sein, daß ich überhaupt etwas höre – von irgendeiner Botschaft ganz zu schweigen? Ich fühle mich so taub – so benommen und verwirrt –»

«Eben deshalb sind Gebete und Andachten jetzt von solcher Wichtigkeit. Sie müssen unbedingt Ihre Aufnahmefähigkeit pflegen, Ihre Empfangsbereitschaft. Versuchen Sie die Stegreifgebete auf die nötigen Bittgebete zu reduzieren, und konzentrieren Sie sich auf ein, zwei formale Gebete, die Sie sehr langsam sprechen und Satz für Satz intensiv mit Ihrem Denken begleiten können. Die Kirchengebete für die einzelnen Tage sind immer sehr hilfreich, und gewiß haben Sie Ihre eigenen Lieblingsgebete, die Sie verwenden können... Widmen Sie außerdem täglich mindestens eine Stunde dem Lesen; wenn man liest, muß man sehr ruhig und still sein. Benutzen Sie dazu eine Stunde am frühen Morgen, wenn nichts anderes Ihre Aufmerksamkeit in Anspruch nimmt. Ihre Konzentrationsfähigkeit wird im Augenblick noch zu wünschen übrig lassen, deshalb müssen Sie Ablenkungen möglichst vermeiden.»

«Was soll ich lesen?»

«Bleiben Sie während der ersten halben Stunde bei der Bibel – andächtiges Bibelstudium ist ja ein grundlegender Bestandteil der protestantischen Tradition, nicht wahr? Tätigkeiten, die Ihnen vertraut sind, werden dazu beitragen, daß Sie sich sicherer und entspannter fühlen, weniger als Spielball Ihrer Ängste. Während der anderen halben Stunde sollten Sie dann etwas weniger Vertrautes lesen – und etwas, das Sie aus diesem Jahrhundert herausreißt. Die Beschäftigung mit der Vergangenheit ermöglicht einen distanzierten Blick auf die Gegenwart, und das kann für einen von Problemen geplagten Menschen ganz tröstlich sein. Lesen Sie... Nein, ich schlage Ihnen nicht die Kirchenväter vor, die werden von manchen Protestanten zu eng mit der Oxford-Bewegung in Verbindung gebracht. Aber wie wär's mit dem Cambridger Platonikern? ‹Geist und Seele haben ihre eigene Logik›, wie Whichcote sagt – sehr interessant für Modernisten, wie Dekan Inge als erster zugeben würde! Aber Vorsicht: Wenn Ihre Stunde Lesen um ist und Sie ruhig und still sein sollten, dann lesen Sie nicht einfach das Morgengebet und schalten ab. Denken Sie nach, und beten Sie den ganzen Tag hindurch, wann immer Sie können und ganz gleich, wo

Sie sind – rechnen Sie ständig mit diesem Wort von Gott, das schließlich kommen wird.»

«Entschuldigen Sie, Sie halten mich jetzt sicher für einen begriffsstutzigen Idioten, aber auf welche Weise könnte Gott sich mit mir in Verbindung setzen? Wonach muß ich Ausschau halten?»

«Nun, ich glaube, die Möglichkeit einer Vision samt himmlischen Chören und in feuriger Schrift geschriebener Botschaft am Firmament können wir ausschließen», sagte Lucas mit seinem angenehm trockenen Humor. «Und desgleichen wohl auch ein so erstaunliches und eindeutiges Erlebnis wie der Ruf, den Sie in der Christchurch-Kathedrale vernommen haben. Aber es könnte durchaus etwas sein, das diesem so dramatischen ersten Ruf ähnelt – ein Satz vielleicht, den Sie aus dem Mund verschiedener Personen immer wieder hören, oder ein Vorfall, der etwas in Ihrer Erinnerung wachruft, wie Ravens Predigt dies tat. Prüfen Sie jedes Vorkommnis in Ihrem Leben, und fragen Sie sich, ob sich nicht auch aus einem scheinbar unwichtigen Geschehen etwas lernen läßt. Selbst wenn es zu keiner einzelnen großen Offenbarung kommt, glaube ich doch, daß es eine Folge von Zeichen geben wird, die zu einer Erleuchtung führen.»

«Sehr schön», sagte ich, «ich habe Vertrauen zu dem, was Sie sagen, aber was ändert das alles an meinem dringendsten Problem? Wie soll ich mit meiner Frau zusammenleben?»

«Richtig!» sagte Lucas. «Ich dachte mir schon, daß es Ihnen schwerfallen würde, Ihr dringendstes Problem zu erkennen. Mein lieber Neville, Ihr dringendstes Problem ist es, herauszufinden, was Gott von Ihnen verlangt, und wenn ich sage ‹Ihnen›, dann meine ich Ihre vereinte Persönlichkeit; ich habe nicht übertrieben, als ich sagte, Sie würden Ihre Zukunft erst meistern, wenn Sie Ihre Vergangenheit gemeistert haben. Aber wenn Sie Ihre Vergangenheit erst gemeistert haben und auf den Willen Gottes eingehen können, dann, das glaube ich bestimmt, werden sich Ihre derzeitigen Probleme als lösbar erweisen. Ich sage nicht, daß Sie sich leidenschaftlich in Ihre Frau verlieben werden, aber ich vermute, mit Gottes Hilfe werden Sie zu einer erträglichen Partnerschaft gelangen. Etwas anderes wäre doch eigentlich unlogisch, nicht wahr? Gott würde kaum seinen Ruf erneuern, ohne dafür zu sorgen, daß Ihr Eheproblem gelöst wird.»

Ein Schweigen trat ein.

«Jetzt halten Sie mich natürlich für einen lästigen alten Junggesellen, der keine Ahnung hat, was es heißt, an eine ungeliebte Frau gebunden zu sein», sagte Lucas trocken.

Zu meiner eigenen Überraschung hörte ich mich sagen: «Nein, das tue ich keineswegs.» Ich mußte innehalten, bis ich die richtigen Worte gefunden hatte. «Was Sie sagen, klingt vernünftig», fuhr ich schließlich fort, «und ich finde es bewundernswert, wie Sie es geschafft haben, in dieser hoffnungslosen Situation doch noch eine gewisse Hoffnung für mich aufscheinen zu lassen. Ich kann fast alles ertragen, solange es noch Hoffnung gibt. Der Gedanke an eine hoffnungslose Ehe über die nächsten dreißig Jahre hinweg war es, der mich verzweifeln ließ.» Ich dachte einen Augenblick nach und setzte dann hinzu: «Indem Sie mir ein erreichbares Ziel vor Augen geführt haben, haben Sie das Wunder vollbracht und die Zukunft erstrebenswert gemacht – ein ungemein schwieriges Unterfangen natürlich, aber auch interessant und aufregend.»

«Lassen Sie mich dazu einen Satz von Professor Raven zitieren, der in seiner Autobiographie steht und an den ich mich immer wieder erinnere: ‹Von allen faszinierenden Herausforderungen, die das Leben zu bieten hat – welche könnte wohl aufregender sein als die Suche nach Gott?›»

Der Anglokatholik zitierte die Stimme des liberalen Protestantismus. Ich sah ihn an, und für einen Moment verschwanden die Trennlinien innerhalb der Kirche, so daß ich über die widerstreitende Dialektik hinaus endlich die dahinterliegende Einheit zu erblicken vermochte. Ich konnte nur sagen: «Jetzt sehe ich zum erstenmal, was Ökumene bedeuten könnte.»

«Ökumene!» Lucas' Seufzer war der eines Menschen, der an eine Zukunft denkt, die er nicht mehr erleben wird. «Einer der Gründer der Oxford-Bewegung hielt darüber mehrere großartige prophetische Reden. Er sprach von der Einheit nicht nur innerhalb der Kirche von England, sondern auch zwischen der anglikanischen, der römisch-katholischen und der orthodoxen Kirche.»

«War das Newman?»

«Nein, Pusey. Als junger Mann hielt ich die Prophezeiung für absurd, aber jetzt bin ich fest davon überzeugt, daß es jenseits der Trennung eine Einheit gibt – wie Sie sie zu gegebener Zeit auch in Ihrem eigenen Leben entdecken werden.» Er beugte sich unvermittelt wieder auf dem Tisch vor, und ich spürte, daß unsere Unterhaltung ihrem Ende entgegenging.

«Ich kann dieses Gespräch über Ihr Streben nach Einheit nicht beenden, ohne Ihnen ein Wort zum Thema Schuld gesagt zu haben», sagte er. «Ich glaube, Sie fühlen sich in manchen Dingen schuldig, so schuldig, daß Sie im Augenblick Ihre Schuld gar nicht in Worte zu fassen vermöchten, selbst wenn Sie ein Katholik wären, der sich verzweifelt bemüht, eine aufrichtige Beichte abzulegen. Sie werden sich dieser Schuld in Zukunft stellen müssen; das wird dazugehören, wenn Sie dem Schmerz ins Auge sehen, aber lassen Sie mich zum mindesten versuchen, Ihnen ein wenig von Ihrer Last abzunehmen, wenn ich auch noch immer nichts von jenen wunden Stellen weiß, über die Sie schweigen zu müssen glauben. Ich bin sicher, daß Sie im Lauf unserer Gespräche umgekehrt sind und den Weg der Reue beschritten haben. Es ist noch ein langer Weg, denn Ihre Reue ist erst vollendet, wenn Sie Ihrer Schuld offen ins Gesicht gesehen haben, aber ich bin überzeugt, Sie sind ernsthaft bemüht, Ihre Vergangenheit zu prüfen und ein neues Leben im Dienst Gottes zu beginnen. Das ist ein sehr großer Schritt vorwärts, und wann auch immer in der Zukunft Ihre Schuld unerträglich scheint, erinnern Sie sich an Luther, der gerufen hat: ‹Rechtfertigung durch den Glauben!› Genaugenommen ist es, wie Sie wissen, Gottes Gnade, die ‹rechtfertigt›, aber meiner Ansicht nach berechtigt Sie Ihr Verlangen nach Reue zu dem Vertrauen darauf, daß Sie jetzt mit Gott versöhnt sind – und Sie werden gewiß auch mit ihm versöhnt bleiben, solange Sie mit ganzer Kraft nach Ihrem neuen Leben streben.»

Dieser machiavellistische alte Bursche – faßte mich mit Samthandschuhen an und zitierte einen der schärfsten Kritiker der römischen Kirche! «Anders ausgedrückt», sagte ich belustigt, «Sie erhöhen meine Genesungschancen, indem Sie die entsprechenden psychologischen Mechanismen in Gang setzen. Sie wollen, daß die Schuld weniger schwer auf mir lastet, weil Sie sie als eine Beeinträchtigung meiner geistigen Verfassung sehen, die meine schwachen noch vorhandenen seelischen Abwehrkräfte lähmen und mich dem Alkohol in die Arme treiben könnte.»

«Oh, von ‹psychologischen Mechanismen› verstehe ich nichts», erwiderte Lucas lächelnd. «Was für ein kurioser wissenschaftlicher Begriff. Drücken so die Modernisten alte religiöse Wahrheiten aus?»

Während wir noch lachten, begann in der Kapelle die Glocke zu läuten, und ich wußte, daß unsere Gesprächszeit um war. «Wie kann ich Ihnen je danken?» sagte ich, doch er winkte ab. «Das gehört alles mit dazu», sagte er, «und Sie haben mir einen Gefallen getan – die Rekonvaleszenz war für mich weniger langweilig. So, ich will Ihnen vor dem Abschied noch meinen Segen geben. Er wird auch ganz schlicht ausfallen – keine Papisterei.»

«Ich glaube, ich muß für jeden Segen dankbar sein, den ich bekommen kann, ob papistisch oder nicht.»

Ich kniete vor ihm nieder, und er legte mir die Hände aufs Haupt und sprach seine wenigen Worte mit fester, ruhiger Stimme, die jetzt wieder die Modulation eines BBC-Sprechers annahm.

«Kommen Sie mit zur Messe?» fragte er danach. «Oder finden Sie die Katholizismen zu störend?»

Ich war gerührt – er hatte mir zu verstehen gegeben, daß ich genügend bereut hatte, um mich als ‹gerechtfertigt› zu betrachten, und deshalb nun in der Lage war, das Sakrament zu empfangen. Ich empfand die Einladung als einen Vertrauensbeweis, während ich mich auf den Weg in meine sehr ungewisse Zukunft machte. «Danke, Aidan», sagte ich. «Ich komme sehr gern mit.»

«Gut. Aber Sie brauchen jetzt noch nicht in die Kapelle hinunterzugehen. Das ist das Läuten zur Prim. Es läutet noch einmal, wenn es Zeit zur Messe ist.»

Ich mußte daran denken, daß er Raven zitiert hatte. «Ich habe noch nie einem Gottesdienst beigewohnt, der Prim genannt wird», sagte ich. «Ich möchte hingehen. Es wird gewiß interessant sein.»

Das gefiel ihm noch mehr als der Umstand, daß ich endlich seinen Vornamen über die Lippen gebracht hatte. Wir gingen hinaus, er voran, und stiegen die Treppe hinunter bis zu dem Flur, der aus dem Gästeflügel hinausführte. Als wir den Vorraum betraten, blieb ich jäh stehen. Zwei Männer standen vor der Haupttreppe. Einer von ihnen war Ingram, der Abbot-General, doch er war es nicht, der meinen Schritt hatte stocken lassen. Gelähmt hatte mich der Anblick seines Begleiters, eines hochgewachsenen, hageren Mannes mit unruhigen dunklen Augen und von grauen Strähnen durchzogenem schwarzem Haar.

Ich erkannte Charles Ashworth, den Ehemann der Frau, mit der ich mich vor einem Jahr so schändlich benommen hatte.

XIII

«Man wird einen Irrtum nur schwer los, wenn man nicht eine neue Wahrheit entdeckt . . .»

CHARLES E. RAVEN
in *A Wanderer's Way*

I

Ich war bestürzt über sein verändertes Äußeres – ich hatte Ashworth als eine elegante, gepflegte Erscheinung in Erinnerung, der die privilegierte Stellung deutlich anzusehen war – und begriff nicht gleich, daß er mich nicht erkannt hatte. Ingram, auf meine Anonymität bedacht, ignorierte mich völlig und sagte zu Aidan: «Hier ist jemand, der eigens vorbeigekommen ist, um Sie zu sprechen – Jon Darrows Freund Kanonikus Ashworth aus Cambridge.»

«Wie ich höre, wollen Sie heute morgen nach Hause fahren, Father», sagte Ashworth, «aber wenn Sie nach der Messe noch einen Augenblick Zeit für mich hätten –»

«Ja, wir müssen miteinander reden.» Der alte Herr war sichtlich erfreut. «Jon hat oft von Ihnen gesprochen.»

In der Kapelle war die Glocke bereits verstummt. «Wollen wir . . .», murmelte Ingram unvermittelt, und wir gingen alle weiter, aber am anderen Ende des Vorraums mußten wir uns trennen – die beiden Mönche betraten die Klausur, während Ashworth und ich einem durch Schilder bezeichneten Weg zu dem für Besucher bestimmten Teil der Kapelle folgten. Ich begann gerade zu hoffen, meine Anonymität sei gewahrt geblieben, als Ashworth stehenblieb, mit den Fingern schnippte und ausrief: «Jetzt hab' ich's – Sie sind Neville Aysgarth, der Archidiakon von Starbridge. Erinnern Sie sich nicht mehr an mich? Ich war der Pfarrer, der die Darrows getraut hat.»

Drei Meter vor mir war die Tür zur Kapelle. Ich konnte den Drang, mich mit ein paar hastig gemurmelten Banalitäten in die schützende Stille des Gotteshauses zu flüchten, nur mit Mühe unterdrücken.

«Ich erinnere mich sehr gut an Sie», sagte ich, auf einen sorglosen Ton bedacht. «Entschuldigen Sie, daß ich geschwiegen habe, aber ich wußte nicht recht, was ich sagen sollte. Ich dachte mir, Sie haben vielleicht genug von Leuten, die fragen, wie es Ihnen geht, und mit breitem Lächeln ‹Willkommen zu Hause› ausrufen.»

Das gefiel ihm offenbar – er lächelte zugleich belustigt und dankbar. «Ich bin zu einer meiner ärztlichen Kontrolluntersuchungen in London», sagte er, «aber mir geht es jetzt schon viel besser. Zufällig fahre ich nachher in Ihre Diözese – Lyle und ich treffen uns heute zu einem zweitägigen Besuch bei den Darrows, bevor wir weiterfahren zu einem Ferienaufenthalt nach Devon.»

«Bitte grüßen Sie sie von mir», sagte ich – es wäre ihm gewiß merkwürdig vorgekommen, wenn ich dies nicht getan hätte. In einem weiteren verzweifelten Versuch, mich entspannt zu geben, schoß ich in meinem Schuldbewußtsein übers Ziel hinaus. «Ich habe mich so sehr für sie gefreut, als ich hörte, daß Sie heimgekommen sind», setzte ich hinzu. «Als ich sie vor einem Jahr in Stoneyford traf, war sie überzeugt, Sie würden nicht mehr zurückkommen.»

«Wo haben Sie sie getroffen?»

«In Stoneyford. In Oxfordshire. Bei Bischof Jardines Beerdigung.»

Das Schweigen, das nach diesen Worten eintrat, wurde jäh durch die Mönche unterbrochen, die drinnen zu singen begannen. Wir fuhren beide zusammen. Dann sagte Ashworth in lässigem Ton: «Ach ja, natürlich! Jetzt erinnere ich mich, sie hat mir von der Beerdigung erzählt», und in diesem Augenblick begriff ich, daß Lyle ihm kein Wort davon gesagt hatte.

Ich war sehr bestürzt. Ich hatte nicht gedacht, daß Lyles Schuldgefühle wegen ihres Verhaltens an jenem Abend sie veranlaßt haben könnten, ihren Besuch in Stoneyford überhaupt zu verschweigen, doch dann fiel mir ein, daß zur Zeit von Ashworths Abkommandierung nach Ägypten die Beziehungen zwischen den Ashworths und den Jardines abgebrochen gewesen waren. Möglicherweise hatte sie nicht nur der Szene in der Küche wegen geschwiegen, sondern auch, weil das Thema an sich ungute Erinnerungen wachgerufen hätte.

Außerstande, dieses qualvolle Gespräch fortzusetzen, sagte ich rasch: «Wir versäumen den Gottesdienst – wollen wir nicht hineingehen?» Und ich stieß die Tür zum Besucherquerschiff auf.

Ashworth machte keinen Versuch, mich zurückzuhalten.

Ich war so verwirrt bei der Vorstellung der möglichen ehelichen Zwiegespräche, die sich aus meiner Offenbarung ergeben konnten, daß ich mich nicht auf den Gottesdienst zu konzentrieren vermochte. Erst in der kurzen Pause zwischen der Prim und der Feier des heiligen Abendmahls war ich eines ruhigen Gedankens fähig. Selbst wenn Ashworth seine Frau wirklich ins Kreuzverhör nahm, würde sie ihm, so sagte ich mir, wohl kaum von unserem törichten Verhalten erzählen.

Um meinen Gedanken eine neue Richtung zu geben, versuchte ich, dem Gottesdienst zu folgen. Er kam mir unerträglich fremdartig vor, aber ich unterdrückte meinen protestantischen Zorn, um mich dem Sakrament in Demut und Ehrfurcht nähern zu können – keine leichte Aufgabe bei dem Weihrauch, der mir in die Nase stach, und dem unvertrauten Gejaule, das mir an die Ohren drang. Nur der Gedanke an Aidan hielt mich davon ab, mit dem Ausruf «Keine Papisterei!» hinauszustürzen.

Ich dachte auch an Aidans Rat, auf irgendeine verschleierte Botschaft von Gott zu achten, und als Ashworth neben mir niederkniete, um das Sakrament zu empfangen, fragte ich mich, ob unsere Begegnung vielleicht eine verborgene Bedeutung hätte. Aber soweit ich das beurteilen konnte, hatte sie mir als einziges meine schreckliche Entgleisung vor zwölf Monaten wieder ins Gedächtnis gerufen. Instinktiv versuchte ich die Erinnerung auszulöschen, indem ich mich in die Abendmahlshandlung versenkte, doch zu meinem Kummer brachten der Wein und die Oblate wenig Trost. Ich konnte mich nur an Aidan erinnern, wie er in seinem strengsten Ton sagte, daß wir alle Sünder seien, alle vor Gericht stünden, und da wußte ich, daß ich zwar zu dem Wegweiser mit der Aufschrift ERLÖSUNG geführt worden war, aber auf meinem einsamen Weg aus dem Ödland hinaus noch kaum die ersten Schritte getan hatte.

Nach dem Gottesdienst fragte mich Ashworth: «Fahren Sie zufällig mit dem Zug um zehn Uhr fünfzehn nach Starbridge zurück?»

Diesen Zug hatte ich in der Tat nehmen wollen, doch inzwischen hatte ich nur noch den Wunsch, Ashworths Gesellschaft zu entrinnen. «Nein, ich besuche noch meine Schwester hier in London», sagte ich, nach dem ersten Vorwand greifend, der mir einfiel, und erst dann erinnerte ich mich daran, daß Aidan mir geraten hatte, mit meinen Geschwistern zu sprechen.

«Nun ja, macht nichts, wahrscheinlich sehen wir uns bald wieder. Gewissen Menschen begegnet man im Leben immer wieder, nicht wahr?» sagte er liebenswürdig. «Es ist, als tanzten wir alle eine riesengroße metaphysische Version des schottischen Reel.»

«In dem Fall wünsche ich Ihnen alles Gute für die nächste Runde!» sagte ich mit aller Herzlichkeit, die mir zu Gebote stand, und eilte auf mein Zimmer.

Nachdem ich die Reisetasche gepackt hatte, ging ich wieder hinunter, ließ beim Pförtner eine Spende zurück, die für die durch meinen Aufenthalt entstandenen Unkosten aufkommen sollte, und stürzte mich aus dem Klosterfrieden hinein in das brausende Chaos am Marble Arch.

2

An der U-Bahnstation sagte ich von einer Telefonzelle aus im Krankenhaus von Starbridge Bescheid, daß ich Dido erst am Abend besuchen könne. Dann rief ich Emily an, um mich zu vergewissern, daß sie zu Hause sei. Gleich darauf war ich schon unterwegs.

Ich konnte den ganzen Weg nach dem südlichen Vorort Balham mit der U-Bahn fahren; Emily wohnte keine fünf Minuten von der Station entfernt. Ihre bedrückend steife viktorianische Straße war gesäumt von stark gestutzten Platanen; Spitzenvorhänge zierten die Fenster der Reihenhäuser, und selbst die Blumen in den winzigen Vorgärten starrten vor Respektabilität. Meine Mutter hatte einmal gesagt, das Viertel besitze «eine sehr kultivierte Atmosphäre», aber ich war weit genug herumgekommen, um zu wissen, daß diese Bemerkung meine Mutter selbst noch vernichtender traf als die

Gegend. Ich hatte inzwischen keine Mühe, die Straße als ein Denkmal spießiger Vornehmtuerei zu erkennen.

Meine Schwester öffnete schon die Haustür, als ich das Gartentor aufklinkte. Willy und ich ärgerten uns immer wieder im stillen darüber, daß Emily – die darin unserem Vater nachschlug – größer war als wir beide. Sie war einsachtundsiebzig. Ich gebe mich zwar auch für einsachtundsiebzig aus, bin aber in Wirklichkeit ein gutes Stück kleiner. Willy hatte das Pech, nur einsachtundfünfzig groß zu sein; wir argwöhnten, daß die langwierige, zehrende Krankheit in seinen jungen Jahren auf irgendeine Weise den Wachstumsprozeß gestört hatte.

Das Anziehendste an Emily waren ihre dunklen Augen, ebenfalls ein Erbteil unseres Vaters; leider blickten sie jedoch aus einem runden Allerweltsgesicht, das Willy, der Frauenverächter, in einer seiner gehässigen Stimmungen mit einem Rosinenbrötchen verglichen hatte. Sie hatte schwere Brüste, was sie vorzeitig gealtert erscheinen ließ, breite Hüften und wohlgeformte Beine. Gekleidet war sie wie immer gräßlich: Sie trug eine verschossene geblümte Schürze über einer beigen Bluse und einem schlammfarbenen Rock. Die schönen Beine wurden durch dicke Strümpfe verunstaltet.

«Hallo, Nev», sagte sie. «Du siehst entsetzlich aus, wie neunzig. Komm herein und trink eine Tasse Tee.»

Überraschenderweise fühlte ich mich durch diese lakonische, wenn auch nicht lieblose Begrüßung eher aufgerichtet. Ich folgte ihr, vorbei an dem Wohnzimmer, das nur zu festlichen Anlässen benutzt wurde, den schmalen Flur entlang in die nach hinten hinaus gelegene Küche.

«Wie geht's Reg?» fragte ich, mich wie üblich pflichtschuldigst nach meinem Schwager erkundigend.

«Könnte schlechter gehen. Was macht deine tolle Frau?»

«Liegt im Krankenhaus. Das Baby kam tot zur Welt.»

«Nev!» rief sie erschrocken. «Warum hast du nicht angerufen?»

«Ich konnte einfach nicht . . . ich wollte nicht darüber sprechen.» Ich ließ mich auf einen Stuhl am Küchentisch fallen und fügte hinzu: «Ich habe ihn Arthur genannt.»

«Wie lieb», sagte Emily höflich und machte sich an das Ritual des

Teekochens. Das Gas wurde angezündet, der Kessel auf die Flamme gestellt; Teekanne, Teebüchse, Teewärmer, Tassen, Untertassen, Milchkännchen, Zuckerschale, Löffel und Sieb wanderten auf den Tisch.

«Dido hatte, falls es ein Junge wäre, an Philip gedacht», sagte ich, «aber ich dachte mir, sie würde diesen ihren Lieblingsnamen nicht an ein totgeborenes Kind verschwenden wollen. Als ich ihn dann sah, wußte ich, daß er Arthur heißen mußte.»

«Ich habe mich schon immer gefragt, weshalb du diesen Namen nie genommen hast.» Emily schnupperte an der Milch, um sich zu vergewissern, daß sie noch frisch war. «Vier Söhne, und keiner heißt nach Vater.»

«Ich war mir wegen Vater lange nicht im klaren.»

«Du? Nicht im klaren? Das gibt's doch nicht!»

«Doch. Em –»

«Ein Stück Zucker oder zwei?»

«Eins. Em, ich muß mit dir reden. Es ist dringend.»

«Das muß es wohl sein, wenn du dich plötzlich wieder einmal sehen läßt. Balham scheint dir ja sonst nicht fein genug zu sein.»

«Du liebe Güte... Emily, du brauchst dich nicht gekränkt zu fühlen, weil ich dich in der letzten Zeit nicht besucht habe – ich mache einfach seit einigen Monaten eine schlimme Zeit durch, und –»

«Du? Du machst eine schlimme Zeit durch? Das darf ja nicht wahr sein! Du gleitest doch immer durchs Leben wie auf Rollschuhen!»

«Schön wär's», sagte ich. «Em, ich versuche mir über mich selbst klar zu werden, und dazu muß ich ein paar Dinge über Mutter, über Vater und über Onkel Willoughby wissen. Vielleicht könntest du mir als erstes –»

«Aber du sprichst doch so ungern über Mutter, Vater und Onkel Willoughby. Ich weiß noch genau, nach Graces Beerdigung –»

«Müssen wir unbedingt alle unangenehmen Themen zugleich zur Sprache bringen? Und kannst du diesen verflixten Tee fertigmachen, ehe du mich mit deinem Gefuchtel noch völlig um den Verstand bringst?»

Sie kümmerte sich stumm weiter um den Tee, die Lippen pikiert zusammengepreßt. Als wir schließlich vor unseren dampfenden Tassen saßen, gab ich mir einen Ruck und sagte: «Entschuldige. Ich bin etwas durcheinander zur Zeit ... ich ... mache so eine Art Krise durch.»

Emily erwiderte nichts darauf, sondern sagte nur etwas kurz angebunden: «Was willst du über Mutter, Vater und Onkel Will wissen?»

«Ich möchte wissen, wie du sie siehst, wenn du jetzt zurückblickst. Wenn sie zum Beispiel Figuren in einem Bühnenstück wären, wie würdest du sie da beschreiben?»

«Du stellst aber Fragen! Laß mich mal nachdenken.» Mein Problem begann sie zu interessieren, und sie gab das Schmollen auf. «Nun ja», sagte sie nach einer Weile, «Onkel Will war natürlich der Held, der uns alle gerettet und Mutter und mich zu sich genommen hat dieses eine Jahr, bevor wir nach St. Leonards zogen. Ich weiß, wie ihr über ihn gedacht habt, du und Willy, aber ich hatte ihn immer ganz gern.»

«Du hattest ihn gern?»

«Ja, er schenkte mir immer mal einen Penny, damit ich mir Lakritze kaufen konnte. Davon habe ich dir und Willy natürlich nie etwas erzählt, weil ich wußte, daß ihr euch dann ärgern würdet.»

«Na, das ist ja ...» Mir blieb einen Moment lang die Sprache weg. Dann riß ich mich zusammen und fragte: «Aber wenn du Onkel Will als den liebenswerten Helden ansiehst, als wen siehst du dann Vater?»

«Na, natürlich als den Bösewicht. Als das dumme, gefühllose Scheusal.»

«Gefühlloses Scheusal? *Vater?*»

«Nun, schließlich hätte er Mutter beinahe umgebracht, oder vielleicht nicht? Alle diese Schwangerschaften! Das war doch grausam, zumal sie für diese Seite der Ehe so wenig übrig hatte.»

«Für welche Seite?»

«Na, du weißt schon.»

«Nein, das weiß ich nicht. Meinst du Kindergebären oder Sex – oder beides?»

«Also wirklich, Nev! Mußt du dich so vulgär ausdrücken?»

«Ich nehme an, das heißt, du meinst Sex. Aber wieso weißt du, daß sie sich nichts daraus gemacht hat?»

«Sie hat es mir gesagt.»

«Mutter hat mit dir über Sex gesprochen?»

«Erst als ich heiraten wollte!» sagte Emily schnell, als fürchte sie, sie könnte das Andenken unserer Mutter entweiht haben. «Sie hat mich von dem Gedanken abzubringen versucht, indem sie mir schilderte, wie schrecklich das alles sei. Ich nehme an, sie glaubte, ich hätte keine Ahnung von dem, was in der Ehe vorgeht, obwohl – wie sie geglaubt haben kann, daß ich mich mit fünfunddreißig Jahren noch immer im Zustand viktorianischer Ignoranz befände, ist mir schleierhaft. Aufgeklärt hat mich übrigens Willy, damals am Strand von St. Leonards, als ich sechzehn war. Du warst gerade anderswo, Händchenhalten mit Grace, wie üblich, und da hatte er sich geärgert. Er wollte dich mit keinem teilen, schon gar nicht mit einem Mädchen –»

«Aber Em, das kann ich einfach nicht fassen – du willst doch nicht im Ernst behaupten, Mutter und Vater wären unglücklich verheiratet gewesen?»

«Wie soll man es sich sonst vorstellen? Wie wäre dir denn zumute, wenn du Sex nicht magst und dein Mann sich dir dauernd aufzwingt, so daß du jedes Jahr ein Baby bekommst?»

«Aber sie waren doch so glücklich – ich kann mich erinnern, daß sie miteinander gelacht und gescherzt haben! Und wenn Mutter nicht jedes Jahr schwanger werden wollte, warum hat Vater dann keine Empfängnisverhütung praktiziert?»

«Also wirklich, Nev! Und du bist Geistlicher! Ich bin schockiert!»

«Ach, stell dich nicht so an! Jetzt schau doch mal her, das paßt doch alles nicht zusammen –»

«O doch! Vater hat keine Du-weißt-schon-Was praktiziert, weil das damals kein Mensch getan hat, aber warum er nicht von Zeit zu Zeit etwas Selbstbeherrschung an den Tag gelegt hat, das begreife ich einfach nicht.»

«Emily, ich weiß nicht, wie ihr es hier in Balham haltet, aber ich habe das Gefühl, du hast von überhaupt nichts eine Ahnung! Es gibt zwei Methoden der Geburtenbeschränkung, die seit uralten Zeiten angewandt werden, und wenn man von Vater auch nicht erwarten konnte, daß er sich der Sodomie ergab, so hätte man doch hoffen sollen, er –»

«Nev, es tut mir leid, aber das ist eine ungehörige Sprache für einen Geistlichen, und wenn du weiter von so abscheulichen Dingen redest, gehe ich hinaus. Du bist genauso schlimm wie Willy am Strand von St. Leonards. Männer können manchmal abstoßend sein, richtig abstoßend – wie Mutter natürlich nur zu gut wußte –»

«Aber wenn du Vater als abstoßenden Schurken siehst, wie um alles in der Welt siehst du dann Mutter?»

«Oh, das liegt doch auf der Hand – Mutter war das tragische Opfer männlicher Grausamkeit und Tyrannei.»

«Emily, ich –» Mir fehlten wiederum die Worte. Schließlich brachte ich nur ein lahmes «Ich hatte keine Ahnung, daß du eine solche Feministin bist!» heraus.

«Eine Feministin? Das bin ich nicht – das würde keine Frau sein, die bei Verstand ist. Der Feminismus ermutigt die Männer nur dazu, einen zu verachten und auf einem herumzutrampeln. Kein Mann mag eine Feministin, geradeso wie kein Mann eine Frau mag, die zu klug ist. Denk an Mutter – von drei Männern schikaniert und einem elenden Tod überlassen!»

Nachdem ich die Sprache wiedergefunden hatte, rief ich aus: «Ich beginne zu begreifen, wie einem herkömmlichen Historiker zumute ist, wenn er die Geschichte in der Darstellung eines Marxisten liest! Natürlich ist Mutter keinen elenden Tod gestorben! Sie ist gestorben hier in diesem Haus und in der Obhut ihrer sie hingebungsvoll umsorgenden Tochter!»

«Ich war nicht hingebungsvoll. Sie hat mir einfach leid getan. Ich habe nur geheiratet, um von ihr fortzukommen, nachdem ich so viele Jahre ihre unbezahlte Sklavin war. Ich finde es lachhaft, daß du *mir* vorwirfst, von nichts eine Ahnung zu haben! Ich glaube allmählich, *du* bist derjenige, der überhaupt nicht weiß, was vorgeht!»

«Natürlich weiß ich das, aber ich brauche Fakten und keine feministischen Fabeln. Wer waren diese drei Männer, die Mutter schikaniert haben?»

«Na, Vater, Onkel Willoughby und du – wer sonst?»

«Also ich bestreite mit aller Schärfe –»

«Schön, lassen wir dich weg. Ich will keinen Streit. Noch etwas Tee?»

«Mutter hat sich Grace gegenüber unmöglich benommen. Da mußte ich einfach an meine Frau denken. Ich weiß, es war alles sehr peinlich und schwierig, aber –»

«Wenn du dir dein eigenes Bild von der Vergangenheit machen willst, Nev, ist das deine Sache, aber wenn du glaubst, Mutter hätte mir nicht genau erzählt, was sich abgespielt hat –»

«Sie hat wahrscheinlich irgend etwas erfunden, weil ihr Stolz es nicht anders zuließ. Aber Em, daß Onkel Willoughby Mutter schlecht behandelt haben sollte, ist mir neu! Wann soll denn das gewesen sein?»

«Das war kurz bevor wir von Maltby nach St. Leonards zogen. Ich weiß nicht genau, was passiert ist, aber sie hatten irgendeinen Krach – jedenfalls, was es auch war, Mutter hat ihm nie verziehen. Sie tat nur so; es kam zwar zu einer Versöhnung, aber es gab immer wieder Streit zwischen ihnen. Am schlimmsten war es, als du dich von ihm losgesagt hast – das war, als du dich für die Kirche entschieden hattest, nicht wahr? – und Mutter ihn links liegen ließ, um dich mit Beschlag zu belegen. Manchmal glaube ich, Mutter hat dich nur geangelt, um sich an Onkel Will zu rächen für das, was damals in Maltby passiert war.»

Ich starrte sie an. «Willst du damit sagen, Mutter hätte sich eigentlich gar nichts aus mir gemacht? Willst du damit sagen, sie hätte sich nur deshalb plötzlich für mich interessiert, weil –»

«Nein, nein, natürlich hat sie dich angebetet. Ich glaube aber, sie hat sich gefreut, daß ihr das eine Gelegenheit gab, es Onkel Will heimzuzahlen. Ich hatte oft das Gefühl, daß sie ihn insgeheim gehaßt hat.»

«Aber das ist doch unmöglich! Sie hat ihn angebetet, genauso wie sie mich angebetet hat – und genauso wie sie Vater angebetet hat! Lieber Gott, denk doch nur an die Zeit nach Vaters Tod – sie hat jahrelang Trauer getragen und überall sein Bild aufgestellt, und sie konnte seinen Namen nicht aussprechen, ohne dabei aufzuschluchzen –»

«Ja, und du ahnst nicht, wie satt ich das zum Schluß hatte! Aus irgendeinem Grund machte es ihr Spaß, wie eine Figur aus einem viktorianischen Melodram zu leben. Als ich die Liebesbriefe las, die sie Vater während ihrer Verlobungszeit geschrieben hatte, da konnte ich kaum glauben, wie wirklichkeitsfern die waren – und seine Briefe an sie waren genauso schlimm. Gott allein weiß, wie sie mit der Wirklichkeit der Ehe fertig wurden – wenn sie überhaupt je damit fertig wurden . . . Nev, du hast nicht gesagt, ob du noch etwas Tee willst.»

Ich schob meine Tasse zum Nachgießen über den Tisch. «Hast du diese Briefe noch? Ich weiß, du hast sie mir nach Mutters Tod angeboten, aber ich war damals zu verstört, um sie zu lesen.»

«Nun, das war damals deine letzte Chance. Sie sind ein Opfer des Krieges geworden, als man so dringend Altpapier brauchte. Wie so viele andere habe ich höchst patriotisch meinen Dachboden ausgeräumt und das inzwischen sehr bedauert.» Sie goß den Tee ein und sagte dann nachdenklich: «In mancher Hinsicht war es eine sehr rührende und romantische Liebesgeschichte, die die Briefe erzählt haben. Die kleine untersetzte Heldin, nicht besonders attraktiv und viel zu klug für eine Frau, von ganz Maltby schon zur alten Jungfer erklärt und von den Männern links liegen gelassen, macht zufällig beim Teeausschenken im Kricketclub eine geistreiche Bemerkung, so daß der hochgewachsene, dunkelhaarige, gutaussehende Held der ersten Mannschaft sie plötzlich mit anderen Augen ansieht . . . Was für eine gute Partie Vater war! Es muß für sie gewesen sein, als wäre ein Traum Wirklichkeit geworden. Ganz gleich, was später kam, sie hatte eine wunderbare Verlobungszeit – da ging's ihr besser als mir. Aber ich kann mich nicht beklagen. Als nicht gerade mit äußeren Reizen verwöhnte Frau mit Verstand konnte ich froh sein, überhaupt einen Mann zu bekommen, und natürlich ist eine Frau nichts, wenn sie nicht verheiratet ist – während all der Jahre als ‹ledige Tochter› hatte ich reichlich Zeit, das herauszufinden. Wenn ich eine bessere Ausbildung gehabt hätte, wäre mein Leben wahrscheinlich ganz anders verlaufen, aber –»

«Du wärst nicht gern ein Blaustrumpf gewesen, Em.»

«Wie kannst du das wissen? Wie kann ich das wissen? Ich hatte schließlich nie die Gelegenheit, nach Oxford zu gehen. Durch mein Geschlecht allein war ich dir und Willy unterlegen! Natürlich denkst du in deiner engstirnigen männlichen Art, alle Frauen sollten Ehefrauen und Mütter sein, aber da kann ich nur sagen, ich hoffe, du enthältst der kleinen Primrose nicht eine anständige Ausbildung vor. Ich weiß, du verabscheust ungewöhnliche Frauen, die nicht der konventionellen Vorstellung von Weiblichkeit entsprechen, aber –»

«Unsinn, ich bin verrückt nach ihnen!»

«Ich glaube nicht, daß du das bist, Nev; nicht wirklich. Ich habe mich sogar schon ein-, zweimal gefragt, ob du Frauen überhaupt magst. Oh, ich weiß, in einem Sinn magst du sie, in dem Sinn, der auf der Hand liegt, und du kannst nicht ohne sie auskommen, aber ich glaube, das ärgert dich insgeheim, und dann haßt du dich selbst dafür, daß du sie so sehr brauchst.»

«Em, hast du dir schon einmal überlegt, daß dieser viele Tee, den du da trinkst, dein Gehirn erweichen könnte?»

«Du hast gewollt, daß ich rede – also beschwere dich jetzt gefälligst nicht, wenn ich dich beim Wort nehme. Daß ein Mann mich einmal um meine Meinung zu etwas bittet, ist so unerhört neu, daß du dich nicht wundern darfst, wenn ich mich dazu hinreißen lasse, auch ein paar unbequeme Wahrheiten auszusprechen! Kein Mann hat je mit mir ein anspruchsvolles Gespräch führen wollen – du und Willy, ihr habt mich jedenfalls behandelt, als könne ich unmöglich etwas Interessantes zu sagen haben, aber wahrscheinlich habt ihr euch da nur ein Beispiel an Vater genommen, der mich immer zu Hause bei Tabitha ließ, wenn er seine geliebten Jungens zu Spaziergängen mitnahm –»

«Er hat dich nur nicht mitgenommen, weil du mit uns nicht hättest Schritt halten können! Du warst zu klein!»

«Aha, hat er das als Ausrede gebraucht?»

«Du liebe Güte, Em, was bist du empfindlich!»

«Nun, warum sollte ich Vaters Fehler bemänteln, wie ihr das immer tut, du und Willy? Er hat Mutters Gesundheit ruiniert, er hat sein Geschäft ruiniert, und er hat seine Familie ruiniert!»

Ich erhob mich und schritt auf die Tür zu.

«Du willst schon gehen? Das war aber ein kurzer Besuch. Ich höre auch auf, schlau zu reden, wenn du willst, und erzähle statt dessen von den Schlangen vor den Bäckerläden und von dem Elektrolux, auf den ich spare.»

Ich kam bis zur Tür, aber dort blieb ich stehen. Es war mir irgendwie gelungen, meine Gefühle unter Kontrolle zu bringen, und schließlich ging ich unbeholfen zum Tisch zurück. «Em...» In unserer Familie liebte man keine theatralischen Gesten, aber ich zwang mich dazu, ihre beiden Hände zu umfassen. «Es tut mir so leid! Wirklich! Ich weiß, du hattest es nicht leicht.»

«Es könnte schlimmer sein. Ich könnte jetzt auch in verschämter Armut als alte Jungfer in St. Leonards-on-Sea wohnen.»

«Bitte, glaub nicht, es wäre mir gleich, daß du unglücklich bist –»

«Unglücklich? Wer sagt denn, daß ich unglücklich bin? Ich habe endlich ein eigenes Haus und meine Ruhe und ein wenig Würde und Selbstachtung. Wenn man jahrelang nichts gehabt hat, ist man schon mit wenigem glücklich – ich habe sogar fast das Gefühl, ich bin viel glücklicher als du – du mit deiner Frau, von der du nichts erzählst, und mit deiner Krise, über die du nicht reden willst! Du brauchst mich also nicht zu bemitleiden oder gönnerhaft zu behandeln. Kümmere du dich um dein Leben, und ich kümmere mich um meines.»

Nach dieser Rede blieb nicht mehr viel zu sagen. An der Haustür bedankte ich mich für den Tee, murmelte meinen üblichen Segensspruch und begann zutiefst verwirrt das nächste Stadium meiner Reise durch das Ödland.

3

Ich hätte meinen Besuch bei Willy vielleicht aufgeschoben, doch nach dem Gespräch mit Emily drängte es mich, zu erfahren, ob auch er insgeheim die Vergangenheit in einem so erstaunlichen Licht sah. Ich mußte daran danken, daß die Vergangenheit zwischen uns nie eingehend zur Sprache gekommen war, weil ich nicht darüber hatte reden wollen. Außerdem hatten Willy und ich in stillschweigender Übereinkunft niemals, auch nicht in den Jahren unserer engsten Vertrautheit über die Umstände gesprochen, die den Tod meines Vaters umgaben. Zuerst waren wir von unserem Verlust wie betäubt gewesen. Später dann, als wir merkten, daß wir nicht ohne ein Zucken um den Mund von ihm sprechen konnten, hatten uns die anderen Jungen auf unserer Internatsschule in Yorkshire für Weichlinge gehalten und uns gehänselt. Diese Erfahrung lehrte uns, daß Tränen um des Überlebens willen unterdrückt werden mußten, und folglich war unser Vater zum verbotenen Gesprächsthema geworden.

Beim U-Bahnhof klemmte ich mich wieder in eine Telefonzelle und rief Willy in seiner Schule vierzig Meilen südlich von London an, doch es ging niemand an den Apparat. Wahrscheinlich unterrichtete er gerade, und einen Augenblick lang stellte ich ihn mir vor, wie er, sehr gerade aufgerichtet mit seinen Einsachtundfünfzig, an der Tafel stand und seine Schüler anfunkelte. Willy behauptete immer, trotz seiner geringen Körpergröße habe er nie Mühe, in der Klasse für Ordnung zu sorgen.

Ich nahm die U-Bahn zurück nach Clapham und erwischte dort einen Personenzug nach Leatherhead, wo ich in einen Zug nach Horsham stieg, und als wir durch das Moletal zwischen Leatherhead und Dorking fuhren, sah ich zum Herrenhaus der Starmouths hinauf, das entrückt dort oben auf seinem bewaldeten Hang stand, Symbol eines anderen Lebens in einer anderen Welt zu einer anderen, längst vergangenen Zeit. Ich dachte an Aidan, der von dem unausgeglichenen Neville Nummer drei gesprochen hatte, und da fiel mir wieder ein, daß ich die Ereignisse sorgsam auf eine vielleicht in ihnen enthaltene Botschaft hin zu prüfen hatte. Ich gab es bald auf, in dem Gespräch mit Emily nach einem verborgenen Sinn zu suchen; ich konnte es im Augenblick nur als bizarres Rätsel betrachten, das sich jeder Interpretation entzog. Aber ich dachte noch einmal über meine Begegnung mit Charles Ashworth nach.

Wie es schien, sollte ich mich nicht nur des Vorfalls mit Lyle erinnern, sondern diesen auch neu prüfen; obwohl ich am Morgen in der Kapelle davor zurückgeschreckt war, wußte ich, daß sich diese Katastrophe nicht so einfach aus meinem Gedächtnis verbannen ließ. Andererseits war es gewiß nicht sinnvoll, sich masochistisch in schuldbeladenen Erinnerungen zu suhlen – oder? Ich bedauerte den Vorfall zutiefst. Ich hatte mir geschworen, es nie mehr zu so etwas kommen zu lassen. Welchen Sinn konnte eine neuerliche Prüfung haben? Welche Wahrheit sollte ich daraus entnehmen, wenn ich jetzt «dem Schmerz ins Auge sah» und daran dachte, daß ich vor einem Jahr beinahe Ehebruch begangen hatte? Mir fiel nichts ein, was eine neue Prüfung erforderlich machte... aber es war merkwürdig, daß dieses unbedeutende Wörtchen «beinahe» jetzt einen so unverkennbar düsteren Klang hatte. Vor einem Jahr hatte ich beinahe Ehebruch begangen... im Geist hörte ich mich das zu Aidan sagen, und beängstigend mühelos konnte ich mir seine Erwiderung darauf vorstellen: «Beinahe? Nein, das stimmt nicht ganz, Neville, nicht wahr...»

Ich erschauerte. Dann sagte ich mir, daß jetzt kaum der Augenblick war, sich daran zu erinnern, daß die juristische und die ethische Definition des Ehebruchs etwas auseinanderklafften. Ich mußte überleben, durfte mich nicht durch unerträgliche Gedanken um den Verstand bringen. Es war genug, daß die Ereignisse selbst mich derart peinigten – weshalb sollte ich mich immer wieder aufs neue quälen, indem ich mir sagte, ich verdiente, des Priesteramts entkleidet zu werden? Ich zwang mich, an etwas anderes zu denken. Panikartig schossen meine Gedanken zu Ashworth zurück, zu Ashworth, dem Kriegsgefangenen, und als ich mir die Erlebnisse vorzustellen versuchte, die ihn so sichtbar verändert hatten, fielen mir plötzlich jene anderen Kriegsgefangenen ein, meine Deutschen in Starbury Plain. Sie wurden anständig behandelt; sie machten nicht durch, was Ashworth zweifellos durchgemacht hatte, und doch wußte ich sehr wohl, daß auch im Lager viel gelitten wurde.

«Eingesperrt zu sein auf unbestimmte Zeit», hatte Hoffenberg gesagt, der Mann, mit dem ich mich am besten verstand, als ich ihm 1944 bei meinem qualvollen ersten Besuch im Lager begegnet war, «von seinen Lieben abgeschnitten, von den Wärtern gehaßt und verachtet – wie kann man weiter an Gott glauben in einer Welt, in der Gott abwesend ist?» Ich war so verlegen gewesen, hatte mich meiner begrenzten seelsorgerischen Gaben so sehr geschämt, weil ich nicht gewußt hatte, was ich ihm antworten sollte. Mein liberaler Optimismus hatte keine Worte angesichts solcher Verlassenheit; jede oberflächliche Botschaft von der Hoffnung wäre auf zu steinigen Boden gefallen. Ich zermarterte mein Hirn nach einer Erwiderung und sagte schließlich zögernd: «Dies ist Ihr Karfreitag.» Ich mußte um jedes Wort kämpfen. Ich, der Balliol-Student und perfekte Archidiakon, war mir nie törichter und hilfloser vorgekommen als in diesem Augenblick. «Aber unten an Ihrem Kreuz«, vermochte ich, noch immer mit großer Mühe sprechend, hinzuzufügen, «steht ein Engländer, der den Schmerz aller unschuldigen im Krieg gefangenen Deutschen teilt.» Und ich erzählte ihm von Bischof Bell.

«Er muß ein guter Mensch sein», sagte Hoffenberg ein wenig traurig, «aber er wird nicht hierherkommen, und deshalb hat er für mich keine Bedeutung.»

Und da geschah das Wunder. Ich brauchte nicht mehr um Worte zu ringen. Die richtige Antwort kam mir wie von selbst auf die Zunge. «Bell selbst kommt vielleicht nicht hierher», sagte ich, «aber *ich* bin gekommen, um Ihnen von ihm zu erzählen.»

Sogleich sagte Hoffenberg: «Werden Sie wiederkommen?», und als ich diesen schwachen Hoffnungsschimmer sah, der auf seine Verzweiflung schien, wußte ich, daß es darauf nur eine einzige Antwort gab.

Der qualvollste Augenblick dieses langen Karfreitags kam, als er erfuhr, daß seine Familie bei dem Luftangriff auf Dresden im Februar 1945 ums Leben gekommen war. Ich hatte ihm keine eigenen Worte anzubieten, die üblichen Formeln des Mitgefühls hätten wie Hohn geklungen, doch ich fuhr ins Lager, und als Hoffenberg sagte: «Sie sind gekommen, um sich stumm unten ans Kreuz zu stellen, nicht wahr?», reichte ich ihm einen Artikel, den ich 1939 aus der *Fortnightly Review* ausgeschnitten hatte.

«Die Kirche müßte sodann in Friedens- wie in Kriegszeiten erklären, daß es gewisse Grundprinzipien gibt, die sowohl der internationalen gesellschaftlichen Ordnung wie auch dem Verhalten des einzelnen als Norm dienen sollten», hatte Bell geschrieben. «Sie darf notfalls nicht zögern, die Durchführung von Vergeltungsmaßnahmen oder die Bombenangriffe auf eine Zivilbevölkerung durch die militärischen Streitkräfte des eigenen Landes zu verurteilen. Sie sollte sich gegen die Lügen- und Haßpropaganda wenden. Sie sollte bereit sein, zu einer Wiederaufnahme freundschaftlicher Beziehungen zu dem feindlichen Land zu ermutigen. Sie sollte sich gegen jeden Vernichtungs- oder Eroberungskrieg und gegen jede Maßnahme aussprechen, die direkt auf die Zerstörung der Moral einer Bevölkerung abzielt.»

Hoffenberg las den Text. Dann sagte er: »Erzählen Sie mir mehr von ihm, viel mehr«, und ich sprach von der Freundschaft, die Bell mit Dietrich Bonhoeffer verband, dem jungen Theologen der Bekennenden Kirche Deutschlands. Bonhoeffer hatte gegen Hitler gearbeitet und war verhaftet worden. »Ein Gefangener, genau wie ich!» sagte Hoffenberg. «Wenn der Krieg erst zu Ende ist, gehe ich nach Hause und besuche ihn.» Leider sollte ihm dieser schlichte Wunsch nicht erfüllt werden: Kurz vor Kriegsende wurde Bonhoeffer von den Nazis gehenkt. Seine letzte Botschaft galt George Bell.

«Er sagte zweimal sehr deutlich zu dem mit ihm inhaftierten englischen Offizier: ‹Sagen Sie dem Bischof, dies ist für mich das Ende, aber auch der Anfang. Mit ihm glaube ich an unsere universale christliche Bruderschaft, die sich über alle nationalen Interessen erhebt, und glaube daran, daß uns der Sieg gehört.›»

«Dann hat er gewonnen!» rief Hoffenberg aus. «Er hat verloren und doch gewonnen – Hitler hat ihn nie besiegt!» Dann setzte er verwirrt hinzu: «Nein, das ergibt keinen Sinn. Mein Englisch läßt mich im Stich – und mein Deutsch auch.»

Ich hatte damals im Jahr 1945 wenig über Aidans «Bereich des Paradoxen» nachgedacht, aber ich merkte, daß Hoffenberg eine tiefgründige Wahrheit auszudrücken versuchte. «Vielleicht spüren Sie», sagte ich, «daß Bonhoeffers Freundschaft mit Bell, die das Schafott überdauerte, die Einheit aller Menschen in Christus und die Unzerstörbarkeit des Heiligen Geistes selbst in einer vom Krieg verheerten Welt symbolisiert.»

Hoffenberg dachte lange nach, dann sagte er: «Wenn Gott bei Bonhoeffer auf dem Schafott sein kann, dann ist er auch in den Ruinen von Dresden.» Wiederum mußte er innehalten und nach dem richtigen englischen Wort suchen, aber schließlich erklärte er: «Er ist ein *gekreuzigter* Gott, der unseren Karfreitag teilt.»

Abermals geschah das Wunder, und die Erwiderung kam mir voll ausgeformt auf die Zunge. «Ja», sagte ich, «aber vergessen Sie nie, daß Christen, wenn sie auf den Karfreitag blicken, dies aus der Rückschau vom Ostertag her tun.»

An diese Bemerkung dachte ich, als der Zug in Horsham einfuhr, und unwillkürlich fragte ich mich, wie mein eigener Karfreitag aussehen würde, wenn ich ihn endlich aus der Perspektive meines neuen Lebens betrachten konnte. Vorläufig war der Ostertag noch unvorstellbar – aber vielleicht war er immer unvorstellbar für den Menschen am Kreuz, der den Karfreitag erduldete.

Ich riß mich aus der noch nicht faßbaren Zukunft zurück in die beklemmende Gegenwart und begann mich auf das bevorstehende Gespräch mit Willy vorzubereiten.

4

Willys Schule war ein ehemaliges Herrenhaus, zwei Meilen südlich von Horsham in der friedlichen Landschaft von Sussex gelegen, und als das Taxi die Auffahrt zum Eingangsportal hinaufknatterte, sah ich am Horizont in bläulichem Dunst die Hügel der South Downs aufschimmern. Ich hatte Willy lange nicht mehr besucht, und er war lange nicht mehr bei mir in Starbridge gewesen. Als Grace noch lebte, war er jedes Jahr an Weihnachten zu uns gekommen, aber diese Tradition war jetzt abgebrochen. Ich wußte, daß Willy Dido nicht mochte und nicht verstehen konnte, warum ich sie geheiratet hatte.

Ich hielt es nicht für nötig, mich an der Pforte förmlich anzumelden, und so ging ich, als das Taxi davonfuhr, um die dunklen viktorianischen Mauern herum zu Willys «Haus» – keinem Haus im üblichen Sinn, sondern einem Seitentrakt, den fünfzig der zweihundert Jungen, die die Schule besuchten, als ihr Zuhause betrachten konnten, wenn die Unterrichts- und Spielstunden vorüber waren. Willy bewohnte ein paar düstere herrschaftliche Räume im Erdgeschoß. Alle Wände, auch die der Toilette, waren mit Büchern bedeckt. Auf jedem Kaminsims standen Fotos, teils von früheren Schülern, teils von meinen vier Söhnen; Willy interessierte sich sehr für seine Neffen und korrespondierte regelmäßig mit Christian. Ein Foto, das unseren Vater zeigte, stand ebenfalls immer da. Willy hatte es auf seinem Tisch stehen, und der silberne Rahmen war stets blank poliert.

Ich klopfte an die Tür zu seinem Arbeitszimmer und rief: «Willy?» Als niemand antwortete, ging ich hinein, stellte meine Tasche ab und ließ mich auf den Drehstuhl hinter dem Schreibtisch sinken. Da fiel mir ein, daß Willy immer hervorragenden Sherry hatte. Ich dachte an Aidan und seinen Rat, keinen Alkohol zu trinken, aber ich kämpfte noch immer mit der sehr starken Versuchung, mich über diesen Rat hinwegzusetzen, als irgendwo eine Glocke das Ende des Vormittagsunterrichts verkündete. Eine Minute später kam Willy herein.

«Du liebe Güte!» rief er aus. «Was machst du denn auf meinem Stuhl? Und warum machst du ein Gesicht wie Brutus vor Philippi? Ist jemand gestorben?»

«Ja.»

«Dido?»

«Nein – das Baby.»

«Oh.» Willy öffnete die Tür des Sideboards, und mein Blick fiel auf nicht nur eine, sondern auf drei Karaffen und eine volle Whiskyflasche dazu. «Trink erst mal etwas.»

«Nein, danke. Ich bin vorübergehend Abstinenzler.»

«Wie gräßlich! Du scheinst ja reichlich angeschlagen, wenn ich auch nicht ganz begreife, warum. Natürlich ist das ein großer Jammer mit dem Kind, das ist ganz klar. Aber es hat doch nicht lange genug gelebt, als daß du eine Beziehung zu ihm hättest entwickeln können, nicht wahr, und bestimmt bringt Dido bald ein neues zur Welt, dann ist alles wieder in Ordnung.»

«Ich habe eine sehr enge Beziehung zu ihm entwickelt. Und da es ein einmaliges Wesen war, wird es unersetzlich sein, ganz gleich, wie viele Kinder Dido noch bekommt.»

«O Gott, da habe ich wohl etwas Falsches gesagt. Komm, überleg's dir noch einmal und trink einen Schluck von diesem ganz erstklassigen Rotwein! Ich biete ihn gewöhnlich nur dem Headmaster an –»

«Ich habe ihn Arthur genannt – es war ein Junge –, weil ich an Vater denken mußte, als ich ihn ansah. Das war bei den anderen nie so.»

«Du meinst, er hat wie Vater ausgesehen?»

«Neugeborene Babys sehen nie wie irgendwer aus.»

«Das dachte ich auch. Emily hat auch nichts und niemandem ähnlich gesehen.»

«Ich komme gerade von Emily – habe bei ihr Tee getrunken.»

«Mein Gott, wenn diese Frau stirbt, dann findet man garantiert das Wort TEE auf ihrem Herzen eingraviert! Aber warum rast du auf einmal zwischen Balham und Horsham hin und her und besuchst deine vernachlässigten Geschwister?»

«Das klingt, als wärst du beleidigt, weil ich so lange nichts von mir habe hören lassen, genau wie Emily! Willy, ich habe ein ganz schreckliches Jahr hinter mir, und ich hatte einfach nicht die Zeit, um –»

«Oh, hör auf damit! Ich laufe doch nicht herum und schmolle, nur weil du in der letzten Zeit nicht dazu gekommen bist, mir deine Aufwartung zu machen! Jetzt setz dich, trink dieses Glas Rotwein und erzähl mir, was los ist – nein, Augenblick! Ich muß noch auf einen Sprung in den Speisesaal. Sie warten darauf, daß ich das Tischgebet spreche.»

Er ging unvermittelt hinaus und kam fünf Minuten später mit einem Tablett mit zwei Tellern Cottage Pie wieder zurück.

«Ich habe keinen Hunger, Willy.»

«Den solltest du aber haben, vor allem wenn du bei Emily Tee getrunken hast. Komm, ich schenke dir noch ein Glas Wein ein.»

«Nein, ich trinke nichts mehr.»

«Langsam mache ich mir ernstlich Sorgen um dich! Wenn du nur noch ein Glas von meinem besten Rotwein trinken kannst –»

«Willy, ich muß mit dir über Vater, Mutter und Onkel Willoughby sprechen.»

«Da haben wir's. Du bist übergeschnappt. Aber keine Sorge, Neville – das ist in der Kirche von England nicht zwangsläufig ein Handikap –»

«Will, bitte – es ist sehr wichtig. Hör zu: Wenn diese drei Personen Figuren in einem Theaterstück wären, welche Rollen würdest du ihnen dann zuweisen?»

«Darf ich fragen, was du mit dieser bizarren und unleugbar sinnlosen Frage bezweckst?»

«Nein. Beantworte sie einfach.»

«Na schön – ich sehe Vater als Hamlet, Onkel Willoughby als Falstaff und Mutter als – was sonst? – Lady Macbeth.»

«*Onkel Willoughby als Falstaff?*»

«Natürlich. Wenn ich jetzt so auf diese schlimmen Jahre zurückblikke, dann sehe ich ganz deutlich, daß er nur ein armseliger Possenreißer mit einer geistreichen Ader war. Dieses vulgäre Aufsteigertum! Und all dieses lächerliche Gerede von den Siegespreisen! Wie du darauf hereinfallen konntest, werde ich nie begreifen, aber du hast dich ja mit Leib und Seele in die Rolle des Prinzen Heinrich gestürzt –»

«Du brauchst jetzt nicht zu spotten, nur weil du damals nicht mit mir wetteifern wolltest!»

«Natürlich wollte ich das nicht – ich merkte ja, was für ein Blödsinn das alles war! Jeder Schullehrer kann dir sagen, daß die Preisvergabe der langweiligste Tag im Jahr ist. Das Leben dreht sich nicht um den Tag, an dem man einen Preis bekommt, sondern um all die anderen Tage dazwischen!»

«Schön, streiten wir nicht darüber. Mir ist noch immer nicht klar, wie du Onkel Willoughby als Falstaff sehen kannst, wo du immer mit mir der Meinung warst, er sei ein Bösewicht, aber –»

«Da bin ich noch immer einer Meinung mit dir. Falstaff war ein alter Schurke, aber andererseits gehört er nicht in die gleiche Schurkenkategorie wie Jago oder –»

«Jago ... da muß ich natürlich an Desdemona und Othello denken – sag mal, hast du im Rückblick den Eindruck, daß Mutter, Vater und Onkel Willoughby irgendwie ein eigenartiges Dreieck bildeten?»

Willy blickte ein wenig skeptisch. «Das glaube ich eigentlich nicht. Ist Inzest nicht eine recht gewagte Theorie für einen Geistlichen?»

«Um Gottes willen, ich spreche nicht von Inzest! Ich spreche von ... nun, ich weiß nicht genau, wovon ich spreche, aber wie hat Mutter für Frieden gesorgt zwischen diesen beiden Männern, die doch so verschieden gewesen sein müssen?»

«Das ist leicht beantwortet. Sie hatte Vater unter der Fuchtel und Onkel Willoughby in der Tasche. Sie war Lady Macbeth vor der Schlafwandlerphase.»

«Lassen wir Lady Macbeth erst einmal beiseite. Wieso siehst du Vater als Hamlet?»

«Wie sonst soll man einen vom Schicksal verdammten romantischen Intellektuellen beschreiben, der an die falsche Frau gerät, sein Geschäft herunterwirtschaftet und im letzten Akt als Leiche endet?»

«Oh, ich verstehe. Ich habe mich schon gefragt, ob du die Theorie vorbringen würdest, daß Vater wie Hamlet mit dem Gedanken an Selbstmord spielte.»

«Das wäre ja lachhaft!»

«Wieso? Wenn Vater wußte, daß er bankrott war –»

«Ich glaube, er hätte den Bankrott begrüßt, weil er dann sein Leben in Yorkshire hätte aufgeben und als Missionar nach Afrika gehen können. Siehst du ihn nicht auch vor dir, wie er den Eingeborenen den Pantheismus predigt? Und Mutter hätte das genossen – man kann den Ton angeben, hat jede Menge Personal und einen ständigen Zustrom schwarzer Kindermädchen –»

«Tut mir leid», sagte ich, «aber davon bin ich nicht überzeugt. Willy, ich habe mich nie überwinden können, mit dir darüber zu sprechen – ich habe überhaupt noch nie mit jemandem darüber sprechen können, aber ich habe jahrelang geglaubt –»

«– daß Mutter ihn umgebracht hat? Merkwürdig, daß du das sagst. Ich hätte mich auch nicht überwinden können, davon zu reden, solange wir noch klein waren, und als ich groß war, sah ich natürlich, daß der Gedanke zu absurd war, als daß man ihn überhaupt hätte erwähnen können. Ich dachte, sie hätte ihn getötet, weil sie nicht mehr schwanger werden wollte! Ich gebe zu, Mord ist eine recht extreme Form der Empfängnisverhütung, aber als ich ein Kind war und nicht wußte, daß es andere Mittel gibt –»

«Willy, ich glaube, Vater hat Selbstmord begangen.»

«Nun ja, Kinder flüchten sich oft in Phantasievorstellungen, wenn sie seelisch überfordert sind, aber ... Augenblick – sagtest du, ‹ich glaube›? Hast du die Gegenwart gebraucht? Willst du mir allen Ernstes erzählen –»

«Ja.»

«Aber mein lieber Neville, welchen Grund könnte es denn für eine solche Annahme geben?»

«Nach Vaters Tod hörte ich, wie Mutter Onkel Willoughby zuflüsterte: ‹Keiner darf erfahren, daß er Laudanum genommen hat.›»

Willy fielen fast die Augen aus dem Kopf.

«Erinnerst du dich nicht mehr, wie Tabitha uns vor Mutters Schlafmittel gewarnt hat?» sagte ich. «Erinnerst du dich nicht mehr, wie sie sagte, wir dürften nicht zum Spaß davon nehmen, denn wenn wir zuviel nähmen, würden wir nicht mehr aufwachen?»

Willy starrte mich weiter ungläubig an.

«Nun ja», fuhr ich fort, «als ich Mutter nach Vaters Tod entsetzt sagen hörte, ‹Keiner darf erfahren, daß er Laudanum genommen hat›, da war mir klar, daß das nur das eine bedeuten konnte – den . . .»

Willy fand endlich die Sprache wieder. «Unsinn!» sagte er zornig. «Vater hätte uns nie absichtlich so unserem Schicksal überlassen – aber das ist wieder einmal typisch für deine melodramatische viktorianische Ader, daß du zu so einer grotesken Schlußfolgerung kommst!»

«Wie würdest *du* denn Mutters Entsetzen erklären?»

«Na, mit dem ganz normalen gesunden Menschenverstand. Die Erklärung liegt doch auf der Hand: Nicht jeder in Maltby sollte erfahren, daß Vater nicht nur trank, sondern auch Drogen nahm.»

«Aber er nahm doch gar keine Drogen!»

«Nein. Aber jeder hätte das doch geglaubt, wenn herausgekommen wäre, daß er nach Einnahme von Laudanum gestorben war, das der Arzt ihm nicht verschrieben hatte.»

«Aber warum hat er dann überhaupt Laudanum genommen?»

«Oh, ich nehme an, er ist ab und zu an Mutters Vorrat gegangen, wenn er mal gut schlafen wollte. Warum nicht? Ich kann dir versichern, wenn ich mit Mutter verheiratet gewesen wäre, ich hätte zu jeder Flasche und jeder Droge in Reichweite gegriffen!»

«Aber Willy –»

«Daß du mit dieser idiotischen Theorie flirtest, kann ich ja vielleicht noch begreifen – die Geschichte der Philosophie wimmelt von klugen Leuten, die idiotischen Theorien nachhingen –, aber weshalb trägst du sie mir ausgerechnet heute vor? Was hat das alles mit dem armen kleinen Arthur zu tun?»

«Ich kann es nicht richtig erklären, aber ich mache zur Zeit eine

Krise durch, und ich habe jetzt einen Punkt erreicht, an dem ich die Gegenwart erst ganz erfassen kann, wenn ich mit der Vergangenheit ins reine gekommen bin.»

Es trat eine Pause ein, in der wir beide es aufgaben, so zu tun, als äßen wir unseren Cottage Pie, und Willy einen großen Schluck Rotwein trank. Schließlich sagte er: «Daß du in einer Krise steckst, tut mir sehr, sehr leid – aber so ganz überraschend, das muß ich gestehen, kommt das für mich nicht. Du willst offenbar nichts Näheres darüber sagen, und ich habe wirklich nicht vor, zu bohren, aber ich kann mir nicht helfen, ich finde, du redest wie ein konfuser Romantiker, der glaubt, die Vergangenheit sei voller dunkler Geheimnisse der aufregendsten Art. Aber das ist sie nicht. Die Vergangenheit hat nichts Geheimnisvolles, sie ist völlig prosaisch – und das ist die reine und einfache Wahrheit.»

«Ah!» sagte ich. «Aber wie Oscar Wilde in ‹Bunbury› schrieb –»

«Der gute Oscar wollte nur die Leute amüsieren. Ich sage dir, die Vergangenheit hat nichts Geheimnisvolles, Neville, wirklich nicht.»

«Wärst du dann so freundlich, mir zu erklären, was damals eigentlich vorging?»

«Warum nicht?» sagte Willy und griff nach der Karaffe, und diesmal konnte ich nicht widerstehen und hielt mein Glas zum Einschenken hin.

5

«Die reine und einfache Wahrheit», sagte Willy, «ist die, daß Vater an einem Leberversagen starb, genau wie der Leichenbeschauer sagte. Natürlich hat uns dieser alte Schurke von Onkel Willoughby etwas von einer Zirrhose erzählt und Vater als einen Trinker hinstellen wollen, aber das war pure Bosheit. Die wahrscheinlichste Erklärung der Tragödie ist die, daß Vater an einer Leberschwäche litt, die durch Trinken – und zwar nicht maßloses, sondern ganz normales Trinken – noch verschlimmert wurde.»

«Ich kann mich aber erinnern, daß er nicht gerade wenig trank –»

«Ja, ich auch, aber hast du ihn je sinnlos betrunken erlebt? Ich jedenfalls nicht, und ich weigere mich einfach, ihn einen Alkoholiker zu nennen, auch wenn er in dieser gräßlichen Ehe gefangen war, die den überzeugtesten Abstinenzler zur Flasche getrieben hätte –»

«Du bezeichnest diese Ehe wirklich als gräßlich?»

«Aber natürlich war sie gräßlich! Ich hätte gedacht, das wäre im Rückblick gar nicht zu übersehen. Stell dir doch vor, wie das für eine sensible, heitere Natur wie Vater gewesen sein muß, an eine Frau gefesselt zu sein, die den ganzen Tag auf der Chaiselongue lag und ein schleichendes Gift verströmte?»

«Emily ist da ganz anderer Ansicht. Sie sieht Mutter als die tragische Königin, die von den Männern gequält wurde.»

«Was für ein ausgemachter Schwachsinn! Die Wahrheit ist doch ganz einfach, daß Mutter schlicht und ergreifend schrecklich war. Das sind viele Mütter, nichts Ungewöhnliches – du solltest einige von den Drachen erleben, mit denen es meine Jungen aushalten müssen! Nur Romantiker wie du glauben, daß alle Frauen instinktiv von Mutterliebe überquellen – und wie du diese Illusion nach so vielen Jahren mütterlicher Vernachlässigung im Kinderzimmer bewahren konntest, ist mir ein Rätsel!»

«Mit kleinen Kindern konnte Mutter nichts anfangen, das gebe ich zu, aber später war sie durchaus bereit, von Mutterliebe überzuquellen.»

«Gott allein weiß, wovon sie übergequollen ist», sagte Willy, «aber Mutterliebe war es nach meiner Meinung ganz gewißlich nicht. Von mir wollte sie nichts wissen, Emily hat sie das Leben zur Hölle gemacht, und mit dir hatte sie diesen merkwürdigen Flirt, der in Tränen endete –»

«Aber Willy, wenn Mutter tatsächlich so schrecklich war, warum hat Vater sie dann geheiratet?»

«Mein lieber Neville, brave Männer heiraten gewöhnlich schreckliche Frauen; das ist eines der großen Mysterien des Lebens. Natürlich bin ich mir bewußt, daß du mich in diesen Dingen für einen Ignoranten hältst, weil sich meine sexuelle Erfahrung aufs Onanieren beschränkt seit jener schauerlichen Begegnung, zu der du mich damals in Oxford angestachelt hast –»

«Ich habe dich zu gar nichts angestachelt!»

«O doch, das hast du! Du hast dich damit gebrüstet, du hättest deine Unschuld bei einer Woolworth-Verkäuferin verloren, und da hatte ich natürlich das Gefühl, ich sollte meine auch verlieren – nur daß ich es dann nicht konnte –»

«Nun, das kannst du doch nicht mir zum Vorwurf machen!»

«Gott allein weiß, wem ich einen Vorwurf mache! Manchmal wünsche ich, ich wäre als Schwuler geboren, dann wüßte ich wenigstens, wo ich hingehöre – ins Abseits zu allen anderen, die die Gesellschaft ausgestoßen hat – o Gott, was ist der Sex nur für eine blöde Einrichtung! Wie wir das alles aushalten, wird mir ewig ein Rätsel bleiben. Jedenfalls – ich sagte gerade, mir ist klar, daß du glaubst, ich verstünde nichts von Frauen, aber ich bin weder vollkommen blind noch vollkommen dumm und kann sehr wohl Frauen wie Mütter erkennen, die sozusagen von Berufs wegen Männern die Hölle heiß machen.»

«Onkel Willoughby hat sie nie die Hölle heiß gemacht.»

«Ja, weil sie genau wußte, daß sie dann etwas erlebt hätte. Mein Gott, was war dieser Mann für ein Gangster! Aber mir wird jetzt langsam klar, warum du für diesen Falstaff den Prinzen Heinrich gespielt hast. Du warst so zornig auf Vater, weil er uns – wie du glaubtest – im Stich gelassen hatte, daß du aus Rache Onkel Willoughby adoptiert hast – und deshalb bist du den Trophäen auch noch nachgejagt, als du erwachsen und alt genug warst, um es besser zu wissen.»

«Willy –»

«Schön, ich weiß, du glaubst, das sage ich nur, weil mir die Trauben zu hoch hängen, aber als ich damals das Drüsenfieber hatte und dieses ganze Jahr versäumte, da hatte ich die Chance – von Gott gesandt, wie ein Geistlicher vielleicht sagen würde –, gründlich über das Leben nachzudenken. Zuerst war ich entsetzt, weil ich in der Schule zurückblieb und nicht mehr ‹vorankam›, wie Onkel Willoughby es ausgedrückt hätte. Und natürlich ärgerte mich der Gedanke, daß du, mein jüngerer Bruder, mich nun überholen würdest – ich war außer mir vor Eifersucht und Verzweiflung, weil ich mir vorstellte, du würdest jetzt alle Preise des Lebens erringen, wie Onkel Willoughby sie nannte, während ich als Kranker leer ausging. Aber nach ein paar Monaten merkte ich, daß ich all meinen Befürchtungen zum Trotz glücklich war. Auf irgendeine mysteriöse Weise hatte ich unsere ständige Rivalität hinter mir gelassen und mich freigemacht von dieser schrecklichen Jagd nach den Siegespreisen. Mir wurde klar, daß ich in Wirklichkeit nichts weiter haben wollte als ein Zimmer mit vielen Büchern, eine mir zusagende Arbeit in angenehmen Räumen und ab und zu ein anspruchsvolles Gespräch mit gebildeten Leuten. Ich wollte gar nicht Jura studieren! Ich wollte gar nicht Premierminister werden! Und ganz bestimmt wollte ich Onkel Willoughby nicht die Freude machen, sein Leben stellvertretend in großartigerem Stil noch einmal zu leben, weil mein Leben schließlich nicht Onkel Willoughby gehörte, sondern mir.»

«Das verstehe ich alles, Willy – du darfst nicht vergessen, daß ich mich selbst von Onkel Willoughby losgesagt habe! –, und natürlich habe ich deinen Entschluß, Lehrer zu werden, immer voll und ganz akzeptiert –»

«Nein, das hast du nicht! Insgeheim hast du mich als einen Versager abgeschrieben, genau wie *er* – als einen ewigen Außenseiter, der am wirklichen Leben nie teilhaben kann. Der arme Willy, denkst du dir, in dieser öden Schule, ohne den Ehrgeiz, Headmaster zu werden, ohne Frau, ohne Kinder, ohne Trophäen, ohne alles. Aber sieh es doch einmal anders! Ich habe mein Zimmer mit Büchern. Ich habe meine mir zusagende Arbeit in schöner Umgebung. Ich habe sogar ab und zu meine anspruchsvollen Gespräche mit gebildeten Leuten. Ich bin zufrieden, ich lebe in Frieden mit mir selbst – und das ist der wahre Preis, Neville, der Preis, den du nie erringen wirst, weil du dir bei jedem Sieg nur wieder einbildest, irgendwo winke ein noch schönerer Preis. Du bist in einer Krise, hast du gesagt? Dann vergiß diesen alten Schurken, hör auf, die Nummer abzuziehen, die nur für ihn bestimmt war, und sei endlich du selbst!»

Ich trank mein Glas leer und konnte nur sagen: «Ich ziehe keine Nummer ab. Wenn du glaubst, mein Ruf, Geistlicher zu werden, sei nicht echt –»

«Natürlich ist er echt! Das macht mir ja gerade so zu schaffen – ich sehe einen zutiefst religiösen Menschen vor mir, der sich wie ein machtbesessener Karrieremacher benimmt. Du hast eine Frau aus der besseren Gesellschaft geheiratet, du verkehrst in der Aristokratie, du streichelst diesem netten alten Kater von einem Bischof hingebungsvoll das Fell – und im Geist richtest du wahrscheinlich schon dein zukünftiges Arbeitszimmer im erzbischöflichen Palais von Lambeth ein. Aber all das hat überhaupt nichts mit *dir* zu tun. Der wirkliche Neville ist der kleine Junge mit dem Yorkshire-Akzent, der zu Tabitha sagt, wenn er groß ist, will er Lokomotivführer werden und alle Armen umsonst fahren lassen. Die Armen! Mein Gott! Wann hast du denn das letzte Mal die Slums von Starbridge besucht? Ach so, das hatte ich ganz vergessen! Starbridge besitzt ja gar keine nennenswerten Slums, nicht wahr? Das schöne Bilderbuch-Starbridge, die idyllische Domstadt, umgeben von reichen Landgütern – genau der richtige Ort für einen smarten, ehrgeizigen jungen Archidiakon!»

«Mein lieber Willy, wenn du mal für einen Augenblick Vernunft annehmen könntest, müßtest du wohl zugeben, daß nicht alle Geistlichen zu schwieriger seelsorgerischer Arbeit berufen sind! Meine Begabung liegt eher auf dem Gebiet der Kirchenverwaltung. Ich weiß, das hört sich sehr weltlich an und nicht besonders erhebend, aber –»

«Deine Begabung ist das Erringen von Preisen. Aber das ist kein Ruf von Gott. Das ist ein Ruf von Onkel Willoughby.»

«Oh, um Himmels willen, Willy, hör jetzt auf –»

«Aber meinst du nicht, Vater wäre meiner Ansicht, wenn er noch lebte?»

«Laß mich mit Vater in Ruhe! Wenn Vater nicht gewesen wäre, der uns wissentlich einer Hölle von Entbehrungen überlassen hat, hätte ich nicht diesen Schurken zum Vorbild nehmen müssen, um zu überleben!»

Sofort schlug Willys trotzig-feindselige Stimmung in erschrockene Besorgnis um. «Aber Neville, du wirst doch nicht *ernsthaft* an die Selbstmordtheorie glauben!»

«Er hat sich das Leben genommen. Das hier ist alles seine Schuld. Er war der Bösewicht, und Onkel Willoughby war der Held. Aber das kann ich nicht ertragen, also muß Onkel Willoughby der Bösewicht und Vater der Held sein – was unmöglich ist. Also sieht es so aus, als liebte ich Vater, obwohl ich ihn in Wirklichkeit hasse – und als haßte ich Onkel Willoughby, obwohl ich ihn liebe – und das ist auch unmöglich, zwei vollkommen unvereinbare Wahrheiten, die mich allmählich um den Verstand bringen, eine entsetzliche Dialektik, die ich irgendwie überwinden muß – oh, wenn Vater nur am Leben geblieben wäre! Dann wäre ich nicht in der Hölle, wäre nicht – wäre nicht –»

«Auf welche Weise Vater auch gestorben ist, es war eine Tragödie», sagte Willy hastig, bevor ich ganz auseinanderfallen konnte. «Aber uns bleiben zumindest die schönen Erinnerungen, die sich mit ihm verbinden; wir können ihn in Erinnerung behalten als den Helden, der er für uns war. Wenn er am Leben geblieben wäre, vielleicht hätten wir dann keine so glücklichen Erinnerungen an einen Helden. Vielleicht war Gott gnädig – sogar außergewöhnlich großmütig –, als er uns einige wenige Jahre vollkommener väterlicher Fürsorge schenkte und nicht Jahrzehnte immer deutlicher werdender väterlicher Unvollkommenheit.»

«So also hast du das alles bewältigt.» Meine Stimme klang wieder fest. Ich griff nach der Karaffe und schenkte mir noch ein wenig Wein ein, kaum mehr als einen kleinen Schluck, der mich stärken sollte, während ich mich bemühte, weiter dem Schmerz ins Gesicht zu sehen. Dann fragte ich ganz ruhig: «Warum kann er deiner Ansicht nach keinen Selbstmord begangen haben?»

«Er liebte das Leben. Er liebte die Natur. Er liebte uns. Und er war der typische Optimist des neunzehnten Jahrhunderts – wartete ständig auf etwas unglaublich Wunderbares, das unmittelbar vor der Tür stand.»

«Das ist alles schön und gut, aber wenn du gehört hättest, wie angstvoll Mutters Stimme klang, als sie das mit dem Laudanum flüsterte –»

«Du warst damals in einer labilen Phase, und deine kindliche Einbildungskraft hat dir etwas vorgegaukelt.»

«Ich wünschte, ich könnte dir glauben!»

«Aber du tust es nicht.» Willy seufzte. «Trink noch ein Glas Wein.»

«Nein, ich muß gehen.»

«Was, keinen Kirchenklatsch?» Willy versuchte vergeblich, die Atmosphäre aufzulockern. «Bleib noch ein bißchen! Wir sind nicht mehr über die Kirche hergezogen, seit Churchill schließlich die Geduld verlor, Bell abservierte und Fisher nach Canterbury schickte!»

«An Bell wird man sich erinnern, wenn Fisher längst vergessen ist.» Ich erhob mich und machte mich auf den Weg zur Toilette.

«Was höre ich da? Bist du etwa zu den Anhängern von Bell übergegangen? Ich erinnere mich noch, wie du sagtest, er sei ein gefährlicher Idealist, vor dem sich jeder vernünftige Kirchenmann hüten müsse wie vor der Pest!»

«Smarte junge Archidiakone können es sich wirklich nicht leisten, anders über Dr. Bell zu sprechen», sagte ich. «Smarte junge Archidiakone haben kein Mitgefühl mit Deutschen. Smarte junge Archidiakone billigen die Luftangriffe auf Dresden und unterstützen Churchill und begrüßen die Versetzung Fishers nach Canterbury. Wenn sie etwas anderes täten, wären sie keine smarten jungen Archidiakone, nicht wahr?»

Ich erreichte gerade noch die Geborgenheit der Toilette, ehe mir die Tränen übers Gesicht zu strömen begannen. Abscheulich. Das kam von all diesem Gerede über Vater. Schlimm. Um mich zu beruhigen, versuchte ich an Aidan zu denken, wie er Mitgefühl und Schlauheit zu einem unfehlbaren Cocktail mixte, der kluge, scharfsinnige alte Bursche, der jetzt weit weg war, auf der Heimreise zurück in jenes Land, das ich nie wieder aufsuchen konnte, zurück nach Yorkshire, dem schrecklichen Yorkshire, wo sich vor so langer Zeit die Vorstellung in mein Hirn gebrannt hatte, daß der Vater, den ich liebte, mich im Stich gelassen hatte.

Irgendwie erlangte ich meine Selbstbeherrschung wieder. Nachdem ich die Toilette benutzt hatte, ging ich nach nebenan ins Badezimmer und ließ mir kaltes Wasser übers Gesicht laufen. Ich bemerkte bestürzt, daß meine Lider leicht gerötet waren.

Als ich schließlich die Kraft aufbrachte, ins Arbeitszimmer zurückzukehren, sagte Willy: «Es tut mir leid, daß ich dir so zugesetzt habe, Neville. Wenn du für diesen unerschütterlichen weißen Ritter George Bell eintreten willst, bitte. Das würde mich an den kleinen Jungen erinnern, der die Armen umsonst mit der Eisenbahn fahren lassen wollte.»

«Bell ist mir schnuppe», sagte ich. «Er bedeutet mir nichts. Was kümmert's mich, wenn er sich die Karriere verbaut, indem er sich für die blöden Deutschen einsetzt?»

«Trotzdem hätte ich nicht sagen sollen –»

«Vielleicht mußte es gesagt werden.» Ich eilte zur Tür.

Er holte mich ein, als ich hinaustrat. «Wenn es etwas gibt, was ich tun kann –»

«Du hast es schon getan. Du hast mir gesagt, was du denkst, und darauf kam es mir ja an.» Ich reichte ihm die Hand, und als er sie besorgt schüttelte, sagte ich: «Ich bin froh, daß du glücklich bist, Willy. Ich sehe jetzt, daß du aus deinem Leben etwas gemacht hast. Vater wäre stolz auf dich gewesen.»

Ich sagte nichts mehr, aber es gab auch nichts mehr zu sagen. Ich ließ seine Hand los, ehe meine Gefühle mich noch einmal auf so peinliche Weise übermannen konnten, drehte mich um und schritt rasch den Zufahrtsweg zur Straße hinunter.

XIV

«Es ist immer das gleiche, was der Mensch benötigt und Gott gewährt – eine neue Manifestation des Göttlichen, eine neue Vision des Lebens, wie Gott es will und wir es begehren – eine neue Berührung mit dem Geist, auf daß sich die Laufbahn des Menschen vor einem breiteren Hintergrund abzeichne.»

CHARLES E. RAVEN
in *The Creator Spirit*

I

Ich gelangte per Anhalter zum Bahnhof und erwischte gerade noch einen Schnellzug zurück nach Victoria. In Waterloo (für die kurze Strecke zwischen den beiden Bahnhöfen leistete ich mir noch einmal ein Taxi) hatte ich ähnliches Glück mit dem Zug nach Starbridge – ein Umstand, für den man bei der nachkriegsbedingten chronischen Unberechenbarkeit jeglichen Zugverkehrs gar nicht dankbar genug sein konnte. Ich ließ mich auf das schmutzige Polster fallen (schmutzige Polster gehörten ebenso unumstößlich zum Nachkriegsleben wie unpünktliche Züge), schob mir ein Taschentuch unter den Kopf zum Schutz vor Läusen und versank in einen kurzen erschöpften Tiefschlaf.

Um fünf Uhr traf ich zu Hause ein. Sandy und Primrose kamen mir schon in der Diele entgegengerannt; ich hatte mich gerade aus ihrer Umklammerung befreit, als meine Schwägerin mißbilligenden Blikkes auf der Schwelle zum Wohnzimmer erschien.

«Dido hat sich sehr aufgeregt, weil du heute morgen nicht gekommen bist, Stephen.»

«Ich habe doch im Krankenhaus angerufen und bestellen lassen, daß ich erst heute abend kommen kann.»

«Ja, aber wo bist du gewesen? Dieser erstaunliche Geistliche, dieser Große mit den grauen Augen und dem grauen Haar, der rief gerade eben an und wollte wissen, wo du bist. Ich sagte: ‹Ich dachte, *Sie* kümmern sich um ihn!›, und er sagte, er hätte dich für ein paar Stunden an jemand anderen ausgeliehen und ich solle mir keine Sorgen machen. Stephen, darf man vielleicht erfahren, was hier eigentlich vorgeht?»

«Später.» Ich stürzte ins Arbeitszimmer und rief in der Theologischen Hochschule an.

«Alles in Ordnung mit Ihnen?» fragte Darrow, sobald das Gespräch zu seinem Apparat durchgestellt war.

«Ja. Entschuldigen Sie, daß ich nicht früher angerufen habe. Auf Aidans Rat habe ich meinen Bruder und meine Schwester besucht.»

«Soll ich zu Ihnen kommen?»

«Nein, ich fahre jetzt ins Krankenhaus zu Dido, und sobald ich zurück bin, lege ich mich ins Bett. Ich bin total erschöpft.»

«Gut, aber eines muß ich noch mit Ihnen besprechen, ehe Sie auflegen. Die Beisetzung findet morgen früh um halb zehn auf dem Friedhof statt; Ihr dienstältester Hilfspfarrer wird den Gottesdienst halten. Aber wenn Sie sich der Beerdigung noch nicht gewachsen fühlen –»

«Nein, das geht schon. Vielen Dank.»

«Ich bin mir noch nicht ganz sicher, ob die Beerdigung wirklich schon morgen sein sollte. Ich dachte, Ihre Frau hätte das Baby gesehen, aber wie ich von Ihrer Schwägerin höre –»

«Dido wird dieses Baby keinesfalls sehen wollen.»

«Es wäre aber sehr viel besser für sie. Meine Frau hat sich erboten, sie im Krankenhaus zu besuchen und mit ihr darüber zu sprechen.»

«Das ist sehr lieb von Anne, aber es wäre reine Zeitverschwendung. Lassen wir den Termin so, wie er ist.»

«Na schön, wenn Sie meinen . . . Wie ging es mit Aidan?»

«Wozu fragen Sie?» sagte ich. «Sie sind doch der berühmte Hellseher. Sie haben bestimmt das gesamte Gespräch in Farbe auf Ihrer privaten Leinwand verfolgt.» Ich legte auf, bedauerte meine Aggressivität aber sofort und rief ihn noch einmal an. Darrow würde kaum daran gelegen sein, mir in der von Aidan skizzierten Art zu helfen, wenn ich nicht alle Anstrengungen machte, mich zu benehmen.

«Entschuldigen Sie», sagte ich, als wir wieder verbunden waren. «Ich hatte Sie nicht beleidigen wollen. Noch einmal vielen Dank dafür, daß Sie das mit der Beerdigung in die Wege geleitet haben.»

«Aysgarth, haben Sie heute etwas gegessen?»

Ich versuchte mich zu erinnern. «Etwas Cottage Pie – ja.»

«*Sie müssen essen.* Trinken Sie etwas, ehe Sie ins Krankenhaus fahren, und *trinken Sie Tee*. Habe ich mich deutlich ausgedrückt?»

«Ja, Mister Kindermädchen.» Ich legte auf – wie hatte Aidan nur glauben können, ich könnte mit Darrow auskommen? – und ging in die Küche auf der Suche nach etwas Eßbarem. Meine Haushälterin erbot sich, mir einen Imbiß zuzubereiten – gebackene Bohnen auf Toast mit einem Ei. Ich machte mich auf den Weg zurück ins Arbeitszimmer, um dort auf mein Essen zu warten, überlegte es mir jedoch anders. Ich hatte zu große Angst, ich könnte mich an der Whiskyflasche hinter dem Oxford Dictionary erinnern.

Sandy gesellte sich zu mir, als ich mich im Eßzimmer an den Tisch setzte.

«Daddy, stimmt das, daß vor dem Krieg die Kekse auf beiden Seiten mit heller Schokolade überzogen waren?»

«Mit Milchschokolade – ja.»

«Nun, jetzt wo der Krieg vorbei ist, wie lange wird es da noch dauern, bis es die wieder gibt? Ich will einen Keks mit Schokolade auf beiden Seiten!»

«Ich auch. Ich mag Schokolade auch gern.»

«Hat Mami Schokolade gemocht?» fragte Sandy und zog sich auf meine Knie hinauf, um sich meiner ganzen Aufmerksamkeit zu versichern.

«Sei still, Sandy», sagte Primrose, die gerade hereinkam. «Wir sprechen mit ihm nicht über Mami. Daddy, Tante Merry sagt, das Baby wird morgen beerdigt, aber Sandy und ich müssen doch nicht mitkommen, oder?»

«Vielleicht möchtet ihr ja gern mitkommen.»

Primrose erschauerte. «Nein, danke. Christian sagt, Beerdigungen sind furchtbar und müßten gesetzlich verboten werden.»

Das riß mich aus meiner Erschöpfungsapathie heraus. «Wann hat er das gesagt?»

«Nach Mamis Beerdigung.»

«Du hast gesagt, wir sollen bei ihm nicht von Mami sprechen!» empörte sich Sandy, aber Primrose achtete nicht auf ihn.

«Ich habe zu Christian gesagt: ‹Ich wünschte, ich wäre alt genug gewesen, um zu Mamis Beerdigung mitgehen zu können›, und er hat gesagt: ‹Du hast keine Ahnung. Beerdigungen sind entsetzlich, und ich will nie mehr im Leben zu einer gehen. Sie müßten gesetzlich verboten werden.›»

Die Haushälterin kam mit meinem Imbiß, aber sobald sie wieder gegangen war, sagte ich: «Offenbar war Christian sehr durcheinander, als er das gesagt hat, Primrose, und denkt jetzt vielleicht ganz anders. Beerdigungen sind wichtig. Solch ein feierliches Ritual hilft den Menschen, sich mit dem Tod auseinanderzusetzen, indem es ihnen die Gelegenheit gibt, ihre Trauer und ihren Kummer zu zeigen.»

«Aber Christian wollte gar nicht seinen Kummer zeigen», sagte Primrose, «und Norman und James auch nicht. James sagte, sie fürchteten alle, sie könnten weinen und dich enttäuschen.»

«Ich habe einmal helle Schokolade gegessen», sagte Sandy. «Aus dem Lebensmittelpaket, das Dido aus Amerika bekommen hat.» Ganz nebenbei aß er eine von meinen gebackenen Bohnen. «Dunkle Schokolade ist ganz gut, aber helle schmeckt besser.»

Ich stellte plötzlich fest, daß ich nichts essen konnte. «Ich muß mit den Jungen reden», sagte ich zu Primrose. «Es sieht so aus, als läge da ein kleines Mißverständnis vor.»

«O Daddy, sag ihnen bitte nicht, daß ich das war, die gesagt hat, sie hätten Angst, sie könnten weinen! Christian sagte, das dürftest du nie erfahren, weil du dich so aufregst, wenn irgend etwas nicht ganz vollkommen ist.»

Ein langes Schweigen folgte. Sandy aß noch eine gebackene Bohne. Schließlich schob ich den Teller fort, hob Sandy von meinem Schoß und stand auf. «Mir ist gerade eingefallen, daß ich noch jemanden anrufen muß», sagte ich. «Ich bin gleich wieder da.»

Ich eilte ins Arbeitszimmer. Mein Atem ging rasch, als ich hinter dem Oxford Dictionary nachsah. Die Flasche war noch da, doch wie ich schon wußte, war sie fast leer. Wenn ich den Rest trank, würde ich mir einen Gefallen tun, denn dann war überhaupt kein Whisky mehr im Haus.

Ich trank die Flasche leer. Dann ging ich ins Kinderzimmer zurück, verabschiedete mich von Sandy und Primrose und machte mich, gestärkt durch meinen dreistöckigen Whisky, entschlossen auf den Weg zu meiner nächsten Begegnung mit Dido.

2

Als ich ins Krankenhaus kam, war Dido nicht bei Bewußtsein – man hatte ihr nach einem weiteren hysterischen Anfall ein starkes Beruhigungsmittel gegeben. Offenbar hatte noch einmal jemand sie dazu zu bringen versucht, sich das Baby anzusehen. Daß mir ein weiteres unserer unwirklichen Gespräche erspart worden war, erfüllte mich mit großer Erleichterung, doch gleichzeitig erfaßte mich ebenso große Scham bei dem Gedanken, daß ich Aidans Warnung zuwider in geschwächtem, verzweifeltem Zustand den Alkohol als eine Krücke gebraucht hatte. Ich schrieb Dido ein paar Zeilen, um ihr zu sagen, daß ich sie anbete, und flüchtete in die Domfreiheit zurück.

Ich fühlte mich zu erschöpft, um klar zu denken, aber ich hatte Angst davor, ins Bett zu gehen; der Schlaf würde mich gewiß fliehen, und die unerträglichen Ängste würden mich anfallen. Ich sagte mir, daß ich es vermeiden müsse, mich um die Kinder zu sorgen, solange ich in meiner Krise steckte, aber im Geiste sah ich immer Christian vor mir, wie er sich bemühte, den Vorhang vor seinem Schmerz herunterzuziehen, während er seine Geschwister belehrte, daß es wichtig sei, vollkommen zu erscheinen. Primroses Schilderung hatte mir einen Schlag versetzt. Ich sah nun, daß mit meiner gesamten Familie etwas ganz falsch gelaufen war, doch in meinem Zustand jetzt war dies eine Wahrheit, der ich mich nicht stellen und die ich nur panikartig von mir schieben konnte.

Meine Panik verstärkte sich jedoch noch, als ich mir klarmachte, was eine schlaflose Nacht für meine ohnehin schon miserable körperliche Verfassung bedeuten würde. Ich wußte, wenn ich in meinem derzeitigen angeschlagenen Zustand einen Zusammenbruch vermeiden wollte, dann brauchte ich wenigstens ein paar Stunden Erholung von dem Ödland, das plötzlich eine so schreckliche neue Dimension angenommen hatte.

Ich betete um den Mut, mich ins Bett zu legen und die Möglichkeit ins Auge zu fassen, daß meine Qualen die ganze Nacht andauerten, doch als ich den Wagen parkte, konnte ich mich nicht einmal aufraffen, das Haus zu betreten. Starr vor Verzweiflung saß ich auf dem Fahrersitz, und allmählich, ganz allmählich wurde mir bewußt, daß ich geradewegs auf den Dom blickte, jenes klopfende Herz von Starbridge, jenes riesige, bleiche, kunstvolle Ungetüm aus Stein und Glas, das seine Botschaft von der Hoffnung für den Menschen ausstrahlte, makellos, einzigartig, doch zugleich ein wenig beklemmend in seiner unheimlichen Macht, das Auge hinzureißen und die Seele zu verführen. Es war einer jener Momente, da der Dom kein unbeseeltes Gebäude, sondern ein lebendiges Wesen zu sein schien. Ich sah die Fenster an der Westfront plötzlich golden aufglühen, als sie einen letzten Strahl der untergehenden Sonne widerspiegelten, und während ich den Atem anhielt, überwältigt durch diesen jähen blendenden Glanz, schien auch der Dom den Atem anzuhalten, sein Steinwerk honigfarben im Abendlicht, der herrliche Turm, aufleuchtend gegen den blassen Himmel. Ich begann wieder zu atmen – und zu atmen begann auch der Dom, unsichtbar, aber machtvoll, und sein Atem war für mich, der ich mich in den Fängen meiner Krankheit wand, der Atem des Lebens. Wie von einem Magnet angezogen stieg ich aus dem Wagen, überquerte den Rasen, streckte die Hand aus, um den Stein zu berühren – und in diesem Augenblick begann in der Tiefe des Gebäudes der Organist seine abendliche Übungsstunde mit einer von Bachs geheimnisvollen, unirdischen Fugen.

Mit der Hand an den Steinen entlangstreichend bewegte ich mich auf das Nordportal zu, und die Fuge glitt weiter dahin, Geheimnis um Geheimnis entwirrend, vorwärts und wieder zurück, hinauf und hinunter, ein kunstvolles musikalisches Muster nach dem anderen webend, bis zuletzt, als ich im Portal stand, ein einziger Schlußakkord alle Fäden vereinte und über sich selbst hinaushob.

Das Geheimnis, das Mysterium, das Rätsel hatte sich als lösbar erwiesen. Die Botschaft war klar: Die Hoffnung wurde erneuert. Lange blieb ich so stehen und lauschte in das Schweigen hinein, das Schweigen des Doms, das Schweigen Gottes. Dann schleppte ich mich über den Rasen nach Hause zurück, in dem sicheren Bewußtsein, daß ich jetzt würde schlafen und für ein paar lebenspendende Stunden meinen Qualen entrinnen können.

3

Am nächsten Morgen stand ich, wie Aidan mir geraten hatte, früh auf und nahm pflichtschuldigst die Gebete und die Lektüre in Angriff, die er empfohlen hatte, doch ich war über meine mangelnde Konzentration bald so erschüttert, daß ich es aufgab. Als nächstes versuchte ich, über meine Gespräche mit Willy und Emily nachzudenken, aber als meine Verwirrung anhielt, mußte ich mir eingestehen, daß meine seelische Schwäche größer war, als ich angenommen hatte. Ich versuchte es noch einmal mit Lesen; Aidan wollte gewiß, daß ich nicht so leicht den Mut verlöre, und als ich an ihn dachte, wünschte ich, er wäre bei mir, um für mich aufzupassen und auf das Wort von Gott zu lauschen, das er so zuversichtlich erwartete. Meine Seele schien zu blind und zu taub, um das Wort wahrnehmen zu können.

Diese Erkenntnis war so niederdrückend, daß ich nur noch aus dem Fenster zum Dom hinüberstarren und auf ein neuerliches Zeichen hoffen konnte. Die Sonne stieg jetzt hinter dem Turm in die Höhe, und das Bauwerk schien wieder lebendig im Widerschein des ständig wechselnden Lichtes. Während ich noch hinsah, rückte die Sonne ein winziges Stück nach Süden. Sogleich flammten die Fenster des Querschiffs auf, und die Wasserspeier an der Nordfassade wurden zu schwarzen Dämonen, die einen orangeroten und azurblauen Himmel anspringen wollten. Im Zimmer blieb es still, aber tief in mir konnte ich die Bachfuge hören.

Ich sah auf einmal mit großer Deutlichkeit, daß Aidan recht gehabt hatte, als er mich an Darrow verwies – ich war mit meinem Widerstand im Unrecht gewesen. Zwar wollte ich mich noch immer widersetzen, doch ich wußte jetzt, daß dies ein Luxus war, den ich mir nicht mehr leisten konnte. Ich mußte meinen Stolz irgendwie überwinden. Ich mußte mir eingestehen, daß ein Mensch, der sowohl taub als auch blind war, einen Hund braucht, der ihn führte. Und ich mußte mich damit abfinden, daß in dieser meiner Notlage nur Darrow als Blindenhund in Frage kam.

Nachdem ich die Andacht gelesen hatte, betete ich um die Kraft, den vor mir liegenden Tag überstehen zu können, aber ich wurde das Gefühl nicht los, daß ich da etwas Unmögliches erhoffte.

4

Um acht Uhr wohnte ich der Feier des heiligen Abendmahls bei, von der ich mir eine seelische Kräftigung versprach. In meiner eigenen Kirche fand an diesem Morgen kein Gottesdienst statt, da ich der Ansicht bin, daß das Abendmahl nicht täglich gefeiert werden sollte, doch der Dom mit seiner ganzen Fülle von Andachten und gottesdienstlichen Handlungen bot jeden Morgen eine sehr schöne Feier an.

Bei meiner Ankunft stellte ich fest, daß der Dekan abwesend war, aber der Bischof war da, und nach dem Gottesdienst trat er in der Sakristei sogleich auf mich zu.

«Mein lieber Neville, wie geht es Ihnen? Sie waren so oft in meinen Gedanken und Gebeten, seit ich von dem tragischen Ereignis hörte...» Sein so unverkennbar aufrichtiges Mitgefühl rührte mich.

Ich schilderte ihm, was ich inzwischen gemacht hatte – ohne freilich meinen Aufenthalt bei den Forditen zu erwähnen, denn mein Vorgesetzter brauchte nicht zu erfahren, in welche Nöte ich geraten war. Sehr vorsichtig und bedacht sagte ich: «Darrow war äußerst liebenswürdig und besorgt um mich. Ich habe gestern ein paar Stunden auf Gut Starrington verbracht, wie er Ihnen wohl gesagt hat, und das hat mir gutgetan.»

«Das freut mich sehr, aber natürlich dürfen Sie Ihre Arbeit noch nicht gleich wieder aufnehmen. In ein, zwei Tagen vielleicht –»

«Nein, ich fange lieber gleich wieder an, Bischof. Das ist mir wirklich lieber. Ich suche Sie heute nach der Beerdigung auf.»

Ganz konnte der Bischof seine Erleichterung über meinen Entschluß doch nicht verbergen, als er sich freundlich nach Dido erkundigte und sich erbot, mich auf den Friedhof zu begleiten. Er war ein guter, liebenswürdiger alter Mann, und ich mochte ihn sehr, aber als ich mich an Aidan erinnerte, sah ich doch den großen Unterschied zwischen dem Bischof und dem Abt: Der eine vermochte echte Hilfe anzubieten, der andere nur wenig hilfreiches Mitgefühl. Es war wie der Vergleich zwischen einem Buttermesser und einem Hackbeil.

Ich dankte Dr. Ottershaw, sagte aber, ich wolle dabei lieber allein sein. Dann entfloh ich dem Häufchen von Neugierigen, die mit Beileidswünschen auf den Lippen hoffnungsvoll ihre Kreise um mich zogen, und eilte nach Hause, wo ich mich an den Frühstückstisch zwang.

5

Der erste, den ich beim Betreten des Friedhofs sah, war Darrow. Er stand vor der kleinen Kapelle und unterhielt sich mit dem Totengräber, aber als ich mich näherte, kam er auf mich zu. Er sah mich an, als schätze er den Grad meiner Nüchternheit ab. Obwohl ich doch jetzt allen Grund hatte, zu meinem Blindenhund lieb und nett zu sein, kochte ich schon wieder vor Wut.

«Seien Sie unbesorgt!» sagte ich mit einem grimmigen Lächeln. «Habe ohne Brandy gefrühstückt!»

«Ich dachte, es könnte als Abendessen Whisky gegeben haben.»

Ich hätte ihm eine herunterhauen können. «Haben Sie mir etwas Bestimmtes zu sagen, oder wollten Sie sich nur vergewissern, daß ich aufrecht stehen kann?»

«Ich dachte, ich begleite Sie zur Beerdigung, aber vielleicht möchten Sie dabei lieber allein sein. Soll ich gehen oder bleiben?»

«Gehen.»

«Gut.» Er verschwand zwischen den Grabsteinen.

Es verging einige Zeit. Mein dienstältester Hilfspfarrer traf auf seinem Fahrrad ein. Die Leute vom Bestattungsinstitut fuhren vor, in einem sehr großen Leichenwagen mit einem sehr kleinen Sarg darin.

Crawshaw vollzog die kurze Feier ruhig, würdig und ohne jede

Sentimentalität. Da ich ihn ausgebildet hatte, war ich stolz auf seine professionelle Kompetenz. Als ich selbst den kleinen Sarg zum wartenden Grab trug, versuchte ich mich auf meine Erinnerung an das Kind zu konzentrieren, stellte dann aber fest, daß ich nicht an den kleinen Arthur dachte, der jetzt in so makelloser Schlichtheit beigesetzt wurde, sondern an Christian, den begabten strahlenden Christian, der von mir getrennt war durch einen Gefühlsabgrund, den offenbar keiner von uns überbrücken konnte. Grace lag in der Tiefe dieses Abgrunds, das sah ich jetzt, genauso wie ich seit meinem Besuch bei Aidan sehen konnte, daß der Abgrund den Namen Schuld trug, und jäh erkannte ich, daß meine Schuld nicht nur mein Leben lähmte, sondern auch das meiner Kinder vergiftete.

Crawshaw brachte die Zeremonie gerade in dem Augenblick zum Abschluß, als Aidan in meiner Erinnerung sagte: «Es kommt darauf an, dem Schmerz ins Auge zu sehen.»

Irgendwie gelang es mir, Crawshaw zu danken, und irgendwie vermochte ich auf dem Weg zur Kapelle hinunter zu ihm zu sagen: «Ich muß noch zum Bischof heute morgen, aber um zwölf Uhr dürfte ich in St. Martin's sein. Sorgen Sie bitte dafür, daß auch Wilson und Cartwright da sind, ich brauche einen ausführlichen Bericht über alle wichtigen Vorgänge.»

«Ja, Sir», sagte Crawshaw so militärisch knapp wie ein Soldat zu seinem Hauptfeldwebel.

Wilson und Cartwright waren die beiden anderen Hilfspfarrer. Ich sollte hier vielleicht erwähnen, daß ich nichts von der neumodischen Unsitte halte, nach der Pfarrer und Hilfspfarrer sich mit Vornamen anreden. In Oxford hatte ich bald gelernt, daß niemand, der in besseren Kreisen verkehrt, auf die Idee kommt, einen anderen Mann mit Vornamen anzureden, wenn sie beide nicht durch Blutsbande, Heirat oder eine mindestens zehnjährige Freundschaft verbunden sind. Ich weiß noch, wie verblüfft ich war, als mein Mentor mich einlud, ihn Alex zu nennen. Er hatte sich damals natürlich schon vom Bischofsamt zurückgezogen, aber immerhin kannten wir uns erst seit sechs Jahren. (Ich sage «natürlich», weil ich unter keinen Umständen einen Vorgesetzten mit dem Vornamen hätte anreden können, auch wenn er selbst als mein Vater in Gott berechtigt war, mich Neville zu nennen.) Grace hatte ich danach gestanden, daß mich Alex' Aufforderung, so schmeichelhaft sie war, doch schockiert hatte. Mir war damals klargeworden, warum die Leute, auf die es ankam, glaubten, daß sich Alex nie den letzten Schliff des wahren Gentleman anzueignen vermocht hatte.

Inzwischen war mir eingefallen, daß ich mich Crawshaw gegenüber einigermaßen normal benehmen und Interesse für die Gemeindeangelegenheiten zeigen mußte, und so kramte ich hastig aus meinem Gedächtnis ein paar der jüngsten Dramen hervor.

«Ach, übrigens», sagte ich, wohlwollende Neugier heuchelnd, «wie ist eigentlich dieser Streit um die selbstgekochte Marmelade des Mütterkreises ausgegangen? Wird sie nun weiter an die bedürftigen Familien in Langley Bottom verteilt wie bisher oder –» Ich hielt inne. Ich hatte Darrow bemerkt, der auf einer Bank neben meinem Wagen in der Sonne saß. Was hatte er vor? Wollte er mich dabei ertappen, wie ich einen Flachmann hervorzog? Wollte er das Kindermädchen spielen, wenn ich zusammenbrach und zu heulen anfing? Oder wollte er wissen, wie es mir bei den Forditen ergangen war? Ich verabschiedete mich rasch von Crawshaw, schritt auf die Bank zu und baute mich vor Darrow auf.

«Warum sind Sie noch hier?»

«Ich hatte gehofft, Sie würden mich zur Domfreiheit mitnehmen.»

Nach einer Pause sagte ich kurz angebunden: «Steigen Sie ein» und öffnete die Wagentür. Crawshaw strampelte schon auf seinem Rad davon.

«Ich muß mich für meine schlechte Laune entschuldigen», sagte ich schließlich, als Darrow auf dem Beifahrersitz saß und ich den Motor anließ, «aber ich dachte, Sie hätten mir nachspioniert.»

«Das habe ich auch getan. Ich möchte Sie nicht nur zu Ihrem nüchternen Zustand, sondern auch zu Ihrem normalen Verhalten beglückwünschen. Unter den Umständen ist das eine beträchtliche Leistung.»

«Von einer Leistung kann keine Rede sein.» Zögernd stellte ich den Motor wieder ab – ich wußte, wir mußten miteinander reden. «Das normale Funktionieren ist reine Schauspielerei. Es lenkt mich davon ab, dem Schmerz ins Auge zu sehen.»

«Aidans Ausdruck?»

«Aidans Ausdruck.» Ich bemühte mich sehr um einen höflichen, freundlichen Ton. «Er wendet schon eine kühne Technik an!» bemerkte ich leutselig. «Er hat sich über Regeln hinweggesetzt, ist Risiken eingegangen – er hat sogar eine ganze Weile von sich selbst erzählt, um mir mit der richtigen Parabel einzuheizen. Er hat mich mit der Nase in den Schmerz gestoßen, als ich ihm ausweichen wollte. Er hat mich zu Erkenntnissen gebracht, bei denen ich vor Wut aufgeheult habe und hinausgestürzt bin. Im Rückblick frage ich mich, was ein Psychiater wohl zu dem Gespräch gesagt hätte.»

«Aber die Risiken, die er einging, haben sich gelohnt, nicht wahr?» sagte Darrow. «Der verstorbene Abbot-General Father Darcy pflegte zu sagen, erst nach langjähriger Erfahrung im gehorsamen Befolgen der Regeln wisse man, wann man sie einmal außer acht lassen könne.»

«Aidan hat Darcy erwähnt.» Ich stellte plötzlich fest, daß ich meinen Vorrat an Freundlichkeit erschöpft hatte; die Anstrengung, mich Darrow gegenüber korrekt zu benehmen, war zu groß, als daß ich sie in meinem geschwächten Zustand lange hätte durchhalten können, und Verzweiflung packte mich – so sehr ich wußte, daß ich ihn brauchte, so wenig war ich in der Lage, ihn um Hilfe zu bitten. Unvermittelt sagte ich: «Darrow, es tut mir leid, aber ich kann jetzt nicht mit Ihnen sprechen. Der Bischof erwartet mich.»

«Ich bin nicht gekommen, um zu reden. Ich bin auch nicht gekommen, um das Kindermädchen im geistlichen Gewand zu spielen. Meine Gegenwart hat mehr symbolischen Charakter.»

Ich hatte gerade den Motor wieder einschalten wollen, doch nun zog ich die Finger vom Zündschlüssel zurück. Ich blickte durch die Windschutzscheibe auf die Grabsteine, ich blickte hinunter auf meine linke Hand am Lenkrad, und schließlich sah ich meinen Fahrgast an. «Sie sind gekommen, um sich an den Fuß des Kreuzes zu stellen», hörte ich mich sagen.

«Ja. Manchmal taugen Worte nichts. Wo gelitten wird, haben manchmal nur Symbole einen Sinn.»

Ich dachte an Hoffenberg, der gesagt hatte: «Er ist ein gekreuzigter Gott», und wieder fühlte ich mich an ein naturwissenschaftliches

Gesetz erinnert, das automatisch funktionierte, sobald die richtigen Mechanismen in Gang gesetzt wurden. Als Darrow sprach, als er, wie von einer unwiderstehlichen Kraft getrieben, mir symbolisch seine Hand anbot, sah ich das Prinzip von Buße und Versöhnung in Aktion treten. Wieder hatte Gott das Ödland betreten und es mit seinem Licht erfüllt, auf daß alles erhoben, instandgesetzt und erneuert würde. Wieder hatte sich nach einem qualvollen Hiatus in der Zeit das alte Rad von Geburt, Tod und Auferstehung zu drehen begonnen.

Im nächsten Augenblick spürte ich, daß ich die Kraft hatte, zu Darrow zu sagen: «Wenn Sie am Fuß des Kreuzes stehen, können Sie wohl sehen, daß ich über die Phase des ‹Mein Gott, warum hast du mich verlassen?› hinaus bin, aber ich hänge immer noch da oben und warte darauf, heruntergenommen zu werden. Ich habe gerade gemerkt, daß ich es nicht allein schaffe . . . ich . . . brauche Hilfe . . . es ist nicht ganz leicht . . .» Ich sah zu den Grabsteinen hinüber bei diesen Worten, aber ich nahm wahr, daß Darrow nickte, als wäre er dieser kleinen Schwierigkeit schon oft begegnet und wüßte sehr wohl, wie unangenehm so etwas sein konnte.

Da wußte ich, daß ich dem entscheidenden Kampf mit meinem Stolz nicht länger ausweichen konnte. Es war ein langer, schwerer, erbitterter Kampf, und ich ging schwach, erschöpft und angeschlagen aus ihm hervor, doch als mein Stolz endlich besiegt war, konnte ich den beiläufigen Ton anschlagen, in dem ich gewöhnlich drittrangige Probleme der Diözese besprach, und sagen: «Könnten wir einmal vergessen, daß ich der Archidiakon bin? Der Dienstrang ist kein Rettungsgürtel, wenn man über Bord fällt, wie ein Ehemaliger der Marine wie Sie es ausdrücken könnte.»

«Ganz und gar nicht, da haben Sie recht.»

«Daß ich Archidiakon bin, holt mich nicht vom Kreuz herunter», sagte ich. «Daß ich auf einen guten Verstand zurückgreifen kann, holt mich auch nicht vom Kreuz herunter. Und das Protzen mit einer kämpferischen Natur erst recht nicht. Aber wenn wir uns darauf einigen könnten, daß ich ein in seinen Gaben beschränkter und etwas schwerfälliger Geistlicher bin, während Sie Fachmann im Retten von Gekreuzigten sind, hätten wir vielleicht Erfolg.»

«Schon möglich. Aber natürlich habe auch ich meine beschränkte, schwerfällige Seite – wie Sie sich nur zu gut erinnern werden.»

Das war der Ölzweig der Versöhnung. Als ich den Motor wieder einschaltete, merkte ich zu meinem Erstaunen, daß meine Finger zitterten. Ich konnte nur annehmen, daß ich noch unter Schock stand, nachdem ich den Drachen meines Stolzes mit Hilfe einer nautischen Metapher und der Gnade Gottes erschlagen hatte.

«Aidan hat mir klargemacht, daß ich mich in einer Situation befinde, in der die Gabe des unterscheidenden Scharfsinns verlangt wird», hörte ich mich sagen, «aber dummerweise bin ich zur Zeit ein wenig blind und taub.»

«Eine heikle Sache.»

«Wenn Sie ein zusätzliches Augen- und Ohrenpaar zur Verfügung stellen könnten –»

«Mit Vergnügen.»

«Ich möchte keine geistliche Beratung, verstehen Sie. Ich möchte nicht, daß Sie mir Anweisungen geben, wie ich beten soll und solche Dinge.»

«Würde mir nicht im Traum einfallen.»

«Ich hätte nur gern ein wenig Hilfe bei der unvermeidlichen Detektivarbeit. Natürlich werden wir trotzdem ab und zu unseren kleinen Streit haben.»

«O ja, das ist durchaus zu erwarten.»

«Und das Ganze mag ein Fehlschlag werden.»

«Gut möglich.»

«Aber wenn wir uns an den Grundsatz halten, ‹Wer nicht wagt, der nicht gewinnt› –»

«Sehr vernünftig. Rufen Sie mich doch an, wenn Sie beim Bischof fertig sind, dann können wir uns vielleicht für später verabreden.»

«Sehr schön.» Ich fuhr etwas ruckartig aus dem Friedhof heraus und begann durch die Vorstadtviertel auf das Zentrum von Starbridge zuzusteuern. Wir wechselten auf der Fahrt zur Domfreiheit weiter kein Wort mehr, aber als ich vor der Theologischen Hochschule anhielt, sagte Darrow: «Das war sehr mutig von Ihnen, Aysgarth. Sie glauben vielleicht, ich sähe Sie in Ihrer schwächsten Form, aber in Wirklichkeit sehe ich jetzt erst richtig, wie stark Sie eigentlich sind.»

Er wartete keine Erwiderung ab, sondern stieg aus dem Wagen und verschwand in dem Gebäude, ohne sich umzublicken.

Tränen stiegen mir in die Augen und erinnerten mich daran, daß ich trotz meines großen Schritts vorwärts auf dem Weg zur Erlösung noch immer in der gleichen labilen Gemütsverfassung war. Ich schaltete wütend den Gang ein, fuhr weiter zum Bischofspalais und betete inbrünstig um eine Sturzflut von dienstlichen Problemen, die mich vorübergehend von meinem Schmerz ablenken würden.

6

Das Bischofspalais von Starbridge war eigentlich gar kein Palais; die ursprüngliche Residenz war im neunzehnten Jahrhundert durch einen Brand zerstört und durch eine Art Landvilla ersetzt worden, die jetzt, von ungepflegten Rasenflächen umgeben, ein wenig verwahrlost wirkte. Da sich die Nachkriegszeit mit ihren Entbehrungen in die ferne Zukunft hinzuziehen schien, trug sich Dr. Ottershaw mit dem Gedanken, das Palais der Domchorschule zu überlassen und in ein kleineres Haus auf der anderen Seite der Domfreiheit umzuziehen. Mrs. Ottershaw, der Schwierigkeiten des heruntergekommenen großen Gebäudes und der ewigen Dienstbotenprobleme müde, konnte den Umzug kaum erwarten.

Ich parkte meinen Wagen neben einem mir unbekannten Sunbeam Talbot und ging um das Haus herum zum Seiteneingang, der tagsüber für den Dienstverkehr offenzustehen pflegte. Ich betrat zunächst das ehemalige Blumenzimmer, jetzt das Zimmer der Sekretärin, und erblickte auch schon den alten Drachen, der sich um den Papierkram kümmerte. In früherer Zeit hatte der Kaplan die Korrespondenz erledigt, und eine Sekretärin war nur bedarfsweise eingestellt worden, doch jetzt war der Kaplan in höhere administrative Ebenen aufgestiegen und half seinem Vorgesetzten beim Umgang mit dem, was Aidan zweifellos «Die Welt» genannt hätte. Da Dr. Ottershaw eher unweltlich eingestellt war, hatte der derzeitige Kaplan bedeutend mehr Macht, als sie Alex' Kaplane in den großen Tagen des Jardineschen Episkopats vor dem Krieg besessen hatten.

«Guten Morgen, Miss Todd. Gibt's etwas Neues?»

Der alte Drachen warf mir einen wohlwollenden Funkelblick zu und entgegnete trocken: «Das sollte ich *Sie* fragen, Archidiakon. Ich habe von Ihrem Unglück gehört – es hat mir sehr leid getan.» Das Telefon klingelte. Sie packte den Hörer, hielt ihn ans Ohr, lauschte, sagte: «Mrs. Ottershaw unterstützt schon eine Hilfsorganisation für Displaced Persons. Wiederhören.» Sie legte den Hörer energisch auf die Gabel.

Ehe sie sich groß über mein Unglück auslassen konnte, fragte ich: «Ist der Bischof zu sprechen?»

«Er hat zwar gerade Besuch, aber er hat gesagt, Sie sollen gleich hereinkommen.»

Ich durchquerte die Diele, klopfte an die Tür und hörte den Bischof mit seiner sanften Tenorstimme erwartungsvoll rufen: «Ja, bitte?»

Ich trat ein und blieb auf der Stelle stehen. Kein Blitzstrahl hätte mich wirkungsvoller zum Stehen bringen können.

«Oh, da sind Sie ja, Neville – genau der Mann, den wir suchen!» rief Dr. Ottershaw erfreut aus, doch ich nahm seine Worte kaum wahr, so betäubt war ich. Sein Besucher war kein anderer als der größte Mann in der Kirche von England, der Bischof von Chichester, Dr. George Bell.

7

Es ist sehr schwer, wenn nicht sogar unmöglich, eine starke geistige Persönlichkeit mit Worten zu beschreiben, die hinter der äußeren Erscheinung die verborgene innere Wirklichkeit erkennen lassen. Bell war von eher kleiner, untersetzter Gestalt – stämmig wäre vielleicht das treffende Wort –, und seine Statur deutete an, daß er mit Widerständen vertraut war. Sein Haar, ordentlich geschnitten, ordentlich gescheitelt, ordentlich gebürstet, war dünn, locker und farblos. Er hatte ein eckiges Gesicht, eine große Nase, ein gespaltenes Kinn, einen breiten, schmallippigen, sensiblen Mund und – sein bekanntester Gesichtszug – sehr große blaue Augen, aus denen ungewöhnliche Herzenswärme und Intelligenz sprachen. Ich blickte in diese Augen, in die so viele geplagte und gequälte Menschen vor mir geblickt hatten, und fühlte mich nicht nur beruhigt, sondern erleichtert, als wäre ich plötzlich nach einer schweren Zeit unter Fremden einem Verwandten begegnet. Mir fiel ein, daß Bell bei den verfolgten und gepeinigten Christen des nationalsozialistischen Europa den Beinamen «Onkel George» gehabt hatte.

«Sie kennen natürlich Bischof Bell», sagte Dr. Ottershaw rasch. «Er ist auf dem Weg nach Salisbury, hat aber hier Station gemacht – zum zweiten Frühstück, sozusagen!»

«Nein, nicht ganz!» sagte Dr. Bell belustigt. «Ich wollte Mr. Aysgarth sprechen.» Er streckte mir die Hand hin. «Guten Tag, Archidiakon – ich habe viel Lobenswertes über Sie gehört.»

Ich war so verblüfft, daß ich nur ein schwaches «Über mich?» herausbrachte. Mein erster Gedanke war, daß das Ganze ein schreckliches Mißverständnis sein müsse.

«Zeigen Sie ihm den Brief», sagte Dr. Bell zu seinem Gastgeber, und Dr. Ottershaw, der einige Bogen Papier in der Hand gehalten hatte, reichte sie mir sogleich hinüber.

Ich erkannte das Papier, das im Kriegsgefangenenlager ausgegeben wurde. Ich las die ersten Worte «Sehr geehrter Herr Bischof» und erkannte Hoffenbergs deutliche Schrift. Allmählich begann ich zu begreifen, und indes mein ungläubiger Blick über die Seiten wanderte, wurde mir klar, daß meine Gefangenen – nicht nur Hoffenberg, sondern alle, mit denen ich auf meinen Besuchen im Lager näher in Berührung gekommen war – mit viel Mühe ein Anerkennungs- und Dankesschreiben zustande gebracht hatten. Der letzte Absatz lautete: «Mr. Aysgarth hat Hoffnung gebracht, wo Verzweiflung war, Glauben, wo Mißtrauen war, und Nächstenliebe, wo es nur Haß und Bitterkeit gab. Er hat uns Christus gebracht und uns geholfen, den gekreuzigten Gott zu sehen. Er hat zugehört, hat bei uns ausgehalten, hat unsere Leiden verstanden, und wir wollen, daß der beste Bischof in England das weiß, der Bischof, der weiß, daß nicht alle Deutschen Nazis sind. Danke für alles, was Sie für Dietrich Bonhoeffer und die Deutsche Bekennende Kirche getan haben. Mit vorzüglicher Hochachtung und in aufrichtiger Dankbarkeit...» Und dann folgte die lange Reihe der Unterschriften.

Der Brief entglitt meinen Fingern und fiel auf den Schreibtisch.

Dr. Ottershaw sagte entzückt: «Ist das nicht ein wundervoller Brief! Ich habe ein ganz schlechtes Gewissen, weil er für mich so überraschend kam – Colonel Laker sagte mir natürlich, er sei sehr zufrieden mit Ihnen, aber ich hatte ja *keine Ahnung*, Neville, daß Sie an diesen Männern so großartige seelsorgerische Arbeit geleistet haben!»

«Das habe ich gar nicht. Eher das Gegenteil. Der Brief ist völlig unverdient.» In meiner Verlegenheit mußte ich ein klägliches Bild abgeben, schüchtern, steif und linkisch. «Ich bin kein guter Seelsorger», sagte ich. »Gar nicht begabt dafür. Ein kompletter Versager.»

«Könnte ein Versager einen solchen Brief auslösen?» sagte Bell, ehe Dr. Ottershaw zu einem gut gemeinten Widerspruch ansetzen konnte. «Ich glaube nicht. Die Gaben des Heiligen Geistes kann man an ihren Früchten erkennen.»

Endlich gelang es mir, meine Scheu zu überwinden und ihn direkt anzusehen. In seinen außergewöhnlichen Augen leuchtete mir ein unverkennbar ehrliches Interesse entgegen, und mir wurde bewußt, daß er jene seltene und legendäre Gabe besaß, einem völlig Fremden das Gefühl zu geben, angenommen, umsorgt, ja hochgehalten zu sein – und das binnen weniger Minuten.

«Ich würde gern hören», sagte er, «wie Sie mit dieser Arbeit in Berührung kamen und wie Sie an diese schwierige Aufgabe herangegangen sind. Hätten Sie einen Augenblick Zeit? Würden Sie mir davon erzählen?»

Darauf konnte es nur eine Antwort geben. Wir setzten uns, Dr. Ottershaw hinter seinen Schreibtisch, Dr. Bell und ich auf Stühle ihm gegenüber, und da konnte ich nicht länger widerstehen – ich mußte mich endlich jemandem anvertrauen, der mich verstand, und so schickte ich mich an, Onkel George mein Herz auszuschütten.

8

«Ich habe mir die Arbeit nicht ausgesucht», sagte ich, «aber die Arbeit schien mich ausgesucht zu haben. Es gab alle möglichen Hindernisse, von den üblichen Bestimmungen gegen die Fraternisierung bis zu dem Umstand, daß das Lager nicht einmal zu meinem Archidiakonatsbezirk gehörte, doch je inständiger ich hoffte, die Arbeit werde an mir vorübergehen, desto schneller schienen diese Hindernisse dahinzuschmelzen. Der andere Archidiakon –» Ich zögerte, da ich meinen so fanatisch deutschfeindlichen Amtsbruder nicht anschwärzen wollte, doch Dr. Ottershaw sagte mit fester Stimme: «Völlig ungeeignet», und Dr. Bells gemurmeltes «Ich verstehe» ließ keinen Zweifel, daß er alles gehört hatte, was ungesagt blieb.

«Dann kam es zu einigen unvorhergesehenen Ereignissen», fuhr ich fort. «Es gab einen Aufruhr und einen Lynchmord. Die wenigen deutschen Pfarrer fielen alle aus dem einen oder anderen Grund aus, aber der nach dem Aufruhr ernannte neue Kommandant war ein überzeugter Christ, und er war der Ansicht, daß einem englischen Geistlichen erlaubt werden müsse, das Lager regelmäßig zu besuchen, solange keine deutschen Pfarrer zur Verfügung stünden. Das Kriegsministerium erteilte schließlich die Erlaubnis, und der Bischof bat mich, in der Sache zu tun, was ich für angebracht hielt.

Ich beschloß sofort, die Arbeit an einen anderen abzuschieben. Ich wußte, daß an einem ersten Erkundungsbesuch im Lager wohl kein Weg vorbeiführte, aber ich dachte, ich könnte die Sache dann auf einen Freiwilligen aus den Reihen der pensionierten Geistlichen der Diözese abwälzen, am besten auf jemanden, der Erfahrung in der Gefängnisseelsorge oder im Umgang mit Soldaten hatte. Ich dachte, als Archidiakon sei ich nur verpflichtet, mir einen ersten Überblick zu verschaffen – wie viele Leute in etwa an der Betreuung interessiert sein mochten, welche Arten von Gottesdienst in Frage kämen und wie oft sie abgehalten werden sollten, und in welchem Maße man es einem Engländer überhaupt gestatten würde, mit den seelische Not leidenden Gefangenen zu reden. Ich rechnete mit einigem Widerstand gegen das Abhalten von Gottesdiensten und mit beträchtlichem oder absolutem Widerstand gegen den Gedanken an eine individuelle Beratung – ich hielt es sogar für möglich, daß Gefangene, die mit mir sprachen, später Racheakten zum Opfer fallen würden.

Man hatte das Lager jedoch nach dem Lynchmord völlig umorganisiert – mit der Verlegung der Supernazis in den Norden nach Caithness war die Lagerhierarchie aufgebrochen worden, und da es jetzt weit weniger Gefangene der Kategorie C gab, wollte Colonel Laker dafür sorgen, daß die der Kategorie A nicht eingeschüchtert würden. Gleich bei meinem ersten Besuch sagte er mir in allem, was ich zu tun gedachte, seine volle Unterstützung zu.

Natürlich sagte ich ihm nicht, daß ich nicht die Absicht hatte, zurückzukommen. Ich erfuhr alles, was ich wissen mußte, indem ich mit ihm über die Leute sprach und den Raum inspizierte, der für Gottesdienste in Frage kam, und dann, als ich mich schon fast in Sicherheit glaubte, sagte er: ‹Sie wollen doch gewiß ein paar von den Männern schon einmal kennenlernen, nicht wahr?› Da konnte ich nicht gut nein sagen. Er sollte nicht glauben, ich wolle mich vor meiner Christenpflicht drücken. Also machten wir uns auf den Weg zu den Gefangenen.

Er führte mich in die lange Nissenhütte, in der die Männer der Kategorie A lagen, und ich fühlte mich sofort an das schreckliche Jahr auf meiner ersten Internatsschule erinnert: der gleiche Geruch nach Schimmel und Schweiß, die gleiche apathische Elendsatmosphäre. In dem Augenblick hörten die Männer auf, bloße deutsche Gefangene zu sein. Sie wurden zu Gefangenen, die nur zufällig aus Deutschland kamen und sich gar nicht so sehr von dem Gefangenen unterschieden, der ich damals als Siebenjähriger in Yorkshire gewesen war.

Die armen Schweine, dachte ich. Und ich war überrascht, weil ich nicht damit gerechnet hatte, daß sie mir leid tun würden. Ich nehme an, ich hatte mir ein kühles, distanziertes Mitleid vorgestellt, gewürzt mit Zorn, wann immer ich mich der Baedeker-Luftangriffe erinnerte. Ganz ehrlich gesagt hatte ich nie viel für Fremde übrig. Es fiel mir schon schwer, mit den Ausländern zurechtzukommen, die gleich jenseits der Grenzen meiner Heimat Yorkshire leben; mit den Ausländern zurechtzukommen, die noch jenseits der weißen Klippen von Dover wohnen, war eine Herausforderung, die ich bisher tunlichst vermieden hatte.

Jedenfalls, ich stand kaum in der Nissenhütte, als ich merkte, daß ich nichts zu sagen wußte. Die ganze Szene war entsetzlich, ein wahrer Alptraum. Ich hatte mich seelsorgerischer Arbeit noch nie gewachsen gefühlt – und ganz gewiß nicht seelsorgerischer Arbeit in diesem Umfang –, aber da stand ich nun inmitten einer Gruppe von feindseligen Fremden, und man erwartete offenbar von mir, daß ich eine Beziehung herstellte. Schrecklich. Ich fühlte mich so gedemütigt durch meine absolute Inkompetenz. Mein einziger Gedanke war: Hierher komme ich nie mehr zurück, nie, nie mehr. Ich werde dafür sorgen, daß die armen Teufel den allerbesten Kaplan kriegen, den ich ausfindig machen kann, aber ich selbst lasse mich hier nie mehr blicken. Und dann ...

Dann sagte Colonel Laker zu mir: ‹Einige von den Burschen sprechen ganz gut englisch›, und er wandte sich an die Männer: ‹Kann mal jemand Mr. Aysgarth hier ein wenig von sich erzählen?›

Es war Hoffenberg, der da als erster vortrat – der Mann, der hinter diesem Brief steht. Er wirkte nicht gerade anziehend – groß und farblos und ziemlich unbeholfen. Aber er sprach ein ausgezeichnetes Englisch, und als er mir schilderte, wie schrecklich es sei, auf unbestimmte Zeit eingesperrt zu sein, abgeschnitten von Heimat und Familie, da sah ich mich abermals oben in Yorkshire in diesem grauenhaften Internat. Nun ja, und als er dann zum Schluß fragte: ‹Werden Sie wiederkommen?›, da konnte ich nur ja sagen. Ich hätte gar nichts anderes sagen können. Schließlich wußte ich ja, wie ihm zumute war. Ich hatte es ja selbst mitgemacht.

Nun, als mir klar war, daß ich die Aufgabe selbst übernehmen mußte, versuchte ich sie zu planen wie eine militärische Operation – ich dachte, Gründlichkeit und Fleiß würden vielleicht meine seelsorgerische Unzulänglichkeit wettmachen. Ich hatte eigentlich gar nicht viel Zeit für das Lager zur Verfügung, aber ich verschaffte sie mir, ordnete meine Termine während des Tages um und blieb abends lange auf, um meine Kampagne bis ins kleinste Detail auszuarbeiten. Ich hätte wahrscheinlich mit einem Gottesdienst im Monat davonkommen können – eine Geste, die gezeigt hätte, daß die Kirche an den Dingen im Lager interessiert war –, aber dann dachte ich: nein, das reicht nicht. Wenn ich schon versage, dann soll mir wenigstens keiner nachlässige Arbeit und mangelnde Anstrengung vorwerfen können.

Zunächst überlegte ich mir gründlich, wie ein Gottesdienst auszusehen hatte, der bis auf die Katholiken für alle akzeptabel wäre. (Um die Katholiken zu werben war zwecklos – ich wußte, sie würden einen protestantischen Pfarrer keines Blickes würdigen.) Dann wurde mir bewußt, daß ich die Sprachbarriere überwinden mußte, deshalb setzte ich mich mit dem Lehrer zusammen, der am Gymnasium von Starbridge Deutsch unterrichtet, und gemeinsam brachten wir eine kurze Predigt zustande. Mein Schuldeutsch taugte nicht viel – inzwischen spreche ich die Sprache natürlich recht fließend nach so viel praktischer Übung –, aber ich kannte zumindest die Grundzüge der Sprache, und wenn ich mir Mühe gab, war mein Akzent ganz passabel.

Schließlich hielt ich meinen ersten Gottesdienst. Die wenigen Zuhörer machten einen sehr lustlosen Eindruck, aber als ich anfing, deutsch zu sprechen, waren sie wie elektrisiert. Nachher sagten sie: ‹Wir hätten nie gedacht, daß Sie sich so um uns kümmern würden. Wann kommen Sie wieder?› Sie waren fast freundlich – und Hoffenberg freute sich sehr über meinen Erfolg. Wenn er ein Hund gewesen wäre, hätte er mit dem Schwanz gewedelt.

Nach einiger Zeit brauchte ich einen größeren Raum. Natürlich bekam ich viele Gefangene nie zu Gesicht, aber es war doch erstaunlich, wie viele sich einfanden. Zum Schluß hörten sich sogar die Katholiken die Predigten an! Das Sakrament haben sie von mir natürlich nicht empfangen wollen, aber zumindest war doch eine Art Teilnahme da. Ich machte weiter. Manchmal fragte ich mich, ob ich wirklich irgend etwas bewirkte – die Apathie war so groß, daß ich mir oft wie ein Boxer vorkam, der auf Sandsäcke einschlug –, aber manchmal, an den besseren Tagen, vermochte ich mir doch zu sagen: Vielleicht hat es wirklich einen Sinn, daß ich hier bin. Ich unterhielt mich jedenfalls gern mit Hoffenberg, und ich freute mich sehr, als nach einer Weile immer mehr Leute mit mir reden wollten – selbst Männer der Kategorie B, die weder Nazis noch Nazigegner waren, begannen aus Neugierde zum Gottesdienst zu kommen. Das war in gewissem Sinn ein Sieg, nichts Überwältigendes, nur ein kleiner Schritt vorwärts – aber oft hatte ich auch das Gefühl, daß ich für jeden Schritt vorwärts zwei Schritte zurückrutschte. Besonders entmutigend fand ich es, wenn sich neue Leute zu den Gottesdiensten einfanden, nur um zu gähnen und wieder zu gehen.

Dann, im Mai 1945, war es um die Moral der Nazis geschehen, und da hatte es auf einmal ein Ende mit der Apathie, und ich mußte schließlich auch den C-Leuten beistehen, wenn sie verrückt wurden oder sich das Leben zu nehmen versuchten, oder beides... Aber glauben Sie nicht, ich hätte irgendwelche Wunder vollbracht. Im Gegenteil. Wahrscheinlich war ich sogar vollkommen nutzlos. Aber vielleicht kam es auch nur darauf an, daß ich da war, vielleicht war diese symbolische Bekundung von Anteilnahme das einzige, was ihnen helfen konnte in der makabren Hölle, die sie durchmachten – oh, es war ein Alptraum, so aufreibend, so qualvoll, und ich war mir dabei deutlicher denn je meiner schmerzlichen Unzulänglichkeit als Geistlicher bewußt.

Glücklicherweise bleibt die Zeit nicht stehen. Einige Leute der Kategorie A sind schon repatriiert – auch Hoffenberg wird demnächst entlassen –, und vielleicht existiert nächstes Jahr um diese Zeit das Lager gar nicht mehr. Es geht dort jetzt recht menschlich zu. Colonel Laker hat sich sehr um alles gekümmert, und es gibt viele Beschäftigungs- und Studienmöglichkeiten. Es wurde generell besser, als die Fraternisierungsbestimmungen gelockert wurden und die Gefangenen auch einmal das Lager verlassen konnten. Ich organisierte regelmäßige Ausgänge zum sonntäglichen Abendgottesdienst im Dom – und ich sorgte dafür, daß die Gemeindemitglieder von St. Martin's, meiner Kirche, die Besucher gastfreundlich aufnahmen... Heute gibt es vieles, was man für die Männer tun kann. Aber ich frage mich oft, was aus ihnen wird, wenn sie nach Deutschland zurückkommen – auf manche wartet dort nichts und niemand. Hoffenberg hat sein Zuhause und seine ganze Familie verloren, als Dresden in Flammen aufging.

Vielleicht wäre mir die Arbeit im Lager leichtergefallen, wenn ich mit jemandem darüber hätte sprechen können, aber es war immer mein heimliches Amt, ein Amt, über das ich nie reden konnte. Ich konnte nicht darüber reden, weil... um ganz ehrlich zu sein... nun, es ist einfach so, daß ich den Gedanken nicht ertragen hätte, daß jemand weiß, welches Mitgefühl ich schließlich mit diesen Männern hatte – ich konnte den Gedanken nicht ertragen, daß die Leute mit dem Finger auf mich zeigten und sagten: ‹Er ist zu nachsichtig mit den Deutschen!› Ich war da so feige. Ich dachte, wenn die Leute mich für einen Deutschenfreund hielten, könnte das meine Karriere beeinträchtigen – aber oh, wie habe ich mich wegen dieser Feigheit verachtet! Und jedesmal, wenn Sie im Oberhaus aufgestanden sind, um mir den rechten Weg vorwärts zu zeigen – den Weg, den einzuschlagen ich nicht den Mut hatte –, habe ich mich so schwach gefühlt, so unwürdig, so völlig ungeeignet zum Pfarramt.»

Ich hielt inne. Mein Bericht war beendet, und ich konnte nur noch etwas von lähmender Unzulänglichkeit und verabscheuungswürdigem Verhalten stammeln. «Ich habe diesen Brief nicht verdient, wie Sie jetzt gewiß selbst sagen werden», setzte ich noch hinzu.

Doch Bell beugte sich vor. Ich konnte ihn nicht ansehen, aber ich empfand die herzliche Wärme seiner Persönlichkeit, die mich umfing, wie schon so viele Menschen vor mir, und jedes Gefühl der Fremdheit und Unverstandenheit verschwinden ließ. «Aber Taten sprechen doch gewiß eine vernehmlichere Sprache als Worte, nicht wahr?» sagte er mit seiner berühmten ruhigen Stimme, hinter deren Sanftheit sich der unerschütterliche Wille verbarg, die Wahrheit so darzustellen, wie er sie sah. «Viele Menschen unterstützen meine Vorstellungen in schönen öffentlichen Reden, tun aber weiter nichts. Sie haben in der Öffentlichkeit nicht geredet, insgeheim aber alles getan, was Gott von Ihnen verlangte – und die Folge war, daß etwas sehr Wichtiges geschah – wichtig für diese Männer und wichtig auch für Sie... Verzeihen Sie meine Neugierde, aber darf ich fragen, ob Sie Pazifist sind?»

«Seit München bin ich es nicht mehr.»

«Ich habe mich gefragt, ob Sie einen zwingenden Grund hatten, sich nicht freiwillig als Armeegeistlicher zu melden. Sie müssen doch bei Kriegsausbruch noch unterhalb der Altersgrenze gewesen sein.»

«Neville dachte daran, sich freiwillig zu melden», sagte Dr. Ottershaw, «aber ich habe es ihm ausgeredet. Aus reinem Egoismus, wie ich gestehen muß. Er ist ein so tüchtiger Archidiakon.»

Aber ich sah Dr. Bell an und sagte: «Der Bischof hat mir nichts ausgeredet. Mir graute vor dieser Art von seelsorgerischer Arbeit – aber mit den Jahren fühlte ich mich immer schuldiger: Ich lebte in behaglicher Sicherheit an der Heimatfront, während andere Geistliche meiner Generation ein so viel heldenhafteres Leben führten. Und ich hatte oft den Eindruck, daß es dieses Schuldgefühl war, das, psychologisch gesprochen, den Druck lieferte, den ich brauchte, um weiter die Deutschen zu besuchen, obwohl ich eigentlich lieber weggeblieben wäre.»

«Neville ist Modernist», sagte Dr. Ottershaw rasch, als verlangte dieser exzentrische Hinweis auf die Psychologie eine Erklärung.

«Es liegt mir fern, den Modernismus zu schmälern», sagte Dr. Bell belustigt, «aber kann die psychologische Theorie diesen Ihren bemerkenswerten Erfolg wirklich voll und ganz erklären, Archidiakon? Ich glaube nicht.» Er erhob sich, ehe er hinzusetzte: «Nachdem Sie jetzt so siegreich über Ihre Abneigung gegen den Umgang mit den Fremden jenseits der weißen Klippen von Dover triumphiert haben, ist Ihnen da schon einmal der Gedanke an eine Arbeit auf europäischer Ebene gekommen?»

Ich konnte ihn nur sprachlos anstarren.

«Diese Ära des Wiederaufbaus ist eine sehr aufregende und herausfordernde Zeit für die Kirchen», sagte Bell. «Es gibt viel zu tun, nicht nur in den Besatzungszonen, sondern auch in Genf beim Sekretariat des Weltkirchenrats. Ein deutschsprechender Geistlicher mit den Erfahrungen eines Kriegsgefangenenseelsorgers hätte viel zu bieten.» Ehe ich etwas erwidern konnte, setzte er, an Dr. Ottershaw gewandt, mit einem Lächeln hinzu: «Entschuldigen Sie, daß ich mich hier so einfach in fremdes Revier begebe, aber ich glaube, Ihr Archidiakon wird durch seine bewundernswerte Bescheidenheit dazu verführt, seine Leistungen zu unterschätzen und seine Zukunft in zu engem Rahmen zu sehen.»

Dr. Ottershaw wurde sofort ganz aufgeregt. «Nun, Neville weiß natürlich, daß ich ihn nie festhalten würde – und wenn er je das Gefühl haben sollte, Gott stelle ihm eine neue Aufgabe –»

«Gott hat vielleicht ganz andere Pläne mit Mr. Aysgarth.» Er streckte mir wieder die Hand hin. «Leben Sie wohl, Archidiakon, und wenn Sie das nächste Mal durch Chichester kommen, dann besuchen Sie mich. Merken Sie sich drei Dinge: Meine Frau und ich, wir führen ein offenes Haus, ich werde Sie nicht vergessen, und ich hoffe aufrichtig, daß wir uns wiedersehen.»

Zu meinem Verdruß spürte ich, wie ich errötete. «Ich danke Ihnen, Bischof, Sie waren sehr freundlich», brachte ich hervor, doch ich hätte mich ohrfeigen können für diese farblose Bemerkung. Nachdem ich in solch uncharakteristischer Weise mein Innerstes offenbart hatte, war ich nun augenscheinlich wieder in die Rolle des Holzklotzes aus Yorkshire geschlüpft.

«Oh – noch eines», sagte Bell und drehte sich an der Tür noch einmal zu mir um. «Sie haben sich schuldig gefühlt, weil Sie nicht gekämpft haben, das ist völlig normal – aber entscheidend ist allein die Tatsache, daß Sie dieses Schuldgefühl konstruktiv nutzen konnten. Und wir reden jetzt nicht mehr von einem bloßen psychologischen Druck. Wir sprechen davon, wie alles Leiden versöhnt und verwandelt wird durch die schöpferische Kraft des Heiligen Geistes.»

Während er sprach, erinnerte ich mich daran, daß er während des Ersten Weltkriegs als Kaplan des Erzbischofs von Canterbury auch an der Heimatfront geblieben war, während zwei seiner Brüder auf dem Schlachtfeld den Tod gefunden hatten. «Danke, Bischof», sagte ich, und diesmal war meine Stimme nicht mehr farblos, sondern erfüllt von Dankbarkeit. Ich hatte das Gefühl, daß mir eine ganz besondere Absolution erteilt worden war.

Er ging.

Dr. Ottershaw folgte seinem Gast, um ihn zur Haustür zu bringen.

Ich ließ mich ohne weitere Umstände auf den nächsten Stuhl sinken.

9

Vielerlei Gedanken flimmerten durch meinen Kopf, während ich zum Fenster hinaussah und meiner Phantasie freien Lauf ließ. Der Weltkirchenrat war zwar gegründet worden, aber noch nicht zusammengetreten. Ich konnte von Anfang an in der Organisation mitarbeiten, vielleicht als eine Art Verbindungsmann zu den deutschen Kirchen – vielleicht sogar als persönlicher Assistent von Bell, der sicher bei der ersten Versammlung den Ton angeben würde. Es entbehrte nicht der Ironie, daß Bell, der sich seit so langer Zeit für die deutschen Christen und Juden einsetzte, kein Deutsch sprach. Vielleicht konnte ich ihn als Dolmetscher überallhin begleiten; vielleicht –

aber meine Phantasie hatte solche Höhen erklommen, daß mir zu schwindeln begann.

Ich rief mich zur Ordnung und sagte mir, daß ich mich auf Gewißheiten beschränken müsse, und da dachte ich sofort daran, daß die Arbeit für die Bruderschaft der Menschen in der Form des Weltkirchenrats mir einen endlosen Spielraum zur Verwirklichung meiner liberalen protestantischen Ideale liefern würde. Es gab auch praktischere Vorteile: Eine Arbeit im Ausland würde mir die Chance bieten, dem englischen Klassensystem zu entrinnen. Welches Aufatmen! Berauscht von dem Gedanken an solche Freiheit ließ ich abermals meine Phantasie mit mir durchgehen. Vor meinem inneren Auge entstand das idyllische Bild eines Lebens in der Schweiz. So leuchtend und deutlich wie auf einer Kinoleinwand: Berge, Täler, Seen, Sommersonnenschein, unberührter Schnee, Alpenblumen, malerische Städte – und Schaufenster voller Schokolade, dunkler, heller, sogar *weißer* Schokolade, eine blasse, aber hochgehaltene Erinnerung aus jener verlorenen Welt vor dem Krieg . . .

Draußen schloß Dr. Ottershaw die Haustür. Mein Phantasiebild erlosch. Ich mußte mir gewaltsam ins Gedächtnis zurückrufen, daß ich, ein Mann mit fünf Kindern, einer anspruchsvollen Ehefrau und ohne private Einkünfte, ein Archidiakonsgehalt wahrscheinlich dringender brauchte als irgend jemand sonst in der Kirche von England. Andererseits – wenn Gott wollte, daß ich für den Weltkirchenrat arbeitete, würde er mir gewiß helfen, die finanziellen Stolpersteine aus dem Weg zu räumen. Oder waren diese Stolpersteine vielleicht ein Hinweis darauf, daß es mir doch nicht bestimmt war, meinen Träumen auf dem Kontinent nachzulaufen?

Ich hatte keine Ahnung.

Verwirrung senkte sich wieder auf mich herab, und ich bemühte mich noch immer vergeblich, den Sinn dieses außergewöhnlichen Gesprächs zu erkennen, als Dr. Ottershaw ins Zimmer zurückkam.

«Nun, war das nicht typisch?» rief er aus, während er die Tür schloß und zu seinem Schreibtisch ging. «George Bell braucht nur die Hand auszustrecken, und schon nach ein paar Minuten schüttet ihm selbst der zurückhaltendste Mensch sein Herz aus!»

«Ich fürchte, ich habe viel zuviel geredet.»

«Unsinn! Er war ganz gefesselt – und ich natürlich auch.» Der Bischof zögerte, und wieder einmal war ich mir der Größe seiner Persönlichkeit bewußt, der Ernsthaftigkeit, die seine Verleumder, die ihn als Leichtgewicht abtaten, immer unterschätzten. «Ich hoffe, es war Ihnen nicht peinlich, daß ich dabei war», setzte er hinzu, und ich entgegnete sofort: «Ich war froh. Ich bedaure nur, daß ich mich Ihnen nicht schon früher anvertraut habe.»

«Nun, ich habe Sie auch kaum ermutigt, oder?»

«Bischof, es geht wirklich nicht, daß Sie sich wegen meiner törichten Verschlossenheit Vorwürfe machen!»

«Das tue ich aber. Ich gelte als Ihr Vater in Gott, aber George Bell erfährt über Sie in zehn Minuten mehr als ich in neun Jahren. Ich kann mich doch des Eindrucks nicht erwehren, daß ich mich nicht richtig um Sie gekümmert habe.»

«Aber Sie waren immer der beste Chef, den ich mir hätte wünschen können!»

«Ja, aber das gehört gerade mit zu dem Problem. Die Rollen des Beichtvaters und des Vorgesetzten sind nicht eigentlich miteinander vereinbar, was die religiösen Orden schon vor langer Zeit erkannten, und die natürliche Kluft zwischen uns hat sich noch vertieft durch Ihre angeborene Zurückhaltung und meine Angst, in den Ruf eines neugierigen Seelenschnüfflers zu geraten. Aber das entschuldigt nicht mein Versagen. Es ist einfach so, daß ich Sie ständig ausgebeutet habe; Sie nehmen mir so viel Arbeit ab, daß ich der Versuchung erlegen bin, mich behaglich zurückzulehnen und unsere Beziehungen auf einer eher geschäftlichen Ebene zu belassen, aber das darf ein Bischof, dem Seelen anvertraut sind, nicht tun, das ist unverzeihlich. Ich habe geahnt, daß Sie seit dem Tod Ihrer ersten Frau schwere Zeiten durchmachen. Ich vermute, Sie haben auch jetzt Ihre Probleme, aber was habe ich getan, um Ihnen zu helfen? Nichts! Ich habe es zugelassen, daß sich unsere Gespräche nur um Diözesenangelegenheiten drehten – und damit habe ich stillschweigend geduldet, daß wir uns voreinander in unsere vertrauten dienstlichen Rollen flüchten.»

Nach einer Pause sagte ich: «Es liegt eine gewisse Geborgenheit in solchem Rollenspiel. Und wenn Sie dieser Situation Vorschub geleistet haben, dann habe ich das nicht weniger getan.»

«Als bereitwilliges Opfer meiner seelsorgerischen Vernachlässigung? Ich glaube kaum, daß mich das entschuldigt. Neville, wenn ich irgend etwas für Sie tun kann in dieser schwierigen Zeit, bitte, überwinden Sie Ihre Zurückhaltung und lassen Sie es mich wissen.»

Ich war mir deutlicher denn je seiner Herzensgüte bewußt, und da ich es nicht dulden durfte, daß er sich weiter meinetwegen Sorgen machte, erzählte ich ihm, was ich eigentlich hatte verschweigen wollen. «Ich war bei den Forditen», sagte ich. «Ich bin Ihnen dankbar für Ihre Anteilnahme, Bischof, aber Sie brauchen sich nicht zu beunruhigen. Ich habe zur Zeit einen Beistand, der mich berät.»

Dr. Ottershaw ließ sich seine Erleichterung deutlich anmerken. «Sie waren in Starwater?»

«Nein, in London. Darrow hat das in die Wege geleitet. Ich habe mit dem Abt von Ruydale gesprochen, der sich ein paar Tage lang dort aufhielt.»

«Ich bin ihm noch nicht begegnet, aber ich weiß, daß diese führenden Leute bei den Forditen allesamt außergewöhnliche Persönlichkeiten sind ... Was hat er Ihnen geraten, was Ihre Arbeit betrifft? Sie dürfen sich während dieser schwierigen Zeit jetzt keinesfalls überanstrengen.»

«Wenn Lucas der Ansicht gewesen wäre, ich bedürfe der Schonung, hätte er mir gewiß eine längere Einkehr vorgeschlagen. Das hat er aber nicht, und ich habe Ihnen ja vorhin im Dom gesagt, daß ich keine Pause einlegen möchte. Ich glaube, es ist das beste, ich führe ein möglichst normales Leben, während Darrow mir hilft, mit meinen Problemen fertig zu werden.»

«Darrow! Kommen Sie denn mit ihm aus?»

«Lucas meinte, es sei den Versuch wert.»

«Nun, Darrow ist natürlich auf seine Weise ein außerordentlich fähiger Mensch», sagte Dr. Ottershaw, «aber wenn ich an Ihre früheren Schwierigkeiten mit ihm denke –»

Da klopfte es an der Tür, und der schlanke, luchsäugige Kaplan streckte seine lange Nase herein. «Entschuldigen Sie, Bischof, ich wollte mich nur vergewissern, daß Sie in der Aufregung über Dr. Bells Besuch auch nicht vergessen haben, dem Archidiakon von unserer neuesten Krise zu erzählen.»

«Du liebe Güte, das hätte ich tatsächlich vergessen – ich werde alt!» rief Dr. Ottershaw aus, und wir beide erkannten diese Unterbrechung als eine Chance, nach unserem unbeholfenen Auftritt in einem weit weniger angenehmen Stück dankbar wieder in unsere vertrauten Rollen zu schlüpfen. «Kommen Sie herein, Freddy. Neville, ich belästige Sie wirklich nur sehr ungern mit dieser Sache, aber –»

«Sie haben keinen Grund, sich zu entschuldigen, Bischof. Eine finstere Krise in der Diözese, die mich ablenkt, ist genau das, was ich brauche – je finsterer, desto besser.»

«Vielleicht bedauern Sie diese Worte noch, Archidiakon», sagte der Kaplan und nahm neben mir Platz, «aber ich gestehe, ich werde Ihnen ewig dankbar dafür sein, daß Sie sie ausgesprochen haben. Soll ich die schaurigen Einzelheiten für Mr. Aysgarth kurz zusammenfassen, Bischof?»

Mit einem mühsam unterdrückten Seufzer der Erleichterung dankte ich Gott für diesen weiteren Aufschub meiner Qualen und schickte mich an, lässig in meine Rolle als Archidiakon zurückzugleiten.

XV

«Das geistige Leben des Menschen, so ist bereits herausgestellt worden, ist das Aufkeimen einer neuen Erfahrungsebene in seinem Innern, einer neuen Integration der ästhetischen, intellektuellen und moralischen Elemente seiner Natur... Die gesamte Persönlichkeit ist an diesem Leben beteiligt, sowohl in ihrer inneren Vollständigkeit wie in ihren äußeren Beziehungen...»

CHARLES E. RAVEN
in *The Creator Spirit*

I

Wir haben hier im Palais alle von Ihrem Unglück gehört, Archidiakon», sagte der Kaplan. «Ehe ich anfange, möchte ich Ihnen und Ihrer Frau deshalb, auch im Namen aller Mitarbeiter, mein inniges Mitgefühl aussprechen.»

«Ich danke Ihnen.» Die gutgemeinten Platitüden kamen Freddy Hampton ein wenig zu leicht von den Lippen, doch diesen Eindruck hatte ich bei Gesprächen mit früheren Etonschülern immer. Gewöhnlich gelang es mir, über seine privilegierte Herkunft hinwegzusehen.

«Und jetzt zur Krise.» Hampton holte tief Luft. «Es geht um Mellors.»

Es war bezeichnend für meine momentane geistige Verfassung, daß ich als erstes an den Wildhüter in *Lady Chatterley* dachte.

«Den Pfarrer von Flaxton Pauncefoot», sagte Hampton, als er meinen verständnislosen Gesichtsausdruck bemerkte.

Das Dorf mit diesem lächerlichen, aber keineswegs ungewöhnlichen Namen lag im Bezirk meines Amtsbruders, aber ich hatte bereits von dem Pfarrer gehört. Nach kurzem Nachdenken erinnerte ich mich, daß er nach dem Tod seiner Frau während des Krieges zu trinken begonnen hatte und daraufhin von Archidiakon Babbington-French zwecks strengen Verweises vor den Bischof geschleppt worden war. Zum Glück hatte Dr. Ottershaw mit Verständnis und Mitgefühl reagiert, einer viel wirksameren Abhilfe in einer solchen Situation, und Mellors hatte sich, moralisch genügend gestärkt, zusammenzureißen vermocht.

«Trinkt er wieder?» fragte ich behutsam vorfühlend.

«Oh, viel schlimmer!» sagte Hampton mit strengem Blick. «Er hält merkwürdige Predigten.»

«Wer sagt das? Babbington-French?»

«Der Archidiakon weiß noch gar nichts davon.» Hampton gab mir durch den Verschwörerton in seiner Stimme zu verstehen, daß dies für uns alle ein höchst begrüßenswerter Umstand war. «Ich will Ihnen den Hergang genau schildern. Um neun Uhr heute morgen rief Lord Flaxton an und – kennen Sie Lord Flaxton, Archidiakon?»

«Nur dem Namen nach.» Flaxton, ein launenhafter Peer, der für seine verschrobene Intelligenz und seine Sympathie für die liberale Partei bekannt war, sprach regelmäßig im Oberhaus. Außer seinem Stadthaus in London besaß er ausgedehnte Ländereien, zu denen unter anderem das ganze Dorf Flaxton Pauncefoot gehörte.

«Nun, Sie können sich denken, wie das Gespräch verlief», fuhr Hampton fort. «Er wollte den Bischof sprechen. Dem eröffnete er dann, Mellors halte ketzerische Predigten und müsse sofort seines Amtes enthoben werden. Natürlich äußerte der Bischof das nötige Entsetzen und Bedauern –»

«Sehr peinlich», murmelte Dr. Ottershaw, «denn ich war es, der Mellors eingesetzt hat, wissen Sie. Man sollte meinen, das habe Lord Flaxton zugestanden, aber die Flaxtons haben ihr Recht, den Pfarrer zu ernennen, im achtzehnten Jahrhundert an den Bischof verkauft.»

Dergleichen historische Details schienen Hampton im Augenblick wenig zu interessieren. «Dr. Ottershaw erklärte Lord Flaxton daraufhin, daß er üblicherweise solche Beschwerdefälle durch einen Archidiakon untersuchen lasse, denn wenn erst der Bischof selbst damit befaßt sei, bestehe die Gefahr, daß die Sache an die große Glocke komme – und die meisten Fälle können sehr gut auf Archidiakonatsebene geregelt werden. Lord Flaxton scheint allen Ernstes erwartet zu haben, der Bischof würde alles stehen und liegen lassen, nach Flaxton Pauncefoot brausen und Mellors am Kragen davonschleppen! Als er schließlich begriffen hatte, daß England nicht mehr im Mittelalter lebt, sagte er: ‹Schön, aber schicken Sie mir nicht diesen verdammten Esel Babbington-French –› (Entschuldigen Sie, Bischof, aber ich glaube, Mr. Aysgarth sollte wissen, daß Lord Flaxton wirklich wütend war) –, schicken Sie mir diesen anderen Archidiakon, den die Starmouths für einen so tollen Burschen halten.› Dann hat er aufgelegt, ehe der Bischof ihm noch sagen konnte, daß Sie nicht zur Verfügung stehen.»

«Bei der Aristokratie ist das keine bewußte Rücksichtslosigkeit», meinte Dr. Ottershaw, der es nie über sich brachte, andere mit einem unfreundlichen Wort zu bedenken. «Diese Leute sind einfach so sehr daran gewöhnt, ihren Willen zu bekommen. Was soll ich tun, Neville? Ich kann mir nicht vorstellen, daß Sie in der Stimmung sind, sich mit einem wütenden Peer und einem ketzerischen Gemeindepfarrer auseinanderzusetzen, aber wenn ich Hubert Babbington-French einschalte –»

«Tun Sie's nicht, Bischof – tun Sie's nicht!» flehte sein Kaplan. «Sonst stürmt uns Lord Flaxton das Palais, Mellors schreit wie am Spieß, daß alle sich gegen ihn verschworen haben, und Jack Ryder von der *Church Gazette* kommt aus London herbeigebraust, um Nachforschungen über ketzerische Umtriebe in Flaxton Pauncefoot anzustellen!»

«Er hat recht», sagte ich zu dem Bischof. «Lassen wir Babbington-French aus dem Spiel und konzentrieren wir uns darauf, Lord Flaxton zu beruhigen. Was ist denn das für eine Ketzerei, die Mellors da verkündet haben soll?»

Der Bischof sagte nur: «Das habe ich nicht zu fragen gewagt.»

«Es ist immer so dumm, wenn Geistliche überschnappen», meinte Hampton nachdenklich. «Gott sei Dank kommt es nicht oft vor.»

Wir erschauerten alle miteinander. «Möge der Himmel uns vor Nervenzusammenbrüchen behüten!» sagte der Bischof mit Nachdruck, und ich unterdrückte mit Mühe ein inbrünstiges Amen.

2

Als ich das Palais verließ, hatte ich nur einen Wunsch: in aller Ruhe über meine Begegnung mit Dr. Bell nachdenken zu können, aber dafür blieb keine Zeit. Im Gemeindebüro von St. Martin's warteten meine Hilfspfarrer; ich mußte mir ihre Berichte anhören, Gemeindeangelegenheiten besprechen und so viel Arbeit an sie weitergeben, wie ich konnte. Danach rief ich Darrow an. Er war gerade nicht da, aber ich ließ ihm ausrichten, daß ich eine dringende Sache zu erledigen hätte und daß er unter keinen Umständen auf mich warten solle. Ich hatte keine Ahnung, wie lange mich das Problem Flaxton Pauncefoot beschäftigen würde, doch mit einem raschen Schwenken des archidiakonalen Staubwedels war ein Fall von Ketzerei wohl kaum aus der Welt zu schaffen.

Nach dem Anruf in der Theologischen Hochschule fiel mir ein, daß es wieder Zeit war für einen Besuch bei meiner Frau. Widerstrebend machte ich mich auf den Weg ins Krankenhaus, aber auch diesmal verlief das Treffen angenehmer, als ich erwartet hatte. Dido erzählte unaufhörlich von sich, und ich brauchte mir nur geduldig die ganze Liste ihrer Beschwerden anzuhören und Mitgefühl zu verströmen. Ab und zu bezweifelte ich, daß dieses Mitgefühl echt klang, aber die meiste Zeit fragte ich mich mit jener apathischen Distanziertheit, die so oft mit der Verzweiflung einhergeht, wie ich es fertigbringen sollte, die nächsten dreißig Jahre mit ihr zusammenzuleben. Gewiß, Aidan hatte von der Gnade Gottes gesprochen, doch in Didos Gegenwart fiel es mir sehr schwer, ihn nicht als einen alten Junggesellen abzutun, dessen optimistische Botschaft vom Gottvertrauen herzlich wenig mit der Wirklichkeit einer ehelichen Hölle zu schaffen hatte.

Endlich kam die Stationsschwester und machte meinem Besuch ein Ende. «Aber ich habe ihn noch gar nicht nach Neuigkeiten gefragt!» begehrte Dido auf. «Es gibt eigentlich nicht viel Neues.» Ich hütete mich, von der Beerdigung zu sprechen. «Sandy und Primrose lassen dich herzlich grüßen, und Merry besucht dich heute abend.»

«Aber kommst du mich nicht auch besuchen?»

«Wahrscheinlich schaffe ich es nicht. Ich habe da ein dringendes dienstliches Problem –»

«Bin ich nicht wichtiger als ein dienstliches Problem?» Ganz plötzlich brach sie in Tränen aus.

«Aber, aber!» Die Stationsschwester kam eilfertig herbeigestürzt. «Es ist doch nicht die Schuld Ihres Gatten, daß er ein so bedeutender Mann ist!»

«Ach, seien Sie still, Sie alte Kuh!» rief Dido, und die Tränen rannen ihr übers Gesicht.

Während die Schwester empört zurückwich, suchte ich verzweifelt nach einem ablenkenden Thema. «Liebling, ich habe da wirklich eine dringende Sache zu erledigen – ich muß zu Lord Flaxton. Kennst du ihn?»

«Flaxton!» Die Tränen versiegten, und Dido sah mich überrascht an. «Oh, das ist ein schrecklich seriöser und seltsamer Mensch, ganz Latein und Griechisch und verstaubter Liberalismus und ätzende Reden im Oberhaus, und sie kann nur über Gartenarbeit sprechen, aber die Mädchen sind ganz lustig, nicht atemberaubend, aber immerhin, und dann gibt es auch noch zwei Söhne im Außenministerium oder im Gardekorps oder so, und außerdem ist auch noch ein Nachzügler da, ein Mädchen, glaube ich, es kann aber auch ein Junge sein, ich erinnere mich nicht mehr so genau, aber auf jeden Fall noch zu jung. Aber wieso hast du mit Lord Flaxton zu tun?»

«Das wird Ihnen Ihr Gatte später erzählen, Mrs. Aysgarth», sagte die Stationsschwester mit einer Stimme, die Lava zum Erkalten gebracht hätte. «Und wenn Sie jetzt so freundlich sein wollen, Archidiakon –»

Ich war gern so freundlich. Ich eilte schleunigst hinaus, kramte im Wagen eine zerknitterte Straßenkarte hervor und machte mich daran, die kürzeste Route nach Flaxton Pauncefoot herauszusuchen.

3

Flaxton Pauncefoot war eines jener malerischen Dörfer, die bei Urlaubern auf der Suche nach einem mythischen «merry old England» so beliebt sind; auf dem Dorfanger stand sogar ein Maibaum. Der frühere Baron hatte viel Geld ausgegeben, um das Los seiner

Pächter zu verbessern, und der Sohn folgte offensichtlich seinem Beispiel, indem er die Häuschen in gutem baulichem Zustand hielt. Die riesigen dunklen Strohdächer sahen adrett und sauber aus; viele der kleinen Gitterfenster wirkten so schmuck, daß sie Produkte aus jüngerer Zeit sein mochten; die für die Gegend von Starbridge so typischen blaßgoldenen Steinmauern leuchteten, als wären sie gerade geschrubbt worden, und das Wirtshaus, das sich natürlich des Namens Flaxton Arms erfreute, wartete mit Rosen um seine Eingangstür auf.

Flaxton Hall, ein streng symmetrischer Koloß, lag an einem Hang mit Blick vom Dorf fort zu dem fernen Hafen Starmouth hinüber. Ich bemerkte, daß der Rasen, obwohl nicht makellos kurz gehalten, noch immer ordentlich aussah, während das Haus so gepflegt wirkte wie die Häuschen im Dorf. Die Labour-Regierung würde den Flaxtons das Leben gewiß ein wenig schwerer machen, aber es machte ganz den Eindruck, als könne auch dieses Problem als eine unbedeutende Unbequemlichkeit abgetan werden.

Ich zog die Klingel und machte mich auf irgendein Fossil von einem Butler gefaßt, aber als die Tür aufging, stand ein Mädchen von etwa neun Jahren vor mir, ein knochiges, eckiges Kind mit einem Schopf krausen, dunklen Haars unter einem Stirnband. Die Augen unter den kräftigen dunklen Brauen waren von einem ungewöhnlichen grünlichen Goldbraun, das ihr später als Frau gut stehen mochte. Sie trug einen blauen Rock, der möglicherweise Teil einer Schuluniform war. Ihre Finger deuteten darauf hin, daß sie vor kurzem einen Unfall mit einem Tintenfaß gehabt hatte.

«Willkommen», sagte sie von oben herab. «Aber Sie hätten nicht zum Vordereingang kommen dürfen. Alle Chauffeure müssen ums Haus herumgehen zum Dienstboteneingang.»

«Ich bin kein Chauffeur.»

«Warum tragen Sie dann Beingamaschen?»

«Ich bin Archidiakon. Darf ich hereinkommen, kleine Miss Flaxton? Ich habe eine Verabredung mit deinem Vater.»

«Woher wissen Sie, wer ich bin?»

«Das war so eine Eingebung. War die Schule heute früher aus?»

«Ich gehe nicht zur Schule. Ich halte nichts davon.»

«Sehr vernünftig», sagte ich, weil ich merkte, daß sie mich schokkieren wollte, und trat an ihr vorbei in eine große ovale Halle. In blaßblauen Nischen leuchteten weiße Marmorstatuen auf; ein blauweißer Fries schmückte die Kante der Decke hoch über dem weißen Marmorfußboden. Angesichts dieser frühklassizistischen Strenge war mir, als sei ich geschrumpft wie Alice im Wunderland und jetzt unter einer umgestürzten Wedgwoodschale gefangen. Die forsche, etwas bizarre Art des Kindes verstärkte die Ähnlichkeit mit Carrolls Phantasiewelt noch.

«Ich habe eine Tochter in deinem Alter», sagte ich, um der Szene ein wenig Normalität zu verleihen und dadurch meine Nervosität zu dämpfen. «Wie heißt du denn?»

«Vanilla», sagte das Kind, ohne eine Sekunde zu zögern.

Wie es schien, waren wir noch immer im Wunderland. Ich ließ mich aber nicht erschüttern und erwiderte sofort: «Wie reizend und originell! Gratuliere!»

Sie lächelte, blickte aber ein wenig argwöhnisch. «Sie glauben mir nicht?»

«Nein, aber das ist weiter nicht schlimm, mir macht das Spaß. Du erinnerst mich an Alice im Wunderland.» Aus den Augenwinkeln heraus sah ich, wie sich endlich der Butler näherte, um mir zu Hilfe zu kommen.

«Wenn ich Alice bin», sagte das Kind, «wer sind dann Sie?»

«Wenn du Alice bist, dann wäre ich gern Lewis Carroll.»

Der Butler, ein großer, kräftiger Mann mit asthmatisch keuchendem Atem, nahm beim Anblick meiner Tracht eine angemessen ehrerbietige Haltung an. «Guten Tag, Herr Archidiakon. Lord Flaxton erwartet Sie schon.»

«Was ist eigentlich ein Archidiakon?» fragte ihn das Mädchen unvermittelt.

«Ein sehr bedeutender Geistlicher, Miss Venetia.»

«Ein *Geistlicher*? Oh, die haben wir hier nicht!» rief sie aus und fügte an mich gewandt in strengem Ton hinzu: «Wir sind alle Agnostiker in unserer Familie. Papa verspeist Geistliche auf Toast zum Frühstück.»

«Gegrillt, gesotten oder gebraten?»

Sie lachte laut auf. Der Butler machte ein schockiertes Gesicht, faßte sich aber dann doch so weit, daß er mich durch die Halle zu einer riesigen zweiflügeligen Tür führen konnte. In den Nischen ringsum spielten muskulöse Marmormänner keusch mit ihren Feigenblättern.

Der Butler öffnete die Türflügel und verkündete im Ton eines Herolds: «Der Archidiakon von Starbridge, Mylord.» Ich schritt über die Schwelle und kam mir dabei vor wie ein früher Christ, der das römische Amphitheater betritt, um seinem ganz persönlichen hungrigen Löwen zu begegnen.

4

Der Raum war etwa zwanzig Meter lang und vollgestopft mit einer eklektischen Kollektion von Möbelstücken; Meisterwerke des achtzehnten Jahrhunderts standen dicht neben überladenen viktorianischen Monstrositäten. Besonders auffällig waren die zwei prächtigen Kamine – noch mehr weißer Marmor – und eine bemalte Decke, die an den Speisesaal des Ritz erinnerte, in den Merry und ihr Mann Dido und mich nach Bekanntgabe unserer Verlobung zum Essen eingeladen hatten.

Am hinteren Ende des Raums stand Lord Flaxton. Als sich die Türen lautlos hinter mir geschlossen hatten, wartete er regungslos ab und beobachtete stumm, wie ich mich auf den langen Weg zu ihm machte.

Das war ein kluger Trick. Gewiß wandte er ihn nicht nur an, um zu zeigen, wer hier das Sagen hatte, sondern auch, um das Stehvermögen seiner Besucher zu testen. Eisern bestrebt, mir keine Verunsicherung anmerken zu lassen, bewegte ich mich stetigen Schrittes über eine Reihe großer Teppiche und machte erst halt, als ich zwei Meter vor ihm stand. Dann sah ich ihn an und sagte mit einer festen, höflichen Stimme, aus der ich jede Spur von nervöser Kriecherei sorgsam verbannt hatte: «Guten Tag, Lord Flaxton. Es ist sehr freundlich von Ihnen, mich so kurzfristig zu empfangen. Ich hoffe aufrichtig, ich kann Ihnen bei der Behebung des Mißstandes in Ihrer Gemeinde helfen.»

Die dunklen Augen unter den schweren Lidern musterten mich

von oben bis unten. Der schmale Mund straffte sich eine Sekunde lang, ehe er sich zu einem feinen charmanten Lächeln entspannte. Zu meiner Erleichterung sah ich, daß ich einen günstigen ersten Eindruck gemacht hatte.

«Guten Tag, Archidiakon.» Er begrüßte mich mit einem sehr kräftigen Händedruck, der vielleicht beweisen sollte, daß er kein Aristokrat von der weichlichen Sorte sei, aber mir war inzwischen ohnehin klar, daß mit dem Mann nicht gut Kirschen essen war. Er war nur mittelgroß, doch seine Schlankheit und die soldatisch aufrechte Haltung ließen ihn größer erscheinen. Nach typisch aristokratischer Art trug er schäbige ländliche Kleidung und sah aus wie ein verschlagener Wilderer.

«Die Starmouths haben mir von Ihnen erzählt», sagte er. «Wie ich hörte, waren Sie Bischof Jardines Protegé. *Das* war ein großer Mann! Kühn, brillant, bedingungslos aufrichtig – was für ein Streiter für die Wahrheit! Wir brauchen heutzutage mehr Männer von dieser Art in der Kirche, und vielleicht bekommen wir sie jetzt, wo Fisher Erzbischof ist. Kennen sie Fisher?»

«Nein, aber wie ich höre –»

«Ein sehr fähiger Mann, vernünftig und nüchtern, nicht wie dieser verrückte Bell, der uns im Oberhaus regelmäßig auf die Palme bringt mit seinem idiotischen, idealistischen Gefasel. Und Fisher hat sechs Söhne gezeugt – sechs! Wer sechs Söhne zeugen, Erzbischof von Canterbury werden und das alles noch überleben kann, der verdient einen Preis für Unzerstörbarkeit. Wie viele Söhne haben Sie gezeugt, Archidiakon?»

«Fünf.»

«Tadellos! Das brauchen wir heute in der Kirche – Geistliche mit Mumm. Keine schlaffen Finger beim Händedruck, kein idealistisches Geblök, keinen verdammten papistischen Firlefanz – Sie sind doch wohl kein Mann der High Church mit einer Schwäche für den Papst, oder?»

«Ganz gewiß nicht, Mylord.»

«Recht so. England den Engländern, das sage ich immer, und kein Katzbuckeln vor so ein paar Ausländern. Begreife diese Leute nicht, die sich so für die Deutschen und Italiener einsetzen – obwohl das nicht heißt, daß ich die Meisterwerke der deutschen Literatur oder die Größe des alten Rom nicht zu schätzen wüßte. Diese frühen christlichen Märtyrer wären ganz schön erstaunt, wenn sie heute noch einmal lebten und eine Zeit vorfänden, in der das Römische Reich nur noch eine Ansammlung von Altertümern ist und Christus von Millionen angebetet wird! *Sic transit gloria mundi!*»

«Entschuldigen Sie, Lord Flaxton», sagte ich, «aber ich bin überzeugt, die Märtyrer wären keineswegs erstaunt. Sie glaubten an den letztlichen Triumph der ewigen Wahrheit über weltliche Werte. *Veritas filia temporis est.*»

Flaxton reagierte mit einem entzückten Lächeln. «Sie sind kein Jasager!» stellte er befriedigt fest. «Sie haben den Mut, sich gegen einen fanatischen, dickköpfigen Agnostiker mit schlechten Manieren zu stellen! Setzen Sie sich, Archidiakon, und entschuldigen Sie bitte, daß ich Sie die ganze Zeit habe stehen lassen, während ich Sie in die Mangel genommen habe. Ich habe so das Gefühl, Sie und ich, wir werden sehr gut miteinander auskommen.»

5

«Wie Sie wahrscheinlich wissen», sagte der Baron, als wir uns in den gepolsterten Wannen niedergelassen hatten, die sich als Lehnsessel ausgaben, «gehört mir dieses Dorf, aber ich habe nicht das Recht, den Pfarrer zu ernennen. Bis jetzt schien dies kaum von Bedeutung, da ich die Kirche nur betrete, wenn meine gesellschaftlichen Verpflichtungen bei Taufen, Trauungen und Begräbnissen es erfordern. Ich bin zwar kein religiöser Mensch, aber ich achte doch sehr auf Moral. Keiner soll behaupten», sagte Lord Flaxton und sah mich dabei mit strengem Blick an, «ich sei nicht äußerst moralisch.»

Ich befleißigte mich eines interessierten Gesichtsausdrucks, entgegnete aber nichts.

«Meiner Ansicht nach», fuhr Lord Flaxton fort, «hat ein Pastor in einer Gemeinde wie dieser die absolute moralische Pflicht, seiner Herde Trost, Sicherheit und Festigkeit zu bieten – besonders jetzt, nachdem der Krieg so viele der früheren Gewißheiten hinweggefegt hat. Wir leben in einer Welt des ständigen Wandels, Archidiakon. Wie Heraklit schon sagte –»

«Πάντα ῥεῖ, οὐδὲν μένει.»

«Genau. Spreche ich da etwa mit jemandem, der wie ich mit ‹sehr gut› von Oxford abgegangen ist?»

«Ja, Mylord. Ich bin ein Balliol-Mann.»

«Ich hab's gewußt! Nur ein Balliol-Mann bringt es fertig, mir meine griechischen Zitate zu stehlen und sie mir um die Ohren zu schlagen ... Was sagte ich gerade –»

«Ein Pastor sollte Festigkeit bieten in einer Welt des Wandels –»

«Ah ja. Nun, ich muß leider sagen, daß dieser Pastor hier nicht daran interessiert ist, seiner Herde – meinen Pächtern, für die ich moralisch verantwortlich bin – durch die Religion irgendwelchen Trost zu bieten. Was er predigt, ist Ketzerei. Und ich meine damit nicht nur, daß er sich über die jungfräuliche Geburt mockiert. Ich glaube, das tun sogar manche Bischöfe gelegentlich, und völlig zu Recht. Kein gebildeter Mensch könnte so ein Märchen schlucken.»

«Glaube ist nicht von Bildung abhängig, Lord Flaxton, obwohl der Intellekt sehr wohl durch den Glauben erweitert werden kann. Wie der heilige Anselm sagte: ‹*Credo ut intelligam.*›»

«Diese Heiligen haben die verrücktesten Sachen verzapft. Soll ich das so verstehen, daß Sie an die jungfräuliche Geburt glauben, Archidiakon? Was ist nur aus Balliol geworden!»

«Meine Jahre dort haben mich für die Feinheiten wissenschaftlicher Auslegung empfänglich gemacht. Der Begriff ‹jungfräuliche Geburt› läßt zum Beispiel mehr als eine Interpretation zu. Für die Juden vor zweitausend Jahren hat er vielleicht lediglich eine erste Geburt bedeutet, eine Geburt, bei der die Mutter vorher noch kein Kind gehabt hatte. Sodann ist mit ‹Jungfrau› in diesem Zusammenhang vielleicht nur ein junges Mädchen gemeint, ohne jeden sexuellen Bezug. Deshalb möchte ich sagen, Ihre Frage ist falsch gestellt. Sie sollte nicht lauten: ‹Wie können Sie an die jungfräuliche Geburt glauben?›, sondern: ‹Was bedeutet der Begriff ‚jungfräuliche Geburt' in diesem besonderen historischen Zusammenhang?›»

«Aber wenn Sie erst mit der Haarspalterei anfangen, wo wollen Sie dann aufhören? Das gewöhnliche Gemeindeglied in seiner Kirchenbank will keine Haarspalterei, sondern Gewißheit. Es will, daß sein Pastor von der Kanzel herunterdonnert: ‹Jesus Christus wurde von Gott mit der Jungfrau Maria gezeugt, einem Mädchen ohne sexuelle Erfahrung!›»

«Ich will Ihnen nicht zu nahe treten, Lord Flaxton, aber darf ich fragen, woher Sie wissen, was das gewöhnliche Gemeindeglied will, wenn Sie die Kirche nur zu bestimmten Zeremonien betreten?»

«Mein Gott!» sagte Lord Flaxton. «Da werde ich aber ganz schön in die Schranken verwiesen!»

«Ich würde es sehr bedauern, wenn ich Sie beleidigt haben sollte –»

«Das haben Sie nicht. Haben mir Stoff zum Nachdenken geliefert. Na schön, lassen wir die jungfräuliche Geburt – die ist zur Zeit ohnehin nicht wichtig; der verdammte Mellors hat nicht die jungfräuliche Geburt attackiert. Er sagt, Christus sei nur einer von vielen langhaarigen Propheten gewesen, die unablässig vom bevorstehenden Weltende dahergeredet hätten – so wie diese Irren, die heute im Hydepark ihre Reden halten. Er sagt, Christus hätte das alles falsch verstanden, die Welt sei nicht zu Ende gegangen, und es habe keine Auferstehung gegeben. Er sagt, die Jünger hätten die Auferstehung vorgetäuscht, um ihrer aufrührerischen Bewegung neues Leben einzuhauchen.»

«Das klingt wie eine entstellte Version von Schweitzers *Geschichte der Leben-Jesu-Forschung*. Das ist ein packendes Buch, aber es ist schon vor vielen Jahren erschienen, und die Fachleute sind heute der Ansicht, daß Schweitzer die eschatologische Seite der Lehre Christi überbetont hat. Mit anderen Worten, Christus war keineswegs ‹nur einer von vielen langhaarigen Propheten›.»

«Aber was ist mit der Auferstehung?»

«Die Theorie, daß die Jünger sich zusammengetan und eine Legende fabriziert hätten, entspricht nicht dem Beweismaterial – zu dem man natürlich auch ihr gewandeltes Leben zählen muß. Zweifelt Mellors das leere Grab an?»

«Ha! Er hat es rundweg abgeschafft! Seine letzte Predigt schloß mit den Worten: ‹Also, was spielt es schon für eine Rolle, was vor zweitausend Jahren geschah?› – worauf die Gemeinde die Kirche verließ und die Kirchenvorsteher beschlossen, mich um Hilfe zu bitten. Und da hatten sie völlig recht! Es geht doch nicht an, daß ein Geistlicher sagt, es spielt keine Rolle, was vor zweitausend Jahren geschah! Das ist gegen die Spielregeln! Der Mann muß sofort entfernt und seines Amtes enthoben werden!»

«Entschuldigen Sie, Lord Flaxton, aber gehe ich recht in der Annahme, daß sie keine dieser Predigten selbst gehört haben? Es wäre immerhin möglich, daß es sich bei Mellors' Worten um aus dem Zusammenhang gerissene und falsch interpretierte Zitate handelt.»

«Nun hören Sie mal, Aysgarth – ein braver, anständiger, vernünftiger Geistlicher, der sich an die Spielregeln hält, sollte sich nicht der Möglichkeit einer Fehlinterpretation aussetzen. Wir hatten schon einmal Ärger mit diesem Mann. Fing nach dem Tod seiner Frau zu trinken an. Nach meiner Ansicht hätte er damals schon entlassen werden müssen, aber dieser alte Bischof ist ja so weich wie Butter; er hat nichts getan, hat ihm einfach verziehen – wie soll man ein solches Verhalten nennen?»

«Ich glaube, man nennt es christlich, Mylord.»

Einen Augenblick lang war es ganz still. Dann lachte Lord Flaxton kurz auf und sagte: «Wieder auf die Matte gelegt! Sie sind ein erstaunlicher Mensch, Archidiakon. Wo kommen Sie her?»

«Aus Yorkshire.»

«Und was war ihr Vater?»

«Er hatte ein Textilgeschäft.»

«Ein Textilgeschäft!» Flaxton war hingerissen. «Sie haben es weit gebracht, würde ich sagen. Und wann haben Sie gespürt, daß Sie zum Seelsorger der Reichen berufen sind?»

«Zum Seelsorger der –»

«Nun tun Sie nicht so, als wüßten Sie nicht, wovon ich rede! Es liegt doch auf der Hand, daß Sie bei Ihrer erstklassigen Bildung und Ihren eisernen Nerven ganz hervorragend für die seelsorgerische Tätigkeit in der Oberschicht qualifiziert sind. Warum hämmern Sie nicht an die heidnischen Türen von Mayfair und Belgravia?»

«Nun, ich –»

«Und halten Sie mir ja keine Predigt darüber, daß alle Geistlichen verpflichtet seien, den verflixten Armen zu dienen! Mein lieber Aysgarth, denken Sie einmal nicht an die unglücklichen Bewohner der Slums im Eastend – um die kümmert sich ständig eine ganze Armee von Masochisten, die sich um dieses Privileg sogar noch streitet, aber wer kümmert sich um die heillose Masse der müßiggängerischen, egozentrischen, trunksüchtigen Ehebrecher, die in der geistlichen Wüste des Westends dahinsiechen? Opportunisten, die sich über einer Tasse Tee ein devotes Lächeln abzuringen wissen! Jasager, die ihren verhätschelten Gemeindegliedern genau das predigen, was sie hören wollen! Spendensammler, die sich bei denjenigen einzuschmeicheln verstehen, die am Geldhahn sitzen! Da könnte einem anständigen Agnostiker übel werden. Die fähigen Leute verschwinden in Bischofspalais und Dekanaten, die Heiligen werden in die Slums gelockt, und uns bleibt der armselige Bodensatz! Ja, wenn *Sie* Pfarrer von St. Mary's Mayfair wären ... aber natürlich möchten Sie kein einfacher Pfarrer mehr sein nach Ihren Jahren als Archidiakon. Aber vielleicht Kanonikus an St. Paul's ... oder Westminster ... Ich werde mal mit dem Premierminister reden. Ich komme mit Attlee ganz gut aus, obwohl ich kein Sozialist bin. Ehemaliger Haileybury-Schüler. Gebildeter Mann. Nicht so wie einige von diesen komischen Figuren, die man heutzutage auf der Regierungsbank findet ... Wo waren wir stehengeblieben? Jedesmal wenn Sie mir in der Debatte einen Punkt abnehmen, komme ich vom Thema ab –»

«Mellors' Alkoholprobleme nach dem Tod seiner Frau.» Ich wußte kaum, was ich sagte. Die Worte «St. Paul's» und «Westminster» klangen mir noch in den Ohren, und wie in Sidney Smith's berühmter Beschreibung der himmlischen Freuden war mir, als speiste ich Gänseleberpastete, während strahlende Trompetenklänge mein Ohr erfreuten.

«... und es würde mich nicht überraschen, wenn er wieder zu trinken angefangen hätte», sagte Lord Flaxton gerade. «Es würde mich auch nicht wundern, wenn da außerdem eine Frau im Spiel wäre. Wenn ein Geistlicher zur Flasche greift und Ketzereien predigt, dann ist das Weib meistens nicht weit.»

«Kann sein, wenn ich auch glaube, daß der Alkohol das sexuelle Verlangen eher dämpft. Aber wissen wir denn mit Sicherheit, daß er wieder trinkt?»

«Um ganz ehrlich zu sein: nein. Aber ich halte es mit Hobbes: Ich bin pessimistisch, was die Menschheit betrifft.»

«Es tut mir leid zu hören, daß Ihr Agnostizismus nicht eine erhebendere Wirkung auf Sie ausübt, Mylord. Nun gut, ich werde jetzt mit Mellors sprechen und Ihnen später davon berichten. Ich bedaure es, daß Sie mit der Sache belästigt wurden, aber im Namen des Bischofs möchte ich Ihnen dafür danken, daß Sie uns aufmerksam gemacht haben.»

«Gut ausgedrückt», sagte Lord Flaxton mit einem dünnen Lächeln. «Besonders genossen habe ich den Seitenhieb auf den Agnostizismus.»

«Ich –»

«Nein, fangen Sie nicht schon wieder an, sich zu entschuldigen, Archidiakon, sonst werde ich böse. Ich habe Sie ja dazu aufgefordert, frei heraus Ihre Meinung zu sagen. Haben Sie vergessen, daß ich zu Anfang unseres Gesprächs Geistliche lobte, die Mumm haben?»

«Ich versichere Ihnen, Mylord, ich habe nicht vergessen, was Sie gesagt haben.» Ich hielt inne, und da sah ich ganz deutlich, daß mein nächster Schritt gefährlich sein konnte. Einen Augenblick lang zögerte ich, gelähmt durch meine alte, vertraute Feigheit, doch dann dachte ich an George Bell, der immer wieder im Oberhaus aufgestanden war, um die mutigen Reden zu halten, die ihn später den Erzbischofsstuhl von Canterbury kosteten.

«Lord Flaxton», sagte ich schließlich ganz ruhig, «Sie waren sehr liebenswürdig und haben mir weit mehr Komplimente gemacht als ich verdiene, aber ich fürchte, wenn Sie mich besser kennten, würden Sie mich ganz anders beurteilen. Sie würden glauben, ich sei zu nachsichtig mit den Deutschen. Ich bin ein Anhänger von Bischof Bell.»

Die verhangenen dunklen Augen weiteten sich. Wir standen beide völlig regungslos in dem gigantischen Raum, und die Stille wurde nur durch das Ticken der Uhren unterbrochen. Dann sagte Flaxton: «Jetzt *weiß* ich, daß Sie das Zeug haben, sich die Reichen vorzuknöpfen. Darf ich Sie zu Ihrer außergewöhnlichen Integrität und Ihrem moralischen Mut beglückwünschen? Einen Mann wie Sie wünsche ich mir im Oberhaus.»

Er begleitete mich durch die ganze Länge des großen Zimmers und die ovale Halle bis zum Vordereingang. Er sprach von der Kirche, aber ich war so benommen, daß ich mich nicht auf seine Worte zu konzentrieren vermochte. Erst als er die Tür öffnete, konnte ich die Verbindung zwischen Ohr und Gehirn wieder herstellen.

«... und die Kirche scheint nie zu bedenken, wie ihre Amtsernennungen auf die Außenwelt wirken», sagte er gerade. «Wahrscheinlich kümmern sich die höheren Kirchenmänner nicht darum, aber die Kirche gehört uns allen, nicht wahr, sie gehört jedem, der sich Engländer nennen kann – sie ist das großartige Vermächtnis unserer Vergangenheit, ein Erbe, das auch von unverbesserlichen Agnostikern hochgehalten werden sollte, und ich persönlich halte es als Mensch, der intelligent genug ist, die entscheidende Bedeutung der Geschichte zu erkennen, für meine moralische Pflicht, eine solch einzigartige Institution in ihrem Überleben und Gedeihen zu unterstützen. Menschen, die sich aus eigener Kraft hochgearbeitet haben, verdienen mehr Anerkennung, und Verstand und Mumm müßten höher im Kurs stehen. Wir müssen zum Christentum der Stärke zurückkehren, zu den glorreichen Zeiten des neunzehnten Jahrhunderts!»

Ich versagte es mir, ihn an die wilden Streitereien über Darwin, an die verbissenen Kämpfe zwischen den Broad-Church-Liberalen und den Evangelikalen und an die durch die Oxford-Bewegung verursachte Zerrüttung zu erinnern. Alles, was ich herausbrachte, war ein schwächliches «Ich beglückwünsche Sie zu diesen äußerst beherzten Überzeugungen, Mylord.» Jetzt klang ich doch wie ein Speichellekker. Es war zweifellos Zeit zum Gehen.

Er begleitete mich auch noch die Stufen hinunter bis zu meinem Wagen.

«Nun», sagte er, als es mir endlich gelang, mich von ihm zu verabschieden, «seien Sie versichert, daß ich die jungfräuliche Geburt nie mehr in dem gleichen Licht sehen werde wie früher! Ich wünsche Ihnen viel Glück – oder wie Vergil es ausdrückte: *Macte nova virtute, puer, sic itur ad astra*!»

Das bedeutete ungefähr soviel wie «Viel Glück, mein Junge – mach weiter so, und du schaffst es bis hinauf zu den Sternen!» Mit einiger Anstrengung produzierte mein verläßliches Gedächtnis das Zitat über das Glück, das dem Mutigen zur Seite steht. «Und wie Vergil auch sagte», entgegnete ich tapfer, «‹Audentis Fortuna iuvat.›»

Mit einem erneuten Auflachen trat Lord Flaxton zurück, so daß ich mich in den Wagen fallen lassen konnte. Keines rationalen Gedankens mehr fähig, schaltete ich wie ein Roboter den Motor ein, und immer noch wie ein Roboter fuhr ich gleich darauf die Auffahrt hinunter.

Soweit ich erkennen konnte, stritten jetzt Gott und der Teufel eifrig um meine Seele. Konnte ein guter Modernist, der jede Erwähnung des Teufels vermied, allen Ernstes auf solch altmodische Symbolik zurückgreifen? Offenbar ja. Aber vielleicht war ich geistig verwirrter, als mir bewußt war.

Ich ließ alle Hoffnung auf die Gabe des unterscheidenden Scharfblicks fahren, und ohne mich noch länger zu fragen, was Gott wohl mit mir vorhatte, fuhr ich ins Dorf hinunter, um mit dem unglücklichen Geistlichen zu sprechen, der offenbar wie ich kurz vor einem Nervenzusammenbruch stand.

7

Die Kirche von Flaxton Pauncefoot konnte kaum älter als dreihundert Jahre sein, und ich fragte mich, was aus dem mittelalterlichen Gotteshaus geworden war, das früher hier gestanden haben mußte. Eine Broschüre neben dem Almosenkasten lieferte die Erklärung: Cromwells Soldaten, die diese Kirche für ein besonders abstoßendes Beispiel des Götzendienstes hielten, hatten dem Drang, sie niederzubrennen, nicht widerstehen können. Ich war dazu erzogen worden, in Cromwell einen Helden zu sehen, der England aus den papistischen Fängen einer ausländischen Königin gerettet hatte, deshalb durchfuhr es mich jedesmal, wenn ich auf solche Zeugnisse der Zerstörungswut seiner Anhänger stieß.

In der Sakristei durchsuchte ich die Schränke nach leeren Flaschen, fand aber nur Abendmahlswein. Der Schlüssel zum Weinschrank lag gut sichtbar oben auf dem Türrahmen, doch das war nichts Ungewöhnliches; die Welle von Verbrechen, die seit Kriegsende das Land überspülte, hatte bisher nur wenige ländliche Gemeinden erreicht.

Ich verließ die Kirche und ging durch den Friedhof auf das verfallende Haus zu, das hinter einer ungestutzten Hecke aufragte. Auf dem Gartenweg wuchs Unkraut. Der Garten selbst war eine Wildnis. Verblaßte Buchstaben an dem zerbrochenen Tor besagten, daß es sich bei diesem heruntergekommenen Bauwerk um das Pfarrhaus handelte. Ich schritt auf die abgenutzte Eingangstür zu und versuchte die Glocke zu läuten, doch sie blieb stumm. Ich griff zum Türklopfer. Niemand erschien, aber die Tür war nur eingeklinkt und ließ sich quietschend öffnen. Zögernd betrat ich eine dunkle, schmutzige Diele.

«Hallo?» rief ich. «Jemand da?» Zu meiner Überraschung kam aus einem Zimmer nebenan die mürrische Stimme eines Mannes: «Ja – Augenblick!»

Ich hörte, wie ein Glas gegen einen metallenen Gegenstand stieß und gleich darauf eine Schranktür zuschnappte – die Gerätschaften einer nachmittäglichen Trinkstunde wurden versteckt. Einen Augenblick später trat ein Mann in die Diele, der etwa in meinem Alter sein mußte. Er hatte graues, struppiges Haar, das einen kahlen Schädel umkränzte, blasse Augen hinter dicken Brillengläsern und eine ungesunde Gesichtsfarbe. Seine Lippen waren feucht – wahrscheinlich war er sich gerade nervös mit der Zunge darübergefahren. Als er meine geistliche Kleidung sah, erschrak er.

«Guten Tag, Sir», sagte ich sehr höflich. «Mein Name ist Aysgarth. Wenn Sie einen Moment Zeit haben, hätte ich gern mit Ihnen gesprochen.»

«Natürlich», sagte er unglücklich und ging mir voran in ein unaufgeräumtes Arbeitszimmer, wo der Staub wie brauner Rauhreif auf den Möbeln lag. «Nehmen Sie Platz», fügte er hinzu und räumte hastig einen abgewetzten Stuhl frei.

«Danke.» Ich wartete, bis auch er sich gesetzt hatte, und sagte dann: «Ich bin hier in Vertretung des Archidiakons von Starmouth, der im Augenblick verhindert ist.»

«Das ist eine erfreuliche Nachricht. Ich kann diesen Babbington-

French nicht ausstehen.» In einem unerwarteten Anflug von sarkastischem Humor setzte er hinzu: «Jetzt erklären Sie mir sicher gleich, er sei ein guter Freund von Ihnen.»

«Meine Bekanntschaft mit Mr. Babbington-French ist rein dienstlicher Natur.»

«Ha, Sie drücken sich aber vorsichtig aus. Ich sehe, Sie sind einer von den kirchlichen Diplomaten, die mühelos die Leiter der Hierarchie hinaufsteigen bis zum Bischofspalais. Ich habe natürlich von Ihnen gehört. Sie haben ein Haus in der Domfreiheit und eine Frau aus der besseren Gesellschaft. Viel Glück, kann ich nur sagen – viel Glück! Freut mich, daß es wenigstens einen Geistlichen in meinem Alter gibt, der nicht auf einem ländlichen Friedhof lebendig begraben ist bei einem Gehalt, über das ein Müllmann nur lachen würde – das können Sie dem Bischof ruhig sagen. Und da wir gerade vom Bischof sprechen – warum besucht mich sein Büttel? Hat wieder jemand gesagt, ich trinke?»

«Nein, aber wenn Sie regelmäßig nachmittags um vier Uhr der Nüchternheit Lebewohl sagen, ist es nur noch eine Frage der Zeit, bis es jemand tut.»

«Ich trinke nie vor einem Gottesdienst. Nie.»

«Gratuliere. Was machen Sie mit den Flaschen?»

«Ich vergrab' sie im Garten. Wenn Sie glauben, ich hätte es schon nicht mehr nötig, noch den Schein zu wahren, so versichere ich Ihnen –»

«Und wo kaufen Sie sie?»

«In Starmouth. Sie glauben doch nicht, ich habe einen Dauerauftrag beim Schankkonzessionär hier am Ort, oder?»

«Whisky, nicht wahr? Oder Gin?»

«Bei zweiundzwanzig Shilling und Sixpence die Flasche? Wie soll ich mir das leisten können?»

«Es ist erstaunlich, wie viele knickerige Bankfilialleiter beim Anblick eines verarmten Pastors weich werden.»

«Ah. Ja. Nun, tatsächlich –»

«Name der Bank?» fragte ich und zog mein Notizbuch heraus.

«Die Westminster in Flaxfield. Aber der Kredit ist nur über hundert Pfund!»

«Das ist zuviel für jemanden in Ihrer Situation. Er muß umgehend zurückgezahlt werden.» Ich notierte: «Schulden: – 100 (– 200?) WB Flax.» und setzte in geschäftsmäßigem Ton hinzu: «Wenn ein Kredit dreistellig wird, ist es das beste, die Diözese löst ihn bei der Bank ab, um das Risiko eines Skandals auszuschalten; dreistellige Beträge haben die fatale Angewohnheit, sehr rasch größer zu werden. Wenn dann die Bank erst aus dem Spiel ist, besprechen wir, wie der Schuldner das Geld an die Diözese zurückzahlen und doch noch im Rahmen seines Einkommens leben kann. Borgen Sie sich auch manchmal Geld aus der Kirchenkasse?»

«Klagen Sie mich der Veruntreuung an?»

«Nein, ich würde davon ausgehen, daß keine betrügerische Absicht vorliegt.»

«Nun, ich leihe mir schon ab und zu mal fünf Pfund beim Orgelfonds aus, *aber ich zahle es nachher immer wieder zurück* –»

«Wieviel schulden Sie dem Fonds zur Zeit?»

«Zwölf Pfund fünf Shilling und Sixpence.»

«Sind Sie sich dieser Zahl ganz sicher?»

«Klagen Sie mich der –»

«Ich erhebe keine Anklage, ich halte Tatsachen fest. Schön, aber wir müssen dieser Situation auf den Grund gehen, bis jetzt haben wir nur über Symptome gesprochen. Was betrachten Sie als Ihr eigentliches Problem, das Problem, das Sie zum Alkohol, zum Schuldenmachen und zur Verzweiflung treibt? Ein schmerzlicher Verlust? Einsamkeit? Geistige Isolation? Die niederdrückende Atmosphäre dieses baufälligen alten Hauses? Altersbedingte Depressionen? Frauen? Chorknaben?»

«Mein Gott!» Zu meiner Erleichterung sah ich, daß sein Entsetzen echt war. Normalerweise gebraucht kein Geistlicher den Namen Gottes im Affekt, schon gar nicht, wenn ihm gerade ein Archidiakon auf den Zahn fühlt. Ich beschloß, diesen Schockzustand auszunutzen.

«Haben Sie den Glauben verloren?» fragte ich rasch weiter.

Doch jetzt trat Zorn an die Stelle des Schocks. «Den Glauben verloren? Ganz gewiß nicht! Und wollen Sie bitte sofort aufhören, mich so zu bearbeiten! Sie dreschen ja auf mich ein wie auf einen Amboß!»

Es wurde Zeit, ihm meine Technik zu erklären, um ihn zu besänftigen. «Tut mir leid», sagte ich mitfühlend, «aber ich habe die Erfahrung gemacht, daß diese sehr schwierigen Gespräche im allgemeinen leichter vonstatten gehen, wenn alle schlimmen Möglichkeiten gleich am Anfang zur Sprache kommen. Sonst kann es einem passieren, daß man stundenlang vorsichtig auf Zehenspitzen herumtappt – mit dem Ergebnis, daß das arme Opfer, das in der Regel sowieso schon völlig mit den Nerven herunter ist, nur noch für die Anstalt taugt, wenn die Wahrheit schließlich ans Licht kommt. Sie mögen das für einen schlechten Witz halten, aber ich habe wirklich das Gefühl, daß ich Ihnen damit einen Gefallen tue.»

Er konnte sich der Logik dieses Arguments nicht verschließen; er schien zuerst besänftigt und dann sogar erleichtert, als ihm bewußt wurde, daß seine Situation noch viel schlimmer hätte sein können. Zumindest gab es keinen Ärger mit Chorknaben. «Nun» – der Drang, mir zu beweisen, daß er kein gar so übler Bursche war, brachte ihn zum Reden – «ich glaube, mein Hauptproblem besteht darin, daß ich mich langweile.»

Ich verzog keine Miene. «Könnten Sie das etwas näher erläutern?» Ich fragte mich, wie aus einem gelangweilten Gläubigen ein wilder Ketzer werden konnte. Die wahre flammende Ketzerei entspringt in der Regel einem Zustand leidenschaftlicher Zerrissenheit und nicht dem Ennui des verarmten Mittelstandes.

«Mich langweilt meine Armut», sagte Mellors, «mich langweilt, daß ich keine Ehefrau mehr habe und mir keine zweite leisten kann, mich langweilen all diese schwerfälligen Leute in der Gemeinde, mich langweilt das Leben auf dem Lande und das Wissen, daß ich mir jede Hoffnung auf Beförderung zunichte gemacht habe, als ich nach dem Tod meiner Frau zu trinken anfing, mich langweilt, daß ich keine Zukunft habe, mich langweilt einfach alles. Sie sehen also, ich leide eigentlich nur an Faulheit. Typisch, daß ich mir auch die langweiligste der sieben Todsünden ausgesucht habe. Langweilig von mir, nicht wahr?»

«Praktisch gesehen ist es mir lieber, daß Sie sich der Faulheit hingeben als unerlaubten sexuellen Aktivitäten», sagte ich, um einen freundlichen, mitfühlenden Ton bemüht. «Sex ist so viel schwerer zu vertuschen. Aber lassen wir weltliche Betrachtungen beiseite und denken wir auch einmal an Gott – wahrscheinlich langweilt er Sie auch.»

«Nein, nicht im geringsten, obwohl ich überzeugt bin, daß ich ihn langweile. Ich wiederhole: Ich habe meinen Glauben nicht verloren. Ich glaube noch immer, daß Gott existiert, aber dummerweise ist mir, als befände ich mich in einer Art von – wie soll ich es ausdrükken –»

«Ödland?»

«– Ödland – danke –, das so langweilig ist, daß man von IHM nicht verlangen kann, es zu betreten.»

«Muß das Predigen etwas problematisch machen.»

«Ja, eine Zeitlang hat es das», sagte Mellors, während es mir immer schwerer fiel, meine Distanziertheit zu bewahren, «aber dann fand ich die Lösung. Ich mußte neulich nach Starbridge zum Zahnarzt – ich hatte da einen Zahn, der mir keine Ruhe ließ –, und anschließend habe ich die Bibliothek der Theologischen Hochschule aufgesucht. Wahrscheinlich hatte ich wegen meiner Faulheit solche Schuldgefühle, daß ich meine Predigten mit einem Schuß zeitgenössischen religiösen Denkens würzen wollte. Jedenfalls – ich blätterte in einer Ausgabe des *Modern Churchman* und entdeckte dabei einen äußerst seltsamen Artikel von Bischof Barnes von Birmingham.»

«Ah! Am Horizont geht ein Licht auf!»

«Genau mein Gedanke. Ein Ende der Langeweile, dank Bischof Barnes! Aber wirklich, dieser Mann ist ja eine Schande. Wenn das Modernismus ist –»

«Ja, Barnes ist etwas exzentrisch und setzt sich Mißverständnissen aus, aber im Grunde ist er ein guter Mann.»

«Möglich, aber seit ich ihn gelesen habe, möchte ich bei jedem Modernisten, den ich sehe, KETZER! schreien. Aber immerhin brachte er mich auf den Gedanken, mir rasch einmal das derzeitige modernistische Denken vorzunehmen, und die drei Sonntage danach sorgte ich unter den schwerfälligen Leuten der Gemeinde für ein wenig Aufregung, indem ich eine Menge modernistischen Quatsch predigte – Sie kennen das ja, alles nur ein Mythus, keine Auferstehung, keine Inkarnation –»

«Ich raube Ihnen nur ungern Ihre Illusionen, Mellors, vor allem wo Ihnen offenbar zum erstenmal seit Monaten das Predigen wieder Spaß gemacht hat, aber das ist kein wahrer Modernismus. Der wahre Modernismus hält an der Göttlichkeit Christi fest.»

«Was ist mit der Auferstehung?»

«Auch daran glauben die Modernisten, aber natürlich sind sie der Ansicht, daß man sich über die genaue Art der Auferstehung –»

«Aber wie können die Modernisten an die Auferstehung glauben, wenn sie nicht an Wunder glauben?»

«Sie stufen die Auferstehung nicht als normales altmodisches Wunder ein, das in den Bereich der Fabel oder der Metapher gehört. Sie sehen sie als ein einzigartiges Ereignis, das mit unserem derzeitigen Wissen von den physikalischen Gesetzen nicht erklärt werden kann.»

«Aber wie können die Modernisten so genau wissen, was eine Fabel oder eine Metapher ist und was naturwissenschaftliche Unkenntnis? Ich persönlich glaube, die ganze modernistische Einstellung zeugt von einer höchst widerlichen geistigen Arroganz – diese Anbetung der Wissenschaft ist nichts als eine pervertierte Form des Götzendienstes: Die Naturwissenschaft kennt nicht alle Antworten! Wie könnte sie? Und wenn man an einen absolut transzendenten Gott glaubt –»

«Nun ja», sagte ich – ich dachte längst nicht mehr daran, daß ich mich eigentlich auf amtlichem Kriegspfad befand –, «wenn Sie den Fehler begehen, Gott als absolut transzendent zu sehen, als entrückte Kraft, die mit der gelegentlichen Unmöglichkeit aufwartet, wann immer es sie danach gelüstet, dann kommen Sie irgendwann zwangsläufig zu dem Schluß, daß er über den Naturgesetzen steht, und dann sehen Sie überall Wunder. Aber die Modernisten stellen sich Gott als der Welt immanent vor, als eine durch die Naturgesetze wirkende Kraft. Sie glauben, daß man, wenn man sich nur dieses archaischen und wenig hilfreichen Modells des transzendenten Gottes entledigt, zu einer Theologie gelangen kann, die der Mitte des zwanzigsten Jahrhunderts viel angemessener ist.»

«Was für ein kolossaler Unsinn! Wenn wir schon in der Mitte dieses fürchterlichen Jahrhunderts leben müssen, dann ist das Letzte, was wir brauchen, ein immanenter Gott, der sich zusammen mit uns in diesem ekelhaften Schweinestall wälzt – wir brauchen einen Gott *über* dem ganzen Chaos, der sich herunterbeugen und uns da herausziehen kann! *Ihr* Gottesmodell ist wenig hilfreich und archaisch, nicht meines!»

«Aber mir scheint, daß Leute, die dauernd von einem transzendenten Gott reden, letztlich immer die Bedeutung Christi unterschätzen. Wenn man im Auge behält, daß die Inkarnation Gottes Immanenz unter den Menschen symbolisiert –»

«Oh, ich kann nichts anfangen mit diesem gemütlichen, wohlwollenden Gott, den ihr Liberale in die Kleider Christi steckt und auf eure eigene weltliche, menschliche Ebene herabzieht! Gott ist kein weichherziger Liberaler! Er ist streng, entschlossen – notfalls sogar brutal –»

«Aber wenn Gott die Liebe –»

«Manchmal erfordert Liebe Strenge und Entschlossenheit – ja, und sogar Brutalität. Was taugen Eltern, die sich nicht die Mühe machen, ein Kind zu züchtigen, das vom rechten Weg abkommt? Natürlich, die Modernisten sagen, niemand kommt je vom rechten Weg ab, sie sagen, es gibt keine Sünde, aber nach meiner Meinung –»

«Sie sagen doch nicht, daß es keine Sünde gibt, Mellors! Sie sagen nur, wir sollten ein Fehlverhalten im Licht der modernen Psychologie und Soziologie betrachten –»

«Es ist völlig gleich, in welchem Licht Sie das Böse betrachten, das ändert nichts an der Tatsache, daß wir alle Sünder sind – und daß wir alle vor Gericht stehen! Wir müssen alle erlöst werden, und entgegen der Vorstellung von euch Modernisten ist die Erlösung nicht einfach dadurch zu haben, daß man sich mit einem gewinnenden Lächeln an Gott heranmacht und schüchtern lispelt: ‹Ach bitte, Herr, ich glaube, ich bereue jetzt – kann ich bitte meine Ration himmlischen Lichts haben?› Auf dem Weg zur Erlösung erwarten uns Blut, Schweiß und Tränen und nicht Mondschein, rote Rosen und Engel, die auf ihren Harfen klimpern!»

«Mein lieber Mellors», sagte ich, «warum predigen Sie das nicht, wenn Sie auf Ihrer Kanzel stehen? Warum setzen Sie Ihrer Gemeinde statt dessen pseudomodernistischen Unsinn vor? An einer zeitgemäßen Neuorthodoxie ist doch nichts auszusetzen!»

Mellors erwiderte trocken: «Ich habe mich gelangweilt.» Dann setzte er hinzu: «Mein eigener Kampf um Erlösung war zu schwer. Ich wachte eines Tages auf und stellte fest, daß mir die Kraft ausgegangen war.» Und schließlich flüsterte er: «Ich habe mich ruiniert. Ich hatte so große Hoffnungen, und jetzt sind sie alle gestorben. Ich habe keine Hoffnung mehr übrig.»

«Das sagen Sie, weil Sie jetzt in Ihrem Ödland sind, aber –»

«Was wissen *Sie* von meinem Ödland?» rief Mellors in einem Anfall von Wut und Verzweiflung. «Was wissen *Sie* davon, wie das ist, wenn man arm ist, wenn man zuviel trinkt, wenn man sich völlig von Gott abgeschnitten fühlt.»

«Mehr als Sie glauben.» Ich erhob mich unvermittelt. «Ich werde mit dem Bischof reden und versuchen, für Abhilfe zu sorgen.»

«Das heißt, Sie werden ihm empfehlen, mich aus dem Kirchendienst zu entlassen!» Er versuchte weiter den wilden Mann zu spielen, doch ihm versagte die Stimme. Er nahm die Brille ab und begann sie wie wild mit einem schmutzigen Taschentuch zu putzen.

Ich setzte mich wieder. «Mellors», sagte ich, «Sie mißverstehen vollkommen das Wesen meiner Mission. Meine Aufgabe ist es nicht, Sie noch einmal zu kreuzigen, sondern in Ihr Ödland hineinzugehen und zu sehen, wie ich Sie am besten von Ihrem Kreuz herunterholen kann.»

Es entstand ein Schweigen, und als ich merkte, daß er zu keiner Erwiderung fähig war, fuhr ich fort: «Ich werde dem Bischof als erstes empfehlen, Sie in Urlaub zu schicken. Sie brauchen jetzt erst einmal Erholung von diesem ganzen Elend. Dann werde ich empfehlen, daß Sie sich regelmäßig mit einem verständnisvollen älteren Amtsbruder besprechen, der in solchen Dingen Erfahrung hat. Und schließlich werde ich empfehlen, daß Sie, nachdem Sie genügend Ruhe und Hilfe gehabt haben, Ihre Arbeit wieder aufnehmen – ob hier oder anderswo in der Diözese, das ist freilich eine Frage, die nur der Bischof entscheiden kann.»

Sein Versuch, sich zusammenzureißen, scheiterte. Mit einem Seufzer erinnerte ich mich der quälenderen Aspekte meiner Arbeit bei den deutschen Kriegsgefangenen. Ich wußte nie, wie ich mich verhalten sollte, wenn Männer weinten. Es war zu schmerzlich; machte mir zu gnadenlos meine seelsorgerische Unbeholfenheit bewußt. Aber meine Deutschen hatten geschrieben – und Dr. Bell hatte gesagt –

«Entschuldigen Sie», sagte der unglückliche Mellors und wischte sich mit dem schmutzigen Taschentuch über die Augen.

«Schon gut. Ich selbst bin in der letzten Zeit auch nicht ganz ohne Tränen ausgekommen. So etwas kann jedem passieren.»

Zu meiner Überraschung schien Mellors diese eher törichte Bemerkung tröstlich zu finden. Als er mich zur Tür begleitete, sagte er sogar: «Ich bin froh, daß Sie gekommen sind und nicht dieser aufgeblasene Babbington-French.»

Nicht zum erstenmal fragte ich mich, wie Dr. Ottershaw und ich es anstellen sollten, Babbington-French nach meinem pastoralen Einfall in seinen Dienstbezirk zu beschwichtigen. Babbington-French betrachtete mich mit Mißtrauen und mißgönnte mir meinen Einfluß beim Bischof. Da mochte es Ärger geben, und zum ersten Mal in meinen Jahren als Archidiakon verspürte ich einen starken Drang, zu neuen Ufern aufzubrechen.

Nachdem wir uns mit Handschlag verabschiedet hatten, gab ich Mellors noch meine Telefonnummer – seine schwache neue Hoffnung konnte schließlich jederzeit einem Anfall selbstmörderischer Verzweiflung Platz machen, und dann war rascher Zuspruch vonnöten. Dann ging ich zum Wagen zurück, und während meine Gedanken wieder fieberhaft und verworren um meine Zukunft zu kreisen begannen, trat ich die Rückfahrt nach Starbridge an.

8

Im Palais begrüßte mich der Kaplan mit der Nachricht, daß Dr. Ottershaw in heller Aufregung sei; Darrow hatte endlich geruht, seine Pläne für die Erweiterung der Theologischen Hochschule auf den Tisch zu legen.

«Das ist meine Schuld», sagte ich. «Über meinen privaten Problemen habe ich vergessen, den Bischof davon zu verständigen, daß Darrow wieder einmal einen Anschlag plant.»

«Sehr großmütig von Ihnen, die Schuld auf sich zu nehmen, Archidiakon, aber man kann Sie kaum dafür verantwortlich machen, daß Darrow hier hereingerauscht kommt und ganz kühl im Namen des Heiligen Geistes Tausende von Pfund verlangt! Also wirklich!» Hampton war zutiefst empört. «Schließlich ist er ein bekannter und erfahrener geistlicher Berater und nicht ein Gangster, der mit gezückter Pistole Geld erpreßt – oh, da wir gerade von selbstherrlichen Gangstern sprechen: Wie ging's denn bei Lord Flaxton?»

«Er hat Feuer gespien, aber ich konnte Löschwasser draufgießen.»

«Und der Ketzer?»

«Er ist kein Ketzer. Er hat nur ein kleines Spielchen mit dem Modernismus getrieben.» Ich ging an Hampton vorbei in Dr. Ottershaws Arbeitszimmer. Der Bischof hatte einen der großen blauen Ordner mit den Finanzunterlagen der Diözese vor sich liegen. Er machte ein bekümmertes Gesicht, und neben ihm stand eine noch unberührte Tasse Tee. «Mein lieber Bischof», sagte ich in entschiedenem Ton, da ich es als meine Pflicht erkannte, ihn aus diesem weltlichen Dickicht herauszuholen, in das er so brutal hineingestoßen worden war, «falls Sie gerade daran herumrätseln, wo Sie das Geld für Darrows Luftschloß hernehmen sollen, dann hören Sie sofort damit auf. Damit soll sich der Finanzausschuß befassen. Sie haben schließlich Wichtigeres zu tun als sich mit komplizierten Rechnereien herumzuschlagen.»

«Nun, ich weiß nicht, ob ich wirklich Wichtigeres zu tun habe», sagte der Bischof gequält. «Wie die Theologische Hochschule mit möglichst wenig Geld vorübergehend erweitert werden kann, das ist tatsächlich ein wichtiges Problem. Und ich glaube, wir können unter diesen Umständen den Ruf des Heiligen Geistes nicht einfach überhören –»

«Darrow ist nicht der Heilige Geist. Er ist Darrow.»

«Ja, aber es ist ein schöpferischer Gedanke, nicht wahr? Mietfreie Räumlichkeiten in schöner, angenehmer Umgebung – solange, wie der große Zustrom von Ordinanden anhält –»

«Ich gebe zu, es ist ein kühner Plan, aber Geld kostet er trotzdem, und es könnte sich als praktischer erweisen, Räume hier in der Stadt zu mieten. Eine Dependance in Starrington könnte administrative Probleme mit sich bringen. Darrow hält gern die Macht allein in Händen.»

«Aber Darrow sagt –»

«Ich weiß genau, was Darrow sagt! Er glaubt, er kann den Wundermann spielen und an zwei Orten gleichzeitig sein, obwohl sie zwölf Meilen auseinanderliegen, aber das ist Unsinn, und das müssen Sie ihm sagen.»

«Du liebe Güte», sagte der arme Bischof und sah bei dem Gedanken, Darrow die Stirn bieten zu müssen, noch gequälter aus, «wie schwierig das alles ist!»

«Keineswegs – die Situation ist eigentlich ganz einfach. Überlassen sie die erforderlichen Nachforschungen mir. Wenn ich Ihnen dann die sachdienlichen Fakten zusammen mit meinen Empfehlungen vorlege, brauchen Sie nur noch um Anleitung zu beten und Ihre Entscheidung zu treffen.»

Das Gesicht des Bischofs hellte sich bei dem Gedanken ans Beten gerade ein wenig auf, als der Kaplan den Kopf zur Tür hereinstreckte. «Entschuldigen Sie, Bischof, aber ich habe gerade Lord Flaxton am Telefon – er will wissen, welchen Eindruck der Archidiakon von Mellors hat.»

Der Bischof stöhnte.

«Ich bin noch nicht zurück», sagte ich zu Hampton, «und der Bischof ist in einer Besprechung.»

Hampton salutierte zum Spaß und verschwand wieder.

«Hier Darrow und da Lord Flaxton», sagte der Bischof, «da wünscht man sich ja bald, man wäre ein einfacher Landpastor. Neville, was hat es in Flaxton Pauncefoot gegeben?»

Ich schilderte in knappen Worten Mellors' schwierige Situation.

«Armer Kerl!» seufzte Dr. Ottershaw zum Schluß erwartungsgemäß. «Armer, armer Kerl! Es sieht so aus, als hätte er den Tod seiner Frau vor zwei Jahren noch nicht ganz verkraftet... Kommt Allington Court noch in Frage, oder wäre es besser, ihn zu den Forditen zu schicken?»

«Ich glaube, am dringendsten braucht er völlige Ruhe in angenehmer Umgebung – das heißt Allington Court, wobei der Hausleiter einen Wink bekommen sollte, daß geistliche Beratung vonnöten ist. Das mit dem Trinken ist natürlich ein Risiko, aber das müssen wir wohl in Kauf nehmen. Schließlich ist er kein richtiger Ketzer – mit den Predigten hat er nur signalisiert, daß er in akuter Not war.»

«Ich rufe den Hausleiter morgen an», sagte der Bischof und machte sich eine Notiz auf seinem Kalender, «und heute abend rufe ich den armen Mellors an, um zu hören, wann er mich aufsuchen kann. Aber was sage ich Flaxton, wenn er wieder zu toben anfängt und verlangt, daß Mellors das Priesteramt entzogen wird?»

«Flaxton geht es nur darum, daß seine Pächter vor ketzerischen Reden bewahrt werden. Wenn Sie Mellors versetzen – und ich glaube, für Mellors wäre ein ganz neuer Anfang wichtig –, dann wird Flaxton nicht weiter darauf herumreiten. Das wirkliche Problem ist nicht Flaxton, sondern Babbington-French.»

Der Bischof zuckte zusammen. «Ich hatte auch schon daran gedacht. Das wird einen schrecklichen Tanz geben.»

«Wir können da nur eines machen, Bischof – wir müssen alles auf Flaxton schieben: Sagen Sie Babbington-French, Flaxton habe gewollt, daß ich ihn aufsuchte, und Sie hätten es angesichts der potentiell skandalträchtigen Situation für unbedingt notwendig gehalten – nicht nur für diplomatisch klug, sondern für unbedingt notwendig –, Flaxtons Bitte zu entsprechen.»

«Aber wenn Hubert wissen will, warum ich ihn nicht wenigstens konsultiert habe?»

«Dann schieben Sie alles auf mich. Ich hätte Ihnen geraten, keine Zeit zu verschwenden, und darauf bestanden, sofort nach Flaxton Pauncefoot zu fahren.»

«Aber ich habe doch sicher die moralische Pflicht, wenigstens einen Teil der Verantwortung auf mich zu nehmen!»

«Nein, Bischof. Wenn Sie mit Babbington-French Streit bekommen, wirkt sich das zwangsläufig auf Ihre Arbeit aus, zum Schaden für die Diözese. Ihre moralische Pflicht ist es in diesem Fall, völlig unschuldig zu erscheinen.»

«Und was sage ich in meiner Unschuld, wenn er den Fall übernehmen will?»

«Es wird keinen Fall zum Übernehmen geben. Sobald mit Allington Court alles verabredet ist, können Sie die Rettungsaktion als *fait accompli* darstellen, ankündigen, daß Mellors in meinen Archidiakonatsbezirk versetzt wird, und Babbington-French sagen, daß er sich nur noch um die wichtigsten Gottesdienste in Flaxton Pauncefoot kümmern muß, bis Sie einen Nachfolger für Mellors ernannt haben. Spiel, Satz und Sieg für den Bischof.»

Schließlich kam Dr. Ottershaw sein angeborener Sinn für Humor zu Hilfe. «Ich war damals über meinen Ruf, Geistlicher zu werden, aus mehreren Gründen sehr froh», sagte er, «und einer davon war der, daß ich glaubte, ich würde dadurch den Animositäten der weltlichen Berufe entgehen – von ihren machiavellistischen Gaunereien ganz abgesehen. Zu jener Zeit war ich natürlich noch wirklich unschuldig.» Und als ich ihn anlächelte, sagte er impulsiv: «Was würde ich ohne Sie tun, Neville? Ich habe so das Gefühl, als wären Sie die längste Zeit bei mir gewesen – und ich sagte Ihnen ja heute morgen, daß ich Ihnen nie im Weg stehen würde –, aber ich hege doch den egoistischen Wunsch, daß Sie noch bleiben, bis ich nächstes Jahr in den Ruhestand trete.»

Ehe ich etwas erwidern konnte, schaute der Kaplan wieder herein. «Der Pfarrer von Upper Starwood ruft gerade an und will wissen, wie die offizielle Einstellung zu Hilfspfarrern ist, die der kommunistischen Partei beitreten. Was soll ich ihm sagen?»

Dr. Ottershaw stöhnte erneut.

«Kopf hoch, Bischof», sagte ich. «Das ist nicht weiter schwierig. Wenn Canterbury einen roten Dekan hat, warum sollte Upper Starwood dann nicht einen roten Hilfspfarrer haben?»

Hampton lachte, und ich bemerkte erleichtert, daß Dr. Ottershaw nicht mehr so bekümmert aussah. Ich verabschiedete mich von beiden, verließ das Palais und fuhr abermals zur Domfreiheit hinüber. Es wurde Zeit, daß ich bei Darrow Hilfe suchte.

9

Ich hielt bei der Theologischen Hochschule an, doch als ich sah, wie spät es war, überraschte es mich nicht mehr, zu hören, daß Darrow schon gegangen war. Dennoch ertappte ich mich plötzlich bei dem Wunsch, ich hätte ihm nicht ausrichten lassen, daß er nicht auf mich warten solle. Dieses Verlangen nach Darrows Gegenwart war etwas so Ungewöhnliches, daß ich einen Augenblick verblüfft innehielt, und in diesem einen Augenblick des Innehaltens senkte sich auch schon unaufhaltsam eine erschreckende Stille über mich herab. Achtundvierzig Stunden lang, seit ich von Starrington Manor zur Fahrt nach London und zu Aidan aufgebrochen war, war ich wie ein Wirbelwind in rastloser Geschäftigkeit durch Südengland gerast. Nun aber war ich in eine Flaute geraten. Sogar die heutige Arbeit, diese herrliche Ablenkung von meinen Nöten, war getan, hatte aufgehört. Ich sah mich aufs neue meinen Problemen gegenüber, und ich wußte, daß ich zu schwach war, um sie allein anzugehen.

Daheim angelangt, öffnete ich zögernd die Haustür und wurde in der Diele sofort von Merry überfallen. «Stephen, du mußt heute abend noch einmal ins Krankenhaus gehen, du mußt einfach! Dido ist in einem furchtbaren Zustand – sie sagt, du liebst sie nicht mehr, und, um ganz ehrlich zu sein, das überrascht mich nicht! Wie man so gefühllos sein kann, das begreife ich einfach nicht – kannst du dir denn gar nicht vorstellen, wie sie leidet?»

Endlich war es um meine Selbstbeherrschung geschehen, und der Zorn riß mir die fromme Maske vom Gesicht. «Wie *sie* leidet?» rief ich. «Alles, was sie kann, ist an sich zu denken, aber was ist mit mir? Wer fragt, wie *ich* leide? Und was ist mit dem armen toten Baby, das sie so brutal zurückgewiesen hat, als wäre es ein Haufen Abfall für den Verbrennungsofen? Ich habe dieses Kind heute morgen begraben. Ich habe *ihren Sohn* begraben. Aber hat sie mich auch nur mit einem Wort nach der Beerdigung gefragt, als ich heute bei ihr war? Nein, das hat sie nicht. Es ging immer nur ‹ich, ich, ich, ich› wie üblich, aber du kannst ihr von mir ausrichten, daß ich glaube, es wird Zeit, daß sie endlich einmal an andere denkt, anstatt nur ständig über sich selbst zu jammern wie ein dummes, verzogenes Kind.»

Ich stürmte in mein Arbeitszimmer, knallte die Tür zu, drehte den Schlüssel im Schloß herum, schob das Oxford Dictionary beiseite und griff nach der Whiskyflasche – die leer war. Ich hatte vergessen, daß ich den Rest ausgetrunken hatte, um mir selbst einen Gefallen zu tun. Mit einem gemurmelten Kraftausdruck (einen Fluch konnte ich mir gerade noch verkneifen) stieß ich das Buch wieder an seinen Platz und machte mich auf den Weg ins Eßzimmer, wo die Sherrykaraffe stand, doch in der Diele lauerte mir schon wieder Merry auf.

«Also, Männer sind wirklich das Letzte! Nur weil du vor neununddreißig Wochen zehn Minuten dein Vergnügen hattest, muß Dido Monate der Hölle durchmachen und stirbt fast bei der Geburt deines Kindes – und was tust du? Du schaust kurz für zwei Minuten bei ihr herein, wenn du gerade nichts Besseres zu tun hast, und dann hast du auch noch die Frechheit, dich wegen der Beerdigung zu beschweren! Das war doch unter den Umständen das mindeste, was du tun konntest, daß du die Beerdigung in die Wege geleitet hast, ohne sie mit allen gräßlichen Details zu belästigen, und meiner Ansicht nach ist es einfach eine Schande, daß ein Geistlicher der Kirche von England seine arme kranke Frau so brutal und gefühllos behandelt! Ja, wenn du mich fragst –»

Ich holte mit dem Arm aus, um sie zu schlagen. Ich holte allen Ernstes aus und hob die Hand. Sie riß die Augen ganz weit auf. Ich hörte, wie sie erschrocken die Luft anhielt, und während mir das Adrenalin mit wilder Kraft durch die Adern schoß, fand ich mich überwältigt von der bösen schwarzen Ekstase der Gewalttätigkeit. Doch da rief Primrose oben von der Treppe herunter: «Daddy!» und die wilde Kraft schwand. Ich kehrte Merry den Rücken zu und breitete die Arme aus für meine Tochter, die die Treppe heruntergehüpft kam.

«Daddy, wo warst du den ganzen Nachmittag?»

Ich mußte sie zehn stumme Sekunden lang an mich drücken, ehe ich herausbrachte: «Ich war in einem Dorf namens Flaxton Pauncefoot und habe dort ein Mädchen namens Vanilla kennengelernt.»

«So wie die Eiscreme?»

«Ja, aber es stellte sich dann heraus, daß ihr richtiger Name Venetia war...» Während ich mit Primrose sprach, ging ich von Merry weg ins Eßzimmer, nahm ein Glas vom Sideboard herunter, griff blindlings nach der Karaffe.

«Daddy, deine Hand zittert ja.»

«Ja, stimmt.» Ich füllte das Glas bis zum Rand. «Jetzt werde ich den Sherry nicht trinken können, ohne etwas zu verschütten.»

«Du könntest so tun, als wärst du eine Katze, und ihn auflecken.»

«Ja, das könnte ich.» Ich stand da und sah den Sherry an. Ich versuchte mein Grauen zurückzudrängen, als ich an diese düstere Woge des Adrenalins dachte. Natürlich mußte ich so tun, als wäre das nie geschehen, das sah ich ganz deutlich. Gute Geistliche hatten keine so unheimlichen Adrenalinstöße, so wie gute Modernisten auch nie vom Teufel sprachen.

Im Geiste hörte ich Aidan sagen: «Es kommt darauf an, dem Schmerz ins Auge zu sehen.»

Ich dachte an meine idealisierte Welt, in der Sünder nur Pechvögel waren, die kleine Schnitzer machten, und Schuld nichts als ein nutzloser Reflex der Psyche. Ein liberaler protestantischer Modernist hatte es natürlich nicht nötig, sich die Hände zu beschmutzen mit dem Blut, dem Schweiß und den Tränen, die auf dem neuorthodoxen Weg zur Erlösung auf ihn warteten. In seiner Traumwelt hatte jeder schmerzlosen Zugang zur Vergebung und Barmherzigkeit Christi; jeder bewegte sich auf einem mondbeschienenen, rosenduftenden Weg dahin, umflattert, wie Mellors mit so bedrückender Verachtung gesagt hatte, von harfenklimpernden Engeln.

Ich dachte wieder an Merry und wußte plötzlich, daß ich weder jetzt noch in Zukunft so tun konnte, als wäre nichts geschehen. Diese Art der Selbsttäuschung war durch die Ereignisse der letzten vierundzwanzig Stunden für alle Zeit zunichte gemacht worden. Ich mußte meinen liberalen protestantischen Idealismus als Schwert gebrauchen, mit dem ich die Lügenfassade in Stücke schlug, und nicht als Schild zum Schutz gegen die Wahrheiten, denen ins Auge zu sehen ich mich so sehr fürchtete. Es gab kein Verstecken mehr zwischen roten Rosen und klimpernden Harfen, es gab kein Entweichen mehr in eine Traumwelt. Dieser Weg zur Buße, diese Travestie eines Schnellwegs, war überhaupt kein Weg zur Buße.

«Es kommt darauf an, dem Schmerz ins Auge zu sehen», sagte

Aidan wieder. Seine Stimme klang so deutlich in meiner Erinnerung, daß ich einen Augenblick lang glaubte, er stünde neben mir im Zimmer. Ich blickte mich sogar um, aus Angst, ich könnte halluzinieren, und dabei sah ich das Fenster. Es stand offen. Ich nahm das Glas, trug es zur Fensterbank und schüttete den Sherry in den Garten.

«Oh!» sagte Primrose. «Warum hast du das getan?»

«Nur so. Die Rosen sollen auch mal etwas Gutes haben.» Ich versuchte meine verworrenen Gedanken zu ordnen. Ich wußte, ich befand mich wieder am Rand des Abgrunds. Es war völlig unvorstellbar, Merry beim Abendessen gegenüberzusitzen. Irgendwie mußte ich es nach Starrington Magna schaffen zu Darrow, meinem Rettungsanker, ehe sich meine Dreifachpersönlichkeit endgültig auflöste.

«Schatz», sagte ich zu Primrose. «Ich muß noch fort zu Mr. Darrow, aber ich glaube, ich habe seit heute morgen nichts mehr gegessen, deshalb wäre es vielleicht besser, ich esse noch einen Happen, ehe ich gehe. Könntest du mir bitte irgendwas aus der Speisekammer holen?» Ich wagte es nicht, durch die Diele zu gehen, um Merry nicht ein drittes Mal in die Arme zu laufen.

Nach erfolgreicher Proviantsuche kam Primrose zurück mit zwei belegten Broten, einem Apfel, vier Keksen und einem Glas Orangensaft. «Aber gib den Orangensaft nicht auch den Rosen», sagte sie. «Wenn du ihn nicht willst, trinke ich ihn.»

Wir teilten uns den Saft. Wir teilten uns auch das übrige Picknick; obwohl ich essen wollte, um einen Schwindelanfall am Steuer zu vermeiden, brachte ich nur mühsam ein paar Bissen Brot herunter. Schließlich gab ich Primrose einen Kuß, schlüpfte durch die leere Diele hinaus in die kühle, stille Luft des frühen Abends und begann wie ein schiffbrüchiger Seemann der Küste entgegen um mein Leben zu schwimmen.

XVI

«Es geht darum, sich zwischen mehreren möglichen Verhaltensweisen zu entscheiden. Unsere Aufgabe ist es, nach besten Kräften mit diesem Problem zu ringen, den gefühlsmäßigen, verstandesmäßigen und moralischen Argumenten für und wider jede Alternative so weit wie möglich volle Bedeutung beizumessen und uns zu bemühen, das Ganze leidenschaftslos zu betrachten.»

CHARLES E. RAVEN
in *The Creator Spirit*

I

Auf halbem Weg zwischen Starbridge und Starrington mußte ich den Wagen anhalten. Mir war schwindlig, genau wie ich vorausgesehen hatte, wenn ich auch nicht zu entscheiden vermochte, ob Nahrungsmangel oder Erschöpfung daran schuld war; nachdem ich so lange in hektischer Geschäftigkeit umhergefahren war, konnte es vielleicht nicht überraschen, daß meine Energie ganz einfach verbraucht war. Ich saß zitternd hinterm Lenkrad und wischte mir ab und zu den Schweiß von der Stirn. Inzwischen hätte ich mein Augenlicht für einen dreistöckigen Whisky oder – noch besser – einen dreistöckigen Brandy gegeben. Bei einem Wirtshaus anzuhalten war unmöglich; ich trug noch meine Archidiakonskleidung. Ich mußte durchhalten bis Starrington – wo Darrow sich die Getränkespiegel in den Karaffen genau gemerkt haben würde. Aber zumindest würden überhaupt Karaffen da sein. Ich stellte sie mir sehnsüchtig vor, aber das Zittern ließ noch immer nicht nach.

Nach einer Weile begann ich mich zu fragen, ob ich vor einem völligen Zusammenbruch stand. Mein Inneres war wie gelähmt, betäubt. Eigentlich hätte ich zutiefst erschrocken sein müssen, aber ich verspürte nur eine benommene Ruhe, und flüchtig dachte ich an erfrierende Polarforscher – an diesen einen Moment kurz vor dem Tod, von dem ab sie die Kälte gar nicht mehr wahrnahmen.

Ich versuchte mich zusammenzureißen. War ich nun ein Geistlicher oder nicht? Dies war eindeutig der Augenblick für ein rasches Gebet, doch das einzige Wort, das mir einfiel, war HILFE. Wie schwächlich! Aber selbst ein einziges Wort war besser als gar nichts. Ich schloß fest die Augen und rief mit meiner inneren Stimme ganz laut: HILFE!, aber natürlich tat sich nichts. Als ich die Augen wieder aufschlug, sah ich, daß die Kuh auf der Weide nebenan noch genauso friedlich wiederkäute wie zuvor. Aber was hatte ich auch erwartet? Doch wohl nicht eine Engelschar, die mit einer Bahre vom Himmel herabgeschwebt kam! Ich wischte mir abermals den Schweiß von der Stirn, starrte zu der Kuh hinüber und fragte mich, was ich als nächstes tun sollte.

Nach einer Weile sagte ich mir, daß mein Gebet nicht gerade ehrerbietig gewesen war. Anzunehmen, Gott werde darauf antworten, war der Gipfel der Unverschämtheit. Ich mußte eine demütige Bitte um Beistand formulieren, doch plötzlich konnte ich nur noch an Aidan denken, an Aidan, wie er vom Beten sprach, wie er mir riet, mich an Luther zu erinnern, wie er die Last meiner Schuld erleichterte und mir den Mut zum Weiterkämpfen eingab. Schritt für Schritt durchlebte ich den entscheidenden Teil unseres Gesprächs noch einmal, bis ich zuletzt, wie zwei Tage zuvor, unwillkürlich die Hand ausstreckte, und wieder schien ich den Druck seiner Finger zu spüren, als er zu mir ins Ödland trat. Die Erinnerung erhellte mein Bewußtsein. Wiederum fühlte ich Christus durch die geschlossene Tür treten, um mit seinen Jüngern eins zu sein, und als sich Aidans Finger um die meinen schlossen, hatte ich endlich die Kraft, auf der einsamen Straße nach Starrington weiterzufahren.

2

Ehe ich noch den Wagen in der Auffahrt zum Stehen gebracht hatte, öffnete Darrow schon die Tür des Herrenhauses und kam mir die Stufen hinunter entgegengeeilt.

«Hallo», sagte ich und hievte mich lässig aus dem Fahrersitz. «Entschuldigen Sie, daß ich so einfach hereinplatze. Ich hätte Sie anrufen sollen, aber ich bin in ziemlicher Eile losgebraust.»

«Wie geht es Ihnen? Ist alles in Ordnung?»

«Unbedingt, ja. Bißchen müde, aber ... alles unter Kontrolle. Nicht betrunken. Den Sherry hat der Rosenbusch bekommen. Wird sich jetzt wohl zum Baum auswachsen. Entschuldigen Sie, ich rede etwas wirr ... bin ein bißchen durcheinander ...» Ich mußte mich gegen den Wagen lehnen.

«Ich hatte schon gefürchtet, Sie könnten einen Unfall gehabt haben», sagte Darrow. «Ich hatte bei Ihnen zu Hause angerufen, als Sie gerade abgefahren waren, daher wußte ich, daß Sie unterwegs waren, und als Sie nicht kamen –»

«Mir war der Dampf ausgegangen.» Ich trat vom Wagen fort und brachte ein paar unsichere Schritte über den Kies zustande. «Aber das war nicht weiter schlimm, jedenfalls zum Schluß nicht mehr – ich habe selbst etwas Dampf produziert – *ex nihilo*, wie Lord Flaxton sagen würde. Ich hatte zu Gott um etwas Extradampf gebetet, nur so ein, zwei Stöße, aber da war ich wohl nicht demütig genug, so daß er mich nicht gehört hat und ich es selber tun mußte. Aber das ist schon in Ordnung, keine Katastrophe. Hilf dir selbst, so hilft dir Gott –»

«Sie wissen gar nicht, wie froh ich bin, daß Sie da sind», sagte Darrow, der so erleichtert war, daß er kaum auf mein törichtes Gerede achtete. «Ich hatte mir ernstlich Sorgen gemacht. Ich habe immer nur gebetet, daß Sie sich an Aidan erinnern würden.»

Ich mußte mich am ersten Gegenstand festhalten, den ich greifen konnte. Als ich der Sprache wieder mächtig war, sagte ich: «Könnten Sie den letzten Satz bitte wiederholen?»

Er wiederholte ihn und setzte hinzu: «Immer wenn ich in Ruydale erschöpft war, hat mir die Erinnerung an Aidans Freundlichkeit die Kraft zum Weitermachen gegeben.»

«Also da ... Entschuldigung. So ein außerordentliches Zusammentreffen – ich weiß gar nicht, was ich sagen ...» Ich sackte noch ein wenig schwerer gegen den Türrahmen, an dem ich lehnte.

Darrow, der größer schien denn je, bugsierte mich behutsam über die Schwelle in die Diele. Es beunruhigte mich ein wenig, daß er so still und ernst und besorgt war. Solch unheilverkündende Bedächtigkeit macht die Patienten nervös; sie beginnen sich nach ihren gesünderen Tagen zu sehnen, als die Ärzte ihnen mit ihrem arroganten Getue auf die Nerven gingen.

«Sie stellen mich vor ein interessantes Problem, Aysgarth», sagte Darrow. «Ich biete Ihnen gar nicht gern einen Drink an, bin aber dennoch versucht, Ihnen einen kräftigen Schluck Brandy zu verschreiben.»

«Ja, bitte. Nur einen. Sehr freundlich.» Ich sah mich nach etwas anderem zum Anlehnen um und fand das Treppengeländer. «Kein Mondschein mehr», sagte ich. «Keine Rosen mehr. Keine harfenklimpernden Engel mehr. Aber ein kleiner Schluck Brandy käme genau recht.»

Ehe Darrow darauf etwas erwidern konnte, ging nahebei eine Tür auf und seine Frau Anne, die immer so freundlich zu Grace gewesen war, kam auf uns zu. Sie war eine stattliche Brünette Ende Dreißig mit einem energischen Kinn und dem resoluten Gebaren einer erfolgreichen Geschäftsfrau. Sie stand in dem Ruf, die Ländereien des Gutes höchst profitabel zu bewirtschaften, war aber klug genug, diese männliche Geschäftstüchtigkeit herunterzuspielen, und gab sich statt dessen, auf leicht exzentrische Art, betont weiblich. Sie trug schlichte Kleider, so einfach und gut geschnitten, daß sie wahrscheinlich ein Vermögen kosteten, und schminkte sich nur wenig, was ihre schöne Haut zur Geltung brachte. Zu Abendgesellschaften legte sie gewöhnlich mindestens ein Stück aus ihrer großen Schatulle mit Diamantschmuck an; die kalte Üppigkeit der Steine auf dem warmen Glanz der Haut hatte etwas eigenartig Verlockendes. Natürlich hatte ich mich, wie man das bei seinen weiblichen Bekannten unweigerlich tut, oft gefragt, wie sie im Bett sein mochte, und ich hegte seit langem den Verdacht, daß sie wahrscheinlich eine sehr sinnliche Natur war.

Schließlich hätte sich Darrow wohl kaum mit einer frigiden Frau abgegeben. Nach siebzehn Jahren im Kloster hatte er sich gewiß eher eine Rakete ausgesucht als einen naß gewordenen Knallfrosch.

«Neville!» rief sie, indem sie auf uns zutrat. «Gott sei Dank, daß Sie da sind!» Sie wandte sich an ihren Mann – «Soviel zu deinen Vorahnungen, Schatz! Hier ist er, gesund und munter, und er sieht sogar recht gut aus, wenn man bedenkt, was er alles mitgemacht hat! Neville, das hat mir so leid getan . . .» Und sie drückte mit einigen wenigen gut gewählten Worten ihr Mitgefühl zu dem Verlust des Kindes aus.

Ich bemerkte plötzlich, daß sie nicht nur ein Diamanthalsband, sondern auch Diamantohrringe trug, und als mir die Erkenntnis dämmerte, daß hier eine Abendgesellschaft im Gang war, hörte ich auch schon das Stimmengeräusch, das durch die offenstehende Speisezimmertür drang.

«. . . und überhaupt ist es schön, Sie wieder einmal zu sehen!» sagte Anne in herzlichem Ton. «Kommen Sie und trinken Sie ein Glas mit uns. Wir sind mit dem Essen fertig, und die Männer waren gerade im Begriff, sich über den Portwein herzumachen.»

Ich sagte verwirrt: «Ich bitte um Entschuldigung, ich hatte keine Ahnung, daß ich in eine Abendgesellschaft hineinplatze.»

«Oh, ich dachte, das wüßten Sie! Charles sagte, er hätte Sie gestern getroffen. Er und Lyle verbringen ein paar Tage hier bei uns, bevor sie in Devon Ferien machen.»

Ehe ich auch nur entgeistert die Luft anhalten konnte, sagte Darrow rasch: «Aysgarth und ich haben etwas Dienstliches zu besprechen. Wir lassen den Portwein sein und gehen gleich in die Bibliothek.»

«O nein!» sagte ich sofort, von komplexen Gefühlen aller Art getrieben. «Ich muß doch die Ashworths begrüßen – was würden sie sonst von mir denken?»

«Aysgarth –», begann Darrow, aber ich ließ ihn nicht zu Ende reden.

«Ein Glas Portwein wäre wunderbar!» sagte ich in entschlossenem Ton zu Anne. »Genau das, was ich brauche nach einem langen, schweren Tag!» Und indem ich Darrow, der heftig mißbilligend den Kopf schüttelte, den Rücken kehrte, stürzte ich begierig wie ein Lemming der Katastrophe entgegen, die nebenan auf mich wartete.

3

Als ich das Zimmer betrat, fiel mein Blick zuerst auf Lyle. Sie trug ihr Haar länger; es fiel ihr in einer Reihe von zarten Wellen um die Schultern. Ihr elegantes schwarzes Kleid war bar jeden Schmucks, so als sage sie zu Anne: »Du magst dich herausputzen wie ein Christbaum, ich habe das nicht nötig.» Als sie mich sah, bedachte sie mich mit einem Blick, wie man ihn bestenfalls für einen toten Kabeljau auf dem Tresen eines Fischhändlers übrig hat.

«Guten Abend, Mrs. Ashworth», sagte ich.

«Guten Abend, Archidiakon.» Nicht einmal die Garbo hätte das so hinreißend distanziert bringen können.

«Hallo, Aysgarth», sagte ihr Mann beiläufig, als mich meine Füße zum nächsten Stuhl hintrugen. «Ich dachte mir ja gleich, wir würden uns bald wieder begegnen.»

«Herzlichen Glückwunsch zu Ihrer Prophetengabe!» Als ich mich an seiner Tischseite auf einen Stuhl fallen ließ, nahm ich zur Kenntnis, daß er mir nicht die Hand hinstreckte, doch das war eigentlich ganz natürlich – wer war nach einem guten Abendessen in entspannender Gesellschaft schon in der Stimmung, sich mit Formalitäten aufzuhalten.

«Das mit dem Baby tut uns sehr leid», sagte Lyle mit vollendeter Höflichkeit. «Wir hoffen, Ihre Frau ist auf dem Weg der Besserung.»

«Ja, das ist sie, danke.» Ich suchte krampfhaft nach einem anderen Gesprächsthema und sagte dann rasch zu dem Mann neben mir: «Wie geht es Ihren Jungen?»

«Sehr freundlich, daß Sie sich nach ihnen erkundigen!» Zu meiner Erleichterung gab sich Ashworth plötzlich sehr liebenswürdig. Ich fühlte mich an unsere so lange zurückliegende erste Begegnung im Jahr 1940 erinnert, als er so mühelos seine privilegierte Herkunft, seine Public-School-Erziehung und seinen Erfolg als Kirchenmann hatte erkennen lassen. Neid und Groll hatten mir einen Stich versetzt, das wußte ich noch. Ich hatte mir alles schwer erkämpfen müssen, Ashworth war wahrscheinlich einfach die Leiter hinaufgerutscht. Er war einer jener Menschen, die ganz offensichtlich keine familiären Probleme, keine beruflichen Schwierigkeiten und ganz gewiß keine persönlichen Krisen kennen. Was er auch als Kriegsgefangener durchgemacht hatte, er würde es ohne große Mühe hinter sich lassen und wieder in die Rolle des Akademikers und Theologen hineinschlüpfen, der schon seit langem für eine entscheidende Beförderung ausersehen war. Ich konnte mir sehr gut vorstellen, daß ihm ein Bischofsstuhl angeboten wurde, ehe er noch die Fünfzig überschritten hatte.

«Charley kommt diesen Herbst in die Schule», antwortete er, «und Michael ist noch im Kindergarten.»

«Sie müssen gewachsen sein, seit ich sie das letzte Mal gesehen habe.» Es war eine banale Bemerkung, aber mir fiel nichts anderes ein. Ich war zu sehr damit beschäftigt, darauf zu achten, daß ich nicht zu Lyle hinübersah.

«Wann haben Sie sie eigentlich das letzte Mal gesehen?» erkundigte sich Ashworth interessiert.

«Nun . . .» Mir wurde plötzlich bewußt, daß ich schon wieder im Begriff war, Alex zu erwähnen.

«Ich weiß nicht, wann er Michael das letzte Mal gesehen hat», sagte Lyle, «aber Charley hat er bei den Jardines gesehen, einige Tage vor der Beerdigung.»

«Ah ja», sagte Ashworth, wiederum mit seinem charmantesten Lächeln, und fügte an mich gewandt hinzu: «Meine Frau hat mir alles über diese Beerdigung erzählt.»

Ich hatte das Gefühl, von einer Klippe herunterzufallen. Kein Lemming hätte einen tieferen Sturz tun können.

«Das muß so schrecklich für Sie gewesen sein, Lyle!» rief Anne voller Mitgefühl aus. «Die Jardines waren Ihnen doch beide so sehr zugetan, nicht wahr?»

«Sie waren wie Eltern zu mir. Das ist wohl auch der Grund, weshalb es mir so schwer fiel, über die Beerdigung zu sprechen, sogar mit Charles.»

«Nun!» Darrow machte unserer Unterhaltung kurz entschlossen ein Ende und öffnete die Tür zum Zeichen für die Damen. «Anne?»

«Ja, natürlich.» Sie wandte sich an Lyle. «Überlassen wir die Männer ihrem Portwein und ihrem Kirchenklatsch. Kaffee im Salon in einer Viertelstunde, Jon, und bitte keine endlosen Debatten heute abend über Reinhold Niebuhr, D. R. Davies und so weiter.»

«Ja, mein Schatz», sagte Darrow fügsam. Anne war der einzige Mensch auf Erden, der Darrow herumkommandieren konnte. Gewöhnlich fand ich das faszinierend, doch in diesem Moment befand ich mich in einem solchen Schockzustand, daß ich es kaum wahrnahm. Nur zu deutlich war ich mir der Tatsache bewußt, daß Lyle mich beim Hinausgehen keines Blickes würdigte.

«Hier steht der Portwein, Charles», sagte Darrow. Er schloß die Tür und trat zum Sideboard. «Aysgarth, ich glaube, Sie würden lieber einen Brandy trinken.»

«Ich hätte auch nichts gegen einen Brandy», sagte Ashworth in lässig-freundlichem Ton.

Ich versuchte inzwischen die Klippe wieder hinaufzukrabbeln – ich konnte mir beim besten Willen nicht vorstellen, daß Lyle so unklug gewesen war, ein volles Geständnis abzulegen. Ich beschloß, eine vorsichtige Probe aufs Exempel zu riskieren. «Es tut mir leid», sagte ich zu Ashworth. «Ich hatte die Jardines nicht ein zweites Mal zur Sprache bringen wollen – ich weiß, daß Ihnen das Thema nur unangenehm sein kann. Ehe Alex starb, hat er mir alles über die Schwierigkeiten im Jahr 1937 erzählt, als –»

«Ach, 1937, das ist vom Winde verweht», sagte Ashworth wegwerfend. «Das ist heute nicht mehr wichtig.»

«Nein? Das hätte Alex gefreut! Er bedauerte den Bruch zum Schluß sehr», sagte ich, jetzt in der Gewißheit, daß Lyle unser Geheimnis für sich behalten hatte. Sie hatte sich, was die Beerdigung betraf, wegen des früheren unschönen Verhältnisses zu den Jardines zwar nur zurückhaltend geäußert, aber Ashworth, der gerade soviel Schlimmeres durchgemacht hatte, war es offenbar gelungen, die feindselige Einstellung der Jardines vor dem Krieg als unwichtig abzutun. «Alex sagte mir sogar, er sei sehr froh, daß sie ausgerechnet Sie geheiratet hat», fuhr ich fort. «Er hat Sie gemocht.»

«Anständig von ihm», meinte Ashworth trocken, setzte aber eher freundlich hinzu: «*Requiescat in pace!* Auf seine eigene exzentrische Weise war er zweifellos ein höchst bemerkenswerter Mann ... Jon, wo bleibt denn der Brandy?»

«Charles, würden Sie nicht doch lieber Portwein trinken?»

«Nein. Aysgarth und ich betrinken uns mit Brandy, nicht wahr, Aysgarth?»

Ich fand diesen Vorschlag ein wenig überraschend, nahm aber an, daß er als Witz gemeint war. «Gute Geistliche betrinken sich nicht!», wandte ich ein, als Darrow die Gläser vor uns auf den Tisch stellte, aber sogleich rief Ashworth mit beißender Ironie: «Ja, das hatte ich ganz vergessen! Gute Geistliche betrinken sich nicht – und gute Geistliche begehen auch keinen Ehebruch, oder?»

Ich stürzte von meiner zweiten Klippe. Ich kippte den Brandy hinunter und stürzte zum Nachfüllen auf das Sideboard zu.

«Aysgarth», sagte Darrow sogleich, «ich glaube wirklich, es ist Zeit, in die Bibliothek zu gehen und die Pläne für die Theologische Hochschule zu besprechen.»

«Oh, nur keine Eile!» sagte ich. «Sie tun ja fast, als stünden Sie auf glühenden Kohlen! Wir haben doch noch gar nicht unseren Kirchenklatsch gehabt!» Ich griff nach der Karaffe, aber Darrow bekam sie vor mir zu fassen.

«Nun, da Sie beide Brandy trinken», sagte er, «sollte ich mich Ihnen vielleicht anschließen.» Und nachdem er sich in ein Glas von der Größe eines Fingerhuts zwei Tropfen eingegossen hatte, verschloß er die Karaffe im Schrank.

Ich kehrte ihm wütend den Rücken. «Was weiß denn der Kirchenklatsch aus Cambridge zu vermelden?» fragte ich Ashworth. Der rasch hinuntergestürzte Alkohol begann seine Wirkung zu zeigen. Ich bemerkte, daß die Portweinkaraffe noch auf dem Tisch stand. «Was gibt es Neues an der Kathedrale? Ist sich Ihr Bischof inzwischen darüber klargeworden, ob Esra vor oder nach Nehemia kam?»

«Keine Ahnung. Es macht mir einige Mühe, mich wieder in Cambridge einzugewöhnen – aber ich kann nicht erwarten, daß Sie das verstehen. Sie wissen nichts von Kriegsgefangenen und ihren Problemen.»

«Da täuschen Sie sich – ich kümmere mich als Seelsorger um die deutschen Kriegsgefangenen von Starbury Plain.» Ich war jetzt entschlossen, den Schein zu wahren, indem ich so tat, als wäre alles in Ordnung. *Mir* sollte *keiner* nachsagen können, ich wäre vor einem privilegierten Mann aus dem Süden davongelaufen, dem das Ethos einer führenden Public School aus allen Poren drang.

«Deutsche Kriegsgefangene?» sagte Ashworth belustigt. «Und wie kommt Ihre schlappschwänzige, liberale Theologie bei den Nazis an?»

«Charles», sagte Darrow ganz ruhig, aber Ashworth achtete nicht auf ihn, sondern folgte meinem Beispiel und trank seinen Brandy in einem Zug hinunter.

«Was ist so schlappschwänzig an der christlichen Lehre von der Hoffnung?» fragte ich trotzig. «Es war die Hoffnung, die uns alle aufrechterhielt, während wir Europas dunkelste Stunde durchlebten!»

«Ich möchte behaupten, daß nur jemand, der Europas dunkelste Stunde hübsch geborgen in seiner Zeitnische in Starbridge durchlebt hat, sich seine Theologie aus dem neunzehnten Jahrhundert in so merkwürdig bequemer Gestalt bewahren konnte.»

«Charles, das ist beleidigend», sagte Darrow. Er sprach so ruhig wie zuvor, aber in sehr entschiedenem Ton. «Ich kann es nicht zulassen, daß ein Gast in meinem Haus sich dergleichen anhören muß.»

«Schon gut», sagte ich und schenkte mir aus der Portweinkaraffe ein. «Ashworth hat nicht ganz unrecht. Er hat die Hölle durchgemacht, während ich – an Kriegsmaßstäben gemessen zumindest – im Himmel war. Aber er irrt sich, wenn er annimmt, allein diese Tatsache habe mir erlaubt, an einer optimistischen Theologie festzuhalten. Natürlich ist Pessimismus jetzt Mode – und warum nicht, nach den Konzentrationslagern und Hiroshima? –, aber die wahre Theologie sollte von keiner Mode abhängig sein, und nach meiner Ansicht ist der liberale Protestantismus in seiner besten Form –»

«Sie deuten das Grauen des Bösen falsch», sagte Ashworth. «Ihre Theologie hat im Jahr 1946 keine Bedeutung mehr.»

«In ihrer besten Form deutet die liberale Theologie gar nichts falsch! Selbstverständlich stellt das Böse ein Problem dar, aber –»

«Ein *Problem*? Sagten Sie ein *Problem*?» Ashworth beugte sich vor, packte die Portweinkaraffe und schenkte sich mit unsicherer Hand ein. In diesem Augenblick wurde mir bewußt, daß entgegen meinen Erwartungen auch er sich im Ödland befand, einem ganz anderen Ödland als dem meinen, aber doch einem, das noch immer Darrows Anwesenheit am Fuß des Kreuzes erforderte. «Millionen von Menschen hat man auf die scheußlichste Weise zu Tode gequält, ganze Städte wurden in Schutt und Asche gelegt, ganze Völker wie Tiere behandelt – und für Sie ist das alles nur ein *Problem*?»

«Sie mißverstehen mich vollkommen», sagte ich, während Darrow die Karaffe vom Tisch nahm. «Ich bestreite doch nicht, daß der Krieg schrecklich war –»

«Warum gebrauchen Sie nicht das Wort ‹böse›?»

«Na schön, wenn Sie darauf bestehen –»

«Ich bestehe darauf! Sie können der Realität des Bösen nicht ins Auge sehen, nicht wahr? Ihr liberalen Protestanten könnt das nie!»

«Das ist äußerst unfair!»

«Wirklich? Wie würden Sie denn diese netten, durch und durch normalen Familienväter nennen, die ihre Zeit damit verbrachten, an Kindern medizinische Experimente durchzuführen? Nennen Sie sie böse? O nein, Sie nennen sie ein Problem, und schon ist das Böse zu einer bloßen Unannehmlichkeit zusammengeschrumpft.»

«Aber natürlich sind diese bösen Schurken in Wahrheit eben *keine* gewöhnlichen netten Familienväter wie Sie und ich –»

«Sie waren Menschen. Sie waren wie wir. Und wir hätten wie sie sein können –»

«Was für ein Unsinn!»

«Gar kein Unsinn! Pontius Pilatus war wahrscheinlich ein netter gewöhnlicher Familienvater. Die Leute, die Christus ans Kreuz nagelten, waren wahrscheinlich nette gewöhnliche Familienväter. Ich sage Ihnen, die Fähigkeit, Böses zu tun, steckt in jedem einzelnen von uns, und wenn Sie dieser Tatsache nicht ins Auge sehen –»

«Die Tatsache, der Sie ins Auge sehen sollten, Ashworth, ehe Sie in Ihrem neuorthodoxen Meer von Düsternis und Verderben ertrinken, ist die, daß jeder Mensch den Funken des Heiligen Geistes in sich trägt und daß gegen Christus alles Böse machtlos ist!»

«Wie kommt es dann, daß es Situationen gibt, in denen Christus abwesend ist und das Böse das Regiment führt?»

«Er ist nie abwesend. Ich gebe zu, daß es manchmal so aussieht, als wäre er abwesend, aber –»

«Ich bin in Situationen gewesen, in denen er abwesend *war* – absolut, vollkommen und vollständig abwesend!»

«Er kann gar nicht abwesend gewesen sein, wenn Sie, ein Mann Gottes, da waren. Daß Sie glaubten, er sei abwesend, das war Ihr Alptraum, Ihr Kreuz, aber das war eine Täuschung. Er ist bei jeder persönlichen Kreuzigung dabei, weil er ein gekreuzigter Gott ist. Ja, schon die Tatsache der Inkarnation bedeutet –»

«O mein Gott!» rief Ashworth, wobei er plötzlich mit der Faust auf den Tisch schlug und aufsprang. «Wie können Sie nur so blind sein! Können Sie das nicht sehen? *Wir müssen dem Bösen ins Auge sehen, um erlöst zu werden!* Wir brauchen keine Theologie der Inkarnation, nicht jetzt, nicht 1946, nicht nach all diesen Jahren der weltweiten Hölle! Wir brauchen eine Theologie der Erlösung. Wir müssen voller Zerknirschung Buße tun und leben, nicht in naivem Optimismus verfaulen und sterben!» Und er packte sein leeres Glas und schmetterte es in den Kamin, ehe er blindlings aus dem Zimmer stürzte.

4

Darrow sagte sofort: «Sie müssen ihm verzeihen. Er ist immer noch sehr mitgenommen von allem, was er durchgemacht hat.» Mit diesen Worten ging er auf die Tür zu, doch ehe ich noch etwas erwidern konnte, setzte er über die Schulter hinzu: «Warten Sie hier – ich sehe nur mal rasch nach ihm.»

Kaum war ich allein, trat ich automatisch zum Sideboard, aber Darrow hatte die Karaffen nicht nur weggeschlossen, sondern auch den Schlüssel abgezogen. Ich stieß einen ärgerlichen Knurrlaut aus, aber dann sah ich, daß sein Glas noch unberührt auf dem Tisch stand. Ich zögerte, mußte an Aidan denken – und da kam Darrow zurück.

«Ist alles in Ordnung mit ihm?» fragte ich rasch.

«Ja. Er bittet Sie um Entschuldigung.»

«Ich möchte mich auch bei ihm entschuldigen. Es tut mir sehr, sehr leid, daß ich ihn so verstört habe. So etwas Dummes!»

«Keineswegs», sagte Darrow zu meinem Erstaunen. «Im Gegenteil, ich glaube, Sie haben sich gegenseitig einen großen Gefallen getan.»

Ich starrte ihn entgeistert an. «Wie können Sie so etwas sagen?»

«Ich glaube, es war einfach nötig, daß Sie beide hörten, was der andere zu sagen hatte. Natürlich hörte es sich an der Oberfläche an wie ein Zusammenprall zweier unvereinbarer Theologien, aber mir schien, als würden unter dieser Oberfläche entscheidende Botschaften ausgetauscht ... Setzen Sie sich, Aysgarth – da steht der Krug mit Wasser.»

Ich ließ mich auf den nächstbesten Stuhl fallen. «Nun, was auch vorgegangen ist», sagte ich, «ich hätte daran denken müssen, was er durchgemacht hat, und toleranter sein sollen.»

«Oh, das hätte Charles gar nicht gepaßt! Er hat Sie zu dem Meinungsstreit provoziert, weil er Sie dazu bringen wollte – Sie dazu bringen *mußte* –, den Idealismus zu verteidigen, den der Krieg, wie er fürchtet, zerstört hat. Und Sie waren zum Streit bereit, weil das, was Charles sagte, aus irgendeinem Grund eine schreckliche Faszination für Sie besaß. Ich habe Ihr Gesicht beobachtet. Sie hätten den Streit eigentlich gleich zu Anfang beenden können, aber Sie waren gefesselt, festgenagelt. Sie mußten ihn sagen lassen, was er zu sagen hatte.»

Ich schenkte mir ein wenig Wasser ein. Ich riß mich zusammen, um dem Schmerz ins Auge sehen zu können. Dann sagte ich: «Ich fürchte, da ist noch mehr vor sich gegangen. Was Sie sagen, mag stimmen, aber es ist nur die halbe Wahrheit. Ashworth ist hauptsächlich deshalb auf mich losgegangen, weil er wußte, daß ich mich nach Jardines Begräbnis seiner Frau zu nähern versucht hatte.»

Ein Schweigen trat ein, und allmählich dämmerte mir die Wahrheit. Ich sah ihn an. Er gab meinen Blick ganz ruhig zurück. In keinem Zug seines Gesichts sah ich auch nur die leiseste Überraschung aufblitzen.

«Sie haben es gewußt», flüsterte ich. «Sie haben es gewußt.»

«Ist das so erstaunlich? Ich bin Charles' geistlicher Berater.»

«Nein, ich meine, Sie haben es die ganze Zeit schon gewußt. Von Anfang an. Sie haben es gewußt.»

«Mein lieber Aysgarth, Sie brauchen sich nicht so aufzuführen, als hätte ich eine besonders teuflische Form von Hellsichtigkeit bewiesen! Die Situation war recht offenkundig. Als ich Sie an jenem Morgen damals im Crusader sah, da war mir klar, daß irgend etwas passiert war, und als ich später von Lyle (die wußte, daß ich mir große Sorgen um Charles machte) hörte, daß Sie beide in diesem Haus allein gewesen waren, nur mit einer tattrigen Witwe als Anstandsdame –»

«Hat Ashworth es dann von Ihnen erfahren?»

«Nun reden Sie keinen Unsinn! Ich bin Priester und keine Klatschbase!»

«Aber wie hat er es dann herausbekommen?»

«Was glauben Sie wohl? Sowie er gestern von Ihnen gehört hatte, daß Sie bei Jardines Beerdigung zugegen waren, hat er Lyle gebeten, ihm alles zu erzählen, und das hat sie getan.»

«Aber wie konnte sie nur! Sie hatte mir versprochen, den Vorfall so zu behandeln, als hätte es ihn nie gegeben.»

«Lyle kam zu dem vernünftigen Schluß, daß es das Beste sei, aufrichtig zu sein.»

«Aber wie furchtbar!»

«Keineswegs. Nachdem die Wahrheit endlich ans Licht gekommen war, nicht nur, was Sie, sondern auch, was die Beerdigung betraf, waren die beiden in der Lage, sich übereinander Klarheit zu verschaffen, das alte Problem mit den Jardines aus dem Weg zu räumen und zu entdecken, daß die Zukunft für sie jetzt recht ermutigend aussieht. Sicher, Charles ist noch immer durcheinander und könnte auf Sie losgehen wollen, aber er wird darüber hinwegkommen; er weiß jetzt, daß Lyle nur ihn liebt. Ich fürchte, *Sie* sind derjenige, der nicht darüber hinwegkommt, solange Sie so tun, als hätte der Ehebruch nie stattgefunden.»

«Es hat keinen Ehebruch gegeben. Der Tatbestand des Ehebruchs war in keiner Weise erfüllt.»

«Aysgarth, Sie sind Geistlicher. Sollten Sie solche Definitionen nicht lieber den Juristen überlassen?»

«O ja», sagte ich, «das sollte ich. Aber ich wage es nicht. Es ist leichter, sich hinter juristischen Definitionen zu verstecken als dem ins Auge zu sehen, was ich getan habe.» Ich trank noch einen Schluck Wasser und suchte nach einer Zigarette. «Ich bin kein sehr guter Geistlicher, fürchte ich. Eher ein ziemlich kläglicher. Psychische Probleme... die dunkle Seite des Ichs.» Irgendwie gelang es mir, die Zigarette anzuzünden. «Ich muß moderne Begriffe gebrauchen», sagte ich. «Ich weigere mich – weigere mich strikt –, von Dämonen und vom Teufel zu reden. Diese ganze ausgediente Symbolik ist mir ein Greuel. *Ich werde nicht von Dämonen und vom Teufel reden.*»

«Nein, nein», sagte Darrow in sanftem Ton. «Völlig richtig. Warum sollten Sie?»

«Viele Menschen haben psychische Probleme», sagte ich. «Ganz normal. Gar kein Grund zur Aufregung. Solange man sich unter Kontrolle hat, ist alles in Ordnung.»

«Ganz recht.»

«Das Dumme ist nur: Was passiert, wenn man sich nicht unter Kontrolle hat?»

«Eine schwierige Frage. Vielleicht sogar eine erschreckende.»

«Höchst erschreckend. Ich habe Angst», sagte ich und zitterte von Kopf bis Fuß. «Ich habe solche Angst.»

Darrow sagte nichts, sondern stand auf, schenkte mir noch etwas Wasser ein und setzte sich auf den Stuhl neben dem meinen.

«Heute abend ist etwas Schreckliches passiert», sagte ich. «Ich hätte beinahe meine Schwägerin geschlagen. Ich hätte sie geschlagen, wenn nicht Primrose auf der Treppe erschienen wäre.»

«Meinen Sie richtig geschlagen? Oder nur eine Ohrfeige?»

«Beides. Ich hätte sie richtig verprügelt. Ich wollte es. Mich verlangte danach... leidenschaftlich... ekstatisch fast. Es ist entsetzlich.» Ich schlug mir die bebenden Hände vors Gesicht und sagte: «Ich halte ihn eingesperrt, aber manchmal entwischt er. Ich habe solche Angst vor ihm. Solche Angst.»

«Es ist gut, daß Sie das laut sagen können. Das bedeutet, daß Sie nicht versuchen, ihn hinter dem Vorhang zu verstecken, wo er stark werden kann. Es bedeutet, daß Sie seiner Realität ins Auge sehen.»

«Es geht darum, dem Schmerz ins Auge zu sehen, wie Aidan sagte.»

«Nach Aidan wollte ich Sie auch fragen –»

«Aidan – Ashworth – sogar Mellors, der arme Geistliche, mit dem ich heute nachmittag sprach ... Sie alle sprachen auf ihre unterschiedliche Weise die gleiche Botschaft, sie alle zeigten mir das Muster von Sünde, Urteil, Buße und Erlösung, und Ashworth sagte ... Ashworth sprach von netten gewöhnlichen Familienvätern, die imstande sind, Böses zu tun – Ashworth beharrte darauf, daß wir dem Bösen ins Auge sehen müßten, um erlöst zu werden ... Ja, Sie hatten recht – was er sagte, besaß in der Tat eine schreckliche Faszination für mich, seine Worte waren ein Zeichen; sie sagten mir, daß ich meinem Dämon ins Auge sehen und ihn austreiben muß ... Nicht daß ich an den Exorzismus glaube. Oder an Dämonen. Das ist rein symbolisch gesprochen.»

«Ich verstehe vollkommen», sagte Darrow besänftigend, und ohne auch nur einen Augenblick lang nach den richtigen Worten suchen zu müssen, fuhr er fort: «Mit anderen Worten: Sie haben das Gefühl, es sei an der Zeit, diese schwere psychische Gleichgewichtsstörung mit klarem Verstand zu examinieren, um die nötigen Korrekturen vornehmen zu können.»

«Genau.» Die moderne Terminologie gab mir ein Gefühl größerer Sicherheit, doch ehe ich mich noch zurückhalten konnte, sagte ich gleich darauf: «Er wird mich vernichten, wenn er nicht ausgetrieben wird. Ich habe das heute abend ganz deutlich gesehen. Deshalb muß ich ihn vernichten, ehe er mich vernichtet.»

«Diese positive Einstellung zum Kampf gegen Ihre Schwierigkeiten ist ein großer Schritt nach vorne. Nun gut» – Darrows Gelassenheit angesichts meiner wirren Reden grenzte schon bald an ein Wunder – «kommen wir zur Sache. Glauben Sie, Sie können mir eine knappe Schilderung Ihrer Begegnung mit Aidan geben? Ich brauche wohl kaum zu betonen, daß Sie nicht verpflichtet sind, Beichtgeheimnisse zu offenbaren, aber –»

«Ich habe nicht gebeichtet. Wir haben nur geredet.»

«Aha. Dennoch haben Sie Aidan vielleicht Dinge erzählt, von denen Sie nicht möchten, daß auch ich sie erfahre –»

«Da Sie schon wissen, was ich Lyle angetan habe, als ich betrunken war, und da ich Ihnen gerade erzählt habe, was ich beinahe meiner Schwägerin angetan hätte, als ich nüchtern war, warum sollte ich da plötzlich zimperlich werden, wenn es um mein Gespräch mit Aidan geht? Ich mag ja ein seelisches Wrack sein», sagte ich ärgerlich, «und ich mag so verwirrt sein, daß ich auf ausgediente Symbolik zurückgreife, aber das heißt noch lange nicht, daß ich ein völliger Idiot bin!»

Darrow lächelte und sagte: «Daß Sie diese spezielle Symbolik gebrauchen, spricht meines Erachtens für höchste Zurechnungsfähigkeit. Man soll die Dinge immer beim Namen nennen.»

«Darrow, Sie können doch nicht ernstlich an Dämonen glauben –»

«Nein, natürlich nicht. Erzählen Sie mir von Aidan.»

Mit einem erleichterten Aufatmen machte ich mich daran, meine Erlebnisse in London zu schildern, so wie ein Anwalt für die Jury einen komplizierten Fall rekapituliert.

5

Ich hatte meinen Bericht von den Begegnungen mit Aidan abgeschlossen und wollte gerade von den Gesprächen mit meinen Geschwistern erzählen, als Anne Darrow hereinkam.

«Jon, du bist wirklich unmöglich! ‹Kaffee in einer Viertelstunde› hatte ich gesagt –»

«Es tut mir leid», sagte ich rasch. «Das ist alles meine Schuld.»

«Nein, das ist es nicht, es ist seine. Er nimmt sich viel zuviel vor und schlägt dann alles andere in den Wind, wenn er feststellen muß, daß er keine Zeit dafür hat – passiert ständig! Er ist sehr ungezogen.» Sie blieb hinter seinem Stuhl stehen und gab ihm einen Kuß oben aufs Haar. «Lyle ist Charles schon vor einer Weile nach oben gefolgt», sagte sie, «und so ganz allein im Salon komme ich mir langsam dumm vor. Vor Mitternacht ist wohl nicht mit dir zu rechnen, oder?»

«Nun, vielleicht wartest du lieber nicht auf mich –»

«Diese Worte klingen mir allmählich etwas zu vertraut, Father Darrow!»

«Ja, Schatz, und jedesmal wenn ich sie ausspreche, danke ich dafür, daß sie für dich kein Scheidungsgrund sind. Es tut mir leid, daß ich so unmöglich bin.»

«Ich geb's auf!» sagte Anne und küßte ihn noch einmal. «Gute Nacht, Neville», setzte sie hinzu, ehe sie durch die Tür zur Diele verschwand.

«Darrow, ich belästige Sie zu so ungünstiger Tageszeit, mir ist gar nicht wohl dabei», sagte ich, als sich die Tür geschlossen hatte. «Vielleicht komme ich lieber morgen noch einmal vorbei –»

«Aysgarth, Sie befinden sich in einer Krise. Sie bedürfen dringend der Hilfe. Daß Sie gekommen sind, war genau das Richtige, und jetzt müssen Sie auch hierbleiben. Glauben Sie wirklich, ich brächte es fertig, Sie fortzuschicken, nur um noch vor Mitternacht bei meiner Frau im Bett zu sein? Für was für eine Art von Priester halten Sie mich?»

Das war wieder mein persönlicher Panzer, der zur Rettung herangerollt kam, unaufhaltsam, unbeirrbar, unendlich tröstlich. Erleichterung überkam mich, und ich versuchte ihm mit einem schwachen Lächeln meine Dankbarkeit zu zeigen, bevor ich abermals zu meinem Bericht ansetzte.

6

Nachdem ich die Gespräche mit meinen Geschwistern geschildert hatte, erzählte ich ihm von Bischof Bell, von Lord Flaxton und Mellors. Ich gestand ihm auch, wie ich Dr. Ottershaw mit dem Versprechen beruhigt hatte, die nötigen Nachforschungen wegen der Erweiterung der Theologischen Hochschule anzustellen.

«Da war er sicher höchst dankbar», meinte Darrow sarkastisch.

«Wenn Sie es genau wissen wollen, er sagte: ‹Was soll ich nur ohne Sie anfangen, Neville?›»

«Eine sehr gute Frage!»

«Aber nicht halb so entscheidend wie die, die ich Ihnen jetzt stellen muß: Wie soll es weitergehen? Ich gestehe ganz offen, ich bin in einem solchen Durcheinander, daß ich den Wald vor lauter Bäumen nicht sehe. Was verlangt Gott jetzt von mir?»

«Auch eine gute Frage! Wir müssen zugeben, Aysgarth, daß im Augenblick keiner von uns beiden diese Frage beantworten kann. Wir wissen noch nicht genug. Ich glaube, Aidan hatte recht. Der Weg in die Zukunft wird erst deutlich, wenn wir uns mit der Vergangenheit beschäftigt haben.»

«Aber ich will mich mit der Zukunft beschäftigen!» beharrte ich in dem eigensinnigen Bestreben, die Qual des Kampfes mit meinem Dämon hinauszuschieben, aber als ich merkte, daß ich mich wie Sandy anhörte, wenn er einen Keks mit Milchschokolade auf beiden Seiten haben wollte, fügte ich in ruhigerem Ton hinzu: «Dann können wir also gar nicht über Bell und Flaxton sprechen?»

«Oh, wir können schon über sie sprechen«, sagte Darrow, «aber ich glaube nicht, daß uns das viel hilft. Wir werden uns sehr bald in einem Gewirr von Spekulationen verstricken.»

«Aber wieso sollten diese Begegnungen nicht wichtig sein? Mir ist, als hätten mich zwei verschiedene Sandsäcke getroffen!»

«Völlig verständlich – und natürlich waren die Begegnungen wichtig. Aber ihre Bedeutung liegt vielleicht nicht ganz da, wo Sie glauben. Aber gut» – Darrow hielt offenbar eine kleine Aufmunterung des Patienten für angebracht und änderte seinen Kurs ein wenig – «sehen wir mal, was passiert, wenn wir uns die Zukunft vornehmen. Was ging denn nach Ihrer Ansicht bei diesen Begegnungen eigentlich vor?»

«Zwei verschiedene Personen haben mir zwei verschiedene Laufbahnen in der Kirche vor Augen geführt. So weit ich das erkennen kann, muß Bell für Gott stehen und Flaxton für den Teufel – aber wenn ich ‹Teufel› sage, meine ich natürlich nicht –»

«Keine Sorge, Aysgarth, nicht einmal ich stelle mir den Teufel als einen niedlichen kleinen Kobold mit Hörnern vor. Aber warum sollte Flaxton gleich für den Teufel stehen? Schließlich muß sich wirklich jemand der Reichen annehmen, und wenn Sie, wie es scheint, im Umgang mit der Aristokratie eine glückliche Hand haben, kann dies eine genauso wichtige Gabe Gottes sein wie Ihr Geschick im Umgang mit deutschen Kriegsgefangenen.»

«Ja, aber ich habe das Gefühl, Bell würde alle Träume meines liberalen Idealismus erfüllen –»

«Das wäre vielleicht gar nicht gut», entgegnete Darrow prompt. «Wenn man sagen kann, daß Ihr Idealismus Ihre Fähigkeit zum richtigen Umgang mit der Wirklichkeit der Sünde und des Bösen beeinträchtigt hat, dann kann man auch sagen, daß Ihr Idealismus eher gedämpft als angespornt werden sollte. In Bells Welt einzutreten könnte für Sie gefährlich sein. Man könnte Sie dann mit einem Alkoholiker vergleichen, der beschlösse, in einer Kneipe zu arbeiten.»

«Das ist ganz gewiß eine Übertreibung! Ich bewundere Bell grenzenlos – was soll daran so schlimm sein? Ich brauche einfach einen neuen Helden in meinem Leben, einen älteren Geistlichen, der –»

«Entschuldigen Sie, Aysgarth. Es soll sich nicht so anhören, als hätte ich an jedem Wort von Ihnen etwas auszusetzen, aber ich muß ganz ehrlich sein, und deshalb muß ich Ihnen sagen, daß Sie meiner Meinung nach gerade jetzt nicht der Realität entfliehen dürfen, indem Sie sich einen Helden suchen. Die Freundschaft eines älteren Geistlichen von großer erleuchteter Weisheit ist bestimmt wichtig für Sie, aber in Ihrem Fall sollte er von der Öffentlichkeit zurückgezogen im Ruhestand leben. Sonst sind Sie wieder versucht, ihn als Trophäe zu betrachten, und die Beziehung ist dann bald weder echt noch produktiv, noch zuträglich.»

«Aber darf ich Bell denn nicht einmal bewundern?»

«Oh, bewundern Sie ihn ruhig, aber vergessen Sie nicht, daß er kein Heiliger ist und daß auch er seine Fehler hat. Zum Beispiel scheint mir, daß er oft zu halsstarrig ist – es ist fast, als bereite es ihm ein perverses Vergnügen, die Leute zu reizen. Und dann habe ich das Gefühl, er arbeitet nicht gern mit anderen zusammen – er zieht lieber allein herum und predigt seine besondere Botschaft. Man könnte fast sagen, daß er Glück hatte, als er bei der Neubesetzung des Bischofsstuhls von Canterbury übergangen wurde. An der Spitze der Kirche wären seine Grenzen offenbar geworden; als Bischof von Chichester kann er seine bemerkenswerten Gaben voll zur Geltung bringen. Aber wir schweifen ab. Um auf Ihre Zukunft zurückzukommen –»

«Darrow, ich hätte es nicht für möglich gehalten, daß Sie mich noch verwirrter machen könnten, als ich vor diesem Gespräch schon war, aber ich gewinne allmählich den Eindruck, ich –»

«Sie sind nur verwirrt, weil Sie meine ursprüngliche Frage nicht richtig beantwortet haben. Meine ursprüngliche Frage, die Sie aus der Welt der Träume herausholen und in die Welt der harten Tatsachen zurückführen sollte, lautet: Was ging bei diesen Begegnungen mit Flaxton und Bell eigentlich vor? Und die richtige Antwort ist die: nicht viel. Bell hat vage vom europäischen Wiederaufbau gesprochen und Sie eingeladen, ihn zu besuchen, aber ein Stellenangebot ist noch nicht erfolgt. Flaxton hat sich seiner politischen Beziehungen gerühmt und durchblicken lassen, daß er gern mit einem Londoner Kirchenmann befreundet wäre, der seinen klassischen Zitaten jedesmal noch eines draufsetzen könnte, aber in Wirklichkeit sind Sie noch ein ganzes Stück von Westminster oder St. Paul's entfernt. Wir alle wissen, daß politischer Einfluß von entscheidender Bedeutung sein kann, aber heutzutage versuchen die Politiker, einigermaßen respektvoll mit der Kirche umzugehen. Wie ich höre, hält sich Mr. Attlee bei Stellenbesetzungen in der Kirche peinlich genau an die Regeln.»

«Flaxton lebt offenbar noch immer im neunzehnten Jahrhundert. Aber, Darrow, wenn diese Begegnungen mit Bell und Flaxton nichts besagen sollten, heißt das –»

«Ja, fragen wir uns, was das heißt. Nach meiner Ansicht haben die Begegnungen Ihnen keine wundersamen neuen Möglichkeiten eröffnet. Aber sie haben etwas anderes bewirkt: Sie haben Ihnen Ihre besonderen Gaben vor Augen geführt, so daß Sie jetzt entscheiden können, wie Sie sie im Dienst Gottes am besten einsetzen. Zum Beispiel wissen Sie jetzt, daß Sie kein seelsorgerischer Versager sind, wie Sie immer glaubten. Sie sind befreit worden von Ihrem – wollen wir die moderne Terminologie gebrauchen? – von Ihrem Minderwertigkeitskomplex, der, wie ich vermute, nicht nur von Ihrer angeborenen Schüchternheit herrührte, sondern auch von der Tatsache, daß Sie gesellschaftlich ziemlich hoch aufgestiegen sind. Ich glaube, es ist nicht ohne Bedeutung, daß Sie diesen großartigen seelsorgerischen Erfolg bei einer Gruppe von Menschen hatten, die außerhalb des englischen Klassensystems standen.»

Daran hatte ich bis jetzt noch nie gedacht. Nachdem ich ihn lange genug verblüfft angestarrt hatte, sagte ich: «Sie wollen also damit sagen –»

«Ich will damit sagen, daß sich Ihre Horizonte erweitert haben. Sie brauchen nicht mehr das Gefühl zu haben, daß Sie Gott nur als Administrator erfolgreich dienen können. Aber andererseits – und das ist ein Punkt, der Ihnen völlig entgangen zu sein scheint – ist Ihnen auch ausdrücklich bestätigt worden, was für ein guter Administrator Sie sind. ‹Was sollte ich ohne Sie anfangen?› ruft Dr. Ottershaw aus, als Sie zum soundsovielten Male eingreifen und eine seiner Schwierigkeiten ausbügeln. Sie waren so sehr mit Bell und Flaxton beschäftigt, Aysgarth, daß Sie Dr. Ottershaws aufrichtigem Loblied keine Bedeutung beizumessen scheinen.»

«Das liegt daran, daß Dr. Ottershaws Loblieder nichts Neues sind.»

«Ja, aber ihre Bedeutung in diesem Zusammenhang ist die, daß es weder Bell noch Flaxton, sondern Ottershaw ist, der die größte Macht besitzt, Ihre Zukunft zu beeinflussen. Er muß Sie schon seit einiger Zeit bei den entscheidenden Leuten ins Gespräch gebracht haben. Ich behaupte nicht, über einen direkten Draht zu verfügen, der es mir ermöglicht, die Beratungen dieser hohen Herren mitanzuhören, aber ich könnte mir denken, daß ihre Schlußfolgerung etwa so lautet: ‹Lassen wir Aysgarth den alten Bischof noch bis zu seinem Ausscheiden begleiten und dem neuen Mann ins Amt helfen. Dann ist er Ende Vierzig und reif für einen größeren Sprung nach oben.›»

«Aber ich bin mir nicht sicher, ob ich noch weiter Archidiakon sein will.»

«Die Sache ist doch die, daß Sie in keinem Fall so weitermachen würden wie bisher. Die Befreiung von Ihrem Minderwertigkeitskomplex bedeutet, daß Sie bei der seelsorgerischen Arbeit viel mehr ausrichten könnten – und mit dem Amt des Archidiakons ist doch auch eine schöne Portion Seelsorge verbunden, nicht wahr? Es ist doch nicht so, als ob Sie nichts weiter täten, als Sitzungen von Diözesanausschüssen beizuwohnen, Kirchen zu inspizieren und Dr. Ottershaw alle Arbeit entscheidungsreif auf den Tisch zu legen.»

«Ja, das stimmt.» Ich dachte an Mellors. Dann sagte ich: «Gewiß, es wäre ganz angenehm, einfach abzuwarten, bis mir die Beförderung in den Schoß fällt. Noch vor kurzem habe ich von gar nichts anderem geträumt. Aber trotzdem –»

«– wollen Sie für Bell arbeiten. Das ist schön. Es ist immer gut, wenn man weiß, was man wirklich will. Aber was Sie wollen, Aysgarth, ist nicht zwangsläufig auch das, was Gott will. Vielleicht fehlt Ihnen zur Zeit noch die richtige Perspektive –»

«Sie wollen mir höflich beibringen, daß ich mir etwas vormache.»

«Keineswegs!» Darrow war erschrocken. «Ich will damit nur sagen, daß wir zur Zeit noch nicht genügend wissen, um erkennen zu können, was Gott will, und daß alles Reden über Ihre Zukunftsvorstellungen – so interessant die auch sein mögen – uns nicht weiterbringt. Und nachdem ich Ihnen nun hoffentlich bewiesen habe, daß die Zukunft sich im Augenblick nur als ein Nebelmeer von vagen Spekulationen darbieten kann –»

«Eine andere Möglichkeit ist, daß ich meine Ehe nicht überstehe und nach einer hitzigen Sitzung des Scheidungsgerichts wegen übermäßigen Trinkens und Ehebruchs aus dem Amt entfernt werde.»

«Gewiß, das ist theoretisch natürlich auch möglich, aber ich glaube, wir sollten keine Zeit mit dem Nachsinnen über Dinge verschwenden, die vielleicht nie eintreten werden. Beschäftigen wir uns lieber mit Dingen, die schon geschehen sind – sprechen wir von diesen Begegnungen mit Ihren Geschwistern. Ich stelle Ihnen zunächst die gleiche Frage wie vorhin: Was glauben Sie, ist da vorgegangen?»

«Das ist schnell geschildert», sagte ich düster in einem Anfall von Verzweiflung. «Ich kam mir vor wie Alice in einer Spiegelwelt, in der alle meine bisherigen Vorstellungen plötzlich umgekehrt waren . . .»

«Ausgezeichnet», sagte Darrow befriedigt. «Gut gemacht. Jetzt kommen wir voran . . .»

7

«Offenbar ist genau das geschehen, worauf Aidan gehofft hat», fuhr Darrow fort. «Es ist Ihnen gelungen, neue Facetten einer äußerst komplexen Realität aufzudecken, mit dem Ergebnis, daß Sie jetzt der Wahrheit viel näher sind.»

«Sehr schön», sagte ich trocken, «ich tappe aber trotzdem noch vollkommen im dunkeln. Ich denke immer nur: Alles, was Emily und Willy gesagt haben, ist wahr – und gleichzeitig auch wieder völlig falsch.»

«Aber das ist gut – wir sind in den Bereich des Paradoxen vorgestoßen, wie Aidan das nennt, und das heißt, wir sind der Wahrheit jetzt ganz nahe. Versuchen wir uns weiter vorzutasten. Läßt sich das Paradoxe konkret aufzeigen? Können Sie ein Beispiel für dieses Wahr-Falsch nennen – oder war der Eindruck eher allgemein und verschwommen?»

«Mir fallen ganz bestimmte Dinge ein. Emily und Willy waren zum Beispiel beide überzeugt, daß die Ehe meiner Eltern eine Katastrophe gewesen sei, aber so habe ich sie ganz und gar nicht in Erinnerung. Ich erinnere mich, daß meine Eltern glücklich waren und miteinander gescherzt und gelacht haben. Deshalb bin ich sicher, daß die Vorstellung von einer katastrophalen Ehe falsch sein muß. Gleichzeitig kann ich jedoch verstehen, weshalb Willy und Emily diese Ansicht vertreten. Die vielen Schwangerschaften und Fehlgeburten wirkten sich auf die Gesundheit meiner Mutter aus, und sie konnte schon eine sehr anspruchsvolle Kranke sein. Was Vater betrifft ... nun, er muß in mancher Beziehung eine Enttäuschung für sie gewesen sein. Sie hätte sich wohl einen erfolgreichen Gatten gewünscht, einen Mann wie Onkel Willoughby ... Theoretisch könnten also beide Ehepartner unglücklich gewesen sein – und vielleicht waren sie es auch; vielleicht habe ich das nur verdrängt, weil ich mich nicht daran erinnern wollte.»

«Nicht zwangsläufig. Vielleicht haben Sie genauso recht wie Ihre Geschwister.»

«Wie wäre das möglich?»

«Selbst die glücklichste Ehe kann eine schlimme Phase durchmachen. Schön, haben Sie noch ein Beispiel für dieses Paradoxe?»

«Das verblüffendste Beispiel ist die Art, wie wir Mutter einschätzen. An ihr scheinen sich unsere drei Geister radikal zu scheiden.»

«Und was ist mit Ihrem Onkel Willoughby?»

Ich schüttelte den Kopf. «Nein, unsere verschiedenen Vorstellungen von Onkel Will kann ich durchaus miteinander vereinbaren. Ich begreife, weshalb Emily in ihm einen Helden sieht, und wenn ich mich sehr anstrenge, kann ich sogar nachempfinden, wie Willy ihn als Falstaff sehen kann, als alten Gauner und nicht als vollkommenen Bösewicht. Aber was unsere Mutter betrifft –» Ich verstummte.

«Da sind die Ansichten unvereinbar.»

«Absolut. Hier haben wir den Widerspruch gleich dreifach – Opfer, Schurkin und Heldin.»

«Wenn ich mich richtig erinnere, sieht Emily sie als das von Männern unterdrückte Opfer.»

«Ja, und das ist Unsinn! Mutter war niemandes Opfer – sie war zäh wie Leder!»

«Dann hat also Willy recht, und sie war einfach schrecklich.»

«Nein, nein, nein – das ist auch Unsinn! Mutter war ganz wunderbar – sehr liebenswürdig, sehr geistreich und faszinierend im Gespräch. Emily und Willy irren sich, wenn sie sie einfach als reizlosen Blaustrumpf hinstellen, der nur durch ein Wunder vor einem erbarmenswerten Altjungfernschicksal gerettet wurde. Die Wahrheit über Mutter – die wirkliche Wahrheit – ist die, daß wenigstens einer von drei Männern sie fast ihr Leben lang umhätschelte: Onkel Willoughby, mein Vater und ich. Meine Mutter» – das sagte ich in entschiedenem Ton – «war eine *femme fatale*.»

«Das war Lady Macbeth auch.»

«Ja, aber Willy hat die völlig falsche Parallele gezogen, als er sie einer literarischen Schurkin gleichsetzte! Ich würde sie mit einer literarischen Heldin vergleichen.»

«Mit welcher Art von literarischer Heldin?» fragte Darrow interessiert. «Mir ist klar, wir können Little Nell, Dora Copperfield und Amelia Sedley aus dem Spiel lassen, aber was ist mit Catherine Earnshaw – oder Elizabeth Bennet?»

«Nein, nein, nein!» sagte ich, schon wieder ungeduldig. «Sie sind in der falschen Zeit – und im falschen Land. Meine Mutter war wie Hedda Gabler.»

«Ach ja, natürlich!» rief Darrow aus, als ärgere er sich über die eigene Schwerfälligkeit. «Willys weibliches Monster, das auch Emilys tragisches Opfer war!»

«Nein, nein, nein!» rief ich zum drittenmal aus. «Die verlockende *femme fatale*, die drei Männer in ihren Bann schlug.»

«Ja, aber alle diese Bilder stimmen, nicht wahr?» sagte Darrow. «Hedda Gabler war Monster *und* Opfer *und femme fatale*, die drei Männer in Bann schlug.»

Ich sah ihn verblüfft an. «Nein», sagte ich schließlich, «das stimmt nicht. Vergessen wir Hedda Gabler – sie hat uns offenbar in die Irre geführt. Meine Mutter war kein Opfer. Und sie war kein Monster. Ich betone, sie war kein Monster. Sie war eine *femme fatale*, und ich betete sie an, und sie betete mich an, und wir sind immer wunderbar miteinander ausgekommen – außer bei diesem kleinen Krach im Jahr 1938, aber das zählt nicht, das war weiter nichts, und wir kamen später beide überein, den Vorfall so zu behandeln, als hätte es ihn nie gegeben –»

«Was ist damals eigentlich genau passiert?» fragte Darrow.

«Nichts Besonderes. Wir hatten eine Auseinandersetzung, wie sie wohl fast unausbleiblich ist, wenn ein Ehepaar einen älteren Verwandten zu sich nimmt, der recht schwierig sein kann. Aber lassen wir das jetzt. Meine Mutter ist im Augenblick nicht wichtig.»

«Nein?»

«Nein. Mit ihr habe ich keine Probleme – meine Beziehung zu ihr war immer klar und eindeutig. Das Problem ist mein Vater. Hat er sich das Leben genommen oder nicht?»

«Ich gebe zu, das ist eine entscheidende Frage.»

«Gut! Ich bin froh, daß Sie das auch so sehen. Einen Augenblick dachte ich schon, Sie wären zu den Jüngern Freuds übergegangen und wollten endlos auf meiner Mutter herumreiten.»

«Nun, ich hoffe, ich werde nie auf jemandes Mutter herumreiten», sagte Darrow freundlich. «Nein, ich glaube auch, die erste Person, mit der Sie sich hier befassen müssen, ist Ihr Vater, und ich will Ihnen auch sagen, warum: Weil ich den Verdacht hege, daß es in Wirklichkeit Ihr Vater ist, zu dem Sie eine ganz klare und eindeutige Beziehung haben.»

«Aber wie können Sie das sagen, wo mir doch die Sache mit dem Selbstmord so schrecklich zu schaffen macht?»

«Eben weil Ihnen diese spezielle Angelegenheit so zu schaffen macht, glaube ich, daß wir uns in eine vielversprechende Richtung bewegen. Das Problem kann ganz leicht gelöst werden, indem wir herausfinden, wie Ihr Vater starb.»

«Aber –»

«Wenn ich den Fall für wirklich verwickelt hielte, Aysgarth, dann würde ich auch sagen, Ihnen ist nicht so leicht zu helfen, aber ich vermute, im Gegenteil, daß dies die eine Stelle ist, an der Sie die Realität fest im Griff haben. Sie haben doch erkannt, nicht wahr, daß Sie auf Ihren Vater zornig waren, weil er Sie freiwillig verlassen hat, und daß dieser Zorn Sie dann dazu brachte, sich Ihren Onkel zum Vorbild zu nehmen; Sie wissen jetzt, daß Sie, wenn Ihr Vater nicht Selbstmord begangen hat, ihm nicht nur verzeihen könnten, daß er Sie in solcher Not zurückgelassen hat, sondern daß Sie schließlich auch imstande wären, mit seiner Erinnerung in Frieden zu leben.»

«Und dann lebe ich fortan in Glück und Frieden?»

«Nein, dann fängt die richtige schwere Arbeit erst an. Wie Aidan schon sagte, müssen Sie mit jeder dieser drei Personen Ihren Frieden machen. Sie können sich nicht mit Ihrem Vater begnügen. Sie müssen sich auch mit Ihrer Mutter und Ihrem Onkel versöhnen.»

«Nun, was meine Mutter angeht, ist das nicht schwierig, wie ich Ihnen schon sagte, aber wenn Sie glauben, ich könnte Onkel Willoughby je verzeihen, daß er mich in dieses Gefängnis geschickt hat, als ich sieben Jahre alt war, und mich dann während meiner ganzen Jugendzeit tyrannisiert hat –»

«Lassen wir fürs erste Ihren Onkel aus dem Spiel und konzentrieren wir uns auf Ihren Vater. Zweifeln Sie noch immer nicht daran, daß er Selbstmord begangen hat, obwohl Ihr Bruder eine solche Tat für völlig unmöglich hält?»

«Ich würde sie sehr gern auch für unmöglich halten. Aber das Dumme ist, daß ich immer das Gefühl haben werde, daß ich es eben nicht genau weiß, und wenn ich nicht ganz sicher sein kann –»

«Was könnten Sie tun, um sich Gewißheit zu verschaffen?»

«Keine Ahnung.» Ich dachte nach. «Ich könnte einen Privatdetektiv in Maltby den Befund der gerichtlichen Untersuchung damals heraussuchen lassen.»

«Warum wollen Sie nicht selbst nach Maltby fahren?»

«Oh, nach Yorkshire könnte ich nie mehr zurückgehen.»

«Ja», sagte Darrow, «das sagten Sie schon einmal. Ich habe mich damals gefragt, warum Sie das nicht können, und ich frage mich das jetzt erneut. In Yorkshire ist etwas, wovor Sie Angst haben, nicht wahr? Etwas sehr Großes und sehr Schreckliches, das festgenagelt werden muß unter einem sehr dicken Teppich hinter dem schwersten Vorhang, den Sie finden können.»

Mir war, als wäre alles Blut aus meinem Körper gewichen. Das Atmen fiel mir schwer, an Sprechen war nicht zu denken.

Darrow sagte: «Er lebt noch, nicht wahr? Ja, das dachte ich mir. Mir ist schon vor einer Weile aufgefallen, daß er der einzige ist, dessen Tod Sie nicht erwähnt haben.»

Und indem ich ihn in fasziniertem Entsetzen anstarrte, merkte ich, daß ich nicht mehr Darrow gegenübersaß, diesem finsteren Magier, der seine schrecklichen Wahrheiten so mühelos aus dem Zylinder hervorzauberte, sondern, endlich, Onkel Willoughby, zweiundachtzig Jahre alt, aber anscheinend unzerstörbar, meinen Vater, meine Mutter und alle seine Freunde überlebend, doch noch immer bekannt als der reichste Mann von Maltby und noch immer – so hatte er sich Emily gegenüber auf seiner letzten Weihnachtskarte gerühmt – im Vollgenuß all der herrlichen Preise, die er eingeheimst hatte.

DRITTER TEIL
Erlösung

«Die Erfahrung des Ewigen, mit der sich dieses Buch befaßt . . . ist die Vereinigung durch Synthese, die Erlangung einer voll entfalteten, in sich ruhenden Persönlichkeit, die alle Beziehungen von Grund auf neu definiert.»

CHARLES E. RAVEN
in *The Creator Spirit*

XVII

«Doch bisweilen wählt jeder Mensch auf seiner Lebensreise den Weg nicht nach den Bedürfnissen der eigenen Natur, sondern einem Ruf von außen folgend ...»

CHARLES E. RAVEN
in *The Cross and the Crisis*

I

Wenn Sie auch nur einen Augenblick lang glauben, daß ich jemals wieder einen Fuß in die Nähe dieses Mannes setze, dann sind Sie nicht bei Verstand», sagte ich zu Darrow.

«Aber haben Sie nicht mit Aidans Hilfe erkannt, daß Sie dem alten Herrn zwar aus vielen guten Gründen grollten, ihm dabei aber dennoch eine verstohlene Zuneigung entgegenbrachten? Wie ist Willys Falstaff zu Graf Dracula geworden?»

Unfähig zu einer Erwiderung, saß ich zitternd auf meinem Stuhl.

«Wenn Sie ihn wiedersähen«, fragte Darrow, «was glauben Sie, würde er da wohl tun?»

«Mich umbringen.»

«Ach ja? Welch herrliche Story für die Boulevardpresse! ‹Archidiakon von Rentner erschlagen – Exbürgermeister übt Rache!›»

«Ach Darrow, mir ist das wirklich ernst!»

«Eben deshalb versuche ich Ihnen die Absurdität Ihrer Bemerkung vor Augen zu führen. Natürlich würde der alte Herr Sie nicht umbringen! Wie alt ist er? Fünfundsiebzig? Achtzig? Solche alten Herren sind entzückt, wenn plötzlich jemand auftaucht und zusammen mit ihnen die Vergangenheit auferstehen läßt!»

«Nicht dieser alte Herr. Nicht nach dem, was passierte, als ich ihm sagte, daß ich Geistlicher werden wollte.»

«Vielleicht habe ich Sie mißverstanden, aber sagten Sie nicht, er hätte sich recht gut mit der Tatsache abgefunden, daß Sie es nun doch nicht zum Premierminister bringen würden? Hat er Sie nicht gleich als Erzbischof von York gesehen und schon seinen ersten Besuch in Bishopthorpe geplant?»

«Ja, es war gräßlich. Ich konnte die Art nicht ertragen, wie er aus meinem Ruf einfach ein weiteres Pokalrennen machte. Ich wollte mich nur noch von ihm und seiner ganzen Lebensweise lossagen.»

«Aber Sie hatten sich doch jahrelang abgerackert, um seine Liebe und Anerkennung zu erringen –»

«Genau. Ich hatte mich endlich in eine Lage gebracht, in der ich ihm alles heimzahlen konnte, was ich seinetwegen gelitten hatte.»

«Ach ja», sagte Darrow, «natürlich. Ich glaube, jetzt begreife ich. Der wahre Preis war die Rache, nicht wahr?»

Diese Feststellung, ohne jeden kritischen Unterton ausgesprochen, bedeutete für mich eine außerordentliche Erleichterung. Sie nahm mir die Last einer Erklärung von den Schultern, ersparte mir, das Unaussprechliche aussprechen zu müssen.

«So kam denn schließlich der Augenblick, in dem Sie seine Liebe und Anerkennung zerreißen und ihm um die Ohren schlagen konnten», sagte Darrow nachdenklich. «Und ich vermute, er war nicht der Mann, der bei einem solchen Verhalten brav auch noch die andere Backe hinhielt.»

«Nein, das war er nicht. Er hat mich geschlagen.»

«Das überrascht mich nicht. Und Sie hat es wohl auch nicht überrascht, nehme ich an.»

«Nein, ich hatte ihn dazu provoziert, damit ich zurückschlagen konnte.»

«Das muß ein hübscher Kampf gewesen sein. Und war Ihnen nachher wohler?»

«Wohler?» Mit einem Ruck sah ich von meinen sich krampfhaft bewegenden Händen auf und starrte ihn ungläubig an. «Ich war ein junger Mann, der beschlossen hatte, Geistlicher zu werden. Ich hatte zuviel getrunken – nicht nur, um meine Nerven zu beruhigen, sondern auch, um mich auf Touren zu bringen. Aber ich erreichte nur, daß mein Dämon aus seiner Zwangsjacke entwich und mich in seine Gewalt bekam. Ich sagte grausame Dinge, Dinge, die ein Christ nicht einmal denken, geschweige denn aussprechen sollte, und als ich erst angefangen hatte, meinen Onkel zu schlagen –»

«– haben Sie es genossen.»

«Mein Dämon hat es genossen. Aber als ich ihn dann wieder in der Zwangsjacke drin hatte, war ich nur noch entsetzt. Ich fühlte mich von dem Dämon nicht nur angeekelt und beschmutzt – ich verspürte Angst, Angst vor dem, was er in Zukunft noch tun mochte. Als ich erst meinen geistlichen Anzug tragen konnte, fühlte ich mich sicherer, er war wie eine Rüstung, die mich schützte –, doch im Traum erlebte ich diesen Kampf mit Onkel Willoughby immer wieder, und dann brachte er mich um, oder ich brachte ihn um –»

«Kein Wunder, daß Sie sich nie mehr in seine Nähe gewagt haben.»

«Oh, eine solche Begegnung wäre ganz unmöglich gewesen. Ich hatte solche Angst, daß dann –»

«– der Dämon abermals die Zwangsjacke abstreift und Gewalt über Sie gewinnt. Ja, dieser Dämon muß ausgetrieben werden, da gibt es keinen Zweifel, und zu diesem Zweck dürfen Sie nicht länger sagen: ‹Ich kann nie nach Yorkshire zurückgehen.› Sie müssen sich die Chance geben, die schwere Bürde Ihrer Angst abzusetzen.»

«Aber ich kann meinen Onkel nicht wiedersehen – ich kann einfach nicht! Sie begreifen das nicht – eine Begegnung mit ihm ist völlig unvorstellbar!»

«Oh, es würde mir, glaube ich, nicht allzu schwerfallen, mir eine recht ungefährliche Szene vorzustellen. Warum läuten Sie nicht einfach bei ihm an der Tür und sagen etwas Harmloses wie ‹Hallo, guten Tag›?»

«Aber was soll ich dann als nächstes sagen? Dann übernimmt doch gleich wieder der Dämon das Kommando!»

«Sind Sie dessen so sicher? Ich glaube eher, daß die dämonische Kraft sich bei diesem Streit damals praktisch verbraucht hat. Wenn nicht, dann hätten Sie wohl inzwischen öfter den Drang verspürt, ein zweites Mal auf ihn loszugehen.»

Nach einer Pause sagte ich: «Daran hatte ich nicht gedacht.» Es trat eine weitere Pause ein, während ich vorsichtig, zögernd, zweifelnd über diese Möglichkeit nachsann. Aber ich kam zu keinem Schluß.

«Außerdem halte ich es für wahrscheinlich», fuhr Darrow fort, «daß es in Wirklichkeit gar nicht der Dämon der Gewalttätigkeit ist, vor dem Sie sich so fürchten. Er macht Ihnen gewiß schwer zu schaffen, aber Sie haben ihn doch hinter Schloß und Riegel. Ich glaube, was Sie wirklich lähmt, ist der Dämon der Schuld.»

Ich gab keine Antwort.

«Ihr Onkel hat schwere Fehler gemacht», sagte Darrow, «aber er hat auch sehr viel für Sie getan.»

Ich schwieg noch immer.

«Schuld kann ein schrecklicher Dämon sein», fuhr Darrow fort, «ein Dämon, der lähmt, erdrückt, zerstört. Aber jeder Dämon läßt sich austreiben.»

«Dieser nicht.» Ich zitterte wieder. «Ich kann nicht zu Onkel Willoughby gehen, weder jetzt noch später. Es ist besser, der Vorhang bleibt unten und der Teppich an seinem Platz –»

«Aysgarth», sagte Darrow, «wir alle haben unsere Dämonen, die bekämpft und besiegt werden müssen. Aber dazu darf man sich nicht von ihnen so in die Ecke drängen lassen, daß man sich nur noch niederkauern und vor Angst schlottern kann. Sie müssen sich gerade aufrichten, Ihre Dämonen zu Brei schlagen und über ihre Leichen hin den Weg in die Freiheit antreten.»

«Was für eine gewalttätige Metapher!» rief ich erschrocken.

«Es ist an der Zeit, Ihren Kampfgeist anzustacheln – nur der kann Sie retten!»

Ich saß schlotternd vor Angst auf meinem Stuhl, doch Darrow gab nicht auf. Er beugte sich vor und sagte in drängendem Ton: «Denken Sie an den Vater, der Sie geliebt hat, Aysgarth! Sind Sie es ihm nicht schuldig, daß Sie herausfinden, wie er wirklich starb? Und denken Sie an Professor Ravens Worte von der Einheit! Wollen Sie wirklich den Rest Ihres Lebens auf einem Scherbenhaufen verbringen?»

Ich fuhr mir mit der Zunge über die Lippen und lauschte dem Klopfen meines Herzens. Schließlich hörte ich mich sagen: «Wenn ich bei ihm läute, wird er mir die Tür vor der Nase zuschlagen.»

«Warum sollte er das? Warum sollte nicht auch er das Verlangen haben, ehrlich über die Vergangenheit zu sprechen? Er ist ein alter Mann, der am Ende seines Lebens steht, und da hat man oft das starke

Bedürfnis, die Erfahrungen der Vergangenheit an die nächste Generation weiterzugeben.»

«Ich kann mir nicht vorstellen, daß er mit mir redet», sagte ich, «und ich kann mir nicht vorstellen, daß ich mit ihm rede.»

«Nun, dem ist rasch abgeholfen. Rufen wir ihn an.»

«*Ihn anrufen?*»

«Ja, warum nicht? Wenn Sie ein paar Worte gesprochen und ein Treffen vereinbart haben, dann haben Sie ihn auch aus der Graf-Dracula-Legende in die Wirklichkeit herübergeholt – mit dem Ergebnis, daß Sie ihm viel leichter gegenübertreten können. Ich frage gleich die Vermittlung nach seiner Nummer. Wie heißt er mit Nachnamen?»

«Ich habe seine Nummer noch im Kopf. Aber Darrow –»

«Dann an die Arbeit. Das Telefon steht in der Bibliothek.» Er stand auf, aber als ich sitzen blieb, packte er die Rückenlehne meines Stuhls und beugte sich über mich. «Kommen Sie, Aysgarth! Ist nicht die Wahrheit hier der allerhöchste Preis? Und ist sie im Augenblick nicht der Preis, der Ihnen mehr bedeutet als alles auf der Welt?»

Wortlos erhob ich mich und folgte ihm in die Bibliothek.

2

«Alle Anschlüsse in Maltby haben jetzt vierstellige Nummern», sagte fünf Minuten später die Dame von der Auskunft in gelangweiltem Ton. «Mr. Stoke hat jetzt die Nummer sechs-sechs-zwei-fünf.»

«Danke.» Da ich mich nicht mehr auf den Beinen halten konnte, ließ ich mich auf den Stuhl hinter dem Tisch sinken und hörte dann, wie es am anderen Ende der Leitung läutete. Ich wollte gerade zu Darrow sagen: «Sicher schläft er schon», als der Hörer abgenommen wurde und sich eine mißmutige Frauenstimme meldete: «Hier bei Mr. Stoke.»

Es klang eher nach einer Haushälterin als nach meiner Cousine Mercy. «Ich hätte gern Mr. Stoke gesprochen, bitte.»

«Er ist nicht da.» Der harte Yorkshire-Akzent war unüberhörbar. «Er ist mit Miss Mercy in Ferien gefahren – nach Brighton.»

«Nach Brighton!»

«Das ist ein Seebad im Süden.»

«Ich muß ihn dringend sprechen», brachte ich mit einiger Mühe hervor. «Wo in Brighton ist er denn abgestiegen?»

«Im Hotel Metropole.»

«Vielen Dank», sagte ich, legte auf und ließ mich, von meinen Gefühlen übermannt, gegen die Stuhllehne sinken.

«Da sind Sie ja noch einmal um die Fahrt nach Yorkshire herumgekommen.» Darrows gleichmäßige Freundlichkeit sorgte dafür, daß das Gespräch ruhig und prosaisch blieb. «Und die Verbindung nach Brighton ist ziemlich gut – von Starmouth aus fahren relativ regelmäßig Züge über Southampton und Chichester. Sie könnten heute nacht hierbleiben und morgen in aller Frühe aufbrechen.»

Dazu vermochte ich nur zu sagen: «Wie soll ich denn meiner Schwägerin beibringen, daß ich heute nicht nach Hause komme?»

«Lassen Sie mich das machen», sagte Darrow.

Ich ließ ihn gewähren. Ich bekam nicht ganz mit, was er sagte, denn erneut raubte mir eine Gefühlsaufwallung fast das Bewußtsein.

Nach dem Anruf bei Merry führte mich Darrow in ein kleines Gästezimmer, zog die Vorhänge zu und brachte sogar eine Bibel und ein Gebetbuch zum Vorschein, die er auf den Nachttisch legte. Ich hatte mich inzwischen bis auf die Unterwäsche ausgezogen und ließ mich ins Bett fallen.

«Haben Sie schon das Abendgebet gelesen?»

«Nein.»

«Gut, dann lese ich es Ihnen vor», sagte Darrow und zog eine Brille hervor. Es gehörte mit zu Darrows Eitelkeit, daß er gern so tat, als sei sein Sehvermögen noch nicht im geringsten beeinträchtigt, aber natürlich brauchte er in seinem Alter zum Lesen eine Brille. Als er fertig war, sagte er: «Ich feiere morgen hier die Messe. Wenn Sie teilnehmen möchten –»

«Nein. Aber danke für die Einladung.»

«Es wird ganz schlicht zugehen, das verspreche ich Ihnen. Kein anglokatholisches Beiwerk.»

«Das ist es nicht. Es tut mir leid, ich kann es nicht erklären, aber –»

«Sie brauchen nichts zu erklären. Oder sich zu entschuldigen. Sie sollen nur wissen, daß der Gottesdienst abgehalten wird.»

Ich sagte: «Ich bin nicht in der Verfassung, das Abendmahl zu empfangen», und drehte das Gesicht zur Wand.

Ein langes Schweigen. Schließlich fragte er: «Soll ich eine Weile bei Ihnen bleiben?» Ich entgegnete: «Nein, danke. Alles in Ordnung.»

Er versuchte gar nicht erst, diese törichte Behauptung anzuzweifeln, mit der ich mich so kläglich hinter meinem Stolz verschanzte. «Ich werde für Sie beten», sagte er nur und ließ mich meinem Wunsch gemäß allein.

3

Ich schlief gegen drei Uhr ein und wurde vier Stunden später von Darrow geweckt, der hereinkam, um mir sein Rasierzeug zu borgen. «Ich bringe Ihnen um acht Uhr Ihr Frühstück», sagte er. «Ich fahre erst heute mittag nach Starbridge; ich nehme mir den Morgen frei, um mehr Zeit für Charles zu haben. Übrigens – haben Sie genug Benzinmarken für die Fahrt nach Starmouth und zurück?»

«Ja, ich denke schon. Ich habe gestern volltanken lassen, ehe ich nach Flaxton Pauncefoot fuhr.»

«Gut.» Er hob die Bibel und das Gebetbuch auf und reichte sie mir. «In einer Stunde komme ich wieder.»

Die Tür fiel ins Schloß. Ich blieb auf der Bettkante sitzen, die beiden Bücher fest umklammert.

Als Darrow zurückkehrte, fragte er: «Haben Sie die Andacht gelesen?»

«Nein.»

«Haben Sie überhaupt gebetet?»

«Nein.»

«Haben Sie die Bibel aufgeschlagen?»

«Nein.»

«Dann wollen wir das jetzt sofort nachholen», sagte Darrow und setzte das Frühstückstablett auf meinen Knien ab. «Ich lese, während Sie essen. Wir beginnen mit dem Johannesevangelium, Kapitel neun, dort, wo unser Herr sagt –»

«– ‹die Wahrheit wird euch frei machen›.» Ich schob das Tablett zur Seite und schlug die Hände vors Gesicht.

4

Darrow zwang mich, etwas zu essen. Er ließ nicht locker, bis ich ein gekochtes Ei und eine Scheibe Toast gegessen und zwei Tassen Tee getrunken hatte. Dann mußte ich versprechen, im Zug die Morgenandacht zu lesen, und schließlich ließ er mich noch niederknien, während er ein Gebet sprach.

«Es tut mir leid, daß ich mich so aufführe», sagte ich danach.

«Sie führen sich sehr tapfer auf.»

«Wie können Sie so etwas sagen, wo man mir doch ansehen muß, daß ich vor Angst fast von Sinnen bin?»

«Vor Angst fast von Sinnen, aber nicht bereit, aufzugeben. Das ist tapfer.»

Er begleitete mich hinaus zu meinem Wagen. Der Morgen war kühl und klar. «Kommen Sie sofort zu mir, wenn Sie aus Brighton zurück sind», sagte er. «Ich warte in der Hochschule auf Sie.»

«Eines Tages», sagte ich, als ich mich auf den Fahrersitz fallen ließ, «wenn das alles vorbei ist, finde ich vielleicht die richtigen Worte, um Ihnen zu danken. Wenn ich es überlebe, heißt das.»

«Sie werden es überleben, Aysgarth. Ich sehe zahlreiche anregende Diskussionen über die Erweiterung der Hochschule voraus, wenn wir erleichtert wieder in unsere alten Rollen des freibeuterischen Rektors und des axtschwingenden Archidiakons schlüpfen.»

«Ich muß den Bischof daran erinnern, daß er seinen Vorrat an Magentabletten aufstockt.»

Mehr gab es im Moment nicht zu sagen. Ich ließ den Motor an, legte den Gang ein und fuhr davon.

5

Ich kam kurz nach Mittag in Brighton an und nahm mir ein Taxi vom Bahnhof zum Hotel Metropole an der Esplanade. Draußen vor dem Kiesstrand lächelte eine sanfte blaue See. Ich fühlte mich an alle meine Besuche in St. Leonards erinnert. Bevor mich der Mut verlassen konnte, betrat ich kurz entschlossen das Hotel und ging durch die Empfangshalle zur Rezeption.

«Ich glaube, Sie finden Mr. Stoke in einem der Gesellschaftsräume», sagte der Portier, bei dem ich mich nach meinem Onkel erkundigte. «Ich habe ihn vor einer halben Stunde mit Miss Stoke durchs Foyer gehen sehen.»

Meine erste Reaktion war Erleichterung: Wenn die Begegnung sozusagen in der Öffentlichkeit stattfand, war die Gefahr einer heftigen Szene geringer. Andererseits konnte alles passieren, wenn einen von uns die Wut übermannte. Starr vor Angst öffnete ich die gläserne Schwingtür und betrat den nächstgelegenen Gesellschaftsraum.

Ich erblickte ihn sofort. Er saß am Fenster zur Seeseite hin, ein untersetzter alter Mann mit buschigem weißem Haar und einem geröteten Gesicht. Es überraschte mich, wie klein er war; er hatte immer den Eindruck erweckt, als wäre er mindestens einsachtzig groß – eine Illusion, die sich im Laufe der Jahre in meiner Erinnerung noch verstärkt hatte. Er trug einen grauen Anzug, die Krawatte des Kricketclubs von Maltby und eine schwarz gefaßte Brille. Seine knotigen Hände hielten die rosa Seiten der *Financial Times* gepackt.

Neben ihm saß meine Cousine Mercy, eine Frau in mittleren Jahren, und strickte an einem langen violetten Kleidungsstück, das ich nicht näher identifizieren konnte. Ihr graues Haar war zu einem Knoten geschlungen –, mit ihrem schlecht sitzenden Kleid und der Strickjacke darüber erinnerte sie mich plötzlich an Emily.

Ich ging auf sie zu. Inzwischen bewegten sich meine Beine so unbeholfen, als watete ich in kniehohem Schlamm, und jeder Schritt war, so wollte es scheinen, eine Leistung für sich. Mein Näherkommen blieb unbemerkt. Erst als ich bei Mercys Stuhl stehenblieb, blickte Onkel Willoughby von seiner Zeitung auf. Da sagte ich mit meiner höflichsten Stimme zwei Worte: «Guten Morgen.»

Die Welt drehte sich weiter. Ich blieb aufrecht stehen und war offenbar nach wie vor bei Bewußtsein. Ich hörte, wie Mercy einen unterdrückten Laut ausstieß und «Du lieber Himmel!» rief.

Onkel Willoughby öffnete den Mund, machte ihn wieder zu und setzte langsam die Brille ab. Zum erstenmal bemerkte ich, daß seine blauen Augen, ein wenig blasser jetzt, aber immer noch ihres alten stählernen Aufblitzens fähig, unverkennbar den meinen ähnelten. Auch sein fester, gerader Mund, den ich immer mit seiner brutalen Rücksichtslosigkeit verbunden hatte, glich aufs Haar meinem eigenen, der, wie ich immer geglaubt hatte, meine lobenswerte Willensstärke ausdrückte. Als ich jung war und er in mittleren Jahren, war mir diese Familienähnlichkeit, die wir einst mit meiner Mutter geteilt hatten, nie aufgefallen, doch jetzt, da ich mich selbst in mittlerem Alter befand, sprang sie mir sofort ins Auge.

Ich war sprachlos. Mittlerweile hatte Mercy zu einem empörten Geplapper angesetzt: «Ich kann's nicht glauben, das kann ja nicht wahr sein, es ist Neville – schau, Vater, es ist Neville – hat man je – ist das denn die Möglichkeit – nach all den Jahren –» Und als Onkel Willoughby, so sprachlos wie ich, regungslos sitzen blieb, erhob sie sich majestätisch, um mir gegenüberzutreten. «Also, daß du das wagst – ich muß schon sagen! Über zwanzig Jahre finsteres Schweigen und dann kreuzt du plötzlich so mir nichts, dir nichts hier auf – und alles, was du sagen kannst, ist ‹Guten Morgen›! Diese Unverschämtheit! Wie kannst du es wagen! Hast Vater einfach fallenlassen, hast ihm das Herz gebrochen, nach allem, was er für dich getan hatte – oh, es ist einfach ein Skandal, eine *Schande*, und wie ein Geistlicher sich je so grausam und gemein benehmen konnte, das werde ich nie begreifen! Wenn du mich fragst –» Sie verstummte.

Onkel Willoughby hatte die Hand erhoben, um diesem Schwall von Beschimpfungen Einhalt zu gebieten. In dem Schweigen, das nun eintrat, faltete er sorgfältig die Zeitung zusammen und stemmte sich hoch. Das Alter hatte ihm einen guten Zoll von seiner Körpergröße genommen. Er war jetzt kleiner als ich, aber das bemerkte ich kaum. Er brachte es noch immer fertig, wie einsachtzig auszusehen.

Er sah mir fest in die Augen und sagte: «Da bist du also zurückgekommen.»

«Endlich, ja.» Nie hatten mich drei Silben größere Anstrengung gekostet.

«Nun!» sagte Onkel Willoughby in seinem aggressivsten Ton. «Glaube nur nicht, ich wüßte nicht, was ich tun muß! Wenn du glaubst, ich bin ein altersschwacher Knacker, der nicht mehr alle seine Sinne beisammen hat, dann hast du dich getäuscht!» Er wandte sich an seine Tochter. «Klingle mal dem Kellner.»

«Dem Kellner? Aber Vater –»

Wieder hob er die Hand, und wieder verstummte die quengelnde Stimme.

Dann sagte er stolz zu ihr: «Mein Junge ist endlich zurückgekommen – schlachte das gemästete Kalb! Neville und ich trinken Champagner.»

XVIII

«Wenn ich jemanden finde, der verzeiht, der sich weigert, verbittert zu sein, und der sich nicht von mir abwendet, jemanden, der die Früchte meiner Sünde trägt und mich dennoch liebt – wie kann ich, ja ich möchte sagen überhaupt irgendein Mensch, der Macht dieser Haltung widerstehen?»

CHARLES E. RAVEN
in *The Cross and the Crisis*

I

Er befahl mir, mich zu setzen, machte dem Kellner, der ihm zu erklären versuchte, daß der Vorkriegsvorrat des Hotels an Champagner längst erschöpft sei, die Hölle heiß und schickte Mercy fort, indem er sie daran erinnerte, daß sie mittags nie etwas trank. «Außerdem habe ich diesen ekelhaften lila Lappen satt, an dem du da immer herummachst», setzte er hinzu. «Geh und strick mal irgendwo anders.» Mercy versuchte aufzubegehren, aber als er sie anfunkelte und knurrte: «Kein Wort mehr, Mädchen!» schlich sie beleidigt davon.

«So!» Er strahlte mich an. «Da bist du also Archidiakon und trägst eine besondere Kleidung, damit jeder sehen kann, was für ein erfolgreicher Geistlicher du bist! Ich weiß alles über Archidiakone. Als Emily mir zu Weihnachten 1937 schrieb, daß du befördert worden seist, bin ich in die Bibliothek von Huddersfield gegangen, um herauszufinden, was so jemand macht. Du bist ‹des Bischofs Auge›. Du sagst ihm, wo Lob angebracht ist und wo Tadel. Du besuchst die Gemeinden in deinem Bezirk und sorgst dafür, daß alle deine Pfarrer ihre Sache gut machen und daß es in jeder Kirche so aussieht, wie es aussehen sollte. Du stellst bei Ordinationsgottesdiensten die Kandidaten vor. Du führst die neuen Pfarrer in ihrer Gemeinde ein, wenn der Bischof seine Zustimmung gegeben hat. Wer dir schreibt, muß dich mit ‹Hochwürden› anreden. Und das alles schon mit fünfunddreißig! Ich habe zu Ella gesagt – sie hat damals noch gelebt, siebenunddreißig – ‹Ella›, habe ich gesagt, ‹das ist prima! Mein Junge kommt voran und bringt es zu etwas.›»

Ich fand noch immer keine Worte. Ich konnte nur zuhören.

«Natürlich», fuhr Onkel Willoughby fort, völlig gefangen in seiner Erinnerung, «hat sich Ella genauso dumm benommen wie Mercy eben.» Er brachte eine erstaunliche Falsettstimme zustande, als er seine Frau nachahmte. «‹Oh, wie kannst du noch von ihm sprechen, nachdem er dir so gemein den Rücken gekehrt hat!› Dumme Frau. Ich habe zu ihr gesagt: ‹Warum sollte er mir nicht den Rücken kehren, wenn er will? Alles hat seinen Preis›, habe ich gesagt. ‹Nichts gibt's umsonst. Ich wollte, daß dieser Junge es zu etwas bringt, und der Preis, den ich dafür zahle, jetzt wo er fort ist, ist eben der, daß er nichts mehr von mir wissen will. Aber was soll's? Das ist ein Preis, den ich mit Stolz zahle – und wenn es nötig wäre, würde ich ihn noch einmal zahlen. Was ich dem Jungen gegeben habe – die Gelegenheit, all das zu werden, was seinen Fähigkeiten entsprach –, ist unbezahlbar, und mein Lohn liegt nicht darin, daß er mich mit zusammengebissenen Zähnen regelmäßig pflichtschuldigst besucht. Meine Belohnung liegt in dem Wissen, daß er in seinem auserwählten Beruf Erfolg hat und den Höhepunkt seiner Karriere sogar noch vor sich hat!› Aber Ella konnte das nicht verstehen, diese dumme Pute – sie bildete sich ein, wir müßten jedesmal an Weihnachten gefühlsduselig werden und jede Woche sentimentale Briefe schreiben, aber so bin ich nicht, das ist nicht meine Natur», sagte Onkel Willoughby, als der Champagner kam, und setzte, an den Kellner gewandt, mürrisch hinzu: «Hat lange gedauert! Jetzt zeigen Sie mir mal diese Flasche. Glauben Sie ja nicht, Sie können mir eine miese Imitation andrehen, indem Sie das Etikett im Eimer da verstecken! Hat der Geschäftsführer die Vorkriegsware herausgerückt oder nicht? Denn wenn er das nicht hat –»

«Doch, Sir», sagte der unglückliche Kellner in ängstlicher Beflissenheit. «Wie sich herausstellte, waren doch noch ein, zwei Flaschen da.»

«Die sind immer da in einem Haus wie diesem – für den, der dafür zahlen kann.» Er musterte das Etikett, knurrte etwas und sagte: «Ja, gut.» Inzwischen war der Kellner so entnervt, daß er kaum den Draht vom Korken bekam.

Ich fand endlich meine Sprache wieder. «Onkel Willoughby –»

«Du brauchst nicht mit dieser vornehmen Stimme zu sprechen, Junge. Du kannst jetzt du selbst sein.»

«Das *bin* aber ich. Ich meine, ich – nun, ich spreche jetzt immer so. Es fällt mir gar nicht mehr auf.»

«Du liebe Güte, das ist ja toll! Bei unserer letzten Begegnung, da hattest du noch zwei verschiedene Stimmen, eine vornehme für Oxford und eine normale, wenn du mit mir sprachst. Wie weit hast du's gebracht! Du bist jetzt ein richtiger Gentleman!»

Dem Kellner war es gelungen, die Flasche zu entkorken.

«Warum schäumt der Champagner nicht oben raus?» wollte Onkel Willoughby wissen. «Er muß verdorben sein!»

«Ich versichere Ihnen, Sir –»

«Schon gut, machen Sie weiter – wir haben nicht ewig Zeit!»

Der Champagner, blaßgolden und wohlgereift, moussierte in dem feinen Glas. Onkel Willoughby packte den Stiel, probierte einen Schluck und verkündete: «Könnte schlimmer sein.» Erleichtert aufatmend füllte der Kellner die beiden Gläser und entfloh.

«Nun, worauf trinken wir?» fragte Onkel Willoughby. «Auf die Vergangenheit? Die Gegenwart? Die Zukunft?»

«Es ist alles eine Einheit», sagte ich. «Alles ist eins.» Und abermals war mir, als trete mein Vater wortlos an meine Seite.

2

«Trinken wir auf die Zukunft», sagte Onkel Willoughby. «Noch genug davon übrig. Ich will hundert Jahre alt werden. Schau mich an – zweiundachtzig und noch mopsfidel! Aber das liegt daran, daß du zurückgekommen bist, und ich glaube, ich weiß auch, warum du gekommen bist. Du bist zum Bischof befördert worden und konntest der Versuchung nicht widerstehen, dich bei mir damit zu brüsten!»

«Für eine solche Ernennung bin ich noch etwas zu jung, Onkel Will – und ich bin auch überrascht, daß du mich eines Bischofsstuhls für würdig hältst. Aber hör mal zu – das *muß* ich dir jetzt sagen –, es ist wegen dieses Streits, den wir das letzte Mal hatten –»

«Ach so! Das war eine ganz große Dummheit. Was spielt das heute noch für eine Rolle?»

«Nun, ich wollte dir sagen, daß es mir sehr, sehr leid tut, daß ich dich geschlagen habe. Ich –»

«Ich habe dich doch zuerst geschlagen, oder? Wenn du nicht zurückgeschlagen hättest, hätte ich mich sicher gefragt, was mit dir nicht stimmt!»

«Aber da ich beschlossen hatte, Geistlicher zu werden, war es einfach unverzeihlich von mir, daß ich –»

«Na, du warst ja damals noch kein Geistlicher – du warst einfach ein junger Bursche und ein bißchen durcheinander.» Er hielt inne, um rasch einen Schluck Champagner zu trinken. «Jetzt reite nicht länger auf diesen alten Sachen herum, die nichts mehr zu bedeuten haben, und sag mir, weshalb du gekommen bist.»

«Ich habe gehofft, du könntest mir helfen.»

«Ich dir helfen?» Er war verblüfft. Einen Augenblick lang prüfte sein auch im Alter immer noch messerscharfer Verstand diese mysteriöse Äußerung sehr vorsichtig. Dann rief er aus: «Nun, red schon! Komm zur Sache! Geht es um Geld?»

«Nein.»

«Frauen?»

«Nein.»

«Na, dann ist ja alles in Ordnung. Ich hatte mir schon Sorgen gemacht. Hatte geglaubt, es sei etwas Ernstes.»

«Das ist es auch. Ich möchte mit dir über die Vergangenheit reden.»

«Vergangenheit?» Er blickte ungehalten. «Ich bin doch kein altes Weib. Nur sentimentale alte Weiber träumen von der guten alten Zeit und betrachten die Vergangenheit durch eine rosarote Brille!»

«Ich bin nicht an einer rosaroten Brille interessiert, Onkel Will. Ich möchte, daß du mir erzählst, was sich in Maltby wirklich abgespielt hat, bevor mein Vater starb.»

Er machte große Augen. «Warum?»

Ich nahm zu der einzigen Erklärung Zuflucht, die er gewiß verstehen würde. «Ich bin so durcheinander, was die Vergangenheit betrifft, daß sich das auf meine Arbeit auswirkt, und wenn ich da nicht bald zur Ruhe komme, dann kann ich die nächsten Trophäen vergessen. Also wenn du mir die Wahrheit über meine Eltern und ihre Ehe sagen könntest – die Wahrheit, die ganze Wahrheit und nichts als die Wahrheit –»

«Ich weiß zwar nicht, wie dir das Herumwühlen in der Vergangenheit helfen könnte, aber wenn deine Zukunft auf dem Spiel steht –»

«Alles steht auf dem Spiel, Onkel Will. Alles.»

«Du klingst ja, als wärst du nicht mehr ganz dicht. Gehst du auch nicht wieder auf mich los, wenn ich dir Dinge erzähle, die du vielleicht gar nicht hören wolltest?»

«Ich muß alles hören.»

«Na schön. Schenk mir noch etwas Champagner ein.»

Ich goß sein Glas voll. «Was ich wirklich über meinen Vater wissen will», sagte ich, «das ist –»

«Armer Arthur!» sagte Onkel Willoughby. Er hörte gar nicht mehr zu, während er sich auf die lange Reise in die Vergangenheit machte. «Ein Narr, aber so ein freundlicher Narr. Ein guter Mensch, auf seine Weise. Ja», sagte er nachsichtig und nippte an seinem Glas, «wenn ich jetzt so nach fast vierzig Jahren an diese ganze Tragödie zurückdenke, dann wird mir klar, daß ich den armen Arthur eigentlich ganz gern hatte ...»

3

Ich rief aus: «Aber du hast ihn doch verachtet!»

«Ja – als er in eine so dumme Lage geraten war. Und davor war ich natürlich neidisch auf ihn, aber nichtsdestoweniger –»

«Neidisch?»

«Ja, warum nicht? Ich war klein und häßlich und mußte mir alles hart erkämpfen. Er war groß und sah gut aus und erbte das Geschäft seines Vaters. Ich habe jedesmal mit den Zähnen geknirscht, wenn er wieder mal der Held des Kricketclubs war! Und dann kam er auch noch zwischen mich und meine Schwester, und daß Adelaide plötzlich so viel an einem anderen lag, das hat mir gar nicht gepaßt. Es dauerte einige Zeit, bis ich mich daran gewöhnt hatte, aber der gute Arthur war ein so netter Mensch, daß man ihm nicht böse sein konnte. Er war wie ein Hund, der auf einen zukommt, stehenbleibt und mit dem Schwanz wedelt. Schließlich kannst du nicht mehr widerstehen und gibst ihm einen freundlichen Klaps, und da bietet er dir auch schon seine Pfote an, und du bist sein Freund fürs ganze Leben. So war das mit deinem Vater, obwohl ich immer argwöhnte, daß er keinen Verstand hatte. Dumm im Leben, dumm im Tod, dumm, dumm, dumm.»

«Onkel Will, was den Tod meines Vaters angeht –»

«Nein, sei du jetzt mal still, Junge, und laß mich dir diese Geschichte so erzählen, wie ich will! Wenn du mich dauernd unterbrichst, bringst du mich aus dem Konzept! Also wo war ich gerade? Ah ja, Arthurs Dummheit. Armer Arthur ...

Na ja, wenn ich ‹dumm› sage, dann meine ich nicht, daß er ein Dummkopf war. Er war ein intelligenter Mensch – alle diese Bücher! alle diese Gedichte! –, aber er besaß keinen Funken von Weltklugheit, er war so naiv und arglos und vertrauensvoll. Wie er seine Dienstboten behandelte! Er hat sie fast zu Tode verhätschelt, und was seine Angestellten anging – lächerlich! Ich bin in meinem ganzen Leben keinem so verwöhnten, überbezahlten, faulen Verein begegnet! Kein Wunder, daß es mit dem Geschäft bergab ging ... Armer Arthur. Traurige Geschichte.

Nun, seine Dummheit in geschäftlichen Dingen war schon schlimm genug, aber er war leider auch dumm im ‹richtigen Leben›. Du weißt sicher, was ich mit ‹richtigem Leben› meine, Nev, nicht wahr? Alles das eben, was nicht im Märchen passiert. Dein Vater wollte wie im Märchen leben – das war sein Fehler –, und eine Zeitlang wollte deine Mutter das auch. Nun, einer Frau kann man es nachsehen, daß sie mit dem Kopf in den Wolken herumläuft, wenn ein gutaussehender Mann ihr den Hof macht, aber ein Mann darf den

Kopf nirgendwoanders haben als fest auf seinen Schultern. Die Ehe, das wissen wir beide, ist alles andere als ein Leben im Märchen. In der Ehe, da sieht man dem ‹richtigen Leben› ins Gesicht, und was wußte der arme Arthur davon? Absolut nichts.

Natürlich hätte er sie niemals heiraten sollen. Nur ein Mann ohne Verstand konnte sich einbilden, er könnte mit einer Frau wie meiner Schwester glücklich werden. Adelaide war die wunderbarste Frau der Welt, aber sie hätte ein Mann sein sollen. Vielleicht war sie gerade deshalb so wunderbar.

Kein Geflatter, kein Gegurre, kein weibliches Geschnatter – nur Witz und Charme und fesselnde Konversation über Dinge, die kluge Männer interessieren – was für eine Frau! Aber ein Mann, der weiß, was gut für ihn ist, sucht sich lieber eine sanfte, fügsame Frau und keine schwierige, intellektuelle Sirene, eine Frau, die seine Kinder richtig erziehen kann, nicht eine, die ... na ja, wir wollen jetzt nicht weiter über die Unzulänglichkeiten deiner Mutter auf diesem Gebiet reden. Man hätte meinen sollen, Gott in seiner Weisheit hätte sie unfruchtbar gemacht, aber nein, sie war fruchtbar wie ein Karnickel. Nicht zu fassen. Und das alles nur, weil der arme Arthur nicht gemerkt hat, daß er da einen Mann im Körper einer Frau heiratet.

Weißt du, Jahre später kam mir der Gedanke, daß er es vielleicht gar nicht anders gewollt hatte. Sanften, fügsamen Frauen gegenüber war er schüchtern – er fühlte sich bei den Jungs im Kricketclub immer viel wohler als in der Gesellschaft von Frauen. Nicht daß ich da an etwas Ungehöriges denke, nein, das nicht. Das war immer ein sehr anständiger, ordentlicher Verein da im Club, und keiner war anständiger und ordentlicher als dein Vater, aber trotzdem ... Er war schon in mancher Beziehung etwas merkwürdig, all diese Liebenswürdigkeit und Naivität. Jetzt wo ich ein alter Mann bin, der schon alles erlebt hat, da frage ich mich, ob er vielleicht eine Frau im Körper eines Mannes war und ob die beiden, er und Adelaide, nicht am Ende besser zueinander gepaßt haben, als wir das je dachten. Die Fleischlichkeit ist etwas ganz Komisches, Nev, glaub mir. Nicht halb so einfach, wie du glaubst, wenn du jung bist. Da denkst du einfach, Jungen sind Jungen und Mädchen sind Mädchen, und alles andere ist eine verabscheuungswürdige Verirrung der Natur, aber später wird dir klar, daß das Erstaunlichste an der Natur ihre unendliche Vielfalt ist – und wer kann mit Sicherheit sagen, wo die Verirrung anfängt und wo sie aufhört?

Jedenfalls – Adelaide war zweifellos eine Verirrung, aber natürlich keine verabscheuungswürdige. Sie hatte das Zeug zu einer guten Geliebten, dachte ich mir oft, sie konnte einen Mann im Nu in bessere Stimmung bringen, einfach weil sie so unterhaltsam war, aber dummerweise war sie ein anständiges Mädchen, da kam diese Karriere für sie nicht in Frage. Aber Arthur hätte sie auch geheiratet, wenn sie kein anständiges Mädchen gewesen wäre. Zu romantisch veranlagt, um etwas anderes zu tun. Du wirst es kaum glauben – mir ist es jedenfalls schwergefallen –, aber er war noch eine Jungfrau, als er sie heiratete; Adelaide sagte, er habe ihr versichert, sie sei die erste für ihn gewesen. Kannst du dir jemanden vorstellen, der so dumm ist? Und egoistisch dazu, keinerlei Rücksichtnahme auf die zukünftige Braut – du wirst natürlich kein bißchen überrascht sein, wenn ich dir sage, daß ihre Ehe im Bett eine reine Katastrophe war.

Das Allerdümmste dabei war, daß es keine Katastrophe hätte bleiben müssen. Meine Frau war ein genauso anständiges Mädchen wie Adelaide und wollte von diesem ganzen Zeug zunächst auch nichts wissen, aber zum Schluß hat es ihr überhaupt nichts mehr ausgemacht – und wie kam das? Ich will's dir sagen. Erstens: Ich besaß genügend Verstand und Erfahrung, um behutsam vorzugehen – ich habe sie nicht bearbeitet wie ein Nilpferd, das ein Bad nimmt. Zweitens: Ich nahm Rücksicht auf sie – ich machte ihr nicht regelmäßig jedes Jahr ein Kind. Drittens: Als sie schließlich das Gefühl hatte, daß keine Nachkommenschaft mehr zu erwarten sei, ließ ich sie von da ab in Ruhe, ohne daß es böse Worte gegeben hätte. Natürlich war ich ihr nie treu, aber das war kein Ehebruch, das war reine christliche Barmherzigkeit – und sag mir jetzt bloß nicht, Gott hätte das nicht verstanden! Gott und ich, wir verstehen uns tadellos. Ich stehe seit jeher ausgezeichnet mit ihm, gehe jeden Sonntag brav in die Kirche und führe ein arbeitsames, gesetzestreues Leben. Was kann er mehr von mir wollen?

Ja, da saßen sie also da, der arme Arthur, zu dumm, um ein findiger Ehemann zu werden, und die arme Adelaide, die herauszufinden versuchte, wie sie sich das Leben erträglich machen konnte. Wie sehr hat sie ihn geliebt, fragst du dich vielleicht (da die Liebe ja angeblich alles überwindet, selbst die Abneigung gegen den Geschlechtsverkehr), und das ist eine gute Frage. Natürlich hat sie behauptet, ihn leidenschaftlich zu lieben, und vielleicht hat sie das auch getan, in gewisser Weise, aber ich glaube, was sie ihm entgegenbrachte, war nicht in erster Linie Liebe, sondern Dankbarkeit. Sie hat nicht geheiratet, weil sie geliebt werden wollte; es liebte sie schon jemand – ich. Nein, sie hat geheiratet, weil sie Angst hatte, sitzenzubleiben, als Frau zu versagen, und versagen wollte Adelaide ganz gewiß nicht, sie wollte Erfolg haben im Leben. Wie ich war sie auf Preise aus, und der höchste Preis für eine Frau, das weißt du genausogut wie ich, ist, auch nach all diesem Emanzipationsunsinn, den die Suffragetten produziert haben, noch immer Ehe und Mutterschaft, und wenn es ihr gelingt, sich einen hochgewachsenen, gutaussehenden Mann zu angeln und einige reizende Kinder zur Welt zu bringen, von denen keines auf den Kopf gefallen ist, dann um so besser.

Sie hat Arthur gemocht, das steht fest, aber hat sie ihn auch geliebt? Wenn du mich fragst, war *er* es, der wirklich geliebt hat, denn er hat sie um ihrer selbst willen geheiratet. Sie hatte kein Geld, kein hübsches Gesicht, keine anziehende Figur, kam nicht aus der besseren Gesellschaft, und doch hat er sie geheiratet. Und ich will dir noch etwas sagen: Ich glaube, wenn er am Leben geblieben wäre, hätte sie ihn zum Schluß auch noch geliebt. Sie waren gute Freunde unter all dem romantischen Getue, und sie konnten einander immer zum Lachen bringen. Sie hätten eines Tages ein ganz normales friedliches älteres Ehepaar werden können, wenn sie erst einmal über die Leidenschaft hinaus waren. Aber so richtete die Leidenschaft sie zugrunde. Dein Vater wollte sie nicht schonen und sich eine Geliebte nehmen, und da geriet die arme Adelaide schließlich in Verzweiflung und beschloß, ständig Babys zu bekommen, um Ruhe vor ihm zu haben.

Aber sie hätten vielleicht sowieso am laufenden Band Babys in die Welt gesetzt, so wie Arthur beschaffen war. Ich kann ihn mir nicht gerade als besonders geschickt bei der Empfängnisverhütung vorstellen, aber immerhin, es spricht für ihn, daß er ihr angeboten hatte, den Coitus interruptus zu praktizieren; er war eben ein netter Mensch.

Aber die arme Adelaide war so verzweifelt, daß sie sagte, das verstoße gegen ihre religiösen Grundsätze. Das hat mir Adelaide erzählt. Adelaide hat mir alles erzählt. Adelaide und ich ...

Nun, ich wollte mich nicht in ihre Ehe einmischen, aber das war nicht so leicht, vor allem da sie dauernd versuchte, mich hineinzuziehen. Nach der letzten Fehlgeburt hatte sie schließlich vom Kinderkriegen genug und brachte endlich den Mut auf, ihm zu sagen, daß sie keinen ehelichen Verkehr mehr wünsche. Und was passiert? Szenen über Szenen. Das große Elend. Die große Katastrophe. Rafft er sich auf und nimmt sich eine Geliebte? Nein, er rafft sich auf und greift zum Alkohol. Dummer Kerl! Adelaide wollte, daß ich mit ihm rede, und als ich sah, wie unglücklich sie war, hätte ich ihm schon ganz gern etwas Vernunft beigebracht, aber ich wußte, daß es mich nichts anging, und so schob ich die Sache immer wieder hinaus, obwohl ich Adelaide versprochen hatte, mit dem dummen Kerl zu reden. Und dann ... dann starb er. Auch das war dumm. Dumm, dumm ... Trink deinen Champagner, Junge, du siehst aus, als wolltest du gleich umkippen. Vielleicht habe ich das ein bißchen zu schonungslos erzählt. Aber du hast gesagt, ich soll die ganze Wahrheit erzählen, und –»

«Ja, ja, das wollte ich ja. Onkel Willoughby, als mein Vater starb –»

«Mein Gott, war das ein Alptraum! Ich weiß heute noch nicht, wie ich das überlebt habe! Na ja – Unkraut vergeht nicht.»

«Onkel Will –»

«Ich erinnere mich an alles noch so deutlich, als wäre es gestern gewesen – deine Mutter weint und klagt, und Tabitha, dieser alte Besen, wird hysterisch –»

«Onkel Will, als mein Vater starb –»

«Du brauchst nicht zu schreien, Junge! Ich höre vielleicht nicht mehr so gut wie früher, aber taub bin ich auch noch nicht! Was willst du denn so dringend wissen?»

«Hat Vater Selbstmord begangen?»

«Hat er *was*?»

«Sich umgebracht?»

«*Dein Vater?* Red nicht solchen Quatsch! Der war ja viel zu dumm zu so etwas – er hätte sogar noch beim russischen Roulette vergessen, eine Kugel in die Trommel zu schieben!»

«Aber ich weiß noch genau, wie Mutter dir zugeflüstert hat –»

«Zugeflüstert! Sie hat geschrien, daß das Haus fast eingestürzt ist! Und diese übereifrige Analphabetin, diese Tabitha, die hat einen Lärm gemacht wie ein Nebelhorn. Ekelhaft! Natürlich, wenn sie nicht gewesen wäre, wäre dein Vater heute noch am Leben!»

«Du liebe Güte, Onkel Will, was sagst du da? Soll das heißen, *Tabitha* –»

«Es war ein Unfall, Junge. Ein dummer, verdammter Unfall. Dieser alte Besen hat ihn aus Versehen vergiftet.»

4

«Adelaide und ich kamen überein, euch Kindern nichts davon zu erzählen, weil wir wußten, wie gern ihr Tabitha hattet», sagte Onkel Willoughby. «Es war uns auch klar, daß wir Dr. Buller den Mund stopfen mußten, aber das war glücklicherweise nicht schwierig, denn ich wußte zufällig, daß er eine Affäre mit einer seiner Patientinnen hatte, und so –»

«Aber wie konnte es denn zu einer solchen Katastrophe kommen?»

«Das versuche ich dir ja gerade zu erzählen. Dr. Buller hatte zwei Flaschen Medizin verschrieben, einen Schlaftrunk für deine Mutter – wir nannten ihn Laudanum, weil wir damals alle Schlafmittel Laudanum nannten, aber in Wirklichkeit hieß er – nein, der Name fällt mir jetzt nicht ein. Veronal? Weiß nicht mehr. Verdammt. Gewöhnlich erinnere ich mich noch an alles, obwohl ich schon zweiundachtzig bin –»

«Der Name tut nichts zur Sache, Buller hatte also Mutter einen Schlaftrunk verschrieben –»

«– und deinem Vater irgend etwas zur Beruhigung der Gedärme nach einer Magenverstimmung. Dein Vater hatte immer Probleme mit seinen Innereien – die Nerven und der viele Gin. Jedenfalls, die beiden Flaschen standen also nebeneinander in der Küche, und diese dumme, alte Tabitha – die man wegen übereifriger Einmischung mit

Todesfolge hätte aufhängen und vierteilen sollen – bildet sich ein, sie müßte unbedingt Florence Nightingale spielen.

‹Sorg dafür, daß wir heute abend unsere Medizin nehmen, Tabitha›, sagt Adelaide, womit sie natürlich meinte, ‹erinnere uns daran›, aber das dumme Stück tut ihnen die Medizin in den Kakao, den sie abends trinken. Als Analphabetin konnte sie die Etiketten nicht lesen, und da hat sie die Flaschen verwechselt. So bekam dein Vater eine starke Dosis dieses Schlafmittels, und zusammen mit seiner üblichen Ration Gin hat ihn das umgebracht! Armer Arthur! Aber ist das nicht typisch, daß sogar sein Tod noch ein dummer Zufall war?»

Ich beugte mich vor, die Ellenbogen auf den Knien, und stützte den Kopf in die Hände. «Das hättet ihr mir sagen müssen», war alles, was ich im Augenblick hervorbrachte.

«Unsinn! Es hat dich ja jetzt noch fast umgebracht, wo du ein Mann von vierundvierzig Jahren bist. Wie hätte ein Siebenjähriger wohl darauf reagiert? Außerdem wollten wir einen Skandal vermeiden – daß der alte Besen wegen fahrlässiger Tötung oder so etwas vor Gericht kam und sich ganz Maltby von den Ginorgien deines Vaters erzählte, das hätte uns gerade noch gefehlt –, und wie kann man schon sicher sein, daß ein Kind auch bestimmt den Mund hält? Nein, je weniger du wußtest, desto besser, und außerdem hat die Alte auf Knien gefleht, daß du und Willy nie etwas davon erfahren solltet. Sie hatte euch beide so gern, daß sie es nicht ertragen hätte, wenn ihr sie wegen ihres fatalen Irrtums gehaßt hättet.»

Ich ließ die Hände sinken. «Aber wenn es nur ein Versehen war, warum hast du dann nicht besser für sie gesorgt? Warum hast du sie schließlich im Armenhaus sterben lassen?»

«Im Armenhaus gestorben – daß ich nicht lache!»

«Aber Mutter sagte –»

«Adelaide hat dir das nur gesagt, weil sie fürchtete, du könntest sie besuchen wollen. Ja, der alte Besen mußte vorübergehend ins Armenhaus, weil deine Mutter sie nicht im Haus ertragen konnte, aber ich habe später dafür gesorgt, daß sie zu ihrer Schwester nach York gehen konnte, und sie lebte danach in aller Ruhe von der Pension, die ich ihr aussetzte – was mehr war, als sie verdient hatte, diese alte Idiotin.»

Ich konnte nur wiederholen: «Das hättet ihr mir sagen müssen», und wieder sagte Onkel Willoughby: «Unsinn! Ihr mußtet sowieso getrennt werden – war wirklich Zeit! Diese alte Frau hat euch nur verwöhnt – richtige kleine Plagen wart ihr, du und Willy! Das sah ich sofort, als ich anfing, für Ordnung zu sorgen, daß man euch fest in die Hand nehmen mußte, aber dieser schreckliche Vorfall und das Durcheinander, das dein Vater hinterlassen hatte, hatten mich so überwältigt, daß ich euch wahrscheinlich etwas zu fest in die Hand genommen habe. Weißt du, was mich am meisten erschüttert hat bei unserem großen Streit? Die Sache mit den Spielsachen, die du mir vorgeworfen hast. Daß ich euch nicht das Geld geliehen habe, damit ihr eure Spielsachen beim Gerichtsvollzieher auslösen konntet. Armer Junge! Und du hattest das nach all den Jahren noch nicht vergessen! Ich war zu streng, das sehe ich jetzt ganz deutlich, aber du hast keine Ahnung, in welchem Zustand ich damals war. Der Bankrott und der tödliche Unfall und Buller, dem man den Mund stopfen mußte –»

«Ja», sagte ich, «ja, ich verstehe.» Ich versuchte ganz langsam und ruhig zu atmen. «So war es also wirklich. Das ist die ganze Geschichte.»

«Von wegen die ganze Geschichte!» sagte Onkel Willoughby. «Warte nur ab, was als nächstes passierte ...»

5

«Was mich um ein Haar um den Verstand gebracht hätte, war nicht nur der Ärger mit dem Tod deines Vaters, dem Bankrott und Dr. Buller», fuhr Onkel Willoughby fort. «Das größte Problem war deine Mutter. Sie wurde mit dem Tod deines Vaters nicht fertig, und es ging bergab mit ihr. Natürlich alles Schuldgefühle. Immer wieder wünschte sie, sie wäre im Bett netter zu ihm gewesen. ‹Um Gottes willen, Adelaide›, sagte ich dann. ‹Was geschehen ist, ist geschehen! Laß es jetzt gut sein, es hilft doch nichts!› Aber das konnte sie nicht. Sie heulte Rotz und Wasser und sagte, sie habe als Ehefrau versagt und müsse sich verachten. Arme Adelaide – dabei war sie eine so wunderbare Verirrung der Natur! ‹Macht nichts›, sagte ich zu ihr, um sie aufzuheitern. ‹Ich werde dich immer so lieben, wie du bist.›

Nun, das war alles schön und gut, aber daraus ergaben sich auch Probleme. Später drängte sie ihre Schuldgefühle dann ja zurück, indem sie deinen Vater zum Heiligen machte, überall sein Foto aufstellte und in ehrfurchtsvollem Ton von ihm sprach, aber am Anfang war sie in einem solchen Zustand, daß man sie nicht allein lassen durfte – also nahm ich sie zu mir mitsamt der kleinen Emily, um die sich das Kindermädchen meiner Töchter kümmern konnte. Ihr beiden Jungens mußtet ins Internat, das ging nicht anders. Das Kindermädchen konnte nicht auch noch mit zwei verwöhnten Jungens fertig werden, deine Mutter wäre mit gar nichts fertig geworden, und Ella hatte bereits genug mit einer plötzlich verwitweten Schwägerin zu tun – mehr als genug. Also ging's fort mit euch, und natürlich habt ihr dann schon bald gejammert, daß es auf der Schule nicht auszuhalten sei, aber es war eine ordentliche christliche Anstalt, das wußte ich, und ihr gehörtet mal an die Kandare genommen. ‹Ich lasse es zu, daß meine kleinen Jungens gequält werden!› schluchzte Adelaide immer wieder. ‹Unsinn!› sagte ich ihr. ‹Es tut ihnen gut!› – aber das wollte sie nicht hören. Immer weiter ging es so. ‹Ich habe als Mutter versagt! Ich verachte mich selbst! Ich tauge nicht zum Leben!› Arme Adelaide! Mitleiderregend ... Heute würde man bei derlei wahrscheinlich von einem Nervenzusammenbruch sprechen.

Jedenfalls – ich habe das alles mitgemacht, weil ich sie ja liebte, und Ella hat es ertragen, weil ich es ihr befohlen hatte, aber schließlich hatte sie genug davon, und wer will ihr daraus einen Vorwurf machen? Sie hatte ihre Schwägerin nie gemocht, und jetzt nahm Adelaide, wenn ich zu Hause war, meine ganze Zeit in Anspruch, wie eine Ehefrau. Ich hatte sogar das Gefühl, ich hätte zwei Frauen – und was noch schlimmer war, ich wußte, ich liebte die falsche mehr. Irgendwelche fleischlichen Gelüste spielten da nicht mit hinein, das möchte ich betonen – ich hatte zu der Zeit eine sehr attraktive Geliebte, und außerdem hat keine von beiden mich auf diese Weise angesprochen. Aber wir hatten doch eine Art Dreiecksverhältnis, da gibt es keinen Zweifel, und schließlich fand Ella die Situation unerträglich.

Nun, ich kannte meine Christenpflicht. Meine Frau kam natürlich zuerst, und so mietete ich für Adelaide ein Häuschen und machte ihr so den Auszug schmackhaft.

Damit war aber gar nichts gelöst. Es lief darauf hinaus, daß ich sie jeden Tag besuchte, und als sie sich erholt hatte und wieder ihr altes Ich war, war ich immer öfter und länger bei ihr. Sie war so unterhaltend, und Ella war so langweilig ... Aber ich tat unrecht, das wußte ich, und zuletzt sagte mir Ella, sie habe genug.

Inzwischen war Adelaide ihrerseits zu dem Schluß gekommen, daß sie Ella aus dem Weg haben wollte, um mich für sich allein zu haben, und das war der Punkt, an dem sie sich verkalkulierte. Um mich zum Handeln zu nötigen und zu erreichen, daß ich mich von meiner Frau trennte, sagte sie: ‹Ich sehe, mir bleibt nichts anderes übrig, als ganz weit fortzuziehen!› Sie erwartete natürlich, daß ich darauf sagte: ‹O nein, nein! Ich lasse nicht zu, daß du Maltby verläßt!› Aber das habe ich nicht gesagt. Ich habe einige Sekunden lang gar nichts gesagt. Ich dachte nur an meine Töchter, an das Gerede, das ihre Zukunftsaussichten beeinträchtigen würde. Ich dachte daran, daß ich keine Chance hatte, Bürgermeister zu werden, wenn Ella und ich uns trennten. Und ich dachte an Ellas Geld, das in meinen Investitionen steckte. Und so sagte ich schließlich zu meiner Schwester! ‹Ja, ich glaube, es ist tatsächlich das beste, wenn du ganz weit fortziehst.›

Sie hat mir nie verziehen. Nie, nie, nie. Oh, sie hat so getan, ja. Als sie erst in St. Leonards war, fing sie an, mir lange geistreiche Briefe zu schreiben – ach ja, keiner konnte solche Briefe schreiben wie deine Mutter! Was für eine wundervolle Verirrung der Natur war sie doch! Aber sie hat mir nie verziehen. Das zeigte sich ganz deutlich, nachdem wir unseren Streit gehabt hatten, du und ich, und ich bis nach St. Leonards hinunterfuhr, um sie zu bitten, zwischen uns zu vermitteln. ‹Natürlich!› sagte sie honigsüß. ‹Mein liebster, *liebster* Will und mein liebster, *liebster* Neville – was könnte mich glücklicher machen, als die beiden Menschen miteinander zu versöhnen, die ich am meisten liebe?› Aber sie hat keinen Finger gerührt. So hat sie mir's heimgezahlt. ‹Kein Zorn so groß wie der einer verschmähten Frau› ...

Als ich schließlich merkte, daß sie nichts unternommen hatte, fuhr ich noch einmal nach St. Leonards, um ihr die Meinung zu sagen. St. Leonards-on-Sea! Ich war gestern dort. Ich wäre nach ihrem Tod jedes Jahr hingefahren, aber die Südküste war ja während des Krieges für Besucher gesperrt, und danach brauchten die großen Hotels einige Zeit, bis sie den Betrieb wieder aufnehmen konnten. Ich bin in diesem Hotel hier abgestiegen, weil es mir als angenehm und höflich empfohlen wurde – du glaubst nicht, wie hochnäsig man in manchen Hotels behandelt wird, wenn die Leute deinen Yorkshire-Akzent erkennen. Nach St. Leonards selbst konnte ich natürlich nicht gehen. Zu viele Erinnerungen. Ich habe nur schnell Blumen aufs Grab gelegt.

Es war Dr. Buller, der ihr St. Leonards empfohlen hatte als sowohl vornehm wie preiswert für jemanden mit angegriffener Gesundheit, der Seeluft brauchte. Wir mußten so tun, als wäre sie noch immer nicht ganz bei Kräften; es mußte ja einen Grund für ihre Abreise aus Maltby geben, und da war es am einfachsten, zu behaupten, sie ziehe auf ärztlichen Rat in ein wärmeres Klima. Aber sie war eigentlich damals schon wieder ganz gesund. Wenn sie die Rolle der Kranken spielte, dann deshalb, weil es ihr Spaß machte – da konnte sie auf dem Sofa liegen und viel lesen –, und schließlich hat ihr St. Leonards dann auch ganz gut gefallen. ‹Keiner hier weiß, wie sehr ich versagt habe›, schrieb sie mir einmal. ‹Alle glauben, ich sei eine gute Ehefrau und Mutter gewesen.› Das bedeutete ihr alles. Arme Adelaide, sie sehnte sich so danach, im Leben mit allem Erfolg zu haben ... Wenn sie in der heutigen Zeit und in einer anderen Gesellschaftsschicht und im Süden aufgewachsen wäre, dann hätte sie es wohl bis ins Parlament gebracht, oder sie wäre Tutorin in einem Frauencollege in Oxford geworden. Aber sie war eben zu früh geboren und kam aus der falschen Familie, und so war all diese Intelligenz reine Verschwendung.

Nun ja, 1923, als mir klargeworden war, daß sie sich gerächt und überhaupt nichts für eine Versöhnung zwischen dir und mir getan hatte, fuhr ich also nach St. Leonards hinunter. Da kam es dann zu einem großen Krach, dem größten, den wir je hatten; es dauerte über ein Jahr, bis wir uns wieder schrieben. Es ging natürlich um dich. Sie sagte, ich hätte dich lange genug mit Beschlag belegt. ‹Du hältst dich in Zukunft aus seinem Leben heraus!› sagte sie. ‹Jetzt gehört er mir!› Es war, als wären wir wieder im Kinderzimmer und stritten uns um ein Spielzeug. ‹Neville ist mein Erfolg!› sagte sie mit glänzenden Augen. ‹Neville hat die Vergangenheit wettgemacht und allem Leid einen Sinn gegeben. Wenn ich auch sonst nichts geleistet habe – ich habe Neville hervorgebracht – Neville, der so klug ist und so freundlich und aufmerksam und mir so ganz ergeben!› Da wurde mir klar, daß sie ihre ganze Liebe von mir auf dich übertragen hatte, und ich konnte nichts machen, konnte sie nur noch zur Vorsicht mahnen.

‹Sieh dich vor!› sagte ich. ‹Der Junge läßt sich nicht abknutschen, schon gar nicht von einer Frau, die ihn vernachlässigt hat, als er klein war – sei bei ihm nicht so besitzergreifend, wie du das bei mir warst!›

Eine prophetische Warnung, nicht wahr? Ach, ich wußte, es würde in einer Katastrophe enden – ich sah die Katastrophe schon eine Meile im voraus! Als sie mir 1938 schrieb, daß sie in Zukunft bei dir leben wollte, lud ich sie sofort ein, wieder zu mir nach Maltby zu ziehen; Ella war gerade gestorben, und ich war allein, aber Adelaide schrieb stolz zurück, nichts könne sie dazu bringen, noch einmal bei mir zu wohnen, sie freue sich schon auf goldene Tage im Alter bei ihrem lieben Jungen.

Als du sie vor die Tür gesetzt hattest, habe ich sie dann in Emilys schäbigem kleinen Häuschen in Balham besucht. Zuerst wollte sie mir nicht sagen, was vorgefallen war, aber zum Schluß rückte sie dann doch mit der Sprache heraus. Adelaide hat mir immer alles erzählt ... *alles* ... Arme Adelaide. Tragisch ... Sie hat nie begriffen, daß du nicht anders konntest, als zu ihr so zu sein, wie du zu mir warst ... Das war deine Art, nicht wahr, dich an uns für alles zu rächen, was du nach Arthurs Tod durchgemacht hattest. Ich verstand das. Mir war das seit Jahren klar. Armer kleiner Junge, durfte nicht einmal seine Spielsachen beim Gerichtsvollzieher auslösen ... ‹Neville kann nichts dafür›, habe ich zu Adelaide gesagt. ‹Er war genau wie wir alle ein Opfer dieses schrecklichen Durcheinanders.› Aber sie sagte nur: ‹Du verstehst nicht, was ich meine. Ich habe alle diese Jahre mit einer Illusion gelebt. Es hat zum Schluß doch keinen späten Erfolg mit einem Kind gegeben, kein Wettmachen der Vergangenheit, ich werde als Versagerin sterben. Ich will nicht mehr leben.›

Dabei hat sie geweint. ‹Wozu soll man leben, wenn man von denen, die man liebt, gehaßt wird?›

Nun, das konnte ich sie natürlich nicht so einfach sagen lassen. Ich habe sie sofort in die Arme genommen und gesagt! ‹*Ich* hasse dich nicht! Ich liebe dich noch immer so wie früher – und das heißt, daß du jetzt zu mir nach Maltby ziehst. Nein, keine Widerrede! Diesmal lasse ich keine Ausflüchte gelten! Du kommst zurück nach Maltby, und wir leben fortan zusammen in Glück und Frieden!›

Aber sie wollte nicht. ‹Du!› sagte sie wütend. ‹Du hast mich zurückgewiesen und in die Fremde geschickt, damit du Bürgermeister von Maltby und so reich wie Krösus werden konntest – du liebst ja nur dich selbst! Du und deine Preise!› Ihre Stimme klang bitter, und sie schleuderte die Worte hervor wie vergiftete Pfeile. ‹Der einzige Preis, den zu erringen sich lohnt, ist die Liebe – und daran wirst du dich einmal erinnern, wenn du dich als einsamer alter Mann mit deinen Kontoauszügen und deinen verblassenden Erinnerungen zu trösten versuchst!›

Und ich habe mich daran erinnert. Ich bin hierhergekommen und habe mich erinnert. Natürlich sage ich mir, wie glücklich ich mich schätzen kann. Ich bin gesund und wohlhabend und habe sogar eine ledige Tochter, die mich versorgt. Es wäre unrecht, wenn ich undankbar wäre. Aber Mercy geht mir auf die Nerven. Sie ist ein dummes Huhn, genau wie ihre Mutter – und Hope in Leeds ist um kein Haar besser. Faith war so wie ich, aber sie ist bei einem Luftangriff umgekommen. Keine Söhne. Eine Nichte, die zu Weihnachten schreibt, aber nicht viel trauern würde, wenn ich morgen tot wäre. Zwei Neffen, die mich nicht kennen wollen. Meine besten Freunde sind alle schon tot ... Aber man darf sich nicht beklagen, nicht wahr, und natürlich bin ich ein großer Mann droben in Yorkshire. Das rufe ich mir oft in Erinnerung, wenn ich melancholisch werden will. Ich wohne in meinem schönen Haus und sehe um mich her alle die Erinnerungsstücke meiner Vergangenheit, alle meine Trophäen, und ich sage mir: Wie weit habe ich es gebracht! Was für ein schönes Leben habe ich gehabt, und wie wunderbar glücklich bin ich noch immer ... Aber nach einer Weile beginne ich dieses Schweigen zu hören, dieses lange, lange Schweigen, das du hörst, wenn du ganz allein in einem großen, prächtigen Raum bist, und dann denke ich an deine Mutter und an dich, und dann weiß ich mit schrecklicher Gewißheit, daß der einzige Preis, den zu erringen sich lohnt, der Preis ist, den ich verspielt habe.»

Er verstummte. Es dauerte eine Weile, bis das Summen des Seewindes draußen vor den hohen Fenstern und das gedämpfte Gemurmel der Stimmen am anderen Ende des Gesellschaftsraums wieder an mein Ohr drangen.

Schließlich sagte er: «Es tut mir leid, daß ich euch damals nicht das Geld für eure Spielsachen gegeben habe, Nev.»

Und ich antwortete: «Schon gut, Onkel Will. Die Spielsachen sind jetzt nicht mehr wichtig.»

Dann teilte ich den Rest Champagner auf unsere Gläser auf, und wir saßen eine Weile schweigend da in dem langgestreckten Raum mit den Fenstern zum Meer hinaus.

6

Ehe er wieder richtig zu sich kam und mich am Ende noch zum Mittagessen eingeladen hätte, sagte ich, daß ich gleich wieder zurückfahren müsse. «Ich habe mir extra freinehmen müssen, um hierherzukommen», sagte ich, «und ich muß auch noch meine Frau im Krankenhaus besuchen.»

«Was hat sie denn?»

Ich hatte nicht die Kraft, ihm wahrheitsgemäß zu antworten. «Frauenbeschwerden. Aber es geht ihr schon besser.»

«Du siehst selber reif fürs Krankenhaus aus. Habe ich dir helfen können? Sieht eher so aus, als hätte ich dir vollends den Rest gegeben.»

«Du hast mir geholfen. Ich bin dir sehr dankbar, Onkel Will, wirklich.»

«In diesem Fall», sagte er, als wir den Gesellschaftsraum verließen, «trinken wir vielleicht nächstes Jahr hier wieder eine Flasche Champagner, falls du nichts Besseres zu tun hast.»

«Oh, du wirst mich schon viel früher wiedersehen.»

«Ach ja? Wann?»

«Im August, wenn ich in Urlaub fahre.»

«Heißt das, du kommst nach Yorkshire zurück?»

«Nun, in Devon wirst du mir wohl kaum über den Weg laufen.»

«Wenn du glaubst, ich lege mich aufs Sterbebett und lasse dich davonkommen...»

«Du willst ja hundert Jahre als werden, hast du gesagt. Fang schon an, das nächste Kalb zu mästen.»

Er bebte vor Wonne. Dann streckte er mir seine knotige alte Hand hin und setzte, nicht ohne Erfolg um einen beiläufigen Ton bemüht, hinzu: «Es war ein großartiges Kalb, Junge, was?»

«Ein Prachtexemplar!» sagte ich, diesmal ohne meinen BBC-Akzent. Und während er strahlend im Hoteleingang stehenblieb, trat ich in den Wind hinaus, der vom Kanal hereinfegte, und kämpfte mich neben der aufgewühlten See her die Esplanade entlang.

7

Kaum hatte ich den Bahnhof erreicht, da brach der Sturm los, und es begann in Strömen vom bleiernen Himmel herab zu regnen. Es regnete noch immer, als der Zug in Starmouth eintraf. Ich rannte so schnell ich konnte zum Parkplatz, wurde aber trotzdem naß bis auf die Haut. Bei einem Blick in den Rückspiegel hatte ich den flüchtigen Eindruck, mein Gesicht sei nicht von Regentropfen, sondern von Tränen überströmt. Ich sah so weiß und abgespannt aus, als hätte ich mich gerade zu Tode geblutet.

An die Fahrt nach Starbridge kann ich mich kaum erinnern, aber die Straßenverhältnisse waren so widrig, daß sie länger gedauert haben muß als gewöhnlich. Es war nach fünf, als ich den Wagen vor der Theologischen Hochschule anhielt. Zu meiner Linken wuchsen die Mauern des Doms wie eine hohe nasse Klippe aus dem durchweichten Rasen empor und verschwanden im Dunst, der den Turm verhüllte. In den Fenstern der alten Häuser brannten Lichter mühsam gegen die Düsternis des Nachmittags an. Die Domfreiheit wirkte ganz und gar zeitlos. Nur mein Wagen band mich ans zwanzigste Jahrhundert.

Ich eilte wiederum durch den Regen und betrat die neuzeitliche Welt der Theologischen Hochschule mit ihrem glänzenden Linoleum, den weißen Wänden und dem hellen elektrischen Licht, wo mir der Sekretär sagte, Darrow leite zwar gerade eine Sitzung im Lehrerzimmer, habe aber die Anweisung hinterlassen, ich möchte in seinem Büro auf ihn warten. Ich saß zehn Minuten an dem Tisch beim Fenster und starrte zum Dom hinüber. Er befand sich in einer seiner leblosen Stimmungen, ganz still, ganz stumm. Keine Orgelmusik drang aus seinem Inneren, und kein Sonnenlicht leuchtete vom Glas zurück. Man mochte glauben, der Dom warte genau wie ich auf ein neues Erwachen des Lebens, auf das Aufscheinen des Lichts. Karfreitag war vorüber. Es war Ostersamstag, doch der Sonntag der Auferstehung mußte erst noch heraufdämmern.

Um zwanzig Minuten nach fünf kam Darrow herein.

«Nun?» fragte er, als er mich sah, und ich sagte, ohne zu zögern: «Ich möchte beichten.»

XIX

«Was aber vonnöten ist, das ist ein würdiges Ziel, dem der einzelne seine ganze Energie widmen kann, ein Ziel, das packt und eint und inspiriert; nur wenn er sich voll einer einzigen großen Aufgabe widmen kann, die er ganz als die seine erkannt hat, wird er Frieden und Kraft finden.»

CHARLES E. RAVEN
in *The Creator Spirit*

I

Ich habe etwas Böses getan», sagte ich. «Es war eine sehr große Sünde. Ich habe einen Menschen vernichtet.»

Draußen, jenseits der Rasenfläche, gingen im Dom die Lichter an.

Darrow setzte sich wortlos hin, und als wir uns abermals am Tisch gegenübersaßen, begann die Glocke zur Abendandacht zu läuten. «Es war nicht mein Onkel», sagte ich. «Wie ich heute festgestellt habe, ist er unzerstörbar. Und nicht nur, daß er sich als unzerstörbar erwiesen hat, als ich ihn damals zu vernichten versuchte – es ist ihm sogar gelungen, mein Verhalten zu verstehen und mir zu verzeihen. Das habe ich nie für möglich gehalten. Deshalb mußte ich mich von ihm distanzieren – zuerst körperlich, indem ich nie mehr nach Yorkshire fuhr, und dann geistig, indem ich ihn einen Schurken nannte. Doch tief in meinem Innern wußte ich, daß er keineswegs der Bösewicht des Stücks war. Der Bösewicht war *ich*, und ich konnte mit meiner Schuld nur leben, indem ich ihn zum Schurken erklärte.

Die Erinnerungen an meine Mutter habe ich auf ähnliche Weise verzerrt. Sie erinnern sich bestimmt, daß ich, als wir von Hedda Gabler sprachen, nichts von Ihren Gedanken wissen wollte, sie könnte nicht nur *femme fatale*, sondern auch Opfer und Monster gewesen sein. Sie hatten natürlich recht, aber ich konnte es nicht ertragen, meine Mutter als Opfer zu sehen. Denn das war sie. Sie war *mein* Opfer. Und ich konnte auch Willys Behauptung, sie sei ein Monster gewesen, nicht akzeptieren, weil das die Erinnerung, die ich mir zurechtgebastelt hatte, zu vielen Fragen ausgesetzt hätte. Wie hatte ich mit einem Monster so gut auskommen können? Was konnte mich dazu gebracht haben, so etwas zu tun? Ich wollte diese Fragen nicht beantworten, deshalb mußte ich sagen, daß sie kein Monster war. Ich mußte ein akzeptables Porträt entwickeln, ein Bild, mit dem ich leben konnte, deshalb spielte ich die Tatsache hoch, daß sie eine geistreiche, charmante Frau war, die mich anbetete. Und bis heute, als ich endlich gezwungen wurde, den Tatsachen ins Auge zu sehen, habe ich geleugnet, daß gerade diese Ergebenheit mich dazu befähigte, sie zu zerstören.»

Ich hielt inne, da ich nicht wußte, wie ich weitermachen sollte. Dann sagte ich: «Ich habe meine Mutter gehaßt.» Ich vermochte Darrow nicht anzusehen. Ich konnte nur zu den erleuchteten Fenstern des Doms hinüberblicken.

Darrow fragte beiläufig: «Haben Sie sie immer gehaßt?» Er hätte mich gefragt haben können, ob ich schon immer Zucker in den Tee genommen hätte.

«Nein», sagte ich und dachte angestrengt an Emilys Teekanne und Zuckerschale, «am Anfang war ich fasziniert von meiner Mutter, genauso wie Willy auch. Sie war so außergewöhnlich – lag den ganzen Tag auf ihrer Chaiselongue und las Bücher. Niemand, den wir kannten, hatte eine Mutter, die so etwas tat. Vater sagte, sie sei etwas ganz Besonderes. Deshalb mußten wir von ihr ferngehalten werden – sie war so besonders, daß sie Frieden und Ruhe haben mußte, um denken zu können. ‹Halt mir diese dummen Jungens vom Leib, damit ich denken kann!› sagte sie einmal zu Tabitha. Damals nahm ich mir vor, sehr klug und ruhig zu werden, damit sie den Wunsch hätte, sich mehr mit mir zu befassen. Damals wurde mir bewußt . . . nun, all diese vorenthaltene Liebe war ein solch verlokkender Preis, und ich hatte das Gefühl, ich würde erst ruhen können, wenn ich ihn errungen hatte.

Später, als Vater gestorben war und Onkel Willoughby uns zum erstenmal etwas von Preisen erzählte, die zu erringen waren, da war mir, als hätte ich schon immer genau gewußt, was er meinte. Die Preise bestanden darin, daß man die Aufmerksamkeit der Menschen gewann, auf die es ankam, und den allerhöchsten Preis stellte ihre Liebe und Anerkennung dar. Vater, Mutter, Onkel Willoughby ... sie alle boten Preise an, aber Mutters Liebe und Anerkennung war der faszinierendste, verlockendste von allen. Diese täglichen Besuche im Salon zum Gutenachtkuß, diese gelegentlichen leichten Klapse auf den Kopf, das so seltene Lächeln ... immer wenn ich ein Lächeln geschenkt bekam, platzte ich fast vor Stolz. Oh, was war das für eine Jagd nach diesem Preis, so zwanghaft, so ungeheuer aufregend ...

Dann starb Vater, und alles wurde anders. Keine Küsse mehr. Keine Klapse auf den Kopf. Kein Lächeln. Keine Mutter mehr. Wir durften nicht einmal in den Schulferien bei ihr wohnen. Natürlich weiß ich jetzt, daß sie einen Nervenzusammenbruch hatte – daß sie eine bedauernswerte, verwirrte, unglückliche Frau war, die man nicht für ihre Handlungsweise verantwortlich machen konnte – aber damals stellte ich sie zwangsläufig neben Onkel Willoughby und dachte: Das werde ich ihnen nie verzeihen, und eines Tages werde ich es ihnen heimzahlen.

Nun, ich kam darüber hinweg oder bildete es mir wenigstens ein. Nach einer Weile wurde mir klar, daß ich nicht in einem solch glühenden Elendsfieber weiterleben konnte; das kostete zuviel Kraft, und ich brauchte alle meine Energie, um weiterzukommen, es zu etwas zu bringen und nicht bei den Versagern zu landen; ich wollte nicht so enden wie mein Vater, der mich (so glaubte ich irrtümlicherweise) wissentlich im Stich gelassen hatte. Also mußte Onkel Willoughby zum Helden werden, obwohl er der Schurke war, der uns so grausam behandelte, und Mutter mußte wieder zur Heldin werden, obwohl sie die Schurkin war, die uns nach Vaters Tod zurückgestoßen hatte. Nur so konnte ich überleben, verstehen Sie? Ich mußte es mit den Leuten halten, auf die es ankam. Ich mußte meine wahren Gefühle unterdrücken, mußte über der Vergangenheit den Vorhang herunterlassen. Ich spielte um mein Leben auf einer neuen Bühne und konnte es mir nicht leisten, meine Darstellung durch irgend etwas beeinträchtigen zu lassen.

Meine Mutter erholte sich in St. Leonards. Es war nicht ihre Schuld, sagte ich mir, daß Willy und ich sie nur gelegentlich besuchen durften. Sie mußte ihrer Gesundheit wegen an der See leben, und wir mußten in London bleiben, um voranzukommen. Das war niemandes Schuld. So war die Welt eben, dem einen beschied das Leben dies, dem anderen das.

Ich suchte stets nach Entschuldigungen für sie – aber man hat ja bei den großen Preisen im Leben immer Entschuldigungen parat, und meine Mutter war wieder zu einem Preis geworden, ich kämpfte wieder um ihre Liebe und Aufmerksamkeit, war wieder der alten faszinierenden Sucht erlegen, als hätte es die qualvolle Periode der Entgiftung nie gegeben. Was für eine Jagd war das, was für eine Herausforderung! Ich schrieb ihr, schrieb ihr ständig. Ich sparte und sparte und sparte, damit ich ihr bei jedem Besuch ein Geschenk mitbringen konnte – in London gab es immer halbwegs erschwingliche antiquarische Bücher, darüber war sie jedesmal außer sich vor Entzücken. Ich schwebte noch Stunden danach wie auf Wolken vor lauter Seligkeit.

Willy fand mein Verhalten widerlich. ‹Es ekelt mich an›, sagte er, ‹wie du um diese gräßliche Frau herumscharwenzelst.› Das war nach seiner Krankheit, als er aufgehört hatte, den Siegespreisen nachzujagen, und keinen Wert mehr darauf legte, ihre Liebe und Aufmerksamkeit zu erringen. Er betrachtete ihr liebloses Verhalten uns gegenüber als unverzeihlich und entwickelte sich mehr und mehr zum Frauenfeind.

Ich aber blieb in meiner Sucht befangen, und – das sehe ich erst jetzt ganz deutlich – die Jagd nach dem Preis wurde auf eine eigenartige Weise aufregender als der Preis selbst. In Wahrheit war ich am glücklichsten, wenn meine Mutter und ich getrennt waren; dann war es leichter, die Illusion inniger Zuneigung aufrechtzuerhalten. All diese köstlichen Briefe, die zu schreiben waren, all diese köstlichen Gänge, bis das richtige Geschenk gefunden war, all diese herrlichen Tagträume, in denen ich mir unser nächstes geistvolles Zwiegespräch bis aufs letzte Komma vorstellte – ja, da lebte ich in Ekstase. Aber die

Besuche selbst erwiesen sich als schwierig. Die kleine Wohnung in St. Leonards war nicht für Gäste gedacht. Meine Mutter verhielt sich Kindern gegenüber weiterhin unbeholfen. Ich war schüchtern in ihrer Gegenwart. Ständig herrschte eine gespannte Atmosphäre, aber die Situation besserte sich, als ich alt genug war, um sprühende intellektuelle Diskussionen mit ihr zu führen. Die Begegnungen waren nach wie vor anstrengend, aber ich hatte zumindest das Gefühl, daß ich Fortschritte machte. Jetzt ist mir natürlich klar, warum sie so anstrengend waren. Es war nicht nur intellektuelles Durchhaltevermögen, das da gefordert wurde, sondern auch seelisches – wir blendeten einander mit unserer glitzernden Mutter-Sohn-Beziehung, aber keines dieser Gefühle war echt. Sie versuchte ihre Schuldgefühle abzumildern, indem sie die hingebungsvolle Mutter spielte, während ich ... nun, ich haßte sie noch immer. So war das in Wahrheit. Ich hatte ihr nie verziehen, daß sie mich vernachlässigt und zurückgestoßen hatte, als ich noch ein Kind war.

Als ich heranwuchs, wurden meine Gefühle Frauen gegenüber immer heftiger und widersprüchlicher. Die normalen Frauen fand ich erträglich; hingebungsvolle Ehefrauen und Mütter waren gut, sie waren so, wie Frauen sein sollten, aber alle anderen ... In Oxford, als ich meine Jungfräulichkeit verlor, habe ich die Frau anschließend geschlagen. Das war ein Schock für mich. Ich sagte mir, daß das niemals passiert wäre, wenn ich nicht zuviel getrunken hätte, aber insgeheim wußte ich, das Trinken hatte nur Gefühle verstärkt, die schon vorhanden gewesen waren. Ich beschloß, diesen Dämon stets gut hinter Schloß und Riegel zu halten. Deshalb trank ich jahrelang nur sehr wenig, und ich wurde Geistlicher und ließ meinen Dämon nicht aus dem Halskragen heraus, und ich heiratete eine Frau, die ich auf einen Sockel stellen und verehren konnte. Dort war sie sicher, wissen Sie, oben auf ihrem Sockel, als der vollkommene eheliche Siegespreis. Dort hätte ich ihr nichts antun können ... Oh, welche Mühe habe ich darauf verwendet, meinen Dämon in eine Zwangsjacke einzunähen, damit ich mich sicher fühlen konnte, und zum Schluß fühlte ich mich auch tatsächlich sicher – ich dachte, ich hätte ihn überwunden, ich dachte, ich hätte alles unter Kontrolle.

Aber das hatte ich nicht. Er wartete nur auf eine Gelegenheit, aus seinem Gefängnis auszubrechen und von mir Besitz zu ergreifen, und 1938, als meine Mutter zu mir zog, kam endlich seine Stunde.

Ich weiß nicht genau, wann meine Mutter mich wirklich zu lieben begann. Manchmal ist es schwer zu entscheiden, wann eine Phantasievorstellung endet und die Wirklichkeit anfängt, aber ich war mir der Echtheit ihrer Liebe zum erstenmal sicher, als Emily ihre Verlobung ankündigte. ‹Dann ziehst du natürlich zu mir›, sagte ich zu meiner Mutter, ‹wie schön, daß wir endlich zusammensein können!› Und als ihr da Tränen des Glücks in die Augen traten, wußte ich, daß ich zu dem Kind, das ich vor langer Zeit gewesen war, sagen konnte: ‹So! Jetzt hast du's geschafft! Du hast deinen allerhöchsten Preis gewonnen!›

Danach brauchte mein Dämon nicht mehr lange auf seine Chance zu warten, aber der äußerliche Anlaß jenes furchtbaren Streits mit meiner Mutter war so trivial – es ist ein Wunder, daß ich mich noch daran erinnern kann. Sie machte ganz beiläufig eine kritische Bemerkung zu den Vorhängen, die Grace für das Kinderzimmer ausgesucht hatte. Da sprang der Dämon ohne Vorwarnung aus seinem Gefängnis. Ich drehte mich zu meiner Mutter um und sagte: ‹Was zum Teufel weißt du von Kinderzimmern? Während meiner ganzen Kindheit hast du dich nicht in meinem blicken lassen!›

Das war der Moment, in dem die Gewalttätigkeit von mir Besitz ergriff. Alle Schauspielerei nahm jäh ein Ende. Die Wirklichkeit brach in das Theater ein und fegte das Stück, das wir seit so langer Zeit gespielt hatten, ein für allemal von der Bühne.

Zuerst war es nur verbale Brutalität. Das ist immer so. Es ist wie das Warmwerden bei den Sportlern. Worte drangen aus mir heraus, von denen ich nie geglaubt hätte, daß ich sie aussprechen könnte, Worte, die all die Gefühle ausdrückten, die ich so lange Zeit tief in mir verborgen gehalten hatte. Ich nannte sie eine Karikatur von einer Frau, ein nichtswürdiges Monstrum, das jeder normale Mann nur verachten und verspotten könne, und als sie sich dann zu verteidigen versuchte, da – da löschte mich der Dämon aus. Nein, das darf ich nicht sagen. Das hört sich an, als wollte ich die Verantwortung für das Geschehene abstreiten. Ich muß sagen: Ich ließ mich von dem Dämon auslöschen. Aber nein, das kann ich auch nicht sagen, das ordnet mir eine passive Rolle zu. Und ich war keineswegs passiv.

Ich drückte sehr aktiv das aus, was ich nur als eine Ekstase beschreiben kann, als eine häßliche und finstere Ekstase, einen verblendeten Machtrausch. In diesem Augenblick hörte der Dämon auf, ein separates Wesen zu sein – *ich* war der Dämon. Es war ein Augenblick des äußersten Bösen, und ich beging eine sehr große Sünde. Ich muß das sagen. Ich muß das laut aussprechen. Ich fügte einer alten Frau, die mich liebte, körperlichen, geistigen und seelischen Schmerz zu. Ich schlug sie und schlug sie und ... o Gott allein weiß, was geschehen wäre, wenn Grace nicht die Schreie meiner Mutter gehört hätte und ins Zimmer geeilt wäre, doch sowie Grace erschien ... Darrow, das war einfach außerordentlich. Ich weiß, Sie halten mich für lächerlich wissenschaftsgläubig, aber es war wirklich wie die Vorführung eines unveränderlichen naturwissenschaftlichen Gesetzes: Es war, als hätte man zwei Substanzen in ein Teströhrchen getan und die eine hätte die andere irgendwie blitzartig aufgelöst –»

«Kein Dämon vermag der Macht Christi zu widerstehen.»

«Ja. Ein Modernist würde wohl sagen, hier habe das christliche Prinzip gewaltet, und von der Macht der moralischen Kraft über einen verwirrten Geist sprechen. Aber letztlich kommt es nicht auf Beschreibungen an; wichtig ist, daß mein Dämon nicht mit Grace zusammen in einem Raum weilen konnte. Er mußte Hals über Kopf fliehen und sich wieder im Balkenwerk meines Denkens verstecken. Sehen Sie, sie war ein so guter Mensch. Sie hatte sich nie mit meiner Mutter verstanden, aber nun nahm sie sie ohne Zögern in die Arme und versuchte sie zu trösten – sie hätte nicht liebevoller und freundlicher sein können. Meine Mutter haßte sie natürlich deswegen. Sie wollte nicht, daß Grace erfuhr, was geschehen war – sie wollte nicht, daß irgend jemand davon erfuhr, und ich wollte das auch nicht. Später ist sie, wie ich heute gehört habe, zusammengebrochen und hat Onkel Willoughby davon erzählt, aber damals wollten wir beide nur so schnell wie möglich wieder in unsere Phantasiewelt zurückkriechen, weil die wirkliche Welt unerträglich schrecklich war. Zum Schluß ließen wir den Vorhang herunter und kamen überein, so zu tun, als hätte sich dieser Vorfall nie ereignet.

Meine Mutter zog dann zu Emily, und wir begannen wieder unsere geistvollen Briefe zu schreiben, als wäre nichts geschehen. Ich hatte Grace inzwischen zu verstehen gegeben, daß ich nie mehr über den Streit zu sprechen wünschte, und so erwähnte sie ihn auch nie mehr, vollkommen wie sie war. Aber vielleicht sprach sie auch nur aus Angst nicht mehr davon. Ich weiß es nicht, aber die Zeit verging, es wurde nicht mehr darüber gesprochen, und schließlich durfte ich mir sagen: Jetzt ist alles in Ordnung, ich bin in Sicherheit, ich überlebe ...

Aber das war falsch. Das war eine Täuschung. Ich war keineswegs in Sicherheit.

Ich kann Ihnen nicht beschreiben, wie mir zumute war, als meine Mutter 1941 starb. Ich dachte ständig: Ich will mich nicht schuldig fühlen, ich will es einfach nicht. Doch dann ging der Vorhang hoch – alle Vorhänge gingen hoch –, und ich erinnerte mich daran, daß meine Mutter mich geliebt hatte, daß mein Onkel mich geliebt hatte, daß mein Vater mich geliebt hatte – und ich wußte, daß ich sie alle zurückgestoßen hatte. Ich sagte mir, daß mich keine Schuld traf, ich redete mir ein, alles, was ich getan hatte, ließe sich irgendwie rechtfertigen, aber es wurde immer schwerer, diese Fiktion aufrechtzuerhalten, denn als meine Mutter erst tot war, begann meine private Legende unerbittlich zu zerbröckeln. Dann geschah etwas Merkwürdiges. Ich merkte, daß sich in meinem Leben ein schwarzes Loch aufgetan hatte, eine nagende Leere, die sich verstohlen zu vergrößern begann. Zuerst hielt ich es für eine bizarre Form von Trauer – und in gewissem Sinn war es das wohl auch. Aber es war keine richtige Trauer. Es war eine Art Entzugserscheinung.

Mein Leben lang war ich, was ich auch tat, meinem großen Preis nachgejagt, und nun war meine Mutter fort, und ich stellte fest, daß ich nicht wußte, was ich ohne sie tun sollte. Ich vergaß die alptraumartige Szene von 1938, löschte sie völlig aus. Ich konnte mich nur noch an den Kitzel der Jagd erinnern, den Kitzel, der mir ein so starkes Lebensgefühl vermittelt hatte – und dann kam mir der Gedanke, daß ich, wenn ich nur zu einer weiteren köstlichen Jagd aufbrechen könnte, das Grauen für immer in Schach zu halten vermöchte.

Ich wurde unruhig. Ich wurde reizbar. Und meine wunderbare

Grace dort oben auf ihrem Sockel schien mir plötzlich so langweilig, so fad, so unfähig, mich mit jener Erregung zu versorgen, die ich einfach brauchte ... und die ich schließlich fand, als ich Dido kennenlernte.

Sie können sich nicht vorstellen, wie glücklich ich da war! Der verrückte Süchtige hatte endlich einen neuen Drogenvorrat gefunden – und gleich eine solche Menge, von bester Qualität, das ideale Mittel gegen mein Unbehagen! Hier war eine ganz neue exzentrische junge Frau, geistreich und interessant, die ihre Liebe verweigerte und die absolut unerreichbar war. Was mehr konnte ich mir wünschen? Nur die Gelegenheit, mich auf die Jagd nach ihr zu machen – die ich, wie Sie sich erinnern werden, bald fand.

Und ich machte Jagd auf sie – oh, ich genoß jede Sekunde davon! Und jedesmal, wenn sie mich zurückwies und demütigte, dachte ich: Zum Schluß zahle ich es dir heim. Das Komische war, daß ich genau den gleichen Fehler machte wie bei meiner Mutter und mir einbildete, der allerhöchste Preis, dem ich nachjagte, sei ihre Liebe. Aber vielleicht war der Fehler unvermeidlich; ich hatte die Wahrheit über meine Mutter inzwischen tief in meinem Unterbewußtsein vergraben, und wenn ich jetzt zurückblicke, sehe ich deutlich, daß es mir während des langen Werbens um Dido nie gelang, mein Verhalten richtig zu analysieren. Dazu war ich inzwischen nicht mehr fähig. Ich konnte Dido nicht einmal bewußt mit meiner Mutter verknüpfen – obwohl alle diese *Déjà-vu*-Erlebnisse ganz gewiß auf die Wahrheit hindeuteten, die ich aber nicht anzuerkennen wagte. Erst als das Kind tot zur Welt kam und ich Didos Brief las, in dem sie mir endlich sagte, daß sie mich liebte, wurde mir bewußt, daß ich das ganze Ritual mit meiner Mutter noch einmal durchgespielt hatte. Ein Teil von mir sagte: Da hast du's, kein Preis mehr zu gewinnen, was jetzt? Und der andere Teil, der Teil, den ich hinter den Vorhang bugsieren mußte, flüsterte: Jetzt forderst du den *richtigen* Preis. Du zerreißt ihre Liebe, schleuderst sie ihr ins Gesicht und schlägst sie, bis sie um Gnade schreit.

Ich konnte einfach der Wahrheit nicht ins Gesicht sehen, aber ich wußte, es gab sie. Da begriff ich, daß ich mitsamt meinem Dämon in eine schwarze Grube gestürzt war. Er hatte endlich triumphiert; ich war im Sarg, und er nagelte den Deckel darauf. Er hatte mich schon einmal durch ein teuflisches Spiel gepeitscht, und nun hatte er mich die gleiche üble Farce noch einmal aufführen lassen –»

«Ja – das Kennzeichen eines nicht ausgetriebenen Dämons ist gewöhnlich der Wiederholungszwang.»

«Aber es hat jetzt keinen Sinn mehr von Exorzismus zu sprechen, nicht wahr? Er hat mich vernichtet, ich habe den Kampf mit ihm verloren –»

«Nein», sagte Darrow. «Der Kampf ist zu Ende, aber Sie haben nicht verloren. Ihre Tage als Verlierer sind vorüber, Aysgarth. Jetzt fangen Sie an zu gewinnen.»

2

«Sie haben die Wahrheit erfaßt», sagte Darrow. «Sie beweisen mit jeder Silbe, die Sie hervorbringen, daß Sie bereuen. Können Sie nicht sehen, daß Ihr Dämon besiegt ist – daß er schreckerfüllt in seiner Grube kauert?»

«Ich weiß, Sie sehen darin eine weitere Demonstration des tätigen christlichen Prinzips, aber das kann nicht sein.»

«Warum nicht? Wenn Sie bereut haben, dann ist Christus auf Ihrer Seite, und da kein Dämon der Macht Christi widerstehen kann –»

«Christus kann unmöglich auf meiner Seite sein.»

«Warum nicht?»

«Ich mag bereut haben, aber ich kann nicht seine Barmherzigkeit und Vergebung erwarten. Ich bin zu sehr verunreinigt durch das, was ich getan habe.»

«Mein lieber Aysgarth, Sie wissen so gut wie ich, daß im Falle echter Reue selbst dem sündigsten Menschen auf Erden vergeben wird!»

«Vom Verstand her weiß ich das, ja. Das hat man uns ja immer beigebracht. Aber –»

«Sie haben das Gefühl, es träfe auf Sie nicht zu. Ich verstehe. Aber glauben Sie denn ernstlich, die Antwort unseres Herrn auf diese Ihre Qual laute: ‹Geh und komme mir nie mehr unter die Augen!›»

«Nein, der Theorie nach würde er natürlich sagen: ‹Geh hin und sündige hinfort nicht mehr.› Auch das weiß ich vom Verstand her. Aber ich vermag noch immer nicht zu glauben, daß er sich, wenn ich ihm jetzt im Jahr 1946 tatsächlich von Angesicht zu Angesicht begegnete, dazu verstehen könnte, diese Worte wirklich zu mir zu sagen.»

«Was hat Ihr Onkel heute zu Ihnen gesagt», fragte Darrow plötzlich, «als Sie ihm von Angesicht zu Angesicht begegneten? Hat er gesagt: ‹Hau ab, du Dreckskerl, und laß dich nie mehr blicken!›»

Ich konnte ihn nur sprachlos anstarren.

«Das hat er nicht gesagt, nicht wahr?» fuhr Darrow fort. «Aber er wußte, was Sie nicht nur ihm, sondern auch Ihrer Mutter angetan hatten. Wenn also sogar ein alter Schurke aus Yorkshire Sie noch genug liebt, um Ihnen unter solch wenig versprechenden Umständen zu verzeihen, wieviel wahrscheinlicher ist es dann, daß UNSER HERR –»

Aber ich hörte ihm nicht mehr zu. Ich konnte nur flüstern: «Er hat das gemästete Kalb geschlachtet», und da begann der Dämon endlich zu weichen, und die schwarze Grube füllte sich mit Licht.

3

Es dauerte wenigstens fünf Minuten, bis ich wieder sprechen konnte. Verschwommen registrierte ich, daß Darrow sich mäuschenstill verhielt und mich nicht störte. Das war gut. Jedes Wort wäre eine Einmischung gewesen und jede körperliche Berührung eine Ungehörigkeit. Aber das hatte ihm zweifellos seine telepathische Intuition gesagt. Ich glaubte natürlich nicht an Telepathie, aber ich merkte immer deutlicher, wie nützlich sie bei der seelsorgerischen Arbeit war.

Als ich mich endlich gefaßt hatte, sagte ich: «Ich habe Ihnen vor lauter Erzählen noch gar nicht dafür gedankt, daß Sie mich zu Onkel Will geschickt haben. Das war das Wichtigste, was Sie überhaupt für mich tun konnten.»

«Glauben Sie, Sie können mir jetzt von der Begegnung erzählen? Ich möchte gern hören, wie er die Vergangenheit sieht.»

Ich redete eine Zeitlang und schloß meine Schilderung mit den

Worten: «In Wirklichkeit gab es also weder die Helden noch die Bösewichter meines Melodrams. Es gab nur drei gewöhnliche Menschen, die in eine schwierige Lage gerieten und sich in einer Tragödie wiederfanden. Ich kann sie jetzt alle verstehen.»

«Und nachdem Sie sie verstanden haben –»

«– kann ich ihnen vergeben, ja. Meinen armen bedauernswerten Eltern – und diesem ulkigen alten Schurken, der heute von seiner liebeleeren Ehe und seinem einsamen Leben erzählte . . . Armer Kerl. Ich habe ihm versprochen, daß ich ihn im August in Maltby besuche.»

«Und wenn Ihre Mutter noch lebte, würden Sie sie auch besuchen?»

«Aber sie lebt nicht mehr.» Es kostete mich eine große Willensanstrengung, mit ruhiger Stimme hinzuzufügen: «Ich werde ihr nie sagen können, wie leid es mir tut. Ich werde nie zu ihr sagen können: ‹Vergib mir, daß ich so dumm und blind war und nichts begriffen habe, vergib mir, daß ich nicht gemerkt habe, wie unglücklich du warst, vergib mir, daß ich dir so weh getan habe.› Ich werde nie wieder gutmachen können, was ich getan habe.»

«Das ist die negative Seite Ihrer neuen Erleuchtung. Aber jetzt sehen Sie sich die positive Seite an. Nachdem Sie bereut haben, ist Ihr Zorn auf sie gestorben. Sie haben nicht mehr das Verlangen, Frauen zu schlagen, nicht wahr?»

Ich schüttelte mich vor Abscheu.

«Nun, ist das nicht ein Schritt vorwärts? Natürlich dürfen wir nicht den Fehler machen, zu glauben, Sie seien nun auf wundersame Weise völlig von Ihrem Hang zur Gewalttätigkeit geheilt; Sie haben eine starke aggressive Ader, die es nach Streit gelüstet, und daran wird sich so bald nichts ändern. Aber was Sie verändern *können*, das ist Ihre Empfänglichkeit für dämonischen Einfluß. Wir müssen dafür sorgen, daß diese aggressive Ader nicht vom nächstbesten Dämon mit Beschlag belegt wird, der glaubt, er hätte da ein reizvolles, gewalttätiges Zuhause gefunden.»

«Und wie stellen wir das an?»

«Wir machen für Sie einen klugen, älteren Geistlichen ausfindig, mit dem Sie sich beraten können, wann immer Sie versucht sind, gewalttätige Gefühle unter den Teppich zu kehren und den Vorhang herunterzulassen. Mit einigem Glück wird es ihm gelingen, den Vorhang hochzuziehen, den Teppich zurückzuschlagen und diese gefährlichen Emotionen unschädlich zu machen, ehe sie wuchern und Unheil anrichten können.»

Ich bedachte diesen Vorschlag und sagte dann: «Könnten Sie das nicht tun?»

Darrow lächelte. «Ich hoffe, ich bin Ihnen in dieser Notsituation von Nutzen gewesen», sagte er in seinem zurückhaltendsten Ton, dem Ton, den er bei jenen seltenen Gelegenheiten gebrauchte, bei denen er wirklich bescheiden und freundlich sein wollte, «aber ich bin sicher, Aidan würde als erster bestätigen, daß ich Ihnen in weniger extremen Situationen nicht helfen könnte. Meine Art geht Ihnen nur allzuleicht gegen den Strich, und das hätte zur Folge, daß ich gerade die Gefühle stimulieren würde, die Sie am wenigsten brauchen können – und außerdem sind unsere beruflichen Beziehungen zu eng verknüpft. Wenn wir uns erst wegen der Erweiterung der Hochschule in den Haaren liegen –»

«Ja, das wäre katastrophal. Sie haben recht.» Ich seufzte und setzte hinzu: «Es ist ein Jammer, denn ich sehe jetzt, wie begabt Sie für diese Tätigkeit sind. Ihre höchst bemerkenswerte Intuition gleicht Ihren Mangel an persönlicher Erfahrung völlig aus.»

Darrow sah mich verwirrt an. «Meinen Mangel an persönlicher Erfahrung?»

«Nun, Sie hatten sicher nie Ärger mit Ihren Eltern, oder? Ich erinnere mich, daß Ihre Frau einmal zu Grace sagte, Sie seien als Einzelkind in einem ruhigen, glücklichen Zuhause aufgewachsen.»

Darrow erwiderte ein wenig sarkastisch: «Ich muß zugeben, daß ich keinen Onkel hatte, der das Familienleben komplizieren konnte!» Dann fügte er hinzu: «Machen Sie sich vorerst wegen Ihres neuen Beraters keine Sorgen. Er stellt sich wahrscheinlich genau zur rechten Zeit ein, wenn sich Ihre Zukunft erst klarer abzeichnet.»

«Die Zukunft! Du liebe Güte, die hatte ich ganz vergessen. Was wird wohl als nächstes passieren?»

«Aysgarth, ich weiß, Sie halten mich für einen verhinderten Wahrsager, einen dieser Scharlatane, die in einer Bude am Hafenkai mühsam ihr Dasein fristen, aber ich versichere Ihnen, ich habe keine hellseherische Kenntnis von Ihrer Zukunft. Doch das will ich Ihnen sagen: Ich glaube, die Zukunft wird Ihnen sehr bald klarwerden. Sie haben sich Ihrer Vergangenheit gestellt; Ihr neues Verständnis hat die Gegenwart verwandelt, und die Bühne ist jetzt frei für den nächsten Akt.»

«Halten Sie mich bitte nicht für sarkastisch», sagte ich, tapfer den Sarkasmus zurückdrängend, «aber glauben Sie wirklich, es kommt ein magischer Moment, in dem ich in die Hände klatsche, *Heureka!* rufe und ohne den geringsten Zweifel weiß, ob ich für Bell in Europa oder in London unter der Aristokratie arbeiten soll?»

«Ach, das sind nur Randprobleme», sagte Darrow mit jener Autorität, die ich einmal als so aufreizend empfunden hatte, der ich jetzt aber Respekt zollte. «Die entscheidende Frage, die Sie vergessen zu haben scheinen, ist die, wie Sie mit Ihrer Ehe fertig werden, damit Sie in der Kirche überhaupt noch eine Laufbahn vor sich haben.»

Ich fühlte mich von neuem der Verzweiflung nahe. «Nun?» fragte ich. «Wie lautet die Antwort?»

«Jetzt behandeln Sie mich schon wieder so, als brauchte ich nur kurz auf einen Knopf in meinem Gehirn zu drücken und schon könnte ich Ihnen einen detaillierten Überblick über Ihre Zukunft liefern! Aysgarth, da draußen an der Tür hängt kein Schild mit der Aufschrift WAHRSAGEN NACH VEREINBARUNG. Ich kann Ihnen nur als Priester sagen, daß Sie gesündigt haben, daß Sie bereut haben und daß Sie jetzt durch die Gnade Gottes erlöst werden – wenn auch die Art der Erlösung noch offenbart werden muß.» Er blickte auf die Uhr. «Da wir gerade von Ihrer Frau sprechen – ich sehe, es ist Zeit für Ihren Besuch bei ihr. Können Sie mich zum Bahnhof mitnehmen?»

«Ja, aber ich glaube nicht, daß ich Dido heute abend besuchen kann – ich fühle mich zu erschöpft. Ich rufe im Krankenhaus an und sage –»

«Nein», sagte Darrow in so entschiedenem Ton, daß ich zusammenfuhr.

«Aber ich habe im Augenblick einfach nicht die Kraft, um den ergebenen Ehegatten zu spielen! Und ganz gewiß habe ich nicht die Kraft, mir ihr ständiges Geplapper über ihre kleinen Wehwehchen anzuhören.»

Darrow wurde plötzlich eisern. Ich fühlte mich an Aidan erinnert, der eines seiner gewagten Risiken einging.

«Aysgarth, haben Sie sich eigentlich nie gefragt, weshalb Ihre Frau ständig von sich redet?»

«Nun, ich nahm immer an, das gehört einfach zu ihrer exzentrischen Persönlichkeit –»

«Diese Annahme hilft uns nicht weiter. Sie erklärt gar nichts. Haben Sie nie daran gedacht, daß sie vielleicht verzweifelt Ihre Aufmerksamkeit zu wecken versucht? Könnte es nicht sein, daß diese so wenig anziehende Exzentrizität sogar ein Hilferuf ist? Was ist denn hier die verborgene Botschaft, die Ihre Frau Ihnen zwischen egozentrischen Monologen mitzuteilen versucht?»

Ich konnte ihn nur anstarren.

«Warum gibt sie sich ihrem berühmten exzentrischen Verhalten hin?» forschte Darrow erbarmungslos weiter. «Vielleicht, weil sie früher einmal herausgefunden hat, daß die Leute sie dann bemerken? Wenn ja, warum hat sie solche Angst, übergangen und ignoriert zu werden? Bis zu welchem Grad könnte es der Tatsache zuzuschreiben sein, daß sie das jüngste Kind einer großen lebhaften Familie war? Wurde sie in jungen Jahren vernachlässigt? Wie war ihr Verhältnis zu ihrer Mutter, dieser geheimnisvollen Frau, die, wie ich höre, in Schottland unter Verschluß gehalten wird und nur zu den Trauungen ihrer Töchter nach London kommen darf? Was hatte Ihre Frau für ein Verhältnis zu ihrem Vater, der wahrscheinlich zu sehr damit beschäftigt war, seine Millionen zu machen, um sich viel um seine jüngste Tochter zu kümmern? Deutet die starke Anhänglichkeit Ihrer Frau an die ihr altersmäßig nächststehende Schwester vielleicht darauf hin, daß ihr kein anderes Familienmitglied ihrer Zuneigung würdig schien? Könnte ein ähnlicher Liebesentzug vorliegen wie bei Ihnen, als Sie so sehr auf die Gesellschaft Ihres Bruders angewiesen waren? Mit anderen Worten – und um eine lange Liste unbeantworteter Fragen zusammenzufassen: Was geht im Innern Ihrer Frau wirklich vor? Wie gut kennen Sie sie eigentlich? Haben Sie je ernsthaft zu verstehen versucht, warum sie so ist, wie sie ist? Aysgarth, glauben Sie mir, jetzt ist nicht der Augenblick, Müdigkeit vorzuschützen. Gebrauchen Sie Ihre bemerkenswerte Willenskraft, geben Sie Ihrer ochsenstarken Konstitution die erforderlichen Befehle und machen Sie, daß Sie ins Krankenhaus kommen, zu diesem fremden Menschen, der so verzweifelt mit Ihnen in Verbindung treten will.»

Dem war nichts entgegenzusetzen. Ich erhob mich stumm vor Scham und trottete hinter ihm hinaus zu meinem Wagen.

4

Als ich am Bahnhof anhielt, sagte Darrow unschlüssig: «Ich lasse Sie jetzt nicht gern allein, aber ich habe meiner Frau versprochen, zu einer vernünftigen Zeit nach Hause zu kommen.»

«Mir geht es jetzt besser.»

«Rufen Sie mich nachher noch an.»

«Ja, gut – wenn ich noch bei Bewußtsein bin.»

«Noch Whisky im Haus?»

«Kein Tropfen. Beeilen Sie sich, sonst verpassen Sie Ihren Zug.»

Zögernd stieg er aus und schritt über den gepflasterten Vorplatz zum Bahnhofsgebäude hinüber.

Ich fuhr weiter zum Krankenhaus.

5

Als ich Didos reich mit Blumen geschmücktes Zimmer betrat, überkam mich sogleich wieder diese unheimliche *Déjà-vu*-Empfindung, und diesmal sah ich ganz deutlich, daß sie keine unerklärliche Sinnestäuschung war. Ich bildete mir nicht ein, diese Szene schon einmal erlebt zu haben, ich hatte sie tatsächlich schon erlebt, wieder und wieder in der Vergangenheit, die mich so sehr gequält hatte. Ich blickte die mitleiderregende, tragische Kranke an, die mich liebte, und sah nicht meine Frau, sondern meine Mutter, die ich so grausam im Stich gelassen hatte. Und plötzlich sah ich den Weg zur Erlösung.

Die erschöpfte Verzweiflung, mit der ich Dido noch kurz davor betrachtet hatte, war in diesem Augenblick wie ausgelöscht; es war, als wäre eine Wandtafel mit einer einzigen Handbewegung blankgewischt worden. Kraft strömte in mich hinein, so, als hätte ein Verblutender eine starke Transfusion erhalten. Da wußte ich – es bedurfte keiner verstandesmäßigen Überlegung, das Wissen stellte sich voll ausgeformt ein –, daß ich meine Rolle als Ehemann spielen konnte, bis sie mir so vertraut war, daß es keiner Schauspielerei mehr bedurfte. Ich mußte daran denken, wie ich meinen BBC-Akzent erworben hatte. Zuerst hatte ich mich angestrengt konzentrieren müssen, um ihn durchzuhalten, aber jetzt war er mir zur zweiten Natur geworden. Nur der Wille zum Üben war nötig, und während ich spürte, wie die Kraft in mir zu wirken begann, wußte ich schon, daß ich den Willen hatte, meine Rolle nicht nur anzunehmen, sondern auch das Beste daraus zu machen. Gott hatte mir die Kraft zum Überleben gewährt.

«Meine liebste Dido!» rief ich aus, und wenn ich auch in gewissem Sinn eine Rolle spielte, so war ich doch in einem anderen Sinn – dem einzigen, auf den es ankam, da ich an meine Mutter dachte – schmerzhaft aufrichtig dabei. «Was mußt du nur von mir denken? Du fühlst dich bestimmt ganz verlassen!»

Sie brach in Tränen aus, doch jetzt ertrug ich das, ohne mit der Wimper zu zucken. Ich nahm sie in die Arme und küßte sie und zog den Besucherstuhl dicht ans Bett heran, damit ich ihre Hand halten konnte, während wir miteinander sprachen.

«O Stephen, ich habe das Gefühl, ich habe schrecklich versagt –»

«Versagt?» sagte ich zu meiner Mutter, indes die Vergangenheit an der Gegenwart Feuer fing und der Schmerz von den Flammen verzehrt wurde. «Du? Sag so etwas nicht noch einmal zu mir!»

«Aber Stephen –»

«Du bist eine großartige Frau!»

«O Schatz, wie lieb von dir, so etwas zu sagen, aber wie kann ich das sein, wenn ich doch alles, alles falsch gemacht habe –»

«Ich will keine Frau, die alles richtig macht. Da würde ich mich zu Tode langweilen. Eine so wunderbare Abweichung von der Norm ist mir tausendmal lieber . . .» Das Feuer in meiner Vergangenheit griff um sich. Weiter und weiter wütete es, und ich sah die Knochen all des vielen Leidens weiß gebleicht in der Glut der Läuterung, aber immer noch loderten die reinigenden Flammen.

«Wie kann ich wunderbar sein, wenn ich so eine erbärmliche Karikatur von einem Kind hervorgebracht habe?»

«Eine erbärmliche Karikatur – wie kommst du denn auf diesen Gedanken? Ich war so stolz, daß ich den Jungen sogar Arthur genannt habe nach meinem Vater ...» Die Flammen erstarben endlich, doch ein großes Licht schien von der Gegenwart zurück in meine Erinnerung, und als ich meine Mutter friedlich auf ihrer Chaiselongue lesen sah, wußte ich, daß wir beide in Frieden miteinander waren. Es war eine Erinnerung, mit der ich leben konnte, eine heitere Vignette, an die ich zurückdenken konnte, ohne zusammenzuzucken.

«... und ich dachte, du hättest ihn nie erwähnt, weil er zu schrecklich war für Worte – ich dachte, du wärst zornig und enttäuscht deshalb –»

«Ich habe nicht von ihm gesprochen, weil ich glaubte, das würde dich aufregen. Dann haben wir uns also gequält wegen eines lächerlichen Mißverständnisses.»

«Aber wenn er wirklich keine erbärmliche Karikatur war ... o mein Gott, wie furchtbar, daß ich ihn nicht gesehen habe! Wie kann ich mir je verzeihen, daß ich –»

«Du hast keinen Grund, dich schuldig zu fühlen. Du warst viel zu erschöpft, um dich mit so einem Verlust auseinanderzusetzen, deshalb war es meine Aufgabe, mich um ihn zu kümmern – und meine Aufgabe auch, ihn genau meinem Gedächtnis einzuprägen, damit ich ihn später mit dir teilen kann.» Und während ich daran dachte, wie sich meine Mutter durch die Jahre ihrer Schwangerschaften und Niederkünfte gequält hatte, beschrieb ich nicht den kleinen Arthur in seiner unschönen, wächsernen Leblosigkeit, sondern Christian, den vollkommenen, strahlenden Christian mit seiner rosigen Haut, seinen langen, dunklen Wimpern und dem weichen, braunen Haarflaum auf dem kleinen anmutigen Kopf. «... und du darfst dir nicht vorstellen, er sei ausgelöscht, als hätte er nie existiert», hörte ich mich sagen. «Er hat sein eigenes besonderes Grab und seinen eigenen besonderen Namen. Du kannst an ihn denken und dabei stolz sein, genau wie ich.»

Wieder strömten ihr die Tränen übers Gesicht. «Dann habe ich also wirklich nicht völlig versagt», flüsterte sie.

«O nein, keinesfalls! Und wie tapfer von dir, eine Schwangerschaft zu riskieren nach der Geschichte mit Laura! Ich sehe jetzt, daß ich deinen Mut nie richtig gewürdigt habe – und auch nicht die große Liebe, die du mir in deinem letzten Brief angeboten hast. Ich war wirklich sehr begriffsstutzig und schwerfällig.»

«Ich dachte schon, jetzt, wo du meine Liebe errungen hast, willst du sie vielleicht nicht mehr –»

«Mein Schatz», sagte ich, während meine Mutter in ihrem Buch eine Seite umschlug, «wenn man jemandes Liebe erringt – diesen allerhöchsten Preis –, dann zerreißt man sie nicht, um sie in den nächsten Papierkorb zu werfen. Man pflegt sie und hegt sie und schätzt sich glücklich, sie errungen zu haben. Ich weiß, unser erstes Ehejahr war schrecklich, aber wenn wir das jetzt hinter uns lassen können –»

«Ja, das will ich.» Dido hatte aufgehört zu weinen. Unvermittelt sagte sie: «Mein Gott, ich glaube, du meinst jedes Wort ernst, das du sagst – ich glaube, der Alptraum hört endlich auf. O Stephen, wenn du nur wüßtest, welche Angst ich hatte! Weißt du? Ich dachte immer, ich könnte so enden wie Mutter –»

«Ah ja», sagte ich, «deine Mutter. Ich habe dich nie richtig nach ihr gefragt, und ich sehe jetzt, daß das ein weiterer schwerer Fehler von mir war, aber –»

«Nein, für mein Gefühl hast du dich immer sehr taktvoll verhalten. Meine Mutter ist ein Thema, über das ich gewöhnlich nicht sprechen kann – und wenn, dann mache ich einen Witz daraus und spreche von Mutters schöner, zurückhaltender Natur und von dem außergewöhnlich guten Geschmack von Vater, der seine Geliebte nie in der gleichen Stadt wohnen läßt wie seine Frau –»

«Ich hätte mir denken können, daß die Wirklichkeit viel schmerzlicher war als das raffinierte Phantasiebild, das du immer gezeichnet hast.»

«Schmerzlich? Sie war die Hölle. O Stephen, als ich heranwuchs und sah, wie furchtbar die Ehe sein kann, da wollte ich nichts damit zu tun haben! Ich wollte nie einem Mann die Gelegenheit geben, mich so zu behandeln, wie mein Vater meine Mutter behandelt hat. Wenn ich daran denke, wie er sie vernachlässigt hat, verachtet, gedemütigt ... Mutter gab schließlich auf, konnte nicht mehr – sie hat sich in Edinburgh vergraben und führt da ein Schattendasein als völlige Versagerin, nicht intelligent und stark genug, um mit ihrem Mann mithalten zu können, und zu uninteressant und gewöhnlich, um ihren Kindern mehr als eine gesellschaftliche Belastung zu bedeuten ... Arme Mutter! Aber andererseits – warum sollte sie mir leid tun? Sie hat nie Notiz von mir genommen. Ich war eine höchst unwillkommene Schwangerschaft. Sie hat sich nie etwas aus mir gemacht.»

«Aber dein Vater hat sich etwas aus dir gemacht, oder? Er scheint doch immer sehr um dein Wohlergehen besorgt –»

«Ja, ungefähr so besorgt wie ein Landwirt um eine Kuh, deren Prämiierung bei einer Rinderschau ihm Ansehen einbringt! Bevor ich in der Londoner Gesellschaft Furore machte, hat er überhaupt keine Notiz von mir genommen, und sowie ich nicht mehr die allerjüngste war, wurde er gemein. ‹Es gibt nichts Jämmerlicheres als eine alte Jungfer, die eine blendende Zukunft hinter sich hat!› So hat er mich einmal angeknurrt. ‹O doch, das gibt es!› habe ich ihm da geantwortet. ‹Eine Ehefrau, die von ihrem Mann wie ein Haufen Dreck behandelt wird!› Als ich das sagte, ist er vor Wut fast geplatzt. ‹Sieh zu, daß du schleunigst unter die Haube kommst›, hat er gebrüllt, ‹oder deine Mutter ist nicht die einzige Frau, die ich wie Dreck behandle!› Oh, ich hätte ihn umbringen können. Ich habe mich so sehr bemüht, die Tochter zu sein, die er haben wollte, aber für ihn war ich immer nur ein Stück Fleisch, mit dem er Staat machen konnte. Ich dachte: Ich werd's ihm zeigen! Ich werde dem Kerl zeigen, daß ich aus anderem Holz geschnitzt bin als meine Mutter! Ich heirate meinen Archidiakon, und als verheiratete Frau bringe ich es zu großem Ansehen – aber dann stellte ich fest, daß das, was ich wollte, und das, wozu ich fähig war, zwei ganz verschiedene Dinge waren, und da bekam ich solche Angst –»

«Ich mache mir die größten Vorwürfe. Wenn ich nur –»

«Nein, du hättest gar nichts tun können. Ich hätte mich dir früher nicht anvertrauen können – ich hatte Angst, du würdest aufhören, mich zu lieben, wenn du erst siehst, wie unvollkommen ich in Wirklichkeit bin. Ich dachte, wenn du merkst, daß ich nie eine zweite

Grace werden kann, willst du nichts mehr von mir wissen, und als du mich hier kaum besucht hast, da dachte ich, das kann nur daran liegen, daß du enttäuscht bist und mich satt hast.»

«Ich will gar keine zweite Grace haben. Ich kann sogar guten Gewissens sagen, daß ich niemals eine zweite Grace haben wollte. Ich wollte jemanden wie dich.»

«Ja, aber *warum*, mein lieber Archidiakon? Das habe ich nie ganz verstanden. Aber macht nichts, Gottes Wege sind unergründlich, und obwohl ich ein so ausgefallenes Wesen bin, werde ich für dich bei deiner weiteren Laufbahn bestimmt von *entscheidender* Bedeutung sein. Und dabei fällt mir ein» – sie hielt inne, um sich die Tränen zu trocknen und die Nase zu schneuzen –, «was glaubst du, wer mich heute besucht hat?»

«Halb Starbridge, nehme ich an, nach diesen Blumenmengen zu urteilen.»

«Oh, die meisten sind über den Blumenhändler gekommen. Aber siehst du diesen gigantischen Strauß da drüben? Der wurde persönlich überbracht von keinem anderen als dieser leidenschaftlichen Gärtnerin –»

«Lady Flaxton», sagte ich und stellte fest, daß ich nur mit entgeisterter Resignation zusehen konnte, wie sich die Zukunft vor meinen Augen zu entrollen begann.

6

«Mein Schatz!» sagte Dido, die sich jetzt rasch erholte und sogar recht lebhaft wurde. «Es tut mir so leid, daß ich sie dir als alte Hexe hingestellt habe, die nur ihren Garten kennt! Sie war so nett zu mir und hat versprochen, uns beide nach Flaxton Pauncefoot einzuladen, sobald es mir besser geht. Offenbar sagt Lord F. allen, die es hören wollen, daß du das Zeug zum Dekan von St. Paul's hättest.»

«Da hat Lord F. Pech – Dekan Matthews denkt noch nicht an den Ruhestand.»

«Vielleicht könntest du statt dessen Dekan von Westminster werden!»

«Liebes, ich glaube, eine bescheidene Kanonikusstelle wäre das Höchste, worauf ich zur Zeit hoffen könnte, sei es an Westminster Abbey oder –»

«Aber wäre Kanonikus nicht eine Stufe niedriger als Archidiakon? Nein» – Dido sprach erregt weiter, ohne mir zu einer Erwiderung Zeit zu lassen – «natürlich nicht in Westminster oder St. Paul's – dort ist eine Kanonikusstelle zweifellos ein Sprungbrett zu höchsten Höhen!»

«Nun, das muß nicht unbedingt so sein –»

«O Liebling, sei nicht so spitzfindig! Natürlich muß das nicht unbedingt so sein, wenn der Betreffende alt oder nur mittelmäßig intelligent ist, aber wenn er jung und dynamisch und brillant ist –»

«Darf ich diese feurige Hymne auf eine Kanonikusstelle in London so auslegen, daß du dich nach der großen Metropole zurücksehnst?»

«Nun . . . ja, ich will ehrlich sein. Liebling, du weißt so gut wie ich, daß die wichtigen Dinge eben in London passieren, weil man da auch die wichtigen Leute trifft. Natürlich liebe ich Starbridge, es ist so schön, so romantisch, so historisch, so durchgeistigt, so göttlich, so wundervoll in jeder Beziehung, aber ist es nicht auch, wenn wir ganz ehrlich sein wollen, ein klein bißchen langweilig?»

«Vielleicht können wir das Gähnen noch weitere zwei, drei Jahre unterdrücken – dann würde mit ziemlicher Sicherheit ohnehin eine Beförderung anstehen. Ich muß nicht nach London umziehen, um aufzusteigen.»

«Ja, aber wenn du hierbleibst und nicht die richtigen Leute triffst, könntest du in ein trostloses Provinznest versetzt werden, nur weil du nicht in Eton oder Harrow warst, während in London die Leute sich mit eigenen Augen davon überzeugen könnten, wie blendend du die gesellschaftliche Benachteiligung überwunden hast –»

«Wie würde es dir in Genf gefallen?»

«In Genf?»

«Das ist eine Stadt in der Schweiz.»

«O Stephen, red keinen Unsinn, wir hatten zwar die hoffnungsloseste Gouvernante, die man sich vorstellen kann, aber sogar ich weiß, daß Genf in der Schweiz liegt! Ich habe den Namen nur wiederholt, weil ich dachte, ich hätte mich verhört. Was könnte denn ein englischer Geistlicher in Genf zu suchen haben?»

«Dort ist der Sitz des Weltkirchenrats, und jetzt, wo der Krieg zu Ende ist, wird die erste Ratssitzung vorbereitet. Bischof Bell als der einflußreichste Kirchenmann in Europa hat zwangsläufig viel damit zu tun, und das bedeutet, daß die Verbindung mit den deutschen Kirchen aufgenommen und aufrechterhalten werden muß – und da ich fließend deutsch spreche und Erfahrung in der Arbeit mit deutschen Kriegsgefangenen habe –»

«Ja, das war für dich sicher alles sehr interessant, Liebling, aber die deutschen Kriegsgefangenen gehören der Vergangenheit an – oder werden bald der Vergangenheit angehören, wenn das schreckliche Lager geschlossen wird –, und du kannst doch nicht hier deine Karriere im Stich lassen, nur um mit Bischof Bell in Europa herumzureisen.»

«Nein?»

«Nein, natürlich nicht – o Stephen, komm doch endlich aus den Wolken deines romantischen Idealismus herunter auf die Erde! Deine heimliche Leidenschaft für diesen gefährlichen Heiligen Dr. Bell hat mir nie behagt – er ist ein Rattenfänger, der dich hoffnungslos in die Irre führt. Weltkirchenrat – ha! Das wird schlimmer sein als der Völkerbund, nichts als Gezänk und großartige idealistische Erklärungen, die überhaupt nichts wert sind. Und die Schweiz! All diese Kuckucksuhren und Armbanduhren und Männer in kurzen Lederhosen, die zwischen den Banken herumjodeln! Das ist so schrecklich reizlos, finde ich, und denk nur an all die lästigen Probleme, die mit der Gründung eines Haushalts im Ausland verbunden sind, und die endlosen Schwierigkeiten mit den Kindern und der Schule. Die Reisen hin und her in den Schulferien, das würde ein Vermögen kosten, und wo soll das Geld herkommen?»

«Ich denke, man könnte sagen, Gott wird schon dafür sorgen –»

«Nein, das kann man eben nicht! Also wirklich, ihr Idealisten seid manchmal wahrhaftig das Letzte – ich wette, Mrs. Bell hat es nicht leicht mit ihrem George! Schatz, versuch doch, ein bißchen realistisch zu sein. Ganz abgesehen von den finanziellen Problemen, die sich ergeben, wenn du dich von deinem Rattenfänger nach Genf locken läßt – was wird aus deiner Zukunft? Man wird dich bald vergessen haben, wenn du erst in Europa untergetaucht bist, und dann gibt es keine Dekanate mehr, keine Bischofsstühle, keinen Sitz im Oberhaus, keine Einladungen in den Buckingham Palace, keinen Glanz, keine anregende berufliche Erfüllung –»

«Für dich nicht – nein.»

«Für dich auch nicht, Schatz – oh, komm endlich von diesen Wolken der Selbsttäuschung herunter und *sei ehrlich*! Wenn wir in die Schweiz gingen –»

«Nein, vergessen wir die Schweiz. Und vergessen wir Bischof Bell. Ich habe nur mit einer vorübergehenden Laune gespielt!»

«Nun, ich hatte auch nicht angenommen, daß du es wirklich ernst meinst, aber da ich deine idealistische Ader kenne, die zwar herrlich romantisch ist, aber eben auch so fatal wirklichkeitsfern –»

«Du glaubst, du könntest in London ein glückliches, erfülltes Leben führen, ja?»

«Ja, natürlich – und ich könnte dir so viel helfen! Ich könnte für ein geschmackvolles Zuhause sorgen und die Bekanntschaft mit den richtigen Leuten pflegen und jede Woche eine kultivierte kleine Abendgesellschaft für sechzehn Personen geben –»

«Ja, ja», sagte ich und lächelte sie an, «ich sehe das alles lebhaft vor mir.»

«O Gott, Stephen, bist du im stillen entsetzt? Willst du doch noch in die Schweiz ausreißen?»

«Ich will nur», sagte ich, «daß du ein erfülltes Leben hast und glücklich bist.»

«Schatz, das ist einfach zu edel von dir, und ich könnte sechs Taschentücher naßweinen, aber unsere Ehe wird keinen Penny wert sein, wenn ich zum Schluß überglücklich bin und du todunglücklich!»

«Ich könnte nicht glücklich sein, wenn ich das Gefühl hätte, daß du meinetwegen irgendwie leidest. Ich könnte mit mir selbst nicht leben. So ist letztlich alles gnädig einfach», sagte ich zu Aidan, als wäre er neben mir und nicht weit fort in Yorkshire, «so klar wie damals, als Raven in der Christchurch-Kathedrale sprach.» Und an

Darrow gewandt fügte ich in den bekannten Worten Luthers hinzu: «Hier stehe ich. Ich kann nicht anders.»

Dido sagte: «Schatz, das ist alles einfach zu wunderbar, aber ich muß gestehen, ich bin doch ein bißchen in Sorge – du hörst dich an, als wärst du zum Tod verurteilt worden.»

Belustigt lachte ich auf und begann mich endlich zu entspannen, und die Antwort, die zu formulieren so schwierig hätte sein können, kam mir plötzlich wie von selbst auf die Zunge. «Raven schrieb einmal: ‹Alle Wege führen zu Gott, wenn man ihnen aufrichtigen Sinnes folgt – dessen bin ich ganz sicher›», sagte ich. «Ich glaube, wenn ich jetzt stetig voranschreite und versuche, Gott zu dienen, indem ich das tue, was ich für das Richtige halte, und nicht zu weit vorausschaue, dann wird mich mein Weg letztlich dorthin führen, wo Gott mich haben will.»

Aber Dido, einmal in Gang gekommen, war nicht so leicht zu bremsen. «Natürlich ist Westminster zentraler gelegen als St. Paul's, aber vielleicht sind die Häuser für die Geistlichkeit in Amen Court besser als die in Little Cloister – ich muß sehen, daß ich herausfinde, welche Schäden da durch die Luftangriffe entstanden sind ... Andererseits ist die Abbey in der Nähe von St. James' Park – das wäre schön für die Kinder – und um die Kathedrale herum sind nur Trümmergrundstücke ... Und dann darf man natürlich nicht vergessen, daß ein Taxi zu Harrods vom Parliament Square aus viel billiger wäre als von Ludgate Hill –»

Die Schwester kam herein – meine Besuchszeit war zu Ende. Ich verabschiedete mich mit einem Kuß von Dido, die sich weiter strahlenden Gesichts unsere Zukunft ausmalte, und schlüpfte aus dem hell erleuchteten Krankenhaus in das regenfeuchte Zwielicht hinaus.

7

Als ich die Wagentür öffnete, fand ich – wie konnte es anders sein – Darrow auf dem Beifahrersitz.

«Ich konnte einfach nicht in den Zug steigen», sagte er, als ich einen leisen Laut der Verblüffung ausstieß. «Ich hätte es mir nie verzeihen können, wenn Sie nach dem Besuch im Krankenhaus wieder zur Flasche gegriffen hätten.»

«Warum sollte ich gerade jetzt wieder zur Flasche greifen?»

«Weil Sie die genaue Beschaffenheit des schweren, einsamen Weges gesehen haben werden, der vor Ihnen liegt.»

Ich klemmte mich hinters Lenkrad, schlug die Tür zu und sagte: «Sind Sie ganz sicher, daß Sie nicht doch nach Vereinbarung wahrsagen?»

«Mein lieber Aysgarth, es war für einen distanzierten Beobachter ziemlich offensichtlich, daß Sie sich verpflichtet fühlen würden, die Tragödie Ihrer Mutter wiedergutzumachen, nachdem Gott Ihnen nun die Chance dazu gegeben hat. Weshalb sonst hätte ich Sie zum Krankenhaus geschleppt? Aber das hat nichts mit Hellseherei zu tun. Ich bin lediglich mit Erfahrung und gesundem Menschenverstand zu einer logischen Schlußfolgerung gelangt.»

Nachdem wir eine Weile schweigend in unserem provisorischen Beichtstuhl aus Autoblech gesessen waren, hatte ich mich schließlich so weit gefaßt, daß ich ihm schildern konnte, was geschehen war.

Danach sagte Darrow in nüchternem Ton: «Das ist eine sehr schwere Aufgabe, die zu erfüllen Sie da gerufen sind.»

«Es könnte schlimmer sein», hörte ich mich sagen, und dabei sah ich mich mit den Augen eines Außenstehenden: den kühlen, lakonischen Mann aus Yorkshire, hartnäckig und entschlossen, unwiderruflich dem britischen Understatement und der Ideologie des Haltungbewahrens verschrieben, voller Verachtung für Männer, die ihre Gefühle zu Schau stellten oder sich sonst irgendwie gehen ließen, ausgebildet an der härtesten aller Schulen und dadurch imstande, die härteste aller Aufgaben anzupacken. «Wichtig ist nur», sagte ich, «daß ich jetzt wie durch ein Wunder einen Weg vor mir sehe, wie sich meine Ehe ertragen läßt, daß ich also Gott weiter in der Kirche dienen kann. Ich sollte für diese Begnadigung dankbar sein. Sie ist mehr, als ich verdient habe.» Ich hielt inne und setzte dann hinzu: «Vielleicht werden wir am Ende noch gute Freunde. Zumindest wird das Leben nicht langweilig sein. Als ich eben ging, plante sie schon ihre erste kleine Abendgesellschaft für sechzehn Personen in Amen Court.»

«Für sie mag das ganz amüsant sein. Aber vielleicht gelingt es Lord Flaxton gar nicht, die magische Beförderung aus seinem juwelenbesetzten Zylinder zu zaubern.»

«Vielleicht. Aber andererseits –»

«Ja, ich kann mir die andere Seite auch vorstellen. Ich habe noch einmal über Ihre Aussichten nachgedacht und bin zu dem Schluß gekommen, daß dies vielleicht wirklich einfach eine jener seltenen Gelegenheiten ist, bei denen ein Amateur wie Flaxton auf keinen ernsthaften professionellen Widerstand gegen einen Plan stößt, bei dem er seine Muskeln und seine Exzentrizität in solch befriedigender Harmonie spielen lassen kann. Die hohen Herren mögen sich sehr wohl sagen, daß eine Kanonikusstelle in London Ihnen nach Ihren Jahren als ungewöhnlich junger Archidiakon in der Provinz einen nützlichen letzten Schliff gibt.»

«Und zur Krönung des Ganzen – vielleicht haben Sie letzte Woche in der *Times* gelesen –»

«– wird an Westminster eine Kanonikusstelle frei. Ja, ich habe von Woodhouses Ernennung zum Dekan von Radbury gelesen.»

Wir verstummten wieder. Es hatte zu regnen aufgehört, und die Regentropfen, die an der Windschutzscheibe festhingen, funkelten im Schein der Straßenlaterne. Schließlich sagte ich: «Ich habe meine Jugend in London verbracht. Ich werde mich bald eingewöhnen. Nach allem, was passiert ist, habe ich nicht das Recht, Gott vorzujammern, daß ich lieber etwas anderes tun würde.»

«Jammern wäre nicht das Richtige, das gebe ich zu, aber glauben Sie nie, Gott würde nicht zuhören, wenn Sie ihm sagen, was Sie wollen.» Darrow hielt einen Augenblick inne und setzte dann leichthin hinzu: «Natürlich kommt Bell oft nach London, zu Sitzungen im Oberhaus oder auch wegen seiner internationalen Verpflichtungen. Von Chichester abgesehen, werden Sie ihm in keiner anderen Stadt häufiger begegnen als in London.»

Ich schaltete plötzlich die Scheibenwischer ein. Die Straße, die nur verschwommen zu sehen gewesen war, lag im Schein der Laterne auf einmal ganz deutlich da. «Vielleicht könnte ich in meiner Freizeit für eines von Bells Projekten arbeiten», sagte ich.

«Das könnten Sie natürlich.»

«Also braucht London nicht das Ende der Welt zu sein, nicht wahr?»

«Nein, Aysgarth. London braucht nicht das Ende der Welt zu sein.»

Ich holte tief Atem, stieß die Luft langsam wieder aus und griff dann nach dem Zündschlüssel. «Ich bringe Sie zum Bahnhof zurück.»

«Ich habe noch immer dieses Gefühl, daß ich Sie nicht allein lassen sollte –»

«Mein lieber Darrow, wenn Sie nicht mit dem nächsten Zug nach Hause fahren, sind *Sie* derjenige, der allein gelassen wird – von seiner langmütigen Ehefrau!»

«Oh, sie versteht das schon», sagte Darrow, aber er schien allmählich doch bereit, nach Hause zu fahren. Erst als wir am Bahnhof waren, zeigte sich, daß er noch immer seine Zweifel hatte. Als ich den Wagen anhielt, fragte er: »Haben Sie auch bestimmt keinen Whisky im Haus?»

«Nein. Darrow, Sie haben mir auf so geschickte und kluge Weise Hoffnung für die Zukunft gegeben – glauben Sie da wirklich noch, es bestünde Gefahr, daß ich heute abend betrunken auf der Domfreiheit herumtorkle und ‹Lili Marleen› gröle?»

«Nein, aber ich gestehe, Ihr Trinken beunruhigt mich. Ich habe das Gefühl, das ist Ihre Achillesferse.»

«Ich habe es gewöhnlich unter Kontrolle.»

«‹Gewöhnlich› genügt nicht. Es muß ‹immer› sein.»

«Schön – in Zukunft werde ich meine Trinkgewohnheiten immer unter Kontrolle haben!»

«Auch wenn Sie unter starkem ehelichem Streß stehen? Es wird in den nächsten Jahren unweigerlich zu Streßsituationen kommen, Aysgarth, und da Ihre ganze Zukunft in der Kirche von Ihrer Fähigkeit abhängt, mit Ihrer Ehe fertig zu werden –»

«Das schaffe ich. Wenn Sie glauben, ich bin auf dem Weg zum Alkoholiker, dann täuschen Sie sich, das versichere ich Ihnen – ich bin nicht der Selbstmördertyp.»

«Sie brauchen kein Alkoholiker zu sein, um Ihrem Dienst an Gott zu schaden, Aysgarth. Es genügt schon, wenn Sie ein starker Trinker sind, und daß Sie das sein können, das haben Sie ja bereits bewiesen.» Er öffnete die Wagentür, stemmte sich aus dem Beifahrersitz und trat in die feuchte Abendluft hinaus. «Denken Sie noch einmal darüber nach», sagte er, während er sich zu mir umwandte. «Ich glaube, Ihr Gewissen wird Ihnen dann sagen, daß Sie meinem Rat folgen und den Alkohol völlig aufgeben sollten. Jetzt passen Sie bitte gut auf sich auf, und rufen Sie mich sofort an, wenn Sie einen Gesprächspartner brauchen. Ich werde für Sie beten.»

Er schritt davon ins Bahnhofsgebäude hinein und war so plötzlich verschwunden, daß ich mit den Augen blinzelte.

«Finsterer alter Magier!» murmelte ich, als ich den Gang einlegte. Ich dachte über seinen Rat nach, doch obwohl ich ihn für berechtigt hielt, fühlte ich mich irritiert. «Meine Art geht Ihnen nur allzuleicht gegen den Strich», hatte Darrow gesagt, und das stimmte. Bei meinen modernistischen Neigungen mußte mir selbst der freundlichste, wohltätigste Zauberer ein Dorn im Auge sein; für mich stand seit langem fest, daß es gütige Zauberer und ihre «weiße Magie» nicht geben konnte, doch wie konnte ich mir das Phänomen Darrow anders erklären – Darrow, der dahinglitt auf einer Woge von Telepathie, Hellsichtigkeit und Gott weiß was noch – und der sogar die Illusion erweckte, daß er auf einem Bahnhof in einer Rauchwolke verschwinden konnte. In früherer Zeit hätte man ihn natürlich auf dem Scheiterhaufen verbrannt...

Aber letzten Endes hätte ich das zweifellos sehr bedauert.

8

Primrose kam die Treppe heruntergerannt, um mich zu begrüßen. Sie war im Nachthemd und hatte offenbar nicht einschlafen wollen, bis ich kam. «Daddy, Daddy, du bist so viel fort, daß ich fast vergessen habe, wie du aussiehst!»

Die liebe kleine Primrose. Sie würde diejenige sein, die Zeit für mich hatte, wenn Dido damit beschäftig war, Abendgesellschaften für sechzehn Personen vorzubereiten, aber ich wußte, daß dies keine erstrebenswerte Entwicklung wäre, würde es doch bedeuten, daß ich meine Tochter als einen Ersatz für meine Frau betrachtete. Ich mußte einfach daran glauben, daß Dido mit der Zeit fähig sein würde, mir die Einsamkeit zu vertreiben.

«Wie geht es dir, Daddy?»

«Danke, gut», sagte ich, und dabei wurde mir mit schmerzlicher Deutlichkeit bewußt, wie schwer es mir selbst noch bei denen fiel, die mir am nächsten standen, mich ganz natürlich zu geben. Die langen Jahre des Rollenspiels mit meiner Mutter hatten ihre Narben hinterlassen; noch immer schlüpfte ich nur zu leicht in eine Rolle, baute um mich herum einen Schutzwall auf und hielt selbst zu Menschen, die mich liebten, Distanz – eine Distanz, die sie wohl spüren, aber nie richtig in Worte fassen konnten. In einem Blitz der Erkenntnis sah ich mich so, wie ich meinen Kindern erscheinen mußte: liebenswürdig, ruhig, freundlich; ein Vater, der niemals sein Inneres preisgab, jedes starke Gefühl in sich verschloß und sie alle zwang, bei seiner Maskerade der verstümmelten Emotionen mitzuspielen.

Die rosarote Brille, durch die ich meine Kinder so lange gesehen hatte, löste sich endlich auf. Ein weiterer Blitz der Erkenntnis durchzucke mich, und ich sah sie nicht länger als unbeschriebene Blätter, die mein Bild in so angenehmem Licht widerspiegelten, sondern als gezeichnete Fremde, die richtig kennenzulernen ich zu selbstgefällig gewesen war. Ich sah Christian, dieses erstaunliche überhöhte Abbild meiner selbst, wie er, zerrissen vom Kummer über den tragischen Tod seiner Mutter, für den so verhängnisvoll fernen Vater die lähmende Rolle des vollkommenen Sohnes spielte; ich sah Norman, wie er in Willys Schuhe schlüpfte, die Schuhe eines Jungen, der nie ganz so klug sein würde wie der ihm am nächsten stehende Bruder und eifersüchtig und verzweifelt um Anerkennung kämpfte; ich sah James, dessen frohgemute Schlichtheit ich immer so leichtfertig als selbstverständlich hingenommen hatte, wie er sich mit seiner nur mäßigen Intelligenz abzufinden versuchte, aber zunehmend von Minderwertigkeitsgefühlen befallen wurde, die einen schweren Schatten über sein Leben werfen würden; ich sah Sandy – vielleicht der Klügste von allen, aber auch der Ärmste an Zuwendung –, wie er in späteren Jahren um die Mutter trauerte, an die er sich nicht erinnern konnte, während er sich bemühte, seiner Stiefmutter die gefühllose Vernachlässigung nicht anzurechnen. Und ich sah Primrose –»

«Daddy, woran denkst du jetzt gerade?»

«An dich. Und daran, daß ich versuchen muß, meinen Kindern in Zukunft ein viel besserer Vater zu sein.»

«Du könntest gar nicht besser sein. Du bist doch schon der beste.»

Die liebe kleine Primrose. Ich nahm sie in die Arme und gab ihr einen Kuß, hängte meinen Hut auf und ging zum Salon hinüber. Das erste, worauf mein Blick fiel, war die Whiskyflasche, die herausfordernd mitten auf dem Kaminsims stand.

Ich blieb wie angewurzelt stehen. «Wo kommt denn der Whisky her?»

«Den hat Tante Merry gekauft.»

«Merry! Du liebe Güte, die hatte ich ganz vergessen. Wo ist sie denn?»

«Ins Krankenhaus gefahren. Hast du sie nicht gesehen? Sie ist schon seit einiger Zeit fort.»

«Ich habe nachher noch eine ganze Weile mit Mr. Darrow gesprochen.» Indem ich der Flasche den Rücken kehrte, sagte ich rasch zu Primrose: «Zeit fürs Bett – ich decke dich zu», und ich floh mit ihr die Treppe hinauf aus dem Bannkreis der Versuchung.

9

Als Merry eine halbe Stunde später zurückkam, war ich noch immer oben und redete mit Primrose. Ich wußte, ich durfte mich nicht allein in der Nähe dieser Whiskyflasche aufhalten.

«Es tut mir leid, daß ich in der letzten Zeit so eklig zu dir war, Stephen», sagte Merry, als ich die Treppe herunterkam, «aber ich war einfach so sehr in Sorge wegen Dido. Wie ich jetzt sehe, hast du ja alles tadellos in Ordnung gebracht. Gratuliere.» Zu meiner Verwunderung reichte sie mir einen Umschlag. «Noch ein Liebesbrief – sie hat ihn geschrieben, nachdem du gegangen warst. Erschrick nicht über den Gestank – ehe ich sie daran hindern konnte, hat sie in einer romantischen Anwandlung den Umschlag mit Kölnisch Wasser getränkt ... Jetzt – wo habe ich diese Flasche hingestellt?»

«Sie thront ganz unverschämt auf dem Kaminsims im Salon.»

«O Gott, ja, stimmt – tut mir leid. Ich hatte sie noch wegstellen wollen, aber ich habe es vergessen. Trinkst du einen Schluck mit? Du hältst sicher nichts von Frauen, die Whisky trinken, aber nach einem Besuch im Krankenhaus muß ich mich immer erst wieder aufmuntern.»

«Danke für die Einladung, aber es wartet noch einige Arbeit auf mich –» Ich entschuldigte mich und entfloh.

Im Arbeitszimmer ließ ich mich auf meinen Schreibtischstuhl sinken und schlitzte den stark duftenden Umschlag auf. Ich entfaltete den Briefbogen und las:

«Schatz, ich kann Dir gar nicht sagen, wieviel besser ich mich fühle, ich glaube wirklich, daß es vielleicht doch noch ein Leben nach dieser Niederkunft gibt, und ich bin so schrecklich froh wegen des lieben kleinen Arthurs, wenn ich auch natürlich furchtbar traurig bin, daß er sterben mußte, aber es war nicht alles umsonst, nicht wahr, denn er ist etwas, das uns verbindet, und wenn ich wieder gesund bin, pflanze ich Blumen auf sein Grab und danke Gott dafür, daß er ihn uns geschickt hat, obwohl ich wirklich meine, Gott hätte ihn leben lassen können, aber mit Gott kann man ja nicht streiten, nicht wahr, das ist nur Zeit- und Energieverschwendung, und jetzt will ich alle Zeit und Energie dazu verwenden, Dir eine einfach *unvergleichliche* Ehefrau zu sein und meinen Kindern eine *ebenso* unvergleichliche Mutter, denn natürlich werde ich noch mehr haben – ich bin jetzt sicher, daß ich, wenn ich das hier überstehe, alles überstehen kann und beim nächstenmal lange nicht mehr solche Angst haben werde.

Ich habe Dir heute abend von meinen Eltern erzählt, und danach mußte ich an *Deine* Eltern denken, und da hatte ich ganz plötzlich so etwas wie eine OFFENBARUNG. Schatz, ich weiß, Du wirst dich sehr freuen, wenn ich Dir sage, daß ich beschlossen habe, genau wie Deine Mutter zu werden, die Du immer so angebetet hast, denn wenn ich genauso werde wie sie, dann kann ich gewiß sein, daß Du auch mich immer anbeten wirst – ja, ich glaube jetzt wirklich, daß Du mich noch liebst, aber ich will sicher gehen, daß Du mich weiter haben willst, eine Ehefrau muß etwas tun und darf nicht blind vor Selbstgefälligkeit dahinleben, bis sie ihren Mann mit ihrer besten Freundin zusammen im Bett findet – wenn ich natürlich auch *Dich niemals* mit einer anderen im Bett finden würde, gottlob verbietet Dir Dein Beruf so etwas ja, aber trotzdem darf ich es nicht so weit kommen lassen, daß ich nicht mehr weiß, was ich an Dir habe – deshalb werde ich mich also, wie ich schon sagte, Deiner Liebe versichern, indem ich es genauso mache wie Deine Mutter und fünf Jahre lang jedes Jahr ein Baby bekomme, und wenn wir dann all das lästige Kinderkriegen hinter uns haben, können wir uns auf endlose Jahre wunderbarer Kameradschaft freuen – denn dann gehst Du auf die Fünfzig zu und bist zu alt, um Dir noch viel aus Sex zu machen – wenn überhaupt, so wird sich dieses kleine Problem ganz *mühelos* lösen –, und wenn ich mir unsere himmlische Kameradschaft so vorstelle, sehe ich schon, daß wir genauso eine idyllische Ehe führen werden wie Deine Eltern, ehe Dein so wundervoll aussehender Vater im falschen Augenblick starb und Deine faszinierende Mutter sich in eine Art intellektuelle Queen Victoria verwandelte. Sag, ist das nicht die *erleuchtetste* und *herrlichste* Offenbarung, die ich je hätte haben können?

Lieber Stephen, mit Worten könnte ich nicht ausdrücken, wie sehr ich Dich anbete – und ich meine *wirklich* anbete –, deshalb kann ich Dir nur versichern, daß dieser Brief zu Dir kommt mit ewiger Liebe von Deiner völlig ergebenen

DIDO.»

Nach einer halben Ewigkeit faltete ich das Blatt wieder zusammen, ließ es auf die Schreibunterlage fallen und beschloß, den Umschlag fortzuschaffen, ehe ich an dem Geruch erstickte. Auf dem Rückweg vom Papierkorb in der Diele zum Arbeitszimmer warf ich einen Blick in den Salon. Der Raum war leer. Merry war offenbar mit ihrem Drink in die Küche gegangen und suchte das kalte Huhn, das die Haushälterin, wie ich von Primrose wußte, für uns zum Abendessen zubereitet hatte. Die Whiskyflasche stand nicht mehr auf dem Kaminsims.

Um mich zu vergewissern, daß Merry den Whisky in das Sideboard gestellt hatte, ging ich ins Eßzimmer und sah, daß die Flasche, wie ich befürchtet hatte, bei den Karaffen stand. Ich packte sie am Hals und zog die Sideboardtür mit einem Ruck auf, und dabei funkelten alle Gläser auf dem obersten Regal im künstlichen Licht.

Nach einer Weile – es kam mir recht lang vor, dauerte aber wahrscheinlich nur ein paar Sekunden – wurde mir plötzlich bewußt, wie skandalös das alles war: eine Whiskyflasche auf einem pfarrhäuslichen Kaminsims, ein Geistlicher, der zuviel trank und seine Karriere durch das Spiel mit dem Feuer in Gefahr brachte. Und dann schwor ich mir, hoch und heilig, daß ich dieses riskante Laster aufgeben würde, wirklich, und zwar bald. Aber noch nicht gleich.

Schließlich, so sagte ich mir, als ich die Flasche aufschraubte und nach einem Glas griff, hatte ich mit gefährlichen Risiken Erfahrung. Hatte ich nicht damals vor langer Zeit zu Dido gesagt, ich liebte es, gefährlich zu leben? Als einer, der immer überlebte, konnte ich schon ein, zwei gewagte Risiken eingehen.

Ich mixte mir einen leichten Whisky-Soda, sehr respektabel, nichts Starkes, und nachdem ich die Flasche im Sideboard dem Blick entzogen hatte, begab ich mich wieder ins Arbeitszimmer. Lange saß ich vor dem unberührten Drink, um mir meine Willensstärke zu beweisen. Das Glas war noch immer unberührt, als ich mir Didos Brief noch einmal vornahm, und es blieb sogar unberührt, als ich mir die Zukunft meiner Ehe vor Augen geführt und den verzweifelten Ruf ausgestoßen hatte: «Wie soll ich das nur ertragen?» Doch ich kannte die Antwort auf diese Frage, während ich sie im Geist noch in Worte faßte. Ich dachte an meine Mutter, die zu Onkel Willoughby sagte: «Der einzige wirklich erstrebenswerte Preis ist die Liebe!», und mir wurde klar, daß ich hier den Preis angeboten bekam, den Onkel Willoughby sich hatte entgehen lassen. Mit Liebe war alles möglich, sogar glückliche sexuelle Harmonie zwischen ungleichen Partnern. Wieder sah ich deutlich, daß ich, indem ich Dido nicht so grausam zurückstieß wie einst meine Mutter, Aidans Land des Paradoxen betreten würde, jenes geheimnisvolle Land, wo derjenige, der sein Leben rettet um seiner selbst willen, es verlieren wird, der aber, der sein Leben verliert um Christi willen, nicht den Tod, sondern das ewige Leben findet.

Kühl und sachlich prüfte ich die Alternative zu dem Weg, den zu gehen ich gerufen war. Ich konnte Dido verlassen, den Kirchendienst quittieren und ein auf materiellen Erfolg und Selbstsucht ausgerichtetes Leben beginnen. Aber was würde von mir übrig bleiben, wenn ich meinem wahren Ich auf solche Weise das Herz aus der Brust gerissen hätte? Nichts als ein Körper, der sich langsam, aber sicher zu Tode blutete. Ein solch tiefgreifendes seelisches Scheitern würde ich nicht ertragen können – dann würde ich vor Verzweiflung und Selbsthaß tatsächlich zum Trinker und Einzelgänger werden. Aber mein Leben, ein jedes Leben, das wirkliche Leben, war nicht dazu bestimmt, materiellen Erfolgen nachzujagen und das Evangelium der Genußsucht zu praktizieren. Im Leben ging es darum, Widrigkeiten zu erdulden, sich selber treu zu bleiben, den Willen seines Schöpfers zu erfüllen, so daß man mit den Idealen der eigenen Natur in Einklang leben konnte. Die wahren Preise waren nicht, wie mein Onkel geglaubt hatte, Gesundheit, Reichtum und Glück, jenes wohlgefällige Trio, das der leiseste kalte Hauch des Schicksals so leicht zerstören konnte, sondern Glaube, Hoffnung und vor allem Liebe. Waren sie erst errungen, konnte sich endlich das wahre Glück entfalten, das beständige Glück einer zur vollen Reife gelangten, in sich geschlossenen Persönlichkeit, die sich dem Willen Gottes unterworfen hatte.

Während ich nach dem Federhalter griff, um auf Didos Brief zu antworten, dachte ich an die Worte des Apostels Paulus: «Nicht ich bin es, der lebt, sondern Christus, der in mir lebt», und augenblicklich fand ich Trost im Bild des immanenten Gottes, der liebt und vergibt – jener liberalen Vision, die alles Böse der Welt in mir nicht trüben konnte. Aber dann mußte ich an den strengen transzendenten Gott der Neuorthodoxie denken, der über einer zu richtenden Welt steht und den Bußfertigen Erlösung gewährt. Wie konnte ich nach meinen jüngsten Erfahrungen leugnen, daß diese Vision gleichermaßen gültig war? Gott war immanent *und* transzendent. Einmal mehr befand ich mich im Land des Paradoxen, und als mein Vater in meiner Erinnerung rief: «Es ist alles eine Einheit! Alles ist eins!», wußte ich, daß Christus von den Toten auferstanden war, wie er dies immer tat, wieder und wieder und wieder, um eins zu sein mit den Jüngern, die bereit waren, alles aufzugeben, was sie hatten, um ihm bis zum Ende zu folgen.

Es war endlich Ostersonntag, und ich stieg aus dem Grab meiner Vergangenheit, um mein neues Leben in bedingungslosem Glauben zu beginnen. Ich trank einen kleinen Schluck Whisky und dachte nicht mehr an Scheitern und Elend, sondern ging daran, so liebevoll wie nur irgend möglich meine christliche Botschaft der Hoffnung zu schreiben.

Nachwort

Die Versuchung ist der dritte Roman eines Zyklus über die Kirche von England im zwanzigsten Jahrhundert. Der erste, *Blendende Bilder*, wurde von Charles Ashworth erzählt und der zweite, *Gefährliche Visionen*, von Jon Darrow. Das nächste Buch, *Scandalous Risks*, das in den sechziger Jahren spielt, zeigt die Kirche aus der Sicht einer Außenstehenden, Venetia Flaxton.

Neville Aysgarths religiöses Denken (wenn auch nicht sein Privatleben) stützt sich auf die Schriften von CHARLES EARLE RAVEN (1885–1964). Raven wurde als Sohn eines Anwalts in London geboren und begann seine langjährige Verbindung mit der Universität Cambridge 1904, als er ein Stipendium am Caius College für das Studium klassischer Sprachen und Literatur erhielt. Er bestand das Abschlußexamen mit Auszeichnung, ebenso ein Jahr darauf die Prüfung in Theologie. In seinem letzten Studienjahr beschäftigte er sich auch mit der Biologie, der lange sein besonderes Interesse galt, und gelangte zu der Überzeugung, daß die Fächer Theologie und Naturwissenschaften zusammengehören sollten. Einige Monate profaner Tätigkeit in Liverpool brachten ihn mit der Wirklichkeit sozialen Elends in Berührung, bevor er 1909 ordiniert wurde und dann bis 1914 Dekan des Emmanuel College in Cambridge war. Nach einer kurzen Zeit als Schullehrer in Tonbridge diente er von 1917 bis 1918 als Militärgeistlicher in Frankreich und erlebte die Schrecken des Krieges aus nächster Nähe; später sollte er als Pazifist bekannt werden. Nach dem Krieg nahm er seine Tätigkeit am Emmanuel College wieder auf, aber 1920 wurde er Rektor von Bletchingley in Surrey, und 1924 erhielt er die Stelle eines Kanonikus an der neuen Liverpooler Kathedrale und erwarb sich einen Ruf als Prediger. Im Jahr 1932 kehrte er als Regius-Professor für Theologie nach Cambridge zurück, wo er von 1939 bis 1950 Master des Christ's College war.

Raven war dreimal verheiratet. Mit seiner ersten Frau, die er als Student in Cambridge kennenlernte, hatte er vier Kinder. Nach ihrem Tod 1944 blieb er einige Zeit Witwer, ehe er eine ältere Amerikanerin heiratete, die er schon seit vielen Jahren kannte; sie starb kurz nach der Hochzeit. 1956 heiratete er seine dritte Frau, eine Belgierin, die während des Krieges eine aktive Rolle in der Résistance gespielt hatte. Da er von Frauen eine hohe Meinung hatte und sehr gern in ihrer Gesellschaft war, hielt er es für falsch, daß sie im kirchlichen Dienst nur eine beschränkte Rolle spielen konnten, und sprach sich für die Frauenordination aus.

Er wurde nie Bischof.

In seiner Theologie vertrat Raven die Ansicht, daß im evolutionären Prozeß und durch ihn ein göttlicher Zweck wirke und daß die gesamte Schöpfung ihrem Wesen nach eine Einheit sei. Er hatte nichts übrig für einen hoch über der Erde thronenden Gott. Für ihn war Gott in der Welt der Schöpfung immanent, und Höhepunkt von Gottes schöpferischem Entwicklungsprozeß war die menschliche Persönlichkeit. Da die Persönlichkeit eine so wichtige Rolle in seinem Denken spielte, betonte Raven auch die Vorstellung von einem persönlichen Gott; Religion im höchsten Sinne war Kommunikation mit dieser göttlichen Gestalt. Die Natur, so glaubte er, funktionierte nach einem Plan, der Gottes persönlichem Zweck zugeordnet werden konnte, und Jesus war die Manifestation von Gottes persönlicher Gegenwart in ihrer höchsten Form. Alles war eine Einheit in diesem immanenten, erschaffenden, liebenden Gott; alles war eins.

Diese grundsätzlich optimistische Weltsicht hatte zur Folge, daß in Ravens Schriften wenig Raum für Paradox und Tragödie, Entfremdung und Zweideutigkeit war, und als die neuorthodoxe theologische Schule mit diesen Problemen zu ringen begann, widersetzte er sich heftig nicht nur der Vorstellung von einem transzendenten Gott, sondern auch dem Gedanken, daß die Wahrheit über die Uneinigkeit zu erlangen sei, durch den Zusammenprall gegensätzlicher Prinzipien. Er blieb dem Konzept von der Einheit verpflichtet, und so vermochte er nicht zuzugestehen, daß ein auf Dualität beruhendes Gottesmodell gleichermaßen gültig sein konnte. Wer einem solchen Paradoxon anhing, verfolgte für ihn eine Politik der Verzweiflung.

Im Verlauf seiner Karriere sah er seine Theologie zunehmend aus der Mode kommen, doch gegen Ende seines Lebens begann die neuorthodoxe Schule in England an Bedeutung einzubüßen, bis die liberale Theologie schließlich in den sechziger Jahren in einer neuen und weit radikaleren Form erneut in den Mittelpunkt des Geschehens rückte.

GEORGE KENNEDY ALLEN BELL, zwei Jahre älter als Raven, war von 1929 bis 1957 Bischof von Chichester. Obwohl er die harten Bedingungen des Versailler Vertrags ungerecht fand und deshalb den Deutschen viel Verständnis entgegenbrachte, sprach er sich in den dreißiger Jahren entschieden gegen Hitlers Verfolgung der Juden und der christlichen Kirchen aus, und während des Krieges forderte er, wenn auch vergeblich, die britische Regierung dazu auf, diejenigen Deutschen zu unterstützen, die Hitlers Sturz planten. Er war kein Pazifist, doch seine Reden, in denen er zur Bewahrung christlicher Werte bei der Kriegführung aufrief, brachten ihn in Konflikt mit der Politik der Regierung, und er machte sich höheren Orts manchen zum Feind; viele verstanden nicht, daß Bell nach wie vor ein leidenschaftlicher Nazigegner war. Nach dem Krieg ging er nach Berlin und predigte Tausenden von Zuhörern die christliche Botschaft der Versöhnung. Er arbeitete intensiv für den Wiederaufbau eines christlichen Europa und wurde zu einer führenden Persönlichkeit im Weltkirchenrat. Ihm wurde schließlich das Großkreuz des Verdienstordens mit Stern und Schulterband verliehen, der höchste Orden, den die Bundesrepublik Deutschland zu vergeben hat, aber die Nachricht traf erst wenige Stunden nach seinem Tod ein. Mrs. Bell nahm die Auszeichnung im November 1958 aus der Hand des deutschen Botschafters entgegen.